反转童话

上

七宝酥 —— 著

四川文艺出版社

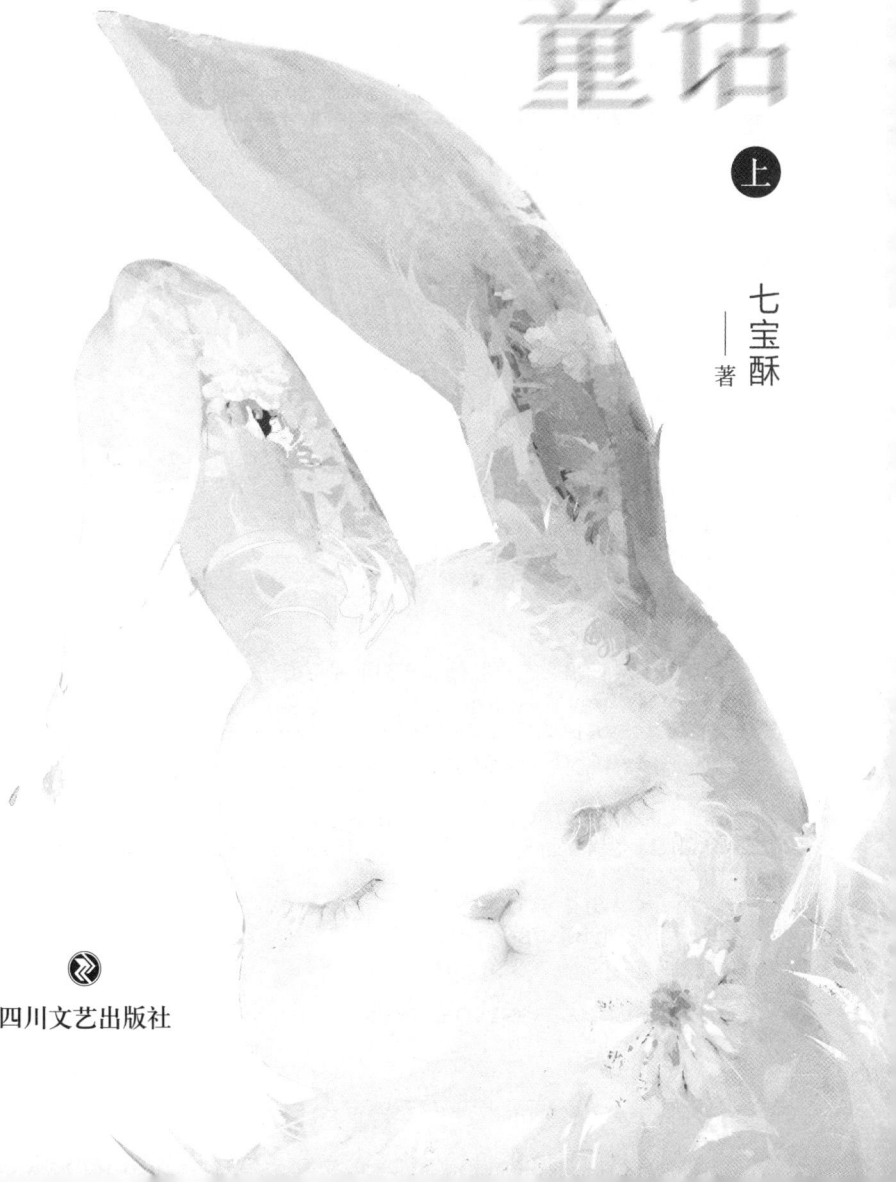

图书在版编目（CIP）数据

反转童话 / 七宝酥著 . -- 成都 : 四川文艺出版社，
2021.11
ISBN 978-7-5411-6163-6

Ⅰ.①反… Ⅱ.①七… Ⅲ.①长篇小说 – 中国 – 当代
Ⅳ.① I247.5

中国版本图书馆 CIP 数据核字 (2021) 第 205533 号

FAN ZHUAN TONG HUA

反转童话

七宝酥 著

出 品 人　张庆宁
策划出品　风炫文化
责任编辑　邓　敏
责任校对　汪　平

出版发行　四川文艺出版社（成都市槐树街 2 号）
网　　址　www.scwys.com
电　　话　021-38970338（发行部）　　028-86259303（编辑部）
传　　真　028-86259306

印　　刷　上海盛通时代印刷有限公司
成品尺寸　145mm×210mm　　　开　本　32 开
印　　张　18　　　　　　　　　字　数　500 千
版　　次　2021 年 11 月第一版　印　次　2021 年 11 月第一次印刷
书　　号　ISBN 978-7-5411-6163-6
定　　价　65.80 元（全 2 册）

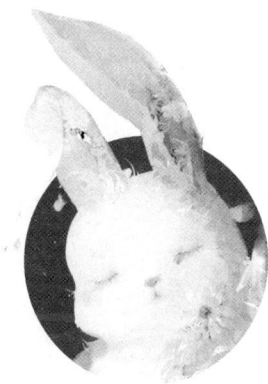

目　录

QI BAO SU

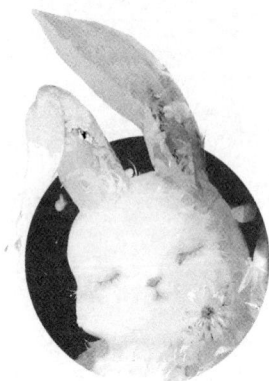

目 录

QI BAO SU

「楔子」

共同生活的第三个年头，因周谧极爱阅读，收藏纸书无数，她的丈夫便将家中书房翻新了，原来的书橱被安排进二手家具交易市场，留下的整面非承重墙被敲掉，安上面积相等的隔板，最终呈现的效果就是大片斑驳下陷的岩灰色书墙——典型的"侘寂风"，扑面而来的安静、简朴，足够使人心宁。

整理新书房的那天，夫妻俩各搬来一张梯子，收拾起各自的书籍。

意外的是，周谧发现丈夫有不少跟自己一样的书。

第十次发现一模一样的书时，周谧吐槽道："如果是玩连连看，相同的两个会相互抵消掉，我想我们的新书架上剩不下多少书。"

丈夫偏头看着她，微微笑道："你想过吗？这或许就是我们两个人能在一起的理由。"

周谧想了想，将手里那本有红色扉页的书插回书架中："因为灵魂有共通点吗？"

丈夫颔首。

周谧莞尔一笑，跳下木梯，用手抚过底层那排如糖果般绚烂的书脊："可我有很多本童话故事，你就没有，可见你这人内心的现实因子更多，没什么童话因子。"

"怎么没有？"丈夫不以为然地勾着唇，"你就是啊。"

周谧乜斜着眼："就你会说。"

丈夫说："说真话罢了，我对你而言不也是这样吗？"

周谧闻言嗤笑一声，回顾起过往："最初那会儿，还真不一定……"

童话就此封存

张敛 @cv 贾谥
周谧 @ 越千山 YQS

周谧三天前发现事情不对劲，因为她的月经推迟了整整一周。

这种情况在当代年轻女人身上并不罕见，但周谧的月经一向守时，十年来都是如此，造访时间的偏差极少超过两日。

起初她没有把这当回事，可到了第九天，身上也无一丝一毫腰酸腹痛的征兆，她难免起疑。

周谧回忆了下，越发感到不解，临睡前偷偷上网搜与之相关的问答。

结果指向明确——如果是处于生育年龄的女性，出现月经推迟十天的情况，要高度怀疑自己是不是怀孕了，所以最好用早晨的第一次小便检测一下。

这下周谧岂止是惴惴不安，简直是坐上了云霄飞车，心提得老高，拿不准这到底是什么缘由。

她不是粗线条的人，相反还比较敏感，这个晚上她毫不意外地失眠了。

后半夜，周谧在网上购买了验孕试纸，她最大的购买动力并非是一测究竟，而是评论里有不少买家说这是催"姨妈"利器。

可这点玄学方面的侥幸未能带来任何成效，翌日清早，她失望了。

延期十天了。

周谧开始发傻。

答案呼之欲出，她却不敢面对，更不敢声张，即使面对自己的至交好友。

当然，她也惧于在家检验，因为害怕露出蛛丝马迹，叫父母看出端倪，拿快递也跟走私似的小心翼翼的。

所以，第十一天一大早，她把验孕试纸揣到了公司卫生间，按步骤规矩地操作起来。

说明书上要求平放静置十到二十分钟再看结果，但她手里的试纸上的两条线，正以肉眼可见的速度飙至血红。

这种现象有个学名叫"强阳"，这表明她确确实实是怀孕了，绝无其他可能。

她怀孕了？怎么可能？

上一次有性生活已经是近一个月前的事了。

那天奥星举行团建活动，地点在隔壁城郊区一个叫星月湾的原生态小镇。奥星全国各地分公司的人都奔赴而来，来自五湖四海的人济济一堂，她一个小实习生挤在里边凑热闹，像个没见过世面的小鱼苗。

上午开大会，下午做游戏，她过得还算充实。

当晚回到酒店，她屁股还没坐热，总监就在群里吆喝，让他们去码头那儿的酒吧玩。

周谧的总监姓原，是个业务能力极强的女人，但她并不一板一眼的，好相处又玩得开。

众人围坐在包厢里饮酒，喝高了难免精神亢奋，侃侃而谈。

周谧酒量一般，酒品更是一言难尽，所以不敢多喝，只是安安分分地窝在沙发角里，两只眼睛滴溜溜地转，不时跟着大家一块儿笑。

后来包厢里抽烟的人多了，把包厢整得跟炼丹炉似的，烟熏火燎的，周谧浑身难受，借口上厕所，逃出酒吧透气。

室内跟外面仿佛是两个世界。

一边是妖魔鬼怪在震耳欲聋地喊叫，一边却不沾浮华，天与地是恰到好处的静默，只有灯火在颤抖，把水面点缀成银河。

沿湖走了一段，周谧望到个熟人，那人与她隔着道狭窄的码头，身影颀长，单手搭着栏杆，似乎在讲电话。

说是熟人，其实也不尽然。

他大约也发现她了，目光没有轻易掠走，只是安静地停在她的脸上，上下唇亦未停止张合，看起来既专心又散漫。

风将男人不那么清晰的话语挟来，也让他纯黑的衬衣鼓起，衬得他面色异常白亮。

对视片刻，周谧当机立断掉头往反方向走，选择打道回包厢，变回群居动物。

兜里的手机倏而振动起来。

周谧取出手机，瞥见名字，心脏用力地跳动了一下。

她抿抿唇，按下接通键。

她还没开口，电话那头的人就说话了，那声音混着风声传了过来："跑什么？"

周谧被这三个淡淡的却好听的字钉在原处，从唇瓣间吐出干巴巴的问候："老板好。"

对方笑了下，低低的声音好似坠到湖水里的石子，漾出一圈碎光，将凉意溅到人耳上，周谧不由得缩起脖子。

而她刚刚的称呼似乎让男人接下来的话语加上了一层 buff（一般指游戏中增益系的各种魔法），那就是命令感与压迫感。他言简意赅地道出四个字："过来说话。"

这话一说就说进了酒店客房。

位高权重当真了不起，老板的单人套房要比她们一群普通打工人的标间大上数倍，壁纸繁复，灯光炫目，像个美丽而空旷的金笼子。

但周谧无暇细赏这些，很快就陷入那人带来的热潮中。

有一段时间没见面了，周谧完全无法抗拒他，只能任由自己在激涌的浪潮里窒息。

中途，他还是慎重地撤离了一会儿，翻抽屉找东西。

结束后，周谧面对着男人的胸膛，被他拨开湿漉漉的刘海，第一次听见他叫自己的名字："周谧。"

接着他又说了句话，像是克制已久："原来你叫周谧。"

周谧抬眸，捧住他的脸学他的腔调："原来你叫张敛。"

他笑："不叫老板了？"

"不叫了，"周谧翻了个面，背对着他说出自己的逻辑，"床笫之上无阶级。"

张敛被她的话逗乐了，用手肘抵高上身，吻了吻她的肩头。

周谧拱了下，无意撞到了他的下巴。她心知自己力气不小，却也不道歉："我要睡一会儿。"

张敛面不改色："估计不行。"

周谧唰地回头，柔顺的发丝从枕头的皱褶里滑过："为什么不行？你下半场还要换个人？"

张敛未答，只问："夜不归宿不怕被发现？"

周谧在挖苦人方面很有一套："是你更怕被人发现吧？"

张敛好像都不会恼，情绪鲜有较大程度的起伏："你今天跟谁住一间房？"

周谧随口谎报了个同部门男同事的名字。

冤大头，张敛失笑，陪着她演："谁安排的？"

周谧说："你的人事。"

张敛躺回去，信手揽住她："净不干人事。"

周谧被捞了个措手不及，直直撞到他的怀里，没好气地瞥他一眼："说得跟你干的都是人事似的。"

张敛眼微垂，对上她的视线，慵懒的姿态里透着点恰如其分的痞气："我刚刚的表现你不满意吗？"

周谧不轻不重地蹬他一脚，光着身子下床，从地毯上捡起裤子，抽出兜里的手机："快三点了，我真要走了。"

张敛坐直身体，望着她穿好衣服，再目送她离去。

周谧回到自己的房间时，同住的女同事已经睡着了，发出轻微均匀的鼾声。

周谧坐在晦暗的床头，静静地待了一会儿。

绝对的刺激过后，往往是灰心与落差，周谧心道自己可真像个午夜的灰姑娘啊。

多愁善感完毕，她蹑手蹑脚地溜去了盥洗室。

张敛在她身上留下了一些痕迹，或深或浅，大小不一，像玫瑰花瓣，但都潜伏在足够掩人耳目的地方。

张敛是只狡猾的雄兽，即使被激素统领着大脑，也能有秩序地表达他的领地意识。

明早的她，穿上收腰白色连衣裙，今晚的一切绝对不留半点涟漪。

周谧对着镜子里的自己做了几个鬼脸，套上睡裙，回到床上休息。

第二天登上返程大巴前，她在停车场又见到了张敛。

他在走道里跟一个短发女人讲话，女人说不上青春貌美，但一颦一笑却有股少女身上难见的风情，有如二十世纪六七十年代画报里的歌星。

与人沟通或倾听时，他惯常带着笑意，但那笑不是由内而外地渗出来的，很浮于表面，很有疏离感，他好像罩着层薄且极具欺骗性的面具。

周谧猜测着，这不会就是他昨晚的"下半场"吧？

仰靠到椅背上，周谧从窗后觑着这登对的男女上了同一辆车——张敛的车，她一次没坐过。

周谧无故一哂，用手机给闺密发消息："我昨晚又跟狼人哥哥那个了！"

这消息的劲爆程度让闺密发来无数问号。

同时闺密感到疑惑不解：你们上个月没联系吧，不是说好了知道对方的身份就立即结束这种关系吗？

周谧微微蹙眉：我可不是那个不遵守游戏规则的人。

闺密：他先提出来的？

周谧：对啊，他主动跟我搭腔的。

闺密：昨天是你到他公司后第一次跟他说话？

周谧：看起来是。

闺密：他可是你老板呀，他这么做不算潜规则？

周谧：潜你个头，成年人各取所需，我又不是为了从他身上得到什么，当然我也不吃亏。

周谧一直认为自己不亏，包括一年前跟张敛的第一次，也是美妙到令她难以忘怀。

那天她失恋了去喝酒，偶然结识了他。

说不上是艳遇还是荒唐。

她在微醺时大悲大喜，一会儿哭，一会儿笑，把他当成沙包，连嗔带打，又把他当只大熊玩具，如倒豆子那般埋头诉苦，男人始终温文尔雅。后来她吃了熊心豹子胆，撺掇他当自己一晚上的男朋友。

男人没有拒绝，且游刃有余。从前奏到终曲，他都是绝佳的钢琴家，带她领略行云流水般的乐章。

周谧在他怀里窝了一夜，时醒时眠，对他熨帖的体温格外依恋。

翌日晨曦初上，日光薄薄贴上床帏时，男人起身套上衬衣。眼见他捏起袖扣，她心生不舍，大胆提出畅想："我们还能再见面吗？就这样约会。"

男人闻言一顿，垂手安静地审视着她。

"愿不愿意嘛？"周谧未被他眼底那分研判击退，甚至激流勇进，像个小女朋友一般挺身坐好，哆哆地撒着娇。

他淡笑一下："好。"

那一天，他们约法三章：仅在定下的酒店里见面，不能暴露任何个人信息，不能在其他时间打扰彼此，且只交换手机号码。

第二次碰头前，他们秉持着极高的契约精神，一个字没讲，仅互发了划掉名字的三个月内的体检报告。

因为定在每个月十五号碰面，都是月圆之夜，周谧就将男人的名字存成"狼人哥哥"，跟友人聊起他来，也是这般称呼他。

思及此，周谧退出微信，打开联系人列表看了一眼。

"狼人哥哥"四字仍矗立其间，在一排人名或昵称里显得不伦不类，但她没有将它改为"张敛"或"老板"，也猜不到张敛会把她存成什么名字。

她想，应该也不是多好的称谓吧。

除去总跟密友提到的"狼人哥哥"，周谧还曾在心底将张敛定义为"crush"。

所谓"crush"，形容的大抵是一种迅猛的爱恋，它很短促，但足够惊心动魄，如爆破的焰火，如蝴蝶滑过水面，如万木极快地生长又极快地凋萎，总之，它是个美丽且高级的词汇，同时也贴切地形容了张敛给她的感觉。

那会儿的张敛并非她的老板，而是她的固定伴侣。

那会儿的周谧还是个研究生，刚与她的工科男友分手。

但每一次见面，张敛给予周谧的"被爱感"远比前男友给她的要多，他真诚、热烈，能在败类与绅士之间切换自如，能将她拆解为优美的文字，让她融入某本童话或诗集里。她就是其中的叛逆女主角，可以对着魔镜做鬼脸，可以在南瓜马车里脱鞋跷脚，但王子永远爱她。

天亮之后，这种浓情蜜意的、让人心旌摇曳的魔法也不会立刻消失。

王子会俯身与她吻别。

睡眼惺忪时，男人的轻啄就像个梦，让人异常难舍，足以让她信以为真，并产生一种错觉——他还会在午后或傍晚时分回家，并带回一束花。

但事实上，门被关上的那一刻，书就合上了，她的光环也消散了。

这也是周谧心中每每有落差的原因。

尤其是第一次从酒店回来时，她先是兴奋难耐了半个小时，接着在寝室里枯坐了一下午，干什么事都提不起精神，像待在一条有风穿过的隧道里，之前那些有关失恋的不甘、不解荡然无存，取而代之的是一种更隐秘，也更庞大的空落落的感觉。

"我好想他啊，却不能跟他说一句话。"

第三天，她终于忍不住在语音里对朋友坦承了一切。

朋友先是诧异，震撼于她的放飞自我，随后又给出了分析："会不会是你刚分手急需移情，而他正好撞到枪口上来了，所以你把他当成了消遣？"

周谧感叹道："那也是老天赏赐的消遣！"

朋友喷了一声："他就那么好？路鸣也不差吧？"

周谧皮笑肉不笑地说："也就一个天上一个地底吧。"

朋友为她的刻薄前仰后合。

当然，这仅是开始。

等有了第二次、第三次、第四次……约会，周谧就渐渐适应了，渐渐习以为常了。一夜过后，她不会再长吁短叹伤春悲秋了，而会跟朋友叨叨，感叹狼人哥哥有多好多好，懊悔自己当初为什么不狮子大开口，而是小家子气地选择了一月一次的约会形式。

这种秘密的往来成了她在校苦修生涯里的彩蛋，十五号也被赋予了特殊的含义，晋级为她最爱的日期。

这个日子，她从不缺席，疯狂又沉溺，每月相见，都恨不能时刻黏在他身上，她甚至为此钻研多国作品，用于参考和学习，力求技艺精益求精。

毕竟，取悦他亦是取悦自己。

有一回她悄悄地在他耳边说："偷偷告诉你，我的电脑中毒了。"

男人浓眉微微一挑，明知故问："怎么中毒的？"

她轻声说出三个字。

他听笑了，继而神态整肃，与讲堂上那些一板一眼的教授无异："想学什么？我教你。"

周谧用力点了他的胸膛四下，咬牙切齿地说："你很懂哦？"

他扣住她的手，无辜地看过来："那你教我？"

…………

周谧以为这种约会会持续很久。

她甚至还将其命名为"神秘的爱人"。这真不是什么高分文艺电影吗？每每这样想起，她多少带着些窃喜与得意。

然而，上天总爱恶趣味地撑开那些过分陶醉之人的眼皮，让现实的阳光刺进去。

那是她收到奥星 offer（全称是 offer letter，意思是录用信，录取通知）的第二天。

周谧应聘的职位是 AE（客户执行）。这个广告行业的知名 4A（这里指广告公司）招实习生的条件多少有点严苛，它仅收 211、985 的本科生或研究生，大三及以上学级优先。

这次奥星的实习生名额只有两个，一个在客户部，还有一个在创意部。

可谓狼多肉少。

周谧思虑良久，投了前者。

靠着名校 buff 加持与面试中的那点机灵，周谧脱颖而出。

对此，她并不意外。因为临走前，其中最年轻的一位 HR（人力资源管理者）还出门叫住她，他俩互加了微信。

她很好奇地小声问道："这是通过的某种暗示吗？"

"这是搭讪，"男人笑出一口皓齿，"即使不录用你，我也想跟你有联系。"

周谧微微睁圆眼，内心直呼"牛"。

翌日早上她来公司报道，好巧不巧地在电梯口碰见了那个 HR。

男人握着一杯咖啡，身穿烟灰色立领短袖，配上薄薄的镜片，有几分"雅痞"的味道。

他的"人设"与前一天基本一致，他带着浑然天成的自来熟，同周谧打招呼："你好，周谧。"他将手里的咖啡递给周谧，"喝咖啡吗？我还没动。"

"不用啦，"周谧笑了笑，抿唇的模样略显拘谨，"谢谢你。"

他弯起眼，视线在她面部与上半身之间游走了两秒，暗含审视与打量的意味，但这速度快到根本让人来不及感到自己被冒犯了："你帆布包上的图案很独特。"

"啊？"周谧脸微微热了，低头看被指出的自己胳肢窝下边的帆布袋，上面是她大学社团时期的涂鸦，灵感源自《爱丽丝梦游仙境》，整面的纸牌，当中嵌着一只面部崎岖的兔子，兔子佩戴的怀表旁配有对话气泡，兔子在"bah，bah（表示不赞成的声音）"怪叫，不大友善。

周谧反应过来，忙解释道："是大学时自己乱画的。"

男人的赞美有如春风化雨："你应该去做创意，这样才不屈才。"

周谧不知道如何接话，紧张到手指关节都轻微抽搐了。

他静待须臾，结束这个话题，自我介绍道："认识下吧，我叫张爵。"

周谧暗舒口气，看他一眼："周谧。我想你应该知道了。"

张爵笑了下，刚要启齿，面前叮咚一声响，电梯来到一楼，银色的金属门不急不缓地往两旁移去。

现今的周谧，愿将其称作潘多拉魔盒，史诗级的戏剧揭幕了，即将诞生荒诞的 bad ending（坏结局的意思）。

但那一瞬间，她大脑里白光乍现，接着就是火山喷发，球状闪电、飓风、暴雪，多种自然灾害轮番上演，令她全无思考能力。

电梯里站着的正是她的神秘爱人。

他高而显眼，身着白衬衣，单手虚插兜，眼神原本是散漫的、游离的，但他们四目交汇的下一秒，他的视线聚焦了，生出不动声色的压力，那是情绪在作祟。

他的情绪难以分辨，但周谧从他瞳孔的细微变化里得知，他已经认出自己了，他似乎也不那么乐意在这里遇到自己。

复杂的感觉涌上来，将她包裹进一圈失重的薄膜里，让她与周边全然隔离开来。接着，她的迷惘在顷刻间被扎破，真相如洪水，哗啦啦迎头浇下，她感到窒息，措手不及。

她听见身侧的张爵在正常地向他问好。

"早啊，老板。"

周谧已经不记得那天她是怎么与他交错着走进电梯的。

毕竟在极致的刺激下，人会选择性地遗忘一些经历过的细节。

但之后的一整天，她几乎把自己分裂成两半，一半负责应付人事的安排，结识部门同事，被 leader（领导者）认领；另一半则绞尽脑汁地想着怎么处理这场翻车事故，怎样体面地结束她与狼人哥哥的关系。

收拾好东西，周谧坐到了属于自己的工位上。她四下张望片刻，开始查询更多的有关奥星的资料，并附上了其他关键词，比方说"总经理""管理层"。

如在窥视秘境，周谧的心怦怦直跳，她按键盘的动作都显得局促、鬼祟。

她发现几个行业号常会发布、分享一些广告圈的消息，比如高层的人事调动，比如优秀的品牌案例。

在某条新闻里，男人的半身照居中高挂，其优秀的履历被一段文字简略带过，她的目光最终定格在他目前的职位上——宜都奥星董事总经理：张敛。

那张写真是黑白质感的，镜头角度偏低，男人穿黑色西服，高鼻深目，五官完全不输男星。这张照片甚至可以直接拿去当杂志内页或封面。

但他的神态并没亲和感，相反还有点倨傲与疏离的感觉，与刚刚在电梯里看到的他更为贴合。

周谧被点燃了，心率直达峰值。

她险些尖叫，忙将网页小窗关闭。

上班第一天发现公司boss（老板）是自己的情人怎么办？——把这种标题发在小组或论坛上绝对会有不俗的点击率。

以往刷到类似的帖子，周谧多半是不屑的，这种帖子摆明了是写手编出来骗流量的，可反观今日今时，她只能对命运的恶作剧五体投地。

期待已久的上班初体验被焦虑取代了，周谧的心七上八下了一整天，时而叫嚣，时而悬浮，那感觉就像人踮着脚站在顶楼的边缘。

她倒不至于想死，只是感到意外、吃惊、不安以及可惜。

可惜的是她知道狼人哥哥不会再联系她了，她也不会再联系他了。

不然呢？一惊一乍地给他发条消息：哇，原来你是我老板啊！真是想不到呢！？

她可不想当那个悖约者。

当然这不代表她对他没有那么一丝期待，期待他主动与自己对上暗号，给双方一个富有人情味的退场。

结果显而易见，直到下班，她都没等来张敛的任何消息。

她猜到了。

走出大厦时，闪烁的霓虹似这座城市时暖时冷的眼。周谧在风里冷却了下来，并彻头彻尾地意识到：她根本不需要考虑任何的收尾方式。因为没有反应就是最好的反应。

他们从真正认识彼此的那一刻开始，就已经形同陌路了。

童话就此封存。

王子根本不是王子，而是有生杀予夺之权的国君。

她的童话就是个笑话

再无联络的那些日子里，周谧认为自己与张敛缘分已尽。

十楼的整个大平层都被奥星一家独揽了，张敛的独立办公室与她的工位相隔甚远，他们在茶水间偶遇的概率也微乎其微。

与张敛距离最近的一次接触是他来跟她的总监交代事情，那会儿总监刚好在跟她的 leader 交代事情。

周谧的工位紧挨着他们。

那一瞬间周谧屏住了呼吸，感觉这场景趋近于教导主任来找班主任，而她是学生，就坐在他们眼皮子下的窗口处。

她的心跳极快，但非小鹿乱撞的那种，她没有绮念，更不会浮想联翩。

除去本有的好嗓音，张敛讲话亦很有节奏感，像某种木制的乐器在颅内敲击着。

他不是那种铁面上司，相反他会开适度的玩笑，让下达命令时的氛围变得有如闲聊。

她余光里总监小幅度晃动的身体就是最佳证明。

该死!

她怎么只注意张敛？

等他走远了，周谧的第一反应是端起杯子猛灌一大口水，接着修改屏幕上的内容。

她刚刚装着自己极专心，手指叩击着键盘，噼里啪啦地敲了一大堆自己也不知道是什么的东西。

周谧仔细看了看文档，没有一句话是连贯的、有价值的。

仿佛被这些不成文的字眼分析透彻了，脸诡异地烫了起来，周谧当即将它们删光了。

或许与她的专业有关，她骨子里多少有点矫情。

她承认张敛的应对方式现实且合理，可多少显得有些无情。反正后劲上来后，她的自尊心有受挫，少女情怀也被掐出了几分痛意。

她以为……他总该有点留恋或不忍吧，但他比她想象中更加"刚正不阿"，甚至是欠缺风度。

刚来公司的那几个深夜，她总在琢磨，要不要给张敛发个短信，询问一下他的态度，无论是再续前缘还是一笔勾销，都好过现在的云里雾里。

最后，她还是把手机按灭，连同尊严一并揣回了被子里。

等工作步入正轨，这种沉浮起落的念头就淡化了。她有了相处得来、可以约饭的同事，日子被任务与安排占满了，下班后也要整理资料，就没有多余的工夫胡思乱想了。

当她以为他们这段情缘已经翻篇时，团建时的那场偶遇又扭转了局面，将故事推向难以预测的小高潮。

回忆至此，周谧坐在公司的马桶上，单手撑头，难以分清到底谁才是真正的始作俑者。

的确，那个夜晚，是张敛先让她过去的。

但他只问了些官方的客套话，诸如"来公司后是否适应"之类的，态度温和正常，不显山露水，像位兄长或是老师。

周谧也一一作答，目光却慢慢挪到了他讲话的唇部。

张敛的嘴巴很好看，上唇偏薄，下唇略厚，边缘线转折清晰。他应该是个相当自律的人，唇色是天然而健康的浅红色。

他看起来唇红齿白的，也不怪她起初以为他只有二十七八岁。

所以，当男人发现她心不在焉，提声问她"看哪儿呢"的时候，她脑子一热，将心里的话脱口而出："你可以最后一次跟我吻别吗？"

张敛静下去，脸上多了点别的东西，一如他们最开始定下约会规则前他脸上的那种研判。

周谧同样没有临阵脱逃，那会儿的她带着目的，看向张敛时多半有些狡猾，又有些无畏。

当然这其中更不乏大胆的暗示。

湖水晃荡着，张敛纹丝未动，只是依旧看着她，他的眼睛似能移动，在人的面庞上触摸游移着。

无声胜有声，周谧的神思沸腾起来，她猛地一阵心悸，不来点进展怕是说不过去了。

她咽了咽口水，胆子大了些："你不主动那我就主动了。"

下一秒，她看到男人的双目如日落后急剧暗下来的海面，他直接拦住她的后腰，将她整个人扣了回去。

周谧合上眼皮，双手紧紧抓住他的衣襟。

熟悉的暖滑感轻而易举地将她攻陷，张敛仿佛黑夜一样拥裹着她。

他们不敢在码头上亲昵过久，跟做贼般一前一后回到酒店客房。张敛在先，门给她留了道缝，那修长的手指就搭在门的边缘。周谧握住他的手，被他拉了进去。

她又钻进了写着童话的纸页里。

周谧在交织的气息里，在无间的擦撞中神思升空，却有些得了便宜还卖乖地想，她只是要个有仪式感的收尾，可没想过要重蹈覆辙啊……

重蹈覆辙。

周谧冷冷地勾了下唇，敛目看手里的验孕试纸，上面的两道红线堪比怪物的血色竖瞳，让她瞧得心惊肉跳。

怎么办?

她欲哭无泪,倾诉无门,望着四面白墙干着急。

心头盘旋着几个可以求助的对象:爸妈、闺密、同事,但这些人又被她一一划走。

发现自己连个能无所顾忌地说话的人都没有之后,周谧的鼻子慢慢被一种酸意浸没了。她用力绷住嘴,死撑着,不让那些慌张与懊悔脱眶而出。

搞什么啊?

不是做措施了吗?

周谧完全想不通。在她心乱如麻的间隙,尿意二次袭来,她忙抽出第二根验孕试纸,重测了一次,赌上天还不至于如此丧心病狂。

细长的试纸一点点被浸透的时候,周谧也被一种冰冷而反胃的感觉入侵了,像有条蛇游入了她的脊椎。

奇迹并未发生。

周谧绝望地注视着两条一模一样的验孕试纸,大脑嗡嗡作响,近乎耳鸣了。

她吸了下鼻子,听见有人进来。

她忙将验孕试纸和包装盒揣回兜里,并哗啦啦抽出一长条卷纸,以掩盖自己一时半刻无法收敛的粗急气息。

大哭或者咆哮,她总得选一样吧?

现实却是一样都不允许。

冲完水,周谧走了出去,眼周的那点湿润很快干透了,她恢复到"ok,没事,I'm fine"的状态。

门外的人是保洁阿姨,她看见周谧,熟稔地打起招呼:"你是新来的实习生吧?"

周谧点点头,笑着回道:"是啊。"

"侬老好看咯。"

阿姨客气地用地方话夸她漂亮。周谧停在白色的洗手台前,边搓手边道了声谢。阿姨仍从镜子里瞅她,换回带口音的普通话,说道:"工作又好,我女儿要是有你一半就好咯!"

说完阿姨便转过去，躬身收拾起纸篓。

周谧暗叹一声，冲阿姨的背影有气无力地弯了弯唇角。

忽然，阿姨停住动作，掉头看向周谧，面露一种过来人才有的惊讶和担忧："你还好吧？"

周谧与她目光交接，有些木然。

阿姨让开一步，露出纸篓，并指着里面。

周谧望过去，发觉阿姨示意她看的东西是她刚刚验过孕后随手丢进去的尿杯。

她双眼忽然张大，几乎立不住地靠住身后的石英台面。这个至关重要的细节，就这样被她忽略了。她浑身僵硬地哽了两秒，故作镇定地回道："那不是我扔的。"

不知她拙劣的演技能否骗过阿姨，但她好歹舒了口气。

周谧与阿姨道别，匆匆离开原地。

走出卫生间的那一刻，恐慌与无措再度从脚底蔓延出来，彻底将她裹住了。

周谧透不上气，再难自控地漫出两行泪。她抬手用力擦了下脸，停在墙边深深地呼吸着，以此平复自己。

她越想越不甘心。

她很快就要转正，并且拿到硕士学位了，人生的新台阶近在眼前。

可她也收到了二十四年来最具恶意的礼物，她顺风顺水的缜密生活开始漏洞频出，而她根本不知道要如何解决这些问题，以致程序全乱，周围都是死机的提示音。

周谧急需一个分担者，她不能一个人落水。

一个名字陡然浮现。

像找准了靶心，周谧四下看看，旋即取出裤兜里的验孕棒和手机，拍下照片。

她没有编辑任何文字，直接将照片粗鲁地塞了过去。

周谧顷刻间冷静下来。

噩耗传达完毕，被命运选中的倒霉蛋就不再只有她自己了。

短信发出去后，周谧在平静里度过了这个本该惊心动魄的上午。

同事们依次到来，她也像往常那般向大家问好。

奥星没有固定的上班时间，下午来上班的都有。但作为实习生，她相对谨慎，基本遵守朝九晚七的工作制，因为这她还被她的leader（领导）戏称为"事业单位阿康"。

周谧的leader叫叶雁，她身材瘦削，腰从侧面看是薄薄的一片，是"BM风"的忠诚信徒。叶雁负责的基本都是些快消项目，布置给周谧的任务简单但琐碎，比如查阅资料、整合文件、翻译内容，甚至是收发快递，将其打杂性质发挥得淋漓尽致。

临近中午，叶雁在群里呼朋引伴，问大家是出去吃还是点外卖。

周谧通常看其他人的反应，然后跟风。

对外她基本上是个随大流者，随大流意味着不易出错，这也是她读着中文专业却不干文案编辑的原因，创意需要灵机一动，需要自成一格，而她偏不爱天马行空的变数。

张敛是她人生中唯一的变数。

对了，张敛，周谧打开桌上的手机，男人到现在都还没来公司，也没给自己任何反馈。

从短信界面切回到群组里，聊天记录显示饭友们今天的安排是去扫荡便利店。

周谧忙回了个"OK"。

三个人结伴下了楼，叶雁已经在外卖软件里提前挑拣了要吃的东西，跟她俩一道的是另一位AE（客户主管）陶子伊。她爱扎很高的马尾或丸子头，也是个都市丽人，小西装一件接一件的，每日都不重样，比叶雁还具职业性。

周谧挑了一个饭团、一盒酸奶，回头一看，陶子伊已经捧着碗泡面走到窗边了。

叶雁偏爱沙拉，享受绿叶菜和柴鸡肉的样子如见珍馐。

周谧有些羡慕她的自制力，跻身xs（衣服码数，最小码）的世界果然费劲。

而叶雁似乎也很羡慕周谧，不经意地问："吃什么长的啊？胸这么大。"

周谧悬在高脚凳边乱晃的脚顿住了，她回道："应该是遗传的原因。"

"反正——"陶子伊吸溜一口面条，闷笑道，"肯定不是吃菜吃的。"

叶雁佯装发怒地拱她的胳膊，周谧也跟着乐。

不知不觉间把酸奶盒吸瘪的时候，周谧兜里的手机响了，她取出来瞄了眼，松弛的神经一下绷紧了。

可能是铃音过于动感，身边的两人都望了过来。

周谧下意识地将手机的一边抬高，躲避她们探问的眼神，并红着脸站起来说："我出去接个电话。"

她的反应太明显了，又没开始接触客户，何种电话会让她紧张如斯？这多半与重要的异性有关。

叶雁与陶子伊几乎是不约而同地"哦——"了一声，冲她挤眉弄眼。

周谧略显窘迫地一笑，三步并作两步跑到了门口。日头正盛，她眯起眼按了接听键。

那头的人开门见山地确认身份："周谧？"

"嗯。"她应了声，两人成功对接。

男人跟着确认事件："你怀孕了？"

心如同失灵的怀表，以致周谧的声音都有点打战："你看到了？"

很奇怪，交代事实怎会让她忐忑至此？她梗起脖子："就是我跟你的，团建的那次。"

耳边静默了两秒，对方反问道："你确定？"

愤怒让周谧瞬间面红如血，语气也变得很冲："除了你还有谁？我又不是植物可以自体受精。"

大概是听出她在孬毛了，抑或是她的措辞比较有趣，男人的语气平缓下来，有了安抚的意味："你先冷静下来。"

他又问道："你现在在哪儿？公司？"

周谧回道："嗯，下来吃饭了。"

张敛说："我还在客户这边，你下午请个假，我忙完了就去找你。"

周谧一愣："找我干吗？"总经理突然找实习生不会过于引人注目吗？

张敛有条不紊、不容置喙地说："两点半，我在B1停车场等你。"

听起来他好像要挂电话了，周谧赶忙叫住他："我怎么请假？"

"就说学校有事。"他在断线前再一次叮嘱道，"两点半，别忘了。"

周谧在门外晒了会儿太阳，身体因浮躁而升温。

她完全猜不透张敛的想法，也不知道他要花一下午时间带她做些什么。他甚至冷静得有点过分。

但他好歹愿和她一起面对不是？转念一想，周谧顿时陷入"没看错人"的庆幸之中，又委屈巴巴地红了鼻子，悲喜不定。

情绪稍微缓和后，她设好14:15的闹铃，返回店内。

坐回落地窗前，她果不其然地收到了两位同事的揶揄，她们还好奇地追问她对方是谁。

周谧不好作答，只给了看起来最真实的回复："就是学校里认识的男生。"

"在暧昧阶段吧？"

"或者刚谈。反正肯定不是男朋友，谈久了才不会避着人通电话。"

"长得帅不帅啊？"

她俩七嘴八舌地问着。

周谧只能涩涩地笑着点点头。

后来她们的话题不知何故就蔓延到了公司的异性身上，叶雁与陶子伊资历老，对公司里各人的性情外貌、工作能力都如数家珍。

她们聊到了张敛，说他是最绝的那个。

陶子伊感慨地拨了一下额发，惋惜地道："可惜他有女朋友了。"

叶雁接话道："还是VET公司老板的女儿呢。"

咣一下，好像有只粗陶罐子在周谧的脑袋上碎裂了，她的感知出现了障碍，同事的交谈声变得沉闷而遥远。

灵魂似浮出了躯体，在目睹自己笑嘻嘻地参与话题："他这么厉害吗？"

陶子伊看向她，眼弯成了细细的弧线："对啊，我前年刚来奥星那会儿，还年少轻狂地想要勾搭他，后来知道了他的对象是谁，赶紧跑了。"

叶雁大呼没出息，啧了声："不然你以为 VET 为什么一直让我们代理？"

陶子伊说："不是说他以前没被挖回国的时候就跟二千金认识了吗？"

"渊源这么深？那肯定在一起很多年了。"

陶子伊咬着吸管道："反正我听说的版本是这样的。"

周谧难以置信地回到工位上，每一步都像踩在无边无际的海绵上，软趴趴的，心也毫无着落。

胸口更是提不上气来，被耻辱和愤懑来回挤挤着。

美丽的故事破碎了。

她被骗了。

初遇那天的细节历历在目。跟张敛提出深度交流并得到应允后，她就挂在他的脖颈上，用手指点着他的鼻头，用尚存的一分理智跟他咕哝道："你是单身吧？我可不想变成道德败坏的人。"

他分明点了头的。

然后她才把嘴嘟得老高，像只嗷嗷待哺的雏鸟，期待着被他标致的嘴唇饲喂爱意。

捏了好一会儿拳，周谧抄起手机，决心发条短信过去一问究竟，可真正到了发信息的关头，她的忍者属性又占领了情绪的高地。

她关闭对话栏，并迅速切换页面，转而取消了那个提前定好的闹铃。

见不见面已经不重要了。

结局显而易见。

她的童话就是个笑话。

她的王子也是个人渣。

多种情绪杂糅在一起，让她难以正常工作。翻了几条产品资料后，周谧单手托腮，开始疯狂喝水。

她一会儿跑去接茶，一会儿跑去如厕，像只茫无头绪的磁力球在公司里来回摆荡，一直熬到约定的时间。

两点半，无人来电。

张敛或许等了她一会儿。

两点四十分，她的手机才亮起来，是他发来的短信：人呢？

在你的坟头翩翩起舞呢，周谧在心里唾骂，但碍于实习期尚未结束，自己还在他的权力范围内，她憋住了快要冲破头皮的怒意，还算客气地放了他的鸽子：我不过去了。

张敛的电话打了过来。

周谧长呼一口气，接通电话。

他依旧先发制人，无可挑剔的声线此刻听起来却令人作呕："是请不下来假？"

周谧勉力使自己平静下来："不是，是我想通了。"

"想通什么了？"他无法跟上她的节奏。

"可以短信跟你说吗？"周谧隐隐觉得不快，"你知道我在哪儿。"

张敛挂了电话，等她解释。

周谧连拍两下胸口顺了气，开始编辑短信回复他：这件事我们双方都有责任，你付我一半医药费就行，剩下的你就别管了，我会自己处理好的。

确定态度够酷，周谧将这条信息发送出去。

张敛回得很快，是两连问攻击，还是不带标点的那种：

怎么处理

在公司还是在家里

周谧眨眨眼，陷入深思。

她对这种事并非一无所知。

大四时她曾陪表姐去过一次妇产科，那会儿表姐因为胎停，不得不去医院结束妊娠。表姐难过又惊惶地在诊室里哭哭啼啼，而医生显然对此司空见惯了，全程冷着脸，就开了两盒药，连医嘱都言简意赅的。

周谧以此为依据地发了一条信息：请几天假，去医院开点药就好了。

张敛又打来了电话，宣告他的耐心所剩无几。

周谧咬咬大拇指，握着手机躲去楼梯间，接听电话。

他的吐字带着一种压力："马上三点了，我和医生约的也是三点。"

周谧问："你要带我去看医生？"

张敛说："检查。"

周谧听见自己的声音变得尖厉："检查了又怎么样？还不是一样的结果，少假好心！"

那边安静了。

过了会儿，他开口问："要多少钱？"

周谧发出含讥嘲意味的鼻音，眼却急速漫出红潮："我不知道，先转给我五千好了。"

"五千够了？"

"差不多吧，"她用词谨慎，宛若在采买东西，急于两清，"多退少补。"

她照搬他之前的冷静，体面而虚假地表演着，为的是让自己看起来不像那个一直被蒙在鼓里的悖德者和受害者，而像一个因意外与之和平结束这段关系的朋友。

张敛淡淡地应道："行。"

周谧虚脱地往回走，安全出口的门在她身后吱呀合拢，她觉得自己也被硬生生地夹了一下，头部急促地疼起来。

还没回到工位，软件提示音响了，她点开来看，是来自张敛的转账消息，数额比她的需求要多出一个零，足足有五万元。

周谧没吭声，收下了这笔钱，又退回去四万五。

张敛说：剩余的当营养费，你好好休息。

周谧微哂：也不全是你的错。做个人就行，好人就不必当了。

几秒后，张敛如她所愿，不发一言地收走了那四万五。

吃吧，没下毒

晚上近七点的时候，周谧离开公司，走进了地铁站。

混在人头攒动的人流里，她目睹一位孕妇上了车。孕妇的气色不是很好，头发松松地绾了个矮髻，高高隆起的腹部仿佛裹有炸弹，让人群如被割开的海般流向两边。

一个怀抱公文包的男人忙不迭地起身，给孕妇让座。

孕妇道了声谢，不急不缓地坐下去，面孔平静得仿佛她天生该享有这种特权。

周谧在她跟前站定，盯着她的肚子出神，直到对方疑惑地瞥她一眼，她才不自在地错开视线。

孕妇邻座的中年女人看了好几眼孕妇的肚子，同她搭起话来："几个月了？得有七个月了吧？"

孕妇笑了笑："八个月了。"

中年女人一脸的可喜可贺："那快了啊，要解放了！"

"是啊，"孕妇的手不自觉地摸上了腹部，"现在做什么事都不方便。"

"老公呢？也不陪着。"中年女人替孕妇不满，"这个月份了还是得小心点。"

孕妇停顿了几秒才说道:"他今天有事。"

也就是这时,周谧移开了眼,不再看她们两个,后知后觉地明白了自己为什么对这个孕妇过度关注了。

她很快找到了原因。

那就是她对自己的身份有了新的认识,仿佛来自生物的本能,她能敏锐地感知到同类。

表姐流产之后,与周谧一道逛街时也常望着在商场里穿行的孕妇或者跑跳的小孩出神,她之所以会这样就是因为她曾短暂地并满怀期待地成为一个母亲。

回到家后,周谧心力交瘁地把自己连同包一起甩在了床上。

妈妈在外面问:"今天回来得蛮早的嘛,吃过饭没有?"

周谧扬声回道:"没有。"

妈妈没好气地道:"那一回来就钻到房间里干吗?出来吃饭啊,等凉了再吃吗?"

"哦——"周谧呵一口气,翻身下床,趿拉着拖鞋。

餐桌上摆着两菜一汤,其中一盘是清蒸鲈鱼,上面点缀着青红椒丝,摆盘相当用心。

鱼的眼睛暗淡、惨白,不知何故,周谧觉得它还活着,正仇恨地盯着自己,于是她倒胃得要命。

但老妈却像个大厨,在推销自己的招牌菜品:"快吃吃这个,我刚从网上学了个豉油的新调法。"

周谧强忍着心里的排斥,给面子地夹了块鱼肉塞进嘴里。

以前她明明很喜欢吃的鱼,此刻却腥臭无比,让她难以下咽。

意识到缘由后,周谧怕老妈看出什么,就艰辛地吞咽了下去。

她抿唇笑了下:"好鲜。"

她又问:"我爸呢?在加班?"

"是呀。"老妈对她的夸奖很是受用,又挑了一大筷子鱼肚肉放到她的碗里，"你多吃点，还不知道他回不回来呢。"

周谧心说杀了我吧。

接着她看到妈妈像往常一般用筷子卡下鱼头，双手捏着鱼头嗦起来。

周谧瞧得心酸，眼眶迅速热起来，就低头猛扒饭。

太糟糕了！

糟糕透了！

洗完澡回到卧室，周谧锁上了门，打开笔记本，输入自己想查的信息：可以一个人……

没想到，搜索栏显示的第一条内容就是"可以一个人去做人流吗"。

周谧顿时笑出声来，那是很短很轻的一个"哈"。

跌到谷底的心情莫名昂扬了几分，原来同病相怜的人是那样多。白色的屏幕映得周谧的双眼晶亮，她极具阿Q精神地点进去，发觉所有的建议都是最好有人陪护。

最好有人陪护。

咬文嚼字地理解一下这句话，其意思四舍五入不就是"没人陪同也不是完全不行"？

周谧打定主意将这一切神不知鬼不觉地解决掉。她迅速在微信里跟叶雁请了一天假，借口就是白天张敛教给她的那个。

叶雁是位蛮好说话的上司，加之周谧实习期表现得不赖，她连细节都没问就同意了。

在手机里的医疗软件上预约好妇科号，周谧如释重负地呼出一口气，觉得心情似乎没那么糟糕了。

她甚至还有几分感动，为自己的果敢与利落。

安排妥当，周谧睡了个不错的觉。

翌日天气并不好，有蒙蒙小雨，她七点就出了门。

老妈还好奇她今天怎么走得这么早，周谧以不变应万变，说自己要先去学校拿个材料。

下了出租车，周谧撑起伞，听见自己的心跳声就跟头顶密集的雨丝落在伞上的声音一样嘈杂。

医院里人来人往，等周谧到了科室的等候区时，那里已是人挤人了，女人们戴着口罩，神情麻木且漠然地坐在那，姿态各异，形容不一，有人妆容精致，有人皱纹满脸。

周谧是第一次来这种地方，脸上微生赧意，并下意识地绕着走，躲开人最密集的地方。

她没找到容身之处，只能立在墙边干等。

担心碰到熟人，她特意将口罩拉得老高，全程低着头，心不在焉地刷着微博，却看不进一个字。

不知站了多久，周谧听见自己的名字被一种机械的女声一字一顿地报出来："请042周谧到普通门诊一室就诊。"

周谧愣了一下。

导医台年纪稍长的护士跟着尖声喊了一句："周谧在吗？"

周谧的脸红到耳根，她匆匆瞥了一眼显示屏上的红色排号名单。

确实轮到她了。

她慌张地将手机揣回衣兜里，捏紧就诊卡，快步走进那条白森森的廊道。

坐诊的是位年轻白皙的女医生，口罩上方露出的眼神略显严厉。

周谧将就诊卡和病历交给她，而后拘谨地立在桌边，有些不知所措。

"坐啊。"刷完卡，医生奇怪地瞧着她。

周谧赶紧坐下，双手搭在腿上，无意识地微微攥着拳。

"周谧，"医生漫不经心地确认了姓名，然后问道，"怎么了啊？"

周谧深吸一口气："我怀孕了。"

医生瞄向显示屏，摁了两下鼠标，随后又看回来："自己在家验的？"

周谧点了点头，掏出口袋里的验孕试纸，摆放到面前的桌上。

医生扬眉扫了一眼："上次来月经是什么时候？"

周谧稍作回忆，报出了日期。

医生微一颔首："是想做个检查进一步确认一下？"

周谧的两手不知何时绞在了一起："我想流掉。"

顷刻间，医生的眼神变得复杂了些："你的年纪也不是特别小啊。"

周谧咳了一下，开始背昨晚提前准备好的台本："我还在读研，暂时不想要小孩。"

医生问："你对象呢？"

周谧的眼尾不耐烦地抽了一下："我们已经商量过了。"

医生不置可否地挑了下眉。

见医生神态微妙，周谧急切地问："我现在这个情况能药流吗？"

医生说："不好说，得查一下，先做个阴超看看吧。"

阴超。

这个词对周谧而言相对陌生。

于是她换了个更熟悉的名词："B超吗？"

医生"嗯"一声："阴道B超。"

大概能想象出是怎样的检查项目，周谧惶然地瞪大双眼，心头也起了惧意。

医生却已经漠然地开起单子，而后斜了周谧一眼："做之前记得把小便解干净。"

捏着检查单走出B超室时，周谧双腿发软，都有点站不稳了。

她在走道尽头找了张椅子坐下来。

她第一次知道这种检查的存在，她需要直面冰冷的仪器，以一种屈辱到让她颜面近乎全失的姿势。她不是没用过这种姿势，但那是完全不一样的经历，当下的情状让她觉得这是对她轻狂过往的一种讽刺与惩罚。

中途她死咬着牙关，但因极度恐慌还是不可控地溢出声响。操作探头的医生在旁边毫无感情地说："不疼吧？你得放松啊，这么紧张能好受吗？"

是不疼。

只是好像有一种难堪在她的体内肆意横行。

周谧觉得自己的全部尊严都失去了，难受得无法用语言来描述。所以在仪器出来的那一秒，她就开始哭泣了，泪眼模糊到根本看不清单子上的结果。

她也不敢看。

她仿佛患了重感冒，鼻腔全被堵了，大脑发蒙，被一种混沌而沉重的反向力不停往地面拖拽着。

周谧不停地用手抹着泪，路过的人都会多看她一眼，可她此刻都顾不上脸面了。

无知者无畏，等到亲身经历了，她才意识到自己其实一点都不坚强，也一点都不勇敢。

没有依靠的她，此刻已经害怕得要死了，因此完全无法想象接下来还要面对的种种境况。

周谧取出挎包里的手机，佝偻着身体翻起自己的通讯簿，她的泪水啪嗒啪嗒地往手机上滴，触屏几度失灵。

她用袖口抹去泪水，母上、老爸、表姐、言言……一溜名称在眼皮下方晃过，她却不敢点下其中任何一个。

真的太糟糕了！

不会有比这个更加糟糕的经历了！

除了张敛，无人知晓她的现状，甚至连张敛都无法感受到她这一刻的心境。

周谧用力咬住后槽牙。

她反悔了。

既然双方都有责任，她为什么要轻易放过张敛？

最起码，这个难关，她必须把他拉到现场来，让他目睹她的为难、她的张皇，再检讨、反省他的罪孽和恶行。

最起码，在这个失误被根除前，他们在一个战壕里，是同一根绳上的蚂蚱。

她长长地倒抽一口气，调出"狼人哥哥"，笃定地按了下去。

手机只响了两下，电话就被接起来了。

周谧抿了抿唇，鼻音很重地直呼其名："张敛。"

对方一下子没说话，似乎在等她继续。

"你过来……一下吧……"周谧又开始掉眼泪，压根儿无法改变自己这种丢人的哭腔，明明前一天她还很刚强，"我一个人在医院做检查，刚做完B超，不知道要怎么办。"

那边的人问："哪家医院？"

"就……就人民医院。"她被脆弱彻底淹没了，说话都结巴起来。

张敛说："我现在过去，大概半个小时到。"

"好。"周谧应了一声，好似有了同盟，心莫名被触动了，又忍不住抽噎起来。

男人没有挂电话。

她等了会儿，手机仍处于通话状态。

周谧"喂"了一声。

张敛："嗯。"这表明他还在。

周谧奇怪地问："你怎么不挂电话？"

张敛没什么情绪地说："再听会儿。"

周谧正用纸巾擤着鼻头，一下子没反应过来："听什么？"

张敛笑了一下，这笑声很明显，跟故意要让她听见似的，其意味不言而喻。

"你有毛病吧？"周谧吸气，挂了电话。

一会儿张敛的短信过来了，他让她发个具体位置给他。

周谧没搭理他，心却定了不少，能好好研究自己的B超结果了。上面有些她看不懂的名词：前位子宫、妊囊，以及几个以厘米为单位的数字。

粗略看完从手机上查到的科普知识，她忍不住对照了一下自己的指甲盖，然后周身一激灵，关了手机。

这个过程让周谧的泪水不再流了，也让她的情绪不再倾倒如注，而是变得平滑，成为一缕微风。

一扭头，她看到走廊那头拐进来一个男人。

张敛到得比她想象中要快。

超声区排队的人几乎都朝他望了过去，因为他白衣黑裤，高得格外醒目，长腿大步生风。

他的一举一动总带着恰到好处的气场——周围的人仿佛进入了某部影片，

空气里有人喊了一声只有他能听见的 action（开始），接着他便成为所处环境的主角。

他也迅速锁定周谧，眉头略微一蹙，又很快舒展开来。

周谧从椅子上站起来，一时间呆住，不知道要对他摆出什么样的姿态或表情，刚才电话里的崩溃哭诉已耗去她太多的心力，也让局面变得尴尬不已。

她想了想，在他靠近前将检查单递了出去，把它当作一面盾牌或是一条界线。

她的动作有点突然，张敛猛地止步，接过检查单。

他半眼没瞧就垂下手，从裤袋里取出一样东西递给她。

周谧拿过来，发现那是一只包装完好的白色口罩，只是被他折了一道。

周谧将之展开，抬眸疑惑地看着他，眼圈红通通的。

男人应该是没打伞就直接从停车场赶到了这里，衬衣的肩部有洇湿的痕迹，梳得一丝不苟的黑发上也残留着水汽。他低头看她："不哭了吧？"

周谧受刺激般地瞪了回去，眼神并不友好。

张敛面色不改，下巴微抬，看着她脸上那只被拉到底、早已浸湿的口罩："换上吧，你这个，再哭估计兜不住了。"

周谧起初不解，明白张敛的意思后，她并不意外他会这么做。

张敛一直都是个细致入微的人，他曾通过她头绳的样式判断出她的个人喜好，并在第二次碰面时，给她带来了一份甜品以及一只缀有樱桃的短款钱夹。

钱夹的确可爱，是周谧早就觊觎过的款式，但它来自某个价格并不平易近人的品牌。

她的第一反应是拒绝。

她还是个学生，个人收入有限，明显负担不起同等花销，所以慎重地拒绝道："我恐怕不能接受这个，因为我没办法送给你等值的礼物。"

张敛一下笑开了，他的瞳色偏棕，眼睛有弧度时人会显得格外宽和，像杯被温久了的梅酒，极易让人醉倒在这种若有似无的柔情里。

他似乎有点无奈："为什么要把我们的关系看得像某种交易？"

最后周谧只收下了甜品，还恶作剧地将奶油抹到他的唇上，双手合十，甜丝丝地挤出一句蹩脚的日语"我要开动了"，自然而然地将交易化解为交融。

当时的她绝对想象不到眼下这幕情景。

交融变回了交易。

手里的检查单也成为协议当中重要的一环。

医院的走廊像一幅很长的灰白调的油画，将众生百态尽纳其中，他们是当中的两笔，相视而立。

周谧撕开口罩包装袋，重新把自己藏了起来。

张敛问她："接下来干什么？"

周谧说："把单子拿给医生看。"

张敛终于低头去审阅那张他并不上心的检查单，还指了下右边图里的小块阴影区域，轻描淡写地问："这是宝宝吗？"

他的措辞太诡异了，周谧感到莫名羞耻："什么啊？"

她不适地皱着眉，不觉带上了不耐烦的腔调："应该是那什么囊吧。"

挨着他们的年长女人听得直笑，回头瞅着这对她早就注意到的"天仙配"，热心肠地解答道："是孕囊。"

女人又问："第一次怀孕吧？"

她凑过来细看一眼张敛手中的单子："哎？还没胎心呢，别着急，回去等个把礼拜就有了。"

张敛道声谢，没再接话。

周谧把手背搭在额上，转过脸呼出一口气。

令人窒息的尴尬在蒸腾，在蔓延。

张敛及时破局："出去说吧。"

周谧跟着他来到医院大厅靠近大门的位置。外面的雨气从厚重的门帘后一丝丝地渗进来，把刚才那种一言难尽的氛围给稀释掉了。

周谧解放般地轻呼一口气："不给医生看吗？"

张敛问："看完之后呢？"

周谧耸了下肩："之后你不知道吗？"

她的态度又变回了那种真假难辨的无畏，现在的她跟刚刚在电话里因无援而声泪俱下的她判若两人。

张敛懒得分析，只管阐明此行的目的："如果你不介意，我带你去另一家私立医院，那家医院的副院长是我的朋友，服务应该比这里好。"

回想起B超室里的一幕，周谧的心还咯噔直响："哪家？"

张敛说："成和医疗。"

这家医院周谧听说过，它在宜市颇有名气，口碑不逊于公立三甲医院。

稍作斟酌，她点头同意。

"走吧。"张敛率先去掀门帘，等她从他臂弯下经过，他才跟了过去。

外面还下着雨，周谧停在台阶上，从包里取出伞。

她的伞是全透明款式的，装在带字的塑料袋里，张敛多看了两眼，判断那是一只路边超市的购物袋。

他小幅度地勾了下唇。

其实在很早之前，他就大概摸清了周谧的脾性与家境，即使他们共处的时间加起来可以说是相当短暂。

这个女孩总会在无意间展露出一些稍显市井的细节，但又有种与市井相矛盾的不矫饰的浪漫和天真。他猜她还在念书，专业偏向文科，是宜市的土著，居住在有些年头的旧小区里，生活水平中等，与父母的感情应当不错，从小到大也受到了合适的照顾。

而这些他都在他们在电梯里偶遇的那天，在周谧的简历中得到了证实。

她的个人介绍用的不是套路化的模板，而是一份很不错的PDF（一种可移植文档的文件格式）文件，内容清晰有力，翻看时也不觉乏味。

从这些足以看出，她是个自信、内心充盈、富有想法和能量的漂亮女孩。

随后他按兵不动地继续关注了她几天，并挖掘到她更多的优点：知趣、循规蹈矩、懂得审时度势。

这些优点对她这个年纪的女孩来讲很难得。

可现下看来，她着实有些颠覆他的想法了。

她到底还是个小女生。

周谧撑伞时嘭的一声响打断了张敛的思绪，他把视线收回来，抬手示意由他来打伞。

但下一刻，周谧视若无睹地走下台阶，昂首挺胸的，从埋在沙里的鸵鸟变成了骄矜的小孔雀。

张敛在心里偷笑，快步走到她身侧，拉了下她的胳膊："往哪儿跑呢？"

周谧停住步伐，伞下的眼黑溜溜的，不解地望向他。

张敛说："你要自己打车去成和？"

接着他偏了下头，示意她看他们刚刚站的地方："回台阶上等着，我去取车。"

周谧僵住，当即转头原路折返，然后收起了伞。

张敛也跟了过来，将彩超单递出去。周谧伸手去接，他却没松手。两人来回拉扯了两下，周谧先沉不住气了："给我。"

张敛提出交换条件："伞。"

周谧松开不再发力的手指："不要了，你拿着吧，你的好宝宝。"

张敛盯住她，不知是不是因为檐下背光，他的眼睛幽暗了些，有如黑色夜空下深不可测的水井。下一秒，他强行将伞抽走，平静的口吻里隐藏着告诫："周谧，我是你的老板。"

"啊？"周谧手里一空，先是被他类似威胁的话惊了一下，旋即隔空指着他说，"你怎么仗势欺人啊？"

张敛瞥了一眼她毫无杀伤力的动作，似笑非笑地说："你在说这种话之前，先弄清楚我是不是已经默许了你拥有特权。"

周谧哑口无言，胸腔急剧起伏，一时竟想不出任何能反驳他的话。她慢慢垂下手，再无声响。

张敛停止了这种无聊的对峙，态度复原，撑伞："别乱跑，在这儿等我。"

周谧"哦"了声，声音低到几乎听不见，像是只做了个敷衍人的口型。

几分钟后，张敛将车开来这里。

他朝窗外斜了一眼，单手搭在方向盘上，哂然一笑。

结果不出他的所料，门诊楼正大门的台阶上，只余雨幕与人群，哪里还有周谧的身影？

回去的路上，张敛接通蓝牙耳机，给朋友回了个电话。

对方听完前因后果都笑裂了："我已经给你安排两次了，把人带过来就这么难？事不过三，再不来我可不管你这事了啊。"

张敛也无可奈何地笑道："你先想想我被放了多少次鸽子。"

朋友说："你别搭理她得了。照你的说法还不知道到底是不是你的呢，别给人当冤大头！"

张敛慢慢把车停在红灯前，目光深沉了几分："我还真不怎么关心到底是不是我的，我就想好聚好散。"

回到公司后，他破天荒地来早了，放眼望去公司里还看不到几个人。

去办公室前，张敛绕了下路，果不其然看到周谧截在那儿。她穿着薄荷绿的开衫，龟缩在自己的工位上，被周遭的绿植和摞起的文件掩去大半身体，很像一只处于密叶之下的安静的翠鸟。

她目不转睛地盯着电脑，但什么事也没干，一动不动的，似在发怔。

张敛收回目光，低头看了看袋子里的伞，叫住迎面走来的保洁阿姨："你去问问这是谁的。"

阿姨忙把伞接过去，应了声好。

张敛又不着痕迹地扫了周谧一眼，走回自己的办公室。

周谧被问到的时候有些意外，还前后左右警惕地瞄了几眼，确认方圆几里内无敌方目标，这才说："是我的。"

阿姨见状，笑着说："是张总捡到的。"

整个公司只有阿姨这样称呼他，其他人都是叫老板或张敛的英文名。

周谧把装伞的袋子搁到桌肚里："哦。"

此时已过十点了，公司陆陆续续到了人。

叶雁一来就火急火燎地塞事给周谧："Minnie，帮我把这条短视频截个图，然后把里边的英文译成中文排在上面，用同色字，弄完就打包给我，我要放在PPT（演示文稿）里，很急……哎？你今天过来了啊？"

叶雁突然反应过来。

周谧抿唇微笑，面不红心不跳地扯了个谎："室友把日期说错了，不是今天。"

叶雁不多问，叼住一条蛋白棒，迅速将一份邮件转发过来。

等办完这些，她才有空咬一口蛋白棒。

咔嚓一声脆响，周谧的肚子也跟着咕噜咕噜地叫唤起来，她这才想起来自己担心有抽血检查的项目，需要空腹，所以还没来得及吃早点。

也是，她气都气饱了。

周谧看完短视频，心里大抵有了数，便走去茶水间接了杯水，目光扫过一旁的吧台，上面摆放着水果、茶包、胶囊咖啡这些东西。她初来乍到，有几分寄人篱下的谨小慎微，不大好意思直接拿走充饥，只得叹口气，往回走。

快到工位时，手机突然响了，她接起来，发现是外卖电话。

她并没有点过东西，于是再三确认，对方说就是她的。

她疑虑重重地来到一楼，一位穿红外套的麦记配送员就与她对上了眼，并快步走近她，道："你是周谧吗？"

周谧点点头。

小哥将手里的纸袋递给她，同时道："里面有饮品，请您小心拿取，祝您用餐愉快。"

周谧单手拎过来，人还有点木木的。

她眉头微皱，莫名其妙地上了楼，坐回自己的工位上，而后打开纸袋瞄了一眼，里面放着一杯豆浆，还有一只猪柳蛋堡。

隔壁把键盘敲得飞起的叶雁嗅到香味，瞟了一眼："你才吃早餐呀？"

周谧抠了两下脑门，还有些犯迷糊，迟钝地"嗯"了一声。

片刻，她才反应过来，并警觉地绷直了脊背，仿佛头顶多出一只隐形的监视器。一股羞恼交加的烫意从大脑席卷到面部，周谧双颊鼓起，一把抓起桌面上的手机，给张敛发短信：你点的吧？

她焦灼难耐地等了几分钟，那边回了消息，承认得很是坦荡随意：

吃吧，没下毒。

我是荀老师，也是张敛的母亲

注视着这条短信，周谧的脸上浮出了微妙的笑意。

她觉得张敛这人很神奇，居然自行提供这种可乘之机。刚才在医院里被压了一头的窘势得到了逆转，她忙不迭地输入文字：这是特权吗？

她还配了个带腮红的微笑脸 emoji（视觉情感符号），然后把信息发送出去。

她这话要多阴阳怪气就有多阴阳怪气。

张敛的回复平平淡淡：这是体恤。

他用词刁钻，精准地维持住了那种上级感。周谧暗自咬牙，说：那谢谢哦，老板人真好，奥星可真有人情味。

她字里行间的小情绪让张敛在桌前笑了出来。

他单手撑头，决心将事情问清楚：你好像对我有误会？

然后他又补了句：说说？

但周谧没再回复。

张敛倒是没恼，具体原因说不上来，可能是他没那么在意，也可能是她这副一会儿抽抽搭搭，一会儿又摆点谱的样子挺有意思，他觉得隔三岔五地逗弄下她，不失为一种消遣。

他转头离开座椅，到落地窗前给客户打了通电话，挂断电话时，手机里又来了条短信，他以为周谧又发了什么义愤填膺的小作文，点开一看，却发现信息来自另一个许久未联系的人。

信息内容不长，是条约饭邀请，张敛看完就将它删了。

回到办公桌前，他思忖片刻，从通讯簿里找出了那个人，回了个：哪儿？

中午，张敛离开公司，开车去了城郊。

约见的地方是个规模不大的日式会所，飞檐画栋的，四面是回廊，其间有别具匠心的林石花鸟，一汪塘水倒映着天，如一面明镜。

张敛刚脱去皮鞋，穿着和服的服务生便屈身为他收鞋，待他换上木拖，才将他引向包厢。

刚一进门，张敛就跟矮案后的女人碰上了目光，她缩着低髻，上簪纯白深水珠饰，身穿一字领复古黑裙，很像昭和时代的名门大小姐，与环境完美相融了。

她笑了一笑。

张敛走到她对面，盘腿席地坐下，开门见山地道："什么事？"

他的口气疏离且不客气，但女人似乎有备而来，情绪并未出现波动，只说道："我想重新开始。"

张敛略微怔了一下："你叫我过来就是为了说这个？"

"嗯。"女人双手捧起茶器。

张敛安静地看着她，双目幽深，比起凝视，他这样更像是某种审视："我不想结婚的念头可没改变。"

"我知道啊，"女人漫不经心地抿了下嘴，"但我想通了。"

张敛微勾起唇："想了一年多？"

女人小而精致的面孔扬起来："你这一年多不也没人吗？"

张敛的上身往后虚虚斜了一下，这使他看起来有些闲散，并不专心："没人也不代表我在等你说这些。"

卷翘纤长的睫毛一掀，女人莞尔一笑，语气温温柔柔的："那是为了一直把 VET 捏在手里吗？"

张敛一笑，终于叫出她的名字："林穗，我们分开的这段时间，你都在修炼如何自贬？"

从容优雅像受惊的天鹅，迅速从林穗的脸上飞走了。

"奥星离了 VET 还能活，"张敛的声音从始至终都很冷淡，"你才是离了令尊不能活。"

林穗忍住了将手里的茶汤迎着他泼过去的欲望："你来见我就是为了这样跟我说话？"

张敛摇了摇头："不，当面确认我们早已达成的共识。"他没有感情地笑了下，"林小姐，纠缠不清可不是你的风格。"

陶杯被狠狠地砸向地面，又弹了出去，在竹席上滚了老远。林穗在怒不可遏中变得面红耳赤。

小部分滚烫的茶渍溅在张敛的衣裤上，但他无动于衷，单手拿起一旁竹垫上的灰色温毛巾，不急不慢地拭去茶渍，道了句"谢谢招待"，才起身离开。

当天下午，张敛出差去了趟京市。

与此同时，周谧收到了一条微信好友申请，内容就两个字：张敛。

周谧完全摸不准这个人的行事风格，他的风格过于变幻莫测，比脱光了衣服的他难解一万倍。

怀着一探究竟的好奇心，以及打工人难以违令的心情，周谧摁下了同意键。

张敛的微信名就是他的英文名，Fabian，他的朋友圈也很……怎么说呢？不私人？道貌岸然？像刻意展示给大家看的官方形象，像一间布置得规规矩矩的会客厅，不见任何的烟火气。

周谧怀疑他有小号，只是对方认为她还不够资格在他的后花园中占有一席之地。

但当晚回到家后，周谧觉得自己判断错误，他应该只有这个微信。

因为他分享了一张名片，还发了两句很私密的交代的话：

我出差两天。

都给你安排好了，这是成和医疗的成副院，你跟他联系。

周谧刚好在吃饭，听见提示音，随意扫了一眼，米粒险些从她的鼻腔里喷出去。

见她咳得厉害，老妈拍着她的背给她顺气："怎么了啊？"

周谧喝了两勺汤润了润喉，直摇手："没事。"

她囫囵吞枣地吃干净碗底那点饭，牢握着手机，躲回了卧室。

四仰八叉地躺在床上，周谧盯着这两条嘱咐发呆，一时半刻想不出来如何回复。

过了会儿，她决定不予理睬，直接加了张敛的朋友。

那边通过得很快，还摆出一副早已恭候大驾的样子：总算等到你了。

周谧语塞了几秒，发过去一个问好的卡通表情包。

对方也不拐弯抹角：明天抽空来一趟？

周谧说：能一天内全部弄好吗？

对方问：你是指什么弄好？

周谧说：就是各项检查跟人流。

对方回了个笑脸：你人得先过来。

周谧想起了上午的检查单，眨眨眼问道：你是医生吗？

对方说：我不是医生是什么？

周谧回：麻烦你等一下。

她打算拍下检查单上的结果给对方过目，问清接下来的安排，好有个心理准备。

她埋头翻了会儿包，发现包里根本没那张单子。

周谧遽然想起，它跟伞一道被张敛拿走了。

上午的一切仿佛都是她在自立 flag（旗帜，这里指目标），伞是物归原主了，但关键信物还在他手里。她像是在他那当了什么宝贝，对方只需好整以暇地等她过去赎走东西。

"啊——"周谧懊丧地双手抱头，栽到枕头上。

她活动了下十指，心里扭起千千结，最终还是妥协地去问张敛：我的单子在你那儿吗？

张敛应该在忙，她等了几分钟对方都没回消息。

周谧也不好意思把医生冷在那儿，切回去说：没事了。

对方似乎怕了：来不来？给个准话。

周谧不由得心烦起来，昨晚她刚跟叶雁请过假，虽说自己白日勤勤恳恳地干了一整天活，但因为同样的事连续两天叨扰上司，她做不到心安理得。

她支支吾吾地道：那个，我昨晚刚跟我的上司请过假。

那边心服口服了：妹妹啊，我真是第一次见到你这么纠结的人。你跟张敛是什么关系？你请个十天半个月的假都不是事好吧？他不会把你开除的，你放心啊。

周谧无言以对。

对方所说的，就是张敛白天用来指摘过她的"特权"，倘若她随意动用这"特权"，那么"特权"将成为她的重荷，成为张敛今后可以随时取来拿捏她的筹码。

周谧翻了下日历，挑选最近的假期：要不周日？

对方再无动静。

大概十来秒后，周谧猝不及防地被拽入一个临时开的三人群，还与张敛双双被 cue（提示）：

@fabian @谧谧子放学啦 你陪陪人家，人家想等你回来再来我这儿。

周谧满头问号。

无数乱码从心头翻滚而过，她崩溃地敲着字：不是……

这时张敛已经回了消息，是一个"？"。

无端地，周谧脸上涌起阵阵热浪，在她缓解尴尬的间隙，张敛已在私聊对话框里回复了她检查单的事：不在身边。接着他又问：怎么回事？

周谧坐起身，靠住床头，仿佛这样才能支撑着她对抗当下的窘境，她坦诚地道：我不想连续两天跟 Yan 请假。

张敛回：你的意思是你明天不想去医院？

周谧：对。

张敛问：你想哪一天去？

周谧不是很有底气地回道：周日吧，刚好休息。

张敛似乎心情不错：好，我陪你。

周谧没有吭声，一时间不知道该回绝还是该答应。最后，她一个字没说，默许了这件事。早上的懦弱历历在目，她必须学会接受这样的自己，并找寻援兵。

可能是聊天的氛围转好了的缘故，张敛忽然提起上午那则有去无回的讯息：白天怎么不回答我的问题？

周谧回：不知道怎么说。

这时，屏幕忽然暗了下去，是张敛的电话，周谧的心跳漏了一拍，她忙戴上耳机。

男人可能立在露台上或者湖畔，声音里掺着风，顺理成章地接住了她刚才打在微信里的话："在电话里说吧。"

周谧心头忽震，努了会儿嘴，咕哝出几个字，好像把喉咙里辛辣的介质给排了出去："你之前骗我。"

张敛不解地笑了一声："我骗你什么了？"

周谧说："我们刚认识的那天，我问你有没有女朋友，你说没有，但公司里的人说你有。"

张敛问："谁说的？"

"很多人都这样说。"周谧深深吸了口气。

张敛说："我说没有。"

周谧不自知地提高了声音，好像又回到了与他坦诚相对的状态："你说没有就没有啊？"

张敛似不容人反驳："我说没有就是没有。"

周谧开始语无伦次地钻空子："那你是什么时候没有的？指不定是上个月才没有的，或者是昨天才没有的。"

隔着听筒，张敛的笑声仿佛带着一种特有的温和，专属于她的温和："总之你就是不信我说的是吧？"

周谧两眼望天："我哪敢妄自揣摩老板的心思？"

张敛还是笑，但不再继续这个跟绕口令似的话题："公司明天上午有Master Class（大师课程），记得去听。"

周谧"哦"了一声："我知道了。"

张敛又说："也早点把你身上的事办了，别拖着。"

周谧拉长了尾音，像个不耐烦听长辈叨叨的小屁孩："知道了——"

缠绕她了一天的郁闷锐减，周谧的心飘了起来，像只轻盈的白鸥。

担心自己又像之前那样异想天开、神志不清，她及时打住："不说了。"

可张敛不急于道别："知道我让你尽早办是什么意思吗？"

"什么意思？"

"我还不想结束。"

话脱口而出的瞬间，张敛就后悔了。

兴许是刚拿下B系车的项目，又在电话会议里跟global吵了一架的缘故，他神情亢奋地开了瓶酒，坐在酒店的露台上独酌。

微醺之际，听见女孩子像之前在床帏间厮磨那般含嗔带怨地在耳边撒着娇，他难免心神荡漾，不过脑地吐出一些有违理智的胡话。

但不得不说，他有些吃周谧这套。

她讲话的声音很抓人，发脾气的时候她的声音如夜莺的叫声脆生生的，说话含混不清时她的声音又像搅化了的蜜浆。

而且他今天还有了新发现，那就是她哭诉时声音更是黏糊糊的。

反正话已经跟断线的风筝似的放出去了，他不如坐观其变，顺水推舟地探探周谧的反应。

听筒里寂静了片刻，她果然谨慎地问："你是什么意思？"

在情趣正浓的关头反其道而行从来都是她的强项，张敛早就习惯了，于是正声回道："什么意思你听不出来？"

那边浅浅地吸了口气："但我们已经知道彼此的身份了。"

张敛笑道："那上次是怎么回事，是谁索吻的？"

"嚯，"周谧口气上提，贼喊捉贼，振振有词，"不是你先跟我说话的吗？是你先让我过去的，是你先招惹我的。"

张敛懒得跟她计较顺序这种小事："规矩是死的，人是活的，随机应变不见得是缺点。"

周谧义正词严地道："我可不想跟上级乱搞。"

她的遣词和逻辑惹人发笑，以前不清不楚的时候不叫乱搞，现在知根知底了反倒叫乱搞了。

张敛决定今晚跟她辩扯清楚："之前你有猜过我的职业吗？"

周谧说："我才不乐意猜呢。"她又像在课堂上举手抢答似的说道，"严正声明一下，我不是故意来你这儿实习的，在这之前我真不知道你是谁，也一点也不想知道。"

张敛是信她的，毕竟那天在公司初见时，人的眼神跟反应是做不了假的。

他清晰地记得当时周谧像被隐形的卡车头撞蒙了似的，傻呵呵地盯着他，一副吃惊的样子，看起来既笨拙又滑稽。

而前晚他刚好加班审查创意，不当心睡了过去，所以一觉醒来昏昏沉沉的，走起路来步子都是虚的，人也是心不在焉的，就想着赶紧回家补觉。

但目光触及门外的周谧时，他一下子清醒至极。

擦身而过的瞬间，他难以置信地笑了一下，觉得自己尚在梦里。

那一整天，他都会不时地琢磨起这幕情景。

怎么回事？怎么这么有意思，这么耐人寻味？她怎么就撞到自己跟前来了呢？

思及此，他漫不经心地回："我知道。"

周谧停了停："那你呢？你有想过我之前是做什么的吗？"

张敛当然不会说实话了："我倒是没想到你还是个学生。"

周谧心里陡生不快，微微皱了皱眉："为什么？我长得很老气？"

张敛没立即回答，而是刻意拉开一个回忆、辨析的空隙："不老气，只是没那么多小性子。"

果不其然，小黄鹂又开始哼唧哼唧了。

"你判断有误哦。"她说。

"是吗？"张敛唇角微微弯起，淡淡地道，"那你再给我些时间，我多琢磨琢磨。"

结束这通电话的时候，周谧的脑袋都能蒸屉小笼包了。

明知自己有很大可能被诱惑、被诬骗，但她就是控制不住自己，不由自主地沉湎于这份久违的暧昧之中。

明明白天还是仇人相见分外眼红，这才过去了多久，她就再次被他的话攻陷了城池，张敛不费兵卒再次杀回她粉色的公主堡。

怀柔政策，最为致命。

周谧双手按紧两颊给自己降温，想了想又给闺密贺妙言发了微信：我可能又要跟狼人哥哥续约了。

贺妙言：我现在已经觉得你在"凡尔赛"了。

周谧：我怎么就"凡尔赛"了？

贺妙言：谁不想跟长得帅又有钱的男人约会？

周谧：不是该怪狼给的诱惑吗？

贺妙言：滚吧。

周谧有点乐不思蜀了，于是放松警惕，决定分享自己的最新秘闻：我跟你说个事啊，你别跟任何人说。

贺妙言：嗯？

想起这档子糟心事，周谧的唇角就被压了下去：我怀孕了。

贺妙言：不是吧？

周谧：我没骗你。

贺妙言粗口"霸屏"，又问：谁的？

周谧：还能是谁的？

贺妙言：你老板的？

她深感不可思议，又说：那你还想着继续跟他约会？

她的话令周谧哭笑不得：肯定是先把怀孕的事处理了。

贺妙言回了个手搭在头部的表情包：你清醒点！这种男人，你还想跟他……你……你们上次没有做措施？

周谧也百思不得其解：有啊，谁知道会这样？我这么倒霉！

贺妙言：而且他还让你打胎。

周谧：我本来就不想要。

贺妙言的语气让别人觉得她不再相信这个世界上的人了：是不是他说他要跟你接着约会？

周谧：差不多。

贺妙言：这是变相地催你堕胎呢！生怕你拖久了赖上他。他肯定是想等你把孩子弄掉了再找借口把你给甩了！那会儿你找谁说去啊？你能不能长点心啊？

贺妙言的这番话如田径赛场上的一声长哨，令周谧还在打盹，处于半梦半醒之间的脑神经猛地一激灵。

什么东西抽丝剥茧地在她的思绪里渐次具体了起来，虽背靠着温床，周谧却像是被吹进冷空气的肥皂泡，从头到脚一寸寸地变凉了。

她周身发寒地回了贺妙言消息：好像真是这样……

贺妙言：废话！能不是吗？

周谧心跳加速：那怎么办？

贺妙言当机立断：流产我陪你去。然后你别联系他了，三个月的实习期一结束你就离开奥星，你离这种人渣越远越好。

周谧就差冲到屏幕对面跟贺妙言双手交握了：我的言，谢谢你，此刻我终于能正常思考了。

贺妙言义愤填膺地骂道：你也不早点跟我说。

周谧心里一阵发酸，回了一个抱头痛哭的表情包：我以为我自己可以搞定。

贺妙言也回了个同样的表情包：别怕，明天实验室没事，我跟你去。

关灯睡觉前，周谧不得不跟叶雁请了个假，说自己确定学校的事就在明天，正好连着周末，她需要休三天。

周谧毫无底气，因为她请假太频繁了，但她实在是等不了了。

上司果然公事公办：mi啊，都快一点了你才来跟我说啊。

周谧抿着唇：不好意思啊，可能我最近睡眠不太好，有点容易忘事。

但叶雁也只是这么埋怨了一句，随后就说：没事啦，先完成自己的事。

周谧又想哭了。

女孩子都好好哦。

翌日一大早，周谧跟贺妙言相约在小区门口碰面。贺妙言非宜市本地人，是隔壁苏省的。高一时她父母离婚了，她跟着妈妈和继父搬到宜市，转校后恰巧来到周谧的班上，还成了周谧的同桌。

两人个性互补且投契，两家又挨得近，惯常同进同出，所以高二的分科也没有让她们的友谊变淡。

之后她们一齐考入 F 大，一个读文，一个从理。

读硕亦然，她们同留本校，步调一致。

刚进大学那会儿，周谧还说："我们的关系太稳固了，以后干脆别找对象了，我俩一起过吧。"

但没过多久，周谧就交了男朋友，她男朋友也是她俩本科时期的共同好友，路鸣。

路鸣是南方海边人，生得手长脚长，皮肤是小麦色的，笑起来极耀眼。路鸣明明比她们高一级，却总称呼她俩谧姐、言姐。三人同在空想者协会，因各种活动打成了一片。

周谧对外有点内向，也可以说是慢热，跟她的名字相符合，但她相貌出众，身材惹眼，自然不缺追求者，身边的异性良莠不齐，其中难免有心怀叵测、行为不端的人，路鸣通常嬉皮笑脸地担起"护花使者"一职，巧妙地将他们隔开。

他们的关系变质是在大二寒假里，年初一的夜晚，路鸣忽然在微信里跟周谧说：周谧，我今早拜妈祖许了个愿。

周谧刚巧才从外婆家拜年回来，伺候了一天表亲家的小孩们，靠在沙发上正腰酸背痛呢，便没好气地回道：有话快说。

路鸣：我在心里说，我叫路鸣，我有个喜欢的女孩，她叫周谧，她的名字跟我的名字放在一起特像情侣名，你看我们能变成真正的情侣吗？

那一瞬间，周谧感觉疲累都离她而去了，她像是躺在了铁轨的中间，有辆红色的列车在围绕着她哐当哐当地跑，一圈又一圈。

后来她才意识到，原来那是她的心跳声，把万籁都给掩盖住了。

可能他们开始得太美好了，因而结局被衬得格外惨烈。

周谧在伞下狠抽了下鼻子。今天依旧不是个好天气。

在雾一般迷蒙的细雨里，贺妙言将车停在她的面前。

贺妙言有辆白色的小车，那是她继父淘汰下来的陈年旧款，车全身上下最值钱的是牌照，这牌照比车的原价还要贵三倍多。

周谧收伞坐到副驾驶座上。贺妙言第一眼是观察她的面孔，第二眼则是看她的腹部，然后调侃道："看不出来嘛。"

周谧说："这才多久啊？"

周谧用食指与拇指圈出一个几乎没有罅隙的圆："昨天单子里显示的好像就这么大，估计就是颗炒黄豆。"

贺妙言瞥了她一眼："被你形容得还怪好吃的。"

周谧笑了下："你吃吗？给你啊，贺巫婆，省得我来回奔波。"

"别别别，"贺妙言猛摇手，"不说了，别拿生命开玩笑。"

周谧瞬间敛起笑容："反正我也要跟它说再见了。"

看车里的氛围一下子冷掉了，贺妙言给她打气道："振作起来！有这种经历也不是什么丢脸的事，及时止损多好，几天过后你又是元气满满的全新谧谧了。"

周谧抿唇："嗯，我争取。"

门诊一室还是那位女医生，她还记得周谧："你昨天来过吧？"

想起朋友就在外面，周谧胆量大起来，也越发坚定了："对。"

医生又问："想好了？"

周谧说："嗯。"

做完常规检查，女医生又看了看电脑里的阴超结果："你这天数短，孕囊也不大，建议先药流，我给你开两种药你带回去，米非明早空腹吃，米索第三天早上来医院吃。这几天就别到处跑动、乱吃东西了。"

医生又仔细叮嘱了些后续注意事项，虽然很淡漠，却也让人觉得很可靠。

周谧紧张地吞咽了一下口水："会很痛吗？"

女医生笑了下，意味深长地说："你觉得痛好还是不痛好？"

周谧没有回答。

走出门诊大楼时，周谧握紧了贺妙言的手，像是要将一部分弱小与强大嫁接给朋友，好像只有这样她才能让自己挺直身体。

贺妙言也牢牢捏住她的手指。

周谧的眼底有了神采："好起来了。"

贺妙言说："雨也停了。"

周谧伸手去接雨滴，却只有若有似无的风从她的掌心经过，天空是一望无垠的灰蓝色的湖泊，那么温厚，像某种释怀的心情："是哦。"

两人相视一笑，直到车前才松开了手。

贺妙言扣着安全带："先去吃点早餐吧，清淡点的？"

周谧说："你还没吃啊？"

贺妙言说："不得等你啊？"

周谧微微一笑："那就去喝粥吧，真没劲！"

"都这样了你还想吃香的喝辣的啊？"贺妙言双手握住方向盘，不急不缓地把车驶离停车场。

周谧偏头看着窗外，整齐排列的汽车像一个个彩色的空盒子。她的语气轻快了许多："就朋克一回呗。"

贺妙言快笑岔气了。

车上了路，周谧包里的手机忽而振动起来。

周谧取出手机瞄了一眼，看见那四个字，眉心皱起来，直接拒接了。

几乎无时间间隔，对方又来了电话。

贺妙言瞥了她一眼："谁啊？"

"能是谁啊？"周谧把手机竖起来给贺妙言看。

"接呗，怕什么？"贺妙言略挑了下眉。

周谧呼出口气："不是怕，就是烦，觉得晦气！我听到他说话都起鸡皮疙瘩。"

贺妙言笑道："你们昨晚还在那你侬我侬欢呼雀跃呢。"

"一夜变心怎么了？"周谧哼了一声，决心借着现下这个劲头将和张敛之间的账一笔勾销。她按下绿键，将手机贴至耳边。

"请问是周谧吗？"

然而，那边问她名字的并不是张敛，而是一个女人。听起来她略年长一些，声音似乎还有几分耳熟。

不大好的直觉如余烬复燃，在周遭蔓延，周谧起疑，轻轻应了一声。

"我是苟老师，"在周谧冷汗直窜的一瞬间，对方已客气有礼地往下说道，"也是张敛的母亲，很抱歉我儿子给你带来了这么不好的经历。你今天有空吗？我们想跟你见一面。"

就这样吧

本来，张敛并不想把除周谧以外的任何人牵扯到这次的意外事件中来。

但一切就这样毫无章法而又自然而然地发生了。

张敛本打算下午再回宜市，但前一晚他做了个梦，这是他第一次梦到周谧。梦境无关春色，尽管梦里的女孩脸蛋很美，像条刚上岸的小美人鱼，浑身上下折射着银沙滩上的白光。

可诡异的地方在于，当他向她走过去的时候，她突然张开嘴露出了血红的獠牙，画面的冲击感和他第一次看"口裂女"图片的感觉几乎一样。

在酒店的床上醒来的时候，张敛发现自己并没有表现出来的那么不在乎，那么从容不迫，他的潜意识里仍存在着威胁、暴动、危机将至的认知因子。

这种感觉的源头就是周谧肚子里的那粒微型炸弹，哪怕它的计时器还没真正地开始跳动。

不，也许它已经开始数秒了。

他不能再拖了。

当夜，张敛就把航班改签到了早上。

下飞机后，宜市熟悉的空气和日光像张开怀抱的老情人，张敛紧绷的神经这才逐步松懈下来。

取车时他接到了母亲苟逢知的电话。

她问他能不能去 F 大接一下她，她的车似乎又出了点问题，后备厢在车颠簸时总是有低低的响声，但她明明没有往里放任何东西，尤其是今早，那声音更大更明显了，她怕再开下去会出交通事故。

张敛回：如果你的老古董还不换的话，4S 店年末将会给你颁发一个终身质保成就奖。

苟逢知说：换成跟你的一样的吗？

张敛说：你喜欢的话，我没有任何意见。

一个钟头以后，母亲坐上了他的副驾驶座。

她穿着雾蓝色的衬衣，花白的短发烫成了最近在年轻女孩间很流行的羊毛卷，她色虽弛但态不衰，一如既往地容光焕发。

在学校，她是和颜悦色、循循善诱的导师，但在她这个儿子面前，她永远不吝刻薄。

"好久没见，你好像苍老了很多。"开场白不出张敛所料，子虚乌有的人身攻击开始了。

"哪里？"张敛平静地注视着前方的道路。

"方方面面，"苟逢知说，"你现在比你爸还老气横秋，被资本浸染得太久了是不是就会是这样？"

张敛鼻子微抽："抱歉，我也只闻到了车载香水味，并没有闻到什么文学教授的书香味。"

苟逢知笑了起来，开始观察车的内饰。

张敛的车是某知名豪车，4.0T 的排量。

这是他回国后才买的，早几年在纽约工作时，他开的是一辆二手的跑车。

两者的外形都稍显张扬，但在张敛眼里，它们却异常低调，线条圆滑，微有张力。

苟逢知前后看了半天："这车哪里好？"

张敛没有回话，因为他清楚辩论一旦开始这位小老太太就不会消停，并且会用一种文绉绉的翻译腔将他连人带车贬到一文不值。

所幸她转移了注意力，看起了自己最感兴趣的收纳空间。

收纳，在一辆车里看收纳。

张敛忍住了吐槽一句"不如换辆房车"的想法，因为苟逢知没准真会答应。

倏地，她打开了副驾仪表台下方的手套箱。

就在这一电光石火之间，张敛的头皮轻微地泛起麻意，他觉察到有一个至关重要的细节被自己忽略掉了。

周谧的检查单还在里面。

因为彩超胶片的面积确实有些大，而且除非出公差，张敛不爱也不会用包，所以前天上午回公司前，他随手将它塞了进去。

但它现在，已经哗啦作响且颇具声势地移到了他母亲的手里。

余光里，从上车后就四处张望的苟逢知好像被按下了暂停键，变为静态的截图。

张敛在红灯前停了下来，计划给自己六十秒的准备时间，然后撒个万无一失的谎言。

"这是谁的？"苟逢知的声音不可思议地高昂起来，"周谧？我有个学生也叫周谧！"

这句惊呼严重干扰了张敛的思考节奏。

交通信号灯切换成绿色，他的思路却不再畅通无碍了。

因为将一切蛛丝马迹以最快的速度联结起来之后，他顷刻间意识到，母亲口中的周谧，应该就是他所认识的周谧。

昨夜的噩梦果然是墨菲定律起作用的先兆。

"你新交了女朋友？"

"你还让人家怀孕了？"

"这两天刚查出来的？"

苟逢知举着那张检查单，一下子如三姑六婆般喋喋不休。

张敛双手稳稳握住方向盘，接近坦白地说："不是我女朋友。她的确怀孕了。"

他故意让这两句话听起来是分割开来的，并无什么关系，企图扩大母亲的猜测范围，并将她的注意力引向其他地方。

但荀逢知向来擅长挖掘文中的关键点："那这个小姑娘的孕检单怎么会在你的车里？"

"我载过她一程，她遗落在这儿了。"

"张敛！"荀逢知的脸已经涨红了，她现在像外文作品里歇斯底里的妇人，"你是不是在撒谎，没人比我这个当妈的更能看出来！何况你干这种事的时候会比平时更冷静！"

张敛轻轻地呵了口气："她在我那里实习。"

"你有她的微信吗？"荀逢知显然不想再理会他的顾左右而言他。

"有。"

"我也有她的微信。我想对比一下，你应该不会介意吧？"

狡猾的儿子，更加狡猾的母亲。

张敛觉得自己预判失误了，他应该直接说"对，我交了新女友，她叫周谧"。最起码把车停在路边时，荀逢知数落他的态度应该要比现在好一些。

荀逢知还给他的父亲打了个电话，详细汇报了他的"恶劣行径"，并在最后做总结时说出了一贯的陈腔滥调：我们当初就不该送他出国读书，从那时候起他就不像小时候那样乖了。他转性了，恋爱失败了不说，现在还做出这种有失品格的事。三十多岁的人了，过得稀里糊涂的，你看得下去吗？

她打开免提，故意让张敛听听她先生对她的声声附和与认同。

张敛全程没有辩驳，面色平淡地正视着前窗。

女人需要爆发，而男人需要保持安静。

这点是他从他父亲身上学到的精髓。只是父亲比他更耐得住性子的地方在于，父亲不只会沉默地接收信息，有时还会对母亲言听计从，以规避更多的冲突。

"我要跟周谧通电话。"小老太太拿着他的手机叫嚣着。

张敛终于有了点反应，转头看着她，眼底有几分压迫的意味："让我来打。"

让长辈出面解决问题是他最耻于干的事情。

但荀逢知精确地攥紧了他的尊严，她清楚儿子不会真的不得体地来"抢"手机，于是开始翻看通讯录："怎么没有周谧的名字？"

张敛用拇指摩挲了下方向盘："月半小夜曲。"

下一刻，荀女士的眼神仿佛要将他生吞下去。

由于母亲这样做太过于唐突，太过于自我，去接周谧的路上，张敛没忍住与她展开了争论。

他主张稳定的伴侣关系是双向的选择，如有意外情况发生也应该由当事人商量好后共同做出决定和进行处理。

母亲则表示无名分的怀孕就是彻彻底底的对女性的伤害、剥削与掠夺。

张敛沉住了气："我们说的本就不是一个命题。"

因为征得了学生见面的同意，荀逢知的焦躁有所缓解，她心平气和了些。

"你应该负起责任。"

张敛回："你说。"

"先跟她道歉，"荀逢知严肃地道，"然后询问她有无结婚的意向，最后和我，还有你爸，一起去拜访她的父母。"

她的三级跳思维令张敛心头一震："你写书呢？"

"你该考虑结婚的事了。"荀逢知微微叹了口气。

张敛反驳道："怀孕是对女人的伤害、剥削和掠夺，那么因为这种意外状况草率结婚就不是对双方的伤害、剥削跟掠夺了？"

"你被剥削了什么？一颗精子？"荀逢知直言不讳地道，"你什么都不需要付出，她在你的联系人里甚至都不配拥有姓名。如果我没有发现这张检查单，你就是在伤害我的学生。她这会儿还在医院里，还是她的朋友陪着她。你呢？你衣冠楚楚地开着你的豪车？"

张敛服了她的墨守成规："嗯，我正衣冠楚楚地开着我的豪车陪你去接她。"

"你能先摆正你的态度吗？"

"这件事是双方的责任。"

"别跟我扯东扯西的。"

"我的意思是，"张敛瞥了她一眼，"你真认为她跟你认知范围内的学生一样？"

"她的私生活轮不到我管。但起码她在学校表现得很好，是个优秀、和善的女孩子。"

张敛的唇角略勾，他仿佛在说"是吗"。

他这个微妙的反应被荀逢知尽纳眼底："张敛，你刚刚的表情让我很不舒服。"

张敛的口吻淡淡的："你的封建压迫也让我很不舒服。你终于有可乘之机满足你的私欲了？"

荀逢知一阵胸闷气结："是的，你够新潮，前两年突然坚称自己是不婚主义，说自己会经营好自己的人生和生活。我和你爸已经尽量尊重你的选择，睁只眼闭只眼，不插手你的感情生活了。结果呢？你交了一张什么样的答卷？"

她扬起手中的Ｂ超单："别的女孩意外怀孕的Ｂ超单？"

如拍板定案，她哗地将Ｂ超单甩上中控台："你不说我来说。"

与荀教授简单地通完话后，周谧只能用六神无主来形容自己。

她原以为她与张敛的关系只是一根活结，她可以自如地系或者解这个结，岂料他俩之间竟然有这样千丝万缕、错综复杂的关系。

见周谧维持了好一会儿撞邪的表情，贺妙言歪过身来问道："谁啊？"

周谧的每个毛孔都快被冻结了，她惶然地看向朋友："我导师。"

贺妙言不明所以："啊？"

周谧声音打战地喃喃自语道："她是张敛的妈妈。"

贺妙言的嘴巴张得能吞下俩鸡蛋。

周谧极力想让自己镇定下来，然而无果，她心乱如麻。

眼看着医院的大门近在咫尺，她忙说："言言，前面停一下，荀老师说她一会儿来医院找我。"

"她怎么会知道这件事？"

"我怎么知道？"周谧欲哭无泪，接二连三的惊雷就这么劈头打下来。她双手盖住脸："天啊，我都不知道张敛是怎么跟苟老师说的。苟老师会怎么想我？我不会连毕业都难了吧？"

贺妙言停住车："她说她要见你？就她一个人吗？"

周谧将碎发理到耳后："张敛一起过来。"她回想着刚刚那通电话中的细枝末节："其实苟老师说话很温和也很客气，甚至有点愧疚。"

"那她应该是想就你怀孕的事和你当面谈谈吧？"

"是，"周谧深呼吸一下，做视死如归状，"所以让我下车吧，是死是活，让他们痛快地给我一刀。"

贺妙言说："我陪你。"

"不太好吧？"周谧看着她。

"留你一对二？想都不要想！教授怎么了？我要给你撑腰！"

周谧撇着嘴："谢谢你，言言！"

贺妙言说："我先把车停回去，我们待会儿就在门口等着。"

快到医院正门时，驾驶位上的张敛一眼就看到了周谧。

她今天打扮得很清淡，扎着马尾，穿着白色的毛衣、露出脚踝的浅蓝色牛仔裤，整个人看起来弱不禁风的，但她姿态很好，直直地立在那里，发丝微动，像朵有韧劲的雏菊。

她的胳膊正被旁边一个中长发女生死死地挽着，那女生挽得很用力，跟挟持着她似的。张敛猜那女生应该是她的朋友。

不过她怎么一天一个样？她今早就来了医院，还不是他们原本商量好的那家医院。

车一停，苟逢知就气势汹汹地摔门下车，冲着自己的学生笔直地走了过去。

张敛思考了下自己到底要不要跟过去，最后，选择将车开近了一些。

三个女人碰了头，张敛看见周谧的焦灼一下子变成了愧疚、手足无措。

母亲像是在宽慰周谧。

周谧的朋友紧锁着眉头，似乎在为自己的友人打抱不平。

他听不见她们说了些什么，但能从她们的神色上判断出她们的态度。

简短地交涉后，荀逢知领着她们朝车这边走来。

张敛下了车，为她们打开后门。

碰面时，周谧猛地掀起眼皮，恨意十足地瞪了他一下，她的脸上有怨恨，有不解，和她在他母亲面前的样子大相径庭。

约莫是第一次见到本人，周谧的朋友也恶狠狠地看着他，随后转移视线，尾随着周谧一同上了车。

母亲跟在后边提醒："慢点，你们年轻人就是风风火火的。"

张敛垂下眼勾了下唇，带上了门。

上路后，车厢里异常沉闷。

荀逢知回头看着两个女生："你们吃早饭了吗？"

"吃过了。"

"还没有！"

她俩同时出声，答案却不一样。

说"吃过了"的是周谧。张敛用手指在方向盘上轻点了一下，笑了。

荀逢知再次探问："到底吃了没？"

周谧嘀咕着，实话实说："还没有，我不想让老师操心。"

"你可太见外了。"荀逢知蹙眉，立马差遣自己儿子，"找家近点的店，先让这俩小姑娘填饱肚子。"

张敛不咸不淡地"嗯"了一声。

而后荀逢知便不再作声。到底有些局促，又不忍心这样晾着学生，少顷，她再度回头："今天到医院来是做什么的呢？"

周谧的手攥到了一起，她没有隐瞒："开药。"

"哦……"荀逢知应了下，心里大概有了数，想把儿子踹出车外的欲望越发强烈了。

张敛驾轻就熟地找到一家门面精致的早茶店。

周谧最先落座，不知是有意还是无意，张敛旋即坐到了她的对面。

等两个女孩点完餐，张敛又跟服务员要了杯五谷鲜榨热饮，用下巴指了指周谧，道："先把饮料上了，给她。"

他的重点关心让周谧不自在起来，她用手撑额，挡住二人极易相撞的视线。

荀逢知在一旁附和着，十分宽和："对对，你穿得这么少，不冷吗？"

"老师，您别担心了，我真的不冷。"周谧十分拘谨。

眼下，一切都太尴尬了，这简直比天底下所有的"社死"现场都要让人尴尬一万倍。周谧只想缩小、隐形、遁地，从此飞出太阳系。

饮料端上来前，四个人基本没怎么交流。

中途就张敛接了通电话，电话大概是公司打来的，他言简意赅地吩咐了几句，说自己还有事，便挂了。

等周谧摸着吸管，吮了两口，荀逢知才说明来意："周谧啊，我跟张敛过来，是想先为这件事跟你道个歉。"

周谧忙开口道："不，我自己也……"她顿住了，不知该怎么说才合适。

贺妙言性格有些直，愤愤不平地说："道歉就够了吗？"

她这暴烈的性子让荀逢知怔了下："自然不够，但道歉是最基本的礼数。"

荀逢知看了一眼儿子："你说。"

张敛摩挲着瓷杯，迟迟不开口。

"说啊。"荀逢知陡生不快。

"周谧。"短暂的沉默后，张敛意味不明地叫了下周谧。

他声音低沉，像灰蒙蒙的积雨云，周谧以往只在某些特殊场合听过他的这种声音。这种声音的出现意味着接下来迎接她的多半是什么山倾海倒。

周谧顿觉不适地看过去。

张敛波澜不惊，坐在对面静静地凝视着她："我妈希望我们可以结婚，你怎么想？"

这句话如同铅球一样砸到桌面上，周谧被震得心头大乱，瞳孔骤缩，以为自己没听清。

荀逢知亦错愕地瞪着儿子，完全没料到他会冒进地走出这步棋，反将一军，彻底打乱她原本稳中取胜的全部策略。

"结婚?"周谧双手握紧玻璃杯,却感觉不到一点烫。

她费解地问:"为什么突然要结婚?"

张敛复述了母亲的说辞:"因为你怀孕了,我必须对你负责。"

苟逢知不再作声,他自己说出来也好,且看且行吧。

周谧转动视线去找自己的导师,满脸都是求助与不解。

"你别看她,"张敛拿起杯子,抿了口茶,"看着我。"

苟逢知不乐意了,心里愠怒:"你现在这样子是在胁迫她你知道吗?"

张敛微笑道:"是吗?那我是在胁迫她跟我结婚,还是胁迫她别跟我结婚呢?"

他从始至终都盯着周谧,双目似有引力:"周谧,我只想听你说。"

周谧恍惚地敛紧了眉:"不是……这太突然了,我跟张敛不是那种……"

她一下卡壳了,难以组织语言去精准地描述那段过往:"我从来没想过要因此而结婚什么的。我刚实习,还在读研,连工作都没有,现在怎么适合结婚?结婚、生小孩对我来说太遥远了,我可能真的没办法接受……"

这也太匪夷所思了。

苟逢知弯了弯眉梢,面露暖意:"没关系,这些都是可以解决的。"

一边是老板,一边是老师,双重夹击。贺妙言心知朋友此刻的脑子里肯定是一团糨糊,便决然地看向这对母子:"你们这是在干吗?我们谧谧今天来医院就是准备打胎的!她不想再跟你的儿子有任何来往了!"

张敛搁下杯子,杯子与木桌相碰发出轻微的声响,似最后一枚落子落下,胜负已决。

苟逢知极轻地叹了口气,打起了感情牌:"周谧,我清楚在这种情况下,让你做这些决定过于唐突了。回去后你可以再考虑看看,最好不要再瞒你的父母了,跟他们坦白,看看他们能给你什么样的建议。你跟着老师有段时间了,肯定多少知道老师的性格。现在发生这种事,我心里很不好受也感到很愧疚。除了这样表态我也不知道该怎么办才好。我知道你们年轻人看问题都很简单,鲜少想得很周全。

"你和张敛的事我基本已了解了,你们认识不止一年了,他是我的儿子,你在他那儿实习，我恰巧又是你的老师，我们也算是有缘。

"孩子的事我尊重你的意愿和决定，但能……"

张敛忽然打断了她："你现在这样就不是胁迫了吗？"

苟逢知愤然扭头看着他："无论结果如何，你也要亲自陪着周谧把这件事解决了，办妥了，尽可能减少对她的伤害。她术后会很脆弱，不管是身体还是心理都需要休息和调养，你必须陪在她身边，她自己一个人在家怎么能行？如果被她的父母知道了，她又要怎么跟她的父母交代？"

"让她去成奚那边，VIP（会员）病房，我已经说好了。"张敛有条不紊地安排起来，"你给她开个二十天左右的假条，说她要去外省实践。你不方便也可以让成奚来办，就说是急性阑尾手术。"

他接着看向周谧："你就跟父母说最近学校的事很多，你要搬回寝室住一阵子。"

周谧被他说得一愣一愣的，大脑已经一片空白了，全无思考的能力，只能目不转睛地盯着他。

见儿子这样举重若轻，苟逢知原先刷白的脸上浮出薄薄血色："你早在心里计划好了吧？"

张敛修长的右手平摊在桌面上，纹丝不动："我只是尊重周谧的选择，并同她一起妥善地处理这一切。"

"你也听到了，她不想再跟我有任何来往了。"他隐有笑意地正视着周谧，"周谧，你觉得呢？"

周谧醒过神来，胸口剧烈地起伏了一下，给这荒唐的一幕画上了句点："就这样吧。"

回家的路上，苟逢知撑着头望着窗外，心乱如麻，俨然不想再跟儿子多说一句话。

张敛扫了她一眼："怎么了？失策了，不开心？"

苟逢知说道："不至于。"

"热心的勉强就比冷漠的割舍更高尚了？"张敛望着斑马线上来往穿行的人，"我看不出你跟我有什么区别，我甚至可以说你更过分。"

苟逢知面色有了变化。

"你认真了解过你的学生吗？"张敛略有停顿，若有所思，"周谧才二十四岁，属于她的人生才刚刚开始。"他平静地陈述着："我知道你在想什么。她是你认识的学生，方方面面都不错，你对她印象也很好，所以想趁此机会，看能不能促成你们想要的那种姻缘。从此就有个人、有个家庭来制约我了，让我成为一个正常人，你们才能真正地放下心来。"

"伪善，"张敛冷淡地掷下一句评判，"假如她真的如你所愿，在这一年半载内，甚至将来，孩子跟家庭都会成为她的累赘。她正处在舒展自己的年纪，你却让她选择来自多重身份的压迫和磋磨。作为老师，这就是你对学生的期许？你要她为人生的意外买单？"

苟逢知轻哼道："说得这么冠冕堂皇，你还不是在为自己开脱吗？"

张敛笑了一下，回道："如果你能因此而身心舒畅的话，我不介意被你这样评价。"

成长还有一种颜色

　　按照张敛的嘱咐，星期天一早，周谧收拾好自己的部分衣物与生活用品，离开家搬去了成和医疗的 VIP 病房。

　　出发前，爸爸刚好在吃早饭，见她提着自己的小行李箱出来了，忙就着小包榨菜囫囵吞枣地喝了几大口粥："谧谧，你等下啊，爸爸送你去学校。"

　　周谧忙摇头："别了，妙言在门口等着我呢，你慢点吃吧。"

　　妈妈在厨房里洗碗，探了半个身子出来说："早饭也不吃吗？这几天早晚温差大，你别贪凉，照顾好自己。"

　　"知道了，我都多大了，知道照顾自己的。走了啊。"

　　她声音轻快，却在将家门慢慢合拢后，迅疾地红了眼圈。

　　周谧轻吸一口气，调整好酸涩的情绪，走下楼梯。

　　来接她的自然不是贺妙言，而是张敛。

　　他在小区门口等了有一会儿了，见周谧遥遥走过来，头微垂着，长发被风撕扯着，忙下车迎了过去。

　　右手忽然一空，尚迷迷瞪瞪的周谧吓得猛然抬起头，撞上了男人的视线。

　　张敛今天穿了件薄薄的灰色毛衣，修身的款式，上半身的线条被勾勒得略为明显。

他不带情绪地问："想什么呢？都不看路。"

周谧撇了下嘴，没吭声。

张敛掂掂那只贴纸多到快让他临时患上密集恐惧症的蓝色小提箱："昨晚不是跟你说了一切从简吗？很多东西病房里都有。"

"哦。"周谧淡淡地应了下，人像朵蔫了的小花。

张敛跟过去，与她并行，放低声音道："心里怕？还是在跟我生气？"

"你能不能别说了，"周谧双手捂着耳朵，"我气自己还不行吗？"

张敛颔首："可以，但不利于身体健康。"

周谧无言望天。

把周谧的行李放到后备厢后，张敛回到了驾驶位。两人的目光在空中短暂地相接了一下，周谧就动作飞快地塞上了耳机，先左后右，然后完全封闭了自己。

张敛一笑，没再搭腔。

车行于路上，周谧歪着头斜靠在那儿，目光失焦地看着窗外流逝的高楼。

她的心情差到了极点，连常听的音乐都变得枯燥无味，硌人耳根，从清泉化为了烂泥浆。

她在本应该觉醒的年纪，浑浑噩噩地一脚蹚进了这般窘境里。

没错。

她就是在跟自己置气，她烦闷懊悔到几宿难眠。

周谧揉揉发涩的左眼，长长地吸了口气，然后憋住气，似在惩罚自己。

手机突然来了电话。

周谧刚想呼气，就瞟见名字，硬生生地把这口气又憋回去了。

她斜了眼名字的主人，那人手握着方向盘，开车时从容不迫，于是她不爽地按下拒听键。

过了会儿，他的第二个电话又打了进来。

周谧终于接起电话，没好气地问："干吗？"

"要这样才能跟你说话？"车厢里与耳畔同时响起两道低音，那声音似冰川下的回响。

周谧完全不想看他，视线死死地粘在全黑的屏幕上："你想要说什么？"

张敛问："我们不是已经商量好了吗？你怎么又甩脸色给我看？"

周谧低哼一声："要做流产的人又不是你，难道我还要跟你嘻嘻哈哈的吗？"

张敛瞟了她一眼："留下也可以。你想嫁给我吗？"

周谧心头一怵，终于转过头去，却嫌弃至极地说："谁想嫁给你啊——"

"是啊，"张敛弯唇，像位温和的学长，"所以别垂着脑袋，也别跟怀着深仇大恨似的，开心点，这对你而言是一种解脱。"

周谧反唇相讥："对你来说更是一种解脱吧？"

张敛极轻地掀了下眉："我可没这么说过。"

虚伪！

周谧心头竖起批斗张敛的大字报，并将其一路揣去了目的地。

成和医疗远比周谧想象中大，有她们学校的图书馆三倍那么大。立于城市中心的全白方正城堡，自视野中恢宏地压迫过来。

刚一进去，就有人上前接待张敛，那是位容貌昳丽的女士，蓝白制服没有一丝不妥地裹在她身上，不知她是护士还是前台的工作人员。

周谧不声不响地跟着他们穿过敞亮的大厅与走廊。

他俩应该认识，张敛问了几句什么，女人便回头打量起了周谧，但她的眼神并没给人冒犯的感觉，也没有停留过久，神情始终温和、亲切。

三人共乘一部电梯，周谧百无聊赖，死盯着墙壁显示屏上闪动的画面。

带路的女人见周谧一直不说话，且面色不佳，便搭话道："张总，你哄哄你的小女朋友啊，她本来就不开心，你还把人家晾在一边。"

"哄得住吗？"张敛含笑接话，"脸都臭了一路了。"

周谧的眉毛快皱成疙瘩了，他怎么能这么恬不知耻地随机应变呢？

她试图反驳这个身份，但考虑到自己是来干什么的，就只能咬紧上下牙，修炼忍气吞声的能力。

给周谧安排的病房在十二楼，靠南的位置。

窗明几净，白色的基调，房间布置得像是广告或电视剧里才会出现的样板间，样样俱全，而且异常安静，走进去后，仿佛根本感觉不到大风天，仿佛与世隔绝了。

周谧驻足，顿觉周遭的一切都变得不切实际起来。

张敛越过她，将提箱搁到茶几上，回头问一位接待他俩的年轻护士："接下来都是你照顾她？"

护士点头："对，接下来的几天都由我跟另一位护士轮班照看周小姐，待会儿管床医生会过来给她做些简单的检查。"

周谧回过神来，紧张地问："什么检查？"

护士回道："就是基本的入院检查，血常规、血压、心率、肝肾功能这些，您别紧张。"

周谧待在原地："嗯。"

张敛环顾四周，瞥了一眼还傻站着的周谧，侧头示意："躺床上去。"

周谧一记眼刀杀过去，抬脚往床边挪。

护士忙过来搀扶她，周谧惶恐地推开护士的手："不用，我自己可以。"

爬个床而已，有必要吗？周谧正腹诽着，人美声甜的小护士已经屈身，收走她刚脱下的帆布鞋，转身便走。

"哎？"她局促地叫了一声，欲言又止。

护士回头："周小姐，您有什么需求直接跟我说好了。"

"我的鞋……"周谧支吾着，"你是要拿去哪里？"

"哦，"护士明白过来了，双眼像月牙一样弯着，指了指一旁的立柜，"我给您换双一次性拖鞋，您住院期间不出门的话穿拖鞋会更方便些。"

"好吧。"周谧手足无措地拨拨刘海，再次无言地靠在枕头上。

"对，您在病床上休息就好。"护士将绣着医院 LOGO（标识）的白拖鞋摆放好，给她腿部盖上薄被，又从床头柜的抽屉里取出两个小型简洁的遥控器，告诉周谧哪个按键对应哪个开关，如何调节床头床尾的高度，还告诉她一旁的百叶窗也是全自动的。

周谧开始还全神贯注地听着，但听着听着思绪就飘远了，只能"嗯嗯啊啊"地应着。

临走前，护士指了指床头触手可及的按钮："周小姐，您有什么需要按这个就好，我会立刻过来的。"

目送护士出门，周谧才解放般地长舒一口气，紧接着使劲呼吸，并向自己的面部扇风。

她眼一斜，看到张敛还坐在沙发上。

也不知道他看了多久了，他姿态懒散地搭着一边的扶手，眼含戏谑之意。

周谧放下手，脸颊微微发热："看什么？"

"还满意吗，周小姐？"他一本正经地学着护士的样子称呼她。

周谧满脸的不适："我还以为自己在体验病房版的海底捞。"

张敛说："我去跟她们说，让她们少来打扰你。"

"不要了，"周谧掏出手机，低头看了一眼时间，"都不容易。"

张敛不予置评，起身去病房内的另一个隔间里转了一圈，回来后说："里面还有个小房间，晚上我来陪你。"

周谧正噼里啪啦地按键，在微信里跟朋友吐槽当前的状况，听见这话后微愣一下，忙不迭地拒绝道："不必了。"

张敛站定了："为什么？"

握着手机的双手垂到被面上，周谧正色道："我以前跟你说过原因。"

"嗯，"张敛眉心微蹙，如在深思，"哪句？你闹情绪的话比较多。"

"做个人就行。"周谧点到为止。

张敛不以为意地一笑，重新在沙发上坐下，给自己倒了杯温水。

周谧又在微信里跟闺密说了会儿话，才看向一边的张敛。他也在看手机，应该在处理工作上的事，神色严肃了许多。

周谧叫他："哎。"

张敛很快抬起眼，从跟朋友的对话中抽离出来："嗯？"

周谧问："你怎么还不去公司？"

张敛说："赶我走啊？"

周谧果断坦白："你在这我浑身不自在。"

张敛略一挑眉："你以前不是挺自在的?"

"那不一样!"周谧像只炸毛的猫,再三强调,"不是一件事,不要混为一谈!"

张敛不再逗她了："等你查完了我再走。"然后他又说,"待会儿我朋友要过来一趟,你一个人应付不过来。"

"我可以躺在床上装死。"周谧利落地扯高被子,把自己捂严,只露出上半张脸,像是拉起了卷帘门,宣布停止对他营业。

张敛看笑了："知道了,你就这么处理吧。"

她随即紧闭黑亮的大眼睛,彻底摆出关门谢客的架势。

"那我走了?"黑暗中,周谧听出张敛朝她走近了几步,声音也清晰了一些。

"哦。"她干巴巴地应道。

"有什么事就联系我,别总憋在心里。"男人似乎停在了床边。

那些存在感极强的直觉,连同他忽而温和起来的声音,变成一层浅灰色的浮毛,织在一起,从半空中缠绕而下,网住了她。

心脏微微收紧,周谧不自觉地闭住气,挤出三个字："有护士。"

安静须臾,他总算转身远离她:"中午我再来看你。"

听见关门的轻微响动声,周谧才得以大口喘气,张开双目,重回清明世界。

偌大的白色空间里,日光已在天花板上印下一小块亮片,周谧独自盯着那块亮片,许久没有移开视线。也不知怎的,浓烈的酸意无故涌上来,她吸吸鼻子,急速用被子盖住双眼。

成和医疗的服务的确做到了宾至如归,做完基础检查,护士就给周谧端来了一份色香味俱全、营养搭配得当的早点,并询问她是在床上用餐还是在桌边用餐。

周谧赶紧下去。等护士一走,她拍了张照片传给闺密:有够浮夸的。

贺妙言回道:住院吃这个?这是月子餐吧?你问问她们是不是给错套餐给你了。

周谧苦中作乐地笑了下。

周谧的管床医生姓吴，叫吴畏，名字听起来很刚硬，却是位女医生，而且她眉目弯弯，看起来很好相处。

至少周谧是这么认为的。

相较于一般的医生，吴医生更像一位在医院工作的远房姐姐，跟周谧提起之后的安排时也是字句熨帖，力图减轻她的焦虑和恐慌。

周谧还是蛮感激她的。

一个上午下来，她对未来几天的流程也算基本了解了。

其实跟之前那位女医生说的大致不差，吴畏建议她选择其他更为稳妥的方式，但思考过后，周谧还是迈不过心理那道关，坚持先用药试试。

唯一的区别就是，这回在超声室，做B超的医生询问她需不需要留下一些影像当作纪念。

周谧躺在那愣了下，接着狂摇头。

她不想再跟肚子里这位运气不太好的小伙伴有更多的牵扯了，无论是身体上的，还是精神上的，因为除了徒增愧疚与感伤，别无他用。

检查结束的时候，周谧默默在心里跟它说了句"对不起"。

但也只有一句"对不起"了。

对不起你，也对不起我。我们今后有缘再相会。

在自嘲中用完早餐，周谧身体回暖，起了饭困，便爬上床蒙头大睡。

她被眼皮上方的日光挠醒时，已经是下午了。

周谧好几天都没睡得这么好了，一时不知道自己身在何处。她舒展双臂，打了个巨响的哈欠，尾音还拖得老长，像某种古怪的戏腔。

等能半睁开眼皮了，她去摸枕边的手机。睡眼蒙眬间，她看见不远处的沙发上坐着个人，那人身影瘦长。

周谧心里咯噔一下，彻底醒了。

两人的目光对上了，张敛正神态自若地望着她，面前的茶几上摆放着笔记本电脑，他大概在办公。

周谧想起自己刚刚略显浮夸的起床过程，耳朵发烫，一把抓起手机翻身背对着他，并迅速遁回被窝里。

男人的声音从后方悠然飘来："你要是第一次起床就弄出这么大的动静，我们也不会有这事了。"

周谧："……"

她咬了会儿牙，闷闷地出声："你一辈子不打哈欠吗？"

"我全部的哈欠加起来可能都敌不上你一次哈欠的分贝。"他的声音里带了笑意。

周谧用脸抵着枕头，拳头发硬："谁让你在这儿听了？你在哪儿不行，非要在我的病房里？吵着老板您了我真是抱歉呢。"

张敛笑了一声："我说了中午会来看你的。"

周谧"哦"了一声："我忘记提前去化个妆了。"

张敛还是笑，揭过这茬："饿吗？我让她们把午饭送过来。"

周谧这才想起看时间，她按亮屏幕，发现居然下午三点半了。

周谧诧异地坐起来，跟被单上的皱褶们面面相觑了片刻，才歪头问张敛："你真是中午来的？"

张敛回："嗯。"

"然后一直待到了现在？"她一脸的狐疑。

张敛靠回沙发上："不然呢。"

周谧用手指在被子上小幅度地乱戳一气："你怎么不叫我？"

"叫起来干吗？"张敛淡淡地道，"跟我吵架？"

周谧偏头，注意到百叶窗的缝隙，像要把说不上来的情绪使劲往那塞："好吧……其实你还是有点人性的。"

张敛弯唇："怎么，要跟我和平相处了？"

周谧抿抿嘴，似宣布重大消息那般字正腔圆地道："这件事结束前，我会跟你好好相处，我们一起解决它。"

她煞有介事的样子，除了引人发笑就只能引人发笑了，张敛问道："之后呢？"

周谧瞥他一眼："各回各家，各找各妈。"

张敛颔首："嗯。"

周谧急忙补充："还有——"

张敛示意她继续。

"我们两人的不正当关系从现在开始正式结束，您有需求请另寻下家。"她的双手不自觉地合拢，在白色的被面上画出一道道弧线，"我在奥星实习完就走人，之后我们就不要再有任何联系了，可以吗？"

她话音刚落，就像看视频时不当心按到了空格键，整个病房短暂地安静了一下。

张敛应道："好。"

这个字掉进空气中的时候，时间才是真正的暂停了。

周谧不再作声，也不想承认自己有那么点不舍，有那么点感伤，有那么点遗憾。但这些情绪就这么悄悄地涌到她的胸口，并密密麻麻地渗透开来。

这算什么呢？

童话故事的现实结局？反面教材？周谧难以判断。

快乐是真实的，难堪是真实的，恐惧是真实的，接下来的痛苦也是真实的。

入住病房的第三天，一大早周谧空腹吃下药物。

在这之前，她翻来覆去地问吴医生的只有一句话："会不会很痛？要疼多久啊？"

吴医生宽慰她说看个人体质，咬咬牙忍一忍。

离开病房前，吴医生嘱咐立在床边的张敛："陪她去走廊上走走吧。"

张敛应一声，回头看着周谧："感觉怎么样？"

周谧仰脸瞪他："感觉你真不是个东西。"

张敛没有接话，只是注视着她。他有种神奇的个人魅力，讲话时偶显轻浮，可一旦安静下来，就看起来格外认真，又很显情深，澄明的双眼里似只容得下你一个人。

"想出去走走吗？"他问。

周谧努了会儿嘴，嘀咕道："不知道，我怕出去会哭。"

其实在吃完药的下一刻，她心里就被难熬的酸胀感给挤满了，分不清那是委屈还是愤恨，她只知道，她整个人像个灌满柠檬液的水气球，摇摇欲坠。

她正在面对一件很不得了，也极其可怕的事，可她身边却没有任何值得依赖的支撑力量，甚至可以说，她只有她自己。

她更不愿在张敛面前失态。

她想变得坚强，想变得冷静，想从容应对这些事。若在今后的某一时刻，他们当中的任何一个人回想起这幕，周谧都该是个强悍且清醒的形象，而不是涕泪横流、面目模糊的模样。

在心里做好决定，周谧深吸一口气，努力让唇角撑出弧度："我们出去走会儿吧，病房里太闷了。"

可这个笑容带着肉眼可见的软弱，像一道褪色的虹。

张敛看着她说："好。"

两人并排在走廊上走着，没有交谈一句，也无任何的肢体接触，速度也是不徐不疾的。

走廊尽头的墙上有扇玻璃窗，玻璃窗肆无忌惮地将日光放进来，远远望去，墙上仿佛挂了幅光感极强的白色画作。

周谧盯着那地方，评价道："那里好像天堂的入口啊。"

张敛跟着看过去，眼微眯着："要过去看看吗？"

"去干吗？你配吗？"周谧语气冷冷的，如在诅咒他，"你这种人该去什么地方你心里清楚。"

张敛心平气和地道："我该去哪儿？你给我带个路？"

周谧声调陡然升高："你要不要这么恶毒啊？"

"是谁先开始的？"张敛垂眸，坦然面对她凶神恶煞般的逼视。

周谧死盯了他几秒，突然情绪溃散，五官皱成了苦瓜："我都这么惨了，你还要这样子说我——"

"要在外面哭了吗？"张敛提醒道。

周谧一秒逼退哭意："不，我不会哭的。"

张敛说："想哭就哭吧。"

周谧揉了两下鼻子："不想哭了，我就是有点害怕。"

张敛问："怕疼吗？"

周谧说："怕死。"

张敛说："不会的。"

周谧抬头："如果我死了你会给我偿命吗？"

张敛沉吟少顷："我会殉葬的。"

周谧一脸的不信："真的？"

张敛都不知道自己到底是在哄小孩还是在吓唬小孩："真的，但我们可能不顺路，毕竟你要去天堂，而我要下地狱。"

周谧眨了几下眼："那你先送我到天堂的门口，然后再去地狱。"接着她又像交代后事般地说道，"如果待会儿发生了意外，我的情况不好，你记得及时叫我爸妈还有我朋友过来，我希望在临死前见他们一面。"

张敛暗叹："不会发生这种事的，周谧。"

"我查过了，还是存在大出血、危及生命的可能的。"她开始钻牛角尖，一脸严肃地取出手机，"你存一下他们的电话。"

"好，"张敛百依百顺，"回病房就存。"

…………

他们没有在外面待很久。

回到病房后，两人各占沙发的一端，几乎无交流。

不到一个小时，剧烈的疼痛就将周谧淹没了，那痛像是把她小腹内的所有器官都给撕裂了，又把它们重新绞在一起，并不断地重复这个过程，一阵接一阵，她像在受酷刑般地痉挛着。

张敛见周谧蜷起上身，面色惨白，忙起身靠过去问："很疼吗？"

泪水珠串般地往外掉，周谧语无伦次地形容着："哪里是很疼啊？我以前都没怎么痛过经，但我觉得这比真正的痛经……嗯……比痛经要疼一万倍……还不止……"

张敛浓眉紧锁，一字未发，将她的脑袋按到自己的怀里。

周谧也顾不上任何形象了，几乎是条件反射地圈紧他的腰，像在炼狱里找到了一条生路，发泄般地大哭起来。

张敛俯身抵住她的头顶，像之前很多次那样，亲吻她的发梢、额角，以此安慰她。

但那些时候，他们都没处在现下这种状态。

周谧闷在他的胸前，断断续续地抽噎着，嘴里重复着某个字，像在唤谁。

张敛仔细听了听，发觉她在叫她的母亲："我妈……我妈在我旁边就好了，我想要我妈……"

张敛深吸口气，微别开脸，抚摩着她被汗打湿的额头。有个瞬间，他在一种前所未有的窒息中，接受了周谧对他的看法：张敛，你确实不是个东西。

女孩哭得最上气不接下气的时候，他唇瓣翕动，说了三个字。

…………

其实到后面，痛意已经不那么真切了，它逐渐从身体与神经中涌出来，远走了。可周谧的泪水还是难以停息，她清楚此刻的自己还是糟糕的、脆弱的、鬼哭狼嚎的、面目不清的，现在的她是她永生永世都不愿回忆起来的。

恍惚间，她想起幼儿园时她第一次割伤的手指，想起她在水泥地上不慎摔倒时伤口模糊的膝盖，想起初潮那天她手足无措地疯跑回家，哭着问妈妈怎么办才好时的蠢样子……

妈妈看着她直笑："你长大了啊。"

原来……原来，成长不光有炼乳一样的奶黄、抽条成长的青绿、校服上跳跃的蓝白、草莓浴球一样的粉色、大厦与高架所具有的银灰，它还有一种更隐晦也更浓烈的颜色，这种颜色叫血红。

那我拭目以待

　　比起来了次周期过长的月经，周谧觉得自己更像是经历了一次梅子色的回南天，那是一种暗淡、黏稠、濡湿，并隐隐作痛的感觉。

　　前三天，贺妙言每天都会抽空来病房看她。两个小姐妹一碰面，再多说几句话，就会忍不住抱头痛哭，仿佛两人从此心心相印、患难与共了。

　　荀教授也来过两次，但每次都被张敛毫不留情地劝走了，哪怕她心急如焚到了极点。这是周谧的需求，她不想见除闺密之外的任何人。

　　包括张敛。

　　是的，反应最激烈的那阵子过去后，周谧能独立行走了，她再没拿正眼瞧过张敛一次，其间两人说话的次数也是寥寥无几。

　　但张敛每天都会在病房里待上很久，晚上也住在这边。

　　有天晚上十一点多，他洗漱出来，看见周谧的被窝里还有莹莹的光，就没忍住说了句："你能不能早点休息，少玩手机。"

　　"我就玩！"周谧低吼起来，像个委屈到极点的发飙的小孩在家长面前胡搅蛮缠。

　　"好，你玩，你玩……"张敛也是初次经历者，对此亦束手无策，只能由着她。

但当他完全意义上的放任自流后，周谧就开始哭了。

她经常在熄灯后流泪，压低自己很重的鼻音，慢慢地，她的动静会越来越大，像屋檐落雨，她开始抽抽搭搭。

张敛过来宽慰她，她就飞快地用被子裹牢自己，像蚕蛹一样，对他保持自闭。

"我抱着你睡？"有一次，张敛猜她可能需要一些肢体安慰。

"你想被打吗？"她恶狠狠地回道，仿佛要抄家伙。

他垂眸盯着床上的"大白团"："不是说了要好好相处吗？"

"反悔了，"周谧的声音闷闷的，"我们绝交了。"

张敛其实不太喜欢她这样，他宁愿她指责自己，宁愿她一个鲤鱼打挺坐起来破口大骂，跟他吵一架。

她的表现有违他好聚好散的初衷，也让他那些愧疚感绵延不断。

它们时不时地跑出来干扰他，模糊掉他的生活、他的工作。不在周谧身边的时间里，他经常想起她那天的哭泣，那种从声带里溢出来的哭声不只是无助的、痛苦的，更是具体的、有画面感的，甚至是鲜血淋漓的。

张敛也不是没想过补偿，或是精神上的，或是物质上的，但这种想法一旦萌生就会被他当场掐断。

他觉得这样更不利于这个要强的女孩子身心的恢复。

好在一周过后，周谧的状态恢复了很多，人也有元气了，用餐时能跟差不多年纪的护士插科打诨，说点学校里面的趣事了。

周五下午，贺妙言又来了趟病房，她有两天没见周谧了，一进门就扑至床边，呜呜地说："谧谧，你瘦了好多哦。"

几次探望，贺妙言都直接无视为她开门的张敛，当他是隐形人。

张敛早就习以为常了。

但听见这句话，张敛也循声观察了下病床上的周谧，这几天他们几乎是朝夕相对，所以他并没有发现周谧前后的变化。

年轻的女孩坐在那里，面孔是素白的，带着久雨初霁般的淡淡笑意："就当减肥了。"

贺妙言抓住周谧的手，心疼得热泪盈眶："哪有这么减肥的啊？"

充沛的情绪总是容易相互传染，周谧也揉揉双眼："我真的一点都不疼了，这跟来大姨妈一样的。"

贺妙言说："你难受要跟我说啊，我多来看你。"

周谧说："没事，不还有护士跟那谁……"她眼珠一斜，用余光瞄瞄不远处的张敛。

贺妙言冷哼一声："他算个什么东西？"

倾诉衷肠后，迎来的总是姐妹团旁若无人的辱骂。

贺妙言人如其名，翻着花样挤对人，她的表现堪比脱口秀。

张敛一般淡定地坐在原处，不发一言，也不会走去其他地方或者戴上耳机。

贺妙言陪周谧坐到了下午，叫了份湘菜，故意在朋友面前大快朵颐。

鲜辣的气味充盈着整个病房，周谧从时有时无的低落中抽离出来，咬牙切齿地说闺密不是人。

然后两个人笑成一团，像在湖里嘎嘎嬉闹的小鸭。

只有在这种时候，张敛才会走出病房，在走廊里回个电话或者下楼散个心。

手机里充斥着繁杂的工作、人际关系，还有母亲每天至少十回的关心，等把这一切处理完毕，张敛才回到病房里。

贺妙言走后，白色的空间彻底安静下来，他们俩回到了微妙难言的四目相对的局面。

一旦有了目光的接触，周谧会立刻抬高手机，挡住自己的大半张脸。

当发现竖屏并不能完全遮挡自己的视线后，她还会把屏幕切换成横向的，然后利落地低头，顺势打开游戏。

不给男人任何跟她推心置腹的机会。

张敛总会被她逗笑，但他还是决定跟她聊聊，于是拎了把椅子坐在她的床边："真不准备跟我说话了？"

周谧装聋作哑，在刀光剑影里头也不抬。

张敛面色平静："要不要跟你父母讲一声，让他们来看看你？"

周谧手指微顿，沉默了几秒："不要。"

"你唯恐天下不乱吗？"光是"父母"这两个字就让她双目泛潮，"你巴不得他们快点把我弄回去吧？"

张敛都无奈了，她怎么总把他往无恶不作这方面无限想象。

他轻叹一声："你那天就说你想要你妈妈陪在你身边。这几天我一直在考虑这件事，还是得有个你信赖的人陪着你，毕竟你的朋友要上学，不能时时刻刻都在这里。"

周谧"啊"了声，眼睛红了："真的吗？我那天这么说了？"

张敛但笑不语。

周谧恍然大悟，叫嚣着："我当然叫我妈了，不然叫你吗？"

"我警告你啊，"她看向张敛，瞳仁里钻出两道黑亮的禁令，"你敢和我爸妈说这事我永远不会放过你。我会立刻跳楼、自缢、魂断成和医疗。"

随后，她冷冷地勾起唇，像个坏心眼的小女巫："你居然还想跟我爸说。他们知道了绝对会过来打你，还是混合双打的那种，我也是在为你的人身安全考虑。"

张敛倚着椅背，抱着手臂："那怎么办？你又不想看到我。"

周谧低头滑着手机屏幕："你去隔间坐着好了，想干吗干吗，我不用看到你就好了。"

张敛说："可我想看到你。"

胸口莫名一紧，周谧手机里的游戏角色都走歪了："有什么好看的？看我有多凄惨吗？"

"看到你心里会舒服一点。"他异常认真，用的是做出承诺时才会有的那种口吻。

仿佛被温热的手指一路往下摸了摸脊梁骨，周谧缩缩颈子，嘲讽道："哟……又要开始装好人了是不是？"

张敛不以为意，继续征询她的意见："你认为，什么方式对你来说是最好的？"

周谧小心避开他澄澈的眼睛："现在这样就挺好的。再休息个十天八天的，我就立马回家，然后跟你一拍两散。"

张敛忽然叫她的名字："周谧，你那时候为什么选择来奥星实习？"

周谧鸡皮疙瘩都立起来了："你即兴面试呢？"

"不是，"张敛微微掀唇，"据我所知，老师和公务员才是大部分中文系学生选择的职业，你怎么来广告公司了？"

周谧安静下来，思绪飘远了些。片刻后，她冷哼道："因为我不知道你就是奥星的老板。"

"你好好回答。"张敛低笑道，"还是你想让我猜？"

"别猜，谢谢。"她最烦他这种揣摩人的眼神，他这时的眼睛像两根若即若离的黑色羽毛，在她身上由内而外地游移着。

"因为我想锻炼自己，"周谧呼了口气，"我不怎么会跟人沟通，也不想把自己定格在'站在起点就能看见终点'的人生框架里。去年我刷微博看到了你们公司做的一个耳机视频。那个视频很动人，我看了好多遍，还特意去查了下是哪家公司做出来的，这才知道原来是我们这儿的奥星做的。"

张敛点点头："嗯，那你怎么没去创意部？根据你的专业，这个部门更适合你。"

周谧说："我觉得那是我的舒适区。"

她的狂妄让张敛微挑眉梢："创意可是广告的灵魂。"

周谧想了想，说："我从小到大社交圈一直很窄，和我一起玩的就只有学校里的同学，进大学后，日常也就我、我朋友，还有我前男友三个人在一块儿玩，他们两个又非常在意我的感受，凡事都挡在我的前面。我觉得自己有点被惯坏了吧，在人际交往方面有所欠缺。你别看我什么都敢跟你说，其实这都是假象，我很怕生，有交流恐惧症，尤其在那种正经场合，我只想离人群越远越好。

"我之前查过，AE 可以接触到各种人，就决定试试，看能不能通过这个工作锻炼一下自己。"

她说着说着委屈又浮出来了，于是交叉起手指："结果……就……有点落差吧。"

张敏说："你才来了多久？"

周谧斜眼看他："我知道，那么短的实习期，接触的人、事确实少了。是我把预期值设得太高了。"

张敏问："什么预期值？实习工资？"

"当然不是，"周谧急忙否认，"我暂时没那么在乎这个，我只是没想到，迎接我的还是一大堆很琐碎的数据工作。订会议室那些……"

说到最后，周谧底气渐失，声如蚊蚋。

但张敏并没有跟她预想的那样，说她好高骛远，只是问道："这两个月你一点东西都没学到吗？"

"当然有，怎么会没有？"周谧吸了下不知何时开始堵塞的鼻头，苦巴巴地道，"本来这个礼拜我就可以试着自己做月报了。去年下半年我就做好打算来奥星实习，这几个月我也为此做了不少准备，就是想以后能被正式录用。现在我的计划全泡汤了。"

张敏没再说话，若有所思地看了她一会儿，然后离开座位，把茶几上的笔记本拿过来，找出个东西，对向周谧道："再看看？"

目光触及屏幕，周谧瞬间与里面一寸照上的自己对上了视线，她的脸唰的一下红透了，于是她质问道："你怎么会有我的简历？"

张敏仿佛对窥视她个人信息一事很坦然："当然是拿来看的。"

这跟公开处刑有什么区别？周谧有如被百爪挠心，于是问道："所以？"

"回忆一下做简历时的心情，确定自己到底要什么，做好了决定就别因为任何事轻易改变目标。"张敏不急不缓地说，"不管你今后留不留在奥星，这些经历都能为你的职业生涯增色。"

周谧挨着床头坐了一下午，感觉大脑被放空了。张敏是什么时候离开病房的，她完全不知道，可能他打过招呼，但她根本没有放在心上。

护士小璇端着晚餐进来时，她才从灰茫茫的雾境中抽离出来。

小璇一如既往地询问周谧需不需要下床用餐。

征得同意，小璇才将那些精致的碗碟有条不紊地摆放到桌上。

坐到桌边后，周谧发现今天多了份甜品，那是一角淡粉色的蛋糕，上面有红亮的樱桃图案。

察觉到她的目光像被奶油粘住了一样，长久地落在蛋糕上面，小璇忙说："周小姐，这是张先生吩咐后厨给你做的。"

周谧回过神来，抿了会儿嘴，看向护士："哦，谢谢你啊。"

"谢我干吗？"小璇笑盈盈的，"打个电话谢谢张先生就好了。"

周谧假装没听见，单手撑着头，用勺子挖起了那只蛋糕。

简单洗漱完，周谧继续卧床休养，人虽一动不动，心思却起伏不定。

张敛白天跟她说的话犹在耳边。

忠于自我和认清现实永远都是非黑即白的对立面而非可以共生的多选题的选项吗？这个带着哲学意味的问题困扰她到现在。

她觉得不然。

辗转反侧了好一会儿，她最终还是用手机编辑了一条消息，发送给张敛：如果我以后在奥星转正了，你会给我穿小鞋吗？

消息传出去的同一刻，病房门口传来了叩击声。周谧心率加快，瞥见毛玻璃上显出来的高大黑影安静下来，他大概在阅读她的信息。

周谧微微提气，将四肢和脑袋以最快的速度缩回被子里。

外边还是没一点动静，须臾，她手里的手机照亮了黑咕隆咚的被窝。

周谧点开来看了一眼，是张敛回的信息：你的脚也不小吧？

双颊浮出两团蒸汽，她边在心里骂骂咧咧，边把手机倒扣起来，手机屏幕这时再一次亮起，上面是来自同一个人的礼貌的询问：周小姐，我可以进去了吗？

他转而用信息当敲门砖。不知他是有意的还是无意的，这话模棱两可，一语双关。

周谧的五官都快挤到一起去，她噼噼啪啪地戳着屏幕呛了回去：有人挡着你了吗？

片刻，病房门被打开了，张敛跟着走廊里的光线一道步入房中。他瞥了一眼病床上几天如一日的白色"大春卷"，几不可闻地笑了一声，回到隔间放下了自己的资料和笔记本。

听见他开灯的声音，周谧终于能把头伸出被子呼吸一下了。

她像只机警的鼯鼠，用黑眼仁四处查探了一下，才慢慢地从雪地里探出整个上身。

她坐直上身，小心地将手机搁在枕畔，拿起床头的书，煞有介事地翻阅起来。

没一会儿，张敛走了出来。

周谧偷偷从书页里抬起眼，余光尾随着他去了沙发那。他可能是回家洗了澡才来的，身上套着宽松的黑色卫衣，气质骤然发生了变化，仿佛暮冬和早春交替时的夜晚，比平常穿正装的他少了近一半的攻击性与傲慢感。

见他有回头的迹象，周谧忙不迭地把视线移至密密麻麻的印刷字上。

张敛也坐了下来，在手机里查东西。

这几天总是如此，除了休息，只要在病房里，他基本都待在她目之所及的地方。

周谧又瞄了他几眼，突然大声咳了一下，以吸引他的注意力："哎。"

张敛抬眸："叫我吗？"

周谧做不解状："这里有其他人吗？"

"我不确定。"

"你别吓我好不好？"

"既然是叫我，那怎么没有称呼？"

"哦。老板。"

张敛把手机按灭，俊朗的面孔如忽而暗下去的山背："说吧，什么事？"

怕内心的局促被他一眼识破，周谧下意识地将书举高，挡在自己胸前："这几天 Yan 她们怎么样？工作有没有耽误？有没有提到我？"

"周谧，"张敛蹙了下眉，"我是老板，不是监控，不会事无巨细地录下员工每天的一言一行。"

周谧问："我的事情呢？"

张敛回："你不在自然有人做。"

周谧懊丧地"啊"了一声："那我回去之后，岂不是一点个人价值都没有了？"

张敛勾唇："你不是要离开奥星吗？"

周谧把书放回去："后悔了不行吗？我为什么要因为大魔王的统治而逃离自己的理想圣地？"

她的形容让张敛哭笑不得："你变脸的速度是我见过的人里最快的。"

"怎么？"周谧理直气壮地说，"人不就是在想不通跟想通之间交替前行吗？"

张敛微哂，不知是夸还是贬地说："你还挺有觉悟的。"

"当然了，"她架高面前的书，还在封面上拍出不高不低的响声，"我可是看过不少书的人。"

张敛不做评价，重新去看手机。

见他开始忙自己的，周谧也接着看起了书。敷衍地浏览了几行后，她发现自己并不能很好地静下心来，明明每个字她都认识，可她就是无法连贯地把它们汇入脑子里。

于是她一边注意张敛的动向，一边探出右手，一点点地摸到自己的手机，再以迅雷不及掩耳之势将之捞过来，藏回书后。

她点进微信里，跟自己别扭了一阵，最终还是给张敛发了个最原始的握手表情包。

张敛看到了，抬头望过来，那神情似乎在问："你这是在干什么？"

周谧挺直上身，一本正经地说："握手言和。"

张敛侧了下脸，又盯住她，故作疑惑地问："不怕我给你小鞋穿了？"

"你能不能别鬼打墙了？"周谧崩溃地把手搭在额头，拒绝继续大小脚大小鞋这一话题。

张敛偏不放过她："你一个实习生怎么好意思提这种问题？"

周谧绷紧嘴唇，僵笑着重新低头阅读，但还是心不在焉的，她总觉得自己落了什么事没交代清楚。等意识到是什么事之后，她再一次看向张敛："虽然我留在公司里，但我们不续约了哦。以后我们就是单纯、健康、'伟光正'的上下级关系。"

她抿了下唇："你也不要因为这件事而想着弥补我什么，如果我接下来在奥星表现得不好，Yan 不想留我，我会自己走人的。"

"我可能做不到。"男人飞快地否定她的说法，并叫她的名字，"周谧。"

周谧的心脏忽地一下悬至云端，她小心翼翼地问："做不到前者，还是做不到后者？"

"后者。"

周谧舒了一口气，刚要启齿，张敛就抢过了话头："你想的是什么？"

"我想什么了？"周谧的声音陡然提高了。

张敛俯下身，将手机随意搁在茶几上："我看你之前很乐意。"

周谧想起来就生气："你想再闹出一条人命吗？"

整间病房忽地陷入了死寂。

两个人似乎在这一刻因为这句话误入了宇宙中的某个力场，不约而同地发不出声音了。

张敛呵了口气，率先打破僵局："团建那次，是我不好。"

周谧拧着自己的手指，声音微弱地说："好吧，我也有错。"

"知道我那次为什么叫你过来吗？"张敛的笑多种多样，但总让人难辨其意，就和他这突如其来的，似乎也很真实的坦诚一样，"忍一个月也不好受。"

周谧不自在地嘟囔着："那你也没联系我啊。"

"你可以联系我。"

"我可是女孩子呀。"

"这会儿知道了？"张敛轻笑一声，"第一次见面那会儿，我看你很没心理包袱啊。"

周谧恨得牙痒痒，当即转移了重点，抓住了他刚刚说的话："忍一个月……一个月怎么了？以前不都是一个月吗？"

张敛蹙眉："我说的是那个忍吗？"

周谧嘀咕着："谁知道你说的是哪种忍？"

　　张敛安静了几秒，大概在思考如何表达更恰如其分："我在想怎么收场才能不伤害你的自尊。"

　　周谧"哈"了一声，别开脸："不稀罕。我可是个有契约精神的人。"

　　"是吗？说点工作上的事就要接吻？"

　　周谧无法反驳，头发丝有着火的迹象："你能不能别说这事了，陈芝麻烂谷子的事你要翻来覆去地说几次？"

　　"我有时真佩服你。"张敛话里有话。

　　"还有完没完？"她像只突然失控的小狗一样叫了起来，"你可以拒绝啊！你拒绝了现在我们就相安无事了！"

　　张敛回忆了一下："你那样看着我，我怎么拒绝？"

　　周谧嗤了一声："不要为自己找托词。"

　　她每次一在他面前摆出一副牙尖嘴利的样子，他就想用点什么方式把她叽叽个不停的小嘴给堵上。

　　张敛喉咙收紧，及时终止了这个话题："睡觉吧。"

　　"哦，"争执间，周谧的脸不知不觉地红到了脖子根，她嘲地躺平，企图用被子捂住自己，给自己降降温，然后僵硬地吐出两个字，"晚安。"

　　张敛回道："晚安。"

　　他站起身，走出去几步，又停下来说："对了。"

　　"说——"床上的"面团"蠕动了一下。

　　"如果你之后不改变想法，我大概率是会让你留在奥星的，你也不用感谢我，我只是为了消除自己的亏欠感。"他立在那里，声音冷静下来，像在房内滋生的白霜或蔓延的月光，悠远，且自带穿透力，"但以后怎么发展全看你自己。"

　　"不需要，"周谧哼哼着，口出狂言，"实习期一满，叶雁会主动跟人事提让我留下来的。"

　　男人的笑里微带戏谑之意，他好似在敷衍她："那我拭目以待。"

不出意外的话，荀老师已经
在跟你妈谈论结婚的事了

　　卧床休养的每一天基本都在复制粘贴前一天，周谧越发感觉自己失去了实体，像很轻的风从岁月间一滑而过，留不下任何痕迹。

　　她曾问过吴医生她可不可以出门逛街或是做些简单的工作。

　　吴医生的建议是最好不要，她让周谧尽量多休息少操心，放松一些。

　　可这种日子，她要如何让身心放松？

　　尤其是张敛有时会当着她的面办公。他或是打电话，或是开会，双语皆用。他的口语极为流畅，是相当标准的美音，而且他几乎不会卡壳，此外他谈吐时从容不迫。如果不看他的脸，别人会以为隔壁住着位华尔街的精英。

　　周谧打心眼里羡慕他，并努力聆听着，试图在脑内同声翻译他的话。

　　但她很快就放弃了，任何内容在张敛的语速下都堪比天书。

　　有一天，她终于从张敛的话中听见了熟悉的名字，那是她的 leader 的名字——叶雁。

　　像在迷雾中窥到了一束光，他一挂断电话，周谧就赶紧搭话："Yan 怎么了？"

　　张敛漫不经心地回道："没怎么。"

她一下提高了声音："告诉我一下会怎样啊？"

张敛抬眼，给这只憋久了的暴脾气好奇猫顺毛："恩美牛奶的项目。"

"哦。"周谧失望了，这项目她不曾参与过。

张敛问："无聊了？"

周谧垂下了眼，承认了："嗯。"

"看会儿电视？"他貌似真诚地提出建议。

"……"周谧无言以对。

张敛抽出茶几下方的遥控器，惬意地倚在沙发上，大有开电视机的架势："我陪你，看动画片吗？"

周谧抱住枕头，让下巴陷进枕头里，不快地嘟哝着："你犯得着这样羞辱人吗？"

"急什么？先把身体养好，"张敛莞尔一笑，"广告公司可不是人待的地方。"

周谧冷冷地斜了他一眼："那你是什么？阎王？"

"魔王、阎王，"张敛数起她给他起的各种绰号，"还有别的吗？有些新意的。"

周谧说："还有人渣。"

张敛哼笑道："跟前面两个种族的差距有点大。"

"狗。"周谧庄重地抛出这个并不中听的字眼。

张敛当即中止这个话题，打开电视机，却没有调台，只是让电视上的画面和声音流淌着。

病房不再跟白色的废罐子一样空寂了，周谧抬眸去看电视，荧幕里正在放午间新闻，年轻女主播的长相让人赏心悦目，她从神态到声音，再到说话内容，都跟齿轮一样严丝合缝的，精致到完美。

周谧突然扑哧一声笑出声来。

张敛挑起眉，先是不解地扫一眼电视，继而同情地道："你是真的无聊了。"

周谧斜着眼："你知道我在笑什么吗？"

"嗯？"

周谧伸出食指，隔空戳了电视机好几下，双眼被笑意点亮："这个女主持，好像女版的你啊。"

张敛这时才多瞟了几眼电视屏幕，眉心皱起，对周谧的看法难以苟同。

周谧一边竖起手机录视频，一边笑着说："那种装模作样的样子，和你一模一样。"

张敛微眯起眼："怎么装了？"

"你还不装啊？"周谧低头欣赏刚刚拍下来的"女版张敛"，"你在外是什么样，对内又是什么样……"

她冷笑一声，一切尽在不言中。

张敛抿了会儿唇，叫她："周谧。"

她把手肘放在枕头上，撑着腮歪着头看了过去："嗯？"

张敛看着她："你知道一个人通常在什么情况下会认为另一个人在装样子吗？"

"不知道啊，"周谧的睫毛扑棱了几下，她软绵绵地挑衅道，"还请老板赐教呢。"

她这副德行让张敛不怒反笑："有些人能做到你做不到的事，你没办法，只能自我宽慰你是正常人，而他们是在装样子。"

他微抬下巴，指了指电视机的方向："让你对着摄像头直播三十分钟新闻，你敢吗？"

被拿住了软肋，周谧哑口无言。

她移开脸看着百叶窗，嘟囔着："我是这个意思吗？"

男人的声音很淡定："那就不要随便评价别人。"

"天啊，"周谧抓了两下刘海儿，又看了回去，"我是在说你表里不一好不好？"

"你从出生到现在每时每刻都表里如一吗？"

"你这人真没劲，就会咬文嚼字，"周谧被噎住了，把枕头当作壁垒，竖了起来，就此切断两人的视线，又不服气地咕咕叽叽，"大学辩论赛的第一名吧？"

张敛准确无误地捕捉到了全部信息，随意地道："这都能猜到。"

脑壳隐约作痛，周谧宣布道："啊，头好晕，我要休息了。"

张敛却忽然开始调台，并让电视画面停驻在少儿频道，里面正在咋咋呼呼地播放《汪汪队立大功》。

他故作正经地道："你还是看这个吧。是我不好，我没注意到过于完美的女主播会给你带来焦虑。"

"……"周谧甘拜下风地把怀里的枕头甩回床头，扯起一面白旗，"算我求你了，关电视吧。"

中午跟周谧用完午餐，张敛就回了公司。

可能是看她近来的情绪跟精神都好了不少，张敛待在病房里的时间较一开始也有所减少，他要到晚上九十点钟才回来。

有时周谧都已经睡下了，他还在忙自己的事。

自打从张敛那得知了叶雁负责恩美牛奶项目一事，周谧便开始四处搜集恩美牛奶及其竞品的资料，并在手机的备忘录里做了分类整理。

同时，她还会看一些职场类的无字幕英美剧。她这样做一是为了提升语感，二是为了在大脑里给自己构建出仍身处职场的氛围，避免自己复工时退化到那种初入公司一无是处的"小白"状态。

每天盯着手机屏幕，眼睛总归吃不消，于是周谧托贺妙言把平板和无线小键盘带到病房来。

"我真服了，你居然还要在他那儿上班。他那边很好吗？"贺妙言坐在床边，气不打一处来，完全无法理解周谧的抉择，最后把矛头指向了张敛，"一定是那个狗男人又给你灌了什么迷魂汤。"

周谧靠在小桌上调配蓝牙，没有感情地勾勾嘴角："还真跟他没关系，我还给他脸了。"

贺妙言张开双臂倚过来，硬邦邦的眼神像两块板砖，戳在她脸上，试图把周谧敲醒："宜市这么大，广告公司又不止他那一家。"

周谧瞥她一眼，摇摇头："我就是……不甘心，我都实习两个月了。你知道我本来就想进奥星啊。那是我想了好久的白月光啊，说放弃就放弃，像什么样？"

周谧试了下键盘，继续说："你尽管放心，出院后我就跟张敛断掉除工作以外的所有联系，而且他是大老板，我就一小实习生，工作上直接接触他的可能性非常低，在公司里我俩也基本上碰不着面，你就别多想了。"

贺妙言将信将疑："可我怎么还是觉得没你说的那么简单呢？"

"住口啊，你的嘴开过光，闭上你的乌鸦嘴。"打开办公软件，周谧不以为意地警告了贺妙言一下。

万万没想到，贺妙言一语成谶。

那是周谧打算办理出院手续的前一天下午，做了最后一次B超检查，确认体内已完全干净、恢复正常，她身心轻快到差点在走廊上连蹦带跳地奔回病房。

小璇在帮她叠衣物。

周谧兴冲冲地走过去，同她一道整理起衣物来。

小璇有些担忧地劝道："周小姐，你还是回床上躺着吧，也没几件衣服，我一会儿就叠完了。"

"不用啦，我好得很。"周谧脱去闷了她好多天的针织开衫，并麻溜地将披散的头发扎成小揪，而后撸高袖子，抱起整沓衣物塞入箱包，只留了明天出院需要穿的那套衣服。

"刑满"获释，新生活在即。

周谧眼底星光熠熠，胃口大增，平日里总有剩余的下午茶，今天被她风卷残云地吃得干干净净，不留一点残渣。

小璇见她亢奋得不行，壮起胆子问她能不能互加一下微信，希望以后她们可以做朋友，约约饭逛逛街。

"我们现在就是朋友了啊。"周谧欣然同意，一边添加她的微信一边感叹道，"微信里又多了个漂亮妹妹，也算意外收获了。"

小璇的脸蛋微微红了："我也是啊。"

"这段时间谢谢你了。"周谧眉眼弯弯，感激地道。

小璇摇头："我也就照顾照顾你的身体，主要还是张先生陪得好。"

周谧微撇嘴角，故意做出丧气的样子："大喜的日子，我们就不要提那个晦气的人了，好吗？"

小璇的眼笑成了缝："我在VIP病房待了两年多，张先生真的是我见过的很是尽责的好男人了，你就原谅他吧，你俩别闹情绪了，好好处下去。"

周谧一脸的狐疑："他是不是偷偷给你塞了很多的好处？可以分我一点吗？我陪你一起吹捧他。"

小璇咯咯低笑。

等小璇走了，周谧盘腿坐回床上，在心里琢磨了会儿小璇刚刚说的那番话，随后抽出兜里的手机，郑重其事地给张敛发了条消息：

老板，您好。明早我就出院了，感谢您这十多天来对我的悉心陪伴和精心呵护。今晚您就不用过来了，在家睡个好觉吧，就当是我给您的一点回报。

等了两分钟，张敛并未回复，周谧猜他在忙，便仰躺在床上，盯着天花板发傻。

第一天来这里时，那一小片孤单到令她落泪的日光，此刻已变成了大幅度涌动的橘色云霞。

曾经以为的天崩地裂风摧雨折，居然被她这么顺其自然地度过了。就像四季有凛冬也必然有暖春，寒冷的冬天总是会过去的。

周谧弯弯唇，取出手机，拍下投在房内的那片夕照，留作纪念。

刚要关手机，屏幕突然黑了下去，目光触及上面的"母上"二字，周谧一个激灵从床上坐起身，而后按下接听键。

"妈！"她故意中气十足地唤她，并咬了下手指稳住心神。

"谧谧啊，"幸好妈妈的语气听起来格外寻常，"这几天还在学校忙啊？"

周谧暗自松了口气："对啊，还要实习，上次我不是说了嘛，住家里要三头跑太费时间了，等学校这边忙完了，我就回家陪你。"

妈妈说："妈妈也没什么事，就是想你了。"

周谧顷刻间红了眼眶，她极轻地吸了口气，努力地笑着回了一句："我也好想你。"

那边的人忽地沉默了，沉默了很久很久。

久到周谧以为妈妈是不是不当心把电话挂断了，于是想着把手机从耳边拿下来确认一下。下一刻，她就听见妈妈再次喊她。

只是这一次妈妈喊的是她的全名，而且声音严肃且冷静："周谧。"

以前妈妈这样称呼她，多半是在盛怒之下。

突生的惧意像一只冰冷的昆虫，顺着周谧的脊椎窸窸窣窣地往上爬，周谧不自觉地耸高双肩，极低微地应了个"嗯"。

电话那边的人鼻息一下变得低沉、急促："你跟我说实话，你是不是怀孕了？"

两年前，因为表姐夫在异地当兵，周谧曾参与过表姐的每一次孕检。

犹记得第一次陪表姐去抽血时，周谧还好奇表姐是怎么发现自己怀孕了的。表姐笑着答："是你大姨问我的。昨天我吃饭吃得好好的，她突然说'你是不是怀孕了'。我自己一点感觉没有，结果晚上一测，红双杠，不敢相信吧？"

周谧睁大了眼，惊呼："这么神的吗？"

表姐温和地笑道："是啊，我朋友怀孕也是她妈先发现的，可能是母女连心的原因吧，再加上她们过来人有经验。"

周谧从未想过这种不可思议的玄学会在自己身上得到验证。

大脑短暂地空白了一下后，她竭力压制住气息，装出开玩笑的口吻："什么啊？怀孕？妈，你在说什么啊？"

妈妈却没跟她嬉皮笑脸，语气仍冷若冰霜："我现在就在你的宿舍楼下，你们宿管阿姨说你这段时间根本没回来，所以你去哪儿了？"

周谧的身体一瞬间僵硬起来，脸在变得惨白后又多了血红色："你去我学校干吗？"

"先回答我的问题，"妈妈不给她任何打马虎眼的机会，"你到底在哪儿？"

"当然在公司啊，"周谧四处张望着，找寻着医院与公司相同的地方，"我在厕所里。"

说着话，她握手机的那只手却因惊惧而颤抖起来。

妈妈说："那跟妈妈视频一下？"

周谧心跳若擂鼓，以致声音也轻微地颤抖起来："我在拉屎呢！"

但妈妈格外笃定地冷哼道："还跟我谎话连篇呢。"

"你干吗不相信？"周谧双腿发软，小心翼翼地往卫生间里移动，"视频就视频。"

"你就是怀孕了吧？"妈妈如冷酷的判官，一口咬死，一句定刑。

周谧惊慌失措到极点，眼眶里浮出温热的潮水："我到底干吗了？你为什么非觉得我怀孕了？也太莫名其妙了！"

"这个月我给你买的卫生巾，你一包都没拆，一张都没用。"妈妈气息变粗，最后几乎是高声嚷了出来，"你说我是怎么觉得你怀孕了的？"

周谧浑身凉透，怔怔地站住。

"前天我来了月经，打开柜子一看觉得很奇怪。这两天我越想心里的疙瘩越大，就想着来学校看看，结果你人呢？这么多天你都跑哪去了？你现在还不说实话？"妈妈的暴喝像铁棍，冲着她的耳膜就抡了下来，"我就问你，你到底有没有怀孕？"

情绪在快速冻结后轰然碎裂，泪顺着周谧苍白的面孔一路蜿蜒而下，她的唇瓣颤抖着，在仓皇地为自己辩解："我没怀孕……

"我真的已经没有怀孕了……"

她一遍遍地重复，似闭庭后无用的申诉。

接到周谧的电话时，张敛一行人刚从客户的公司回来，正在会议室里总结、复盘今天下午的提案。

手机有节奏的振动声在你一言我一语的嘈杂环境里稍显明显，众人都停了下来，不约而同地望向张敛。

张敛低头瞥了一眼手机上的名字，示意他们继续，自己则走了出去。

"喂？"

他停在窗边。

耳边传来周谧略重的鼻息声，女孩无助的声音像被揉碎了的白纸花，颓靡、飘忽："我妈发现了，她这会儿要来医院。"

早一天晚一天，终归会有这么一天，张敛早就预感到这一点了，不由得轻呵一口气，俯瞰着底楼那些在暮色中逐渐变得模糊的树冠："怎么回事？"

"她每个月都会往家里买卫生巾，我忘了。"她在不间断的抽噎中费劲地组织着语言，"我真的完全没注意到这个……这个月没来月经，我就没用，然后，嗝，她偷偷去我们寝室问阿姨，发现我根本没回学校……

"我要挨打了——"她的声音逐渐扭曲，接近一种湿漉漉的失控。

张敛无从评论，遂不作声。

周谧狠抽一下鼻子，恳求道："你能配合我一下吗？"

"你说。"

"我不敢跟我妈说我们的关系，不然就不只是被打了，而是被打死了。"她吸口气，似想重新振作起来，"我跟她说你是我男朋友。"

张敛低哂。

"你待会儿过来吗？"不知是装作没听见还是真的没听见，她继续无心理负担地问。

张敛想起刚刚那封还没来得及回复，且看起来毫不真诚甚至有几分嚣张的"感谢信"："我觉得我今晚不用过去了。"

电话那端顿时一片死寂。

"你最好还是来一趟吧。"几秒后，周谧鼻音浓重，还尽力吐字清晰地告诫道，"我怕她知道你的身份后会杀到公司去。"

张敛不再跟她对着干："好。"

"你做好心理准备，我妈很恐怖的，跟核弹一样。"留下这句预警，周谧心若死灰地挂断了电话。

放下手机，周谧长舒一口气，赶紧穿上外套，系牢每颗纽扣，而后去卫生间洗了把脸，强行让自己冷静下来。

她又急匆匆地翻找出包里的唇膏，涂至指腹，飞速往自己的双颊上拍抹出一些虚假的腮红。

确认镜子里的女生看起来气色极佳，焕然新生，周谧才忐忑不安地窝回床上。

她一动不动，挺尸般地躺在那里。

午时将至，空中那柄悬吊已久的无形铡刀就要落地了。

妈妈的电话如期而至，说她已到成和医疗了，问周谧在不在病房。

周谧心脏悬起来，几不可闻地回了个"在"字。

妈妈立即挂掉了电话。

周谧坐正身体，以最后的体面迎接"屠戮"。

几分钟后，病房门直接被人从外拍开，身穿藏青风衣的中年女人气势汹汹地闯进来，横冲直撞的。

母女俩的目光一碰上，周谧就飞速别开脸，因为她难敌老妈利器般的目光。

妈妈眼中的滔天怒意像是源自精神也施于精神的远程笞打，其劲道大到能隔空把周谧扇至一旁，周谧的面皮也开始火辣辣地发烫。

周谧下意识地曲起腿，包藏起自己。

"这么大的事你也不跟我说？"汤培丽大步走到床边，劈头盖脸一顿骂，开始机关枪式"输出"，"你偷偷怀孕就算了，还偷偷来打小孩？你翅膀真是硬了，现在什么事都干得出来啊！"

她嗓门粗大，让硝烟弥漫在整个走廊上。

周谧脸皮泛红，完全不敢正视她："你声音小点行不行啊？"

"你还知道丢人啊！"她的声音激增了二十分贝。

"我有什么办法？"周谧让下巴紧抵着膝盖，像是无处摆放自己，"就是意外怀孕啊，跟你和我爸一样啊。"

"你在说什么呢？"女儿的反应让汤培丽愣了一秒，随即她怒火攻心地道，"我和你爸起码告诉双方父母了，还生下了你，并把你养到这么大，我们要像你这样不负责任，你这会儿人在哪儿？哪还会有个你在这儿说混账话气我？"

周谧皱了皱眉："我怎么不负责了？"

汤培丽轻蔑地哼了一声："草率怀，草率打，这不是不负责？"

周谧眼圈湿红地瞪回去，倔强无比地说："这难道不是对自己负责？"

"你要真对自己负责还会意外怀孕？"汤培丽发现跟这个气死人的犟女儿无法沟通，开始在病房里逡巡，寻找其他活靶，"你对象人呢？"

周谧的喉咙有点发涩："人家不要上班吗？"

"你还谈了个社会上的啊，难怪呢！"汤培丽回过身，难以置信地环顾着四周，"我就说你怎么住这么好的病房呢！"

汤培丽说话无法克制地夹枪带棒："你的眼光是越来越了不得了，以前你谈个外地的小路，我一开始就不看好，你非要谈，最后什么结局大家有目共睹。我以为你会长点心，结果呢？现在你谈了个让你打胎的！"

汤培丽一鼓作气骂完，走过来一屁股坐在周谧床边："你实话跟妈妈讲，是不是他让你打的？"

周谧胸口起伏着，愤怒心酸到了极点："是我自己想打的。"

"他还就同意了？"汤培丽总能神速地抓住新重点。

"不然呢？生下来吗？然后呢？"好像踩到了高压线，周谧面色一下子变得赤红，声嘶力竭地说，"像你一样当一辈子的家庭妇女？"

汤培丽顷刻无声，惊愕地瞪圆了眼。

这样中伤母亲非周谧的本意，她懊悔至极，垂首掩面，低声乞求道："妈，我这段时间已经很难受了，我知道错了，就当是我求你了，你可不可以别再大呼小叫了？"

"你不想难受那你脑子清楚点啊，说怀就怀，说打就打，伤的是谁啊？"汤培丽不甘示弱，继续喋喋不休，"除了伤到你自己还能伤到谁？这么多天，我们一点都不知情……"

说着，她也哽咽了："我和你爸到底不能替你疼替你苦啊，你说还能伤到谁……"

她用手指抹了下眼角，没有再往下说，转而抬起双臂，像雌鸟张开羽翼一样，把受伤的孩子揽向自己。

"妈……"周谧情不自禁地喃喃着，也拥紧着自己的母亲，发泄般地撕心裂肺地恸哭起来。

汤培丽一刻不停地给周谧拍背、顺气，一次次红了眼，又一次次把眼泪憋回去。

她顽强地控制住声音，安抚女儿："没事了啊，没事了，谧谧，我可怜的囡囡，等会儿就跟妈妈回家啊。"

周谧趴在她肩头，轻轻答应道："嗯。"

大概是近来身心损耗太大，外加安全感回归，周谧鼻息渐弱，慢慢地在母亲怀里入眠了。

等她呼吸均匀了，汤培丽才小心翼翼地将女儿放平，替她盖好被子。

周谧咂了下嘴，半侧过身，又陷入深眠中。

汤培丽凝视了会儿女儿恬静的睡颜，幽幽一叹，起身想往别处走，不料一个姿势保持得太久，左腿的麻意急剧上涌，险些让她在平地上跌个跟头。

她稳住膝盖，极轻地倒吸了一口冷气，才一瘸一拐地挪向沙发。

等腿部的知觉恢复了，汤培丽重新站起身来，走向病房内的小隔间。

隔间的门是关着的，但并未上锁，汤培丽迟疑少顷，还是转头坐回原位上。

她打开微信，瞅了会儿备注着"老公"的置顶的那一行，点进去又退出来，反反复复好多回，最后选择关闭微信。

这时，病房门被人轻叩了两下。

汤培丽先看了一眼床上的女儿，确认她没被吵醒，才攥紧手机，挺直背冲了过去。

她唰的一下将门拉开，横眉怒目的。

但令她没想到的是，门外不止一个人，除了一个相貌俊朗的高大男人，还有位个头只到男人肩部的女人。

这个女人看外貌应该已过了中年，但也不能说成是老太太，而是介于两者中间。

她穿着蓝橘撞色的修身毛衫，皮肤细白，神采奕奕的，眉目和善地弯成了月牙。

汤培丽猜她就是眼前这个男人的母亲。

两人并排立在那里，均浓眉星目，气质文雅，像极了民国时期挂在宅邸墙上的高门大户的肖像油画，给人的直观感受就是两个词：体面、高级。

汤培丽及时收敛起之前的表情，理了理略显凌乱的额发，平复了下呼吸。

但她依旧板着张脸，不想给他们半分好颜色。

"周谧呢？"女人往里看了几眼，面露关切之意。

汤培丽侧身让开点地方，轻声说："睡着了。"

女人点点头，刚要再说两句，那个年轻男人却抢先开口。男人不卑不亢地说："阿姨，方便出来聊会儿吗？"

汤培丽多扫了他两眼，单凭外貌她估摸着他最多二十八九，但他周身弥漫的偏于稳重的气质，让人难以判断他具体有多少岁。

反正待会儿就能了解到了，汤培丽停止猜度，点点头，跟着两人走出了。

同一层的大厅接待处刚巧摆放着三张全白的单人皮质沙发。

张敛先让两位女士入座，然后遣人倒了三杯茶水过来，这才坐到剩下的那张空位上。

女人含笑看了一眼汤培丽，侧头询问儿子："先做个自我介绍？"

张敛看过来，彬彬有礼地道："阿姨，您好，我是周谧的男朋友。这是家母。"

苟逢知莞尔一笑："叫我逢知就好。"

"套近乎就不用了，"汤培丽气不打一处来，冷嘲热讽道，"我原以为是两个年轻人不懂事闹出这事来的，哪知道你这个家长也跟着一道荒唐。怀孕打胎暂且不说，你们全程瞒着我们女方家长是怎么回事？你们看着也不像那种混账家庭出来的啊。"

张敛始终温文尔雅的："阿姨，这确实是我与周谧两人共同商量之后的选择。我母亲也是刚刚知情，所以赶忙一道过来跟你见面。"

"真是不好意思，"苟逢知歉疚地笑了笑，"让我学生出这种事我也很惭愧！"

"什么？"汤培丽愣了下，"什么学生？"

苟逢知似刚反应过来那般回道："我是周谧的导师，她没有跟你们提过我吗？"

"啊？"汤培丽眨了眨眼，扬声道，"提过啊！当然提过！"

汤培丽开始在心里嘀咕："就是没说过还有这层关系。"

苟逢知理解地弯弯嘴角，看向身侧："那我儿子呢？她肯定跟你们说过吧？毕竟她在他公司实习了两个月了。"

"……"汤培丽突然无法接话了。

短暂的静默后，汤培丽决定问清楚："你也在奥星上班？"

张敛颔首，面无波澜："嗯，我目前是奥星的董事总经理。"

汤培丽心头一跳，克制了好几秒才不至于蹦出一个惊诧的气声，只说道："我也是刚知道。"

苟逢知和蔼地笑道："可能中间的关系太复杂了，周谧担心说了之后你们会多想。"

"那你们是什么时候认识的？"汤培丽眼神犀利了几分，把话题扯了回去，拒绝被轻易带偏，"才两个月就弄成现在这样了？"

张敛淡笑道："我跟周谧去年就认识了。"

"怎么认识的？"汤培丽咄咄逼问。

张敛语速不徐不疾地道："在清吧认识的，之后我们互加了联系方式，半年前才确定恋爱关系。"

汤培丽哼了一声："你多大了？"

张敛回："三十三。"

听到他的年纪，汤培丽不悦地皱起眉："你应该知道周谧多大吧？"

"我知道。"

汤培丽抱着手臂，嗓音不高不低地道："难怪不跟我们开口呢，找个岁数这么大的。"

苟逢知端起纸杯："周妈妈，年纪稍长一些更懂得怎么照顾人。"

汤培丽不掩讥嘲的语气："照顾到来医院受这种罪？"

"唉，"苟逢知轻叹，"年轻人嘛，到底没我们这些过来人稳妥、谨慎、面面俱到，情到浓时会犯些错。我也是刚知道这件事，堵心得很，一路上该批的也都批了，就想着赶紧过来跟你碰下头，积极寻求一下解决方法。"

汤培丽移开眼，没好气地道："不都已经解决了吗？"

她想想眼又热了："遇上这种事，也不知道她这十来天过的都是什么日子，我还不在她的身边。"

"这点还请你放心，"荀逢知瞥了一眼自己的儿子，"我已经问过张敛了，他这段时间每天都尽可能地陪在周谧身边。"

汤培丽哈了一声："陪个床就能功过相抵了？酿成这种大错，你们这语气轻飘飘的，吃苦的到底不是你儿子，拳头没砸在他身上，你不心疼。"

张敛注意着周谧母亲的所有微表情，忽然不动声色地弯了下唇："阿姨，您也知道我已经三十多了，无论是结婚还是有个小孩，于我而言都是适宜的，我也很期待。这件事我也是基于周谧的选择才做出了这样的决定。您的女儿很优秀，一向有主见有思想，她希望自己能在这个节点全心全意地发展自己的学业和事业，作为她的男朋友，我自然要把她的想法放在第一位。对她造成了伤害我很抱歉，但我认为强求她变成自己短期内并不想成为的人，才是对她的不尊重和不负责。"

这一番话毕，汤培丽沉默了。从这一刻起，她才开始真正打量这位英俊白净的年轻人，而他也正沉静地注视着自己，从神态到口吻，无不透着令人身心舒适的真诚、妥帖。

荀逢知则白了一眼自己的儿子，不甚自然地轻揉了两下耳根。

思及女儿刚刚在病房内的反应，汤培丽不由暗叹一声，一只脚不知不觉地踏入了对方的阵营："这事我还没跟谧谧她爸讲，我也不知道该怎么开这个口。"

荀逢知接过话："我倒是已经跟我的先生说过了。不过他这两天去南大交流学习了，不然这会儿肯定也一道过来了。"

见他们这般不敢怠慢的样子，汤培丽的厌恶感与戒心减去了大半，她顺势问起了男方父母的职业："您先生也是老师吗？"

荀逢知答："是啊，他也在F大。"

"嗯，"汤培丽的面色和缓了许多，"要不这样吧，我今晚回去跟孩子她爸商量一下，回头我们双方父母再见个面，把这件事捋清楚。"

然后她瞟了一眼病房的方向："谧谧还在休息，就先不叫她起来了，让她多睡会儿。"

苟逢知露出正有此意的笑容，取出提袋中的手机："周妈妈，那我们互相交换个电话？有事好联系。"

汤培丽点点头。

互存联系方式后，汤培丽刚要把手机揣回去，一旁的张敛忽然说："阿姨，您也存下我的号码吧，以后有什么事你可以直接联系我。"

汤培丽微怔，同意了。

一觉醒来，周谧大脑一片混沌，不由得搓揉两下头才睁开眼，留意起周围的环境。

目及沙发上的三尊大佛，她跟砧板上的鲫鱼一般，弹坐起身。

"醒了啊，周谧。"率先发现她起床了的人是她的导师，苟逢知。

其他二人跟着望过来。

周谧脸上热量汇聚，难免结巴起来："怎……怎么不叫我？"

"你得多休息，"苟逢知和煦的语气让人如沐春风，"睡饱了吗？要不要再睡会儿？"

母亲跟在后面交代："就是啊，你睡你的，别管我们。"

周谧揪紧被子，连眨数下眼，转头去看张敛。

男人静坐在那里，一声不响，神色在半明半暗的光线里有些难辨。少顷，他漂亮的嘴唇有了弧度，他熟稔地把表情切换为微笑模式，掀开袖口看了一眼腕表："饿吗？这个点了，先吃点东西再休息吧。"

"对，"两位家长异口同声地说，"还是你想得周到。"

周谧倒吸一口凉气，叹为观止。

他是怎么做到让周谧预言的第三次世界大战变成现在这样其乐融融的合家欢的？

周谧坐在被窝里，心不在焉但目不斜视地夹着小桌板上的饭菜往嘴里塞，慌到如同嚼蜡一般，基本尝不出味道。

"胃口还不错呢。"

"是啊，这小孩一向不挑食，我现在回头想想吧，其实有好多端倪，她这是怀小孩了，我之前一直以为她这是工作压力大呢。"

"我儿子也真是不懂事，出了这么大的事也不知道跟父母说。"

"我囡又好到哪里去？"

…………

两位长辈立在床畔，你一言我一语，自在地寒暄着，慢慢又交流起育儿心得。

像只因过度的围观而心生惧意的浣熊，用完餐的周谧接过张敛递来的湿巾，仔细擦拭了无数遍手指，企图将所有的无措与不适擦净。

然而无用。

把纸巾递回去时她跟张敛对视了一眼，男人的态度并不友善，相反，他的目光深沉，其中有明显的问责意味以及警告——类似"等着，看我一会儿怎么收拾你"这种内容。

周谧头皮略麻，默默去摸手机，想跟他在微信里通个气，暗度陈仓一下，了解一下方才发生的一切。

结果她才碰到手机，她妈妈就叫了出来："你坐小月子呢，怎么老看手机啊？伤眼睛——"

说着妈妈还掀开她床尾的被子："我的天，袜子都不穿！"

"哎呀，怎么连袜子都不穿呢，不怕受凉吗？"荀逢知喷了一声，回身使唤儿子，"张敛，去拿双棉袜给周谧穿上！"

"不用！"周谧喊了一声，引来三人的目光后又放缓语调，并慢慢悠悠地将脚缩回暗处，"我自己可以穿……"

张敛平静地走向衣柜，打开后上下扫了几眼："在哪儿？"

周谧的心脏在龟裂，但她还得装作无事发生，小声地说："收行李箱里了……"

张敛毫不迟疑地转去墙角，躬身打开她的蓝色小提箱，从内袋中抽出一双印着小灰兔图案的米白色棉袜，冲她走了过来。

周谧难以直视他，僵硬地将目光挪往别处。

而两位母亲已欣慰地让开空间，喜迎她们平素最爱观看的小两口情意绵绵，一个贴身照料另一个的剧情。

张敛单膝跪在床沿，略俯下上身。猝不及防间，周谧的右脚猛地被控制住。不知是存心的还是无意的，他的指节使了点力，拇指按过她敏感的脚板底。

周谧顿时头涨脑热，面红耳赤，像是要直面准备给她抽血扎针的医生，完全不敢看对方。

"我自己穿吧……"周谧气息微弱，如在告饶。

男人恍若未闻，用指腹擦过她柔滑的脚面，慢条斯理地给她一点点套上袜子。冷白的光打下来，他眼皮微耷，神情淡漠，即便是这般姿态，他也不像个臣服的骑士，而像位喜怒不定的暴君，在恶意地实施一种看似温柔的酷刑。

周谧撑着头，一动都不敢动，浑身汗毛倒竖，耳垂红得几乎能滴出血。

右脚的袜子好不容易穿上了，周谧的左脚像只亡命的雪貂，咻的一下逃脱了猎手的禁锢。

"那只脚我自己来！"她就差凑上前去争抢了。

"你就让他穿嘛。"苟逢知一脸慈爱地笑着。

"真不用了，"周谧当即拒绝，唯恐慢了似的把另一只搁在一旁的袜子攥在手里，眨眼间就把袜子套上了左边的脚丫子，还不自在地咕哝着，"我又不是两岁的小孩，袜子又不难穿……"

张敛促狭地瞥了她一眼，退了回去。

这么一打岔，汤培丽心里有数了也有底了许多。女儿现今这个男朋友，虽身居高位，倒是没有多少大男人的架子。

这么一想，她微微舒口气，积压于胸口的烦闷也慢慢消散了。

两位母亲也在病房里用了顿简餐，便相携离开了。

张敛送她们下楼，为她们打好车回来，病房里已不见周谧的身影。他下意识地朝床上瞥了一眼，果不其然她又在借着被子闭关锁国，抵御外敌的入侵。

他不给颜面地走到床边："周谧。"

"嗯？"她装傻应道。

"出来说会儿话？"

"哦。"

纯白被子一下敞开，周谧慢吞吞地挪动着起来，正襟危坐。昂头与张敛对上视线，她忙不迭地挤出一丝比哭还难看的笑容："我错了。"

张敛居高临下地问："错哪儿了？"

"错在不该私自给你冠以我男朋友之名，错在不该跟你先斩后奏。"她下意识地两手抱颈，仿佛在直面持枪的歹徒，"那种情况我实在没办法，要是我妈知道我跟你的真实关系，估计她不光要捶死我，还会在捶死我之前先跟我断绝母女关系，把我从我们家的户口簿上剔除。"

"你说应该怪谁？"张敛语气变得不好，有如黑云压城。

"怪我，怪我……"她轻声轻气地揽责，但倏地眸光一闪，又开始反驳，"不对吧？我还是认为我们双方都有错，从一开始就不能准确界定彼此的责任。谁让你非得听我这个失恋女孩发牢骚，还对我那么好呢？我是一时间鬼迷心窍，但你那时候明明可以拒绝我，而且你有两次拒绝的机会，但你一次都没拒绝我，这说明你也有责任，人或多或少要为自己的所作所为付出代价。"

她一股脑地申诉完，都不带换气的。

"代价？"张敛眼神发凉，不像在开玩笑，"周谧，你觉得我要为此付出多大的代价才行？"

周谧不以为意地摊开手："哎呀，不就'被男友'一下吗？这也不是不能接受的事吧？反正今天都侥幸过关了，我们之后再'和平分手'好了。"

张敛盯着她头发多内容少的简单大脑，勾了勾唇："不出意外的话，荀老师已经在跟你妈谈论结婚的事了。"

一致对外

张敛的话像一只毒蜂一般从脑袋里振翅飞过，周谧整个人被叮傻了一秒，而后弯了弯唇，又急速地涨红了脸："结婚？"

她咧嘴一笑："至于吗？"

张敛跟着弯唇，但意味截然不同："对你那位力当传统思想接班人的导师来说，这可是她梦寐以求的大乌龙事件。"

周谧皱眉质疑："不对啊，她不是知道我们两个的真正关系吗？那天上午我们明明都表过态了，她也同意了啊！"

张敛眼眸幽冷："那是因为她当时没有捷径可走。"

周谧被他盯得心乱如麻，只好努力绷起脸，让自己看起来像个冷静的谈判者："什么捷径？"

张敛在她床边的椅子上坐下来，让自己的视线与周谧的视线基本保持齐平："可以让荀老师越过我们直接接触到你父母的捷径。"

周谧突然警惕地指出："你为什么不称呼荀教授为妈妈？你不是她亲生的吗？"

"我跟她的血缘关系毋庸置疑，"张敛很想摁两下眉心，"请问这是本次交谈的重点吗？"

周谧垂眼，从喉咙里挤出个"不是"。

她又飞快抬眸："你是怎么把我妈诓过去的？她居然还跟你相处得那么融洽，我超担心你被她打。"

张敛不咸不淡地说："在睡梦中担心吗？"

闻言，周谧抠抠额角，鼓起笑肌："对不起嘛，我傍晚那会儿跟我妈吵了一架，心力交瘁，都不知道自己是怎么睡着的。不过你到底是怎么说的？我实在太好奇了。"

张敛没有跟她卖关子，道："我说我们是去年在清吧认识的，恋爱已有半年了。"

周谧扬眉："她就信了？"

"所以我把你的导师叫过来救场，以增加可信度和说服力。"

"苟老师愿意陪着你一块儿演戏？"

张敛颔首："来的路上我们就在车里商量好了。"

周谧支起下巴，陷入思忖中。

少顷，她重新看过去："我能说点自己的想法吗？"

张敛微微坐直，示意她接着说。

周谧捶了下手，目光灼灼地说："按照你说的，这个时间线其实挺好钻空子的，才谈了半年就考虑婚事，这放谁身上都过于草率了吧？"

张敛胸腔振动，低笑道："你考虑过你目前的状况跟你父母对此事的看法吗？他们会坚定不移地认为你是受害者，需要我方及时摆出负责到底的良好态度，这样我们正好着了苟老师的道。另外，"他不紧不慢地补充道，"今天为了稳住你母亲的情绪，我说了不少违心话。"

周谧的睫毛像蝶翅那样扑扇了两下："譬如？"

张敛声音平静地道："我在这个年纪对婚姻和孩子都充满了期待。"

噗，周谧没忍住，脸上露出一丝幸灾乐祸的表情。

男人的脸骤降十摄氏度："好笑吗？"

周谧当即封紧自己的嘴巴，并借此表现出了两三秒的歉意，然后才再度开口："我也挺奇怪的，你怎么完全不考虑结婚的事？毕竟你都三十多了。"

张敛说："我是不婚主义者。"

"真的吗？"周谧有些吃惊，"我第一次见到现实中的不婚主义者，你为什么不想结婚？"

"现在是在做我的个人访谈吗？"张敛靠到椅背上，神色淡漠。

"……"周谧被噎住了，"对不起，回到之前的话题，您继续。"

张敛却说："我已经说完了。"

周谧"啊"了声，确认道："就没了？"

"对，我现在很被动。"可他镇定的样子看起来一点也不像弱势的那一方，反而像领袖在发号施令，"你比我更有主动权，你思考一下我们能做些什么扭转局面。"

周谧沉吟片刻，摸了下颈侧："不然就按我说的来？如果我们双方的父母真的开始谈结婚的事了，我就去跟我爸妈说我还小，不想这么早结婚，因为我跟你相处的时间还不多。"

张敛提取出关键点："如果他们跟你说婚后可以继续培养感情呢？也许他们还会用这次的事来反驳你，问你之后再次发生类似的事该怎么办，是不是又要跟这次一样。你父母当然会有自己的考量，但荀老师一定会在他们面前展现出极大的诚意，给出优厚的条件和动人的承诺，起码会让你父母对双方结亲这件事满怀期待。"

周谧咬牙，笃定地道："那我就坚持不结婚。"

张敛说："一味地排斥跟抵抗恐怕会让你父母怀疑我们的真正关系。"

周谧的眉尾耷拉着，她烦恼地拨了几下刘海："那怎么办？难道真要就范啊？"

"这就轻言放弃了？你的脑容量就这么大？"张敛手指交叉，搭在腿上，"在下午那种紧要关头，你是怎么灵机一动说我是你男朋友的？"

"我知错了还不行吗？是我害了你，我怎么知道我随口撒个谎会这么难收场——"周谧哀号着，都想举手投降了。

但下一刻，她睁大眼睛，目光闪闪地望向张敛："不对！等一下，我好像有主意了。"

"嗯？"张敛饶有兴味地前倾上半身。

周谧清了两下喉咙："我们同意。"

张敛眉间有了褶皱，像是一下子不能理解她的话："什么？"

"如果他们非要逼婚，我们就干脆同意，但不真的结婚。你应该知道吧，现在不少年轻人在真正领证前都有个同居试婚的过程，处得来就喜结连理，处不来就一拍两散。我们就用这个方法忽悠他们，这样既能暂时让两边的父母安心，还能让我刚刚那个幌子更有说服力……"

似被打通了全身的经络，周谧的思路流畅清晰起来。

"既然已经说谎了，那就说到底。车到山前必有路，我们继续瞒下去，最后顺理成章地用'住在一起后才发现对方有很多地方跟自己想象中不一样'之类的理由彻底结束这段关系。毕竟态度到位，即使结果不如意，父母也能理解，不会过多责备我们。"

张敛静默下来，似在掂量这个提议。

须臾，他启唇问："试婚期一般是多久？"

"一般是半年或者一年吧，不过我们可以适当地缩短时间，三个月也不是不可以。"所有的死结在这一刻迎刃而解，周谧双手合十道，"因为不是名义上的结婚，有太多的未知数，长辈顾及面子也不会到处乱说。我们不说，他们不说，就不会有更多的人知道。过了父母那关，我们各走各的路，平时就和室友一样相处，这提议是不是不错？"

张敛微微点头，神情舒展了几分："这事是我来提还是你来提？"

"当然是我了！我来说更可信，"周谧豪迈地说，主动揽此大任，"你今天没有见死不救，帮了我一回，我就当将功补过了。"

张敛弯唇一笑，目光深邃："好，那就说定了。"

翌日早上八点多，张敛办理好出院手续，返回病房时，里面已经多出了两个人。

那是一男一女，均站在周谧的床边，背对着他。

其中一位明显是周谧的母亲，还有位身着黄黑冲锋衣的寸头男士，一定是她的爸爸。

周谧从两人的缝隙间望见了他，当即露出热忱明亮的笑容，像向日葵喜迎艳阳天一样，冲他一个劲地招手。

张敛被她的浮夸笑容晃了下眼，驻足莞尔，暗道虚情假意。

两位长辈同时回头。

较之昨晚，汤培丽的态度可谓是一百八十度的大扭转，连称呼都亲切了数倍："小张，来了啊。"

而一旁的周爸爸全无好脸色，冷冰冰地也他一眼又回头跟女儿说话了。

但张敛还是走了过去，礼貌地唤人："周阿姨，周叔叔，你们过来了。"

汤培丽应声道："对，我们来接谧谧回去。"

张敛微笑道："我送她就好了，还让你们跑一趟。"

周父嗤笑道："我过来接我女儿有问题吗？"

张敛神色不变："因为今天不是假期，我担心会耽误您的工作。如果您方便的话那就更好了，周谧一定更希望跟你们一起回家。"

周父不再接话，依旧不拿正眼看他。

空气里充溢着老多单方面的剑拔弩张，周谧赶紧当和事佬："好啦，回家了。"

张敛低头看她。

他发现周谧的眼睛跟她父亲的眼睛一模一样，黑白分明，形状偏圆，有很深的双眼皮褶痕。

张敛本想作势搀她一把，可她的父亲已飞快地伸出了双手，要扶自己的女儿下床。

周谧忙不迭地挡开他们，躬身穿鞋："我又不是残疾人，你们也太夸张了吧？"

张敛收手，在心中暗笑。

张敛和周谧极快地交换了下眼神。

周谧抿抿唇，走到张敛跟前："我跟我爸妈回去了，你去上班吧。"

张敛扫了一眼腕表，气定神闲地说："还早。"

"……"周谧攥了攥拳，扮演起了贴心女友，再给他一次远离修罗场的机会，"这段时间你都在陪我，肯定落了不少工作上的事，你快回公司吧，我这儿已经没事了。"

张敛的眉梢略挑："好。"

"是啊，"汤培丽附和道，"一个人管理那么大的公司呢，赶紧回去吧，谧谧这边有我跟她爸爸呢。"

张敛含笑看过去："叔叔，阿姨，你们的车停在哪儿？我送你们过去就回公司。"

四人刚要启程，忽有位身着白大褂的年轻男医生在门边探头探脑的，似乎要进来。

等发现张敛注意到自己了，男医生才绽开一个纯洁的笑容："这么热闹啊。"

"你怎么过来了？"张敛跟另外三人介绍，"我朋友，成奚。"

成奚同他们打了招呼，而后双手抄兜："第一天我就想过来看看，但你说怕打扰……"他瞧了眼周谧，继续说，"你们家周小姐休息，让我别过来。这不，想着你们要出院了，我赶紧来饯个行。"

周谧怔了下，没吭声。

张敛笑了一声："你倒挺有心的。"

"那是，你交代的事，我能不上心吗？"成奚望向周谧，"怎么样？身体、情绪各方面还好吗？"

周谧弯了弯眼："都恢复啦。"

"那行，"成奚点点头，叮嘱道，"回去之后还得好好休息，别累着自己，有什么情况微信上问我就成。我一会儿有台手术，先走了。"

周谧"嗯"了声，跟他道别。

成奚一走，张敛转过头，发现周家三口人全都直勾勾地盯着自己看，就略略抬眉道："怎么了？"

周父率先移开视线，不轻不重地哼了一声。

…………

在停车场目送张敛离开后，全程黑着脸的周兴哼了一声："毛头小子。"

汤培丽却咂了两下嘴："什么毛头小子？昨晚跟你白说了，不谈家世外貌，就说这为人处世，他多细心、多妥帖啊！比你这个死相不晓得要好到哪里去！我们谧谧就该多跟他学学。"

后座上的周谧抬起眼，搓搓耳郭，难以置信地说："妈，你不会是在夸他吧？"

"你才听出来啊？你妈昨天回来后就跟被灌了什么药一样，"周兴扬声道，口气听起来极不畅快，"睡前都在叨叨，烦死个人了！"

汤培丽靠到椅背上："我说什么啦？"

周兴模仿起她的语气："虽然吧，这件事他们做得是不对，但我看张敛那小伙也不像个没担当的……"

汤培丽打断他："我哪里说得不对吗？该摆的态度摆了，该做的也都做了，这样看，他不比之前的那个小路好多了？以前那个小路跟个呆鹅一样，憨头憨脑的，第一次来我们家的那个样子我还记得一清二楚的呢，就知道傻笑。"

周谧扶额："你能不能别提路鸣了，总拿他出来说有意思吗？"

"那你多跟我提提张敛啊，"汤培丽兴奋地回过头来，目光闪烁，"瞒我们这么久，你怎么憋得住啊？"

周谧头一歪，立即闭眼装晕："我乏了。"

"看你这样——"汤培丽嫌弃地扭回头去，开始翻阅手机短信，感慨道，"昨晚我才到家就收到他的消息。他问我'阿姨有没有到家呢'，你爸都没这么关心我。"

父女俩共同装空气。

须臾，周谧握着的手机也振动了一下。

她打开一看，是张敛的微信：到家了跟我说一声。

周谧翻了个白眼，讥讽道：做戏有必要做全套吗？

张敛：有，立刻删除这条以及上条信息，然后重新回复我。

周谧忍了又忍，皮笑肉不笑地回：好的呢，啾咪。

张敛：啾咪是什么？

周谧：就是"亲亲"。

张敛：删除包括本条在内的这三条信息。

张敛发了个"亲亲"的表情。

鉴于这个表情实在是肉麻，周谧极想一并将之删除，但终究没有痛下狠手，而是选择无视它，转而咨询起自己最关心的事：我应该可以复工了吧？

张敛回：你目前的身体状况怎么样？

周谧发过去一个活力满满的肱二头肌表情：很棒很强很健壮，能从容应对各项工作。

张敛：下周一吧，别操之过急，成奚说让你回去之后多休息。

周谧回：能不急吗？再不回公司我就要被 Yan 给除名了。

张敛：你不是还没正式参与项目吗？

心头似被狠扎了一刀，周谧按着胸口回道：可再休息下去我肯定要被别的实习生给取代了，更没有表现自己的机会了。

张敛回：留在奥星总会有机会的。

周谧抿抿嘴：你好敷衍。

张敛：怎样才叫不敷衍？给你开个后门？

周谧连忙解释：我是这个意思？我只是想早点回去上班。

张敛：下次把话讲清楚，不要总带着暗示，容易让人产生误解。

周谧百口莫辩：是你自己容易多想好吗？

张敛似乎不打算在这一话题上浪费时间：你什么时候到家？

周谧瞄了一眼窗外的路标，又看看屏幕右上角的时间，回道：大概还有一刻钟。

张敛：找个方便说话的地方，我半个小时后给你打电话。

周谧：卧室可以吗？

张敛没再回复她。

到家后，周谧立刻以"坐车好累好想休息"为借口飞速遁回房内，哪怕妈妈心急如焚，要拽着她坐到沙发上盘问张敛的更多个人情况以及他们两人的恋爱细节。

坐在书桌前，周谧边刷微博边忐忑不安地等着。近十点时，张敛的电话如约而至，不晚一分也不早一秒。

周谧接上耳机，端正态度："老板，您好。"

男人直奔主题，从声音中难辨他的情绪："周谧，我先问你件事。"

周谧如听大师讲座那般肃然正坐："您说。"

张敛问："这几天在医院，你每天在平板上敲敲打打的，都在做什么？"

周谧顿了顿："我说出来你别笑我。"

张敛说："只要不是写小说，我都不会笑你。"

周谧无语了："上次我不是从你那听说 Yan 接了恩美有机奶的项目嘛，我在医院里无聊，就搜集整理了几款同类型奶的数据跟资料，试着做了份竞品分析，还整理了一些我个人感觉不错的活动页面，H5 之类的。"

张敛似乎有些意外，语气跟着变温和了几分："是吗？"

周谧回："对啊。"

张敛问："做这个干什么？"

周谧说："保持工作的敏锐度，我怕我回去后什么都不会，跟不上大家的节奏。"

"然后呢？"

"没有了。"

张敛哂笑一声："主动找事做，这点很好，但做了事不让人知道，你这是在做慈善吗？连慈善都算不上，等同于徒劳。"

周谧虚心求教："那我要怎么做？"

张敛不徐不疾地道："你现在在休假，但这不代表你不能去上司面前刷存在感。把你做的东西发给她。"

周谧走到行李箱旁，蹲下身翻出自己的平板电脑："可我以前都没弄过这个，这次只是尝试一下。我怕我做得没什么水平，反而闹了笑话，更何况我根本没加入项目组，这样做不会有点僭越吗？"

"你只是个实习生，谈不上僭越不僭越，你只需要让你的 leader 看到你积极主动的态度就可以了。当然，如果你做的东西的完成度和参考性确实还行，有可取之处，那就是锦上添花了。"

周谧低头调出文档，滑动屏幕粗略地浏览了一遍，心里不是很有底，便下意识地问："你能帮我看看吗？"

"不能，"张敛毫不留情地拒绝道，"我的时间比你的宝贵多了，我没空手把手地教你。"

"哦，好吧，"周谧嘀咕着，"有区别吗？这会儿不还是在耳把耳地教吗……"

那边的人语气淡淡地道："下次把这种话放心里，不然我真要去拎你的耳朵了。"

"……"他怎么总能说出这种话来？

周谧耳郭微红，噤声少顷，故作乖巧地一字一顿地道："好的呢。"

张敛被她贱兮兮的小样给逗笑了："知道怎么做了？"

周谧把双腿蜷在椅面上，让下巴抵着膝盖，不那么自信地回："大概知道吧。"

"大概？"张敛显然对这个模棱两可的回答不太满意。

"知道，清楚，完全理解！"周谧跟军训踢正步时喊口号似的字字铿锵地道。

"行，挂了。"张敛没说再见就结束了通话。

放下手机，周谧迅速将平板电脑里的文档拷贝到电脑上，又仔细梳理、完善了一遍，才将其打包，配上显示出良好态度的文字内容，发送至叶雁的邮箱里。

注视着邮件发送成功的提示，周谧长舒一口气，惬意地抱住双腿，靠回椅背上。

从发现怀孕到今日此刻，近二十天的时间里，她头一回这样如释重负，像逃离了背阴处，得以沐浴天光，整个人尘埃般变得轻盈起来。

懒洋洋地眯了会儿，妈妈催她出去吃饭的吼声穿透门板，打碎了这一刻的柔光滤镜。

估摸着是顿鸿门宴，周谧绷紧唇瓣，趿上拖鞋，做了会儿心理建设才走出去。

她坐到餐桌前的专座上，首先映入眼帘的是一大碗奶白色的昂刺鱼汤，配有杏鲍菇片和嫩豆腐，看起来很是浓郁、鲜美。

汤培丽殷切地递来汤匙："先把汤喝完再吃饭。"

"医生说了不用大补，正常吃喝就行。"周谧双手接过汤匙，咕哝着反抗了一下。

汤培丽充耳不闻，只管给老公和自己盛饭。

周兴瞟了一眼老婆，又同情地看着女儿："能喝多少是多少。"

周谧心里哀叹着，有气无力地舀出一勺鱼汤塞进嘴里。

妈妈应该是刻意少放了盐，鱼汤的口感远不如卖相好。

周谧闷头连喝了好几口，感觉汤都没怎么少，不由得心生抗拒之意："医院也没弄这么大一盆，我又不是河马。"

汤培丽开始挖苦她："医院什么都好，医生什么都对，你干脆住在那一辈子别回来了，你妈妈就一家庭妇女，伺候不起你这个金贵的高才生。"

周谧没想到妈妈还在记仇，忙用筷子夹起一大块鱼肉塞进嘴里，大放"彩虹屁"安抚老妈："当然是家里最好，因为家里有妈妈，妈妈的菜天下第一，妈妈的爱无人能及。"

汤培丽的脸这才转晴了，她坐下身，吃两口自己碗里的米饭，又好奇地道："张敛联系你了吗？"

周谧说："联系了。"

汤培丽抬眉追问道："问你有没有平安到家？"

"对啊。"周谧打心眼里佩服起张敛未卜先知的本领，淡定地调出那段微信聊天记录给妈妈瞄了一眼，以免她过多地揣度。

汤培丽一瞅聊天记录就喜笑颜开，还取出围裙兜里的手机，翻看昨晚收到的短信，与周谧交换分享："你看啊，你这个新男朋友还是很会关心人的。"

周谧："……"

周兴哼了声，冷言冷语地道："你二婚嫁他得了。"

　　汤培丽凌厉地白了他一眼："说什么浑话呢？我只是觉得我们家谧谧终于开窍了，眼光变好了，知道什么样的男人才靠谱了。"

　　周兴搁下筷子，一脸服气地搓着头，费解地道："他都让你女儿这样了，还叫靠谱啊？"

　　"你知道人家是故意的？"汤培丽的胳膊肘严重地往外拐，"他又不是没负责。他这么老大不小的了，没了孩子心估计比我囡还痛呢。"

　　周谧听得快消化不良了，于是开始揉太阳穴："别提这个了行吗？我想起来就头疼。"

　　"好了好了，不说了，"汤培丽慈爱地摸摸她的脑门，转而问其他的事，"你什么时候回去上班？"

　　周谧想了想，不是很确定地说："下周一吧。"

　　汤培丽的视线跟探照灯似的横扫过父女俩："周日中午张敛的父母想约我们见个面吃顿饭，你俩都能腾出时间吧？"

　　"这么快？"周谧撂下汤匙，被这个重磅通知砸得胃口尽失。

　　周兴则摆出漠不关心的态度："我尽量吧。"

　　"什么叫你尽量啊？"汤培丽果断将矛头对准丈夫，"女儿的终身大事，你还想缺席啊？"

　　"怎么就终身大事了？"眼皮接连翕动数下，周谧不可思议地说，"有必要这么急吗？"

　　汤培丽直视着周谧，有几分自得地道："你都不知道你那个导师有多喜欢你。我俩一聊起你来，我感觉她是你的亲妈。她儿子那么优秀，她还一副生怕你看不上她儿子，生怕你受了委屈的样子……他不会是有什么病吧？"

　　汤培丽倒吸一口气，掂起筷子，旁若无人地琢磨起来："也不对啊，明明都……该不会是有绝症？不像啊，人高马大的……相貌、气色又很好……"

　　周谧目光呆滞地跟父亲对视一眼，皆无话可说。

　　下午，本想午休的周谧翻来覆去，难以入眠，最后还是决定扒出枕头下面的手机，给张敛发微信通下气。

三个大写的英文字母"SOS"，外加两个汉字"救命"。

过了几分钟，男人才回了个"？"。

周谧十指飞起地敲起了字：你知道周日的双方会晤吗？

张敛回：知道。

周谧说：那你怎么这么淡定？也不跟我说一声。

张敛：不是已经商量好了吗？

周谧：你还真要照我们之前说的办？

张敛：见机行事。

周谧仰天长叹：我还没想好呢。

张敛：没想好什么？

周谧斟酌着字句回道：说是说，做是做，我根本不想跟你"假结婚"。

张敛：你以为我想？

周谧回过去一个同仇敌忾的表情：那我们一致对外？

张敛：先说说策略。

周谧给不出更多的方案，只能调节气氛打个哈哈：我是客户部的，不是策略部的。

张敛不留情面：这个笑话并不好笑。

周谧哀叹：那怎么办？

她又提议：要不你跟我妈说你身患绝症？由于你方过于热情，她中午已经开始往这方面怀疑了。

张敛轻笑了一声：什么绝症？

张敛：学名周谧？

周谧张了张嘴，呼吸了三下，以减少涌上来的怒火，而后心平气和地道：你放心，最不济也是场小感冒，很快就能手到病除。

张敛：希望你说到做到。

这个人怎么能在熨帖与薄情之间切换自如？周谧脑门差点生烟，当即结束了对话。

然而，不多久，那边又来了消息。

那似乎是一张截图。

周谧点开来看了一眼，万般滋味涌上心头，不知该哭还是该笑，不知该嘚瑟还是该感到憋屈。

那是一张公司管理群的聊天记录，内容来自她的 leader 叶雁，叶雁把她的邮件截图甩进群里，不可思议地道：你们敢信吗？我带的实习生去做痔疮手术了居然还给我整理了一份像模像样的竞品资料，我近一年都没遇到过这么有 account sense（工作意识）的实习生了。

周谧心神俱灭，但仍决定问清楚：不是阑尾手术吗？

张敛的回复透着毫无真心的无奈：她口误我也爱莫能助。

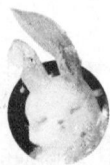

「第十章」

FANZHUAN TONGHUA

右手被握住

　　周谧无言了几秒，选择性地过滤掉那个让人羞愤至死的病，自我安慰道：这就是赞赏与肯定啊，不是吗？

　　她还发了一个可爱的表情。

　　聊天框里再无动静，对方似乎完全没有给她"挽尊"或捧场的打算。

　　周谧等了一分钟，僵笑一下，退出对话界面。

　　盯着张敛的微信名思忖片刻，周谧将其置顶了。

　　毕竟接下来还有几场硬仗要打，她不可错过战友的任意一条重要情报。

　　周谧躺回床上，继续酝酿睡意，无奈刚才的截图像是给她的大脑注入了一针兴奋剂，她的脑海里似有万马奔腾，台风过境。

　　她索性爬起来坐回电脑前，登录企业微信，翻看起公司几个群的聊天记录，看能不能再找点适合自己干的活。

　　事实证明，吸引力法则是存在的。

　　没看几页，她的 leader 就主动联系她了。

　　叶雁：mi 啊，在休息吗？

　　周谧眼睛一亮，飞速敲字：没有。

叶雁：身体怎么样了？什么时候回公司？

周谧：好了，完全好了，应该下周一回去。

叶雁夸道：我看到你的邮件了，很不错嘛。

周谧耳根发烫：我感觉一点都不专业。休息了这么久我真的很不好意思，要是能帮上忙就最好了。

叶雁不吝夸奖：真的蛮不错的了，我很久没见过这么认真积极的小朋友了。拖你进群，好吗？

周谧讶然：什么群？

叶雁：恩美奶啊，你不是对这个项目很感兴趣吗？

狂喜让周谧的表达变得直白、生硬：真的吗？我好开心啊！

叶雁以过来人的口吻开玩笑，泼她冷水：半年后看你说不说得出这种话。

周谧：……

周谧：争取可以。

叶雁失笑：那我拉你了啊。

周谧求之不得：好。

几秒后，周谧被邀请进入一个名字叫"AMBY 有机奶 - 奥星"的十人组群。

好似一脚踏入云端，周谧近乎恍惚地目睹自己的 ID 跻身群中，直到叶雁叫她改名，她才像被敲醒了一般，产生了真实感。

她赶紧看了一眼成员列表，模仿他们将自己的群名修改为"奥星 -Minnie"。

新备注名堪比一张拜帖，让她飞速升级，有了几分参与华山论剑的感觉，哪怕她还只是一个站在擂台边鼓掌的无名小卒。

周谧兴奋到失语，仰头盯了会儿天花板以缓解情绪，然后才仔细去看群聊内容。

饭友陶子伊也在群内，发现周谧进来了，她热情地表示欢迎。

奥星 -Zoe：mimi，你好。

周谧同样问了声好。

叶雁跟大家介绍起她来：我的实习生。

群里面有个叫 Gin 的创意组长回道：长得很好看的那个是吧？

叶雁回：就是她。

周谧面颊发热，默默挨夸。

那个创意组长又说：注意她好几次了。

叶雁：她跟你是校友。

Gin：是吗？

叶雁：对啊，你们 F 大人才济济，美女如云。

Gin：你哪个专业的？

周谧忙回：汉语言文学。

Gin：我是新闻传播学专业的。

轻度社交恐惧症卷土重来，周谧手心轻微出汗，战战兢兢地敲着键盘：好专业啊。

叶雁被她憨味十足的回复给逗笑了：哈哈，矜矜确实很专业。

"……"周谧在桌前单手掩面。

Gin 回了一个笑眯眯的猫脸表情，不再说话。

周谧搓了几下刘海，她似乎又搞砸了。

不折不扣的"冷场王"，沟通链底层人士，话题终结者，如果她是个男人，怕是会在相亲市场上屡遭白眼。

幸而叶雁转头跟她私聊起来，提前布置了一些有关恩美奶的新任务给她，让她在家没事干可以顺带着做做，有不明白的地方尽管发问。

周谧连声道谢。

叶雁调侃道：你也太好了，不知道的还以为我在发奖呢。

周谧有些害羞地抠了下脑门：没有啦，我是真的休够了，想回去上班了。

叶雁：周一见。

周谧：嗯，周一见！

整个下午，周谧都没有休息，一直坐在桌前工作。恩美奶项目这次主做推广，所以基本上都是些微博与微信的数据整理工作。

工作倒是一点都不难，只是相对琐碎、冗杂，需要沉得住气，有足够的耐性。

完成得差不多的时候，周谧揉了两下眼，才想起去看看时间，一看居然都五点多了。

她点开微信，最先注意到的是被自己放在首位的英文名。

周谧凝视了片刻，戳进去，给他发了个：谢谢。

那边可能刚好在看微信，几乎是秒回了信息：？

周谧的唇角不自觉地挑高，她得意扬扬地分享了好消息：我被 Yan 拉进恩美快消组了。

张敛反应平平：哦。

周谧的笑意并未因此消失：所以谢谢你。

张敛：光道谢吗？

周谧警惕地缩起下巴：你还要什么？

张敛：我是说你。

张敛：没学到什么吗？

周谧回了个小耳朵 emoji，表示虚心聆听。

张敛：机会留给哪些人？

周谧猜：有准备的人？

张敛：不，是会见缝插针的人。

周谧：受教了。那我可以见缝插针地请教您一点别的问题吗？

张敛：我说不能你就不问了？

周谧：那我就真的不问了。我很体贴人的，不会强人所难。

张敛：好，我没空回答。

周谧回了个微笑的表情，然后加了文字：打扰了，再见。

真是个狠心人，周谧轻呵一声，关闭聊天框。下一秒，键盘旁的手机嗡嗡作响。

瞟见来电人的名字，周谧的视线像被烫到一样弹开了，脑袋也莫名增温了。她掰了几下十指，故意让手机多响了几秒，才拿起来贴在耳边。

"Hello（嘿），"她发出问候，不知是在给自己还是在给他一个台阶，"你是不喜欢打字吗？"

那边的人居然回答得很认真："嗯，文字无法准确表达情绪，容易造成误会。"

周谧问："那你跟客户交流都是打电话吗？"

"大部分是。"

"哇，你好厉害！我连基本的文字沟通都不行。"羡慕之余，周谧又有点低落，低头用手指描画着自己牛仔裤上的橡果布贴，"今天我进群后，有个创意姐姐跟我聊天，我都不知道怎么回复她才比较合适，整个人浑身都绷紧了你知道吗？我很怕自己说不好给人留下坏印象。"

张敛的回答轻描淡写，同时也粗暴无情："建议你转文案，跟你的专业对口，还能免去很多烦恼。"

周谧拒绝："我不想。"

"那就慢慢来，"张敛问，"你急着篡位吗？"

周谧扬声说道："谁急着篡位了？"

"那是谁一副恨不得明天就当上高级客户总监的样子？"

"……"周谧徐徐叹了口气，把那些焦虑一点点挤压出去，"好吧，我明白了。"

张敛没有像上午那样很快挂电话，而是问道："说点私事，你这会儿方便吗？"

周谧环顾一下四周："嗯，我这会儿一个人在房间。"

张敛说："量一下无名指的指围。"

周谧思绪一滞："什么？"

他的声音毫无波澜："下午荀老师跟我通了电话，她已经让我给你选钻戒了，看来我们的事八九不离十了。"

周谧一下挺直了腰板："不是吧？"

"你有什么喜欢的品牌吗？"男人的语气稀松平常，他仿佛在问她要叫什么外卖。

"等一下！"周谧近乎低吼出来，又慢慢沉下气来，"试婚而已，还要买钻戒吗？"

"这是她展现给你母亲的诚意之一，她要我在周日前准备好。"

周谧蒙了片刻："太夸张了，你买了我也不会戴的。"

"我知道，"张敛的声音里已多出一些命令感，"量个尺寸给我就好，我交个差。"

周谧抓抓后脑勺："这不是强迫人吗？物质形式的精神绑架？"

张敛无视她的抗议，提出B计划："或者你明天跟我出去选。"

周谧简直快产生逆反心理了，对此抵触到了极点："我不去。"

"我知道你不想去，所以你是自己量还是等着我去你家接你？"他的声音渐渐平淡下来，像是被剥离了所有的情绪，他只给了她不容反驳的单选题。

周谧烦躁地妥协了："我量行了吧。"

"今天就给我，尽快。"

估摸着他快结束通话了，周谧吸了一口气，叫住他："要不我跟我爸妈承认了吧，死就死了，弄成现在这副收不了场的样子真的好吗？"

张敛回："可以，你现在去说。"

周谧想象了一下后果，又心生畏惧，撇了下嘴轻声细语地道："我还是不敢……"

张敛不再说话。

耳畔静到她仿佛在与一个无风的冬夜对峙。

周谧察觉到了他那些隐忍不发的怒意，所以也闷在那里，连呼吸都不敢用力。

"周谧，你已经不是第一次这样了，你一天一个主意。"张敛再度启齿，声音已趋于极寒，"从这件事发生到现在，基本上都是我在配合你。"

周谧的情绪却跟岩浆一样沸腾了，她不服气地道："可你有损失什么吗？"

张敛反问道："你认为我没有损失吗？"

她脖颈下方的青筋不自觉地抻紧了，语气也很硬："你的损失很严重吗？比我的还严重？"

他不假思索地说："很严重。"

"你的意思是我害了你呗。"周谧用门牙把下唇咬得惨白，好一会儿才接着说，"你打心眼里没觉得自己有多对不起我，反而认为自己是个受害者，是不是？"

张敛不答，那边悄然无声。

"行，我答应你，"周谧声音冷硬，从椅子上跳下去，"你等着，我现在就去找皮尺。"

她在卧室里翻箱倒柜，故意把抽屉、橱门拉扯得哐哐响，还恚气地狮子大开口："我要起码六位数的钻戒，你买吗？"

电话那头沉寂了两秒，听不出意味的笑声响了起来："周日当天我会亲自为你戴上。"

他的话音刚落，周谧便毫不犹豫地断掉通话。

落地窗外大厦耸立，夜晚像研开的墨，在纸黄色的天空中洇染开来。

张敛把手机搁回办公桌上，倚在那等了会儿，不多久，屏幕亮起来。

周谧还算高效地交了指围，但她发来的只有数据，没有多余的话语。

张敛瞥了一眼数字，眉心微蹙，继而摊开自己的左手进行了比较、判断。

片刻后他颇感荒谬地问：你的戒指是要戴在手腕上吗？

这行字似被扔进了枯井里，并没激起涟漪。

他勾勾唇，又发去一句"下次想搞事请给个合理点的数据，不然导购会以为我要娶头小猪"，而后起身直接离开了公司。

幽默感可真是怒气的天敌，这两条消息直接浇灭了周谧心头的小火苗，甚至还逼出了几分恶作剧失败的笑意。

但她没有因此搭理张敛。

张敛给她的感觉很微妙，同时也很模糊，她谈不上憎恨或讨厌他，但要说她喜欢和倾慕他似乎也不是这样。

奇怪的是，他身上总有股引人依赖的可靠感和容纳感，他像一件常年挂在椅背上的针织毛衣，让你在有需要时总难以忽略他。

在他面前，她可以无所顾忌地释放出最真实的自己。许多在她看来天塌了没救了的糟心事，都能被他四两拨千斤地以恰到好处的方式处理掉。

难道这就是所谓的阅历碾压？

周谧对他是服气的、钦佩的，并妄图跟在他后面学两手。

可惜他们经常话不投机。

周谧呼出一口气，刚要坐回电脑前继续做表，妈妈又在外边大着嗓门召唤她，叫她出去帮忙看看礼拜天该穿什么衣服。

周谧用力挤下眼皮，认栽地离开座椅。

门一丌，她眼前便是高举着两件长袖连衣裙的汤培丽。举着一黄一红两件连衣裙，汤培丽乐呵呵地问她哪条更适合自己。

周谧眼皮微掀，黑眼珠跟摆钟似的来回转了两遭，抬手指指她左手上的那条。

"红色？"汤培丽笑开了，刚纹了没多久的细长眉毛扬得老高，"怎么搞得跟要去婚礼现场似的？"

周谧无语凝噎。

汤培丽在身上比画了几下，又抬头打量起她，没个好眼色："你也好好选下衣服，穿得正式一点，别穿得跟个学生一样，一点都不成熟稳重。人家父母都是大学教授，你起码也要让自己看起来靠谱点，不然就被人轻看了。"

周谧缓缓咽下一口气，甜声问道："好的，妈妈，您说我该穿什么呢？"

汤培丽直接闯入她的卧室，打开她的衣橱，看了一圈，嫌弃地抽动着嘴角道："嘻，明天你还是跟我出去逛街吧。"

有必要吗？周谧快要呜呼哀哉了。

周日正午，父女两人在汤培丽的勒令下盛装出席，准时应约。

周父西装革履，周谧则穿了条近似小礼服的缎面连衣裙。

裙子是米白色的，长度及膝，束腰大裙摆，光感质地，看起来似贝母，款式虽简洁但不算平常，不知情的人说不定还以为她的年会提前到了。

约见地点在城中一家中式餐厅里，这家餐厅有着最正统的本帮菜，建筑古香古色的，游廊迂回，山水交映，随处可见奇花佳木。

穿过绿瀑一般的凌霄架，周谧一眼瞄见包间前直身而立的张敛。

两人四目相对后，周谧脑海里只有一个念头：她穿得过于隆重了。

张敛神态悠闲，穿着也跟平常在公司里几乎没差，一身白衬衣黑长裤。

他多少有些不走心的态度将周谧乃至她全家人都衬得怪异且滑稽。

这种对比令人心生羞耻感。

周谧迅速移开视线，双颊不受控制地发烫。

但她能感觉到张敛的目光并未移走，他还朝他们不紧不慢地走了过来，礼貌地同她的父母问好。

周谧的妈妈是典型的"丈母娘看女婿越看越喜欢"，她的欣喜之意比从头顶树叶的缝隙里筛下来的光团还明朗。

而周爸爸故作严肃的敷衍回应，为周谧扳回了小部分的自尊心。

张敛让他们先行，瘦高的身体堵在她跟前："周谧。"

"嗯。"她吊儿郎当地应了声，双目却平视前方，吝于和他对望。

张敛稍稍俯身："今天很漂亮。"

这句赞美与他的动作一样，被刻意下压着，但音量并不那么低，足够自然地踏足在场所有人的听力范围。

大家俱是一顿。

周谧终于抬头看回去，婉约地笑着，措辞却无半分的谦逊："我每天都很漂亮。"

张敛眼角眉梢的笑意变得真诚了一点："确实。"

汤培丽听得快露出十二颗牙了，忙半掩住嘴，克制着自己。

快到门口时，早在包厢里恭候多时的张家父母也闻声而至，走出来迎接他们。

一见自己的导师，周谧立马跟被缚住了手脚似的，唤着："荀老师。"

"周谧啊，就别这么生分了呀。"荀逢知叹了一声，介绍起自己身侧的丈夫，"这是我先生，张昱。"

张敛的父亲身形挺拔，高且瘦，架着副无框眼镜，衬衣外套着灰色薄开衫，带着显而易见的高知气息。

周谧弯着唇，保持着对师长的一贯敬重："张老师好。"

张昱淡淡一笑，同样客气："我听你荀老师提过你好几次了，这次终于见到本人了。"

"张敛他的眼光，"他看了一眼儿子，"还是很不错的。"

汤培丽闻言，在自豪之余也跟着乐呵起来，也是一团和气。

"好了，别一直站在门口了。"苟逢知抬手，领着众人进门入席。

屋内清幽，如雅士书房，靠边的案几上备着笔墨纸砚，摆有炉香茶器，墙上也都是些山水国画。

偌大的红木圆桌居于正中，几道冷菜缓慢回旋着，精致鲜明，别具匠心，像移动的微缩画。

张昼做东，座椅朝着南方的正门，周父、苟逢知、汤培丽三人按顺时针方向落座。

最后坐下的才是心怀鬼胎、逢场作戏的两个小辈，他俩坐在一起，距离不远不近。

身着赭色旗袍的服务生过来询问酒水等相关事宜。

张敛的座位距离上菜口最近，他先问周谧："你想喝什么？有热饮。"

周谧瞥他一眼："都行。"

张敛回头看着服务生："给她上一份黑米核桃露，"接着他望向其他女性长辈，"你们喝酒还是？"

苟逢知不假思索地回："我喝点葡萄酒。"

本打算答饮料的汤培丽一顿，立马跟风："我也喝葡萄酒好了。"

张敛用眼神示意服务生，又询问周兴："叔叔是开车过来的吧？"

周兴勉力笑道："嗯，我就不喝酒了。"

张敛说："待会儿我可以送你们回去。"

张昼附和道："是啊，今天张敛特地带了两瓶紫茅过来，不喝有点浪费了。"

周兴心神一动，难却盛情。

汤培丽不动声色地瞪了丈夫一眼。

他们有来有往的，周谧从进屋后就一直在不声不响地暗中观察着，绷紧了神经，面部趋于僵硬。

等周谧的饮品上来了，张敛先行起身从服务生手中接过来，轻放到她的面前。

周谧抿唇笑道："谢谢。"

"还跟我客气吗？"张敛坐了回去。

长辈们全望着他俩，表情是和谐、一致的欣慰。

没一会儿，开始上菜了，气氛也逐渐热络起来，席间觥筹交错。

张敛从容自若地参与其中，可主导，可应和，也能承上启下，全无尴尬时刻。

周谧只求当好一只端庄的花瓶，等话头转来自己身上时，才小心谨慎地回两句。

问答内容无外乎她与张敛的种种"缘分"，两位女长辈说他俩堪称金玉良缘，是天作之合，直说得天花乱坠。

饭局接近尾声时，荀逢知将杯子里的红酒一饮而尽，亲切地望向周谧："周谧，我儿子说他今天有份礼物要给你。"

周谧的额角急促地抽搐了一下，她装傻道："什么啊？"

张敛没有回答，径自离席去一边取来一样东西，信手摆到她眼下。

那是只小巧的墨蓝色方盒，上面金色的边框围着 HW（某国际珠宝品牌）两个字母，形成了一个简约大气的 LOGO。

周谧结结实实地愣住了，眼珠都快掉到盒上了，她惊疑地想："该不会来真的吧？"

见张敛无下一步的动作，荀逢知催促儿子道："打开啊，你还要人家女孩子自己动手拆开吗？"

张敛慢条斯理地取出圆盒，往两旁揭开盖子。

周谧被明晃晃的钻石狠狠地刺了一下，下意识地紧蹙着眉头。

一秒后，她的颅内开始有野蜂在飞舞——因为钻石略显夸张的体积。

"这么大啊！"看来受到惊吓的不止她一位，她妈妈同样撑起上身，无法抑制地叹着，"花了不少钱吧？"

"应该的，"荀逢知双手交叉托着下巴，眼弯成了一道缝，"女孩子都喜欢这些亮晶晶的东西，不是吗？"

张敛仍不作声，径自取出那枚钻戒，俯下上身，动作极温柔地托起周谧的右手。

周谧坐在那里，神经系统已经崩坏，大脑暂停运作，眼睁睁地看着这团璀璨耀目、众星绕月的小银河移向自己。

戒圈居然刚刚好，无一分空余也无一分压迫感地卡在她无名指的根部，仿佛是为她量身定制的。

同时它也是个袖珍、华丽的镣铐或者封印，让周谧再难动弹，她只能眼往上瞟，去观察张敛的状态。

男人演技卓绝，专心到近乎虔诚的神情让当下的一切都如梦似幻，成为《安徒生童话》里某个篇章的末页才会出现的美丽插图，配文是"王子和公主最后过上了幸福快乐的生活"。

周谧感觉毛骨悚然。

视线从她的手背上滑到她的脸上，他勾唇一笑。这个笑是背光的，与真情全无瓜葛，像冰冷的钻石切面。

黑心国王豪掷千金，只为换来这一瞬间充满恶趣味的满足感。

"喜欢吗？"在周谧冻葡萄一样的瞳仁里，张敛的笑意加深了。

周谧面色血红，失语了好一阵，看起来像是惊喜、害羞到了极点。

少顷，周谧的机体功能恢复了，她一个字一个字地往外蹦："喜欢是喜欢，但这太昂贵了，我可能……"

"周谧，你喜欢最重要，"张敛似乎料定了她要婉拒，不容置喙地道，"收下它，它本来就是你的。"

张昼捧场地为儿子鼓了两下掌，其他长辈紧跟其后。

汤培丽几乎热泪盈眶了。

荀逢知则满脸愉悦与欣慰地提出："趁此机会定下婚期吧。"

周谧瞬间回魂，两眼圆睁："都聊到婚期了吗？"

张敛坐回原处，安静地抿了口茶水，不露声色。

周谧的手指硌得慌，心脏也不堪重负："可我还没毕业。"

荀逢知笑着说："这没关系，研究生结婚的多了去了。"

面对亲和的导师，周谧需要用更多的心力来维持自己的镇定与清醒："但我跟张敛谈恋爱的时间不长，马上结婚会不会太快了？"

这句话一出无疑是在往在座各位长辈的头上泼凉水。

张敛一言不发，将主场交给周谧，隐回台边欣赏她的自行发挥。

周谧咽了咽口水，深吸一口气："荀老师，张老师，我的确很喜欢张敛，但我也很喜欢奥星的这份工作……"

她艰难地组织着语言："我选择来奥星实习并不是因为张敛在这里。认识他之前，奥星就已经是我梦寐以求的公司了。

"虽然我和张敛相爱……"

周谧在心里干呕了一声，但神情依旧恳切、真挚地继续道："但这种时候在公司发布婚讯，老板和实习生的身份其实是有些尴尬的。你们应该也听过一个词，叫'潜规则'，我很担心张敛以后在公司的威信会因此而大打折扣。"

见所有的长辈几乎不眨眼地看着自己，周谧的鼻息微微有些紊乱，她有些"卡顿"："然后……我还在实习期，每天都在为转正而努力工作，所以很不希望听到别人说我是那种靠……私人关系上位的人。你们也知道我对个人发展有多看重，不然我也不会做出中……中止怀孕的选择了。"

发言间，周谧偷偷将双手藏进了桌肚里，因为它们已经开始不受控制地战栗起来，不仅仅因为谎言，还因为她对成为焦点一事本能的恐惧。

她就像放大镜下遭受着炙烤的蚂蚁一般，备受折磨。

她眼眶发酸，环顾一圈："我可以提一个个人建议吗？"

荀逢知的脸上是温和的倾听表情："说吧。"

"一是考虑到我跟张敛相处的时间还不够久，我们还没有很全面地了解过对方，还有就是我上面说的，担心在公司造成负面的影响，所以我想我们可不可以……"

周谧遽然哽咽了，泪水险些要跑出双眼。紧张感一圈圈将她箍紧，她几乎无法呼吸了。

突然，她虚放于腿上的右手被人握住了。

周谧的瞳孔骤然缩起来。

男人指节上的力道并不重，但能量充足，传递过来的温度是悄无声息的安抚与援助，像片舒缓疼痛的白色药物，在她的血管里溶解开来，疗效立竿见影。

周谧的肢体不再颤抖了，她也不再心悸了。

她平复了两秒心情，再度开口："我们可不可以先同居试婚一段时间？婚姻不是冲动的产物，需要磨合与反复斟酌。如果真的合适，我们肯定会继续走下去，如果不合适，我们也不会耽误彼此，就当这是人生之中的一次试错。"

狼外婆

　　一席话说毕，整张桌子如电闸一般短路了，一时间所有人的表情都凝滞住了。

　　长辈们神色各异，两位父亲若有所思，而女家长则多少感到有点惋惜，唯独张敛一人波澜不惊。他适时放开了周谧的手，平静如看客。

　　男人残留的暖意让钻戒的存在感都变弱了，周谧飞速将双手摆回桌面上，端起玻璃杯抿了一大口饮品。

　　她喉咙干涩，像条搁浅的鱼，此刻才得以起死回生。

　　张昼先开口，表示赞同："我认为可以。"

　　他望向其他人，笑着感叹道："周谧这小姑娘确实人如其名，年纪轻轻的考虑问题就这么全面，不会意气用事。"

　　"我也同意，"张敛赞成父亲的说法，又侧头去看周谧，唇角微弯，"虽然心急，但我无条件尊重周谧的一切决定。"

　　周谧左眼睑微跳两下，冲他粲然一笑，两人俨如心有灵犀。

　　荀逢知略显阴郁地扫了一眼儿子，估摸着这是这个混账东西出的主意。

　　但她不好发作，便寄希望于周谧的父母，摆出以退为进的中间人立场："你们怎么看呢？"

周兴自然与女儿站在同一阵线。

汤培丽本就心存怀疑，刚刚是被大钻戒扰了心神，此时女儿这么一提，她顿时清醒了大半，不再犯迷糊了："既然谧谧都说到这个份上了，我们当父母的肯定是要理解、支持他们的。我们有我们的想法，希望孩子们早早安定下来，但他们肯定也有他们的考虑，我就是感觉有点对不住你们这样大费周折的招待了。"

荀逢知忙回："这有什么？周谧在我心里早就是准儿媳了，之前她因为我儿子受了那么大的委屈，我就怕怠慢了她呢。"

虽不那么如意，但荀逢知还是接受了这个结果。

这场宴请于他们张家而言，本就是场别有用心的骗局，现在骗局升级为赌局，他们还是有收获的，总好过前路被堵死，无一线转机。

五比一的碾压局，或者说是表面上的全票通过，结果显而易见。

周谧暗松一口气，庆幸事情远比她想象中顺利。

这个小插曲仿佛露滴坠入湖泊中，并未带来多少波纹。

大家仍有说有笑的，其间还尊重"小两口"的意见，约定好了同居试婚的时长。

午宴在安稳和融洽中走向结尾，双方道别后，张敏开车送周谧一家回去。

周谧一路上都少言寡语的，而汤培丽一直在跟张敏说话。她问东问西，话语中不乏刁钻难题，这些问题还跟套娃似的层层细化，像要把他俩的事情扒个底朝天。

操控着方向盘的男人似乎完全不会因驾驶车辆而分心，答得游刃有余，不露一丝破绽。

周谧听得心惊肉跳，同时也对他佩服不已。

车径直驶入小区里，停在周谧家楼下，后座的父母先下去了。见周谧还赖在副驾驶座上，汤培丽挽上面色微红的丈夫，拍着窗故意问了句："你怎么不下来啊？"

周谧降下车窗："我想再跟张敛说两句话。"

为两位长辈开车门的张敛站住："好。"

汤培丽笑眯眯："哎哟，在桌上眉来眼去的还不够，还要再说说话呢。"

周谧歪了下头："对啊，你们不会有意见吧？"

"早点回家吧你。"嘴上是这么说的，汤培丽还是一手死死地拽住老公，一手提起茶酒，赶紧上了楼。

周家父母一脱离视野，张敛脸色直接变了，维持了一中午的深情款款荡然无存。他径直坐回车内，从好商好量的知心爱人变回冷酷无情的谈判专家："说吧。"

周谧立马掏出挎包里的钻戒盒，又一下摘去无名指上的钻戒，将之塞了回去，啪嗒一声将盒子合拢，单手递过去："还你，我不要。"

张敛一动未动。

周谧跟他对视两秒，又把戒盒往前送了段距离，语速加快："拿着啊。"

张敛情绪莫测地一笑，仍没有把戒指盒拿过来："你确定不要？"

见他一副无动于衷的样子，周谧转头将戒指盒放在中控台上："不要。"

张敛问："你待会儿回家了怎么办？"

周谧回："什么怎么办？"

张敛说："你妈问起来你准备怎么回答，拿块石头给她，跟她说中午她看到的一切都是巫术？"

"……"周谧当场哑然，目光移回戒盒上。

张敛讥诮地笑了一声，两人高下立判。

周谧抿了会儿嘴，默默地把戒盒拿回来，揣回包里，重新建立自尊："那等我们结束了我就还给你。"

张敛态度淡然："随你。"

周谧二度被噎，咬着牙道："你放心，我肯定会还给你的。"

张敛说："你反悔了也没关系，这个戒指也就三十来万，就当是这三个月的契约费好了。"

他的"大方"让周谧第三次无话可说。

难怪，套了台豪车在指头上，换谁都得跟扛着千斤顶似的吧？

周谧决心换种策略，于是浅笑着看了他一眼，嗲声嗲气地说："干吗这么破费嘛，我都不好意思了。"

"应该的，"张敛面孔平静，"毕竟你点名要六位数的戒指，我自然得满足你。"

周谧心知在这事上说不过他，旋即换了话题："今天你在桌上拉我的手干吗？"

张敛回："你不准备跟我说声谢谢？我不拉你你大概率要晕过去。"

"不是应该你跟我说谢谢吗？"周谧撩了下头发，大言不惭地说，"我们的计划能成，还不是因为我撑起了场面？"

张敛没有反驳，还有些诚心诚意地夸赞起她来："你今天表现得确实不错。"

他不按套路出牌，周谧一愣，不自觉地有点服软："还好啦，你也帮了我一把。"

张敛话锋一转："但我没想到你的情况这么严重。"

周谧蹙眉对上他有几分审视意味的目光："什么情况？"

"类似于视线恐惧症，我可以这么形容吗？"

周谧消化了一下这个有些专业但不难理解的名词："有时我会这样，尤其在正规场合。"

张敛眉心微皱："你是怎么过面试的？"

"你这个怀疑的表情是怎么回事？"周谧乜他一眼，"我跟你说过的，我准备了好几个月，才在面试时应对自如。"

"你可以一直正视着人说话吗？"张敛的语气严肃了些。

"应该吧……"周谧不大确定，摸摸额角，"我没特意试过。"

张敛问："能保持多久？"

周谧说："我不知道。"

张敛突然半侧上身，直视着她："周谧，看着我。"

周谧的心跳漏了一拍，她急急进行闪避："做什么？"

"做个试验，"他还是看着她，"注视着我，再模拟一次工作上的沟通。"

　　周谧向来抗拒这种郑重其事的对视，但男人直视她的目光就像是空气里被抛下的无数个隐形的饵，飘浮在半明半暗的车厢里，无孔不入，让暗潮起伏。

　　她贴紧着椅背，好几次被勾得情不自禁地看回去，耳垂颜色渐浓，变成了通透的石榴籽。

　　张敛注意到了这一点，眯着眼道："你脸红什么？"

　　周谧不爽地回："谁一直被这样盯着看不脸红啊？"

　　张敛说："我不会。"

　　周谧鼻子出气："我才不信。"

　　"你试试？"张敛说。

　　周谧深呼吸一下，眉毛紧皱，赌气般地看回去。她的眼神中带着情绪，似两个处于应激状态的猫爪，要在他脸上狠挠一通。

　　不到十秒，周谧就败下阵来。

　　因为男人从头至尾都很泰然，像直面一张没有内容的白纸，镇定磊落。

　　但他不会给人受到漠视或逼视的失礼感，相反，他看起来真诚且专心。再进一步他怕是要诱导对方，掌控局面，在白纸上绘上自己想要的图案了。

　　周谧感觉自己被他不费吹灰之力地捕获了，整张脸急剧升温。

　　她眼珠乱转，企图从余光里揪住其他物体以摆脱不安。

　　"眼睛别到处瞟，不礼貌，"张敛命令般地提醒道，"我要开始提问了。"

　　"啊——我不行，这也太正式了，"周谧再难忍受，举起双手投降，"我放弃挑战。"

　　张敛笑了："你以后怎么讲提案？还有问答环节，客户会全部盯着你看。"

　　"不知道。"周谧一秒就丧气了，恹恹地嘀咕着。

　　张敛收回视线，坐正身体，没再说话。

　　车厢里异常安静，像被无声的嘲讽灌满了。

　　周谧越发无地自容了，她瞄了他一眼，解开了安全带："我下去了。"

　　正要去拉门内侧的把手，张敛忽然锁住车门。

　　周谧的心脏跟着短促的音节跳了一下，她一脸警觉地问："你干吗？"

　　张敛扫过来一眼，语气平淡地问："什么时候搬过来？"

周谧微怔："不知道，你觉得哪天比较好？"

张敛勾了下唇，不知是在调侃还是在真心地给建议："要不要翻下皇历看个吉日？"

周谧说："也不是不可以，毕竟要跟大凶之人共处一室，我准备再买几个符随身携带，用来辟邪保平安。"

张敛目不斜视地解了锁："下去吧。"

周谧唯恐慢了似的下了车，大口呼吸着，调整着心率，慢慢朝单元门走去，腿脚都有点发软。

开门前，她回头看了一眼，发现张敛的车还停在原处，似油光水滑的蛰伏的黑兽，与小区的环境格格不入。

她拉开门，奇怪地眯了下眼，没有立刻进去。

突然，车灯闪了两下，似在戏谑。

周谧一怔，大眼睛跟着急促地眨了两下，而后飞速扭过头去，哐当一下带上铁门，咚咚咚地跑上楼梯。

回家后，周谧还在换鞋，汤培丽就三步并作两步从卧室里冲出来，问她钻戒在哪儿。

周谧呵口气，随手探进包里，摸出戒指盒来递给她。

"你轻拿轻放好吗？怎么摘下来了？摘下来也好，戴着不安全……"汤培丽双手捧过来，小心地打开盒子，于近处端详着其美貌，又尾随着女儿往她的卧室走，"这得好几万吧？"

周谧如实禀告："三十多万。"

汤培丽被惊出了双下巴，有点意外又有点自得地道："张敛还挺舍得给你花钱。"

周谧冷冷地笑了一声，没搭腔。

汤培丽瞥了一眼她那个矫情样："你也别看不上这个看不上那个的，人家真是诚意十足了。"

周谧说："花钱多就代表诚意十足？"

汤培丽道："不然呢？跪我们家门口求亲啊？钱能代表的事情多了去了，你以后结了婚就知道了。"

周谧干笑道："是吗？"

汤培丽絮絮叨叨地道："还有啊，你今天在饭桌上提那话我还没找你算账呢。你怎么不先跟我商量一下？我告诉你啊，之后你们住一起了你就别跟之前那样稀里糊涂的了，记得带着脑子过日子，多观察多考察你这个男朋友，成熟点，收收你的大小姐脾气，但也别唯唯诺诺的，我们的条件是不如人家，但不让人家看扁还是不难做到……"

"知道了。"周谧在心里叹息一声。

回家的路上，张敛跟荀逢知通了个电话，对方各种催促他赶紧把他那间死气沉沉的屋子收拾一下，买些小女生喜欢的鲜花、玩偶跟零食备着，要让周谧有回家的感觉。

张敛微眯起眼："你去弄吧，反正陈姨在那儿，你们还能一起重温一下少女时光。"

荀逢知语气愉悦地说："可以啊，但我怕我弄完你就发飙了。"

张敛说："不会的，我会直接搬走。"

荀逢知笑了一声："你跟周谧商量好什么时候正式开始同居了吗？"

张敛回："没有。"

荀逢知来了脾气："张敛，积极点好吗？新生活就要开始了。西红柿在被第一个人品尝前，也被大家认为有毒。很多东西你得亲自体验了才能确定它是不是自己想要的。"

张敛没有说话。

荀逢知又严肃地叮嘱道："这次千万要注意，不要重蹈覆辙，你要照顾好周谧，就算最后不是妈妈期盼的结果，我也不希望你们相看两厌、不欢而散。"

张敛："嗯。"

回家后，厨房里传来了水声，张敛换上拖鞋，走过去看了一眼，发现是陈姨正在清洗油烟机。

他停在流理台旁，唤道："陈姨。"

女人转过身来，忙用厨房巾擦干双手，笑问："你回来啦，吃过午饭了吗？"

张敛给自己倒了杯冷开水："吃过了。"

他抿一口水，风轻云淡地吩咐道："你这两天把次卧收拾一下，过几天要住进个人来。"

陈姨有些意外地扬起眉："谁啊？"

"我，"他握杯子的手一顿，"未婚妻。"

"啊？"陈姨更加诧异了，还有点不解，"那怎么……还收拾次卧啊？"

张敛意味不明地笑了下："她睡眠质量不太好，不分房睡不着。"

周一上午，周谧打扮一新，咽掉最后一口粢饭团，跟着赶早高峰的白领们拥进电梯里。

她特意穿了条法式小红裙，祈祷自己有个红红火火的新开局。

早上九点，公司里一如既往地人烟稀少，这令她自诩隆重的复工失去了小部分的仪式感。

但周谧并未因此消沉，反而更自在了，差点把走道当成舞池，滑着太空步与自己的工位老友重聚。

打开电脑，周谧去茶水间倒了杯咖啡，再回到座位上时，工位附近站了个人，是他们的总监原真，她似乎正在叶雁的座位上翻找东西。

周谧在不远处停下，叫了声："真真姐。"原真总爱让公司的后辈们这么唤她，说是听起来像香港歌星的名字。

原真转了半个身，有些意外地道："mimi，你回来了呀？身体还好吗？"

周谧"嗯"了声，绷着肩，拘谨地问："你在找什么？"

原真手一摇："你来得正好，手头上有事吗？"

周谧靠近两步，摇头："没有。"

原真捋了把鬈发，单手叉腰："帮我去楼下找个快递，是 ANNO 那边寄的护肤套盒，昨天我跟叶雁说了让她领回来放座位上，估计她给忘了。"

周谧猛点头："好，我现在就去收发处。"

说完她回头便走。

原真叫住她："你……哎，Minnie，你等下。"

周谧掉头，眨了眨眼："怎么了？"

原真忍俊不禁："你要端着杯子下去吗？"

周谧这才反应过来，脸唰的一下变得滚烫。她低声说了一句"不好意思"，三步并作两步回到办公桌前搁下马克杯，这才跑向公司的出口。

周谧没想到，ANNO寄来了好几个礼盒，全是春日限定樱花套装，礼盒的体积出乎意料的大，几个纸箱叠起罗汉来有如等身宝塔。

收发处的婶婶瞧了一眼她的工牌，问："就你一个人啊？"

周谧立在小窗前收好单据："对，就我一个。"

婶婶看了一看眼地面，又瞟瞟周谧的小身板："估计你一次弄不走吧？"

周谧探出身子往里瞄了一眼，判断了下："分两次应该可以。"

"我看也悬。"

"可以的。"

婶婶说："行吧，你进来拿。"

周谧从侧门绕进去，先搬起一箱掂了下，说："还行，不算太重。"

"多了就重了，"婶婶弯下腰替她把其余的箱子往上摞，感觉再加一个箱子都快高过这姑娘的头顶了，便说，"还要放吗？"

周谧收紧臂弯："再放一个吧。"

婶婶说："好吧。"

这下箱子真的直接挡住了她的整张脸，婶婶不由得担忧起来："还看得见路吗？别撞着了。"

"没事，这样能看到。"周谧从箱子后边探出半边脸，又垂眸点数剩下的箱子，眼睛又黑又圆，像树桩后机灵的小松鼠，"我先上去，剩下那三个我等会儿下来拿。"

"你慢点啊——"看着她行动迟缓地从小门移出去，婶婶忙叮嘱了一句。

周谧捧高滑动了一些的箱子，抱牢它们走上台阶，每一步都缓慢且小心。

身畔行人如梭，个个体面光鲜，有些人会留意一下她，但绝大部分人都对她漠不关心。

连绵的大厦像多张棱角分明的金属面罩，直冲云霄，连带着长驻其中的生命体都被染上一层精致利己、高不可攀的冷色调。

只是上了不算高的一段台阶，周谧就胳膊酸胀，感觉自己仿佛走了快一年，不免心生悔意，早知道她该听收发室婶婶的，多分几次去拿。

周谧好不容易熬到进了大堂。

她蹲下身放下纸箱，抚了下分叉的刘海，短促地呼了口气，决定先留两个箱子在一楼，不然待会儿进电梯了绝对会撞到路人。

刚要起身跟前台的人打声招呼，她就听见有人叫她的名字："周谧？"

周谧偏头，看到一双腿停在自己身旁，她的目光顺着这双腿往上攀爬……那是一张她完全不认识的面孔。

对方是个中年男人，目测四十岁出头的样子，肤色偏黑红，身体还算壮实，但个头并不高。

因为周谧困惑地站起来后，视线几乎能与他的视线持平。

她用双手掸了下灰尘，微微颔首："您好，请问有什么事吗？"

男人躬下身，开始摞箱子："我帮你拿上去。"

周谧怔了怔，拦住他："等一下，您是谁啊？"

男人说："我是张总的司机。"

周谧："……"

都市偶像剧被搬进现实中？她周身一阵恶寒，视线极速扫描了一大圈，寻找着始作俑者，然而周边人来人往的，她一无所获。她刚要谢绝这份莫名其妙的好意，司机大叔已经毫不费劲地抬起脚边的大部分纸箱。

周谧顿觉不好意思，只得改口道："谢谢您了——"

"客气啥？"中年男人直爽地一笑，又说，"地上这个恐怕得你自己来了，张总叫我留一个给你搬。"

言情剧般的画面出现了一丝裂隙，周谧呆住："好的，还是很感谢您。"

而后她赶紧抱住盒子跟了上去。

司机大叔只把箱子送到了门口。整理好礼盒，周谧又下了趟楼，去取剩余的那些箱子。

途经张敛的办公室时，她极力克制住自己，才没有让余光往他门内飘荡。

走出电梯，她忍无可忍，给张敛发了条三个问号的微信。

对方仿佛在等她的消息，很快回了一个：？

周谧回了一排问号。

张敛立刻结束了这种非人类的对话：谢谢呢？

周谧才不会顺他的意，只是疑惑地道：你怎么看到我的？

张敛回：小红帽。

周谧立定，脸上的红色陡然晕开。

她想起了去年早秋的某次约会，那天她穿着与今天一样的红裙。那回张敛直接将她抱到腿上，她瞥到他黑色衬衣的袖口半挽着，他似剥荔枝壳那般，慢条斯理地扯开了她背后的拉链。他的唇在她的颈侧若即若离，他以极低的气声叫她："小红帽。"

男人温热的气息与手指在由浅入深地品尝着她，她难以躲避，难以抵御，感觉自己像一支雪糕被丢在夏季的柏油路面上，融化了，再无受力点地塌陷着，向四面八方流淌着。她只能缠紧他的脖子，近乎哭泣地求饶，跟他说自己受不了，骂他是臭大灰狼……

周谧的胸口涌动了一下，她决定将手机揣回兜里，眼不见为净。但想想她又顿住了，重新摁亮手机，同样给予三个字的反击：狼外婆！

交了份礼盒给原真后，周谧回到工位上，瞄了一眼微信，得逞地笑了一下，张敛显然不想再理会她的煞风景。

她把椅子往前拽了又拽，架起全方位的护栏，像要把自己卡死，然后才开始噼里啪啦地做周报。

临近十点半，叶雁来了。一见周谧她就弯起眼，热情地说："mimi，你回来啦。"

未见的这些日子，她换了更浅的发色，像兑了水的奶茶的颜色。她身上是水蓝色的小开衫、阔腿裤，行动间会小范围地露出窄腰和肚脐，整个人纤长白亮，极似韩国的女团成员。

周谧侧头看着她，微微一笑："对。"

周谧刚要跟叶雁说像杂货间一样的桌肚里堆着礼盒，叶雁就已经注意到了。目光触及纸箱上的LOGO，叶雁猛然回过神来，吃惊地问周谧："这是谁捧上来的？"

周谧说："我拿的，早上真真姐让我去拿的。"

"啊，"叶雁抓了下头发，一脸的悲意，"mi啊，谢谢你了，我这段时间快忙死了！"

叶雁蹲下去拆包装，取出一瓶化妆水，惊叹道："好好看哦！"

周边几个女同事闻声，撑起上身围观："什么样的啊？"

叶雁当即举起瓶子，三百六十度地展示给众人看，她的指尖滑过银白的花形瓶盖和瓶身上的樱花水粉图案："绝了，实物比图片还好看，这可以说是用做香水的思维来做护肤水的外形设计了。"

另一个AE说："这句话可以直接拿来当slogan（广告语）了。"

叶雁失笑："你先问问创意那边乐不乐意。"

大家一起笑起来。

叶雁站那聊了会儿微信，忽然一脸沧桑地瘫回椅子上，擤擤鼻子，从笔筒里抽出一条红参能量棒，拆开嗑起来。

盯了会儿显示屏，她扭头看了一眼身侧在全神贯注地办公的周谧，拖着椅子靠近电脑，单独私聊周谧：mi，你这两天忙吗？

周谧有点意外，瞥了她一眼，回复：不怎么忙。

叶雁回：明天跟我一起去拍摄现场？

周谧讶然失语了一秒：可以吗？

叶雁乜斜了一眼周谧从侧面看都亮晶晶的大眼睛：你怎么老是一副做梦的表情啊？

周谧僵住，放慢打字速度：我只是……

她难以描述这种感激之情：我休息了这么久，你还愿意这样带我，我就很惊喜，也很惭愧吧。

叶雁笑了一下：你这孩子怎么这么憨呢？

她又说：愿意带着你是因为你脑子灵光，肯学，正好又落下去了一段时间。

周谧说：可我现在还不够专业，怕自己拖你的后腿。

叶雁说：你觉得专业的那些人，哪个不是从你这个阶段过来的？什么是专业？无非是看多了别人是怎么做的，然后就知道自己该怎么做了。"专业"这个词，没那么高不可攀啊，多看多学才是真理。

周谧如醍醐灌顶，一动不动地坐在原处，像一株正在进行光合作用的植物，安静地在心底吸收养分。

叶雁又劝她：正好你也可以多走动走动，别总是坐着。

周谧：啊？

叶雁关心地道：你的屁屁……还好吗？

周谧静默了两秒，决心趁此机会洗清自己：什么屁屁？

叶雁：你不是刚做完那个痔疮手术？

周谧平心静气地回：不是的，是阑尾手术。

叶雁扑哧一声，差点将能量棒包装袋吹爆。她赶紧翻了一下消息确认了一下：对不起对不起，我怎么会看成你做了痔疮手术？我最近脑子真的不太行了，真的是太无语了！

周谧扬唇笑了下，心结全解：没关系。

复工首日，周谧也是第一次在公司待到快十点。

妈妈打来了电话，周谧说自己在公司，她还不信，非得用视频确认一下，过后又一脸不快地念叨着"早点回来，哪家单位要吃这样的苦"，然后才不情不愿地结束了通话。

事实上，即使到了这个点，公司里依然人头攒动，已经有小组开始扎堆讨论、挑选夜宵了。

昼伏夜出，灵感总出现在日落后，这是广告业从业人士的常规状态。

周谧存好文档，刚要关机，手机突然响了一下。

周谧点进去，是张敛的微信消息：怎么还不回家？

她戒备地掉头，四下张望起来，结果压根儿不见此人的踪迹。他怎么神出鬼没、无处不在？她抓了下脑袋回道：马上就走。

张敛：你去负一楼 A 出口等着。

张敛：我过会儿就下去，我送你。

周谧拒绝道：不用。

张敛回：你这会儿打不到车。

周谧切到打车软件的界面试了试，前面居然排了二十多个人，情况确实如他所言。

周谧取消约车，皱了皱眉：那我坐地铁。

那边再无回音，周谧呼了口气，开始检查、收拾东西。等她搭上包扣，张敛又来了消息：你别扭什么？

周谧矢口抵赖：我只是按照自己原本的节奏工作和生活，怎么就成了别扭了？

消息发出去后，她在桌边站了一小会儿。信息彻底石沉大海，聊天框里安静无声。周谧的心莫名陷了下去，但这种感觉转瞬即逝，她压根儿来不及仔细分析。

周谧斜挎着包，快步朝电梯走去。

她进入轿厢，刚垂眼去摁一楼的按钮，余光便看到有人走了进来。

周谧抬眼一瞄，心怦怦跳了起来。

男人停在了她的身侧，可能因为他的个子过于高了，本不算逼仄的空间因他的出现变得充满了压迫性，她如置身于遮天蔽日的密林里。

周谧不动声色，默默平移了十厘米。

身边的人也没什么表情，只是俯身上前，手指随意地连击了两下"1F"，取消了电梯在那个楼层的暂停，而后按下"B1"。

他收手，悠闲地立着。

电梯开始下降，周谧诧异地抬眸，扫了他两眼，重新按下"1F"，力道大、速度疾。

他不说话，也没有再动，从始至终直视着正前方。

周谧却屏住了呼吸，心脏似被提至头顶。

电梯稳稳当当地停在一楼，门开了条缝，似乎刚能流入氧气，周谧就闷头朝外走，步伐略急。就在她后脚离开轿厢的那一瞬，背后传来淡淡的声音："我尽力了，回去之后你自己跟你妈交差。"

周谧一顿，愕然回头。而银色的电梯门已经往中间合拢了，张敛人在电梯中，昏白的光将他映得如同一只风雅又冷漠的吸血鬼，下一刻，他唇角勾起极小的弧度，消失在她的视野里。

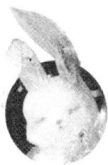

又不是罚不起

从负一层的电梯里出去后，张敛没有往自己的车位走，而是驻足原地，取出了裤袋里的手机。

五秒后，周谧的电话打了进来。

他瞄了一眼手机，信手接听电话："喂。"

女生的呼吸略显急促："我妈找你了？"

张敛回："嗯，你妈打电话给我，说你到现在不回家，说你还没出小月子就这么操劳不爱惜身体。我跟她说我会送你回去的。"

那边的人静默了几秒，极小声地抱怨了句："烦死了。"

张敛听得笑起来："怎么选？跟我走还是坐地铁？"

周谧不再吱声，心思要拧成麻花结了。

张敛的耐心告罄，他开始在车阵间穿行，并替她做出选择："到 A 出口等着我。"

坐上张敛车的副驾驶座时，周谧的心情就跟蒙上了一朵乌云一样。

等她扣好安全带，张敛瞥了她一眼："你说你折腾什么？"

周谧绷紧了唇："我怎么折腾了？"

张敛正视着前方："我送你回家怎么了？"

周谧立马掏出即兴想到的借口："谁知道会不会被公司的人撞见。"

张敛说："所以我让你在我说的地方等着。"

周谧笑了一下，阴阳怪气地道："哇，你对这些地点好熟悉哦，看来没少跟大厦里的漂亮妹妹暗度陈仓吧？"

"嗯，"张敛应了声，不咸不淡地道，"请她上个车比登天还难。"

他的话音刚落，一个减速加颠簸，车驶离车库，路旁绿化带里的光团瞬间淌满了车厢。

这一晃，周谧突然跟空掉的碳酸饮料罐一样，气全都跑没影了。她靠回椅背上，摩挲着包带，一路没再吭声。

车直接开进了周谧家的小区。

因为是旧住宅的关系，车位的分布远不如新楼盘分布得那么有序、合理，尤其到了夜晚，住户们都回了家，车子四处乱停，狭长的路面就更显拥挤了，再加上路灯坏掉了近三成，路弯弯绕绕的，小区堪比黑色迷宫。

树影在窗外摇曳，张敛开着近光灯，减速慢行。

他极有耐心，愣是靠着不到二十码的速度移到了周谧家楼下。

周谧解开安全带，道了声谢，刚要开车门，却发现张敛并未解锁。

她冲他看过去，提醒道："我要下车了。"

张敛斜了她一眼，左手从方向盘上拿开："今晚收拾下东西，我明早接你去我那儿。"

周谧挑高眉毛："太快了吧？"

张敛问："你打算哪天去？"

周谧回："还没想好，我回去再想想。"

她想起白天的信息，眼在黑暗里亮了起来："你怎么这么急？"接着郑重声明，"去了我也不会跟你住一间房。"

张敛弯了下唇，神情淡淡的："次卧已经给你收拾出来了。"

"那就行，"周谧啪嗒一下扳动门把手，口气不善地提议道，"你也不用每次问事情都把门给锁上吧，弄得跟要犯罪一样。"

张敛半侧过脸来，神色未变，只是看着她，目光平稳而散漫，里面有清澈的寒意。

片刻后，他说："我要是真想犯罪你这会儿还说得出话吗？"

周谧本就被他瞧得极度不自在，此刻不免心生焦躁。

她死抿着双唇，几秒后微带告诫之意地说："你最好现在就让我下去。"

张敛慢慢眯起眼，像猎豹伏击猎物时的危险预警："不让会怎么样？"

周谧攥着拳，胸脯起伏着，在思考如何威慑对方。

"我告诉你。"张敛突然关掉车前灯。

整个车厢堕入黑暗之中。

短促的衣料窸窣的响声过后，周谧不防，下颌被人握住，真正的极夜迫近她。

嘴上一热，周谧下意识地想要偏脸躲开，她的脸却又被扳回来，被人凶狠地吸咬着。

他们的呼吸凌乱地纠缠在一起。有打远光灯的车从后方过来，洁白的光束碾轧过二人。

紧张之际，周谧情不自禁地"嗯"了一声。张敛的亲吻立刻变得有层次感，他每一下都在加深程度，加重力道，她的唇像浆果一样被吮吸着、碾压着，溢出黏稠而破碎的动静。

在周谧第二次推张敛的肩膀时，他终于放开了她。

周谧僵坐在原处，脸和脖子上有大片的酡红。像刚从滂沱大雨里脱了身，她剧烈地喘息着，眼睛一眨不眨地死盯着他。

张敛坐回去，喉结动了下，没有开灯，只解除了车锁。

他岿然不动，下颌线十分清晰，激情过后，他又以出人意料的速度恢复了冷静。

周谧想骂两句脏话，但脑内如一片滚水，她完全不知该说些什么，索性摔门下车，头也不回地朝门口疾走。

微风迎面拂来，车灯突然照亮了两侧的路。

周谧一愣。好像感觉自己会在这光里裸露无遗似的，她几乎奔逃起来。

她停在家门口，被抽离的知觉才重回体内。

唇上如残留着冰水一般，周谧皱皱眉，抬手用力抹了下唇，才取出钥匙开门。

汤培丽正在厨房里给她下面条，见她进来了，忙伸长脖子往窗外瞄了一眼，高声问道："张敛走了？那是他的车吧？你怎么不叫他上来吃点夜宵再走？"

周谧没回话，粗鲁地脱掉帆布鞋，把拖鞋重重地丢至地面上。

汤培丽往玄关瞟了一眼："干吗呢？"

周谧趿上拖鞋，快步走回卧室里。

她把自己砸在床上，胸口似夏季的麦田，滚过一阵接一阵的烫意，这里面有愤怒，有耻辱，或许还有其他的东西。

心乱如麻，情绪难以释放。

周谧又从床上滑到地面上，气势汹汹地朝厨房走去。

汤培丽正在用长筷子把雪白的细面往汤碗里放，见她出来了，立马眉开眼笑地说："哎，你出来得正好，妈在给你盛盘呢！"

周谧停在移动门外，不轻不重地叫了声："妈。"

汤培丽拿起不锈钢勺利索地舀着汤，给她调酱料："什么事啊？"

厨房内顿时香气四溢，周谧咬着唇安静了几秒："我跟张敛——"

汤培丽捧起碗，又被烫得赶紧把碗放下，揪了两下耳朵，头也没抬地问："怎么啦？"

周谧鼻头发酸，不自觉地委屈起来："妈，你怎么还不睡啊？"

"这不是怕你回来饿又没吃的吗？"汤培丽回道，又奇怪地问，"你跟张敛怎么了？说完啊。"

周谧轻轻地吸了口气："吵了一架。"

汤培丽取下挂在水龙头上的抹布，包住面碗："难怪呢，回来换个鞋都跟要造反一样，你也不怕楼下的人跑上来骂你。你们都谈了半年了还处于热恋期呢？吵个架都恨不得告诉全世界是吧？"她笑着越过女儿，将碗搁到桌上，"先吃面吧，小两口小打小闹，弄得跟什么似的。"

周谧无处说理，坐到桌边，埋头吃面。

汤培丽回厨房里刷锅，母女俩相安无事。

过了会儿，一旁的手机振动起来，周谧瞟了一眼屏幕，腾出右手，毫不犹豫地摁下拒接按钮。

没一会儿，微信里又弹出一条语音通话。

周谧又将之挂断，并把他的"置顶"取消了。

手机再无动静。周谧夹断妈妈做的溏心荷包蛋，把它分成两个半圆，一左一右地浸入鲜美的虾籽汤里。

她正准备咬一口荷包蛋，微信跳出一条文字提醒消息。

周谧筷子一顿，克制自己未果，就撇开半边荷包蛋，动手点进去看消息。

是张敛的消息，字里行间都是示好与歉意：刚刚是我不好。

周谧努了下嘴，没回话，心头漫出苦涩感，像走在微雨后昏暗的路面上。

她没有读第二遍，刚要把手机搁回去，又接连收到两条消息。

张敛：你想什么时候来都行，我会尊重你的想法，也不会再乱来了。

张敛：但最好尽快，你的导师每天都在催。

汤培丽注意到女儿复杂的神色和接连的微信提示音，不由得弯唇："人家张敛主动联系你了啊？"

顾及身侧的老妈，周谧不好继续对他爱搭不理的，就把手机攥在手里，迟疑地"嗯"了一声。

少顷，张敛又说：早点休息。

在老妈揶揄的目光里，周谧依旧坚持一字不回，默默地将手机按灭，摆回原处。

汤培丽嗤了一声："你真行，可以啊，拿捏人呢。"

周谧："……"

周谧又看向老妈："妈，你能不能别打电话给张敛了？"

汤培丽没好气地道："我打给你有用吗？给他说说还管用些。"

周谧张口结舌，最后一个字没回，埋头吃面。

解决完面条，周谧回了卧室，坐到书桌前发呆。

过了会儿她双手掩脸，保持这个姿势近一分钟后才轻搓双颊，离开座椅，将行李箱摊开，打开衣橱整理起东西来。

收拾得差不多后，周谧四仰八叉地倒回床上，将手机举到眼前，调至通讯簿界面。

她一个个地往下拉，最终将目光定格在"狼人哥哥"那行上。

面无波澜地盯着看了会儿，周谧点进去，将那四个字删除，换成了另外两个字——他真正的姓名——张敛。

做完这一切，周谧盘腿坐正身体，直接在短信里通知他："明早八点半来接我，先提前谢谢你今晚的下马威。"

过了会儿，张敛的信息回了过来，他罕见地没有呛她：明天我会准时到的。晚安，周谧。

翌日早晨，冰箱顶部的钟表刚播报完"现在是北京时间八点三十分"，玄关处的楼道铃就响了。

"是张敛来了吧？"汤培丽喜上眉梢，忙不迭地搁下筷子，迈着小碎步跑去开门，"哎哟，可真准时！"

周兴幽幽地扫了一眼老婆的背影，继续低头喝小米粥。

周谧倒是没什么反应，不紧不慢地往馒头上抹奶酪酱，连余光都没有分过去一分。

直到张敛进门叫人，妈妈热切地为他拿拖鞋，她才没忍住往那边瞟了一眼。

这一看她就再没挪开眼。

张敛今天居然穿了件偏暖色调的衬衣，杏色或者说是淡卡其色被他冷白的肤色衬得格外好看，还给人一种温厚近人的感觉。

在这之前，周谧一直以为他是非常典型的极简风的拥趸者，衣服无外乎冷淡且不易出错的黑白灰三色。

等张敛换上拖鞋，汤培丽兴冲冲地朝着餐厅喊："谧谧，张敛过来了！"

张敛跟着看了过来。

周谧立刻低下脑袋，掰了一小块馒头放在嘴里。

汤培丽笑问张敛："吃过早饭了吗？"

张敛回："吃过了。"

"来得这么早，没吃多少吧？谧谧还没吃完，你坐下再吃点呗。"汤培丽引着他往餐厅里走，"我就怕你来得急，所以今天特意多煮了些。"

张敛没有拒绝她的好意，停在桌边向周谧的父亲问好。他人高马大的，让面积偏小的餐厅越发显得逼仄。

周兴应了一声，招呼他坐下来，汤培丽这才扭过身去盛粥。

待男人坐下来，持续了近一分钟的空间拮据感才被消减。

他选择坐在了周谧的斜对角，这是"坐向效应"里攻击性和对立性都比较低但也不会被忽略的一个位置。

他看向一点点揪馒头吃的女孩，微微笑道："早啊，周谧。"

周谧瞥了他一眼，又飞速收回目光："早。"

张敛又问："昨天睡得好吗？"

他的语气温柔得像早晨射进卧室里的第一束日光。

周谧端庄地抿了口牛奶："很好，你呢？"

张敛说："不太好。"

周谧问："怎么回事啊？"

张敛回："可能是因为睡前收到了来接你的短信。"

周谧眼角轻抽了两下，直接用剩余的馒头把嘴巴填满，以阻挡更多的来自伪善之人的糖衣炮弹。

周兴受不了地吸了口气，扒粥的速度提升了四倍，恨不能立马离席。

在厨房里偷听对话的汤培丽早已笑开了花，忙将粥碗放在张敛面前，叮嘱道："有点烫，你小心。"

张敛道声谢，吃了起来。

他用餐的姿态很好，亦安静到近乎专注，清粥小菜对他来说如同珍馐佳肴。

有必要吗？周谧偷瞄他几眼，在腹诽的同时，也不知不觉地挺直了腰背。

汤培丽坐下跟张敛寒暄，他会立刻放下碗筷回答问题，绝不一心二用。

汤培丽说："你吃啊，边吃边说。"

张敛回："没关系。"

汤培丽咋舌，暗叹他不愧是俩教授养出来的小孩。

周谧喝完鲜奶，去厨房冲干净杯子，提前离席。

漱完口出来的周兴刚巧撞上回卧室的女儿，就跟她使了个眼色，说："谧谧，爸爸帮你拿东西。"

周谧不明其意："不用，东西不多，反正平时也能回来。"

但周兴还是跟了过去。

地上横着全白的拉杆箱，床上则是周谧的双肩包，是偏浅的香芋紫，上面还吊着前两年她去迪士尼玩时购入的同色系星黛露挂件。

周兴指了指拉杆箱和双肩包，问："就这两个吗？"

周谧点点头："嗯。"

周兴走近两步，突然压低声音，从裤兜里掏出一张卡递给女儿："谧谧啊，给你的。"

周谧愣了一下，刚要出声拒绝，周兴"嘘"了一下，宽和地说："这是爸爸偷存的私房钱，也不多，就三万多块钱。你现在在实习，工资还不高，人又倔，住在外头用钱的地方多，我怕你委屈自己。"

他叹了口气："爸爸的钱你总不能拒绝吧？你不拿着爸爸可就伤心了。"

周谧的眼眶一下热起来，她有点哽咽地道："不用，我上学也存了钱的。"

"你就拿着吧，有你妈看着，我又不能抽烟又不能喝酒，这钱也没处花，"周兴屈身，不由分说地拉开周谧双肩包上的小袋，把卡塞进去，又拍了她两下，"行了啊。"

一扭头，对上女儿一双大红眼，他又有几分慌张："这是干吗呢？你哭什么？"

周谧赶紧揉揉双眼，几近呜咽地说："谢谢爸爸。"

周兴拍拍女儿的背："一会儿爸爸还要上班，就不送你了，你妈陪你过去。"

"嗯。"悲伤再度肆虐，周谧喉咙里像卡着泡过醋的饭团，说不出话来。

"好了好了，出去了啊，爸爸帮你拎东西。"

听见行李箱轮子的滚动声，在门边立了会儿的张敛这才走进来："叔叔，我来吧。"

周兴看了他一眼："行。"

接过行李箱，张敛借机打量了一眼周谧的卧室，很典型的少女卧室，小而温馨，床是狭窄的一张，粉色的枕套、被单，有着木耳边，上面缀满了浅蓝色的爱心。书桌、立柜是成套的，奶白色，上头放了不少小盆的绿植和可爱的摆饰，看起来这像间花里胡哨但乱中有序的杂货铺。

他不再多看，目光转回周谧身上，她正把双肩包往身上背，张敛伸出空着的那只手："我来吧。"

"我自己背。"周谧抬眼，握紧着身前的两根包带，像个第一天入学的固执的少先队员。

张敛淡淡地一笑："好。"

两人一前一后走出门，汤培丽也整理着衣领与头发走过来，笑盈盈的。

周兴送他们下楼、上车。道别后，中年男人没有立刻转身回楼道里，而是立在原地，半晌未动。

周谧盯着后视镜里逐渐缩小的父亲的身影，仿佛回到了去大学报道的那天，鼻头又缓慢地泛起了酸意。

她快速收回目光，低下头很轻地吸了吸鼻子，而后取出手机，刷起微博首页的搞怪视频来转移注意力。

车停在红灯前时，车内忽然响起了一阵声音，是张敛打开了音频，但他放的不是歌曲。

滑屏的手指顿住，周谧定神听了下，发现那是相声。

她古怪地扫了一眼张敛，他仍面无波澜地开着车，而汤培丽已经进入情境了，在后排拍掌直笑："小张，你怎么知道我喜欢听这个啊？"

她怎么不知道老妈喜欢这个？周谧微微扭头，对老妈信口雌黄的捧场无话可说。

张敛却答得平和、真挚："我不知道。我只是担心你们跟周谧分开了，多少会有点难过和不舍，所以调节下气氛。"

周谧小幅度地甩了甩头，心悦诚服地看向窗外。

而汤培丽"嚯"了一声，在心底为这个尚处于观察期的"新女婿"再加一分。

张敛的住宅在清平路，紧挨着城市的中心商区，周围钢铁巨人林立，一道长河如玉带一样，联结起寸土寸金的两岸。

看到楼盘的名字时，周谧是有些诧异的，因为她之前只在一些公众号里或者介绍豪宅的视频里见过它，从未真正地靠近过它。

这种小区向来会在正门配备一位像智能人一样面无表情的保安，从楼型到绿化，都透着冷峻又精致的高不可攀感。

电梯有如王公的银轿，宽敞、明亮、一尘不染。

母亲四下张望着，啧啧称奇；周谧则死命控制着自己的目光，生怕它到处乱飞，让自己变成进大观园的刘姥姥。

可等真正进了门，她还是无法控制瞳孔中发生的地震。

张敛给自己装了一个实体的朋友圈。是的，房子非常高大、开阔、简约，但又不是那种僵硬死板的大平层。墙面的主色调为浅大地色，给人柔和、慵懒的感觉，搭配着恰到好处的灰色、黑色、胡桃木色的家私与摆设。最妙的是客厅沙发后的背景墙，那里陈放着一个醒目的撞色立柜，上面挂有偌大的暗色调油画，又压制住了这份跳脱。

整间房子有一种低饱和度、很养眼但又不拒人千里的莫兰迪画作质地。

格调趋近于完美。

有位和气的阿姨与荀逢知一并迎了过来，热忱地招待她们。

汤培丽似乎也才醒过神来，问："这房子多大啊？"

荀逢知不确定地回道："两百五十多平吧，我也没细问，"又嫌弃地说，"全是张敛自己弄的，装成这副样子。"

好看死了好吗？周谧已经下意识地在心底反驳了。从进来的第一秒，她就完全折服在张敛无可挑剔的审美里。

"陈姨，倒点茶水过来。"张敛淡淡地吩咐着，提着拉杆箱往里走，将它放在茶几旁，又走回周谧身边，"把书包给我吧。"

周谧蹙了蹙眉，纠正道："不是书包。"

"口误，"张敛弯唇，"背包给我吧。"

周谧把背包摘下来，双手递出去。

苟逢知正领着汤培丽四处参观，还欣喜地絮叨着："周谧的生活用品张敛早就准备好了。洗手池上的鲜花也是他这两天刚买的，说是小姑娘都喜欢这些呢。哦，还有柜子里的这些护肤品也是，看她爱用哪套……"

周谧听得手心微微出汗，身体渐渐僵住。

张敛取出手机看了一眼时间："快九点半了。"

周谧张了张嘴："啊，得去公司了。"

张敛说："东西先放着吧，晚上回来再收拾，我送你过去。"

周谧没有拒绝，但仍戒备地说："送我到地铁口就行了。"

"周谧。"他唤她的名字，并微微俯下身体，如在亲近她，又如在给她施压。

周谧抬眼，亮出无懈可击的理由："这个时间点很容易撞见熟人，我们本来就……"她顿了顿，又说道，"不想被更多人知道的话，还是谨慎为妙。"

张敛安静了两秒，尊重她的意见："好。"

周谧垂下眼，又笔直地看回去："在公司也要装作不认识。"

张敛问："你连老板都不认识吗？"

"认识老板，"她刁钻地答，"但不认识张敛。"

张敛失笑，似乎认可并接受了这个回答。

周谧抿抿嘴，眼神依旧坚定不移："希望你也严格执行'只认识实习生，但不认识周谧'这一相处准则。"

张敛注视着她："实习生也要很优秀我才会注意。"

周谧不再和他对望，目光停在他衬衣的某颗纽扣上，平淡地"哦"了一声，暗讽道："我还以为长得漂亮你就会注意呢。"

张敛轻轻地勾了下唇："这就是你来的第一天我就注意到你的原因？"

周谧的心开始怦怦跳，她绷起张小脸，一股子执拗劲："大概吧。"

张敛的神态依旧很放松："那就再接再厉，期待你的优秀能让我更加注意你。"

周谧说："不稀罕。"

张敛笑："我乐意。"

依周谧的要求，张敛在地铁口将她放下，叮嘱了一句"注意安全"，便开着车扬长而去。

临近十点半，周谧到达久力大厦。刷电梯卡时，她遇到了同公司创意部的一位设计，两人并不熟悉，只是在公司有过几面之缘，但对方还是很快认出了她。

周谧不清楚他的姓名，就只颔首问了声早。

男生跟她年纪相仿，穿棉麻衬衫，一头微卷的亚麻棕短发，长相穿搭都很文气，笑容里还留存几分腼腆青涩的校园感："我跟你在一个群里。"

周谧略显诧异地看向他。

他解释道："恩美。"

周谧这才反应过来，把人跟群里的名字对上了号："Augus？那几张海报是你做的吗？"

男生弯唇："对。"

周谧由衷地赞叹道："厉害啊！"

男生眉尾耷拉着，有些无奈地说："可惜客户不这样觉得，基本上打回，要我重做。"

社交事故的警铃又在脑中嘀嘀尖鸣，周谧当即闭紧嘴巴，露出尴尬而不失礼貌的笑。

幸好电梯已到了十楼，男生让她先出去，自己跟在后面。

分道而行前，男生忽然做了个自我介绍："我的本名是蒋时。"

周谧回了下头，点点头，一本正经地道："好的，蒋时，我叫周谧。"

蒋时又笑起来，是男生投篮失败后普遍会露出的那种笑容："我知道你叫周谧，刚刚我在电梯里就叫过你了。"然后他又直白地说，"你好可爱啊。"

周谧怔了下，红晕浮在耳根。

广告公司的人说话都这么喜欢打直球吗？

周谧百思不得其解地往自己的工位上走，她的 leader 叶雁正对着小圆镜龇牙咧嘴，检查口腔是否干净。察觉到身后有人影一晃而过，叶雁斜眼望过去，发觉来人是周谧。

于是她侧过脸来，惊呼："mi啊，你今天居然来这么晚！"

刚放下帆布包的周谧手一顿，面色与声音一道沉下去："不好意思，早上有点事耽搁了。"

叶雁瞥她一眼："我没问罪的意思，只是觉得新奇罢了。"

叶雁又取出一只白色的桃香味口喷，张大嘴一通乱喷，口齿不清地吩咐道："你一会儿下去买几杯咖啡吧，媒介公司有人要过来。"

空气里弥漫着浓重的薄荷桃子味，略微冲鼻。周谧看过去，问："现在就要是吗？"

"对啊，估计过个十来分钟这帮人就到了，"叶雁开始一丝不苟地补唇膏，"不然你以为我在折腾啥？买来后直接放会议室里。"

周谧站起，询问细节："好，买哪一家的？"

"随便吧，"叶雁说，"买个六杯就行了，小票收着，回头我帮你报销。"

周谧点点头："嗯。"

佩戴好工牌，周谧攥牢手机，快步下了楼。

为了节约时间，周谧选择了离大厦最近的咖啡馆。

写字楼附近的几家咖啡馆，从早到晚基本上都是座无虚席，虽然不同于学校旁边的小吃店，地位却也与之相等。从喧闹接地气到安静得体，她换了身份，心态上也升级了，却依旧将自己束缚在群体之内。

长长的点单台前排了不少人，周谧忙走过去占位，并尽可能地与身前那位缩小间距，生怕有人见缝插足。

她看了一眼手机上的时间，又有些焦灼地到处"扫描"着。

目光遽然一顿，她瞥见了落地窗边的张敛。

男人的身子侧对着点单台，所以她只能看到他的大半个脸。

他在与两个"老外"攀谈。

对方是一男一女，均身着正装，金发蓝眼，年纪在四十岁上下。

而他的眉眼、气场完全不输给对方。

三人围坐在圆桌边，气氛轻松自然，从各人的神态上就能察觉到这一点，尤其是那位穿烟灰色Ａ字裙的女士，在短短的几十秒内，她的眼角少说挤出了五次鱼尾纹，她的愉悦里掺杂着不加掩饰的欣赏。

隔壁桌是两个时髦精致的女生，背对张敛他们的那个女生在同伴的示意下频频回头偷看张敛，又转回去和同伴相视而笑。

即使偏坐一隅，他似乎也很擅长让自己成为画面的中心，他所有的肢体语言都如同被精心地设计过……不，应该是早已导入大脑的芯片里。

那位金色短发女士接到个电话，走去一旁，张敛这才端起咖啡杯抿了口咖啡。

兴许是有所察觉，他的视线忽地往这边偏了一下，周谧飞速垂下眼睑，装模作样地看起了手机，并往前挪了一小步，把其他顾客当作掩体以藏起自己。

前面有人点完单离开了，周谧紧跟着向前挪动。

过了片刻，她才敢再去观察张敛。

不料他居然还看着这边，像在静候时机。

周谧的视线立刻移走，她僵硬地正视着前面那人的后背两秒，又神不知鬼不觉地把视线移回去。

这回她看到的是已经勾起嘴角的张敛，他仍在注意她，甚至还小幅度地歪了下头，似是感到不解。

周谧应付地弯两下嘴角，姑且算作远程的问候。

这时，外国女人归位，张敛总算收回了目光，切换至标准的商务笑。

时值樱花季，各种粉嫩的限定主题杯又在橱窗里争奇斗艳，吸引了不少女生驻足围观。

这当中自然也包括周谧，等待的间隙，她在货架前流连了好一会儿。

等前台的工作人员唤了"周女士"，她才跑过去，接过三个纸袋，小心地提着走出店门。

路过玻璃墙时，她又忍不住往里瞄了一眼，张敛还出众地坐在那里，有说有笑的。

回去的路上，周谧在日光与阴影间穿行，情绪也跟泡沫一般空乏、轻飘飘的，折射着乱七八糟的色彩。

自打进入奥星，她就对张敛格外注意，因为他俩曾持续约会了一年的关系。

现在他们又因为各种意外跟巧合有了另外一种更难以言说的羁绊，而她原以为的单方面的关注似乎也有了那么些往双向关注发展的趋势？

刚刚在咖啡馆，她有这种直觉。

这种感觉很不实际，但又确切存在。

好怪哦……

电梯叮咚一声响扯回周谧的意识，她怔了下，打起精神往公司里走。

叶雁指定的会议室里已经坐了五个人。叶雁居于其中，正在笑靥动人地跟其他人寒暄，周谧忙往桌上放咖啡，向大家一一问好。

拎着空纸袋走出会议室时，周谧才缓缓吐出一口气。

结果没走两步，她的心又向上提起，因为她看到了过道里不徐不疾地往自己的办公室里走的张敛。

他怎么比之前还要无处不在？

为了避免"偶遇"，周谧不再往前走，待男人的后脑勺完全消失于门框后，她才埋头往工位上走。

这一整天，周谧都被若有似无的浮躁感包裹着，这种浮躁感像透明的渔线，让她有些伸不开手脚。

工作时总是心不在焉的，中午趴桌上小憩也难有睡意，就算是期待已久的拍摄场地之行，她都会偶尔神游天外。

是因为不适应新的身份吗？

周谧抓耳挠腮的。

晚上七点多，周谧扔掉外卖餐盒回来，打开电脑上的微信，就收到了张敛的信息，是言简意赅的三个字：几点走？

他的 ID（账号）跟头像一下跃至好友列表的最顶端，显得莫名惹眼。

周谧吓得赶紧关掉对话框，生怕被隔壁的同事瞄见。

而后她抓起手机郑重地提醒：你以后别用微信给我发消息。

张敛：？

周谧：短信联系。我怕微信消息被同事看到。

张敛：我怎么没这种担忧？

周谧没忍住怒火：你有独立办公室，当然不用担心！

张敛故作恍然大悟的样子：哦，对。

周谧：……

她回了三个菜刀的表情。

张敛：什么意思？人身威胁？

张敛：我司怎么会招收你这种潜在暴力狂？

周谧：对呀，所以你最好悠着点，这种潜在暴力狂还要跟你共处一室三个月。

张敛：我很期待。

周谧：……

她直接把手机倒扣在桌面上。

复核了一下刚做完的日报，周谧把它发送到叶雁的邮箱里。

过了会儿，张敛的消息又来了，他居然还不知悔改地用微信发消息，发的是同样的问题：几点走？

他绝对是故意的。

周谧上下牙轻嗑着，回了句"我坐地铁"，而后闷声不响地干了件大事。

这可以说是她来到奥星之后的"高光"时刻，这事算得上她的第一成就，足以拓印在她人生的事件簿上：无所畏惧，拉黑老板第一人！

看着彻底安静、清爽下来的微信界面，周谧毫无悔过之意，甚至想给自己发个"干得漂亮"。

她的情绪也突然抵达不可思议的平静之境，如两万里高空上的平流层，不闻任何喧嚣，一片瓦蓝。

她终于能专心干活了。

原来不是她个人的问题，而是她心里有鬼，只要把这个鬼彻底剔除，她就能全神贯注起来，能与工作天人合一了。

九点左右，周谧反掰双手伸了个懒腰，从座位上站起身来，收拾东西离开了公司。

走在行人如梭的地铁站里，她险些上错车，因为身体的记忆还停留在回家的那条线上。她在犯傻的同时开始想念爸妈，却只能鼻头发酸地打开手机地图。研究了会儿，她才确定了去张敛住宅的新路线。

新地华郡。

真的有出行靠地铁的人住在那种看起来像存在于外星系先进文明中的地方吗？

我应该开艘宇宙飞船去吧？

自嘲之余，周谧认识到的确没有人会这么做。因为从离那里最近的地铁口出来，她还需要步行近一千米才能到达新地华郡的正门。

早上她是坐张敛的车来的这里，所以并未意识到这是多么漫长的路。

周谧咬咬牙，抬腿热身舒展筋骨，决定像锻炼身体那样跑步回去，过几天再给自己配辆自行车或者小电驴。

没走几步，裤兜里的手机忽然响起来。

周谧取出手机瞄了一眼名字，有些闹心，不太想接听电话，但寄人篱下，她总归还是要给户主一点应有的尊重的。于是她摁下绿键："喂。"

"回头。"那边的人只说了两个字，听不出情绪。

周谧眨了下眼，转身，瞳孔骤然一缩。

张敛的车居然就停在地铁出口附近的路栏边，被四面八方的霓虹灯映得流光溢彩，仿佛一秒前从天而降，但她刚才完全没注意到。

"过来，"男人的声音里掺着少见的不耐烦，"我要被贴罚单了。"

周谧立在原地，反应忽然迟钝起来，一时间不知如何迈步。

对方怒极反笑："动一动好吗，大小姐？"

这个让人感到羞耻又带点莫名纵容意味的称呼顿时让周谧面红耳赤，她吸了口清凉的空气，微移开眼，慢吞吞地往车的方向走去。

张敛又用军官的口吻严苛地下令："太慢了，跑起来。"

"你有什么疾病吧？"周谧直接挂断通话。

等周谧坐上副驾驶座，催了一路的张敛反倒不忙着启动车子了，而是侧过脸来，一直盯着她，审视中微带促狭。

周谧浑身紧绷，不快地瞪他一眼："不是要被贴罚单了？"

张敛神情淡定、姿态稳定地道："又不是罚不起。"

周谧："……"

安静了片刻，张敛终于转过去，从座下取出一只棕皮纸袋递给周谧。

周谧抿了下嘴，困惑地接过来。

张敛说："同居首日贺礼。"

看到纸袋上的绿标，周谧隐约猜出这是什么。她睁圆眼睛，心跳也跟着加快了几分，但她没有直接取出袋里的东西，而是把袋子放在腿上。

张敛问："怎么不拆？"

周谧回："我知道是什么。"

张敛扫她一眼："什么？"

周谧十拿九稳地猜道："早上我在咖啡馆盯着看的那个杯子。"

张敛忽然轻笑一声："你还挺懂。"

周谧嗤笑一声："你什么套路我一眼就识破了。"

张敛淡淡地道："不及你的套路深，拉黑屏蔽一条龙。"

周谧："……"

周谧理直气壮地反驳："还不是因为你拒绝合作？"

张敛的声音却有点懒懒的："我配合你，谁配合我？"

周谧拨弄着手指嘟哝着："你别给我发微信不就行了，以前不认识的时候你不也只发短信？"

张敛话里有话地说："以前不认识的时候我们还会约会，现在要不要按老规矩来？"

周谧一怔，掏出手机，低头一顿操作："好好好好，我现在就将您请出小黑屋，用八抬大轿恭送您至我的好友置顶位。"

张敛勾唇一笑，不再言语，单手打着方向盘，开车返程。

第一天

　　从上车到进门，周谧跟护食的仓鼠一样抱着帆布包提防了一路。等到了张敛家，瞄见陈姨迎上前来给她递拖鞋，她才暗自松了口气。

　　拖鞋是皮质的，很柔软，是跟房子的色调一致的冷棕色，也很轻，穿在脚上近乎无感。

　　等她起了身，陈姨客气地唤了声"周小姐"，想替她把包取走挂好。

　　周谧忙婉拒道："我自己来吧，一会儿我拿去房间就好了。"

　　张敛安然地往里走，又回过头问："肚子饿吗？想吃点什么就让陈姨去煮，她的厨艺很好。"

　　受到夸奖的陈姨像招财猫那般笑眯眯的："是啊，周小姐，八大菜系我都会一点，你想吃什么？"

　　周谧依旧不好意思："没事没事，我这会儿真不饿，"她放眼去找上午放在这的行李箱，"我想先收拾东西。"

　　陈姨说："你的行李我给你收在房间里了，就在床边。"

　　周谧说："好，谢谢您。"

　　陈姨笑："周小姐，你也太客气了。"

周谧回："你也别跟我客气，一口一个周小姐的，叫我谧谧就行了。"

陈姨看了一眼张敛，才点头应道："哎，我以后就叫周小姐谧谧了。"

周谧暗叹，跟着陈姨往次卧走，沿路还遇上了刚从盥洗室里洗完手出来的张敛，他挨着门框，正用棉柔巾不紧不慢地擦着手。

擦身而过时，张敛叫住她："谧谧。"

周谧扭头，以为自己出现了幻听。

张敛的下巴冲门内一抬："先洗个手。"

"……"周谧立马折回他身侧。

盥洗室的高拱门简直是巨人国宫殿的入口，她停住，指指里边。

张敛"嗯"了一声，支走陈姨。

周谧进去，粗略地环顾一圈，发现盥洗室的装修风格也颇具格调，墙上是灰色的大方砖，给人深沉、冷静的视觉感受。

但让她意外的是，主卫的洗手台居然是双人款式，有两个一模一样的石英灰洗脸池，墙面上则挂着配套的黑边框圆镜。

其中一个洗脸池旁边摆了花，是两枝象牙白的小苍兰，插在雾灰色的磨砂瓶里，犹如某种标记或指示。

周谧默认那是她的位置，便走了过去。

洗手台上陈列着一些洗漱用品，但不显得杂乱，颜色也很统一，包装上都是英文，与房屋的氛围非常契合。

一个不婚主义者为什么要设计这样的私宅卫浴？

周谧陷入疑虑中。她费劲地找出洗手液，心不在焉地搓起泡沫，刚要冲洗一下手，目光往上一扫，瞥见了镜子里的张敛。

他没有走，还倚在门边，从镜子里看着她，黑色的筒灯从高处打下光来，男人的面部是接近膏脂色的暖白色，但他神情淡漠，像在观赏笼鸟池鱼。

两人的视线在镜子里交汇。

张敛意味不明地挑了下嘴角。

周谧当即移开眼，如芒在背，打开水龙头冲干净双手。

她唰的一下抽出纸巾，故作无视状往回走。

"以后每天回来先洗手。"他像个严格的外科医生一般叮嘱着。

"知道啦——"周谧故作乖宝宝状应了一声，拔足便溜。

张敛笑笑，凭借手长腿长的身材优势，拉住她卫衣的兜帽，几乎没用力就把她扯回了自己跟前。

周谧一惊，耸肩躲开他的牵制，双目明亮地警告道："有话说话，别动手动脚啊。"

张敛垂下手，瞥了一眼走道的两边，启唇低声说："我跟陈姨说了你是我的未婚妻。"

周谧怔了一下，眯眼道："所以呢？"

"你最好扮演好自己的角色，别露馅了，别让她到你导师那打小报告。"

周谧退后半步，保持安全距离："知道了。"

张敛不以为意，抬起左手："给我。"

周谧问："什么？"

张敛说："擦手的纸。"

周谧："……"

周谧攥紧那团棉柔巾，奇怪地说："你要这东西干吗……"

"帮你扔了，"张敛微微蹙眉，"你以为我要干吗？"

周谧把棉柔巾交了出去："哦。"

张敛面色平淡地道："你脑子里在想什么？"

周谧脸颊的温度直接飙升，语气骤变："我想什么了？"

"你可能有点……"张敛想了想，给出评价，"变态了。年纪轻轻的……"

周谧的脸已经红透了，但她在气势上不甘居于下风："你才是变态吧？堵在门口看人洗手。"

"有点新鲜，"张敛略略挑起眉，瞧着格外坦率，"我看看怎么了？"

"下次看要收费，一分钟两千。"周谧开始毫无心理负担地议价。

张敛哂笑一声，有些不可思议地说："你是仙女啊？"

"对啊，你才知道吗？"周谧振振有词，趿着拖鞋掉头跑远了。

进次卧后，周谧将门上的两道锁都锁了，全身才放松下来。

然而，她的心跳乱得像夏天的冰雹，啪啪地砸在雨棚上，声音不绝于耳。

她深呼吸好几下平复了一下心绪，回头打量起她的新房间，一下子又不太敢往里走，因为脚下铺着的地毯大面积地延绵开来。她目测这个屋子是家里卧室的四倍大，书桌和床被两页式的藤编屏风隔开了，床品应该也是提前更换过的适合女生的灰粉色。

周谧心情复杂地绕进去，好奇地扯开窗帘。

没想到外面竟还有个独立的小露台。她惊喜地拉开玻璃移门，小跑着来到栏杆边。

夜风醺人，满城灯火如碎星，车流纵横，如金浆般细细流动着。俯瞰外面，她似身在深海中，又像居于天外。

周谧将颊边乱飘的发丝别到耳后，撑着横杆，好想俗气又老套地"啊"一下。

努力压抑了好一阵，她不作声地回到房内，专心收拾起东西来。

简单布置后，周谧给父母报了个平安，又把夜景图发到家庭三人群里，收获了母亲的啧啧赞叹。随后她翻出睡衣和洗漱用品，一块儿抱起来，准备出去洗澡。

她偷偷打开一道门缝，观察少顷，确认偌大的走道里暂无活物，才完全打开门，走了出去。

她不甚自在，动作难免缩手缩脚的，或者说鬼鬼祟祟的。

客厅那边隐约传来人声，似乎是张敛在跟陈姨说话。

周谧深吸一口气，像复读机一样默念了多遍"没关系你可以，大方点行不行"，给自己洗了下脑，而后快步走出廊道。

首先映入她眼帘的是坐在厨房的吧台前吃东西的张敛。

陈姨正在刷碗。

男人的长腿支在黑色高脚椅的横杆上，瞄见周谧后，张敛放下勺子，挑了下眉问："怎么了？"

周谧站直身子："我要洗澡了。"

张敛侧了下脸："去啊，没人拦你。"

周谧说："我怕我不会用开关。"

张敛沉默了一下，离开座椅，往盥洗室走。

周谧连忙跟上。

张敛径直去了里间。

有个全白的浴缸挨着门摆放着，散发着深水珠一般的光泽。周谧只是瞟了一眼，就跟触了静电似的移开视线。

张敛却驻足问道："你要泡澡吗？"

周谧摇了两下头。

张敛说："想泡也可以。"

周谧回："没那个闲情逸致。"

张敛笑了一下，走到一边的淋浴区，勾了下手："过来，我只说一遍。"

周谧立马凑上前去，全神贯注地听。

"左冷，右热，这边往上转，是调高水温，往下是调低水温，这里扳一下是顶部大莲蓬头模式，再扳一下是其他的喷头模式，这属于水压调节，以后再详细介绍。"他右手悬空示范着，讲的也简单易懂，最后回过头来，"明白了？"

周谧缩起下巴，站好，颔首："嗯。"

张敛也直起上身："那我出去了？"

周谧摆出送客的架势："您请。"

张敛绷不住笑了下，却没动。

僵持片刻，周谧已濒临忍耐的极限，送客变成了赶客："走啊。"

张敛忽然说："睡衣挺可爱的。"

周谧一顿，顿时想把手里的物品全砸在他脸上。

注意到女孩骤然暗了几度的面色，张敛不再逗她："走了。"

周谧重新露出不带一丝感情的笑容："好的，您请呢。"

张敛抬腿迈出去两步，又顿住，回身看着跟出来放东西的周谧："对了。"

周谧的小脸戒备地皱起来："嗯？"

张敛随手指了下洗手台下方的柜子："里面放了些护肤品，有喜欢的你就拆了用。”

周谧远远地看了一眼，没有很留意，就想快点应付完他，不和他待在同一个空间里："哦，好，我一会儿看看。"

张敛终于离开了。

周谧带上门，总算能正常呼吸了。她把自己的洗漱用品一字排开，刚要挤牙膏，又停下来，躬身打开下方的柜门。

周谧目瞪口呆，并慢慢蹲了下来。

里面放的全是高端护肤套装，而且还不止一盒，他似乎把三个月的量都买来了。

可怕，夸张，难以言喻，过于奢华。

周谧一激灵，摇摇头，立马关上柜门，装视而不见。

即使张敛家的花洒出的水十分细密，淋浴系统智能到让人仿佛在汤泉里沐浴，周谧还是无心感受，以最快的速度结束了战斗。她鬼头鬼脑地穿越走廊，"跑毒"般地往安全区域疾行。

中途经过书房，书房的门大开着，她来不及克制地往里扫了一眼。

男人正坐在显示器后，靠着椅背，一手随意地搭在鼠标上，似乎在办公。

周谧立刻收回视线，健步如飞。

余光隐隐捕捉到门外一闪而过的鹅黄色身影，张敛勾了下唇，俯在桌边，支起下巴读了会儿邮件，又溢出几不可闻的笑声。

不适应的可不止她一个。

他多少也有点不适应。

这么想着，他拿起手机，找到周谧的名字，给她发了消息：厨房里还有一份陈姨给你备的椰子炖奶，在恒温柜里，你吃了再睡。

片刻，周谧回了消息：刷过牙了。

张敛：吃完重刷。

周谧：NO。

张敛：反对无效。

周谧：你替我吃掉。

张敛：不行。

周谧：你一个大男人吃两份怎么了？

张敛：去吃，别让陈姨伤心。

他搬出热心的陈姨，这个理由无懈可击。周谧再无反驳之力，只能套上开衫走出次卧。

在去厨房的这段路上，她再度感慨，住在这种房子里，微信上的步数都得飞速增加吧？

她到厨房时，张敛居然正站在流理台后面，似乎在喝水。

周谧愣了一下，与略略侧头的他对上了视线。

男人放下水杯，从一旁的黑色柜子里将她那份甜品取了出来。

"吃吧。"他说。

周谧走过去，踮脚坐上高脚椅，搁下手机，把椰壳拖过来，挖了勺椰子炖奶放进嘴里。

天啊，真的好好吃！这椰子炖奶口感柔滑、清甜，完全不输那些高人气网红店里的甜品。

张敛也坐了下来，就在她的正面。他抱着手臂，面不改色地看着她进食。

察觉到他从容的举动和坦率的目光后，周谧心头一跳，头快垂到椰壳里了，吃东西模式由细嚼慢咽改为暴风式吸入。

张敛注意到这一点，弯了下唇，而后抽出裤兜里的手机，垂眼敲了会儿屏幕。

须臾，周谧碗边的手机连抖几下。

周谧瞄了一眼手机，发现是微信消息提醒，就满脸疑惑地解锁，打开手机。

周谧心头一震，是张敛发来的消息，聊天框里除去触目惊心的一万元转账红包，还有轻描淡写的两句话：

张敛：买你五分钟时间。

张敛：慢点吃，别噎着了。

周谧当然不会收下这笔钱，但回到卧室后，她在床上翻了少说五十次身，又数了八百只羊，还是酝酿不出半分睡意。

凌晨一点，周谧认命地掏出手机，给贺妙言发消息：言言，睡了吗？

贺妙言不愧为熬夜冠军，马上回了一个问号。

周谧有了几分归属感：我失眠了。

贺妙言：我以为你们水乳交融到现在。

周谧要蹦起来了：什么啊？我们是分房睡的好吗？

贺妙言：那你跟人渣同居是为了什么？

周谧想了一下，觉得说不清，只能直抒胸臆：我真的不太想跟他再有关系了。我有一点PTSD（创伤后应激障碍）你知道吧？

贺妙言：我能理解。

周谧：但他真的……

她思忖半天，也想不出个合适的词：好那个。

贺妙言：哪个？你打哑谜呢。

周谧说不上来，就把今晚的事一五一十地跟朋友讲了一遍。

贺妙言：这谁顶得住啊？

周谧：我觉得他就是还想跟我……继续保持那种关系。

贺妙言：嗯，挺明显的。

周谧：我有点后悔了，之前应该跟我妈坦白的。

贺妙言：其实你现在坦白也不迟啊。

周谧侧了个身，认可了她的话：也是。

贺妙言一针见血：你老是间歇性后悔但又不结束这段关系，说到底你还是舍不得失去跟张敏在一起的那种感觉，不然实习第一天你就和他断了。

周谧长叹：啊，好烦啊！

贺妙言：已经这样了，走一步看一步吧。

周谧无力地表示赞同：行吧，顺其自然。

这通吐槽的成效约等于零，而且还让周谧越发纠结了，她的思绪理不清剪不断，时而写实，时而充满诗意……

跟天花板上的吊灯对视了半刻钟，她终于眼皮渐重。

周谧不知道自己是什么时候睡过去的，反正手机闹铃叫醒她时，已经是早上八点了。

窗帘的遮光效果过于好，整间卧室仍如黑魆魆的山谷。

周谧忙从床上跳下来，捏着发圈跑了出去。

她还边走边用手指仔细地揉掉了眼屎，保持最佳苏醒状态。

结果家里只有陈姨一个人。陈姨一见她便莞尔一笑，打了个招呼："周小姐，你醒啦。"

"早，陈姨，"周谧纠正她道，"谧谧。"

陈姨反应过来，忙改口："哦，谧谧。"

周谧四处张望了几秒："张敛他……人呢？"

陈姨回道："他出去跑步了。"

周谧点头，用拇指指了指走廊："那我先去刷牙了。"

陈姨还是笑："好呢，一会儿过来吃早餐。"

对张敛的自律，周谧一点也不感到意外，因为他平素就不像三十多岁的人，至少不是周谧认知范围内的那种处于而立之年的男人。

但他也跟稚嫩无干系，他身上有股深沉、稳定的味道。这种味道嗅不出苦甜，但非无迹可寻，它是阅历的沉积，是情绪的挥发，是举手投足间的从容、自信。

周谧对着镜子，认真地抹完面霜，坐在餐厅里吃早饭。

早餐的丰盛程度不输成和医院，碗碗碟碟摆了一片，菜品五颜六色的，让人食指大动。

周谧抿了口鲜榨的浓稠蔬果汁，是很入味的酸甜味，她不禁皱了下眉。

陈姨见状，解释说："张先生说今天吃西式早点，是不是不太合你的胃口？"

周谧抬眼："哪有？超好喝的。"

陈姨这才放心地笑笑，继续清理流理台。

周谧跟陈姨拉家常，猜她不是当地人。陈姨好奇周谧是怎么知道的，周谧说："听口音不像。"

多聊了几句，两人逐渐熟络起来。陈姨谈及自己的女儿，说她女儿跟周谧差不多大，现在在首都的某家银行里做柜员。

周谧正要捧两句场，家里的密码锁响了，张敛走了进来。他穿着整套全黑运动衫，远远看过去，修长的身体像是游戏里才会出现的那种。

好好看！第一次见穿着运动衣的他，周谧脑袋里只有这三个字。

回头的同时，张敛摘掉了挂脖耳机，并跟周谧打招呼："醒了啊。"他还有点喘。

"嗯，"周谧弯唇一笑，把嘴里才嚼了一半的树莓咽了下去，"早安。"

张敛微微颔首，走进卧室，再出来时，又变成穿着衬衣长裤的职场精英——周谧见得最多的样子。

等他入了座，美食立马变成了光鲜的牢饭。

周谧不再大大咧咧地咀嚼食物，而是拘束地用刀叉一点点地锯着面前的贝果。

陈姨给张敛端来了不加任何奶跟糖的黑咖啡。张敛抿了口咖啡，问："今天还是把你放在地铁口？"

周谧点点头。

张敛多观察了她两眼："还没化妆？"

周谧愣了下："很快的，五分钟就能搞定。"

周谧忽然诧异地说："你怎么知道我是化妆的？我都不怎么化眼妆的，没几个男的看得出来。"

张敛说："难怪黑眼圈这么重。"

周谧气结，用力咬了下唇："那又如何？黑眼圈是卖力生活的勋章。"

她怎么总是有这种稀奇古怪的小道理？张敛听得笑起来："你昨晚睡得不好？"

周谧"嗯"了声："换个地方肯定会不习惯啊。"

张敛面露疑惑："之前在酒店里你的睡眠质量不是不错吗？"

周谧从牙缝里挤出一句话："那些时候已经很累了好吧。"

张敛说："是吗？"

周谧忍无可忍："你能不能别总是暗示我？"

张敛放下杯子："我暗示你什么了？"

周谧猛喝了一口蔬果汁，把它当成酒来壮胆："暗示什么你自己心里清楚，别在这打马虎眼。"

张敛又笑了，他极少露出这么鲜明易懂的笑容："我在你心里就这么低俗？"

周谧点头："那你就高雅起来，当好纯正、清白的老板和室友，不要总想着威逼利诱别人。"

张敛说："我是想跟你正常相处的，但你总往那方面想。"

周谧"哦"了一声："我可没在车里强吻你。"

张敛说："是你在挑逗我。"

周谧把一小块面包塞进嘴里，睨他一眼："我只能说，仁者见仁……"

张敛依旧在淡定地切培根："这句话就该拿来形容你，我丢个纸巾你都能想一出大戏。"

周谧："……"

她三下五除二把面包解决完，又喝完果汁，按桌站起："你赶紧吃，我有东西要给你。"

张敛顿了下，抬眸："什么？"

周谧微妙地一笑："你的同居礼物，昨天我忘记给你了。"

张敛压缩了一下早餐时间，去了周谧的房间。

女生正坐在梳妆台前全神贯注地抹唇膏，他没贸然进去，而是等她吧唧完上下唇，才笑着叩了两下门框。

周谧没想到他会这么快，赶忙将口红盖上，正色起立。

"东西呢？"张敛问。

"稍等。"周谧抬一下手，拐进里面，从自己的行李箱里翻出来一件东西，攥在手里，走了出来。

然后周谧停在他面前，笑容灿烂地道："手。"

张敛垂下眼，没动："什么？"

"摊开手。"周谧再次强调。

张敛伸出右手，平放到半空中，想看看她到底能玩出什么花样。

周谧抬高紧握成拳的右手，伸到他手上，然后一下张开手。

一枚轻飘飘的银色男戒落进他的掌心。

张敛有点意外。

不等他问，周谧就连忙为他解疑："这是我寻遍购物平台为你精挑细选的戒指，三十块钱，就当作你接下来三个月的契约费了。我们都在自己的能力范围内给了对方最好的信物和酬劳，相信这会是一次非常愉快的合作。你说呢，老板？"

张敛失笑，微挑浓眉，意有所指地道："可以啊，周谧。"

周谧顿时皱眉，跟要哭出来似的："你怎么不叫谧谧了，不喜欢我特意为你准备的礼物吗？"

张敛把戒指收回手里，一本正经地道："谢谢，我收下了。"

"我好开心哦！"周谧笑起来，像朵漂亮的假花，显得过分真挚、甜美。

张敛说："希望这三个月你每天都能这么开心。"

周谧回道："希望您也是这样呢。"

张敛的手臂垂到身侧："行了，上班吧。"

周谧："嗯。"

目送他走出门去，周谧立刻放松肩膀，想想又有些得意，她在心里排练了多遍的场景竟如此顺利地过了。

她双手握拳，在心里为自己高呼三声"yes"，然后摇头晃脑地回去收拾东西。

帆布包里还放着张敛送她的杯子。昨晚她睡前拆开看了看，不出所料，里面是她爱不释手，左看右看，打算回来网购的那一只杯子。

可是以这种方式拿到手里，她一时半会儿反而不知道要怎么处理它了，只好先将它放回原包装盒内。

略作思忖，周谧又把它塞回帆布包里，决定把它带去公司使用。

周谧觉得自己可能真的惹到张敛了。

去地铁口的这一路上，他都没跟她说一句话，全程平视前方，像个没有思想感情的开车机器。

下车前，她惴惴不安地主动跟他道别，还特意甜丝丝地加了句"开车注意安全"。

张敛这才瞟过来一眼，淡漠地"嗯"了声。

无语。

这人脾气大心眼小，可真是"驰名双标"——可以肆无忌惮地嘲讽别人，却不允许别人以同样的方式回击过来？

周谧不爽地在心里"碎碎念"了一路，又停在电梯前冷哼，越想越窝火，便取出手机，解除小肚鸡肠之人的"置顶"。

恍惚间，周谧听见有人叫她的名字。

像被打开了开关，大堂内的喧嚣霎时涌回耳内，周谧循声看过去，才发现站在自己左侧的蒋时。

年轻的男生笑容明媚："早啊，周谧。"

周谧匆忙将手机揣回兜里："早，蒋时。"

他的眼睛亮晶晶的："你记住我的名字了。"

周谧点点头："对，你的名字很好记。"

蒋时侧脸笑了下，一时没开腔。

周谧似乎从中读出了一点挫败感，连忙解释道："就跟我的一样，都是两个……"

他又看向她，一脸期待的神情。

周谧卡了下壳，磕磕巴巴地说完话："都是，两个字。"

蒋时笑里的糖分并未减少："可以从群里加你的微信吗？"

周谧继续点头："当然可以啊。"

这时电梯抵达一楼，一行人鱼贯而出，大约是赶时间，大家都走得很快，有几分横冲直撞的味道。

蒋时忙抬起胳膊，拦在周谧身前，以防她被碰到。

周谧讶然地后退一步。等电梯空掉，他俩才一前一后地进入轿厢，周谧赶紧道谢。

蒋时说："没事。"

电梯内安静下来，像干掉的海绵，再怎么拧，挤压出来的也只有尴尬的空气。

周谧对这种冰冻场景有天然的恐惧，她咬咬唇，决定试着与这位创意部的同事搭话："蒋时。"

"嗯？"男生略感诧异地扭头看她。

周谧笑了一下："好巧哦，我好像连续两天在电梯里碰到你了。"

蒋时没有接话。

周谧暗道不好，开始琢磨刚刚的话语到底出了什么问题。

金属墙壁上的数字在黑框里安静地变化着。数字从"9"变成"10"时，蒋时才忽然开口："你有没有想过，其实是我在等着'偶遇'你。"

周谧不是傻子，自然听出了他的言外之意，空气凝滞了一秒，电梯门开了。

她怔怔地看着他，不知该回些什么。

"记得通过我的好友申请。"蒋时笑了一下，走出电梯，把这句话留在了电梯里。

冰激凌

在周谧的认知里，"被追求"是比沟通工作更可怕也更难处理的事情，哪怕她从小到大没少碰到类似的事情。

她认为自己在心理层面多少有点病态了，有爱慕者明明是件值得骄傲、快乐的事情，是件增强自信心的事情，可她却对此排斥到不行，只想以最快的速度逃走。

以前在大学里，有贺妙言和路鸣挡在她前面，但在奥星，她只能自己面对这种事。

蒋时近乎宣言或者通知的话语，在她听来堪比缚身咒，她几乎是同手同脚地跑回工位上，开机，打开办公软件，打开网页，一气呵成，用投身于工作中的方式将自己藏匿起来。

但她万万不敢打开微信。

然而，越不想要什么越来什么，半个钟头后，叶雁来到公司，她的第一句话就是："mi，十一点恩美组要开个新 TVC（指高端摄影拍摄的宣传广告片）的脑暴会，你去订个小会议室吧，大概有七个人。"

"哦，好。"周谧忙站起身。

奥星的企业文化很有意思，会议室也各具特色，有的电子锁是凹进白墙里的，上面刻有手印，职员只需把自己的手放上去，玻璃门便会自动开启；有的则要用《星球大战》的经典口号或是《哈利·波特》里面的魔法咒语来开启，每次都会给大家一个"中二"又有趣的会议开局。

去前台预约会议室时，周谧路过了张敛的办公室。

办公室的门是关着的，看来在地铁口分开后，他并没有来公司。

来奥星实习的这阵子，大概是出于关注，周谧曾简单计算过张敛待在公司里的频率，他起码有一半的时间不在这里。他不是那种只用动动手指签签合同的安逸老总，而是公司的内核与泉眼，只有他先动起来，奥星的每个零件才能安插得当，顺利运转起来，产出源源不断的灵感与热能。

成功预约到会议室后，周谧看了一眼时间，距离十一点还有四十分钟，她打开微信，准备在 team 群里问大家喝奶茶还是喝咖啡。

下方的通讯录上果然多了个红点。

不用点开她都知道是谁发来的好友申请。她陷入两难境地，想想还是退出微信界面，暂时装作没看见。

为了躲蒋时，她没有在群内发言，而是单独向叶雁征询意见。

叶雁一如既往地随意：随便吧，给他们喝的都算是好的了。

周谧笑了一下，决定叫咖啡，比起奶茶，咖啡不容易出错。

她对比了一会儿积分和优惠券，在外卖软件里以最划算的价格下了单。

十一点，大家陆续进了会议室，基本都抱着或夹着笔记本电脑。

周谧还捎上了前不久买的录音笔，今天的会议纪要主要由她完成，方便简要回顾时发出来给大家看。

其实参加会议的人多少都会记一些重点，之后她总结梳理的时候，如有遗漏，大家还能给她补充点东西。

创意部那边的人比较独特，普遍优哉游哉，到场的速度最慢，十一点十分人才到齐。

叶雁阴阳怪气地指责道："你们是集体便秘掉马桶里了吗？"

有个美术指导笑了起来，连道："Yan 姐见谅。"

周谧正襟危坐，低头调试起录音笔。

片刻，身边有个黑影一闪而过，她听见熟悉的男声在脑袋上方响起："Yan姐，我今天忘戴眼镜了。我怕看不清文稿内容，能让我坐这儿吗？"

这是蒋时。

眼珠咕噜噜地打着转，周谧尽可能地阻止自己抬头确认自己的猜测。

叶雁人精一个，不给面子，拆穿了他："你来公司后戴过眼镜吗？"

蒋时说："今天没戴隐形眼镜。"

"小样儿。"叶雁笑着嗔道，却还是给他让了位。

蒋时坐了下来，侧头与周谧打招呼："又见面了，谧谧子。"

他叫的是她的微信名，这是明目张胆的提醒。

周谧快速扫了他一眼，笑不露齿地说："是啊，蒋时。"

蒋时打开自己的笔记本："今天很忙吗？"

周谧回："有一点。"

蒋时理解地点点头。

周谧如坐针毡，紧张地握了下手，也打开了自己的电脑。

那个英文名叫 Gin 的创意组长将 PPT 投映到白墙上，然后开始描述他们的初步设想："这次的 TVC 我们想做一个十人左右的普通家庭聚餐场景，有人有脂肪肝不能喝酒，有人有三高不能喝饮料，有人要瘦身抗糖，整个气氛一下子变得很沉闷，忽然有人灵机一动，注意到一旁的节礼，也就是我们的恩美有机奶。大家恍然大悟，相互分发。有人把奶倒进酒杯里，这边会给个牛奶的特写，有人直接就着原包装喝，最后全桌人其乐融融地起身碰杯。最后展示我们的产品名跟 slogan。"

叶雁转了下笔："挺有意思的，但是，是不是有点拉仇恨了？以后接不到碳酸饮料和酒的广告怎么办？"

女组长说："怎么会？事实上大部分人也不会真的在宴席上喝牛奶。这个视频主要是为了展示卖点——健康、高标准、方便即饮、适合送礼，整个剧情也不乏味，贴近生活，有记忆点，有调性，对拍摄场地的要求也不高，预算绝对够用了。"

　　她给蒋时使了个眼色，男生立马起身，将自己的笔记本电脑连上投影仪，给众人展示、介绍刚完成的视频分镜草图和脚本。

　　他的画工不错，寥寥几笔却很有动态感，便于大家联想。

　　周谧一边全神贯注地看着、听着，一边盲打，往文档里录入细节。

　　叶雁抵着唇让蒋时简单复述了一遍，点头道："其实……不错，但就是觉得差那么点意思……"

　　她忽然看向若有所思、神色认真到有几分凝重的周谧："Minnie，你觉得呢？"

　　周谧愣住，脸微微涨红了："问我吗？"

　　众人一齐看过来。

　　叶雁说："对啊，你有什么建议吗？"

　　周谧慌张起来，支吾回道："我……不太合适吧……"

　　叶雁笑了下："brainstorm（头脑风暴）嘛，有什么想法尽管说，藏着掖着就没意思了啊，还是不是奥星发光发热的一分子了？"

　　周谧的双颊一片赤色，她慢慢将双手从键盘上移下来，轻声问道："是对视频的看法吗？"

　　那位漂亮的创意组长眉眼弯弯地看着她："对啊，说说看。"

　　"嗯，"周谧抠了下额角，盯着投影里定格的画面，"我想了下，就是那个提出喝牛奶的关键人物……你们定了吗？"

　　创意组长摇摇头："还没有。"

　　周谧抿了下嘴："那，可不可以用小孩子呢？"

　　创意组长一顿，示意她继续。

　　周谧双臂叠紧，背脊开始冒汗："根据我有限的生活经验和数据分析，如果不是明星带货，大多数纯牛奶的目标客户其实还是儿童、青少年。"

　　她深吸一口气，心口闷闷的，语速因底气不足而变得异常缓慢："可以让一个小朋友把牛奶礼盒提过来，元气满满地跟大家说'喝这个吧，你们怎么这样不行那样不行的，我妈平时都给我买这个喝，每天一盒，我觉得自己超行的，踢球都有劲多了'。我想，这样趣味性更强，也能吸引更多的家长为孩子消费。"

她的话音落了，会议室里一片沉寂。

叶雁啪嗒一声按了一下笔头，笑着歪了下脑袋，环视着全桌人："这不就到位了？"

张敛从外面回来时，刚巧碰上恩美小组散会。稀稀拉拉的一拨人，有说有笑地朝外走。

周谧也在其中，正被叶雁揽着肩谈话。她脑袋微倾，咧着嘴，似乎有点不好意思。

叶雁先瞧见了张敛，招招手，热情地高声呼唤："Fabian——"

张敛淡淡地颔首。

周谧听见张敛的英文名，猝然抬眼，直直地撞上男人从高处落下来的视线。

两人离得很近。

她一下呆住了，无法及时打招呼。

而张敛目光澄明，还别有深意地弯了下唇，与她擦身而过。

两人的衣服若有似无地摩擦了一下，极短的一下。

袖管下那一小片被碰触到的皮肤，存在感突然强到爆炸，以致周谧的呼吸和心跳都跟着紊乱了。这人是变色龙吗，早上还冷冰冰的，怎么这会儿又眉目含情起来？

她默默地加快步伐，走向工位。

回到办公桌前，张敛取出手机看了一眼微信，发现公司的大群里格外热闹。

创意部总监 Teddy 在里面打趣，他对叶雁说：矜矜刚才跟我说，现在公司"内卷"得太严重了，实习生一个个都这么厉害。

奥星-Gin：对啊，我现在就想去人事部申请一下，把 @谧谧子放学啦转到我们创意部，让她跟着我混。

叶雁回复：姐，您挖墙脚也挖得太猖狂了吧？我们 mi 今天的点睛之笔主要来自阿康的思维，跟你们创意有个"der"的关系。

他们七嘴八舌的，身处风暴中心的那位反倒半晌不语。

刚要关闭聊天界面，张敛忽然被"cue"，叶雁唯恐天下不乱地在群里@他：@Fabian，抢人啦！创意部抢人啦！老板你出来评评理啊！我们公司还有王法吗？

周谧终于冒头了，发了个尴尬而不失礼貌的可爱表情。

张敛勾唇，未在群内发言，只是点了下周谧的头像，私聊道：今天怎么了？

等了一会儿，对面言简意赅地回复：脑暴会上说了点自己的想法，被采用了。

张敛调侃道：很行嘛，都开始抢你了。

女生发来一行省略号，像小鱼敷衍地吐了串泡泡。

张敛也回个标点：？

她似乎无暇也不打算跟他深聊细节：我要弄会议纪要啦，再见。

张敛不再打扰她工作，切回大群，看了遍聊天记录。不一会儿，周谧的网名一跳而过，他把聊天界面拉到最底端，发现她再度被点名。

奥星-Augus：@谧谧子放学啦 通过一下我的好友申请。

屏幕中央紧跟着跳出一句灰色提示："奥星-Augus"拍了拍"谧谧子放学啦"的头说：真是个小可爱。

周谧的脑袋轰的响了一声。

这是她最近在私下里设置的微信"拍一拍"提醒，本来是用来跟朋友相互恶心的，结果让她猝不及防地亮相于公司大群。她简直可以当场进入"社死"小组了。

叶雁惊呼：哇，这是在干吗？

几个女同事跟着好奇起来：哇，这是在干吗？

蒋时装傻：什么干吗？

叶雁：怎么，你们那边更换了策略，开始使用美男计了啊？

蒋时回：个人行为与部门无关。

叶雁：嗌，年轻人，我帮你@谧谧子放学啦。

周谧赶紧往群里发消息：加啦加啦，早上太忙了没注意到。

蒋时：谢谢。

女生回了个递小花的表情，再无下文。

张敛的注意力聚焦于接二连三地跳出消息的手机屏幕上，双目如进入黑夜一般，幽暗了几分。

他退出聊天界面，少顷又点开微信，找到客户部总监原真，给他发了一个字：在？

原真回：1。

张敛：公司？

原真：对。

张敛：你那有B系的宣传册吗？

原真回：有，很多。

张敛：我去拿一本。

原真：我给你送过去。

张敛：不用，我正好要出去。

张敛去一旁开了瓶水，喝了一口，把它放回显示器旁，离开办公室，走向客户部片区。

结果周谧的工位空着，他放眼望去也不见周谧的踪迹，她大概率是下楼吃午饭了。

路过她的工位时，张敛的目光倏地一顿。他略挑眉梢，目光不着痕迹地扫过她桌面上的水杯，而后信步走远了。

午餐时分，周谧再一次碰到了蒋时。

准确地说，这是蒋时刻意安排的"偶遇"。因为刚一碰面，叶雁就不留情面地乜斜过去："难怪问我去哪儿吃呢，原来是为了这个。"

这是家周谧经常光顾的日式简餐餐厅，就在公司楼下。

她偏爱他们家的猪排肥牛饭，因为分量总是给得很足，金黄香脆的通脊肉切成段，铺满碗口，下面是地道、多汁的洋葱碎和牛肉卷，拌在一起鲜美到能让人一次性吃完两份饭。这简直是肉食者的饕餮盛宴啊。

蒋时坐在周谧对面，虽然他跟叶雁说笑得比较多，但周谧能感觉到他的视线几乎没离开过自己。

周谧只能保持着不擅交际的"人设"。

她在外用餐时向来专心，并企图用这种态度变相地回避多余的社交。

中途，叶雁出去接了通客户的电话，就急急忙忙地回公司了。

三足鼎立的局面陡然变成二人世界，这也让周谧更加拘束、为难。

她微微握紧筷子，夹了片肥牛放在嘴里，极慢极轻地咀嚼着。

蒋时跟她搭话时依旧很直接："周谧，我这样会给你造成困扰吗？"

周谧愣了下，没有讲实话："还好。"

蒋时笑道："真的？"

周谧垂着眼睫，继续言不由衷："嗯。"

蒋时放心地松了口气："因为对你的印象真的很好，我早就想跟你熟悉起来了。"

周谧一顿："谢谢你。"

蒋时不再继续这个容易掉链子的话题，转而问起她学校和考研的事，企图减少生疏感，拉近距离。

即使不同级也不同校，大学生接触到的事物无非就是那些，大同小异。你问我答间，聊天气氛逐步回温。

就在这时，他们遇到了同样来这里吃饭的原总监。

见到两位后辈，原真有些意外，停在过道里简单地和他们聊了两句，就挤眉弄眼地溜去收银台点餐了。

原真孤家寡人一个，独自进餐，又刚好坐在周谧跟蒋时的斜对角，只要一抬头，就能将这对金童玉女尽纳眼底。

她露出"姨母笑"，用手机偷拍下这一幕，发到管理层的小群里：我感觉我们公司又要成一对了。

叶雁跳出来揽功：以后别叫我"接线员"，请叫我"红线员"或是"月老Yan"，谢谢。

原真：两个人还挺配的。

她又说：就那种高颜值少男少女坐在一起，很青春校园剧的感觉，你知道吧？

叶雁附和道：对，我和你有一模一样的感觉！得亏我接到了客户的电话，不然戳在那亮度直逼三千瓦，浑身上下都难受。

她俩你一言我一语的，越聊越开心。

创意部总监看不下去了，冒头道：你们好啰唆呀！

原真龇牙咧嘴地回：要你管呀！

吃完午饭，周谧跟蒋时一道回了公司。

蒋时还一直将她送至工位上，热忱得叫人手足无措。

跟周谧处于同排的几个同事见状，全都"呜"了起来，异口同声地揶揄他俩。

周谧面颊微烫，坐进椅子里，完全不知道如何自处。

等蒋时离开了，她才松懈下来，像往常那样开始午休。

可能是吃得太撑了，外加蒋时这事烦人得很，周谧入睡困难，在桌上趴了好一会儿都无济于事，只能作罢。她挺起身做今天的日报。

敲了会儿表格，周谧拿起杯子，发觉水已见底，就起身去了茶水间。

午后的公司像个红白色的方盒，空阔、静谧，吧台后也不见人影。

周谧停在饮水机前，都不敢把开关掰到最大，只能小心地用手指半提着开关，控制着水流的速度，慢慢悠悠地把杯子装满。

回工位的路上，她又条件反射般地瞄了一眼张敛的办公室。

门又锁着，他又不在公司了，真是个大忙人。

这么想着，周谧快步走回电脑前，坐下来加紧工作。

放弃大好的补觉时光的后果就是，才到下午三点，周谧就开始昏昏欲睡，一下接一下地打盹。

屏幕里的数字逐渐扭曲、模糊，变成乱七八糟的乱码。

第三次感觉自己的脑袋要砸向键盘时，周谧双手托高脸，在心里哀号一声，"最小化"Excel表格，打开网页版微博，打算刷会儿搞笑视频提提神。

结果上下眼皮还是跟异极磁铁似的反复粘在一块儿。

周谧掩唇打了个哈欠，切回自己微博的首页，随手发了条动态，表达倦意。

贺妙言刚以二作身份发完论文，最近几天清闲得很，成日在网络上冲浪，所以回评的速度快到跟她就住在微博里似的。她话中有话地评论道：还没怎么样呢，怎么就困了啊？

周谧在心里冷笑两声：工作很累的好吗？

贺妙言：哦。

周谧对她无语。

闺密这么一打岔，帮她消解了大半的困意。周谧擦擦口水，重新打开表格，继续整理数据。

蒋时上个月就从首页大数据的推送里关注了周谧，她微博的个人风格非常鲜明，微博名"谧谧子下班啦"跟微信名有异曲同工之妙。

女生微博里的原创博文不多，基本都是转发的内容，无外乎宠物、美食这些，要么就是甲方官博的宣传片或者图文内容。

虽然蒋时中间给周谧点赞过好几次都没有盼来她的关注，但他突然在特别关注里刷到她的日常，还是有些意外和惊喜的。

她发了一条又戏精又可爱的状态"困 die 的下午好想来杯冰激凌"，又在后面加了"睡""怒骂"两个表情。

蒋时给她点了个赞，弯起眼，私聊自己的上司：矜姐。

那边的人回：？

蒋时：我下趟楼，你有什么想吃的吗？我一起买上来。

Gin：没有。

蒋时揣着手机离座，马不停蹄地往楼下走。

冰激凌店里的顾客不算太多，但取完小票后，蒋时还是等得有些焦躁。从前台取走打包的冰激凌，他近乎奔跑地折回了公司。

其实周谧来奥星没几天，他就注意到她了。

他觉得这个女孩身上有种奇妙的矛盾感，她看起来有点"天然呆"，但工作上基本没出过娄子，不善言辞但也不莽撞，明明很漂亮却低调得不行，内向害羞，和公司里那些八面玲珑、风风火火的姐姐截然不同。最重要的是，她完全长在他的"审美点"上，眉眼有点混血感，但看起来又不冷艳，是易于亲近的甜妹。

中间她休息过十几天，他以为她有事提前离职了，还失落了好久。最后他拐弯抹角地打听到她只是生病请假了，才松了口气，并在一刹那间感受到了一种浪潮般的、失而复得的狂喜。

所以她回来后，他下定了决心，不能再暗中关注她了，必须要自信而强势地出击。

蒋时气喘吁吁地回到公司，额角已经出了层细密的汗。

担心形象受损，他先回了趟工位，准备擦干脸再把冰激凌送给周谧。

他将纸袋搁到桌上。

大约是闻到了浓郁的奶味，一旁的女同事瞟过来一眼，笑了起来："你的冰激凌买早了哦。"

蒋时愣住了："什么？"

女同事说："刚 Teddy 过来叫我们点单，说天热了，老板请全公司的人吃冰激凌。大家商量了一下，也准备点这个。"

蒋时眨眨眼，一下子说不出话来。一种吊诡的几乎是下意识蹿出来的雄性直觉让他惊在了原地。

惊疑了几秒，他问："哪个老板？"

"当然是大老板，"女同事笑道，"想不到吧？钱白花了。"

"这么巧吗……"蒋时勉力冲她笑了一下，惶惑地坐回原处。

怎么想也理不清、捋不顺这件事后，他取出手机，重看周谧的微博，想找些能证实或推翻自己猜想的蛛丝马迹。

下一刻，蒋时的眉心皱了起来，因为女生主页上的那条最新状态已经消失得无影无踪了，像根本没存在过一样。

总监在部门群里问大家吃不吃冰激凌，还说是老板请客之后，周谧就手忙脚乱地删掉了这条微博。

心跳得飞起，她像窃贼查点赃物一样，埋低脑袋，仔仔细细地把微博的粉丝列表浏览了一遍。

里面压根儿没有能跟张敛对得上号的用户。

拿到冰激凌后，她一边舀着冰激凌往嘴里送，一边让头脑冷却下来。

她猜这一切只是个巧合，是吸引力法则在作怪，是她在"自作多情""浮想联翩"。

然而，她刚吃到一半，蒋时的消息就从微信里砸了过来：周谧，方便问你个问题吗？

周谧回：什么？

蒋时：Fabian 是不是也在追你？

周谧直接被噎住，咕噜一声将大块冰甜的奶油吞咽下去。她以最快的速度否认道：没啊，怎么可能？我都没跟他说过话。

蒋时：那你为什么要删微博？

周谧怔住。

她也有点莫名其妙，对张敛的举措感到莫名其妙，对蒋时的诘问感到莫名其妙，也对自己的装腔作势和忍耐感到莫名其妙。

心头无名火起，周谧把手机放到桌肚里，双手急速打字，质问起了张敛：你在干什么？

张敛过了好一会儿才回：怎么了？

周谧：冰激凌，你是故意的吧？

张敛：看你工作累，让你清醒下。

周谧敏锐地嗅出了几分话外之意，顿了顿，继续指摘他的行为：我的微博跟公司里的好几个人互相关注了，你别这样搞我行吗？

张敛：那就不要发具有暗示性的内容。

周谧一头问号：我又不是发给你看的。

张敛回：你想发给谁看？

周谧简直无语，一股脑地抛出所有的不快：我的微博一定要发给谁看吗？这难道不是跟化妆、穿衣服具有一样的性质，属于个人行为？我都不知道你还看我的微博。蒋时都来问我关于你的事了，其他同事看到之后也多想了该怎么办?

张敛依旧很淡定:让他们想好了。

乱拳打在棉花上,周谧只能服气地嘲讽道:好的,我知道了,我以后一定多发这些具有"暗示性"的内容,多让您大张旗鼓地破费破费。她又在后面加了个"可爱"的表情。

张敛:可以。

张敛:吃得愉快。

周谧哑口无言,瞪着桌面上已被消耗掉一半的冰激凌,将它想象成某个人,想用镭射眼将它横着剖开。

是,她不该第一时间删微博,这等同于她间接承认自己心里有鬼。

但她不及早删除,微博会被更多人看见,她会被更多人猜疑。

以后她在公司里还是能避则避、谨言慎行吧。

胸口躁动了一下,周谧回到跟蒋时的聊天界面,回过去一个"玉桂狗问号脸",继续扮演不知情人士和扯谎大王:我妈看到了我的微博,打电话给我说我身体还没完全恢复,不准我吃生冷食品。我被骂了,就删了那条微博。

大概是她跟张敛看起来确实交集甚少难有瓜葛,蒋时似乎接受了这个还算自圆其说的解释,又说:其实我单独给你买了冰激凌,就在一个小时前,我下楼买的。

周谧微怔:啊……不用的。

蒋时:以后想吃什么直接发微博或朋友圈吧,我会看到的。

周谧心头腻味、难受到了极点,像粘满了鼻涕,而且这玩意儿到处都是,甩都甩不脱。

手指在键盘上空顿了下,她像对自己发牢骚似的重重叩击按键,回了句:谢谢你啦。

蒋时:没事啊,我自愿的。

周谧终究难以忍受,轻轻呵了口气:我能重新回答一下你那个问题吗?

蒋时:哪个?

周谧颌肌绷紧片刻,不再犹豫:中午跟你吃饭时我说谎了。我确实感到困扰了，对不起。

　　这个下午她如释重负。

　　斜阳将落地窗渲染得如同一间橘粉色的画廊时，周谧提前下楼帮组员取餐，远远看见张敛办公室的门敞着。

　　她没有贴着墙走，而是去到走道的另一边，因为她不太想撞见他。

　　配送员在离公司最近的四岔路口耽误了点时间，等候的间隙，周谧取出手机，往朋友圈里发了条仅张敛可见的状态，对白天的劣势予以略显滞后的回击："好想当奥星的董事总经理哦！"她在后面还发了"可怜""委屈"两个表情。

　　这是她间歇性苦思冥想了一下午的成果。

　　而后她摁灭手机。

　　提着四份餐回来分发完毕，周谧靠到椅子上，重新打开微信，发现朋友圈里有新的消息提醒。

　　张敛给她的这条状态点了个赞。

　　周谧坐回去，弯起唇，挑衅地回复了他的赞：怎么光点赞呢？她还发了个"难过"的表情。

　　片刻后，张敛回她：来我办公室，一对一辅导。

　　笑容立收，周谧盯着这行画面感略强的字，脸蛋奇异地起了烫意。

　　三秒后，她直接删掉整条状态，把手机扣在桌面上。

过来给我开门

晚上七点多，周谧又收到了张敛的微信消息，是一个红包和两句话：打车。我晚上有事，接不了你，到家后你发条信息给我。

他这种一言不合就打款的豪横行为令人发指。

周谧盯着这条消息看了几秒，回复道：别动不动就开始金钱交易行吗？

张敛回：这只是个态度，收不收在你。

是，他确实没强迫过自己。周谧难以反驳，只能回：我可以自己回去。

张敛：好。

今天是同居的第二晚，这同居生活跟周谧想象中的似乎不太一样。她本以为自己跟张敛即使抬头不见低头见，也不会给彼此好脸色，只是共处一室、少言寡语的陌生人，可张敛居然比她适应得快，他甚至已经有一点进入角色，负起责任，并毫无心理障碍地展现出角色应有的占有欲了。

他可真是天生的表演艺术家。

周谧停在张敛家门前，按下他新换的密码，其中有四个数字还是她的生日。

张敛的说法是怕她记不住。

周谧打心眼里佩服他。

他面面俱到得让所有的矫饰看起来都格外合理，又让所有的现实场景都化为虚构的文艺片段。

就像当初跟他每一次的见面一样，在每一个深夜里，在每一次动情的碰撞与跌宕起伏中，她都忍不住怀疑自己是否已成为这个男人独一无二的爱人。

嗒的一声，周谧踏入这个古堡一样高雅的屋子。

像是进了某款全息乙女游戏的"副本"，NPC（非玩家角色）陈姨立即笑呵呵地走过来询问她想吃什么夜宵。

周谧摇了摇头说不用，她今天已经"碳水爆炸"、摄糖过量了。

陈姨不勉强她，叮咛了几句便回了保姆房。

偌大的客厅里又只剩下周谧一个人了。

周谧回到了自己的卧室——整个房子里让她稍微多点归属感与真实感的地方。

她盘腿坐在椅子上刷了会儿产品的官方微博，才抱着睡衣去外面洗澡。

尽管陈姨特地交代过换下的衣服放脏衣篓里就行了，第二天早上她会收走清洗的，但周谧还是不适应被陌生人这样无微不至地照顾。

她把它们带去了大阳台，自己手洗。在电动升降衣架上晾好衣服后，她没有离开这里。

从小到大，她最无法与人产生"共情"的就是恐高这点了，因为她喜爱各式各样高的地方，比如学校的天台、商场的顶楼，以及有阳光与暮色装点的山尖。

每每身处这些地方，她都觉得自己变成了《泰坦尼克号》里的小李子，位于世界的中心。

撑着栏杆，看城市倒置成脚底的星河，周谧抬高了脸，任干燥的夜风挟走头发上的湿气。

露台上养了不少比人还高的阔叶绿植，头顶白色的遮阳棚像片边缘圆滑的蛋壳，罩着她。

吹够风，周谧坐回藤编靠椅上，从音乐软件里挑出一首比较缠绵的欧美歌曲，闭眼聆听。

张敛到家后，最先看见的是周谧放在鞋架最上面一层的鞋。

这个女孩子很奇怪，擅长把各种简单的东西复杂化，比如这双贝壳鞋本应该是全白的，她非得在鞋带上绑上小花和爱心。可能这就是生物的多样性吧。

他将它们的位置调正，然后把自己的鞋也放了上去。

从盥洗室里出来时，他瞄见次卧的门并没有关，便走去看了一眼。

周谧并不在房内。

张敛皱了下眉，又去其他的地方找，最后才在阳台上发现了目标。

女孩已经睡着了，斜靠在椅子里，睫毛密密地覆在眼睛上，并在脸上印下两个淡淡的影子。大片的绿叶垂坠着，黄色的睡裙衬得她像书本插页里的贝儿公主，她正以不设防的坦率虏获野兽、打破诅咒。

张敛抱着手臂立在墙边看了会儿，回客厅将沙发上的灰色毛毯取过来，轻轻盖住她的身体，连同她放在腹部的手机。

周谧睡得很沉，一动未动。

流淌的音乐也因被遮盖而微弱了几分。

张敛坐到了她对面，看着自己的手机，并将之调到静音模式。

风渐大，夜风也清凉了些。

张敛又侧头瞟了会儿周谧，挑唇，从通讯簿里找出她的联系方式，拨了过去。

手机的响声和狂振吓得周谧险些从椅子上蹦起来，她以为是晨起的闹铃响了。

她最先注意到的是从身上滑落的毯子，忙起身去捡，抬眼的一瞬间，桌对面的男人进入她的视野。

张敛正常地坐在那里，露台上的光线不强，致使他的眉眼越发显得浓重，但他面色平淡，瞧不出任何情绪。

周谧睁大眼，一屁股坐回原处："你回来了啊。"

张敛挂掉电话，抬眼看着她："你还挺会享受的。"

周谧静默了两秒，半是诚心半是讥讽地说道："这么棒的阳台，当然要物尽其用了。"

张敛没有接话。

周谧拉扯着毛毯，把它卷到腿面上，让它不再蹭到地板，这才去看手机里的未接来电。看到来电人的名字，她又仰起脸看着张敛："你打了我的电话？"

"嗯，"张敛颔首，"回房间休息吧，别受凉了。"

周谧微愣，瞄了一眼锁屏时间，一下子被震住了，都十一点了吗？

她重新去看张敛："你什么时候回来的？"

张敛说："十点多。"

周谧看看四周，好奇地道："然后你一直坐在这？"

张敛看了过去："我的阳台，我不能坐吗？"

"你该不会……"周谧皱了下鼻子，"一直在这看我睡觉吧？"

张敛侧了下头："对。"

周谧面色微凝："你好像有点……"

张敛："嗯？"

周谧趁机以牙还牙："变态。"

张敛脸上有了笑意："你不跟我拌嘴的时候最好看，我为什么不看？"

他极其阴险、笑里藏刀，这句话属于蜜糖毒药，让周谧一下子无从回击。

周谧无语。

片刻后，她冷冷地吐出一句话："你也是，你不开口的时候最帅。"

张敛没有再说话，只是静静地注视着她，那目光像盛夏的月色，澄净，却又炽烈，在不露声色地围剿她。

周谧装作若无其事的样子，收起视线，站起身，随时准备离开。

张敛忽然叫她："周谧。"

周谧一怔："干吗？"

男人靠着椅背："把毯子给我吧。"

周谧卷起毛毯，绕开桌子走过去，把毛毯丢到他身前，刚要走，手腕却被他轻轻握住了。

她的皮肤很凉，而他从手指到手掌都是温热的。

温度传导得极快，周谧的心脏狂颤了两下，脸烫得跟滚水似的，她刚想挣开他，就被他拽了一下。

她侧着身栽了下去，柔软的毯子下面是张敛的腿。

周谧的胸口顿时咚咚直响，像空心的舞台上有一万个人在跳，却没一个人能找得到真正的落脚处。

四肢变得僵硬，她想起立，想逃离，而对方似能读懂她的心，提前用双手扣住了她，将她按回原处，两人贴合得更紧密了。

又起了一阵风，叶影婆娑，露台变成了躁动的水族箱。

男人的拇指略烫，隔着衣料在她的后腰上摩挲着，动作轻而慢。那是很小的一块范围，触感却顺着血管向四周蔓延，扩张为全身性的掌控与吞噬。

周谧的喉咙似乎被堵住了，她感觉自己在一点点地变得软麻，在下沉。

某种情愫如饱胀的花骨朵，被园丁熟练地催发着，随时会绽放开来。

她听见张敛压低的声音在近在咫尺的地方响起："再坐会儿？"

他的气息混着风扑在她的耳后，如火舌一般危险，她全身再次绷直了，红透了。

"松手。"她拼尽全力地将这两个字从齿缝间吐了出去。

张敛笑了一声，放开了她。

周谧昏头涨脑的，跟弹簧似的跳起来，又嗒嗒嗒地跑回室内。

锁上卧室门，周谧把自己闷进枕头里。

她又下床开始跑圈，企图平复心情，结果什么用都没有，脸红得跟刚从染缸里捞出来似的，她只得咬着手指给闺密打语音电话。

贺妙言一接起语音电话，周谧就问道："你知道张敛今天干了吗？"

贺妙言的耳朵都快起茧子了："怎么了？"

周谧一脸的难以置信："他居然勾引我！"

贺妙言说："你干脆从了吧。"

周谧呆了一秒，言之凿凿地说："不行，人跟禽兽最大的区别就是人能控制住自己的欲望，有了第一次就会有无数次，然后又要出事！我不能破戒！"

贺妙言快要笑死了。

出去刷牙洗脸的时候，周谧又变得跟入室行窃一般，轻手轻脚地靠近盥洗室。

张敛应该是回卧室了，他卧室的门紧闭着，但走道和客厅里的灯都亮着，整个屋子灯火通明的。

有钱人大概都没有随手关灯的习惯。

周谧将灯一一关掉，飞速打开电动牙刷，刺刺声立马回荡在宽敞的卫生间里。

倏然，她耳尖地捕捉到门响的声音，还没来得及漱去满口的泡沫，有个黑色身影便不徐不疾地出现在了镜子里。

周谧移动视线，看着张敛停在了另一个洗脸池前。

张敛也斜她一眼，深棕色的眸子像在问她怎么了。

周谧一声不响，开始包袱很重地用慢动作漱口。她把水一点点含在嘴里，又一点点吐出去。

张敛垂眸挤着牙膏，没忍住也挤出了一点笑声。

周谧耳根发烫，凶巴巴地问："笑什么？"

张敛眼皮微掀："我还想问你在干什么呢。"

"没见过人刷牙漱口吗？"周谧抽出纸巾擦了擦嘴。

张敛戏谑地道："没见过仙女刷牙漱口。"

周谧："……"

她直起腰，双目炯炯有神地死盯住张敛："我也想看看总裁是怎么刷牙漱口的。"

结果他从头到尾表现得非常自然，而且动作利索，显出了一丝帅气。

她无异于在自取其辱。

以前两人一起洗澡她都不尴尬，怎么现在两人并排刷个牙气氛都怪异到了极点？

周谧在不解中胡乱擦完了所有的护肤品，想尽快回房，结果出门时脑子一时没转过来，随手关掉了墙上所有的灯。

张敛顿时身陷黑暗之中。

"周谧。"

这是并不愉快的一声。

拐进走廊的女生这才反应过来，慌手慌脚地折回来道歉："对不起，对不起，我忘了里面还有人了，在家关习惯了。"

她啪啪两声重新打开灯，又脚底抹油地逃离现场，不敢觑一眼张敛当下的面色。

回到卧室里，周谧降低分贝爆笑了好一阵，随后捂着肚子席地而坐，背靠着床，玩起了手机。

没一会儿，思绪溜远，脑子又跟失灵的放映机似的，开始一遍遍播放刚刚阳台上发生的一切。

真是奇怪了，明明全程她都没敢看张敛，但回忆时她却有了上帝视角，看到了他当时的模样与神态。

当时他肯定性感得要命。

这一晚，周谧再次失眠了。

翌日，她看着镜子里快掉到嘴角的黑眼圈，决定尽可能地避免跟张敛单独相处。

然而早餐时分屋子里只有他们两个人。

周谧剥着山药皮，奇怪地到处看："陈姨呢？"

张敛立在流理台后弄咖啡："今天是她母亲的忌日，她坐早班车回去了，明天回来。"

周谧一惊："啊？"

张敛瞥她一眼："怎么了。"

周谧收回视线，咬了口山药："没怎么。"

张敛端着杯子走过来，坐在她侧面，了然地问："怕我啊？"

周谧默不作声，眼观鼻鼻观心。

张敛喝了口咖啡："别担心，我这两天也要出差。"

周谧顿时笑起来，就差鼓掌了："哈利路亚，谢天谢地。"

张敛被她的变脸给逗笑了，说："我赶飞机，今天就不送你了。"

周谧顿了顿："哦，"又细声细气地说，"其实你每天都不用送我。"

张敛说："我答应你的导师了，要照顾好你。"

拉倒吧，周谧如听见了宇宙级的笑话："你还照顾我呢？你就是我最大的天敌。"

张敛失笑："有这么夸张吗？"

周谧漫不经心地搅拌着五谷粥："遇到你之后我就没碰到一件好事。"

张敛的笑意似潮水，快速消退了："是吗？"

周谧回："对啊。"

"你不介意再多一件吧？"张敛直接喝掉整杯咖啡，"上班前记得把碗洗了。"

周谧讶然抬头，男人已经起身离席了。

研究了好一会儿洗碗机使用方法的结果就是，周谧十点多才火急火燎地赶到公司。

叶雁正单手叉腰站在那打电话，听起来她好像在跟媒介公司扯皮，因为KOL（指关键意见领袖，即拥有更多、更准确的产品信息，且为相关群体所接受或信任，并对该群体的购买行为有较大影响力的人）出了点岔子。

她这会儿跟火药桶似的易燃易爆，说话都不带喘气的："连成分都能说错，这就是百万粉丝美妆大博主的职业素养？你们审核视频了吗？是不是看个开头再看个片尾就敷衍交差了？最后品牌方来跟我们吐槽。我可真服了啊，马上改了重新上传可以吗？啊？点击量已经二十多万了？二十多万也给我换！"

然后她直接挂断了电话。

两分钟后，她又跟客户接上了线，声音立刻绵软如拉丝糖，并且带上了闽南腔："哎，您好，是这样的啦，小CC那边我们已经联系上了。是的，是的，我知道呢，樱花季这款产品是不含维生素A的。小CC呢，可能把这款产品跟你们家另外一款柔肤水弄混了啦，主要是太熟悉你们的产品了，每个系列都像老朋友一样，就分得不是那么清了，也不那么谨慎了。这只是一个口误。是，也是我们太信任那边了，没有跟进审核，真的很抱歉，是我们的疏漏。不过我很仔细地察看了评论区和所有的弹幕，还没有一个网友注意到这一点，大家都在踊跃地抽奖，还夸 ANNO 今年的春季礼盒美到爆，想立刻入手呢。而且我已经让那边加紧修改了，十一点前就会把这一小段剪掉重新上传……"

安抚完客户，叶雁躺回转椅上，快把一头秀发抓成乱草了。

她闭了闭眼，重新播放电脑里的视频，又把视频往回调，将下方的进度条时间截了个图，发到了微信里。跟放炮仗一样敲完字，她才勉强平静下来，端起杯子抿了口水。

周谧眼睛一眨不眨地盯着她看。

叶雁呵了口气，转过头来。

周谧立马问了声早，放下包，打开自己电脑里的文档。

叶雁不轻不重地笑了一声："mimi，这就是你以后的日常。我早晚会精神分裂或者过劳死。"

周谧目光凝滞了一下，看着她说："我肯定处理得没有这么好。"

叶雁撑着头，脸上有连精致的妆容都遮不住的倦意："我从昨晚到现在就睡了三个多小时，就因为这个事，本来 ANNO 不归我管，我只是个被临时搬过去的救兵。"

周谧不知道要怎么安慰她："我能帮你分担点什么吗？"

"没事啦，"叶雁启唇，像在努力使自己振奋起来，眼眶却飞快地红了，极小声地哽咽着，"我男朋友还跟我吵架，大半夜搬走了，他说我整天只顾工作不管他。"

她抽了张周谧桌上的纸巾，小心地擦着眼角的泪水："他一个混日子的'拆二代'懂个屁。"

周谧失语，似能感受到叶雁的难过与无力。

周谧似突然想起什么，回过头从抽屉里摸出双棒巧克力，双手递了出去。

"你好 sweet（甜）哦，"叶雁抽了下鼻子，接了过去，"谢谢。"

叶雁把它们放在桌上，又凑了过来，用两根食指指眼尾，说道："帮我看看眼妆有没有花。"

周谧仔细瞅了几眼："眼线有一点，其他的还好。"

"好，谢谢你。"叶雁打开镜子补眼妆，顺便还厚涂了一下口红。再扭过头来交代事情时，她已经成了重新武装起来的靓丽女战士，还是无可挑剔、所向披靡的那一种。

成年人的生活就是这样，脆弱必须是短暂的，崩溃也必须是短暂的，再多的负面情绪也只能被当成疾风骤雨后的小水塘踏过去，沾上泥点子在所难免，但它绝不能成为淹没你的沼泽。

今天是 ANNO 春季樱花彩盒在官方微博上正式发布的第一天。

周谧也跟着仔细检查了每个平台每个 KOL 的预热视频是否存在疏漏。

虽然全天基本都窝在工位上，但她的大脑跟陀螺似的在飞速旋转着，午饭更是吃得潦草至极。某个失神的瞬间，她不受控制地想，张敛也是这么过来的吗？他也像叶雁和她一样，在无数次的摸索、跌倒、割舍、收获后才变成了现在游刃有余、举重若轻的模样？

夕阳西下时，原真来到叶雁的工位旁，说 K 记那边下的任务已经发到她的邮箱里了，问她有没有看。

叶雁仰起脸："收到了，还没细看。"

"赶紧啊，组织起来，"原真催道，"端午小食桶的 pitch（比稿）不是下月初要就是下月中要。这次与我们对接的是他家媒介共享部的新总监，大家还不熟悉，别怠慢了。"

"我要吐了。"听见这个快餐品牌就头疼的叶雁直言不讳地道。

原真嗤笑道："你怀孕了？"

叶雁冷哼："怀孕了倒好了，我就能顺理成章地辞职了，可惜老娘的多囊卵巢不允许啊。"

"谁不想呢？"撂下这句话，原真笑着走人了。

周谧不声不响地偷听着，心情一言难尽。

叶雁重新看起了邮件，打了个哈欠，喃喃地道："我当初为什么要选择待在食品生活组？两年三次碰上 K 记这块难啃的骨头……"

周谧奇怪地道："你们不喜欢吃 K 记吗？那可是 K 记啊！"

"那可是 K 记啊！"叶雁浮夸地模仿着她的口气，又飞速垮下脸，语重心长地道，"孩子，我原来也很爱、很迷它，但等你接了它的任务，就会知道爱好是不能跟工作挂钩的。我现在路过商场里他家的门店胃液都会往上涌，就像猫认真地舔了好多年爪子，最后呕出来一肚子毛的那种感觉。"

周谧："……"

叶雁又瞥了一眼周谧，不怀好意地莞尔一笑："想试试吗？想锻炼一下吗？"

周谧皱眉道："啊？"

叶雁虎视眈眈、目露精光，就差伸出一只手来拽她了："来吧，加入 K 记小组，感受一下爱与恨的捶打与煎熬吧。"

周谧当然求之不得。

临近七点，大约是大战在即要先犒劳一下三军，外加情场失意急需自我排解，叶雁在团队群里刷屏询问大家今晚要不要出去唱歌、喝酒。

周谧刚把日报交过去，点开群就看到不少人都同意了，并开始商量去哪一家。

几乎维持同一个坐姿快一整天了，周谧感觉自己都快散架了，就有点纠结到底是回去休息还是跟风去玩耍。

叶雁热情地靠了过来，挽住了她正在高频率捶打自己的胳膊："mi 啊，一起去玩不？"

形势已不容她多方考虑或婉拒，她也不想扫大家的兴。

十人唱歌小组一道下了楼，蒋时也在。目光短暂地接触后，男生笑了一下，周谧尴尬到头皮发麻，只能往叶雁跟陶子伊那边凑，把她们当成掩体。

叶雁挑选的地方是公司附近的一家网红复古夜店。

它不是时下流行的那种西洋文化风格，而是中式的，包厢被装修成二十世纪七八十年代的歌舞厅模样，里面有的是斑驳的白墙、陈年留声机、看起来随时会塌掉的粗糙桌椅和特意做旧的掉皮沙发、灌了啤酒的大红色牡丹花热水瓶、经典老歌串烧……连外面舞池里扭动的人动作都出奇的一致，他们好像在跳广场舞。

可这家店的人气就是旺到令人不可思议。

大概是光喝酒过于无趣、单调，叶雁又叫了些果盘和小食。

飞速旋转的迪斯科球发出来的光把整个包间涂抹得像个五彩斑斓的星空，令人头晕目眩。

有位个性奔放的SAD（高级美术指导）也在。他点了首杨千嬅的《处处吻》，高举麦克风，唱得眉飞色舞的，每唱一句都要冲大家抛媚眼，很有台风地将包厢里的气氛带至高潮。

周谧一如既往地缩在犄角旮旯里，安静地端着杯子抿酒，尽可能削弱存在感。

过了会儿，叶雁鬼鬼祟祟地捧着自己刚用完的几张纸巾上前"献花"，却被砸了回来。

全场哄笑。

周谧也笑得靠到了沙发上。

俯身放搪瓷杯时，她隐约察觉到有人在往这边瞄，她斜眼一看，是斜对角的蒋时。

男生冲她一笑。

蒋时其实长得不错，清秀干净，笑起来给人一种破晓般的眼前一亮的感觉。

但对周谧而言，这种感觉无异于在公园的长椅上不小心摸到一团还热乎着的白色口香糖。

她飞快收回视线，把嘴抿成一条直线，双手捧起杯子喝酒，不敢再四处乱瞟了。

一曲毕，蒋时离座，去点歌台前选了首邓丽君的《甜蜜蜜》。

几个男同事开始起哄，气氛热烈到极点。

"天啊，受不了，"周谧身边的陶子伊啧啧有声地甩着头，"谁不知道我们mi妹妹笑起来最甜蜜了。"

叶雁已经醉了，行为和思维都有些失控了。她两腮通红、满脸堆笑地跑过来，把另一支麦克风使劲地往周谧手里塞："mi啊，别傻坐着啊！跟蒋时一起唱啊！"

周谧不知所措，也无法抗拒，只能将话筒捏在手里。

像握着一截又短又硬的黑色刑杖，她呆坐在原地，一动不动。

然而她身侧的所有女同事都开始摇摆、拍手。

"你要配合，要合群，人总会身不由己。"周谧在心里对自己默念着，又复述了多次，才微启唇瓣，从喉咙里挤出干涩发苦的歌声，"是你，是你，梦见的就是你……"

"站起来啊！"叶雁的一声吼似平地的炸雷。

周谧跟火烧屁股似的从沙发上弹起来。

蒋时主动走了过来，友善地伸出一只手，挑高眉毛，似乎想把她邀请到大屏幕的正前方，让他们成为全场的焦点与主角。

周谧弯唇，走上前去，慢慢跨过了一道只有她自己能看见的明黄色警戒线，但她的双臂与双腿似乎不再属于自己了，神态亦然。

有一秒钟，她在热烈而欢快的情歌大合唱里喉咙发堵，泫然欲泣，但她飞快地忍住了。大脑里有两个声音在嘶吼和扭打，一个声音不屑地说："你好矫情啊，别人都可以就你不行吗？"另一个声音或许泪流满面或许脸红脖子粗地说："我不是已经站起来了吗？我不是已经唱起来了吗？为什么你还要这样说我啊？"

这真是糟糕的体验。

但这也是必要的体验。

十点多，张敛送完客户从酒店里出来，在港市街道上漫无目的地走着。

拐角处一家精美、古典的杂货店吸引了他的目光。

老板正准备打烊，见一个高瘦、英俊的男人进来了，就把钥匙挂回墙上，娴熟地招呼起客人来。

铺子窄小，灯火暖黄，像宫崎骏作品里描画勾绘出来的魔法场景。很多复古的小玩意被陈列在货架上，有中古首饰、黑胶唱片、小巧的杯盘碗碟、别致的八音盒和糖果罐，甚至有昭和时代的玩偶。

老板用当地话问他想买什么。

张敛用粤语回了句"只是看看"。

老板点头请他慢看，结果他不紧不慢地挑了一堆东西，一看就是女孩会喜欢的东西，而且他还很有眼光。

打包时，老板笑着问："送给女朋友啊？"

张敛顿了下，摇头。

老板理解地换了个更为精致的礼盒，还递来一张印着玫瑰金水纹的小卡片，指指柜台上的纯黑钢笔，说："咁要唔要写野啊（要不要写点什么）？"

张敛说："唔使（不必）。"

付款时，张敛顺势扫了一眼手机上的时间。提着袋子出门后，他再次点开微信，朋友圈状态栏里有个小红点，看头像似乎是叶雁发了新动态。

他点了进去，没想到朋友圈直接被叶雁的小视频刷屏了。视频全都黑咕隆咚的，看样子他们应该在酒吧里，其中有个视频还配了文字：本司金童玉女情歌对唱之《甜蜜蜜》。

张敛停在一盏欧式路灯下，点开这个视频，果不其然在里面看到了周谧。

斑驳的光点滑过，女生木木地站在屏幕前，双手攥着话筒，整个人像关节失灵的洋娃娃。中间唱副歌时她曾僵硬地转过一次头，以配合对方，而一旁的蒋时犹如参加校园十大歌手比赛那般，十分投入，肢体语言很丰富。

张敛又看了一遍，退了出去。

他眉心微蹙，点开通讯簿。

裤兜里的手机突然振动起来，像抓到了一根救命稻草，周谧匆忙将麦克风交给别人，回到了沙发上。

身畔的陶子伊已经醉眼蒙眬了，一见周谧回来了就扑到她肩头，边打嗝边继续含混地唱歌。周谧取出手机，被屏幕上的"张敛"二字吓了一跳，慌乱地将手机倒扣在腿上。

周谧深吸一口气，小幅度地移开陶子伊的脑袋，攥着手机快步走出包厢。

她走到稍微安静点的卫生间旁，接通了电话。

张敛开门见山地问："还在外面？"

周谧回："嗯，"又奇怪地道，"你怎么知道的？"

张敛说："我看到叶雁发的小视频了。"

周谧目光微晃，没说话。

张敛说："打个车回去吧。"

周谧扭头看向包厢："其他人还没走呢。"

张敛说："待不下去了就走。"

周谧说："提前走不太好吧？"

张敛说："没什么不好的，你就说家长打电话问了。没有你这个局一样会进行下去。"

周谧沉默了两秒才道："哦，知道了。"

张敛又说："出去社交不是为了让自己放弃个人边界的，以后不想唱就不唱。"

周谧一怔："你怎么知道我不想唱？"

张敛回："都写在脸上了，你以为别人看不懂吗？"

周谧又愣住了，心头莫名发酸。

她吸了吸鼻子："那我要怎么拒绝？在那种情况下，说不好意思我不想唱吗？"

张敛说："谁把话筒递给你，你就把话筒递回去，然后跟对方说，抱歉，这类歌我不擅长，或者说你唱得这么好听，我一起唱会影响你发挥，把你带跑调就不好了，或者说我很想唱这首歌，可惜昨天受寒了喉咙不舒服，下次有机会我们再一起唱吧。拒绝是有技巧的。"

周谧消化了一下："可是，久而久之大家也会觉得我玩不起或者不好相处吧？"

张敛并不认同这个说法："周谧，一味地讨好、妥协会让你不断内耗，还会让你更加不受重视。让大家懂得你的想法，知道你的底线，下次再有这种事大家才不会找上你。你的 leader 不是喜欢强人所难的人，你所在的公司也很注重员工的个性。"

周谧耷拉下眼皮，有点委屈地说："其实我已经跟蒋时说过他这样做会给我造成困扰了。"

张敛说："那就干脆有效地拒绝他。"

周谧思忖片刻："我下次可不可以说——"她又倏地顿住了。

张敛："什么？"

周谧放缓声音，后半句话像加了细砂糖正在小火上煮着的、冒着泡泡的牛奶，几乎是被她咕哝出来的："我不想我的……男朋友不高兴。"

电话里安静了两秒，张敛故作不解地问："你男朋友？谁啊？"

心跳微微加快，周谧含糊其词地说："就，薛定谔的……男朋友。"

对面的人笑了一下："随便你。到家后给我回个电话，挂了。"

周谧在卫生间里洗了个手才回到包厢里，推开门后，里面依旧热闹，灯红酒绿的，众人玩闹的身影仿似妖魔。

她走到正跟同事划拳的叶雁身边，俯身对她说："我要走了。"

叶雁没听清，抬了下头，迷茫地看着她。叶雁好像刚哭过，眼下有两道灰黑的泪痕。

周谧提高声音道："我要回家啦！"

那个还在玩石头剪刀布的男同事也冲她望了过来。

叶雁的神志清明了点："好，慢点。"

周谧"嗯"了一声，去刚才坐的地方拿自己的包。

这时，还在忘我地独唱的蒋时也停了下来，直接拿着话筒问："周谧，你要回家了吗？我送你吧？"

他神情真挚得像要当众求婚一样，就差掏出戒指单膝下跪了。

大家也很给面子，在一旁撺掇着，声音快把屋顶给掀翻了。

周谧怔了下，回过头说："不用了。"

蒋时没有放下麦克风，声音带了混响，在包厢里回荡着："什么？我没听清。"

周谧抿了下唇，低头找到茶几上另一支闲置的麦克风，双眼明亮地盯住他，不假思索地说："我说不用了，我不想我男朋友生气。"

这一声很清脆，像玻璃糖一样爆裂开来，有看不见的尖锐碎屑飞向四面八方。

所有人都安静了，无人再动弹，只剩下伴奏在孤单地响着。

周谧的胸口急剧地起伏着。

积压了整晚的情绪从沉重的铅球变成氢气球，呼啦啦自她身体里飞涌而出，瞬间被放空。那道黄线也不复存在了，似彩带一般，被利落地剪断了。

叶雁在这瞬间酒醒了，揉着脑门走了过来："mi 啊，你要走了吗？"

周谧眼圈发热，但她死命地把眼泪憋了回去，让自己看起来平心静气的："嗯，我家里人让我早点回去。"

"好，我帮你叫车吧。"叶雁还有点晕头转向的，连手机都拿反了，"这么晚了。"

周谧放下话筒："我自己来吧，Yan，谢谢你的好意。"

周谧直接打车回了新地华郡。

一路上她都在想，离开后他们会怎么讨论今晚的事和评价她这个人呢？她又劝自己：管他的，对待这种人、这种事必须破釜沉舟。

周谧到张敛家后，心还急促地跳着。

她冲了很久的澡，像要把心头残留的忐忑与黏腻尽数搓去。

出来后，她又抱着腿在阳台的藤椅上坐了好一会儿。这个时间的都市仍如梦似幻，大厦被霓虹灯映成了珊瑚，深夜的风变成了温和的洋流。

周谧的心绪慢慢平静下来。

临近十二点半，回到卧室里，她才想起要给张敛回电话，忙取出手机，沉吟片刻，拨打了出去。

手机响了一会儿，对方才接起电话。

可能是刚刚在夜店里的那通电话结束得有点微妙，周谧猛地一下不知要如何开口，就默默地等着张敛先出声。

结果那边的人也不说话。

这种不约而同的沉默仿佛成了某种载体，将她托举起来，裹入轻微的失重之中。

周谧一点点曲起腿，不自在地问："还没睡呢……"

张敛"嗯"了一声。

周谧履行约定汇报行踪："我回来了，也……勇敢地拒绝了他。今天谢谢你。"

他还是"嗯"了一声，声音淡淡的。

周谧好奇地问："你在哪儿？"

张敛回："酒店。"

周谧："我是问，哪个城市？"

张敛："港市。"

周谧突然有点不会聊天了，就跟着自报位置："我在——"

一个短促而低沉的笑声响了起来："你在哪儿？"

周谧闷声道："我在宜市。"

张敛又问："宜市哪儿？"

周谧说："新地华郡。"

"嗯。"

她成了一个口子撕得有点小的水果味橡皮糖袋子，一粒一粒地往外吐字："六座。"

"嗯。"

"2901……室。"

张敛的声音更散漫了，还带着点疑惑："这好像是我家啊。"

"是嘛，"周谧的心绪像满是雪花点的小电视一样，乱了起来，"被我鸠占鹊巢了。"

张敛问："一个人待着感觉怎么样？"

"还可以吧，"周谧想了想道，"反正活动区域就那些地方。"

张敛说："我的房门没锁，你想参观或是借宿都可以。"

周谧的面颊陡然发烫："什么啊？"

"什么什么？"张敛笑问。

"我才不想看呢。"她硬邦邦地回。

"随你，"张敛说，"快一点了，睡觉吧。"

周谧几不可闻地"哦"了声："你后天回来是吗？"

张敛说："应该是，没事就明晚回来。"又问道，"怎么？查我岗啊？"

周谧语气渐急："没有好不好，我就是好奇，问一下。"

张敛看起来有种故意为之的认真感，似在真心地征询她的意见："我争取明晚回去？"

周谧的心脏不受控制地塌陷了一小块："你、你从此定居港市不回来都没关系。"

张敛笑了一声："你才搬来几天啊，就想着让我净身出户了？"

周谧的耳尖都红了，她对他这种带着笑意的、暧昧不明的话向来没多少抵抗力，只能说："你的就是你的，我没有任何兴趣。"

莫名其妙就来到了粉色大海的边缘，周谧急于退回安全的岸上，遂匆忙收尾："我困了，要睡觉了。"

"好，晚安。"

"晚安。"

周谧先挂了电话，却捧着手机发起呆来。过了一会儿，她的目光落回屏幕上，通话列表里最上面的一个联系人就是张敛。

回想起今晚在包厢里心惊肉跳、差点露馅的那一幕，周谧眨了两下眼睛，点击右上角的编辑键，删掉"张敛"二字，重新输入"狼人哥哥"四个字……

她的唇角在嗒嗒的打字声中不知不觉地上扬起来。

保存。

周谧在心里尖细地叫了一声，就羞耻地把手机丢到了床尾。

应该是啤酒的后劲上来了，她用双手捂了下脸，觉得皮肤的温度高得出奇。

好烦哦，太矛盾了，她一边拼力挣脱他，一边又无法控制自己陷入他织的网中。

躺下来龇牙咧嘴、面目狰狞地蹬了会空中自行车，周谧甜蜜、焦躁的心绪才平静了几分。

翌日八点，做了一夜乱七八糟、五光十色的梦的周谧，拖着沉重的躯壳从卧室里挪了出来。

出走廊时，她刚巧与从老家回来的陈姨打了个照面。

陈姨拎着两大袋蔬菜，似乎有些意外："谧谧，你起得这么早呀？"

周谧有气无力地说："要上班啊。"

陈姨疑惑地道："今天不是周末吗？"

今天是周末吗？周谧怔住了，从睡衣兜里翻出手机，确认了一下："哎，还真是礼拜六。"

陈姨笑了起来："再去睡会儿吧，我正好准备早餐。"

"估计也睡不着了，"周谧感觉自己清醒了大半，又说，"张敛这两天不在，你就别把早餐弄得跟满汉全席一样了。"

陈姨仍旧眉眼弯弯地说："他昨天就跟我说过了，交代我好好准备你的一日三餐。"

周谧站在原地，沉默了两秒："我不挑食的，下碗阳春面都没关系。"

"那不行，"陈姨提着袋子往厨房里走，"你先洗漱，我带了点自家种的菜过来，看能不能给你煮份番茄蘑菇汤面。"

周谧望着她的背影，不再拒绝她的好意，笑眯眯地道："听起来很好吃的样子。"

陈姨的番茄蘑菇汤莜面鱼鱼确实比店里的入味，浓郁、酸甜又不失鲜美，极其开胃。

周谧坐在吧台后，一边吃个不停，一边大夸特夸。

陈姨被她吹捧得脸都红了，一个劲地说："谧谧啊，我女儿要是跟你一样就好了。她个性冷冷淡淡的，话也少得很，我都不知道她到底在不在意我这个妈妈。"

周谧说道："她肯定在心里默默地爱着你，藏得越深的人情越真，你知道吧？"

陈姨一边择菜一边说："你这种性格才好，讨人喜欢。"

"其实……"周谧欲言又止。

陈姨自顾自地说道："难怪张先生这么喜欢你呢。我来这儿给他当住家保姆后都没见过其他女孩子，他就突然带了你这个未婚妻回来一起住，他跟我想象中的不太一样。"

周谧的表情定格了。

她吃荬面鱼鱼的动作也迟缓起来："他以前不带对象回来吗？"

陈姨说："我前年年初过来后就没见过其他女孩子。"

周谧轻声嘀咕道："那是因为他都在外面那个……"

陈姨没听清："什么？"

周谧笑容灿烂，心口不一地说："能认识张敛这么好的男人我也感觉很幸运呢。"

"是啊，"陈姨垂下眼，"我姑娘谈的那个男朋友要是有他十分之一的好，我也就不用多费神了。"

周谧缄默不语。

下午周谧回了趟学校，准备把自己一部分蒙了灰的书籍搬到张敛这里，以充实自己的私人新天地。

可能知识就是力量吧，目测没多重的一沓书，拎起来却超沉，她觉得自己好像运了堆石头。

抱着它们出入地铁站时，坡度偏陡的阶梯让周谧想就地摆摊低价把这些书给甩卖了，但最后她还是坚持了下来，并决定回去后就为自己撰写一篇《周妹移书》，以歌颂、表彰一下自己。

回家时，陈姨也被她快半人高的书堆给唬住了："怎么不叫我帮忙？"

周谧掸掸手上的灰尘："没事，不多，在公司我也经常搬东西。"

陈姨叹息道："你也是的，等张先生回来了让他开车接送就好了，他要知道了得心疼死哟。"

周谧抽了两下嘴角赔笑，心想，怎么可能？

周谧捧着书和笔记本电脑，乐呵呵地跑到自己最爱的阳台上，盘腿坐在椅子上，或写字或看书。

工作再忙得脚不点地，也不能将论文抛之脑后，毕竟顺利毕业才是头等大事，哪怕她现在跟自己的导师已经有了更深层次的奇怪关系，也不可以敷衍了事。

这一坐就坐到了晚上，中途周谧只在吃晚饭时离开了原地。夜幕像深蓝色的丝绒，一寸寸地覆盖了橙红色的晚霞。

九点多时，陈姨端了份色彩鲜明的自制什锦水果酸奶盒来到阳台上，给周谧垫肚子。

周谧道了声谢，正准备接着往文档里打字，又把手机摸过来，快速瞄了一眼微信，再把手机放了回去。

一个钟头不知不觉地溜走了。

十点半时，周谧的手机响了。

她腾出一只手拿起手机，瞥见上面的名字，另一只手旋即抬起来，按下接听键。

"大忙人，"她靠回椅背上，语气不由自主地给人一种欠揍的感觉，"回不来了啊？"

那边的人安静了一秒，沉声问道："家里的门密码是多少？"

周谧顿了下，皱起了眉："什么密码？"

男人问："还有什么密码？"

周谧困惑地说："不是你设的吗？"

张敛说："突然忘了。"

周谧反应过来了，用手指抵住往上翘的唇，假装不懂地念起了数字："哦，你再记一下，061……"

她的声音直接被打断了，只听见他不容置喙地说："过来给我开门。"

我不只想吻你

明明两只脚丫子已经滑下去了，也穿好了拖鞋，可周谧嘴上还是不愿相让："你有手打电话，没手开门吗？"

张敛说："手用来给你打电话了，还怎么开门？"

"哦，我来了。"周谧的眼角弯出了弧度，她放下手机，往玄关走去，还不自在地扯了下阳台上橡皮树黑绿色的叶片。

她打开门就看见了挺身而立的张敛，他的白衬衣洁净、挺括，他看起来也没有一点风尘仆仆的样子。

他面带笑意，手里拎了不少东西，有黑色的公文包，还有一个印着金色花纹的墨绿色礼袋。

他目不转睛地看着她，不语也不动，就只是这样站在门外。

周谧的双颊悄悄升温了。

有那么一两秒，一种近似期待的情绪在他们之间悄无声息地产生了。她觉得张敛在等什么，或者说他们两个都在等什么，最后，她强迫自己清醒地抿了一下唇，让开了点位置。

张敛这才往里走了两步，把手里的礼袋交给了她："给你的。"

周谧一愣，接了过去，道了声谢。

他去换鞋，周谧就在旁边傻站着，还不由自主地屏住了气。

等他照常走到盥洗室里洗手时，周谧才双颊微鼓，长长地吐了口气，将略沉的礼袋搁到茶几上。

她打开袋口的同色蝴蝶结丝带，探头探脑地窥视了一眼，发现里面居然装了好几个木质礼盒，一时间难以判断里面到底是些什么。

听见张敛关水龙头的声音，周谧立马直起腰，再次用目光迎接他。

男人走了出来，袖子半挽着，露出线条清晰的小臂。往厨房里走时，他侧头问了句："东西看了吗？"

周谧摇摇头："还没有。"又问，"你吃过晚饭没？"

"吃过了。"张敛走到流理台后倒了杯水，喉结抖动着，直接喝了大半杯水。

他在生活方面似乎有点强迫症，回家后必做两件事：先清洁双手，而后喝纯净水。

他放下玻璃杯，抬眼看了过来："你老看着我干什么？"

周谧慌乱地移开视线，言不由衷地说："可能是因为屋子里就你一个移动的物体吧。"

他勾起唇，朝这边走过来："拆开看看吧。"

张敛家的客厅实在太大了，从茶几边到沙发旁都得起身走一两步。周谧索性在茶几边坐下，将里面大小不一的礼盒一个个取出来。

每个木盒上都有镀金的LOGO，是繁体字，上面还印着地址。

礼盒全是从港市带回来的，还来自同一家店铺。

张敛在她身畔坐下了，坐在离她很近的地方，他背靠灰绒质地的沙发，看起来很散漫。

只要动作稍微大一点，她的胳膊就可以碰到他的胳膊。

心跳得快了几分，周谧不由得缩起双肩，束手束脚地掰开木盒上的金属搭扣。

她先拿起了那只最小的盒子，刚掀开盖子，眼光就凝在里面的东西上了。那是一对非常"吸睛"的耳环，金色兔子下方吊着乳白色的深水珍珠。

做工很精致，豌豆大小的兔子都被雕琢出了毛流感，兔子身上的毛像在风里流动。

好可爱好会挑啊，她暗叹一声，回眸看着张敛，眼里有星星在闪耀。

男人微抬下巴，示意她继续。

周谧去开其他的盒子，里面有刻着夜莺、树叶和星月的成套的木质印章，有雕着花草图案的白色香薰蜡烛，有小王子和玫瑰样式的硬币钥匙扣……

兴奋在累加，直至她抽出最大的那个木盒，从侧面将它打开，里面居然是个格外精致的匹诺曹古董音乐盒。白胡子老头操纵着长鼻子的小木偶立于正中，左右两边则安放着拉小提琴的小熊和头戴礼帽的小狗。

"这个也太好看了吧！"周谧终于忍不住赞叹一声。

她用双手将它取出来，缓慢地转动着它，全方位、多角度地仔细观赏着它，最后又将之举至头顶，观察它底座的结构："它里面要装电池吗？"

张敛说："是发条的。"

周谧凑近了瞧，音乐盒上的花纹太繁复了，导致找起发条来有点费劲。

张敛见状，起身上前，用手指了下，告诉她发条在哪儿。

周谧煞有介事地拧了几下黄铜发条。

也就杯子大小的盒子剧场立刻变得灵动起来，有了生气，丁零地响着，像在演绎一个童话故事。

周谧轻拿轻放，小心地将它搁在茶几边缘，而后用食指点了点小木偶的鼻头："这只匹诺曹的鼻子不算长啊。"

张敛跟着多看了一眼，目光又回到周谧身上。这个角度下，他看到女生的一部分睫毛在光线下似半透明的鹅绒。

她像第一次见到芭比娃娃的小女孩，兴奋地自言自语起来："他一定很少说谎。"

张敛问："说谎鼻子就会变长吗？"

周谧回："对啊，要想从木偶变成一个真正的孩子，就要抵挡住诱惑，学会诚实做人，一直撒谎的话鼻子会越来越长的。"

张敛笑了一声，没搭腔。

周谧觉得他笑得别有深意，就回过头吐槽道："这种魔法要是被施到你身上，你现在的鼻子应该比东方明珠塔还长了。"

张敛不语，片刻后叫她的名字："周谧。"

周谧回眸，再次看向他。

张敛的神色并无波澜："你认为我这个人谎话连篇吗？"

周谧歪了下脑袋："难道不是吗？"

他的浓眉微微一抬："那我说句话，你判断一下真假？"

周谧点点头："好啊，你说。"

他注视着她，几乎不假思索地说："我现在很想吻你。"

像水瓶的内胆爆炸了，周谧的心脏猛地跳了一下，她的胸口猝不及防地大面积地烫了起来，这种感觉以燎原之势渗透到四肢百骸。

她的面颊和耳朵涨起红潮。

发条不再动了，音乐骤停，整个客厅陷入纯粹的静谧中。

可周谧的目光无法移开，男人的眼睛就像棕褐色的沼泽一样吸住了她。

口腔里的水分似乎在增加，周谧咽了一下口水，支支吾吾地道："我不……我不想。"

张敛弯唇，笃定地道："你的鼻子变长了。"

周谧条件反射般地伸出一只手触碰鼻子："没有……"

手腕很快被拿开了，同时眼前像灭灯那样迅速暗了下来，男人的躯体和气息铺天盖地地袭来。

周谧感觉自己的唇被吮了一下，力度不轻不重，那感觉却很缠绵。

她的眼睛圆了，心防猛然坍塌，整个人都有点坐不稳了。

张敛扶着她的背，把她拉了回来。

他的脸停在离她很近的地方，他眼底的情绪浓烈得像暴雨前的密云，遮天蔽日的，让人逃无可逃。

他抬手轻轻捏住她的下巴，用拇指摩挲着，诱哄道："你不拒绝我就继续了。"

他形态优美的嘴巴如在下蛊。

周谧眼尾泛红，体内漫出难以抑制的渴求，喘息着难以言语。她好像有一种独属于他的本能，总能被他轻易地激发。

张敛没有急于亲她的唇，而是贴过来，啄了下她的鼻头。

他的动作很温柔但出乎人的意料，周谧敏感地哼了一声，陷在他衬衣里的指尖急剧变白。

张敛笑了下，嘴巴移了下去，含住她的唇瓣，不紧不慢地吮吸着。此刻她像一颗流心硬糖，在他极有耐心的唇舌间一点点溶化开来，水果味的馅儿淌了出来。

周谧情难自禁地伸手抚上他的下颌。

张敛的吻逐渐汹涌起来，强势地入侵领地，肆虐着。两人衣料摩擦的动静越来越大，呼吸也急促到濒于失控。

周谧不得不缠住他的脖子。

他鼻息的领地在扩大，耳后、脖颈……周谧不时被挤压到沙发边缘，她仰头时，柔软的发丝一次又一次地拂过灰色的绒毛。

头顶的大灯偶尔晃眼，那是缺氧带来的迷蒙和晕眩。

如被卷入热海中，她需要一刻不停地闭气、换气，才不会在他手里丧命。

倏地，她被释放出来，理智和氧气也跟着回归了。她恍若梦醒地推搡了他一下。

张敛停下动作，把右手从她的背后抽出来，按在地面上，整个人仍近在咫尺："怎么了？"

他眼眸的颜色极深。

周谧回避着他的视线，胡乱编造着借口："我没洗澡。"

张敛扬唇，笑里有点不加掩饰的坏意："我也没洗。"

周谧心虚地斜了眼阳台的方向，含混地道："我的论文……还没写完，电脑还在外面……"

张敛盯了她片刻，轻揪一下她的鼻头，从她面前离开，起身走向了厨房。

周谧深吸一口气，又轻缓地将之呼出来。她像一根刚从火里被钳出来的木柴，全身滚烫。

她迅速整理好自己，又将桌上的礼物放回木盒里，然后快步逃去阳台。

周谧对着手机屏幕上密集的黑色小字发怔，心脏还似处于余震中，不时地在体内颤动着。夜风根本吹不散，也赶不走她的这种感觉。

中间张敛过来了一趟。

他给她倒了杯温水，就搁在她笔记本电脑的旁边。

周谧全程不敢正视他，只在他起身离开时用余光尾随了他一段路。

好在他也没跟她说话。

周谧抿了口水，点开电脑上的微信，给朋友发消息。她好似被托马斯小火车附体了：呜呜呜呜呜呜呜呜。

贺妙言早摸清了她的规律，都习以为常了：说吧，张敛又怎么了？

周谧：我今天差点失守了。

贺妙言：哦？

周谧：这男的出奇地诱人。

贺妙言：？

周谧：他还一如既往地绅士。

贺妙言：？

周谧：搞得我现在还有点小愧疚。

贺妙言：？

周谧撑住头，努着嘴敲字：怎么会这样？

贺妙言不堪忍受了：我求你们了，想做什么就赶紧做吧。

今天洗漱时没碰上张敛，周谧感到有点庆幸，但又有点失落，于是左顾右盼地潜回了卧室。

那一大袋的伴手礼还放在床尾。

周谧停下来，垂着眼将那只匹诺曹音乐盒慢慢取出来，双手捧着坐回地毯上。

她将发条拧到不能再拧了，才把音乐盒静置到地上，让它跟自己面对面。清新的旋律溢了出来，像耳膜里闪烁的星星。

周谧默不作声地听着，脑子里塞满了今晚的事。

难以描述的情绪在心口涌动着，让她忽地一下想偷笑，忽地一下又撇起了嘴，欲哭无泪。

她取出睡衣兜里的手机，点进微信。

她在想要不要跟张敛说点什么，以合理解释一下她刚才的反应。

算了，她又退了出去，摁灭屏幕。

到底还是心神不宁，片刻后，周谧又解开锁回到微信界面，开始打字。

她接连输入八个破折号，发了过去，并坦露心声：我今晚的鼻子有这么长。

她忐忑不安地等了会儿。

那边来了回复。

酸涩感荡然无存，周谧的脸唰的一下红了，她差点从地上弹起来像疯兔子一样跳三圈，再把自己关进冰柜里降降温。

张敛：我也是。

张敛：我不只想吻你。

与张敛同居的第一周，周谧确定了一件事。

那就是在张敛面前，两人形同陌路或者她对他产生免疫力基本不可能实现，因为他有种令她无法抗拒的吸引力。

他在忠于自我方面总是磊落、干脆的，因而不令人生厌。但他又很擅长让男女之间的边界变得模糊起来。他和她之间的距离，就是手工卡纸上的那一道虚线，无法剪裁，充其量就是折叠一下就消失了的事。她自以为能就此离开他，但纸张的边缘实际上还会在另一边重新会合，甚至是粘在一起。

或许也因为她有些畏光的个性，他这种时而敞亮时而深藏不露的处事风格完全击中了她的心。

她无法割舍张敛给她的这种感觉。

周谧坐在工位上不自觉地走神了，惦念着一个明明与她相隔不到一百米的人。

叶雁一来就唯恐慢了似的跟她"八卦"起来："mi啊，原来你有男朋友啊，藏得挺深啊。"

周谧回过神来，吃惊地问："什么？"

叶雁破天荒地捧着一碗打包的热干面——她总是看作大敌的高碳水食物，说："那天晚上你唱歌时说的。"

周谧反应过来，坚持同一个说法："哦。"

叶雁拆着塑料袋觑她一眼："我想起来了，是不是那次你跟我还有陶子伊在便利店吃午饭时给你打电话的那个？"

周谧微怔，继续模棱两可地说："是吧。"

叶雁笑了起来："什么'是吧'？是就是，不是就不是。"

周谧垂了下眼："不太好说……"

叶雁一眼识破了："还没定？"

周谧无法回答。她要如何给别人描述，她曾经的约会对象，如今的契约未婚夫？这两个身份怎么看怎么不靠谱，也不好说出来。

她抓了下头，信口胡诌道："他追我好长时间了……我打算先相处三个月看看，所以也不好意思让人误会我仍旧单身，毕竟他的男朋友含量怎么说也有百分之六十了。"

叶雁被她的形容给逗笑了："男朋友含量百分之六十，他是果汁吗？"

周谧不语。

"感觉更像某种香水或者鸡尾酒。"她在心里嘀咕着。

叶雁开始吸溜面条，周谧忙转移话题："你呢，跟你男朋友怎么样啦？"

叶雁边咀嚼边含糊不清地道："我都恢复正常饮食了，你说呢？"

周谧在这一刻哑然了。

叶雁吞下嘴里的面条，晃着两根筷子道："我前男友特别喜欢那种瘦得像纸片、鱼刺一样的身材，搞得我也跟发了失心疯一样。现在想想何必呢，三四年了这样吃我是怎么活下来的啊？为了男人放弃美食，我真是太傻了！"

听她的措辞，男友已经变成了前男友，周谧自觉没问下去的必要，就给她打气道："拜拜就拜拜，下一个更乖。"

叶雁瞥了她一眼，笑道："就怕拜拜就拜拜，下一个更坏。"

这个笑有气无力的，像一个七天七夜没休息已疲惫到极点却还要卖力营业的柜姐发出来的。

叶雁又垂下脑袋，极慢地夹起一根面条，怔怔地一点点喂进嘴里。

周谧不再搭腔，端着还有大半杯水的杯子起身离开了。

久恋却又离散的人都知道，失恋不是那种一击即溃，让你痛到撕心裂肺的绝症，而是一场存在恢复期的慢性病，似曾相识的场景、对话、歌曲、电影，都会成为一个接一个的皮下出血点，无论你是有意按压还是无意触碰，都会引发痛意。

周谧把水杯倒空，停在吧台后挑选咖啡胶囊，想耗会儿时间，给 leader 一个消化情绪的空当。

咖啡胶囊被放在一个黑色的托盘里，颜色多样，很鲜艳，就像从彩虹上等份掰下来的碎颗粒。

周谧一个个将之取出来看，纠结了好一阵。她在公司更爱泡茶包或是喝白开水，所以不太分得清咖啡的口味。

裤兜里的手机嗡地响了一下。

周谧抽出手机来看，居然是张敛的微信消息，里面只有简短的两个字：金色。

周谧吃了一惊，四处找人，看到了在创意部片区站着的张敛，他耀眼得让人一眼就能看见。

可能是被叫过去复核东西了，因为创意总监 Teddy 正站在张敛的身侧。

张敛看了会儿显示器，又侧头跟 Teddy 讲起了话，他时而敛容，时而展颜，神情自然，十分专注。

他是怎么注意到她犯了选择困难症的？

周谧耷拉下眼皮，脑袋微热地取出一粒金色的咖啡胶囊，放进咖啡机里，操作起来。

棕色的液体汩汩流出，浓郁的香味在空气中大面积地蔓延着。

倒好咖啡，周谧又瞟了一眼张敛所在的位置，才端起杯子离开吧台。

回到工位后，叶雁已经有节奏地敲起了键盘，似已暂时恢复了心情。

周谧双手握起杯子，抿了一小口咖啡，居然是她偏好的那一类，有类似于饼干或者水果的甜香味。

她有些惊奇地取出手机，又看了一眼张敛刚才发来的消息，嘴硬地回道：我可以自己选。

一会儿，张敛回：你准备选多久？别人是带薪拉屎，你是带薪选咖啡。

周谧：……

她咬牙切齿地回：对，我刚才是带薪选咖啡，现在是带薪跟老板聊天，怎样？

张敛：聊天没关系。

张敛：上下级之间的良性互动有助于提升公司的凝聚力。

周谧差点笑出声来，忙往两旁瞥了几眼，拿手按了会儿唇才逼退了笑意。

她问：哪里良性了？

张敛：哪里不良了？

周谧顿住。

周六那晚过去后，她觉得自己浮想联翩的水平提高了不少，不然为什么他反问她的这五个字，又让她嗅出了暧昧的气息？

周谧直接指出：你这句话就很不良。

张敛：你一个 AE 比策划还能拓展思维。

周谧狡辩道：你看，你也想到了啊。

张敛：我一开始只是想跟你说几句话。

周谧的苹果肌不知不觉地凸了起来：已经不止几句了，是好几句了，你说完了？

张敛：是。

周谧突然又不想结束了，非要问个清楚：那你为什么要跟我说话？

张敛回：看到你了，想到你了，说几句怎么了？

他怎么总是那么理直气壮又那么坦坦荡荡的？

周谧忍了又忍，才不至于在心里说出一句有些俗气的"giao"。

这太影响专注力了，她当即决定不再与张敛聊天：我要干活了，再见。

张敛：嗯。

张敛：再见。

下午，K记端午小食桶的比稿小组集结完毕，周谧毫无心理准备地被叶雁拉了进去。

周谧第一时间检查了一下成员列表，确认蒋时不在，才舒了口气。

叶雁注意到她变幻的脸色，打趣道："放心吧，没安排某些人进来。"

周谧露出一个心领神会的笑容："Yan，谢谢你。"

"嘁，我还不知道，"叶雁一手搭腮，一手滑动着鼠标翻看任务简介，"蒋时手里的事多，他赶不上这趟灵车了。"

周谧看着她："怎么就成了灵车了？"

叶雁叹口气："难受死我了，不是老熟人就已经让人很烦了，还加不上新总监。"

周谧问："比稿前就要跟甲方联系了吗？"

叶雁说："当然要积极联系了，比稿前把客户的喜好和意向摸清楚，能有针对性地下手，成功的概率更大。"

周谧说："明明一点都不想做这个项目还要这么认真地面对它，Yan，你的心态好好。"

叶雁冷笑道："这是我不想做就能不做的吗？我要是瞎来Fabian能放过我吗？"

乍一听见张敛的名字，周谧晃了下神，试探着问："他看起来挺好说话的呀。"

叶雁："假的，全是假的，笑面虎一个。"

周谧深表赞同："对对对。"

叶雁斜她一眼："你才来三个月就这么觉得啊？"

周谧顿一下，放低声音道："嗯，有一点吧……我觉得他挺神秘的。"

"我刚进奥星那会儿可没你这么敏感。每次在公司看到他，我都觉得他自带圣光，又高又白又帅，像阳光一样普照大地。"叶雁露出女生普遍会有的带着崇拜的笑意，但这笑意又迅速消失了，"后来我经历过一场公司大会就不这么觉得了。"

周谧好奇地问："公司大会？"

叶雁还跟祈福似的攥着手机等着客户那边的通过申请："对啊，我们都称之为'反省大会'，每四五个月开一次，每个人都要到场，就在食品储藏室里举行，每个组派个人说一下工作进度，看有没有什么安排不开的或是活干得不到位的，反正他批起人来跟完全变了个人似的。"

叶雁又瞄了一眼周谧："不过你别担心啦，他没找过实习生的麻烦。"

周谧弯唇一笑，把更多的好奇咽回肚子里。

下午四点多，周谧将上个礼拜恩美奶在各大网络平台的数据整理好，压缩了一下，发给了叶雁，并告知了她一声。

叶雁可能终于被K记那边的客户给"放行"了，黑了一下午的脸终于变了颜色，就是嘴里还骂骂咧咧的："加这个人真难，'佛爷'吗……"

忽然，她整个人纹丝不动，砸门般敲击屏幕的泄愤动作一下子停住了。

"哇！"她惊叹一声，"帅哥啊！"

周谧闻言，双眼陡然亮了三度："什么帅哥？哪里有帅哥？"

叶雁翻转手机，与她分享好东西："'佛爷'朋友圈里的照片。"

屏幕里是个蹲在那里跟狗合影的男生。用"男生"这个词称呼他好像不大合适，因为他的脸部并没有充满胶原蛋白，只是笑容极有"少年感"，模糊了他的年纪。他穿着白色短袖，头发被风吹得有点乱，像翻涌的草或摇曳的林梢，但这并非瑕疵，反倒更像点睛之笔。

周谧恍惚了一下："这是客户吗？好年轻！"

叶雁见多识广地说："还好吧，比他看起来年轻的也有，但他长得让人感觉好舒服啊。"

叶雁的形容很准确。

舒服。

这是那种毫无攻击性的，如徐徐而来的清风一般的长相。

周谧不由得多瞄了两眼。光看眉目部分的话，男人的整张脸"既视感"超强，他简直是白净版的路鸣。

叶雁将手机拿了过去，絮叨着："怎么回事？看见这个像是一辈子都不会被污染的人我瞬间没脾气了。我去搞清楚这个人到底是他本人还是他的儿子……好吧，还有别的照片，这就是他本人。这让人怎么没有私心地与他合作啊？老天是看我失恋了要给我派送爱情毒药吗？"

叶雁把这张照片塞进了 K 记的比稿群，隆重介绍了一下照片上的人，如惊动了午后的池鱼一般，进群后就开始"神隐"的人们集体冒头。

周谧盯着群里的聊天记录笑了半个小时。

乐够了，周谧又离开了工位。她今天倒水的次数激增至以往的两倍。

她仿佛梦回高中校园，每一次去接水只是为了经过暗恋的男生所在班级的窗户。她看起来目不斜视的，其实余光早跟脱缰的野马似的撒丫子狂奔起来，满场寻人了。

可惜张敛又出去了。

杯子是满了，她的心却有点空旷。

她灌了一大口水，前思后想了一会儿，给张敛发了条微信：今晚我想自己回去。

手机没有动静。

周谧等了许久，越等越心不在焉，敲键盘的动作都在浮躁地加速。快五点半时，张敛终于回了消息，只是瞄了一眼，周谧的心头就再次被一种扑棱棱的又闪着光的喜悦给挤满了。

他可能真有什么与生俱来的读心术：我到公司楼下了。

为什么

　　周谧得了便宜还卖乖，对着高手装能人：嗯？所以？

　　张敛直接回了个电话过来。

　　周谧的心要蹦出嗓子眼了，她手忙脚乱地接起电话，环视了一下四周，见方圆十米内无人，才声音细微地说："喂……"

　　张敛的语气里明显带着笑："晚上坐我的车回去？"

　　周谧又斜了眼空掉的隔壁座位，才小幅度地直起上身："在微信里说不行吗？"

　　张敛回："电话邀约更有诚意。"

　　周谧在心里轻哼一声，确认碰头地点："还是地铁站？"

　　张敛很果断地吩咐道："九点走，车库里见吧，你还是在 A 出口等我。"

　　周谧说："好吧。"

　　张敛又说："我到公司门口了。"

　　为了克制不断翻涌到脸上的笑之花，周谧的眼、鼻都皱了起来："这还要说？你是领导人吗？到公司门口了还要让仪仗队演奏乐曲，让小朋友排队送花？"

张敛淡淡地道:"不是啊,我是防止有人过会儿看不到我,又来微信里找事。"

周谧矢口否认:"我没有好不好?"

张敛轻笑道:"进办公室了。"

周谧:"挂了。"

周谧火速挂断通话,耳郭已经红得像难以稀释的番茄汁了。她飞速喝完剩下的水来解热,双眼死死地盯着电脑屏幕,并临时决定下班前都不再去添水了。

晚上八点半后,周谧的心脏被看不见的丝线吊了起来,转着圈圈,又像被狗尾巴草忽近忽远地搔着一样,不时会密集地痒一下。

事情基本上干完了,她本可以提前离开,但愣是心不在焉地多待了近半个小时。

晚上八点五十分整,周谧摘了工牌,开始清理桌面,并把眼药水、护手霜等杂七杂八的小东西往包里塞。搭上金属扣,她才再次拿起手机瞄了一眼微信。

对面的陶子伊从绿植后探出头来:"mimi,你要走了啊?一起吧。"

周谧眨了下眼,失语了一秒,而后道:"好啊。"

陶子伊也起身了。她今天是高马尾、中性工装的扮相,配了个巴掌大小的黑色腰包,整个人利落、帅气得可以直接入镜拍微博和短视频了。

周谧抚抚裙摆上的褶皱,跟着她往公司门口走去。

两人并排走出感应门。刚拐出走廊,周谧原本节奏平稳的步伐出现了一秒的"掉帧"。

视野中,张敛正立在那等电梯。留意到有人过来,他斜过来一眼,视线几乎不着痕迹地在周谧的脸上多停了一下,继而露出一个模板化的微笑。

陶子伊叫了他的英文名,算是打了个招呼。

他"嗯"了一声:"下班了啊?"

周谧的心狂跳,她与他停在同一扇电梯门前,把陶子伊当成掩护,也轻轻唤了声："老板。"

张敛面不改色地道："嗯。"

周谧极轻地咬住下唇，微垂眼皮，拿睫毛当情绪的过滤器。

这时，电梯门开了。

张敛没动，周谧跟陶子伊也没动。

张敛说："怎么不进？"

陶子伊迟疑地道："您先……"

张敛说："你们先吧。"

陶子伊悄悄扯了下周谧的胳膊，两个人像迟到了却要从班主任的眼皮子底下进教室的女学生一样，点头哈腰地往里走。

张敛随后进来，站在靠近电梯按钮的地方，刚好也站在了周谧的跟前。他真是高得过分，站直了像平地立起的峦嶂。

张敛按了下"B1"，又回了下头问道："你们去几层？"

陶子伊看了一眼数字："我也去负一楼。"

周谧微怔。

张敛再度回头："你呢？"

这次他的动作幅度大了一些，整个上身转了过来，他明显是在问周谧。

他是故意的。

周谧垂在身侧的手指略微蜷起，额角也有点发紧，一会儿，她给出另一种答复："一楼。"

他抬手帮她摁了按钮，没再说话。

轿厢变得像只安静而隐蔽的电暖箱。

余光里都是男人自肩膀绵延而下的，像雪岭一样的白色衬衫纹理，周谧的脸颊稍微有了烫意。

叮咚。

一楼到了。

周谧跟陶子伊道了"明天见"，又生疏地跟张敛说了声"老板再见"，就头也不回地走出了电梯。

她来到大堂里，被堵住的思路才得以畅通起来。

出门时，风将周谧吹得清醒了些。周谧猛然想起陶子伊曾提过的她年少轻狂时勾搭张敛未果的事，心口不由得有点发堵。周谧清楚陶子伊有车，必然要去停车场，可还是抑制不住地胡思乱想起来。

而周谧也必须给出谎言，让自己跟张敛看起来清清白白、干干净净的，让别人知道他俩是连点头之交都算不上的上下级关系。

积压了几个小时的暗喜与憧憬全部在电梯里融化掉了，只剩一坨让人憋闷的糨糊状的残渣。

跳下最后一级阶梯，周谧兜里的手机响了，她看了一眼来电人的名字，迟疑了两秒，接起电话。

张敛问："没下来吗？"

周谧说："没有。"

张敛说："我还去了趟安全出口。"

周谧鼓起了脸，明知故问："干吗去安全出口？"

张敛说："我以为你会机灵点。"

周谧无名火起，气息也不自觉地急促起来："我不机灵，刚才在电梯里就说自己要去负一楼了。你直接回家吧，我还是觉得我们单独行动比较安全。"

张敛又问："在哪儿？"

周谧心烦意乱，又逢绿灯，于是两条腿动得飞快地顺着人流往马路对面走去："我真的不想被同事发现。我快进地铁站了，挂了。"

那边的人安静下来，没有回话。

周谧等了几秒，电话那头还是悄无声息。胸口似乎陷下去了一块，于是她挂断了电话。

她回头看了一眼公司大厦的方向，也不知道自己还在期盼什么，随后抿紧唇，深呼吸一下，让清凉的夜风灌满口鼻，这才一脚踩上地铁口的下行电梯。

熟稔地刷完手机里的电子卡，周谧通过闸机，进入了地铁站。

站台上人头攒动，大部分是着深色正装的白领，像孜孜不倦的工蚁。

站着刷了会儿微博，地铁呼啸着停下来，气流涌动着，周谧拨了拨被吹乱的刘海，刚要将手机揣回包里，它却倏地一振。

周谧眉心微皱，又将手机抽出来，解开锁，举到面前。

看到消息，周谧一愣，张敛发来了位置共享。

她想了想，决定点进去，打算以此告知对方"本人已到站台，就要上车了，你别问了，一切都是徒劳"。

下一刻，她的双眼猝然睁大了。手机屏幕里，分别属于两个人的圆点几乎要重叠了。

他就在她附近，是很近很近的附近，他们在同一个地铁站里，相隔或许不到百米。

周谧顿时心如鹿撞，跟被当场逮住的逃兵似的，猛按左上角，快速退出地图。

可她也没有随意走动，隐形的墙在四面围着她，她眼睁睁地看着属于自己的那趟车渐行渐远。

张敛发来一个"？"。

周谧不敢四处乱看，怕目光会不经意地出卖自己：干吗？

张敛：过来找我。

张敛：我今天不想在地铁口接你了。

主动发起位置共享的那一刻，周谧感觉自己成了只盛着沸水的水壶，身体里躁动至极。

但几秒后她就平静了下来，因为张敛就在同一站台上，他俩几乎站在同一条直线上，中间只隔着六七个人。

周谧望向他的时候，他刚好也看了过来。

说真的，他给人的感觉与地铁的环境极不相符。兴许是成长环境所致，他的眉眼总给人一种清贵、古典的感觉，他颇似那种民国时期留洋归来的有格调的东方绅士，或者像一件标签上没有洗涤方式的奢侈品衬衣。

路过的人多少会多瞄他一两眼，并跟避让豪车似的自觉绕行，因为他的身高，因为他的气场。

恍惚间，周谧似乎有点明白当初自己为什么一夜过后还会大脑一热，要跟他继续约会了。

因为张敛给人的初印象就是非富即贵的"上位者"，这种气质深入他的骨髓，让他变得危险的同时又给人以安全感。

安全的原因在于他根本不需要图她什么，所以她不会受骗，但她如果想跟这种人再有交集，就只能拿出唯一对等的东西作为交换的筹码。

原来那会儿，她还耍了点小聪明。

周谧对他笑了一下，但男人一动未动，似乎在践行刚刚的那句"过来找我"。

她咬了下牙，低下头退出位置共享，佯装不情愿地朝他走了过去。

她停在张敛跟前时，他的神色终于有了点波动，他似笑非笑地看着她。

周谧故意似懂非懂地问："你怎么过来啦？"

张敛看着她："同一个招式用多了就没意思了。"

周谧面色微变，不再绕来绕去的："那你是来抓我走的，还是来跟我走的？"

张敛把问题推了回来："你想要哪一种？"

周谧的黑眼仁转了两下："我看过你开车，但没看过你乘地铁。"她又举目望向入口方向，好奇地问，"你是怎么进来的？你也注册过电子卡？"

张敛说："周谧，我不是古人。"

周谧被逗笑了，脸上有了点浑然天成的娇憨："那你愿不愿意……"

张敛："嗯？"

周谧指了下尚且空着的轨道："坐地铁？"

张敛轻描淡写地道："可以啊。"

周谧抬眸，装出心疼的样子："这样会不会让您纡尊降贵啦？"

张敛摇了下头："我也想看你坐地铁。"

周谧一时语塞。

她垂下眼翻着包，取出一只没用过的口罩，递给他："戴上。"

张敛没接："干什么？"

周谧说："怕遇到熟人。"

张敛说："戴了口罩熟人也能认出我。"

　　想想也是，他的眉眼、体形、气质都太有辨识度了，可她还是举高口罩，递到快到他下巴的地方："那也戴上。"

　　"掩耳盗铃。"张敛接了过去，动作利索地将口罩绳挂在耳后。

　　少了像国画颜料一样的唇色的中和，他的气质陡变，他现在像一位不易亲近、拒人千里的冷面医生或者刺客。

　　这种反差让周谧忍俊不禁。

　　张敛问："笑什么？"

　　周谧说："我觉得你戴上口罩更帅了。"

　　张敛说："你以前不是说你最喜欢我的唇形吗？"

　　周谧无法反驳，于是关心起别的事情："你的车怎么办？"

　　张敛回："在车库里吃一夜的灰。"

　　周谧又笑了起来。

　　刚要讲话，地铁疾驰着进站了，周谧忙止声，转身确认了一眼，又回头看着张敛道："可以上车了。"

　　张敛颔首跟上。

　　开始实习后，周谧基本是独自一人上班，但她也不会有形单影只、茕茕孑立的寂寞感。因为这种城市轻轨里出现得最多的就是她的同类——不谙世事的学生、汲汲营营的上班族。她刚好处于二者之间，无论哪一方都是她的盟军。车厢像几截低矮、狭长的五金盒子，将新旧不一的"螺丝钉"们运送至相应的都市齿轮上。

　　周谧和张敛都对今晚的处境感到很新鲜。

　　两人对着站在不算拥挤的人潮之中，隔着一定的距离，不似恋人但彼此也不陌生。周谧不时会抬头偷窥张敛。

　　可当男人垂下眼来捕捉她时，她的视线又会敏捷地逃开，然后她翘起了嘴角。

　　她偷笑起来的样子其实很可爱，很机灵，眼睛像一道在玩捉迷藏的月牙，还把星星都藏了进去。

　　张敛忍不住问："你总笑什么？"

周谧轻声道："好玩。"

统共就三站路，整个坐车的过程很快就结束了。

听见车厢内的广播提前报站时，周谧提醒道："对了。"

"嗯？"

"待会儿还要走好长一段路。"

"我知道。"

"打车吗？"他们很少这样平和无争、有商有量的。

张敛说："走回去吧。"

"一千米哦。"

"二十千米我都跑过。"

周谧一脸的怀疑："这么行的吗？"

张敛说："你以为呢？"

周谧闭起双唇。

走出地铁站，张敛摘掉口罩，还把它还给了周谧。

周谧接过去，懵懂地翕动几下眼皮："还给我干吗？"

张敛不咸不淡地道："谢谢，让我体验了一把当明星的感觉。"

周谧不走心地莞尔一笑，把口罩塞回挎包里："不客气。"

两人并肩走着，不紧不慢的，两旁是闪烁的广告牌和似被泼了油彩的大厦，稍显拥堵的马路上，车辆像形态各异的怪兽，这一切给人几分魔幻森林之感。

有下晚自习的少年骑着山地车从他们的身侧飞驰而过，铃都不按，速度快到不可思议，眨眼就没了踪影。

也有头发花白的年迈夫妇提着深蓝色的超市购物袋，毫无时间概念地蹒跚而行，有一搭没一搭地说着话。

周谧越过他们，奇怪地道："为什么很多人年纪大了就不牵手了呢？我爸妈也是这样。"

张敛说："因为不需要了。"

周谧问："为什么不需要？"

张敛说："因为有更多的东西可以把他们绑在一起，牵手就显得多此一举了。"

周谧侧头问道："你是指婚姻吗？"

张敛回："婚姻算一部分。"

周谧问："婚姻是好的还是不好的呢？"

张敛没有直接回答，只是说："两性关系从主动走向被动，分界点就是婚姻。"

周谧又问："这就是你不婚的原因？"

张敛"嗯"了一声："算是吧。"

周谧好奇地问："那你想要什么样的两性关系？"

张敛说："你觉得呢？"

周谧嘟囔着："我怎么知道？不过我能理解你。"

张敛说："你能理解什么？"

周谧说："我要是像你一样有足够的实力和地位，我可能也不太需要从婚姻里获得什么东西，相反我会觉得婚姻是种拖累。当然，这只是个假设。"

张敛问："你想获得什么？"

周谧想了会儿，食指越过另一边肩膀，指了一下身后："获得一个几十年后可以帮我拎袋子的老头。"

张敛笑了一声，没搭话。

周谧满脸疑惑地瞥他一眼："有什么好笑的？"

张敛说："笑你可爱。"

周谧翻了下白眼，冷哼一声："这是讽刺还是夸赞？"

张敛看过来，认真地道："是夸赞。"

周谧微微红了脸，嘴上接得倒是毫无负担："我自己也这么觉得。"

可能是聊天的气氛很好，周谧的"窥私欲"暴涨，她没憋住，问道："你在认识我之前……与很多女生相处过吗？"

张敛侧过头来："问这个干什么？"

周谧说："好奇。"

张敛重新看向前方，微挑了下唇："你猜一下？"

周谧沉吟少刻："我猜……不超过五个吧。"

张敛还是笑："怎么推出来的？"

周谧说："我觉得你挺心高气傲的，应该也蛮挑的。"

张敛笑意更甚："那也挑上你了。"

周谧一下子气急败坏起来："什么啊，是我挑上你的好吗？而且我也不差吧？"

张敛说："在自我评价方面是不差。"

周谧："……"

她开始反击："你很完美吗？我看不见得吧。等我到了你这个岁数说不定比你还厉害。"

张敛笑了一声："我在你这个岁数的时候不如你这么异想天开。"

周谧极想揍他一拳，这个想法涌进大脑的第一秒，她就下意识地这么做了。

胳膊被这么打了一下，力道还不小，张敛皱眉道："说不过就动手？"

"你再说，再说我继续打。"周谧开始破罐破摔，威胁他，甘愿沦为暴力分子。

张敛不再吭声，唇边的笑意却未变淡。

信步闲聊间，新地华郡叠嶂一样的高楼已近在眼前。

回家后，陈姨照旧笑脸相迎，两人与她打完招呼，一前一后走向盥洗室，延续回家先洗手的良好习惯。

周谧打开没有一点水垢的黑色水龙头，仔仔细细地搓着手，又偷瞄了一眼旁边的张敛——他也在洗手，面色平淡，睫毛低垂如雾障，似乎与喜怒形于色从无干系。

周谧留意到自己满手奶油一样绵密的泡沫，突然起了玩心，装作不经意的样子，弹出去一点泡沫。

这点泡沫直接飞到男人线条清晰的下颌上，他不适地皱了下眉，看向周谧。

周谧立马做手足无措状："啊，对不起，对不起，我不是故意的。"

张敛不语，冲干净手，又抽了张纸慢条斯理地擦了下手，却没有处理那一处来自周谧的泡沫，只是侧过身来说道："给我擦了。"

周谧怔了一秒，诧异地道："你自己顺手就擦了啊。"

"谁造成的谁处理。"他走近两步。

这下，肇事者连棉柔巾都不敢拽了，手上的水也没来得及擦，滴在奶油杏色的裙摆上，在上面留下了几小块痕迹。

退后时，周谧的后腰抵上了洗手台的边缘，那硬而窄长的地方。

张敛俯视着她，眼睛像月亮隐去后的纯净天空，给人一种令人窒息的感觉。

心快速跳了起来，胸口微微发紧，她忙说："我帮你擦掉。"无奈手里没纸，她只能抬起手替他抹掉那小块白色的浮沫。

她用指头尖连着轻揩了两下。

可能是手潮的关系，她没擦干净泡沫反让被沾染的范围扩大了一倍。她慌神了，只能换了指腹接着去擦拭。

整个过程中张敛纹丝不动，眼睛一眨不眨地盯着她。

他下颌上的皮肤出人意料地紧实，一道黑色的影子落在下颌下面，给人一种年轻的硬朗感。

周谧垂下手臂，感觉自己的掌心热了起来，还湿漉漉的，残存的那些水好像都变成了汗。

鼻息急促起来，她转头想找纸巾，脸却被他扳了回来。

张敛一手撑在台面上，困住了她，并将上身探了过来，但没有亲吻她，只是靠在她下颌附近，在深深地……嗅她。

周谧怕痒地缩了下脖子。

他在她的下颌处啄了一下，随后嘴唇慢慢蹭到她的耳垂上："你不是故意的？"

他逼问的声音冷而低沉，气息却滚烫无比。

周谧喉咙紧得无法回嘴。

她忽然被他抱坐到洗手台上，莱茵灰的台面上原本就有的水渗进了她被压着的裙摆里，湿凉感渐次入侵她体内。

周谧不敢惊呼。

卫生间的门还敞开着，陈姨在厨房里做饭的声音隐约可闻。

裙摆窸窣地动着，她腿部的皮肤一点点暴露于空气中。

周谧出了一身的鸡皮疙瘩，她躲了一下，但两边与背后都没有支撑的东西，她只能正面受敌。

有其他的知觉在游移，在入侵，还不紧不慢的，十分隐秘。

瓷盆附近的水让裙摆边缘的水渍慢慢变大了。

周谧的膝盖开始发软，下巴微微战栗着，手指在男人衬衣的纽扣旁拧出了更多更密集的褶皱。

"门……"脸完全涨红了，她蹙紧了眉，近乎哀求地道，"别……"

张敛恍若未闻，一声不响地贴着她的耳郭，他滚烫的鼻息有如温热的酷刑。

拖鞋不受控制，先后落向地面，发出两下很轻的撞击声。周谧更紧地搂住张敛的脖颈，头抵住他的下巴，发出闷闷的细碎的鼻音。

…………

被抱回地面的时候，周谧仿佛一只濒死的小雀，无力且急速地喘息着。

张敛俯身，找到她还未完全消掉雾气的眼睛，戏谑地笑了下。

周谧满脸通红地侧头躲避着，不自觉地捏紧了拳头。

张敛又瞟了一眼她踩在地面的，穿着白色镂空花边袜的双脚，回到自己那边，重新打开水，冲洗着双手说："把鞋穿上吧，别着凉了。"

陈姨准备了两份低糖的蛋奶布丁。面对面坐着吃蛋奶布丁时，周谧脸上的余温尚存，心脏还有点打战，她更是羞于直视张敛，像只偷食晒谷的鸟那样，有一下没一下地啄着布丁。

张敛很快就吃完了，撑着半边脸用手机查阅邮件。过了会儿，他抬眼看向周谧。

他截住她窥探的目光，不徐不疾地喝了口水，然后挑唇，双目不再移走，而是安静地看着她。

周谧立马低头接着吃布丁，装出心无杂念的样子。

一直到睡前，两个人都没再说一句话。周谧的心里却是一团乱麻，临睡前，她给张敛发了条消息：滴滴。

张敛回了个"？"。

周谧：我觉得这样不太好。

张敛问：哪样？

周谧：就今晚这样。

张敛或许是笑了：结束了跟我说不太好？

周谧脸热了：我有逼过你吗？你哪次不是突然出手？我每次都是一点防备都没有，根本来不及反应。

张敛回：以后我提前一周给你打申请报告。

张敛：周谧，请批准我下周二与你有更深层次的交流。

张敛：可以吗？

周谧只觉得自己的脑袋像焦糖爆米花一样轰地响了一下，发涨，灼热，又有些不可名状的香甜味。

她举高手机，抵在脑门上给自己降温，没憋住，骂道：你神经病啊。我就该把这段聊天记录贴出来让你的员工们知道你私底下是这种人。

张敛回：有一个知道就行了。

周谧皱着鼻子笑了一下，存心不顺他的意：我还是建议你去找别人。

张敛似乎没听懂：什么意思？

周谧说：你可以找其他的女生约会，反正我们只是合住的关系，我不会对此有意见的。我觉得我们继续这样下去太奇怪了，三个月很快就会过去的，我也不想再发生之前那样的事情，在同一家公司又那么危险，我们还是保持距离更安全。

她忽然无法制止自己进行这种明知会败兴的试探，奢求某些虚无缥缈的答案。

张敛问：怎么奇怪了？

周谧说：这三个月你准备怎么度过？你说实话。

张敛说：做同居男女该做的事。

周谧的心脏好像被撕开了一个很小的裂口：三个月后呢？

张敛很擅长将难题往回抛：你是什么打算？

周谧想了会儿：不知道。

她又说：大概率会回家，然后不再往来吧。

张敛：又来了。

周谧的心猛地颤了一下，她无端想到了今晚散步时他说的那些话，于是回道：这是我的真实想法啊。我又不是你，我对爱情是有憧憬的，假如我想交男朋友了呢？

张敛的回复随意又无情：那就等你有男朋友了再说。

周谧顿时变成了一颗被死命挤压着的青柠，汨汨地往外冒着酸水：万一没几天就出现了一个让我有好感的人呢？我不想再跟你这样子了。

张敛回：你都建议我跟其他女人约会了，我当然也不会约束你。

周谧的面颊在不经意间变得格外烫，她深吸一口气：好，反正也没人知道我们两个的关系。

她开始直言不讳：你别以为我还跟以前一样傻，我知道你所有举动的最终目的是什么。

她打着字，感觉自己的情绪在急剧液化，然后涌向大脑，又滚烫地从右眼眶中滚落出去，滑到下巴上。

周谧用手背重重地擦了一下眼泪，接着继续打字：这件事实现起来其实很简单，你这样条件的人大手一挥，愿意跟你约会的女人比比皆是，你又何必赖上我？

这条信息发出去后，对面有好一会儿都不在输入状态，整个聊天框是静止的，死寂的。

过了会儿，他才说：我本以为这会是个美好的夜晚。

更多的泪水开始往外涌，周谧哽咽着，回复道：哦，让你失望了，我又搞破坏了。

张敛说：睡觉吧，晚安。

他结束对话的意图鲜明，似乎再说半句话都嫌多。

周谧也没再说一个字，把手机和自己一起蒙进被子里，憋着眼泪沉重地呼吸着。

为什么?

为什么她要对这种冷血怪物心怀期待?

为什么她还是会主动去吞咽毒苹果,去相信十二点钟就会消失的水晶鞋和南瓜马车是真的?

为什么她没办法像他一样把身与心、灵与肉都得体而理性地割裂开来,在投入和享受后保持无动于衷?

翌日,周谧起了个大早,七点多就爬下了床。她打算避开张敛。

结果她刚走出房间就碰上了同样从卧室里出来的男人。

一身灰色运动服的他,瞥了她一眼,摘掉左边的耳机问了声早。

周谧置若罔闻地走开了。

绝了。

他的生活节奏一成不变,他还有心思晨练。而她黯然神伤了大半夜,为了遮掩自己的核桃眼,翻箱倒柜地找出八百年没用过的平光眼镜,然后才放心地入睡。

周谧刷牙堪比搓鞋,用洗面奶揉出来的泡沫也是四处纷飞。

她没有在家吃饭,收拾好就换上鞋出门了。

张敛回来后,见餐桌边没人,杯盘里的早餐也一筷子没动过,就问陈姨:"周谧人呢?"

陈姨答:"她说她今天想在外面吃。"

张敛点了下头。

陈姨本不打算干涉两个人的事,但想到自己的女儿,还是关心地问了一句:"是不是跟谧谧吵架了啊?"

张敛的眉梢略挑:"也不算。"

陈姨叹口气:"女孩子还是要多哄哄咧,尤其像谧谧这么年轻的,容易死脑筋。"

张敛不置一词,坐下用餐。

来到公司，周谧狠咬了一口打包的煎饼果子，归属感同酱汁一起溢出来。她果然更爱这些俗物，而不是张敛家那一桌随时能进美食频道里的精致美味。

周谧绕路去打了杯水，强迫自己别再想东想西，专注地忙起了工作。快十点半时，同部门一个叫许茉的 AM（客户经理）忽然过来通知她去开会。

周谧看了一眼空空如也的邻座："Yan 今天有事出去了吗？"

许茉说："她请假了。"

"啊……"周谧诧异地发出一个气音，"她怎么了？"

许茉说："她最近一直休息不好，昨晚在家晕过去了。"

周谧瞪大眼，急切地问："她没事吧？"

"没什么大碍，就是贫血。"许茉有条不紊地吩咐道，"我带你们几天，明天我会出一版简要给你们和创意那边，你记得查收。"

周谧点点头，目送她走远。

许茉并非快消类的客户经理，她平时负责汽车品牌比较多，而且几乎是跟月付项目客户打交道，估计这次也是赶鸭子上架被临时请过来救场的。

然而她看起来很有底气，对接触甚少的短期项目似乎也能镇定自若地接手，周谧对她很是钦佩。

担心叶雁的身体状况，周谧赶忙低头给她发微信，问她现在怎么样了。

叶雁几乎是秒回：安啦，没事。

周谧：你一定要好好休息，多补充营养，保持充足的睡眠。

叶雁：你这孩子怎么跟我妈一样？

周谧笑回：今天听说你晕倒了我快吓死了。

叶雁很是无所谓：有那么夸张吗，不就是晕了一下吗？就是到手的鸭子飞了，帅哥要让给许茉了。

周谧：所以你得抓紧时间恢复身体，回来了还能再和帅哥联系。

叶雁不由得发出哀叹。

难怪大家都说忙碌是最好的情绪调节器。

今天是焦头烂额的一天。leader 因病休假，三个项目团队如被抽掉了粗壮的主心骨，原先稳固的结构开始摇晃，大家都乱了节奏也乱了方向，不是在群里七嘴八舌地讨论接下来的安排，就是在开会商议、调节各人担负的工作。周谧连喝水的时间都没有，更别提去激发自己的"文艺癌"和"少女病"了。

晚上七点多，她才喝上一口热乎的牛肉粉丝汤，就接到了妈妈的电话。

妈妈先是对她嘘寒问暖了一通，问了她的衣食住行等情况，接着就关心起她跟张敛这几天在同一屋檐下相处得如何。

提起张敛，周谧就心生烦躁。她双目死盯着电脑里的图表，"嗯嗯嗯""好好好"地应着。

见她这般敷衍，汤培丽兴致骤降，猜测她还在加班，就不多打扰了，只说自己给她寄了些东西，昨天下午就到了，叮嘱她下班记得去物业拿。

"知道啦，"周谧这才集中精神答话，还诧异地道，"你居然没有亲自送过来？"

汤培丽没好气地说："我怕我亲自去了你又怪我打扰到你们小两口了。"

周谧哑口无言。

临近九点，周谧得空瞄了一眼微信，她跟张敛的聊天记录还止于昨晚那句快气炸她的"睡觉吧，晚安"。

周谧突然有种搞砸了一切、烦透了的憋闷感。她觉得自己像被强行塞进了逼仄的密封罐头里。

她一天都没有看到他了。

他也一天都没来找她了。

他们的关系真是比她想象的脆弱、易碎多了，基础薄弱，前路渺茫，从沸点降至冰点，只需要不到二十四个小时。

鼻腔略微受阻，周谧极轻地吸了一下鼻子，把涌上来的多愁善感给咽了回去，然后收拾好东西，像往常一样独自一人走出了大厦。

只是，等电梯时，进地铁站时，出地铁站时，她都会在这些短期内被标上粉色记号的地点停顿一下，东张西望起来，像是怕错过什么奇遇或"彩蛋"，只因为那一抹耻于表露但又油然而生的期盼。

魔法又消失了。

周谧一个人溜达着回了小区。

华郡高耸入云的玻璃城堡像牢不可破的诅咒，待在里面的长发公主一辈子都别想下来。

可能是最近几日都有出入这里，她在保安面前成功地混了个脸熟，这个看起来像套着蜡像皮的制服男，终于有一丝人情味地冲她颔首了。

周谧也点了下头，道句"晚上好"开始往里走。想想，她又掉头回来了："请问您知道取快递的地方在哪儿吗？"

保安指了个方向，并告诉她如果自己不想拿，也可以联系物业那边，让人送货上门。

周谧道了声谢，顺着保安指的方向走了过去，那边果然有个专为业主开设的物流中心，规整的长方体银色大窗屋跟灯火通明的小号市政厅似的。

周谧走进去，在前台出示了身份证，又报了手机号码，稍事等候，工作人员就搬来了几个大小不一的纸箱。

周谧没想到老妈竟给自己寄了大件的东西，而且她也网购了一部分零碎东西，所有的纸箱摞起来像座小山。

对方见她惊悚地瞪大了眼，便友好地询问："需要我们派人送回去吗？"

毕竟不是这里的业主，她也没有麻烦他人的习惯，于是摇了摇头。

周谧将纸箱从小到大由下到上重新摞好，一鼓作气抱起来走出门去。

只是她今天把电脑带回来办公了，一边胳膊上还挂着十四寸的笔记本电脑，所以行动间难免有些吃力。

妈妈可能给她寄了些她上次随口提到的书籍和特产，所以中间有个纸箱重到不可思议。

周谧不得不微仰起上身，用腹部帮忙支撑箱子。

下第一级阶梯时，因为要注意脚下，她的重心有所倾斜，所以上方最小最轻的那个纸盒脱离组织，掉了下去。

周谧"哎"了一声，目光急慌慌地追逐纸盒而去。

那纸盒在最后几级石阶上弹跳几下，落在一双鸳鸯尾全白板鞋跟前。

一只手随即将纸盒捡了起来。

那是一只相当"吸睛"的手，手指乃至整只手都极为瘦长、白皙，微微带点骨感，让人感觉它被安在钢琴家或者电竞选手的躯体上才算恰当、合理。

周谧微怔，停在原处，忍不住循着这只手去看它的主人。

她睁圆了双眼，无法抑制地惊愕起来。

台阶下的男人看了过来，面色平静地问："是你掉的吗？"

周谧回过神来，忙将其他快递和笔记本电脑的包搁到地面上，快步跑下去接过纸盒："对，谢谢你。"

男人往这边走过来，视线滑过她脚畔的快递："你的东西有点多。"

周谧说："啊，是有一点。"

周谧双手攥着那个小盒子，又去看他："你……"

男人被她躲躲闪闪的打量和欲言又止弄得有点莫名其妙："怎么了？"

周谧没来由地紧张起来，支支吾吾地道："你是不是 K 记的……"

男人意外地扬了下眉。

周谧吸了口气，有点不敢看他的正脸，视线停留在他上衣的图案上。那个图案像小孩用红色马克笔随意画下的，有花朵，有法语……衣服牌子的标志也诙谐地藏在里面。

这图案的童趣感让周谧的心跳放缓了点，她接着说："我 leader 昨天刚加上你。"

男人问："你的 leader 是谁？"

周谧说："微信名叫'yanyan'的那个。"

第一次这样近距离地接触大客户"本尊"，她的脸微微发热，而后她才后知后觉地想起自己还没做自我介绍："我是奥星……我在奥星实习。"

男人明白过来，若有所思地道："哦……"

"我昨天——"这般"相认"似乎有些唐突，周谧结巴着解释，"看过你朋友圈里的照片，不是，我们组的人都看了。照片里你穿的也是白 T 恤，跟今天一样，有辨识度……嗯……"越描越黑，她有点无语伦次了。

他笑了起来。样子真的很好看，有跟照片里别无二致的烂漫感，不，他比照片里的他还要清新，似秋日的清晨。

"谢谢你。"周谧拘谨地点头哈腰，就差深深地鞠躬了，接着退开两步，将那只几乎没有重量的小盒子摞回纸箱上。

　　她刚要弯腰，男人忽然问道："你住这儿吗？"

　　周谧抬眸，顿了下："算吧。"

　　他说："你等我一下吧，我就一件东西。待会儿我帮你。"

我想过去抱你一下

　　周谧怎么也想不到，自己生平与"甲方爸爸"的第一次正面接触竟然是让他帮忙搬快递。

　　走在他身旁，她忐忑到连一个字都不敢说。

　　男人问她："你住几座？"

　　"六座，"周谧怯怯地瞥他一眼，"你呢？"

　　男人说："四座。"

　　周谧"哦"了一声，又轻声轻气地说："我的快递是不是很重……"

　　他说："还好。"

　　他人很好，只给周谧留了俩体积最小的纸盒，其中一个就是她刚刚无意弄掉的那一个。周谧一手一个纸盒，像握着两坨硬邦邦的、无处安放的尴尬。

　　她注意到他自己的那个深蓝色纸盒的快递，包装上的 LOGO 属于一个宠物食品品牌，就没话找话："你是不是养了只比格犬？就……也是在你的照片里看到的。"

　　男人瞥来一眼："你认识比格犬？"

　　周谧小心翼翼地放慢语速："嗯，你知道微博上有个账号叫'比格犬受害者联盟'吗？"

男人心领神会地笑出了声："当然，我还关注它了。"

周谧说："那个微博很有意思，是我的快乐源泉。"

男人"嗯"了下，问："你看过之后觉得它们是可爱的还是令人讨厌的？"

周谧音调上扬："我超爱看各种宠物的，怎么会觉得它们讨厌？"

他又看向她："你也养了宠物？"

周谧语气惋惜地道："就是没办法养才四处望梅止渴。"

他脸上露出笑意："我养了两只比格犬，有时会在朋友圈发它们的照片，你要看吗？"

周谧愣了下："可以吗？"

他说："当然可以啊。"

周谧难以置信地问："你的意思是……我能……加你的微信好友？"

他看着她惊愕的神情弯起了唇："有哪里不方便吗？"

周谧不自在地拿着两只快递盒子叩击着："就是实习生……其实很难接触到客户的，就有点……"她斟酌着用词，不甚肯定地道，"高攀吧。"

男人小幅度地掂了下快递："没手拿手机了，我把账号报给你吧。"

周谧当即蹲下去，将手里的东西全部放到地面上，才跟在皇帝面前捧笏的大臣那般，双手举高手机，站直身体，毕恭毕敬地说："我准备好了。"

男人不知道是第几次露出笑眼了，他慢而清晰地说了一个英文单词，一个下划线以及两个数字。

她注意到他的网名：Season。他的头像就是他两只狗狗的合照，两只狗狗很有"没头脑和不高兴"的CP（情侣）感。

"你的英文名是Season吗？"周谧开始思考今后要给他怎样的尊称。

男人回："我的中文名也是Season。"

周谧不解，吐出一个轻轻的"嗯？"。

他说："我叫季节。"

周谧一怔："就是季节那个季节？"

他回："对，就是季节那个季节。"

周谧恍然大悟，忙不迭地做狗腿子状："哦，季总。"

"我的鸡皮疙瘩都起来了，"季节又露出那种跟薄荷汽水一样清爽的笑容，"你还是叫我季节或者 Season 吧。"

季节一路将周谧送到六座一层的大堂，并把快递放在电梯口，说："就帮你摆这儿了，你一个人上去没问题吧？"

周谧忙说："没问题，在公司里，比这个还重的我都可以搬的。"

季节说："那好，我先走了。"

周谧怔了下，似想起了什么："等一下。"

周谧取下肩头的帆布包，掏出一支巧克力棒，有点磕巴地说："谢谢你帮忙……"

季节顿了一下，笑着接了过去："没事。"

周谧眨了两下眼："那，再见？"

季节颔首："好。"

他转身离开，背影颇似在校园大道上看到后，让人忍不住想要快步超过，偷瞄一眼其正脸的那种男生的背影。

周谧目送着他走下台阶，消失在夜色里，而后呼出一口气，弯下腰再次将那摞快递抱起来。

到家后，陈姨见她两手满满当当的跟要搬家似的，赶紧小跑过来帮忙拿拖鞋，分担重物。

周谧低头换鞋，又忍不住挑高眼皮，快速扫了一眼房子内目之所及的全部空间。

陈姨注意到她搜寻的神态，忙说："张先生还没回来。"

"哦，我没找他。"周谧嘀咕着，把自己的玛丽珍鞋放回鞋柜，咚的一下关上鞋柜门。

陈姨热忱地问："谧谧，你今天想吃什么？"

周谧蹲下身整理快递："不吃啦，今天晚饭吃得晚，不饿。"

陈姨点点头，回到开放式厨房里。

周谧将东西从玄关处运进来，又回房间里取出自己的美工刀，开始一个一个地拆封。

妈妈寄来的两个大箱子里果不其然都是她的书和零食，还有一些夏装，这些夏装有旧有新。

周谧又去拆自己网购的东西，小熊刺绣化妆包、粉兔子储物挂袋、美乐蒂收纳盒、奶白贝母风铃、贴纸和墙历、星星灯串，还有最近很流行的、适合摆拍的日落灯——这些全是她打算用来充实和装点新卧室的小物件。

取出手机对比、查看卖家是否有漏发的东西时，她发现季节已经通过了她的好友申请。

他应该已经到家了，也没客套，直接发来了一张狗的照片，看尺寸像是直接在聊天界面现拍的，不带任何滤镜。

狗吐着舌头，憨态毕露。

照片是一分钟前发来的。

周谧蹲在那里，不敢怠慢地回复道：他叫什么啊？

季节纠正道：她。

周谧急忙改口：收到。

她换了人称问道：那她叫什么啊？

季节说：娜可。

周谧顿了下：另一只不会叫露露吧？

季节回：嗯。

周谧问：也是女孩子？

季节说：是啊，不过她犯错误了，这会儿正在阳台上思过，以后再拍给你看。

周谧笑：她们都是女孩子，生活在一起会有矛盾吗？

季节：会，但有时关系也不错。

周谧好奇地回：她们听你的话吗？比格犬应该挺难控制的吧？

那边没了动静。

周谧的头皮绷紧了开始发麻，她开始察看前面的聊天记录。

他怎么突然不吱声了？是因为她说了比格犬的坏话吗？

她正在郁闷时，季节竟然回了个小视频过来。

她点开视频，视频里是乖巧地蹲坐在地板上哈着气的比格犬，两只棕色的大耳朵垂着，黑眼睛水汪汪的。

"娜可，起来。"

狗立马站起来。

"趴下。"

它又像抹布一样躺到地面上。

"打个滚。"

狗灵活地来了个三百六十度的翻身。

"真棒，来。"

她可以清晰地听见他温和的声音，最后狗撒丫子冲过来，直起身扒住他，脸都快撞到镜头上了。男人细长漂亮的手也来到屏幕下方，喂给狗一些食物，又搓了搓狗的脑门。

视频在这里戛然而止。

周谧又看了一遍，惊奇地回：她好乖啊，你是怎么做到的？

季节回：耐心换耐心。

然后他又补充道：说多了都是泪。

周谧弯起嘴角，回了个奥特曼竖大拇指的表情包。

聊天框里再度安静下来。

周谧多等了会儿，确认"甲方爸爸"大概率不会再回复了，才把手机揣回兜里。

她站起身来，看了看满地的纸盒和物品，突然有点无从下手，沉吟片刻，决定按部就班，先把妈妈寄来的大箱子收拾进卧室里。

张敛一进门，就被堪比夜市小摊的地面闪了下眼。他眉心微蹙，换上拖鞋。

他绕开两步往里走，洗完手直接去了厨房，目光在敞开的次卧门上一掠而过。

周谧整理完书出来时，发现张敛居然已经回来了。他立在吧台后，一手握着水杯，一手拿着手机，正心无旁骛地看着什么。

她迅速拽回视线，三步并作两步地走过去整理好纸箱，并抱起自己所有的小玩意儿。

物品杂且乱，外加她溜得过分急切，她没走两步，一个小收纳盒便掉到地面上，啪嗒的响声在空阔安静的房屋里格外清晰。

她第一时间去看张敛。

他果然在看这边，面色和目光都淡淡的，似稀薄的暮色。

如被窥破了心事，周谧慌了神，急匆匆地弯腰去捡收纳盒。她的动作幅度有点大了，满怀的东西全都滑落，稀里哗啦的，一阵刺耳的嘈杂声猛地响起来。

周谧的脸红到了耳根，她蹲低身子重新去捡东西，手忙脚乱到不行。

余光里，张敛走了过来。

他总带着不容人忽视的存在感，等他真正停到人身侧时，这种存在感又会上升为极强的压迫感与侵略感。

尤其他今天还穿了一身黑——黑色的衬衣、黑色的长裤配上他色调偏冷的白皮肤，让他看起来简直跟死神一样。

周谧的速度在加快，因为男人已有俯身帮她捡东西的架势。

周谧咬住牙关，装作视而不见，只能死死地让目光聚焦，瞄准他骨节分明的左手，看他要去碰地上的哪一个东西，就以最快的速度抢先一步将之一把攥在自己手里，再塞回怀里。

包装袋窸窸窣窣作响，张敛接连两次抓了个空。

他的手悬空顿了一下，第三次做出同样的动作，周谧也故态复萌，飞快地探出手去。

她的手忽然被中途截住。

张敛握住了她的手指。

周谧完全没料到这一点，心脏剧烈地跳动着，快要从嗓子眼里蹦出来了。

仿佛预知到她会挣扎一样，男人提前施了点力，没让她得逞。

两人手上的皮肤温差很大，他们感受着彼此的温度，沾染着彼此的气息。

周谧的背脊开始发紧，如开启了防御机制一般一点点拱起来。她更使劲地往自己这边拽自己的手，企图逃脱禁锢。

然而无用。

她的手像只难以动弹的文鸟。

地上只剩一个小小的蓝白格纹的纸袋了。

张敛用右手捡起它，不急不慢地将之嵌入她被他控制着的那只手的缝隙里，协助她捏紧，这才松开了她。

他清冷的声音似雪粒，在她发根的部位融化着："但凡你有一点真心的不愿意，我都不会强人所难。"

他直起身，转头离开了原地。

周谧鼻腔微堵，急促地翕合了两下眼皮，抱紧那堆东西快步走回房间里。

之后，整整一周周谧都没有再跟张敛说过一句话。

这些天发生的事情很像滴入了烧碱溶液的酚酞，溶液会呈现出浓郁的红色，但稍加振荡，这种化学反应又会即刻消失。

他们的关系真的成了周谧曾信誓旦旦要求的那种，最"理想化"也最"舒适"。他们现在是同居的陌生人，关系不佳的异性室友。

确认这一事实的前三天，周谧也会在睡前委屈地抹一会儿眼泪，跟朋友吐槽一下张敛的铁石心肠，并破口大骂："我早就猜到了，这个狗男人，我不配合他他就立马翻脸，真的很现实的一个人你知道吗？"

然后她翻来覆去地重复类似的话以发泄不满。

可有时她也会打心眼里承认，张敛的确是个源于生活又高于生活的艺术品。他很像一匹光泽度极高的纯黑色绸缎，可以被制成适合各种各样女孩的衣裙，世俗的皮屑和尘埃是不该掉落在他身上的，那样会让他失去本来的美感。

对她而言，他或许就是只可远观的那种存在。

周谧在不甘与郁闷中逐渐找回了平静，能不分心地工作的时候，她开始笃定自己能将这三个月就这样顺其自然地熬过去。

可能真应了"情场失意职场得意"这句箴言，在论文过稿的同时，周谧还接到了HR那边的通知，HR说她实习期将满，客户部本季度刚好有一个名额，她的 leader 叶雁极力推荐了她，希望她能够留下来，成为奥星真正的一分子。

从 HR 的办公室里出来后，周谧至少控制了自己三十秒，才不至于让自己迈出六亲不认的步伐，或者像只失控的大母猴那样尖叫出声。

她深呼吸着回到工位上，大口喝起了水。

叶雁还没复工，她揪了几秒发酸的鼻头，擤了一下鼻子，开始感激地给自己的引路人发消息：Yan，谢谢你，真的很感谢！

叶雁立马领会了她的意思：你知道了啊？

周谧回：嗯，我刚从 HR 那回来，激动得想死。

叶雁：有这样刚知道转正消息就诅咒自己的吗？

周谧：哦，不死了，我激动得想再活一百年，为奥星当牛做马。

叶雁：这句话就该发给 Fabian，他一定爱死你这种员工了。

周谧的嘴角瞬间掉了下去，"一秒宕机"说的就是这种情况。

她立刻转移话题：你什么时候回来？

叶雁：过两天，还得等个报告。

周谧亢奋到口不择言：好，想你，等你，爱你。

叶雁大概也笑了：我的妈呀，我满身都是鸡皮疙瘩。

周谧红着脸，傻笑着打字回复：抱歉抱歉，我太开心了，等你回来了我请你吃饭。

叶雁回道：好嘞，好好工作，我们的小 AE。

这个称呼既亲昵又鼓舞人心，周谧开心地"嗯"了一声，垂下眼拍了一张身上工牌的照片，发到朋友圈里，并配上了文字：从今天开始我不再是小实习生，而是小 AE。她又在后面加了"害羞""庆祝"的表情。

她把微信名改成"谧谧子上班啦"，然后跟打了鸡血一样重新投入工作。

临近中午，她才有空看一眼手机。

她发现不少人都给自己这条状态点了赞，爸妈、贺妙言、同学、同事，他们都在真心实意地恭喜她、祝贺她。

季节也点了赞和评论了一个"牛哇"。

周谧很认真地把评论从头看到尾，又倒着浏览了一遍，确认没有那个名字和头像后，觉得自己的大脑空白了一小会儿，但也只是很短暂的一会儿。

第一次加上张敛的微信时，周谧就觉得他的头像阴森森的，点开来发现图里是几个戴着兜帽穿着黑大衣的人在暮色和树林里奔跑。

这一幕有点眼熟，她像在哪里见过。

后来，有次她在睡前盯着他的头像研究了很久，才想起来这张图是电影《死亡诗社》里的剧照，图里的几个少年在深更半夜偷跑出去分享诗歌。

周谧读本科时看过这部高分影片，并在电影快结束时感动得泪如雨下。

忽而跳出来的朋友圈新提醒将周谧飘远的思绪拉了回来。

她眨了眨眼，点进去看，发现是叶雁在她这条状态下方回复季节：咦？你俩认识？

周谧的脑袋嗡地响了一下，她私下结识季节的事可还没向自己的上司汇报。

她倒也不是故意隐瞒的，只是真的不知道要如何开口。

而且中间的诸多细节都不适合暴露。

此刻，季节已经回复了叶雁：不能认识吗？

两人顺势在评论区里聊了起来。

叶雁回：有点没想到，天啊，你不会是那个百分之六十吧？

季节不解：什么百分之六十？

周谧顿时急得抓耳挠腮，跟百米冲刺一样将界面切到跟季节的聊天框里，急迫地道：这里！这里！！

季节回：怎么了？

周谧飞速地打起了字：可不可以拜托你一件事？

季节：你说吧。

周谧头疼地回：其实我不是华郡的业主，只是住在那里，你可以先不要说我们是怎么认识的吗？

季节：我知道。

周谧怔住了：啊？

季节回：你不像那里的人。

周谧被噎了一下：因为看起来穷吗……

季节回：不是。

他没有说具体的原因。

周谧的后背和额角都开始隐隐地冒汗了，她怕死了自己跟张敛的隐秘关系会被发现、被揭露，只能继续扯谎：我妈在六座的一户人家里做阿姨，我目前跟她一起住在雇主的家里面。

季节回：原来如此。

周谧又回：实在对不起，我也不是不好意思让同事们知道，我就是怕leader 发现我私底下跟你有联系会多想。

季节：抱歉，是我贸然留言让你被你的 leader 发现了。

周谧立马回：没有的事！我才是真的不好意思！不打扰您了，我再想想怎么跟 leader 交代。

季节：我教你。

周谧：嗯?

季节：当时你只在她的手机上看到了我的照片对吗?

周谧：对。

他很快给出了天衣无缝的理由：前两天你在同城游戏群里加上了我，我们打过几次游戏，但你看不到我的朋友圈，不知道我是谁。

周谧茅塞顿开：可以啊。

季节：可以吧?

周谧学他说话：牛哇!

季节回了一个笑脸表情。

叶雁果然来私聊她了，周谧用季节教她的借口蒙混过关，一切非常顺利。

叶雁还在那边感慨：也太巧了吧！下次你跟他"开黑"的时候记得多玩辅助，从头到尾都死命地跟着他，给他"刷盾"，给他"加血"，给他"挡大"，给他足够的安全感，然后多多的美言。这就是 K 记与奥星的缘，比稿记得选我们，我们的 AE 都超甜。

周谧乖巧地回复：收到。

退出跟叶雁的聊天界面，周谧松了口气，抽出一张纸巾擦擦早已湿漉漉的手心，又回到和季节的聊天界面，感恩戴德地回：太谢谢您了！

季节：谢什么？你应该打游戏的吧，我看你知道娜可露露。

周谧：有时会跟朋友打，但打得不算频繁。

季节：那就行，下次一起"开黑"，我每个位置都很会玩。

他又问：不过百分之六十到底是什么？

这一次周谧如实相告。

听完前因后果，季节很快发来一个笑容灿烂的狗狗脸表情包：你真是太有趣了！

周谧笑了一下，谦虚地道：比起你还要差一些啦。

K记哪里难搞了？周谧一头的雾水。

"甲方爸爸"明明这么帅，这么好，这么亲切，喜欢宠物，喜欢手机游戏，多么典型的阳光大暖男！

晚上，周谧在脑子里整理这些关于季节的标签，又反复浏览了许茉给他们下的任务和分享到群里的K记历年提案的PPT。

周谧看得目不转睛的，震撼于一页页客群分析和策略营销的精准度和图像与文字碰撞出来的灵感的表现力。

双眼炯炯有神地翻至尾页时，周谧顿住了，那是对服务团队的介绍，张敛的名字高居首位，后面的小括号里是他的职位，再用鼠标往下拉，就是个人的照片与简介。他还是处于第一位，并独占了一页。

可能是考虑到要展示给客户看，这张照片里的张敛并没给人高不可攀的疏远感，反而还带了点平易近人的温和笑意。

张敛的履历很丰富，甲乙方都待过，他早年在国外曾效力于奥星集团总部，服务过多家全球知名品牌，之后担任过德国某汽车品牌大中华区的CMO（首席营销官），三年前回到奥星，被任命为国内奥星的董事总经理。

周谧默念着，在心里感叹了句"哇，他可真是焦虑制造机一样的全能高手啊"，就跟打寒战一般摇了两下头迅速把页面往下拉，挨个欣赏起其他中高层大佬的个人介绍。

Minnie Zhou 什么时候才能被贴进来呢？

周谧面露艳羡，关掉了 PPT。

过了会儿，许茉在群里问：今天开会时初步讲到的营销策略和创意，大家还有什么想法或是有要补充的吗？

一下子没什么人说话了。

过了片刻才有个文案冒了个头，不过他也是打哈哈，并没有提出什么实质性的建议。

周谧不大好意思让这个代职 leader 尴尬，就小心地回：我感觉似乎有些规矩和普通了，虽然国风确实是个不太好展现出新想法的老元素。

有个叫路琪琪的设计师突然问：哪里普通了？

周谧组织了一下语言：好像不够有趣？他们换了个总监，据我所知这个总监还是蛮外向的。

路琪琪：客户的个性和产品的调性不是一回事好吗？你是准备无视品牌的商业期望转而去讨好一个客户以实现创销吗？搞清重点好吗？

周谧哑口无言。

路琪琪又在群里发了条消息：@ 奥星 -Molly，是不是你下的创意简要有问题？你们部门给的反馈怎么不一样？

路琪琪心直口快，说的话难免有点刺人。周谧脸红了一下：我没这个意思，我就是随口说一下我的个人看法。

群里没人再说话。

周谧心态微崩，回家后也哭丧着一张脸。

陈姨刚晾完衣服从阳台上出来："谧谧，你今天回来得好晚啊。"

周谧咬下在路上买的最后一颗关东煮，含糊不清地回："有点忙……"

陈姨说："哎呀，你怎么不回来吃夜宵呀？"

周谧把关东煮咽下去，弯唇道："不用啦，本来就很晚了，再让你费心思准备夜宵，估计你得忙活到十二点了，你还是早点睡吧。"

陈姨停在她身边，压着声劝道："也真的是，你和张先生不管谁先服个软都好啊，看你们不说话我心里都难受。"

周谧不知道怎么回答。

陈姨叹了一声："什么事能让你们闹这么久的别扭？我看张先生这几天又不出来洗漱了。"

周谧怔住了："啊？他以前不在外面洗漱吗？"

"啊？对啊，"陈姨睁大了眼，"你不知道啊？张先生的卧室里有主卫。你住过来后他才每天出来洗漱的。之前我听他说是因为你睡眠不好你俩才分房的，他天天跑出来刷牙、洗澡肯定是为了找机会多陪陪你，结果你俩过得跟分居一样，是在闹什么啊？"

周谧的喉咙被微微堵住了，好像有一粒胶囊卡在那里，渐渐溢出了苦意。

她站在原地，一时没动。

陈姨拿走她空掉的关东煮纸杯。

周谧轻吸一口气，回卧室放了包，走到盥洗室洗手。

一进门她就愣住了，她洗脸池旁边的花换了种类，不再是白色的、一直就没衰败过的小苍兰，而是两朵样子奇特的红色花朵，这两朵花紧挨在一起，色彩艳丽，花瓣跟软针似的聚向中央，似包裹成团的焰火。

周谧完全不认识这个品种的花，便瞟了一眼门外，把手机调至静音，偷拍了一张照片。

回到房间后，周谧盘腿坐在地面上，打开了网页。

原来这种花叫"针垫花"，古古怪怪的外形，古古怪怪的名字，她听都没听过，果然很小众。

她搓了下额角，迟疑了片刻，搜索它的花语。

结果很快跳了出来。

目光触及第一行字，周谧感觉自己的心被狠狠地拧了一下，痛得她鼻头瞬间涌出了浓烈的酸意。

针垫花的花语是"共同繁荣，对你始终是无限祝福"。

周谧盯着手机里的照片看了很久。

她觉得这花很像张敛，浓烈又夺目的色彩，锋利又密集的形态，很浪漫亦很现实。

她不知道她该对此做何反应，是大方地感谢他的祝福，还是继续视若无睹。

她也无法理解张敛将花放在这里意欲何为，他是因为她实现了当初在他面前夸下的海口所以如约给予祝福，还是笃定她会深挖其意义，然后再像个傻子一样在这边抓心挠肺？

周谧将这张照片和花语的截图一并发给贺妙言，语气故作无所谓地道：开始了，他又开始了。

贺妙言一眼识破了她：难受了，她又难受了。

周谧瞬间失语：……

她狠抓了两下头发：我能怎么办？我才平静下来他又来搞我。

贺妙言直接发来了语言，声音里透出一股子恨不能替她上场的焦躁："他搞你，你不能搞他吗？缩手缩脚的干吗啊？我要是你我就反向攻心。你之前不是脑子挺灵光的敢说敢做吗，怎么现在就转不过弯来了呢？"

周谧戴上耳机听完这条语音消息，打字反驳道：情况是不一样的好吗？

贺妙言：我告诉你，马上把这张花的图片设置成朋友圈背景，然后一个字都别说。他把花摆在那儿的确是为了祝福你，但肯定也会好奇你的反应。你不当面表态，他肯定要在你的社交软件里找蛛丝马迹。上次你不也跟我说了张敛会偷看你的微博嘛，他见你把这花设置成背景了肯定会跟你现在一样。

她的声音里带着邪恶的笑意：哎哟——开始多想了，心思活跃了，还有点小高兴了。

周谧回：真的？

贺妙言又发来一段长达四十二秒的语音："我不敢保证，但我建议你试探一下。真不知道你从住过去之后就一直躲躲闪闪的干吗！太被动了吧！动起来好不好？他想跟你暧昧不清，你就暧昧不清回去，他干吗你就干吗，你有样学样，三个月后见真章。谧谧，你领悟得不差，狗子绝对对你兴趣很大，而且他不只有那方面的兴趣。他要真想那样还不容易，干吗摆花来撩拨你？他费这心干吗？"

一语点醒梦中人。

周谧一动不动地坐了会儿才回复贺妙言：那我现在就弄？

贺妙言急不可耐地回：速度！

周谧半信半疑：他真的会看我朋友圈的主页？

贺妙言：废话，你今天的照片他说不定都存下来了。你的朋友圈里基本不发自拍照，那张工作照那么好看，你还戴着他公司的工牌，他说不定觉得那个状态就是为他发的，睡前还要再看两眼。

周谧：？

贺妙言：男人就这样，真的，你信我，虽然我没谈过什么恋爱，但我"厌男"啊，所以我清楚他们都是些啥玩意，打败他们的方式就是了解他们。

周谧：我要是设好了他不来找我呢？

贺妙言终于开始打字了：那很正常，他等你去找他呢。你坚持不找他，他就会按捺不住来找你了。

大概领会了意思后，周谧沉吟片刻，决定按照贺妙言说的试一试，反客为主，不再徘徊于茫茫海岸，踟蹰不前，而是借机打这个赌，抛下这只诱饵。就算她勾不到自己想要的宝藏全图，能得到一只装着残页的许愿瓶也是一种收获。

她不再迟疑，给手机里的照片加了个自己喜欢的滤镜，并将之裁剪为一比一的方图，而后设置为朋友圈的背景。

洗完澡从盥洗室里出来后，周谧感觉耳朵不大舒服，就停在走廊里，侧着头揉了会儿耳朵。她猛一抬眼，视线碰上了从书房里走出来的张敛。

周谧头皮一紧，好似抻紧鱼竿的人，随时为收线做准备。

他应该也洗过澡了，刘海有点蓬松，盖住了部分额头。他换上了宽松的黑T恤和束脚裤，纯棉质地的衣服看起来柔软亲肤，露出来的胳膊和一小段脚踝都干干净净的，瘦却不柴，极富力量感。

手停在耳郭上，周谧愣愣地将他从头扫到脚，又从下扫了上去。

其实他露出高而饱满的额头更适合，那样会显得他的眼睛更加深邃。

可能是她的目光过于直接了，张敛面无表情地瞥了过来。

周谧忙将目光往旁边移，又陡然想起贺妙言的话，于是定下神来，直视过去，继续若无其事地搓着耳朵。

张敛还在看她，但他跟她不同，他波澜不惊的，不带任何较量的情绪。

对视不过片刻，两人心照不宣，都无端感到有种隐晦的暗潮在涌动。

周谧的心跳在加速，她甚至不由自主地揣摩起来：张敛是不是已经接收到她朋友圈里的信号了，所以故意走出来，为了看到她，也为了被她看到？

越过她时，他忽地撂下一句："棉签在洗脸台下面的柜子里。"

周谧讶异地瞪大了眼，然后"哦"了一声。

他身上的气味也在周遭的空气里一晃而过，那是通透、清凉的海盐味。

等他离开了走廊，周谧偷偷翘了下嘴角，步伐轻盈地跑回去找棉签。

对着镜子清理干净耳朵里的水，周谧再一次看向瓶子里的两朵针垫花。她用指尖碰碰花头，又让指尖顺着花的边缘滑下去。接着她搓了搓锯齿状的叶片，确认它不扎人，才将其中一枝抽了出来。

花的尾端是潮湿的，她抽出棉柔巾擦拭了一下，打算拿它当二次投掷的饵料。

做完这一切都不见张敛回房，她有些好奇，便悄无声息地走出廊道。

男人立在茶几后面，手持遥控器，在开电视机。

周谧将捏着花枝的手背到身后，像在暗中观察人的猫一样藏起一部分的自己，但她仍旧很容易就被发现了。

张敛侧脸看了过来，握遥控器的手顺势垂了下去。

女生似一朵爬出篱笆的小蔷薇，身上露出来的皮肤也因刚沐浴完，像粉白色的花瓣一样嫩。

客厅里响起了解说员慷慨激昂的声音，伴随着绿茵场和观众席上的喧嚣声。

周谧怔住了，脸上流露出几丝窘迫。

原来她又自作多情了，他只是想出来看场足球比赛。

数秒安静的对望后，张敛问："有事吗？"

周谧顺理成章地拿出花朵，让它摇曳了一下："我觉得这个花长得挺特别的，可以拿一枝放在卧室里当装饰品吗？"

张敛说："你把它放在朋友圈里当装饰也没提前征询过我的意见啊。"

周谧没吭声，但已经控制不住扬起的嘴角和放肆的苹果肌了。

"啊，你看到了啊？"她装傻，一副理由充足的样子，"我觉得它的颜色和寓意都很好，就想拿它当背景。"

张敛微微挑唇："你这会儿得寸进尺连实物都不想放过了？"

"人总是贪心的嘛，"周谧用花枝指了下身后，"不行的话我可以放回去的。"

"拿着吧，本来就是你的。"他说。

他的话音刚落，电视里忽然传出了开局的哨声，那是悠长而响亮的一道声音。

周谧被惊起了一身的鸡皮疙瘩，侧了侧身子，说："你看吧，不打扰你了，我回房间了。"

张敛："嗯。"

掉头的一瞬间，周谧再也压制不住自己，笑出挤眉弄眼的意味。

"周谧。"身后传来他的声音。

周谧快速绷住嘴角，转过头去："干吗？"

男人站在那里，目不转睛地看着她："晚安。"

周谧感觉自己的面部肌肉就快要拼凑出一种叫作"喜悦"的神情："哦，晚安。"

周谧踩着小碎步回到房间，把自己抛到了床上。仿佛掉入一朵宽大的粉色的云里，她左右翻滚了好几下，才重新捞起手机看自己的朋友圈背景。

奇怪的花朵让她本来少女气十足的朋友圈瞬间衰老了四十岁。

但那又怎么样？

她确定了一件事——张敛果然在关注她。

他很密集，也很密切地关注着她。他在意她，他比她想象中更加在意她。

她截了朋友圈的界面去骚扰他：真的会有人去查这种丑花的花语吗？

那边回得很快：所以它只会到你的手里。

周谧坐了起来：要是我也不懂呢？

对面回：你不会。

周谧：你这么自信啊？

张敛回：我是相信你。

周谧揉了下僵硬的笑肌：你能不能专心看球赛？老聊天很不尊重电视里卖力奔跑、抢球的球员啊。

张敛：球赛只是个引子。

周谧蜷起腿，把下巴放在膝盖中间，好像只有这样做，才不至于让她满脑袋的糖水不小心漫出来。

她好奇地回：那正文是什么？

张敛：对方正在输入。

周谧完全忘记表情管理为何物，整个人在轻盈地往上飘：我要收尾了。

张敛：好，是不早了。

周谧：要不再写会儿吧？字数好像有点少。

张敛：也行，毕竟一个星期没下笔。

周谧：你好烦啊。

张敛：下次不要再说那些了。

周谧：我说什么了？

张敛：你知道我说的是什么。

周谧开始装失忆：我好像忘了。

张敛没有略过这件事：我没你想的那么不堪。

周谧的鼻腔被堵塞了一下，随即漫出低浓度的酸意：你上次讲话不好听，我这么想你又怎么了？

张敛：我坦白我上次有置气的成分。但你这样想我，其实也是在拉低自己。不要妄自菲薄，周谧。

他又回道：我从没有陪一个人用文字聊天聊这么久。

周谧的心脏重重抽搐了一下：那你干脆直接打电话好啦，我又不是不会说话。

张敛：这样交流能让你自在一些，就是判断你情绪的难度会更高一些。

周谧的眼眶微微发酸，她极快地眨动两下眼睛，毫不犹豫地打开了语音通话。

对方立刻接听了。

周谧刚要开口，张敛说："等会儿，我把电视关掉。"

周谧趁机吸了下鼻子，她的胸腔里又在涨潮了，咸涩的海水有多种颜色，有铅灰色，有桃粉色，也有苔藓那种青色。

背景音消失殆尽，男人说："好了。"

周谧咽了咽口水，调整了一下声音与语气，问："你能判断出我现在的情绪吗？"

张敛没有立刻回答，只是说："你再说一句话。"

周谧开始恶作剧，像小朋友那样中气十足且语速极快地报起了数字："一二三四五六七八！"

他却没有笑，反而认真起来："如果我现在在你身边，我一定会抱住你。"

好像真的有一束仅对她存在的日光洒了下来，又或者她真的被他拥入了怀中，无形的热气将她从头到脚罩住了。

她慢慢抿紧了唇，很久没有说话，过了会儿才问："你还在客厅里吗？"

张敛说："嗯。"

周谧不自觉地咕哝道："那你能不能坐在那里不要动？"

"好。"

她快速从床上跳下去，又急急趿上拖鞋："我想过去抱你一下，或者被你抱一下。"

他说："快过来。"

周谧挂断语音电话，打开门，一路飞跑至客厅，睡裙被气流捏成了一朵嫩黄色的风信子。

张敛真的还坐在原处。他正面色沉静地看着她。他真的在等她。

视野里一切在变沉，在倾倒，在往下落，周谧有几分眩晕，一时间呆站在原地。

张敛似乎不想等了，站起来，走了过去，直接将她抱了起来。如考拉本能地依偎着桉树，周谧几乎是条件反射般地夹住了他的腰，她感觉自己似一滴水，而它因为他又凝结成了星星，他怀里有个失重的宇宙。

张敛抱着她回到了沙发上，让她坐在自己的腿上。

他们静静地对视了一会儿。

周谧从头到脚的血液都在沸腾，她的心情在激荡，每一个毛孔都在呼吸，虽然她仅仅是被他这样看着。

张敛单手摸着她的脸颊，用拇指轻轻蹭去她眼下的泪痕，一个字都没说。他身体前倾，双臂在她背后合拢，如子弹上膛一样，一下子将她完完全全地箍在自己胸前。

一切都严丝合缝。

他贴着她微湿的头发深深地吸气。

男人的肩膀很宽，他又太用力，致使这个拥抱不只是一种交叠，更像是一种陷入，一种汲取，那么亲密，又那么温暖，世界被浓缩到他怀抱这么大，只有她一个人的容身之地。周谧扎在他的颈窝间，被他海风般的气息彻底包裹住了。她合上眼皮，感受到乱糟糟的心慢慢平静下来，仿佛月牙没入夏夜的海里，她平和到不想拥有天明。

叫醒服务

　　他们维持同一个姿势很久，完全感觉不到时光的流逝，还是周谧先捺不住地仰起了脸。

　　张敛的唇也离开了她湿湿的黑发，但他的眼睛仍近在咫尺。

　　周谧刚要放下搭在他肩上的手，他忽然说："别动。"

　　周谧不再动了，只是盯着他跟威士忌酒的颜色一样的眸子，小声地问："你的胳膊不酸吗？"

　　张敛说："不酸。"

　　周谧说："我的后背都被勒酸了。"

　　"哪儿酸？"他抽出一只手，如滑过琴键一般，沿着她的脊椎骨一路往下移动，最后停在她后腰中间，揉了一下，"这儿？"

　　酸麻感瞬时将周谧的上身电直了。

　　"别到处乱碰行吗？"她痒得往前倒。

　　张敛的喉结动了下，他用气声问："是不是？"

　　周谧刚要回答，却发现他已经在亲自确认了，从侧面，动作自然，隔着薄而清凉的睡裙。

周谧被惊得"嗯"了一声，那声音细而绵软，似从裱花嘴里挤出来的一小簇甜奶油。

脸急剧变红，她下意识地推他。

"很晚了，回去休息吧。"张敛放开手，声音里有种极为性感的压抑。

又是几秒安静的相互凝视。

周谧露出一种心知肚明的笑，贼兮兮地问："你还好吗？"

张敛的眼底有了警告的意味："周谧，你最好少说点话。"

她没好气地攥着拳打了他一下。

张敛勾起唇："亲一下，去睡觉吧。"

她像条小金鱼一样噘起嘴。张敛把脸靠过来，很轻地贴了一下，他偏红的嘴唇微微有点干燥，似晒皱了的花瓣。

这么好看的嘴唇真是让人恋恋不舍，周谧又一次嘟起嘴，又一次索吻。

张敛笑了一声，那笑声是从喉间发出来的。他垂下眼觑了她好一会儿，这不是来自高处的审视，而是不那么露骨的狎昵。

周谧在这种眼神里身心躁动，于是主动凑上前去，舔了舔他的嘴巴，还故意吧唧了一下。

她听见他的呼吸在一瞬间凝滞了。

张敛再难忍耐地扣住她的肋部，这一次他不是太有耐心。

周谧无法呼吸了。

两人再次缠在一起，仿佛黑咖啡与炼乳混在了一起，周谧感觉自己晕乎乎的，在彼此的气息间高速打转。

…………

客厅里只剩下一盏地灯，晦暗如黄昏与黑夜的交界，不甚分明。

把周谧放到抱枕上时，张敛顺手拿起茶几边的遥控器，重新打开了电视机。

球场上的嘈杂声瞬间铺满了整个客厅。

周谧红着脸，后知后觉地噤了声。

她蜷着腿，脚趾如抱团取暖的白鸟，死抵住沙发的边缘。

"还可以加音量。"他一只手撑在她脸边，伏至她耳畔模棱两可地说着。

起初视野是受到遮挡的，电视的光能从他的肩头射过来，她像处于月球的背面，但慢慢地，她能看见一整张屏幕了。

导播把电视画面切至观众席，球迷们开始齐声高歌，荧幕里全是人。

裁判吹响哨子时，张敛有些意外地顿住了，直起了身体。

周谧噌的一下坐起来，头上快冒蒸汽了，整个人也成了热锅上的蚂蚁："怎么办啊——"

张敛俯视着她，促狭地说："我也不知道。"

他的刘海有点乱，眼睛很少这样亮，整个人看起来就像个幸灾乐祸的大男孩。

"都是你！烦死了你！你自己收拾！"周谧恼羞成怒地喊着，捶了他的腹部一下，又处理了一下乱糟糟的衣物和头发，就滑下沙发，赤着脚跟飞似的逃回了房间里。

周谧把脸闷在枕头里，脑袋如滚烫的铁球。过了会儿，枕畔的手机嗡地响了一声，她拿起来一看，是张敛发来的消息。

一张图片，一条文字消息。

图片上是她刚刚落在客厅里的拖鞋，被他拎在手里拍了张照。

消息则微带戏谑之意：辛德瑞拉，你的鞋落在这儿了。

周谧羞愤欲死地掩了会儿面，才举起手机，顶着张大红脸回复道：哦，我过会儿出去拿。

对面回了个：好。

周谧搓搓滚烫的面颊，又问：沙发怎么处理？

张敛格外淡定：放那儿。

她几乎要叫出声了：你把沙发套摘了洗洗啊！

张敛：欲盖弥彰。

周谧：明天陈姨看到了怎么办？

张敛：明天我会让她清洗的。

周谧：？

张敛：怎么了？

周谧：很丢脸好不好？

张敛：哪里丢脸了？我的房子，我和我的未婚妻。

即使清楚这是个虚假的称呼，周谧还是被苹果肌挤弯了双眼：你这人有没有点羞耻心啊？

张敛回：我只有成就感。

周谧直接将手机丢远了。

她轻手轻脚地开门出去取拖鞋时，外面已经暗了下来，只有廊道里的一盏橘黄色的壁灯还亮着。周谧发现自己的拖鞋就在房门口，鞋头朝外，很规整地放着。

想象了一下那么高那么英俊一男的俯下身，郑重其事地摆鞋的模样与过程，她就忍不住地笑了一下，然后咳了一声，先左后右地把白脚丫子放进拖鞋里，又蹦了两下，才退回房内。

周谧回到床上，用薄被盖住双腿，给张敛发微信：谢谢，我拿到拖鞋了。

她突然发现已经快两点了。

张敛：早点睡，明天还要上班。

可能今晚发生了太多的事，周谧的思维异常活跃，一头扎进了野兔窝还在狂跳，她不想那么早道别，就继续磨磨蹭蹭地找话说。

周谧：你觉得今晚算个美好的夜晚吗？

张敛：你认为呢？

周谧想了一下，委婉地道：还可以吧。

张敛却直接说：我认为很美好。

周谧从鼻子里哼出了声：包括最后吗？

她马上补充了一句，闭口不提自己失控的窘态：我是指最后我跑掉了这件事……

张敛回：那是今晚最美好的部分。

周谧半信半疑地道：真的吗？我才不信，你肯定气得牙痒痒。

张敛回：真的。

文字果然狡猾，脱离了神态和语气，这一边的人只能凭情绪凭认知去解读对方的意思，再主观或客观地判断其真伪，永远无法百分之百地证实和确认其意思，哪怕这两个字是"真的"。

可就算难以辨析，她依旧为之心悸。如果她现在在漫画里，脑袋上一定满是浮动着的粉色小花。

周谧抿抿唇：既然我们都觉得今晚很美好，那它可以抵消上次那个不美好的夜晚吗？

张敛：当然可以。

周谧又高兴地哼笑了两声：好了，我可以放心地睡觉了。

张敛：晚安，周谧。

他又说：晚安，Minnie。

啊——

周谧真想立刻蹦下床做一百个高抬腿和五十次扩胸运动。

他也太狡猾了，怎么能用她工作中的称呼再道一次晚安，这么别有用心？

周谧活学活用，还青出于蓝胜于蓝，偏不叫他的本名：晚安，Fabian。

果然，一分钟后张敛问道：没少什么吗？

周谧故作矫情状：人家小 AE 一个，不敢直呼大老板的本名。

张敛：人际交往的前提是平等。

周谧倒到枕头上，好像落进了微缩的花园里，蹭了满头的香气：哦。

她一个字母一个字母地慢慢敲击着：晚安，张敛。

他似乎终于满意了：嗯，晚安。

周谧跟着回了个可爱的熊睡觉的表情包。

好在张敛很果断地没有再回复她，不然他们可能要没完没了地你来我往一整夜了。

这一夜，周谧翻来覆去，一会儿眉开眼笑，一会儿龇牙咧嘴，近四点了才睡着。她还梦见自己真的成了辛德瑞拉，晨光漫入卧室时，她系着围裙推开家门，台阶上是一双闪闪发光的水晶鞋，水晶鞋放在那的样子与昨晚的拖鞋一模一样。

八点半的手机闹铃将周谧唤醒时，她感觉自己的面部肌肉像是抽了一整夜的筋，隐隐发酸。

是昨晚笑多了还是梦里笑多了？

周谧边困惑边小心地揉着颧骨部位走出房间。路过张敛的房间时，看到门是半掩着的，她顿住了，好奇地侧着上身往里瞄了一眼。

张敛卧室的风格也很符合他的个性，里面有大面积的简单木色，床品是如同岩石色的灰黑色调，唯有白色的灯具可以提亮一下房间。

床边并没有人，周谧猜他可能在衣帽间。

去盥洗室前，周谧想了想，拿起手机，给他发了条微信信息：你起床了吗？

过了会儿，那边回：起了。

新的一天的笑容模式旋即被开启，周谧竭力压制着唇角的弧度：要不要一起去刷牙？

张敛回：你起晚了，我已经刷过了。

周谧瞬间垮下了脸：哦。

她手指不停歇地打字反驳了一句：那你要晨跑我又不要晨跑，我几乎一夜没睡，还能在八点半起床，已经很敬业很爱岗了好不好？

张敛没有再回消息。

周谧把手机揣进兜里，往盥洗室走。

前脚刚迈进去，她就怔住了。

张敛居然就在里面。他正立在镜子前剃胡须，周谧很难分清是他在守株待兔还是她愿者上钩。他在剃胡须这方面似乎比较守旧，习惯用手动剃须刀，刀片推过去，下颌的线条也随之变得更清晰，看上去他的下颌似雪崩后陡峭的山脉——非常赏心悦目，看久了还让人有点口干舌燥。

她看了他一眼，一字一顿地道："早啊。"

张敛甩了下刀片，又瞥她一眼："早。"

周谧走到水池前，开始挤牙膏，并给予问候："昨天睡得好吗？"

张敛说："还可以。"

周谧把电动牙刷放到牙缝上，含糊地说："我一点都没睡好。"

张敛打开了水龙头："等会儿去公司，我选条比较堵的路给你补觉。"

周谧笑得喷出了泡沫："还是不必了。"

张敛从她的镜子里看她："说说原因。"

周谧也从他的镜子里看他："还是那些原因啊，你还是把我放在地铁站吧。"

张敛说："行。"

斜着观赏完他洗脸的全过程，周谧忽然开口，不甚确定地唤了他的本名："张敛？"

他把灰色的毛巾挂了回去："有事吗，周谧？"

周谧嘀咕道："就……叫一下。"

他轻笑了一声，没说话。

周谧将太阳花发圈套上，开始搓洗面奶，而他还待在原地，悠闲地看着她。

周谧满脸的奶油状泡沫，衬得一双大眼睛更加黑亮了："你去吃早饭啊。"

"你催什么？"

"那你看什么？"

他淡淡一笑："刷牙没赶上，要不要一起去吃早餐？"

两人同时出现在餐桌上时，站在料理台后的陈姨露出了忧心忡忡了多日后第一个欣慰的笑容。

陈姨把备好的美式咖啡端给了张敛，面色慈和地道："你们多吃点，一会儿上班别饿着。"

周谧点两下头，又把视线移回正在抿咖啡的张敛的脸上，许久未动。

张敛将白沙色的咖啡杯搁到配套的茶碟里，看了过来："怎么了？"

周谧问："我还没喝过这种很纯的黑咖啡，它真的好喝吗？"

张敛连杯带碟地把咖啡推到她跟前。

周谧眨巴两下眼睛："你的意思是让我喝？"

张敛颔首。

周谧抿着嘴笑起来，端起咖啡尝了一口，直接被苦得皱起了鼻子。

张敛斜着看她一眼，发出一个带着笑意的鼻音。

周谧用一根手指把咖啡推了回去，略带嫌弃地说："无福消受。"

张敛叫来陈姨，让她送些方糖和牛奶过来。

没一会儿，桌上多出一小碟方糖和一只迷你奶盅。张敛拿起木夹，垂下眼夹了两颗方糖放到杯子里，又将牛奶倒了进去，搅拌几下，重新把咖啡推给周谧。

周谧微怔："你不喝了吗？"

张敛说："喝啊，你喝不完我帮你解决。"

周谧双手捧起杯子，将下半张脸藏在杯子后面笑了一下："万一你今天上班打瞌睡了怎么办？"

张敛盯着她明媚的笑，说道："你记得每小时提供叫醒服务。"

周谧才没有答应他。

但在去公司的地铁上，她还是煞有介事地设了三个整点闹铃，分别是十点的、十一点的、十二点的，将整个上午都覆盖了。

到工位上后，她又一个个取消掉闹铃，觉得自己真的提醒张敛了，他会不会觉得她幼稚、滑稽，觉得她太把他随口一提的话当回事了？

可她就是很在意他呀。

于是周谧又将闹铃尽数打开，唇角还随着打开开关的动作越发上扬了。

怀抱着笔记本电脑和本子去会议室时，她经过了张敛的办公室。见门开着，她忙瞅瞅四周，然后不动声色地往他的办公室多挪了几步。

到门边时，她的行走速度直逼蜗牛，她又鬼头鬼脑地往里瞄了一眼。

张敛果然坐在办公桌后，看着显示器，浓眉微蹙。

他完全没注意这里。

但她还是开心地翘起嘴角，腾出一只手从裤兜里抽出手机，给他发微信消息：我刚才看到你啦。

张敛回得很快：倒水？

周谧：开会。

张敛问：着急吗？

周谧遥望了一眼会议室，里面稀稀拉拉地坐了两三个人：不急，有事？

张敛：先回来让我看一眼。

周谧因这句话不经意地扬起了唇、减慢了速度：有什么好看的？

张敛回：提神。

周谧的笑容更灿烂了：说得跟我长得奇形怪状、令人耳目一新一样。

张敛：你不能往另一个方向想吗？

周谧：不能，你这人毒得很，谁知道你的话的真实含义是什么？

张敛：过来，我已经看门一分钟了。

周谧：怎么可能？你在盲打聊天吗？

周谧看了一眼正前方：已抵达 Room3（三号房间），请勿影响本人工作。

周谧：拜拜。

她火速敲完这三句话，将之发送出去，就把手机揣回兜里，迈着小碎步闪进会议室里，生怕自己慢一秒就会因忤逆罪被捉拿归案。

会议开到半途，突然有人叩了两下玻璃门。

周谧正耷拉着眼皮专心地往自己的笔记本上记重点。

察觉到整个会议室忽地安静下来，她转了下笔，抬起了眼，但她的目光骤然定住了，竟是张敛在会议室门口叫许茉出去说话。

周谧隐约能听到他在问什么车的项目的事。

他一身白衬衣黑长裤，一侧胳膊轻轻挨住了门，整个人直直地站立着，带点并不刻意的散漫，似老练的男模在拍时尚杂志，很养眼。

难怪全会议室的人都看向了他。

周谧耳郭发热，有些不自在地按了下中性笔的末端，又咔嗒一下，把笔芯重新按了出来。

张敛在门口待了多久，她就重复了这个细微的动作多久。

事实上他也没待多久，可能连两分钟都不到。

走之前他往会议室内瞥了一眼，目光很有针对性地拂过了她所在的位置，但没有任何情绪上的破绽。周谧匆忙敛目，将笔卡在本子中央，可她乱跳的心脏却不像笔一样有地方安放。

她的情绪也猝不及防地跟被点着的纸页边角一样，皱了起来。

周谧暗自咬牙切齿着。

在回工位的路上，她的手机忽然有音乐声跑了出来，并伴着振动。周谧取出手机瞄了一眼，是她先前设置的整十一点的闹铃。

她当即关掉闹铃，临时取消了专人叫醒服务，谁让他以权谋私呢？

坐回办公桌前，周谧喝了口水，又盯着放在那的杯子发了会儿呆。忽然她灵机一动，重新拿起了手机。

张敛破天荒地接到了一个外卖电话。

听见对面介绍的身份的下一刻，他就猜到这是谁的鬼点子了。

奥星所处的大厦乘电梯需要身份卡，外卖员是无法上楼的。所以，张敛前所未有地下了趟楼去取快递，并没交代秘书去做。

从配送员手里接过纸袋时，公司一个来上班的创意组长刚巧迎面走来。

对方看他的眼神略显惊悚。

"Fabian？"创意组长的问好声中带着他自己也没发觉的疑惑语气。

张敛颔首，瞟了一眼袋子标签上的"美式咖啡/大杯/热/原萃浓缩（标准）"，几不可见地勾了下唇，垂下了拎着它的手。

两个男人一道上了楼。

电梯里，创意组长意外地说："Lilith 休息了？"

张敛说："没有。"

创意组长更加诧异了："我第一次看到你亲自下楼取外卖。"

张敛意味不明地笑了一下："头疼，下来走走。"

创意组长了然地点了点头。

回到办公桌前，张敛把咖啡取了出来，一口没喝，拿起手机给周谧发消息：我不影响你工作，你倒来影响我工作？

周谧装傻充愣：我怎么啦？

张敛不跟她卖关子：咖啡。

结果那边的人编辑了好一会儿消息：中午好，张先生，现在是您的叫醒时间，中午十一点整，天气晴朗，咖啡为您的专属服务的附赠品，祝您有愉快的一天！

张敛笑了一下，扫了一眼屏幕的左上角：你不太敬业吧？现在都快十二点了。

周谧一点也不客气：你早就醒了，迟一点问题不大。

张敛问：我怎么早就醒了？

周谧：您一个小时前就到会议室提过神了。

张敛：你也够大费周折的。

周谧：到底是谁大费周折，快把整栋楼跑遍了？

她这副给根杆子就能顺着爬上月球的样子，让他哭笑不得。

张敛将手机搁回桌面上，拆开咖啡，喝了一口。

接下来的两天，周谧再次过上了孤家寡人的生活，因为张敛又去京市出差了。周五，周谧回学校处理了一下论文汇款、定版事宜。这是她跟张敛同居后，第一次见到自己的导师苟逢知，对方热切地询问她和张敛住在一起这二十天里有没有受委屈、有没有生气。周谧只能笑眯眯地说还不错。

也因为这个打岔，周谧决定这个周末回家看看爸妈。

晚上，家里还是只有她跟陈姨，偌大的房子像只雅致的大地色古董瓶，她身陷其中，讲一句话似乎都有"空空"的回音。

洗过澡后，周谧就回了卧室，坐在阳台上吹风。宜市的夜景一如既往，灯如树，高架桥似金色的网，上面粘满了蜘蛛似的车辆。

突然，周谧收到了叶雁的消息，叶雁询问她跟"佛爷"近来关系如何，有没有在一起玩游戏，还让她顺便打探一下这次 K 记倾向的关于端午新品的创意，因为这次比稿主要的打分权就在"佛爷"的手上。

看见"佛爷"这个名字，周谧反应了几秒，才意识到叶雁说的是季节。

他俩最近几乎没讲话，实习生跟客户确实难有正面的接触，而且她这几天也忙得脚不沾地，回家后只想倒头大睡，根本抽不出空玩游戏。

收到 leader 交代的任务，周谧忙去季节的朋友圈里看了看，他最近几天只增加了一条新状态，内容依旧是他的狗，周谧那天已经点过赞了。

周谧这会儿手头没事，就给他发了条消息："开黑"滴滴。

等了一分钟，季节回了消息：这会儿可能没空。

周谧：好的，您忙，我只是问一声。

季节回了张黑乎乎的照片，周谧依稀能从照片里看出两只狗子的身形：在遛祖宗。

周谧放大照片仔细看了看，回复道：她俩并排走在一起，我完全分不清谁是谁。

季节回：相处久了就可以了。

周谧卡壳了一秒钟，她又开始绞尽脑汁地找话题：好想当面看看她们。

季节：明天吧。

周谧瞪大了眼：嗯?

想起明后两日的安排，她只能遗憾地道：我明后两天要回家过周末，可能看不了，怎么办?

季节问：很早就要回去吗?

周谧：那倒没有，起床后收拾收拾才走，多半要到中午了。

季节回了个苦涩的笑脸表情包：我八点会出来遛狗。

周谧：这么早啊?

季节：对啊，一天三次，风雨无阻。

周谧刚想回"真是操碎了心"，对面又发来一条消息：明天你起得来吗? 我可以带娜可、露露去六座楼下，九点半左右。

周谧自然是点头再点头：当然可以!

睡前周谧设好了九点的闹铃，想想又把时间改成了八点半。她还决定认真地化个全妆以表达对"客户爸爸"的高度重视与尊重。

翌日早上，简单地吃了个三明治，周谧就换上蓝白格的泡泡袖小裙子下楼赴约了。

季节已经在花圃边等着了，一个人拉着两条狗，用的还是那种分叉的黑色收缩型牵引绳，颇具气势。

但他看过来时，又露出了那种无害的笑容。

周谧忙举起一只手摇了摇，并以双倍于之前的速度朝他跑过去。

比起她的郑重其事，季节似乎没怎么收拾，穿着很简单的黑 T 恤，上面印着水彩灰马头图案，栗色的头发也微微有点凌乱。

"吃过早餐了吗？"

"你吃过早饭了吗？"

他俩不约而同地问，又一起笑了。

周谧先答："吃过了。"

季节多看了她两眼："还化了妆。"

周谧噤声了两秒才坦白道："嗯，放假时我一般是不化妆的，今天主要是为了展现一下对'甲方爸爸'的重视。"

他又笑了一声，似风吹散了云彩："看狗吧。"

周谧抿了下唇，垂下眼看那两只狗："那，你给我介绍一下？"

季节指向左边："娜可，"又指指右边，"露露。"

似输入了 Wi-Fi（行动热点）密码，两条本来在草坪上四处嗅的狗顿时连接上主人的爱意信号，唯恐慢了似的回过头来簇拥在季节的小腿旁，还极为兴奋地甩起小尾巴，有一只甚至开始打滚，蜷起四肢，露出了白肚皮。

周谧的笑容溢了出来，十个手指蠢蠢欲动："太可爱了吧——我可以摸一下吗？"

季节以过来人的经验建议她："第一次见，最好不要。"

"哦……"周谧讪讪地缩回手，蜷起手指，显而易见地有点失望。

季节说："下次吧，先让她们熟悉一下你的味道。"

他再次唤来她们，介绍起了周谧："娜可，露露，这是我的朋友。"

周谧好奇得紧："她们听得懂你的话吗？"

"大概能吧，"季节又说，"认识一下吧。"

两条狗果然朝周谧扑过来，还围绕着她打起了转。

周谧吃惊地"哇"了一声，站在那里一动也不敢动，任由她们在她的腿边闻来闻去，甚至还小幅度地伸直了双臂配合起她们，跟要过安检似的。

季节被她下意识的动作给逗笑了。

季节看着她："她们应该蛮喜欢你的。"

周谧斜着目看他："真的吗？"

季节说："嗯，狗能感觉得出来你是不是喜欢它们。"

周谧说："我好喜欢她们，而且她们真的好乖啊。"

季节还是笑："等熟悉了你就不会这么认为了。"

"回来吧，你们太热情了，别吓着人家了。"他调节了一下牵引器的长度，将她们拽回自己的腿边。

周谧瞥向他，眼睛亮亮的："那你多给我一点发现本真的机会，我好想摸一下她们。"

季节说："信我，下次你肯定能摸到她们。"

张敛停好车出来，远远地看到周谧跟一个年轻男人立在楼下，有说有笑的。

他皱了下眉心，又回归波澜不惊的状态，走了过去。

前一晚，他在睡前电话里听周谧说她要回家待两天，就问她要不要他陪着她。

女孩在挂断电话前起码口是心非地嘀咕了三次"不用啦，没关系的，我一个人可以的，又不是回门"，于是他改了最早的航班返程了。

周谧很快就发现了张敛。

因为男人各方面都过于优秀、"吸睛"，即使只是余光瞥到了，她也难以忽略他。

眼睛大的人总是不方便藏匿自己的情绪。

张敛清晰地捕捉到周谧眼里那一闪而过的错愕与仓皇。

他在距离他们一米远的地方停下来，将左手里把玩了一路的车钥匙送回裤兜里，故意叫了声："周谧？"

牵狗的男人也望了过来。

周谧僵立片刻，眼睛旋即瞪大了一大圈，她仿佛意外到了极点。张敛头一回在她身上看到如此精湛的演技。

"咦，老板，你住这里吗？"

反转童话

下

七宝酥 著

四川文艺出版社

目　录

QI BAO SU

目　录

QI BAO SU

你就是我每个月偷跑出去要读的诗

等真正看清近处的周谧，张敛多少有点分心。

他很久没看到这么艳光四射的她了。她双颊粉嫩，略带珠光的眼皮配着她黑玻璃球一样的瞳仁，看起来就像关于欧洲中世纪的奇幻作品里狡黠生动的小精灵。

顾盼生姿，张敛不由得联想到这个词。

而这样精心打扮的周谧以往只会出现在他们每个月的约会中。

张敛的眼里有了细微的变化。

周谧迅速移开视线，扭头向季节隆重介绍起张敛："Season，这是我们奥星的 Managing Director（总经理；常务董事）。"

季节也看了过来，神态仍是温和的，他略一颔首："你好。"

周谧又双手伸向季节，字正腔圆地介绍道："老板，Season 是 K 记媒介共享服务部的总监。"

张敛眼中本就不显著的打量之意顷刻消失，他的言行得体得无可挑剔。

他走近两步，直接越过周谧，跟季节打起了招呼："你好，你可以叫我 Fabian。"

季节莞尔一笑，说："Season。"

张敛瞥了一眼侧面的大楼："你住这边吗？"

季节说："对，我在四座。"

张敛说："我之前早上跑步时好像见到过你。"

季节笑说："是吗？"

张敛眼皮微垂，看了下趴在地上的两只比格犬，微笑着说道："嗯，狗很漂亮。"

季节笑得皓齿毕现："哈，谢谢。"

两位帅哥开始旁若无人地寒暄，虽然他们的外形、穿搭迥然不同，但站在一起却意外地和谐、自然。

周谧感觉自己渐渐变得透明，被隔离出这一片小天地，成为多余的人。

她像只蹲在大钟摆跟前的猫，直愣愣地看着他们有来有往地聊了好一会儿，大脑都被"我是谁？我在哪儿？我要干什么？"的"弹幕""刷屏"了。

最后，对话结束于张敛递出名片和二人互加微信。

简单地道别后，张敛转身步入六座的大堂。走之前，他淡漠地瞟了一眼周谧，视线如一股无形却暗藏锋芒的气流，咻的一下擦过了她的头皮，给她带来阵阵麻意。

周谧双手在身前绞着，只敢小心翼翼地说声："老板慢走。"

季节目送张敛走远，从商务社交模式切回日常模式，随口评价道："你们老板很帅啊。"

周谧怔了下："啊？还好吧。"接着又局促地补充道，"毕竟是广告公司的呀。"

季节点点头，目光重新落到她的脸上："也是。"

周谧不忘谄媚一把，故意更改了一下称谓："季总也很帅气，不然我们干吗偷偷看你朋友圈里的照片呢？"

季节脸上的笑意变浓了，明显很受用这样直率又带着点小心思的吹捧。

周谧担心自己立马跟上张敛会让季节起疑，就多看了两眼那可和露露，怯怯地提议道："你还遛她们两个吗？我挺好奇比格犬是不是真的像推土机一样走路……"

季节似骑士勒缰绳那般扯了下牵引带："可以啊，走吧。"

十点出头，周谧才回到家中。

一开门她就瞄见了餐桌边的张敛，他正背对着自己用早餐。

她尽可能轻手轻脚地换上鞋，像在外面通宵上网才回到家的小孩一样，打算从家长眼皮子底下溜之大吉。

但她想了想，还是甜甜地跟他打了个招呼："我回来啦——"

张敛执叉的那只手轻微地顿了一下，他并未回头，只是"嗯"了一声。

周谧捋了下左侧的头发，蹑手蹑脚地跑到桌边，抽出椅子，在他的斜对角坐了下来。

张敛看她一眼，继续吃自己的。

周谧将小臂交叠着放到桌上，细声细气问："你还没吃早餐呀？"

张敛说："我在吃。"

周谧弯唇道："哦，你回来得好早哦。"

张敛看向她："你认为我什么时候回来最好？"

周谧的回答带有一点讨好的意味："越早越好。"

张敛低笑起来，这笑有些耐人寻味。

能明显地感觉到他的不爽，周谧两手托着下巴，假装自己是一个被茎支撑住的、粉嫩粉嫩的、散发着甜津津的香气的花骨朵："那你让我怎么办嘛！难道我对客户说我跟你住在一起吗？"

张敛斜了她一眼，蹙起了眉："你是怎么接触到他的？"

周谧如实交代："我拿快递时遇到他的。我的东西太多了，他就帮我拿了一下。"

张敛"嗯"了一声："就这样认识了？"

周谧亮出理由："对啊，我之前在 Yan 那里看到过他的个人信息，又这么凑巧碰到他了，就认识一下。和他搞好关系我还能为公司尽份力。"

她绝口不提照片的事。

张敛眯着眼，打量她片刻："刚刚你们在楼下是在谈工作？"

"啊，没有，"周谧说，"我就看一下他的狗。"

张敛说："这次公司拿不到 K 记的项目我就拿你开刀。"

周谧惊异了一下，继而满头雾水地问："关我什么事啊？"

张敛说："我看你跟他的交情很不错。"

周谧无语了片刻："我们今天才算第二次见好吗？"

周谧回归端坐状态，嘟囔着："你跟我的交情更不错呢。"

张敛："什么？"

周谧重复道："你跟我的交情更不错，你不还是得在外人面前装出和我不熟的样子，当你的老板吗？刚刚你在楼下时比我冷酷多了，我像你一样摆脸色了吗？我上来后又说什么了吗？"

张敛搁下银叉，声音低了几分，轻描淡写地道："周谧，要不是陈姨在，你这会儿已经趴在桌边了。"

周谧的胸口紧了一下，脸烫了几分，她立刻起立："我去收拾东西了，我准备回家了！"

张敛叫住她："等我吃完。"

周谧的睫毛扑扇着："干吗？"

张敛："你说干什么？"

周谧一脸的困惑。

张敛抬眸瞟了她一眼："下次装相记得先把嘴角收一收。"

周谧："……"

她绷紧唇两秒，问："你累吗？要不要睡一会儿再走？下午回去也行。"

张敛说："不用，在飞机上睡过了。"

周谧点点头，转身嗒嗒嗒跑回卧室里。再出来时，她又提上了她那个花里胡哨的香芋紫背包。

张敛从洗手间里出来，审视了她几秒，问道："就这一样东西？"

周谧问："还要什么吗？"

张敛说："你回趟家什么都不给父母带吗？"

周谧："我回我家还要精心准备厚礼吗？我就是我爸妈最爱的宝贝。"

张敛笑了："还是去趟超市吧。"

周谧快快地道："好吧。"

张敛将车停在离家最近的商场边，这里的负二楼刚巧有个偏高档的港资百货超市。下车后，周谧再一次掏出背包侧袋里的口罩。

张敛一顿，并不伸手去接："我可以拒绝吗？"

周谧胡搅蛮缠地把口罩拍在他的胸上："这边人流量这么大，你有点危机意识好吗？"

张敛单手抓住口罩："你不如把自己遮起来。"

"我还真有——"周谧又取出一只口罩，飞快地将之戴上，掩住下半张脸，露出来的大眼睛晶莹透亮，盛满了理直气壮。

张敛呵了口气，拿她没辙，就将口罩取出来戴上了。

两人并排走进去，穿行于货架间。在琳琅满目的商品中迷失了自己的同时，周谧也瞠目结舌于商品标签上的价格。

周谧好奇地问："你自己买过东西吗？"

张敛失语了一秒："我很好奇我在你心目中是什么形象？"

周谧想了会儿："十指不沾阳春水的贵公子……和自大狂。"

张敛笑了一下，不予回应。

"这个牛肉感觉很好吃。"周谧像头饿兽，在冷柜前流连忘返。

"你想吃就拿。"张敛拣起两盒牛肉丢进购物筐里，跟拿了两根青菜叶子一样。

"一盒快四百，"周谧感慨道，"把我切了都卖不到这个价钱，这抵我三天的实习工资了。"

张敛勾了下唇："原来你在暗示这个。"

"别给我加戏，我已经转正了，"周谧抬眼看他，甩头就走，"不再是实习生了。"

张敛跟上去："你狂得像当上了总经理一样。"

不得不说，张敛很会挑选东西，有针对性，考虑得也很全面。除去长辈喜爱的酒水、水果那些东西，他还挑选了一些看起来可爱又高级的进口小零食。

周谧问："你要吃啊？"

张敛："你可以不吃。"

周谧的矫情劲在他手里就跟脆笋一般，一折即断。

因未事先告知，两人到达周谧家时，汤培丽先是意外地张了张嘴，接着才眉开眼笑地道："啊，张敛怎么还一块儿来了啊？"

"不是说去京市出差了嘛？"都没打扫卫生。汤培丽心里直嘀咕，赶紧多取了双拖鞋出来，崭新的烟灰色男士拖鞋，这是周谧搬出去后她刚购置的。

逼仄的小玄关根本容不下这尊大佛。

"早上突然回来了嘛。"周谧边答边单脚往里蹦了一下，让了一些地方给张敛。随后她直接把自己换下的板鞋踢到门毯上，一溜烟地往卧室里飞奔。

明明家里要比张敛那儿小很多，她却跟到了广阔的平原一般放肆地撒起野来，像只脱缰的小鹿。

张敛刚走了两步就踩到了什么东西，他低头瞥了一眼周谧横七竖八的鞋，躬身将之捡起来，放到了鞋架上自己的鞋旁边。

汤培丽佯装看袋子里的东西，实则在偷瞄张敛。看到这一幕，她不由得扬唇窃笑了一下，把生鲜之类的东西往厨房里拎。

她边走边招呼道："小张，你往沙发上坐啊。我煮了点红豆百合汤，你们要不要吃一点？"

说完，她又提高了声调："谧谧，你一回来就跑房间里干吗？妈妈做饭空不出手，你别把张敛一个人撂在这啊！"

周谧恍若未闻，在屋里不快地嚷嚷着："妈，你有没有按时给我的多肉浇水啊？我的'小熊掌'都干瘪了——"

汤培丽一边躬身找碗、勺，一边道："谁知道你的什么掌什么掌，我还如来神掌呢，我怎么没浇水了——"

张敛在母女俩的争吵声中，判断方位并找到了周谧家的洗手间。挤压洗手液时，他注意到白色洗手台的角落里放置着三只漱口杯，其中一只粉色的漱口杯上面还刻着四个字：仙女专用。

这只漱口杯是谁的答案昭然若揭。

张敛勾勾唇，回到客厅里，迎面碰上了一手端着一个粗陶小花盆的周谧。她看看他，又瞥了一眼沙发："你能不能好好坐在那儿啊？那么高那么大一个人，太占地方了。"

张敛原本是打算给她让路的，听她这么说，偏要上前堵她一下。

周谧一开始也没觉着他是故意的，结果她往旁边移动，张敛也跟着变换位置。

两次下来，周谧总算反应过来了，就瞟了一眼妈妈所在的位置，轻声细气地问："你干什么？"

张敛说："占一下地方。"

周谧给他一个白眼，立即化身为"一拳超人"，给了他当胸一击。

张敛笑了笑，目光移到她手里的植物的叶片上："别浇了，你的'熊童子'都烂根了。"

周谧眨了下眼，跟着低头去看手里的植物："你是怎么知道的？"

张敛："没有我不知道的。"

周谧："……"

周谧半信半疑地说："真的？"

张敛说："你挖出来看看不就清楚了？"

周谧不信邪，找了张报纸铺在客厅里，蹲下来用自己的小铲子小心地挖着，一点点地把"熊童子"刨了出来。

她发现"熊童子"居然真的跟张敛说的那样烂根了。

"妈，你怎么乱浇水啊——"周谧开始对代理园丁进行新一轮的问责。

汤培丽快烦死这个一回来就知道瞎叫唤的臭囡了："你把它们全带走啊！你这些东西跟你一样精贵，我伺候不起！"

汤培丽端着两只小碗出来了，脸上表情突变。她笑眯眯地将其中一只小碗递给了沙发上的张敛："你小心拿啊，有点烫。"

张敛单手握着碗喝了一口："还好。"

周谧坐在原地，对着自己坏死的植物长吁短叹，一时间有点难以接受现实，两只糊满泥土的手慢慢悠悠地相互搓着，好一会儿才起身。

最后她用报纸把植物连土一起包起来，扔到了厨房的垃圾桶里。

洗完手，周谧坐到沙发上，闷闷不乐地拿起汤匙喝自己的那份红豆汤。

张敛搁下碗："你就这么扔了？"

周谧说："那还能怎么办？"

张敛二话不说去了厨房，在汤培丽略显愕然的注视下，将垃圾桶里的植物重新捡回来，又问汤培丽要了把剪刀。

他吩咐周谧道："找张凳子给我。"

周谧立马给他端来一个小马扎。

张敛把报纸摊平，挽高衬衣袖口，坐下来，非常憋屈地蜷着两条大长腿，微耷着眼皮，开始仔仔细细地修剪、清理那些细小、腐烂的根。

周谧双臂搭膝，蹲在旁边，看他如何妙手回春。

慢慢地，她的目光顺着他沾有污泥、骨节分明的手一寸一寸地往上移，先是青筋横亘的小臂，接着是堆叠得很规整的衬衣的袖口，然后是平直、宽厚的肩膀、脖子、喉结，最后是她最喜欢的嘴巴。他的唇微抿着，他整个人散发着一股子漫不经心的禁欲的气息。

张敛眼皮一抬，忽而瞥她一眼："你老看我的脸干什么？"

周谧坦白道："我突然有一点点……不，是很想亲你。"她简直不知所云，说完就侧了下脑袋，不好意思地捂了下逐渐升温的脸。

张敛掀唇，侧头扫了一眼厨房的方向，放下了手上的东西："过来。"

周谧皱了下眉头，有点害羞："还真亲啊……"

"嗯。"他的眼睛变得极为勾人。

周谧看了一眼老妈的背影，控制着拖鞋，往他那边蠕动了几下，微微抬高上身。

下一刻，左半边脸的颧部一凉，张敛将拇指上的泥揩到了她的脸上。他第一次露出这么晃眼的笑容，看上去好像闪着光的湖面，但他不敢明目张胆地发出声音，只能笑得肩膀一耸一耸的。

周谧气得满脸通红，用手背猛擦两下脸，又对他的腿一顿狂轰滥炸。

清理泥巴的时候，周谧顺带着洗了把脸，她早上含辛茹苦半个小时化好的妆全没了，整个人又回到了清汤寡水的素颜状态。

张敛在帮汤培丽端菜。

"周谧他爸中午在公司吃，回不来。"汤培丽乐得合不拢嘴，直说，"哎，你坐着啊，我来就好了。"

"没事。"张敛最后将电饭煲内胆摆放到桌上。

见张敛这么成熟、懂事，汤培丽对自己没半点眼力见的女儿越发不满了，又吵嚷起来："谧谧啊，你老待卫生间里干吗呢？不知道要吃饭啊？"

对着镜子用毛巾擦脸的周谧："……"

张敛笑了一下，入座了。

见女儿终于出现了，汤培丽没好气地忙将手里的橘子汽水递给她："给张敛倒汽水！"

周谧双手接过来，抱在怀里在原地立了会儿，才握住瓶身，往张敛面前的纸杯里斟汽水。

张敛说："谢谢。"

周谧回："不客气。"

张敛多瞟她一眼，不出意外地发现她脸上的妆容消失殆尽，刘海湿漉漉地贴在额头上，看上去似刚被露水打湿了的洁白的山茶花。

他收回目光，执杯抿了一口汽水。

周谧也给自己倒了半杯汽水，小声说道："你这人好做作，在自己家什么家务活都不干，来我家后却跟家政能手似的。"

张敛看向她："学会适应可以让人一直保持良好的状态。"

周谧但笑不语。

汤培丽入席后，饭桌彻底变为别人家孩子的展示现场，周谧全程在听妈妈是如何对她心目中无可挑剔的张女婿赞不绝口、嘘寒问暖的。

周谧感觉自己的大脑与耳膜齐鸣，于是灌完饮料，盛了两口饭，草草吃完就逃回了自己的房间，以寻求清净。

屈腿坐在书桌前笑呵呵地刷了会儿微博上的搞笑视频，周谧的身侧骤然一暗。

她侧脸仰头，发现张敛不知道何时来了卧室，正在看她摆放在高处架子上的书。

他抽了本灰色封皮的书出来，信手翻了两页。

周谧伸长脖子，本打算瞄一眼书名，却撞到了男人从书本边缘落下来的视线。

那视线似穿透密林的光束。

不外露情绪时，张敛的眼眸总给人这样的感觉——他的眼睛像空山中的水潭，或是杯盏里的清茶，一眼就足以使周遭变得幽静。

啪的一下，他合书的声音打断了周谧对他近乎发愣的注视。

"吃完了？"周谧忙将手机按灭，胡乱找着话。

张敛"嗯"了一声。

周谧伸出拇指，指指床："你困吗？要不要睡个午觉？"

张敛顺着她的手指去看那张火柴盒一样的床："睡你的婴儿床吗？"

周谧强行让自己心平气和下来，笑道："对啊——"

张敛却答应了："好。"

周谧一愣，趿着拖鞋走到床边，将枕边的几只毛绒玩具全都扔到床尾，又把床头的被子掀开，拍了两下床道："请吧。"

等高挑、挺拔的男人真正躺上床时，周谧发自内心地认可了他的说法。他真的很像一只别无选择的雄狮，被迫蜷缩进猫咪的窝里，哪怕他只是背靠着床头坐在那里。

笑意喷涌而出，周谧揉着鼻子努力忍耐着。

张敛注意到她毫无良心的样子，问："你的床多宽？"

周谧说："一百厘米或者一百二十厘米吧，我也不是太清楚。"

"长度呢？"

周谧想了一下，不确定地说："一米九？"

张敛就此缄默。

周谧深深地吸口气，以防自己下一秒表情"崩坏"到花枝乱颤："将就着躺会儿吧，总比睡沙发强。"

张敛不置一词，低头处理手机里的信息。

周谧不声不响地站了会儿，确认他再无展开对话的意思，便离开床边，朝门口走去："我先出去了，你好好休息。"

张敛看了过去："留下。"

周谧怔住了："干吗？"

张敛说："待着。"

周谧不解："你是小朋友吗？睡午觉还要人在你旁边陪着。"

张敛问："你想去哪儿？"

周谧说："我去客厅，家里哪儿我不能待？"

张敛不容置喙地说："你就在这里陪着我。"

周谧犹疑了两秒："空间就这么点。"

张敛笑了一声："我让你睡床上了吗？"

周谧："啊？"

张敛瞟了一眼房门："关上门，然后到书桌旁坐着。"

周谧无言以对。

虽然不是那么情愿，脑子里呐喊着与拒绝相关的语句，但周谧还是无法自控地按照他的吩咐一一照做。可能是因为她的小床把张敛衬得太可爱了，这种强烈的反差激发出她前所未有的怜爱之情。

一边骂骂咧咧的，一边这样猜测着，周谧再次坐回书桌前。

她扭头看了一眼张敛，他侧躺着，枕着一边的手臂，被子刚刚盖到他的腹部。

片刻后，她又直起上身，伸着脑袋去看，发觉张敛已经合上眼了，他的面庞上有种纯粹的、倦怠的静止感，他仿佛进入了深眠。

他真的很累吧。

周谧坐正身体，在手机里搜了下京市到宜市的航班的时长，又看了下每日最早那趟飞机的时间，不由得抿着唇无声笑了半天。

以前每个月约会时，基本上都是她先累到睡死过去。只有一次，她好奇心大过睡意，假装睡着了，硬生生让自己在黑暗中清醒了好一会儿，等抱着自己的男人呼吸均匀了，才悄无声息地掀开眼皮，抬眸观察起他来。

观察的结果是她被他所迷，难以自制地轻吻了一下他的嘴唇，并用气声说了句"Good night（晚安）"。

她刚准备翻身睡觉，就被他握住后颈，她还没来得及发出任何声音，男人就靠过来狠狠地封住了她的嘴唇。

那一晚他们都比较缺觉。

从回忆中抽离出来，周谧捏了捏自己通红、发烫的耳垂，思绪又跟漂浮在糖水罐里的蚂蚁那般，四脚朝天地抓挠着、飘忽着。

她双手抬高手机，转移着注意力。

打开微信的那一刻，她居然收到了季节的消息，季节问她是否要"排位"，因为他今天下午刚好有空。

周谧不敢怠慢地点进去，如在大课上被点到了名似的：在！

接着她询问起季节的段位。

得知对方已经有七十多星后，她难以置信地发了一会儿呆，才回道：这就是人与人的差别吗？

她又回过去一个欲哭无泪的表情包：我才到星耀五，我不配，这个赛季我很忙，根本没空上分。

季节回：我有小号，等会儿，我给你发链接。

周谧万分感激，不惜用上"男菩萨"这样略显浮夸的称呼。

季节还是笑。

两人很快组上"双排小队"，季节在队伍频道里问：方便语音吗？

周谧扫了一眼床上那坨一动不动的人：稍等，我拿下耳机。

她小心翼翼地扯开背包上的拉链，摸出蓝牙耳机盒，屏着呼吸，轻手轻脚地走出房间，带上门。

屁股贴上客厅的沙发后，她终于能全身心地投入到与"客户爸爸"的交流中了。

周谧打开语音："喂，听得到吗？"

"能听到，"季节叫她的游戏ID，"谧谧子又躺啦，你一般玩什么位置？"

他游戏里的声音听起来比现实中要清朗，这声音配合着他的常用"英雄栏"，很容易让人"脑补"出那种迷倒一片女孩的大学生"野王"形象。

周谧谨遵叶雁的教诲："我给你打辅助，可以吗？"

季节笑了："可以啊，我争取带你'躺'。"

接下来的一个小时，周谧第一次知道这个游戏的节奏原来可以如此丝滑，体验可以如此美妙，每一局他们都跟不受阻挡的卡车头似的，轰隆隆地碾向敌方的水晶。

毫无意外，季节是MVP（最优秀选手），他的KD（杀敌数和被杀数）就没有低于十四分过。

六连胜之后，周谧亢奋到就差振臂惊呼了："这还是我玩过的游戏吗？这也太爽了吧！我好想一辈子挂在你身上啊！"

季节笑了一声，听到她这话有点意外，但并不反感。

汤培丽刚好小憩完出来洗漱，听到女儿语出惊人，不由得大着嗓门问了句："你要一辈子挂在谁身上啊？"

猛地注意到周谧的房门紧闭着，她立马将声音降至最低分贝："张敛睡下啦？"

周谧一惊，匆忙关闭游戏"局内语音"，同样小声地道："对啊。"

汤培丽说："那你在这干吗？"

周谧继续操控游戏角色："玩手机。"

汤培丽抬高眼睛，就看见周谧的两个大拇指在手机屏幕上划来划去的，屏幕里又刀光剑影的，不由得说道："多大的人了，还打游戏呢？"

周谧头也不抬地反驳道："我在干正事好吗？我在陪我的客户呢……你走开，我都没办法跟人家及时交流了。"

汤培丽哼了一声，摇着头往洗手间走去。

张敛将近四点才走出卧室。

周谧刚好跟季节散伙了。她一局没输，"上分"速度有如升空的火箭，导致她整个人肾上腺素飙升，于是她从冰箱里拿了盒酸奶美滋滋地给自己降起温来。

坐回沙发上舀第二口酸奶时，男人从她面前经过，他的发梢和衬衣都有点凌乱。

周谧喊住他，问道："睡得怎么样？"

张敛瞥过来一眼，不咸不淡地道："还行。"

周谧这才放心地继续吃酸奶。

等张敛洗完脸出来，周谧咬着勺去扔空盒子，并在经过他旁边时问了句："饿不饿，要不要吃一盒酸奶先垫垫肚子。"

张敛慢条斯理地拉着袖口拒绝道："不用了。"

临近六点，周兴回家了，汤培丽招呼俩小辈入席。

晚上的菜肴较之中午更为丰盛，满桌子都是色香味俱全的硬菜，隆重得跟除夕被提前了似的。

周兴特地取出了张敛上回送的、被他一直精心收藏着打算到了重要日子再取出来的好酒。

女儿"省亲"的日子便是这位父亲心目中不可轻视的大好日子。

见他热忱地邀请张敛小酌一下，周谧忙替这个并不打算留宿的"豌豆王子"推辞："爸，张敛晚上还有工作要处理，一会儿得开车回去。"

周兴斟酒的手顿住了。

张敛勾起唇，将酒杯移了过去，一改前言："叔叔，你倒吧，我没什么事。"

周谧诧异地侧过头来。

周兴这才放心地笑笑，让玉液琼浆小股涌出："就是啊，我一个人喝多没意思。"

"少喝点没事，"汤培丽端着汤出来，嘴角含笑，"张敛难得过来，晚上就在这儿睡吧。"

周谧的目光依次扫过众人："可他换洗衣服什么的都没带啊。"

汤培丽坐下来："你爸又不是没衣服，就一个晚上，将就着过吧。"

周谧看向张敛，留意着他的表情："人家不一定愿意穿啊。"

张敛神态自若，顺手往她碗里夹了块红烧肉，打趣道："还没结婚就这么为我着想啊，周谧？"

父母跟着张敛哄笑起来，周谧则是满脸的不可思议。

张敛是家里第一个洗澡的人。他一从卫生间里出来，在沙发上并排坐着看电视的周家三口人就集体向他行起注目礼来。

最普通的纯色中老年男款家居服被他穿出了奇效。尤其是他走过来时，随手搓了两下刚吹干的蓬松的头发，那样子简直像从画报里走出来的颓废的超级名模。

周父惊异于自己的长裤在他身上竟变成了九分裤，不由问："张敛，你究竟多高啊？"

张敛的声音淡淡的："一百九十一厘米。"

客厅里再度安静下来。

简单地打过招呼后，张敛回了周谧的卧室。

周谧忙找个借口跟了过去。

她刚一进门，就看见男人已经盘腿坐在了她的床上。他挨着墙坐着，一脸泰然地翻着她的书，还物尽其用地把她的一只美乐蒂毛绒玩具放在身后当靠垫。

周谧完全无法忍受她的私人公主堡被他理所当然地当成了自己的领地，就以最快的速度爬上床，抢救起了自己的物品。

她爬上前，拽了一下美乐蒂的耳朵，美乐蒂一点没动。

张敛岿然不动，换成左手拿书，眼里水波不兴，似在挑衅。

"给我啊，"周谧龇着牙，气结地推了下他的胳膊，"你再靠着它，它就要变形了。这不是抱枕。"

张敛的脸上露出笑意，他不再跟她打闹，单手把毛绒玩具从背后取了出来，还给了她。

周谧皱着眉把玩具接过来，拍了两下，使其恢复原状，这才把它端端正正地摆放到床头。

刚要往床下爬，周谧忽然感觉自己的脚踝被人握住了。

男人的手掌总是热得让人心惊肉跳。周谧睁大双眼，发丝急遽滑过肩头。她还没来得及回头质询他，他忽地发力拽了她一下。

她像只被钳住后腿的野兔，整个人猝不及防地栽倒下去。

床上响起一阵急促的窸窣声，如被追到的猎物，周谧胳膊都没撑起来就被反扣住双臂，押回了原处。

房门开着，周谧不敢发出一点抗议声，羞愤得弹动了两下。

"怎么不叫了？"她能感觉到男人坚硬的膝盖慢慢从她的膝窝处移开了，继而男人俯下身逼近自己，鼻尖似刃，气息如火，在自己耳后说，"原来你知道你家房子的隔音效果啊。"

"放开啊……"她忍无可忍，挤出含混不清的声音。

张敛低笑一声，放开她，松手的时候，他还拿手指在她的小腿肚上弹了一下。

这个羞辱性极强的动作让周谧的耳垂顿时红如血滴。

她转头就去拍打张敛的上臂，却被他擒住手腕，拉到怀里。

他用另一只手拦住她的腰，凑到她耳边，悄声说道："你怎么这么害羞，嗯？"他又亲昵地吻一下她的耳郭，"去洗澡，我不想一个人待着。"

他的气音把周谧从内到外都烤酥了，周谧从脸红到脖子，红得像涂了一层草莓酱，整个人黏糊糊的，又甜滋滋的。

她摆出一张臭脸，摆脱了张敛的控制，头也不回地下了床。

周谧选了套较为保守的浅蓝色分体睡衣穿好，又吹干了头发才回的卧室。张敛正坐在原处打电话，听内容像是工作上的事，他的神态是今天还未出现过的严肃。他色调偏浓的眉毛一旦蹙紧，整个人就会陡增几分威严。

瞥见周谧进来了，他脸上的寒霜像一阵虚张声势的黑色烟雾，顿时消失了。看到书被他随手摊在一旁，周谧关上门，去书桌的抽屉里找了张有森林花纹的硫酸纸书签，认真将书页抹平，又将书合拢放好。

张敛刚巧挂了电话，注意到她爱惜书本的动作，道："我还没看完。"

周谧抬起眼："那你用书签好了，别乱放。"

张敛笑了一下，答应道："好。"

周谧意外地扬起眉，将书交给他。

男人放下手机，用瘦长的手指翻开书，将那张书签抽出来翻看了一下，又将之放了回去，很快就心无旁骛地阅读起来。

当老板的人就是这样的吗，随时随地都可以"充电"？

周谧暗自咋舌，爬上床，坐到床头，打开静音模式开始玩手机。

可能是两个人许久不曾同床的缘故，而且还是在这种情境中，周谧总是忍不住窥视他一眼，然后新奇地掩唇偷笑。

后来她渐渐适应了他的存在，能泰然处之了，这才专心干起平时睡前都会干的无聊琐事，譬如刷微博、刷短视频、看各种论坛。过了会儿，她忽地想起自己还没领游戏里的活动奖励，当即打开了游戏。

"周谧，"她才领取了第三项的活动奖励，张敛的声音忽然从对面传来，"你有没有进取心啊？"

周谧抬起眼："啊？"

他微扬眉梢，道："一个刚转正的员工，在老板的眼皮子底下一天到晚打游戏。"

"现在又不是上班时间。"周谧为自己辩解起来，"周六放假！现在是休闲时间，我可以自由活动！"

张敛的面色未变："下午你在你妈面前不还说自己在干正事吗？"

他怎么总是有话说，周谧沉默了两秒："你怎么偷听人说话啊？"

张敛说："戴耳机的人是不知道自己的声音有多大的，尤其是打游戏的那一类人。"

周谧："……"

她心生愧疚："你一下午没睡好吗？"

张敛一哂："可以说基本没睡。"

周谧再次沉默。片刻后，她放平枕头，远离床头，腾出可观的空间："那你早点睡。"

张敛问："你呢？"

周谧扫了一眼手机上的时间："这才十点多。"

张敛跟着看了眼时间："所以呢？"

周谧："还没到我睡觉的时间点。"

张敛问："还约了人晚上'开黑'？"

周谧的音调陡然升高了："没有好不好——我就上去领个东西……"她忽然反应过来了，眼底射出狡黠的光，颇有深意地说，"你是不是……"

张敛看出了她的不怀好意："嗯？"

周谧哼了两声，故意让话语模糊不清："吃醋了啊？"

"是啊。"他居然直接承认了，而且面色不变，咬字清晰。

周谧的心一下子变得软塌塌的："哦，你早点说嘛。"

张敛仍看着她："早点说你就听话了？我下午让你就待在房里，你也答应了，结果你人呢？"

周谧一时语塞。

她开始撒娇，人仿佛变成了甜筒，甜丝丝的声音似甜筒上端的那个尖儿："下午我真的在工作，我总不能拒绝客户的邀请吧？嗯？我现在就陪你，好不好嘛——"

张敛纹丝不动地看了她一会儿，看得她头皮发麻。最后，他启唇："去里面。"

周谧愣了一下。

张敛说："去靠墙的那边。"

周谧："哦。"

她乖乖地挪到床的里侧。

张敛稍微舒展了一下身体，就从床尾来到了床头。他整个人被她的小床衬得很长。他移动时似只矫健的猎豹，肌肉和骨骼在睡衣的掩盖下仍清晰地显示了出来。

周谧握着手机，眼睛一眨不眨，像只被挤到旮旯里的呆滞的仓鼠。

张敛设了个闹铃，视线从手机屏幕上移到了痴痴地盯着他看的周谧的脸上："怎么了？"

周谧回过神来："啊，没怎么，我就是在思考自己要做什么。"

张敛的眼微眯起来："你说你要陪我，却不知道自己要做什么。"

周谧被噎了一下，撒谎道："我不是很清楚具体是哪一种陪。"

张敛露出一个意味深长的笑："你想要哪一种？"

"我知道你想的是哪种，"周谧双手交叉着，抿了抿唇，揭露了让人扫兴的事实，"但是，我什么都没有准备。"

张敛安静了一秒，神态几乎没什么变化："躺下。"

"哦。"周谧跟他对视了一眼，平躺下去。

她双手捂住胸口，双目死盯着屋顶的灯，不敢乱动。

她的心跳快到让人不可思议，而且还是一下一下往胸口顶的那种。

不知为何，她好像在直面与挚爱之人的初夜，她的思绪乱成了毛线，这些毛线又把她捆绑成一个行动受限的木乃伊。

"我关灯了？"张敛忽然问道。

周谧听见自己的气息一下子急促起来："哦，好。"

她脸微微红了。

她居然紧张到声音发颤，好丢人，也不知道他有没有听见……

啪嗒一声，房间变成了黑魆魆的幽谷，唯有少量的光从门缝里漏了进来。

两人的呼吸声因环境的变化变得清晰可闻，交错着一起一伏。

变得清晰起来的还有男人弄出来的细碎的动静，脱衣服的声音，压到褥子的声音，这些声音仿佛能在漆黑的环境里制造出有形的褶皱，周谧的心跟着缩了起来，她难耐地抠起了手指。

下一刻，她感到身旁分明塌下去了一块，是他在往她这边翻身。

他的手掌贴在她的后背，掌心那么热，他的动作依然那么干脆利落。

周谧屏住气，默默咬紧牙关。

她正呼吸不畅的时候被拉了过去，脸极近地贴到他身前。男人的气息一下子灌满她的鼻腔，那是她的沐浴液的味道——不算浓郁的西柚果香。她第一次在张敛身上嗅到如此甜美又如此让人感到不可思议的气味，不由得多抽了两下鼻子，确认这气味是否真实存在。

紧挨着她的胸腔轻振了两下，是他在偷笑。

"你是小狗吗？"唇贴在她的额头上，他低低地说着话。

周谧身前的手指蜷起来，抵住他的胸膛，她在无声地表达她对这句形容的不满。

她的小拳头很快被他握住了，并被他放至他的身后。他重新揽住她，缩了下手臂，让面对面的相贴变为拥抱，他们像两片纯色的拼图碎片，即使现在身上有一些细小的刮痕，但在一起时那种严丝合缝的感觉始终如初。

周谧听见张敛轻而长地叹了一声。

"好久没这样抱着你了。"他这话是由衷的。

所以这话让周谧的眼眶急剧变热。

恍惚间，她产生了时空交错的感觉，仿佛回到了他们的第一夜。她的手往他的肩上移去，好像一条细小的藤蔓在大胆地缠绕树干，且并不畏惧自己是否会因此而断裂："偷偷告诉你一件事。"

"嗯？"男人的鼻尖往下移了点，这是一种倾听的表示。

周谧说："我那天清晨之所以那么大胆，就是因为我喜欢你的怀抱，你那天抱了我……"

"嗯，"她的鼻子遽然被堵住了，有热乎乎的液体不受她控制地从她的两颊滑下来，"一整夜，我好喜欢这样被你抱着……"

周谧哽咽了。

她讨厌死自己这副感性、软弱、极易露出破绽又极易溃败的鬼样子了。

易于动情是个受到祝福但也受到诅咒的天赋。

"我那天很糟糕的，"周谧继续说道，"你还记得吗？"

张敛回："记得。"

周谧很怕把眼泪、鼻涕蹭到他身上，脸和上身就往后移开了点，却又被张敛毫不迟疑地拉回原处。

她不再动了，继续闷闷地说："我很难受，心情很差，心里空荡荡的，感觉自己不会好了，可你的怀抱把我治愈了，填满了……

"所以我第二天早上就鼓起勇气那样说了，因为我舍不得你。"

她泪如泉涌，又忽地指出："你衣服上湿了好大一块吧？"

男人的气息很温暖："反正不是我的衣服。"

周谧破涕为笑："可是会渗到你的皮肤上。"

"那没关系。"张敛低下头，刻意压低的声音带着安抚的意味。他近距离讲话时，口腔里的味道都那么好闻。

"你呢？"周谧仰了下头，目光落在他的下巴上，鼻音略重地说，"我告诉了你一个秘密，你也要拿个秘密来交换。"

张敛笑："有你这样先斩后奏的吗？"

周谧在他后背上不轻不重地掐了两下，耍无赖道："我不管。"

"你想知道什么？"张敛澄明的目光落了下来。

这一刻，他们完全在黑暗中看清了彼此，或者说，此刻他们的世界里只剩下了对方。

周谧很有目的性地问："你为什么答应我？"

张敛沉默了几秒，问："你注意过我的微信头像吗？"

周谧说谎了："没有。"

张敛笃定地道："你有。"

周谧抿了一下嘴，承认了："好吧，我点开看过，是《死亡诗社》里面的一个场景对吗？"

她不好意思告诉他，发现这一点的当晚她就重温了这部影片，并又一次泪流满面了。

她害怕他知道自己居然这么在意他。

张敛的脸上又有了笑意："你知道那群男生为什么大半夜跑出去吗？"

周谧回想了一下："他们平时的生活里充满了规则，于是他们在文学老师的鼓动下，开始在天黑之后结伴去山洞里读诗。"

张敛问："明白了吗？"

周谧："明白什么？"

　　背部的手移到她的颊边，将她的脸捧起来。

　　男人的唇靠了过来，他亲吻着她的额头，亲吻着她闪着泪光的眼，亲吻着她湿润的鼻头，最后让唇停在她的嘴边，低语道："你就是我每个月偷跑出去要读的诗。"

喜欢

他话音刚落，周谧就笑出声来。这是她下意识的反应，因为太多的心花她承载不下了，不得不从喉咙里吐出来一朵。

"你笑什么？"张敛的唇还若即若离地贴着她，他的鼻息十分湿热。

周谧弯唇，用睫毛搔着他的脸，声音细微地说："我不大相信你刚才说的。"

张敛问："为什么？"

周谧说："我觉得你这人超坏的……"

她还没讲完，嘴巴就被他的唇一下子堵住了，而且是很快很重的一下。

周谧感到胸闷，发泄般地用手拍打着他的背肌。

张敛笑问："那你还喜欢被坏人抱着？"

周谧狡辩道："就只喜欢被抱……"

他又开始亲她，这次用的是吮咬的方式，他在她的下唇上惩罚性地施了些力，像是要把她所有的口是心非给叼走。

周谧痛得哼唧一声，心扑通扑通猛跳，脸颊也是滚烫的。

她龇着牙恐吓他："小心我也咬你啊。"

张敛第三次吻住她，没再松开。

翌日早上，周谧一直睡到了自然醒，但她仍旧睡眼惺忪，不愿睁眼。翻身时她感觉身侧有什么东西，这才猛然想起旁边有个人。

翘起睫毛，她找到了正靠坐在床头看手机的张敛。

他的胳膊仍虚揽着她，他的视线也从屏幕上移到了她的脸上。

"早啊。"他说。

周谧稍稍撑起上身，才发现他看起来虽随意、懒散，但小半边身子已经超出床沿了，他在尽可能地给她腾空间，恐怕他随便一动，就会滑下床去。

周谧忙抓紧他的衣襟，人也往里侧飞快地挪动了一下，回到墙边："你往里面挪挪啊。"

"我挪得了吗？"张敛跟着动了下，看起来终于"安全"了一些。

周谧舒一口气，松开了手，又听见他说："三米的床也不够你'造'的。"

周谧捶了他的胸口一小下。

但她的双手旋即被张敛捉住了，还被他拉到了他的身前。他用另一只手将手机放回枕边，似乎要专心跟她说话。

他淡红的唇并未开启，他的双眼里似乎已经有不少脉脉的情意。

周谧的脸微微发热："你一大早用这种眼神看着我干吗？"

张敛露出一个很无语的笑："你什么时候才能学会不破坏气氛？"

周谧跟着咧开嘴，露出两排珍珠一样的小牙齿："这会儿气氛很好吗？"

张敛说："这是我第一次没有醒来就走，还看着你睡了这么久。"

周谧控诉道："对哦，以前你都是很早就开溜了。"

"开溜？"张敛笑了一声，对这个描述无法苟同，"我不是学生，没你那么闲。"

周谧把玩着他的手，哼哼着："你之前都恨不得早早地走掉。你洗漱完留个吻，便杳无音信一整个月。"

张敛的眼睛弯了点："你很想我吗？"

"嗯，"周谧认为自己没有否认的必要，咕哝着说，"尤其是前几次，我后悔自己定了每个月只有一次的约会规则。"

张敛俯身凑了过来："我也是。"

耳朵跟脸颊衔接的地方被他吹得发痒，周谧便咯咯笑起来："那你怎么什么都不说？"

张敛说："如果我说我担心物极必反，担心把你吓走了，你信吗？"

周谧抬起眼："不信。"

"不信算了。"

周谧开始目不转睛地描摹他的掌纹："回去后你会想我吗？"

张敛说："跟你在一起时我就在想下次什么时候见面了。"

周谧竭力忍住笑的样子像嘴里藏着很大一块糖，这糖会因为她的笑而从她的嘴里掉出来。她的指尖顺着他手上最下面那根线蜿蜒而下，她不敢相信地说："你的爱情线好干净哦。"

张敛笑了一声："在封建迷信这方面，你倒是跟你的导师一脉相承。"

周谧脸色忽变，用力捣了一下他的手心。

张敛重新攥住她的手，不让她作恶。

她极力要把手抽出来，他就挠她的胳肢窝。她不敢笑得太大声，只能像只被迫露出肚皮的小猫一般，在他的臂弯里乱拱，试图找回重心，翻过身来。

最后张敛翻了个身，压住了她。

她的心跳得飞快。

他俯下身去。

他们都还没有刷牙。

所以这只会是一种边缘性的、极其温柔的、细密的惩治，他的唇若有似无地擦过她的侧脸、她的耳朵、她的脖颈、她的眼皮，他好像在用鼻息品鉴她面部的每一根线条、每一片皮肤。

周谧的呼吸越来越急。

最后男人逆着光，哑着声说了一句话。周谧受不了被他这样注视着，面红耳赤地侧过头，他这才放开了她。

吃早餐时，张敛又变回一尊充满禁欲气息的巧夺天工的神像。他把衬衣上的纽扣一丝不苟地扣至最高的那一粒，坐姿端正，哪怕他只是在处理有点焦了的煎蛋。

周谧咕嘟咕嘟地喝着盒装牛奶，偷窥的小眼神跟打蛋器急速翻搅出来的蛋白霜一样，不一会儿就要甩些带糖味的点子到他的脸上。

女儿的蠢样被汤培丽尽收眼底。

汤培丽小幅度地翻了个白眼，一如既往地不给女儿留颜面："谧谧啊，张敛是不是很下饭啊？"

周谧："……"

周谧迅速收起视线，垂下脑袋快速地啃起吐司来。

张敛瞥过来一眼，勾了下嘴角。

周谧想了想又理直气壮地说："我看我的男朋友怎么了？"

汤培丽明显在敷衍她："哦哦哦，好好好，你看你看，你看个天荒地老海枯石烂。"

汤培丽起身离席，不再打扰二人。

张敛扫了一眼周谧的母亲离开的方向，露出一个明显的笑容："你能不能收敛点啊？"

"我就是想看啊，"周谧拿叉子戳一下吐司，"你叫张敛我又不叫张敛。"

张敛说："你还叫周谧呢，你做过几件周密的事了？"

周谧哑口无言。

她又揪下一块面包，放到嘴里慢慢地嚼着，不再打量他了："你今天下午忙吗？"

男人看了过来："还好，我也在休息。"

周谧动了下嘴："那你可不可以……"

"嗯？"

"陪我看电影？"她有点羞怯地摸了下脖子，又把手机掏出来，当成支撑自己邀约他的砝码，"这部电影我上上周就想看了，就是一直没时间。要是只能眼睁睁地看着它下映，我会感到很遗憾的。"

张敛眯着眼看了一下手机屏幕上的电影名，不假思索地道："好啊。"

周谧的杏眼睁得圆溜溜的，她有些意外地问："你答应啦？"

张敛："嗯。"

他又问："你这次不怕被人看到了吗？"

周谧点开选座界面，用两指将屏幕放大，说："所以我准备坐在最后面，人最少的地方。"

张敛不置可否。

周谧放下手机，再三确认："你真愿意呀？"

张敛问："我为什么不愿意？"

周谧扭了下手指："我也不知道，我就是觉得做这些很琐碎很日常的事情不太符合你的风格。

"就比如上次坐地铁……"

她的声音渐渐变小，她似在回想往事："不像是你会做的事情。"

张敛失笑，叹了口气："你对我的误解到底有多大？"

周谧抿了下唇："可你看起来真的很像……要一直放在玻璃防尘罩里面的事物哎。"

张敛忽然说："把手给我。"

周谧抬起眼皮："干吗……"

"给我就行。"

周谧伸出手去。

张敛握住她的手："有防尘罩吗？"

周谧要把手抽出来，但他偏不放，还更用力地握着。

她的右手，他的左手，两只手就在桌面上严严实实地贴在一起。

他紧盯着她，逼问道："有吗？"

老妈似乎要从阳台上进来了，周谧慌乱地挣脱他，捂了下滚烫的脸颊，重新举高手机，气势十足地道："那我订票了，你一句废话都不要再讲了。"

看电影的地方选在了回华郡的路上的一家商场里。

为了配合张敛，周谧今天特意穿了件有纹理感的及膝白裙，裙子的背面是有点小心机的系带设计，穿上裙子后周谧整个人像一朵鲜嫩的小茉莉。

假期的影城难免人潮汹涌，两人并肩立在取票机前刷二维码时，过路的人几乎都会多看几眼这对出挑的俊男靓女。

捏着两张票出来后，周谧想看一眼当前的时间，又嫌重新扒拉出包里的手机太麻烦了，便双手比出碗的形状，放到张敛胸前，一副讨要东西的架势。

张敛垂下眼，微挑起眉："怎么了？"

周谧说："打开包太累了，我想知道还有多久才能进场。"

张敛展颜一笑，心领神会地将戴有腕表的那只手交给她。

周谧立马一本正经地捧起他的手："谢谢。"

她将他的手翻过来，低下头仔细地瞅了瞅上面的指针和数字。

张敛的手表给人一种简洁、耐看的机械感，表盘上有极为精致的陀飞轮，表壳的浅玫瑰金色意外地符合他有点低调的个性。

周谧留意到上面微小的 LOGO，便将询问其价格的念头打消了。

"好啦，确认完毕，还有十七分钟。"周谧不再捧着他的手，改为拎着他的袖口，将他的手慢慢放回他的身侧。

刚松手，她的手就被他反握住了，准确地说，是被他攥住了。

周谧自认为自己的手不算小，然而，张敛整个人的骨架都格外大，他的手也大得过分，因此他的手能轻而易举地裹住她的手。

周谧的唇立马弯了起来，她的胸腔里跟有拨浪鼓在不停地转似的，咚咚作响。

张敛俯身问："你是不是想这样？费这么大的劲。"

周谧说："没有啊，我真的只是想看看时间。"

男人低笑一声，明显不相信她。

周谧脑袋微热地抠他的手心，却被他趁机改变手的姿势，两人十指相扣起来，他限制她再做其他的小动作。

被他牵住的那只手连带着整条手臂都有点僵硬，周谧仍在为自己辩驳："我真没想过我俩之间会有这种进展……"

大庭广众之下，她心里既甜蜜又不安，东张西望的，像只怕被窃食的蜜獾。

但张敛泰然自若，他要来她手里的两张票，塞进自己的裤兜里。

周谧努了下嘴："你是不是不信任我，怕我把票弄丢了？"

张敛略显无奈地说："你的裙子没口袋。"

周谧后知后觉地道："哦……"

他的心好细哦。

不过她也不是第一天知道这一点了。

周谧内疚地道："是我想多了。"

张敛瞥她一眼："你不仅容易多想，还习惯性地往不好的那一面想。"

"好啦——"她带着鼻音，瓮声瓮气地说，"以后我一定使劲朝好的那一面想，把你想象成天底下第一大善人。"

张敛笑而不语。

他瞟了一眼收银台附近扎堆的人，问周谧："吃爆米花吗？"

周谧问他："你呢？"

张敛说："我都行。"

周谧说："我也是。"

两个人相视一笑，周谧的表情更丰富、灵动，她还挤了下眼，似被当前的甜蜜气息蜩到了。

张敛清楚他问不出结果，便拉着她径直往那边走去，周谧偷偷翘起嘴角跟着他，两人像从文艺电影里走出来的白塔与白鸽一样。

刚排好队还不超过一分钟，忽然，周谧听见侧方有人在唤她的名字。

她惶惑地睁大了眼，循着声找到了人，那人居然是她大学时期的同班同学莫蕊。

女生理了个齐耳短发，穿着打扮也与大学时迥然不同，周谧多打量了她几秒才判断出她是谁，并将她与心里隐约有印象的名字对号入座。

她兴冲冲地朝周谧走了过来。

周谧挤出个笑容的同时飞速将手从张敛的手里抽出来，大脑里只有四个漆黑、粗大的字：恐怖故事。

周谧抽手的力道大得出奇，以至张敛都有几分意外。

莫蕊停在周谧面前，简单地询问她的近况。

周谧勉强镇定下来，回答着她的问题。

莫蕊瞄了瞄张敛，又冲周谧挤眉弄眼，开始揶揄她："哦——刚才我就注意到你和你旁边这位帅哥了。这是谁啊，你不介绍一下？"

周谧无法作答，顿了几秒说道："啊……就认识的人。"

莫蕊笑道："我一直以为你还跟路鸣在一块儿呢。"

周谧感觉自己的面部糊满了石膏，她艰难地调动着面部肌肉："没有了，去年我们就分开了。"

莫蕊又看一眼张敛，打趣道："这位新哥哥很不错啊，难道这就是美女的吸引力吗？你身边的帅哥就没断过啊。"

"真不是你想的那种，"周谧急切地澄清道，"别让人家尴尬。"

莫蕊明显不信她这话，但也没多问，只是问了周谧要观看的电影的场次，发现她们买的不是同一场的票后，遗憾地寒暄了两句就离开了。

等莫蕊走远了，周谧才轻吸一口气，又如释重负地将之吐出来。

她转头察看张敛的神色，确认他脸上并无异色，才想起来向他介绍刚才那个女同学："我的大学同班同学。"

张敛的目光从她的鼻骨上落下来，不咸不淡地"嗯"了一声。

周谧低头去找他刚刚牵她的那只手，却发现他已经将手插回裤兜里去了。

她的心脏像被烟头烫了个小洞，猩红的痛意在一点点地扩张着。

周谧的睫毛轻微地抖了一下，她脱口而出："我们回去吧。"

张敛蹙着眉，似是没听清她的话："电影不看了？"

周谧紧抿了唇："嗯。"

张敛问："为什么？"

周谧的鼻头发酸："突然不想看了。"

她现在心乱如麻，很懊恼、很纠结，因为她搞砸了一切，因为她胆怯怕事。

张敛沉默了一会儿，问道："你确定？"

周谧点点头，不发一言。

"那走吧。"张敛抬腿转身，周谧紧跟着他。

从电梯到车库，他们没再讲一句话。

等到周围看不到一个人，只有密密麻麻的车辆时，周谧走路的速度慢了下来。

他们逐渐从并排行走变成了一前一后地走着。

两人的间距在拉大。

张敛觉察到这一点，放慢脚步，回头去看周谧。穿白裙子的女生竟然举着一只手，在无措地擦泪。

他停下来，大步生风地走回去，挡在她面前："哭什么？"

她把头埋得很低，躲着他的视线，嗫嚅着："我不是故意的。"

此时有车驶来。

张敛轻握住她的胳膊，把她扯到路边，像堤坝似的立在走道的边缘："什么不是故意的？"

"哪件事？"他选择问清楚，"是遇到了同学，还是突然不想看电影？"

周谧吸了一下鼻子，眼圈红了："所有。"

她断断续续地解释道："因为我那个同学……现在在做自媒体，她的粉丝还挺多的，粉丝有好几万，自媒体跟我们的行业有联系，我真的很怕她认出你……但其实她没有认出你，然后你也不高兴了，我不是故意抽出手的，可我当时的第一反应就是这……"

"你怎么这么爱哭？"张敛抬手给她拭去下巴上盈盈欲坠的泪珠，又伸手把她揽到怀里，"一两句话就能交代清楚的事，你非得这样。"

周谧窝在他怀里："因为，这是我们第一次正经八百地约会，我怕你不高兴，可我又不知道该怎么办。"

张敛把票跟手机同时取出来看了一眼："离电影开始还有三分钟，还回去看吗？"

周谧抬起眼："还能看吗？"

张敛说："当然能。"

周谧止住了泪："嗯。"

他重新握住她的手，拉着她快步从原路折回去。

他们走进影厅时，大荧幕上的影片刚播了个片头。

坐下后，张敛多注意了一下周谧的眼睛，那双眼在黑暗里仍泪汪汪、亮晶晶的，似叶片上的露珠。

他没有再放开她的手。

而她也握住他的手，似在弥补自己的过错。

放映仪里的光束自他们的头顶陈铺开来，浮动的尘埃让这束光看起来有如来自一个纯白的星系。

周谧控制着偏重的鼻息，装出目不斜视的样子，实际上一直在用余光偷瞄张敛。

男人很专注。他做什么事似乎都很专注、很投入，他的眼瞳和睫毛都被电影里的画面映成了静谧的海蓝色。

周谧靠向椅背，把他的手搭在自己的腿上，还特意用自己的虎口卡住他的虎口。

她感觉他轻轻地捏了捏自己，像在回应或安抚自己。

周谧又发现，为了让她牵着自己的手，张敛右边的手臂总窝在那，她不由得小声问道："你的胳膊难受吗？"

张敛看了她一眼，反手握住她其中一只手。

周谧又轻轻地问："这样你就不难受了是吗？"

张敛："嗯。"

两人不再说话了。

周谧忽然感到庆幸，幸好她选择坐在最后一排，这样她取出手机时，影响到的人只有张敛，而他大概率不会当面责怪她。

周谧一只手打起了字，而后将五个字发送出去。

张敛的手机嗡地响了一下，他取出手机，瞄了一眼。

周谧听见他很低很低地笑了一声，很快那笑声就被电影里的声音淹没了，但她的耳朵却清晰而准确地捕捉到了这个笑声。

她居然在这种情况下跟他表白了，她向他坦诚：我好喜欢你。

张敛没有回复，他把手机收回裤兜里，保持原来的姿态坐着，双目直视着荧幕。

过了须臾，他忽然侧过头来，压低声音问："还看不看电影？"

周谧不解其意："啊？"

他的胸腔很明显地起伏了一下："不看就回家。"

他们一直在卧室里待到了红日西沉，周谧侧身窝在张敛的怀里闭目养神，却怎么也睡不着。

身心得到餍足是种奇妙的体验，只是人们会在得到餍足后落入庞大的空虚中，所以需要靠搂住对方来消除这种感觉。

所幸他似乎也喜欢被她这样缠着。

周谧的嘴角始终维持着一定的弧度。过了会儿，她难以抑制地笑了两声，像一只偷食到快乐后抖着毛、哼着曲的小白鸟。

张敛半靠着床头，也勾起唇笑着，摩挲了两下她的头发，问："你总笑什么？"

她眼睛都没睁开就往他的身侧移去："我在短信里跟你说过了。"

张敛莞尔："你是什么时候意识到这一点的？"

周谧皱了会儿眉，认真作答道："我也不知道，可能在哪个清晨或者午后吧。"

张敛惬意地抱紧了她。

周谧佯装生气了，嗔道："我就不信你不知道，还要一个劲儿地问。"

张敛哂了一声："你说翻脸就翻脸，说变卦就变卦，我还真不敢确定。"

"你呢？"周谧忽而抬起眼皮，把食指和中指放在他裸露的胸膛上，让两根手指像目标确切的、迈着小碎步的小人一样，一路不停地"走"至他的下巴下，继而夹住他的下巴，"你喜不喜欢我？"

张敛任由她钳着自己的下巴："答案显而易见。"

周谧顿住了，不甚满意地嘟了嘟嘴："我要你说出来。"

张敛看着她，眼里漫出了笑意："喜欢。"

他答得很认真，毫不迟疑。

周谧有些意外，她笑着将头仰得更高："真的？"

张敛捏住她的手腕："你的剪刀都架在我的脖子上了。"

周谧哼了一声，缩回了手："那我不使用暴力了，现在我命令你重新回答我的问题。"

张敛吸了口气，直接抬高了她的下巴，气势汹汹地吻了她一阵："喜欢，喜欢，你要我说多少遍。"

周谧心口发烫，猛地把他推开，然后转过身去："太累了，我休息了。"她问到了自己想要的答案。

张敛也躺了下来，从背后抱住她，似弯月拥住了星辰。两个人的皮肤毫无间隔地贴在一起。周谧又是烦恼又是开心地偷偷揉着脸，好讨厌哦，腿酸就算了，脸酸是怎么回事？

很多时候，周谧都认为自己在感情这方面的自制力与免疫力太差了，并且为此有点鄙视自己，比如她那因为一句突如其来的表白就开始的初恋，还有她单方面认为彼此已经确定心意的这一段感情。

张敛是不是真的喜欢她？

她不是很确定。

她到底喜不喜欢张敛？

说实话她也不能百分之百地确定这一点。但她想自己大概率是喜欢他的，因为他能让她悸动，无论他是好是坏，无论他给她带来了甜蜜还是痛苦、欢喜还是沮丧，她都觉得自己在情爱方面是鲜活的、蓬勃的，就像鲜花多方面地得到了滋养。如此说来，张敛的确是一位优秀的花匠。

所以，搬来这里的第一个月的月末，她就违背了自己曾经口口声声许下的"不来往，不深交，三个月一到立马断交"的承诺，开启了与张敛的同居生活，是真正的同居生活。

她住进张敛的主卧，从深夜到黎明，他们像两株完全契合的植物，以寄生或嫁接的方式缠绕在一起，成了彼此的养分与光芒。

但这一切不为人知，他们白日在公司里几乎没有交集。

比起"恋人"，周谧在内心深处还是会用"情人"这个词来描述她与张敛目前的关系。

但他俩现在的这种关系是过去那种亲密关系的进阶版，而不是破解版。

这并不影响她对此心满意足。

偷偷摸摸的地下情带给她更多的是怦然心动。

她变得更爱在朋友圈里分享自己的状态了。她尽可能地用更多的方式跟心上人进行一些明目张胆、心照不宣的"对话"。而张敛总能准确地判断出她的哪些朋友圈状态只对他可见，哪些是公开的。每当她的状态只对他可见时，他会在短时间内单独给她发个大拇指的表情，对，就是那个很土，通常只会出现在班级群里或家庭群里的表情。

可周谧还是会对着它痴痴地笑很久。

有次她"戏精"上身，装傻问道：老板，虽然这么问可能有些冒昧，但你怎么老发莫名其妙的表情骚扰员工呢？

当天晚上她就自食其果，领略到何为真正的骚扰了。

有时她也会主动骚扰张敛，问他一些工作上的难题，就像在问一个程序完美，代号为"Fabian"的机械管家。

张敛无一例外地给予解答。即便在出差或见客户的途中，他也会认真地编辑信息，给予反馈，字里行间充溢着耐心。

她喜欢他们隔着会议室透明玻璃墙的每一个对视。

她喜欢去倒水时提前通知他，然后在吧台后与他擦肩而过时被他悄悄捏一下手。

她喜欢他想方设法地来客户部找事干时"随意"地搭在她的椅背上的骨节分明的手。

她喜欢在电梯里制造"刻意"的偶遇。两个人在同事们的眼皮子底下低眉敛目，等回到车里时，她恨不得马上坐到他的腿上去，然后在他的激吻里被方向盘硌到脊椎发痛。

她喜欢他隔三岔五地给她订的每一束花，全部门的人都以为是哪位神秘的男士在热烈地追求她。她对外宣称花是自己买的，但相信她的人几乎为零，因为这些花价格不菲，而她大概率没这样的消费能力。

她喜欢在假期里窝在他的怀里看一下午的电影或者书籍。他通常会从背后抱住她，两个人以一种嵌入的姿态叠在一起，他是举世无双、完全适合她的椅子或靠垫。她偶尔会从个刁钻的角度仰起头来，他的笑和吻就会一并落下来。

她喜欢给他吹头发；她喜欢在洗脸时和他打水仗；她喜欢在用餐时无所顾忌地叉他盘子里的肉；她喜欢敷上他送的金属色面膜，再伸直手臂，张开五指，对着他说一句："I am iron man。（我是钢铁侠）"

他们是如此默契。

有时周谧甚至会觉得，他们前世就是同一个人，一个富有美感的，近乎完美无缺的人，但后来这个人犯了错，上帝就将他的灵魂分割成两半，并让这两半灵魂分别投胎在一男一女的身上，于是他们这辈子就成了对方的劫数，冥冥之中有股力量推着他们重新拼凑在一起，只是惩罚他们的诅咒仍然存在，所以他们的关系难见天日。

同居的第二个月的某个深夜，周谧将这个异想天开的想法编成故事讲给张敛听。

张敛勾起唇："那怎么才能破掉这个诅咒呢？"

周谧想了会儿："我也不知道，"接着又嘟囔道，"等三个月的期限一到，他们就分开了，就能各自回到阳光下继续生活了，这个结局也不失美好。"

张敛脸上的笑意少了些："那他这辈子都完整不了了。"

他的反应让她心头一痛："是啊，所以这是惩罚啊，他这辈子都无法拥有完整的人格了。"

张敛忽然纠正她道："周谧，你的故事很浪漫，但我可能没办法同意你的观点。我认为我是完整的，你也是完整的，准确地说，每个人都因为独一无二而完整。"

周谧否认道："我不觉得，我觉得我的缺陷很多。"

"你有什么缺陷？"张敛蹙了下眉，像是对她的话大为不解。

周谧瞪着大眼睛，回忆起来："很多啊，你以前也说过。"

张敛说："可那些不是缺陷而是花纹，它们能给你增添美感，如果你像钻石一样平滑、光洁、完美无缺，我也不会被你吸引。"

失落、酸涩的感觉被一扫而空，周谧咧开嘴笑起来，然后又摇了下头，说起了自己的观点："可我当初好像是被你的完美吸引住的啊，就在认识你的第一天，可能是因为我喝了点酒……"

她看起来似全身心地陷入了回忆中："那天的灯光特别暗，而你正好坐在一片光里，你整个人是半透明的，简直像天神一样。我第一次见到把白衬衣穿得这么好看的人，你就像纪录片里位于深海中的白鲸，矗立在一片静谧中，与世隔绝。我觉得跟我有同样感受的人应该不少，我偷看了你好久，都没人敢跟你搭讪，也就我胆子比较大。"

张敛被她堪比"彩虹屁"的描述给逗笑了，但仍不留情面地揭穿了她："你就是被我的脸给吸引了吧？"

"那又怎样？"周谧被噎了一下，立马化为卡带了的留声机，可爱又声音尖细地挑衅道，"怎样怎样怎样怎样，反正我赚到了，我……"

话音未落，她就被他抱住了。

被他放开时，周谧面色酡红地拿手抹了下泛着水光的双唇，气喘吁吁地道："一言不合就堵人的嘴是什么毛病？"

张敛倚着床头，有点懒散地斜了她一眼："你再多说一句，天神就要破戒了。"

"噫——别人这么夸你一下，你就不要脸地接受了？而且那只是我对你的初印象，现在的你……"周谧哼哼了两声。

张敛问："现在怎么了？"

"凡夫俗子。"她一字一顿地抛出这个成语。

张敛不以为意地笑起来："挺好，我不喜欢别人把我完美化。"

周谧眨了眨眼："为什么？"

张敛说："因为我本来就不完美。"

周谧说："可你又说你是完整的。"

张敛说："完整不代表完美。"

周谧又躺了下去，枕着他的胸口，双手搭在腹部，像只身心放松、漂浮在水面上的小水獭。

张敛顺手抚摸起她柔软的黑发。

周谧抬起眼睛，突然好奇地问："你第一次看到我是什么感觉？"

张敛神情微妙地轻笑一声，这笑耐人寻味。

周谧不快地道："你别想用表情蒙混过关。"

张敛明确地说："很漂亮。"

周谧听得耳根发热，继续嘴硬："你不跟我一样肤浅吗？"

张敛说："人看人的第一印象基本如此。"

周谧无法反驳他："然后呢？"

张敛不假思索地道："你一开始哭我就想对你有求必应。"

周谧的心像被全糖奶茶烫到了一样抽搐了一下："有那么夸张吗？"

张敛："嗯。"

周谧皱着眉毛："你产生这种想法是因为我长得好看？"

"这是一小部分原因吧，"他接着说，"更多的原因是你的情绪很能打动人。"

周谧的大脑里又开始扑哧扑哧地冒泡泡："可到处都是我这样的人啊。"

张敛捏了下她的鼻头，又停了下来，说："你的脸皮是最厚的，你非要跑到我跟前来。"

周谧憋住气，捉住他的手，像按泡泡纸那样，一下一下地跟泄愤似的压起了他的手掌："哦，你坐在那种地方招蜂引蝶，还怪别人扑了过去？"

张敛的脸上仍有笑意，他淡淡地说："之前你是怎么跟你的男朋友分开的？我记得那天你说分手是他提出来的。"

周谧微怔，警惕地问："干吗？你开始刨根问底，挖我的情史了？"

张敛说："你可以这么认为。"

周谧不准备粉饰、掩瞒什么："他说他受不了我的性格，说我总喜欢放大任何一件小事，然后再去折腾他，这让他很累，他觉得他到忍耐的临界点了。那会儿是暑假，我还在鹭岛，也就是他的家乡，我们吵了一架，吵得很厉害，他直接送我去了机场，到家后我就发现我被他'拉黑'了。"

她讲着话，表情渐渐收敛，因往事的涌起而显得有点不那么鲜明和真切：

"说实话我们分得不明不白的，但这也可能是我咎由自取吧。"

目光暗淡下来，她瞥了一眼从始至终注视着她的张敛："在那之前我一直以为最迟研究生毕业我就会跟他结婚，因为我们大三时就见了双方的家长。"

张敛面无波澜，只说道："听得出来你那时候很喜欢他。"

周谧自嘲地笑了一下："多亏遇到了你，那晚过后我的脑子里大部分时间只有你一人。治疗失恋的伤痛最好方式就是尽快陷入下一段感情中。"

张敛跟着弯唇微笑，对她的话不予置评。

周谧又看了过去："好啦，我的情史说完了，你愿意说说你的情史吗？不过我建议你把它拆分开，当成睡前故事，一周内说完哦，不然今天我们要通宵了。"

张敛闻言，一声未吭，只是静静地看了她好一会儿，看得她鸡皮疙瘩跟多骨诺米牌似的一个个飞速增加，然后他才启唇说道："我跟你一样，只有过一次恋爱经历。"

周谧的眼睛顿时瞪得像铜铃，她一脸的不可置信："假的吧？"

接着她问："是我……听过的那个版本吗？"

张敛问："什么版本？"

周谧没有指名道姓，只交代了她是如何知道这个小道消息的："我刚来公司那会儿听别人说，是 VET 的什么二千金。"

张敛说："是她。"

周谧"哦"了一声，默默地消化着这个信息，像在嚼一团没有任何味道的白米饭，一时间无法辨别自己的情绪，只能打趣道："你很厉害哦，那可是 VET。"

张敛笑问："VET 又怎么了？"

周谧说："我说不上来，不过你跟那种女生在一起肯定比跟我在一起更……"她选择着合适但不至于贬低自己的形容词，"恰当、合理？"

张敛说："你跟她之间的差距是比较大。"

他的直言不讳换来周谧凶神恶煞般的重拳出击。

张敛揉了下胸口，笑着咳了一声："我说哪方面的差距大了吗，你就急着灭口？"

　　周谧侧着头："我不想听了。"

　　张敛摸了摸她的右颊，把她的小脑袋扳过来，强迫她正视自己。

　　张敛说："你不想听我就不说了。"

　　周谧的脸鼓成了醋坛子，她把酸气往刘海上吹："那你长话短说，速战速决，直接说分手的原因就可以了。"

　　张敛只好选择部分内容陈述："因为我不……"

　　周谧忽然坐直身子，骤然提高声音打断了他："我突然又不想听了！"

　　张敛静了下来。

　　周谧垂下眼睑，大概猜到了他会给出什么样的答案。她后悔了，后悔自己掉以轻心，误将话题引向了雷区，幸好她及时制止了他。

　　周谧后怕至极，胸口轻微地起伏了一下。等她浓密的眉毛再次扬起来时，他眼里的她，瞳仁已是一片清澈通透，亮得像个小灯泡。

　　"我现在只想被你抱着睡一觉。"空气凝滞了片刻，张敛看着她的眼睛，沉声吐出一个"好"字，便将她揽回了怀里。

戒指

同居生活进入第三个月时，张敛家大阳台上栽种的冰岛虞美人一夜之间全开了。

去年的此刻它们只是陈姨从家里带来的种子。

如今它们已经在窄长的木槽里摇曳生姿了，花有黄色的，有橙色的，有红色的，有白色的，颜色鲜艳，花瓣是半透明的，整朵花看起来似高低不一的杯子，盛着暮春甜酒一般的微风与日光。

征得陈姨的同意，周谧掐了几朵花带去公司布置工位。她还大方地留了一枝花在张敛的车上，说是她提前赠送给他的立夏礼物。

张敛欣然接受并道了谢。

下车前，周谧一如既往地在前排缠着他亲了好多下，直亲到她必须再补一次唇膏才停下来。她翻出包里的湿巾仔细地给他擦拭了一下嘴巴。

这时张敛就一动不动地看着她。

周谧很喜欢被他这样安静地注视着，因为男人的眼神看起来总是情意绵绵的。

当然，她本来就喜欢他的眼睛、他的嘴唇、他的亲吻、他的拥抱，以及跟他的所有的肌肤之亲。

张敛的一切都是有温度的，都是熨帖的，就像现在的天气。

周谧在日光里眯起眼，进地铁站前又恋恋不舍地回了下头，像小蜜蜂振翅那般高频率地挥着手。

张敛降下车窗对她笑了笑，等她消失在下行电梯上，才驾车离去。

张敛今天要参加一个行业会议，所以人并未来公司，因此去倒茶时周谧就没有煞费苦心地贴着他的办公室走，而是规规矩矩地走去了茶水间。

同部门的原总监碰巧也在茶水间弄咖啡。

周谧礼貌地跟她打了个招呼。

原真瞄了她一眼，笑道："你们明天上午要去 K 记那边比稿吧？"

周谧怔了一下："嗯，十点钟去。"

原真垂下眼摁下开关："忙活了一个多月了，明天终于能见真章了。"

周谧接着纯净水，底气不足地道："但愿能过，我是第一次参与比稿，除了我们还有五家公司呢，竞争好激烈。"

原真鼓励她道："肯定能过，而且我听 Yan 说……"她忽然降低声音，靠过来贼眉鼠眼地说，"K 记的季大总监跟你的关系非比寻常啊。"

周谧惊异地瞪圆了双眼："啊？"

她忙不迭地否认："没有，没有，绝没有这种事。"

原真微微仰了一下上半身，一脸"我才不信呢"的表情："你就别瞒着你真真姐了，我看你每条微信动态他都会点赞，我们公司的好几个人都有 Season 的微信，包括我，他可从来没给我们的动态点过赞。"

周谧想要尽可能地解释清楚："我们真的只在一起打过游戏……只有征战峡谷的革命友情，其他的就没有了。"

原真拿起杯子，拍拍周谧的左肩："行了，就算没特殊关系他肯定也对你有兴趣。明天你一定得去啊，长长见识，顺便也给你们组撑撑场子，拉拉好感。"

周谧怔住了，点了点头，目送她离开了。

说实在的，这一个月来她跟季节聊天或"开黑"的次数寥寥无几，两只手都数得过来，他俩之所以会传出这样的绯闻恐怕也跟张敛的一些浪漫行为脱不开干系。回去后她得跟张敛强调一下，让他不要再匿名送自己各种鲜花、糖果了。

周谧叹了口气，回到工位上。

叶雁一身红裙，正在好声好气地跟客户通着电话，但她翻着白眼、唇瓣不停翕动的样子，很像一条缺氧的金鱼。

周谧用余光留意了她一阵子，想借机向她澄清一下自己跟季节的关系，以免产生更多的误会，但叶雁的这通电话丝毫没有结束的架势。

感觉自己一时半会儿应该和她搭不上话，周谧抿口茶，握着鼠标重新看向屏幕，接着做起了月报。

叶雁的这通电话果然可以用"旷日持久"来形容。

近半个钟头过去了，她才啪的一声放下手机，捶胸顿足地灌起水来。

周谧瞥了她一眼，问道："怎么啦？"

叶雁叹了口气："还不是恩美那个事，动态二维码都出来了，那边突然又要改东西，这让我怎么跟设计那边开口？"

她思忖片刻，忽然望向周谧："你能在群里吱一声吗？"

周谧愣了一下："什么？"

叶雁说："客户也在恩美奶那个群里，你在群里跟他说下，重做静态（平面广告）确认得收费，因为这相当于重新制作了。"

周谧微微紧张起来："要怎么说？"

叶雁："你自己想啊。"

周谧歪着头，挠了下脑袋，浑身不自在起来："要是我说不好惹到客户了怎么办？"

叶雁说："不会的，意思表达清楚就行了，赶紧的，拿到反馈了我还得跟创意那边说。"

周谧说："好吧。"

她打开 Word（一种办公软件），跟要写千人动员大会的演讲稿似的，绞尽脑汁地编辑起得体礼貌的文字消息。

感觉差不多表述到位了，她信心不足地复制了信息让叶雁进行审核。

叶雁笑哈哈地说："你在写检讨吗？"

周谧："……"

叶雁帮她把内容精简成两小段，改了下部分用词和语气，重新发回去给她做参考。

周谧仔细对比了两版说辞，果然叶雁的那版更简洁明了，也更专业，而且显得不卑不亢的。

叶雁说："事说清楚就行了，甲方只是爹，不是太爷爷。"

周谧颔首"嗯"了一声，表示学到了。

周谧先是谨慎地在群里@了客户的微信名，然后才将这段要求加费用的信息发过去。

客户很快回了句：还要收费啊。

群里霎时无人开腔了，周谧愈加紧张，小心翼翼地回了个"嗯"，接着按了个"回车键"，又用眼神问叶雁下一步该怎么办。

周谧发现叶雁正在全神贯注地打字，她的屏幕里显示的界面似乎也是这个群。

周谧暗舒一口气，局促不安地停下放在键盘上的手。

下一刻，她看到她的 leader 叶雁在群内冒了个头，仿佛她早已在等候良机一样。

奥星 -Yan：这是我们跟恩美的第一次合作，这次就当我们卖个人情，钱就算了。

她又发了个"抱拳"的表情。

客户了然并感谢地也回了个"抱拳"的表情。

周谧瞠目结舌，盯着屏幕半天没移开视线。

还可以这样做吗？这算不算出卖她？她费尽心思编辑消息怕得罪了客户，结果还是被动地成了那个唱黑脸的人……

周谧难以理解这点，耳朵的颜色在不断地加深，并蔓延至脸颊。沉默了好一会儿，她困惑地偏头去看叶雁，想问问清楚。

然而，对方似预料到了这点一般，于同一时刻侧过脸来，无半点异样地弯了弯唇，真诚地道："mimi，谢谢你。"

来奥星的为数不多的这几个月，叶雁在她心里一直是战无不胜的女斗士，是做工精致的指南针，能兵来将挡，也能给她指点迷津。

但今天，周谧第一次对她产生了不一样的感觉。

尽管郁闷难解的情绪累积了一天已经快溢出来了，周谧也没将这件事告诉张敛。

他在外面待了一整天。

六点时他还来来短信，告诉她晚上他要在酒店里吃饭，会待到比较晚，让她自己回家，路上小心。

周谧故意带着小情绪回了句：那我今晚睡次卧。

他早已摸清了她的路数：我今晚也睡次卧，记得给我留门。

周谧眉开眼笑地回：你不是说我装饰出来的少女俱乐部的样子容易让人失眠吗？

张敛：你在影响就不大。

周谧：我又不是安抚巾。

张敛：你是哄睡故事。

周谧心花怒放地发了个"哦"。

其实，只要不在公司里，张敛都会比较详细地向她汇报他的每日行程。

这让周谧时常产生一种她与张敛已是一对新婚夫妇的错觉。

早在十来岁时，她就曾少女怀春地想象过自己未来的婚姻是什么样子的，其中不可或缺的一点就是：丈夫在外应酬，妻子洗手做羹汤。

跟她的爸爸妈妈一样，她和她的丈夫各司其职，即使偶有争执，家中也是温馨的，心里也是踏实的。

但进入高中和大学后，一来她的主观意识有了很大的改变；二来，在多方想法与社会新闻的影响下，她逐步改变了观念，有了个人事业远比相夫教子更重要的想法。

在与路鸣谈恋爱前，她并无明确的择偶观。

但跟路鸣谈恋爱后，她想象中的伴侣便有了具体的形象，那就是路鸣的样子。他们曾去了很多地方旅游，看山川云海、落日长河、一望无垠的花林和原野，也曾求佛问签系同心锁，一起在系着红丝线的木牌上写字、许愿、画下两张挤在一起的Q版笑脸，坚信他们会白头偕老、生同衾死同穴。

谁曾想，再多的仪式与信念都随风散在了鹭岛夏夜的潮气里，不留一丝痕迹。

两人分手后，她建立起来的择偶观，像被熔掉的滴胶画一样，模糊成了一团。

及至今时今日，她有了新的爱人，她对他的爱意不见得比先前对路鸣的爱意浅淡，但她在潜意识里，却从未将张敛与丈夫这个名词画上等号，她甚至认为他绝非良人。

因为知道他不婚的想法，所以她一直在尽力克制自己，让自己不要生出无谓的期待。

可即便如此，三月之期进入倒计时之时，周谧依旧会有审判终至般的忐忑难安之感。

她整个人像被绑在了时钟的指针上，每一天都是在一圈又一圈或快或慢的旋转中度过的。

她无法改变张敛，张敛也无法改变她。

但他们必须交出非A即B的答案。

所以他们都对此事避而不提，只享受着当下，不约而同地拖延着时间。

洗完澡，周谧就回了房间。

自打不再分房睡了，张敛卧室里四件套的颜色就变得丰富、明亮了许多，从黑灰色变成了浅栗色或是雾蓝色。

他是顾及了她的体验和喜好。

周谧没有说其实她并不反感他的四件套之前的颜色。

公司群里，大家还在为明天的提案做最后的冲刺，周谧混在其中，说了几句自己的看法，她措辞不再艰难，也能在适当的时间插入话题了。

转正后的这一个多月，她身上也渐渐沾染上了奥星氛围——这是张敛的原话。

得到这个评价的那晚，她一边在客厅里转圈圈，一边跟客服似的连续打了多个内容差不多的电话联系媒体，忙得满头大汗。

而张敛则坐在沙发上看着她，笑而不语，像个对她饶有兴味的监考老师或者面试官。

等她打完最后一通电话，他问道："打完了？"

周谧平复了一下心情，又检查了一下手机上的信息："嗯，没有了。"

随即，她被他打横抱起，塞进主卧的浴室里。过了好一会儿，他们在氤氲缭绕的水汽里时而深时而浅地接吻，亲一会儿就停下来让鼻尖相抵，不自觉地微笑着。

…………

考虑到明天要早一点去公司，周谧比以往更早地关了手机，躺回床上。

关机之前，她给张敛发了条消息：我先睡啦，明早九点我要出发去K记大楼。

张敛回：好。

想了想，她又问：你什么时候回来？

张敛直接拨通了她的电话。

周谧接通电话，就听见他说："我在路上了。"

周谧"哦"了一声，又瓮声瓮气地问："那——我要不要等你呀？"

张敛说："出于私心，我希望你等着，出于公心，我还是想你早点睡。"

周谧弯唇笑道："我还是等一下吧，毕竟我对你有一点点的私心。"

张敛说："睡吧，再过一刻钟我才能到家。"

周谧说："你这样我还怎么睡？你明确地告诉了我时间，不就是想让我数着时间等嘛。"

张敛笑了："我只是在表达我不会马上到家。"

周谧歪了下身体，霸占了张敛的枕头："要是我偏要等你呢？"

张敛说："那我只能开快点了。"

周谧咬住拇指，无法控制自己地傻笑起来："你还是注意安全吧，我打一把游戏等你好了。"

张敛立即改口，语气还凶了一点："给我睡觉。"

周谧快笑出声了："就我一个人打游戏啊，怎么了？"

张敛说："把时间控制在十五分钟以内。"

挂了电话，周谧打开游戏，准备速战速决，来一把大乱斗，以打发等待张敛的这段无聊的时间。不料她刚一登录游戏，就被季节的小号拉进了"双人组排"。

周谧担心他"秒开"，忙打开了语音通话："抱歉！我今晚可能没办法打'排位'了。"

季节问道："因为你要早点睡吗？"

周谧"嗯"了一声："明天我很早就要去你们那边了啊。"

季节说："我看你的心态很好啊，这么晚了你还玩游戏。"

周谧顿了下："反正不是我讲提案、回答问题，我只是去学习一下。"她又说，"你玩吧，我打一把乱斗就睡了。"

季节说："一起吧。"

周谧微怔："也行，我就是觉得有点委屈你了。"

她话音刚落，季节已经退组，重开游戏模式了。

不知为何，这种本该八九分钟就结束的游戏双方竟然打得很胶着。打到第十二分钟时，周谧整个人都有些坐立不安了，她担心张敛会突然回到家。好不容易推完二塔，她就听到客厅门响了，那声音如同魔音灌入她的耳中。

周谧的心跟着咯噔一下，她匆匆关掉语音喇叭，趁着死亡还未复活的这段时间在组队频道快速打起了字：我可能要"挂机"一两分钟。

季节回了个"？"。

周谧：尽管举报我，只要你不生气！

她迅速把手机塞到枕头底下合上眼装睡，并努力保持呼吸均匀。

黑暗里，她听见张敛进了房间，朝自己这边逼近，不由得在被窝里捏紧了手指。

她的额头被亲了一下，对方似在刻意控制力道，所以这个吻很轻，像蝴蝶掠过水面一样。

周谧把指节攥得发白才不至于过分明显地扬唇窃笑。

男人的气息渐远，他去了盥洗室，并关上了门，而后水声隐约传了过来。

周谧长出一口气，重新扒拉出手机，摁亮屏幕。

屏幕上，游戏已经结束，他们是胜利的一方。

她眉心骤紧，赶紧切回微信界面，给季节发消息道歉：真的很对不起，我刚刚突然有点事。

季节回：没关系啊，反正赢了。

周谧又发过去一个小女孩低头认错的表情包并回道：你千万不要因为我的挂机行为而迁怒于我们团队，求求你了。

季节发来一个"不要在意这些细节"的表情并回道：怎么会？我不是那种人。

他又问：你明天要来我这儿是吧？

周谧回：嗯。

季节：你们是上午最后一场，要不结束之后你和我吃个饭吧？

周谧没有拒绝季节的约饭邀请，因为工作，因为部门老大的嘱托，更因为自己今晚确实比较过分的挂机行为。

再说了，如果能通过良好的人际交往增加公司争取到项目的可能性，或者就此将K记发展为未来固定的合作代理，她又为什么要拒绝他呢？

况且季节的确是位很好相处的客户。

他虽身居高位，待人却十分亲和。他不像咄咄逼人的甲方，反而更像出现在选修课大教室里的外系阳光帅气的男同学。

所以周谧直接回了句"好啊"，又回道：不过我来请客可以吗？

季节问：为什么？

周谧回：收买一下人心，顺便为今晚的挂机行为道歉。

季节回了个笑脸表情：也行。

道了晚安，周谧去网上搜了一下Ｋ记所在的百元大厦附近口碑不错的中高档美食店，等心里差不多有数了，才将手机重新塞回枕头下。

这时，张敛刚好开门出来，周谧火速合上眼睛。

张敛躺进被子里，伸手就将她揽到自己的怀里，动作自然、娴熟。

周谧感觉他的脸凑了过来，随之而来的是一股毫不浓烈的男士护肤品的气味，这气味很清新，伴随着他的鼻息洒在她的鼻头上。

"别装睡了。"

周谧再也憋不住笑了，抬起眼来。

张敛亲了下她折起来的眼皮。

周谧半睁开右眼，俏皮地问："你怎么知道我在装睡？"

张敛笑道："你要是真睡着了睡相哪有这么好？"

周谧像头发怒的小牛犊那样，用鼻子出着气，并在被子里踢了他一下，但旋即被他用腿压住了，整个人动弹不得。

周谧改变态度，小脸上满是得意之色："反正我骗到额头吻了。"

张敛勾起唇："你要是醒着还可以得到更多。"

周谧双眼亮晶晶的，故意装出憧憬的样子："得到什么？我已经醒了，你快点告诉我吧。"她的最后一个音节轻而脆，就像鱼吐泡泡那般被她吐了出来。

张敛伸出手，弹了弹她刚被他亲过的额头。

周谧痛得捂着头嗷呜叫了一声，妄图以同样的方式反击他。

张敛才不会让她得逞，瞬间就扣住了她的胳膊，然后很轻地含住她的唇瓣吮吸了一下："今天你的嘴巴尝起来怎么这么甜？"

周谧舔了舔下唇，奇怪地道："啊？有吗？"

张敛轻笑一声，压住她继续亲吻她。周谧意乱情迷地托住他的脸颊，把自己交了出去。

翌日九点半，奥星公司的一行人就抵达了百元大厦。团队派了六个人来比稿，其中两名是主讲人。来一楼接待他们的是和季节在同一部门的一位男经理，这人偏矮偏瘦，亲切和气，极大地减少了周谧的紧张感。

这一次，她就是个实打实的"工具人"，她的主要任务是做会议纪要，以便于大家回去之后做复盘、总结工作。她还有个任务就是当吉祥物——这是来时叶雁在车上临时给她起的别称。

创意那边的一位 ACD（副创作指导）纠正了叶雁："Minnie 这种叫'门面担当'。"

周谧只能正襟危坐，含笑接受夸奖。

电梯里，叶雁游刃有余地与接应人不停地寒暄着。她难得穿了一身职业装，烟灰色的收腰衬衫裙和红底鞋让高瘦的她看起来像一柄精致的匕首。

周谧在一旁保持着微笑，跟着他们走出电梯，走进会议室里。

百元集团的会议室要比奥星的大一些，白色的长桌、白色的座椅、浅木色的墙面和落地窗，将会议室衬得洁净如新。

K 记的三位客户已经在会议桌的左侧坐下来了，季节居中，他是三人中看起来最年轻的。在这种场合，他也没着正装，上身穿着一件休闲白 T 恤，左手随意地掂着手机。

进门刚走了两步，周谧就对上了他的目光。

季节本就面带着微笑，看到她时，他唇角的弧度变得更大了一些。

周谧也对他笑了笑，就迅速收回目光跟上了同事们。

季节目送她入座。她今天穿得比前两次见面时都要正式，上身是尖领的泡泡袖白衬衣，下面是黑格子半身裙，头发被编成了蓬松的麻花辫，还有些碎发落在了耳边，看上去很有韩剧女主角的气质。

先跟客户闲聊了几句，叶雁才去大屏前打开笔记本电脑，并将电脑和蓝牙连接上。

她是这次提案的主讲人之一，另一个主讲人是创意部的副总监，他们负责解说各自的 PPT。

周谧坐到最里面，调好录音笔，又从包里取出中性笔和笔记本，一副拘谨的样子。

叶雁调试了下投屏，正式开讲。她的状态与平常在公司里不同，她看起来很严肃，但也面带着能够拉近人和人距离的笑容，语速不徐不疾。她的解说基于 PPT 里的内容但更通俗易懂，并不时地出现一些笑点，使得会议室里的气氛十分热烈。

周谧在心里啧啧称赞，写个不停，并不时偷瞄一下季节，观察他的反应。

季节单手托着半边脸，认真地侧头看着 PPT，也会跟大家一起笑。

接下来该解说创意那部分内容了。

那位资历颇深的 ACD 就更厉害了，全程如唠嗑般佳句信手拈来，却句句直击客户的需求与痛点。

最精彩的就是问答环节了。

季节虽然从头到尾表情都很温和，但针对他们的提案提出来的两个问题十分刁钻，周谧一个局外人都瞬间掌心出汗了。

如果换成她，她可能会张口结舌，根本不知道要如何应对。

会议结束时已经快十一点了。周谧收拾好东西，因为惦记着欠季节的那顿饭，就跟在大家后面挪出了会议室，步伐也相对迟缓。但她一直没找到合适的时机开口。

还好季节叫住了她。

奥星的几个人一同回过头来，面色各异，有人觉得意外，更多的人是微笑着揶揄他俩。

季节快步走了过来，笑了下，问："昨天答应我的事你没忘吧？"

周谧先对他弯弯嘴角，又瞥了一眼同事们："没有。"

叶雁挑起眉，抑扬顿挫地问道："什么事啊——"

大家一起偷笑起来。

周谧望向自己的 leader，微感羞赧："我昨晚答应 Season 今天会议结束了请他吃饭的。"

那个 ACD 插了一嘴，故意问道："我们有份吗？"

叶雁打了他的胳膊一拳："你就别打扰人家了。"

"知道了，" ACD 吃痛，揉了下胳膊，"走了啊，散了啊，我们一群空巢老人就在这边找点饭吃吧。"

叶雁又看向季节，用老母亲般的语气说道："我们的吉祥物小 mimi 就交给你啦，记得照顾好她啊。"

季节失笑："一定。"

一帮同事以最快的速度离场，把周谧一个人留在原处。

会议室门口彻底安静下来，两人一时无话。

周谧抬眸看看季节，又不安地抠了两下脑袋："我们下去吗？"

"好啊。"季节展颜，"走吧。"

进了电梯，周谧取出手机，调出昨天提前备好的几个餐厅的截图，递到他跟前，示意他看："你想吃哪个？西餐、中餐、日料、东南亚菜都有。"

季节微微俯低上半身："价格是不是有点高了？"

周谧立马提高了音量："没事啊，你值得。"

季节忍俊不禁："你喜欢吃哪种菜？"

周谧说："我都可以，主要看你，你才是被请的那一个人。"

季节用他骨节分明的手指了指一家泰国菜餐馆："那就这个？"

周谧点点头："好。"

入座后，点餐的任务也交给季节了，等侍应生抱着菜单离开了，周谧兴冲冲地问："娜可、露露最近怎么样了？"

坐在对面的季节看着她说："很好，"然后他拿起手机，给她分享了一个视频，"不知道每天哪来这么多的精力。"

周谧边看边被它们活泼的模样逗得弯起了唇角："分一点给我就好了。"

季节问："你每天工作很累吗？"

周谧把手机还了回去："对啊，转正后我感觉要做的事情更多了。"

季节说："我看你朋友圈里发的动态给人一种'元气满满'的感觉。"

周谧顿了一下："就……苦中作乐。"

季节抿了口柠檬水："难怪这段时间你都没空'开黑'了。"

周谧不好意思地抿抿唇："嗯……"她又替自己开脱道，"这样就没人拖你的后腿了，你的游戏小号都能打到七十星了。"

季节说："我都不怎么玩那个号。"

周谧打趣道："我以为你那个号就是拿来带妹子的。"

季节笑道："那你对我的误会可就大了，我就带过你一个妹子。"

周谧惊讶了一下："啊？你真的没有带过其他的妹子啊？"

季节说："准确地说我是拿这个号来带姐的。"

周谧有些意外："你还有姐姐？亲姐姐吗？"

季节颔首："嗯，但她技术差瘾又大，我带不动她。"

周谧毫无顾忌地笑出声来："比我还差吗？"

"你比她好多了。她打辅助的时候我只想玩上单，觉得离她越远越好。"

"你姐知道你在背后这么讲她吗？"

"知道啊，我当着她的面都是这样说的。"

周谧看着他总是露出灿烂笑容的面孔："我挺好奇你到底多大了。"

季节说："猜猜看？"

周谧想了想说："综合各方面的因素，我猜……你处于二十六岁到二十八岁这个区间。"

季节说："我三十一。"

"啊？"周谧险些被惊掉了下巴，"可你看起来跟大学生一样。"

季节说："你不是第一个这样说的人，大概是我的心态比较年轻吧。"

周谧摇了下头："不啊，你长得也很青春貌美。"

季节被她的形容词给逗笑了。

百香果汁上来时，周谧忙替季节倒上，还说："我先为我昨晚的挂机行为向您赔罪。"

季节轻轻抓了下亚麻色的头发："真没事，你别小题大做了。"

"不行。"

季节忙端起杯子，郑重其事地喝了一大口，问："这样，算是接受你的歉意了吗？"

下午到公司时，张敛远远地就看见了在一楼等电梯的 K 记比稿小分队。

凭着身高的优势他粗略地扫了一眼，发现周谧不在其中，不由得抬腕瞟了一眼时间。

走到近处时，大家纷纷跟他打招呼，他也勾起唇点点头，问了两句比稿的情况。

叶雁不甚确定地说："我觉得对方的态度还行，就是不知道别家是个什么情况了。"

张敛跟着他们进了电梯，顺手摁了要去的楼层的按钮。

安静了会儿，他面无异样地启唇问道："今天就你们几个去了？"

叶雁看了过去："不止，还有个留在那儿跟客户吃饭了。"

张敛问："谁啊？"

叶雁说："Minnie，她跟K记的季总关系蛮不错的。"

张敛不再搭腔了。

叶雁以为他不知道Minnie是谁，就解释了一句："就是我带的那个漂亮的实习生，上个月刚转正的那个。"

张敛说："有印象。"

旁边的创意副总监说："他俩的关系绝对不一般。我今天进会议室时特地注意了一下季总，发现季总的目光一直在Minnie的身上。唉，我要是女孩子就好了，那样的话我哪儿还需要费这些口舌啊？"

叶雁嘲讽道："省省吧，你是女的也长不成她那样。"

创意副总监又说："但我觉得mimi这个小姑娘挺有眼力见的，你没听季总说是mimi请他吃饭的嘛。这就对了，有人脉干吗不用啊？这么好的机会当然得抓住啊，她挺给咱们奥星争气的。"

叶雁表示认同："她本来就聪明，领悟得也很快。"

电梯门一开，张敛头也不回地离开了。

叶雁有点意外他今天居然没让他们先走，忙噤声，提醒其他人一句"别说了，别说了，老板都嫌我们'八卦'了"就急急地跟了出去。

吃完饭，周谧意外地发现，季节的车居然是她一直以来很喜欢的车——全黑的某豪车。

上车后，周谧还是很惊奇，说她感觉他更适合秀气一些的跑车，比如白色系的某款车。

季节看着她笑道："不买辆大车怎么装得下两条狗？"

周谧恍然大悟地点点头："是哦，你考虑得好周到。"

下午两点多，周谧被季节送到了公司楼下。

到了公司，周谧在门口停了会儿，给张敛发消息：你在公司吗？

男人并未回复。

周谧努努嘴，把手机放回包里，绕道从张敛的办公室前走过，发现门开着。她不动声色地移近两步，一眼就看见他正坐在电脑后面，一张面无表情的俊脸被显示器里的光衬得如同冰冷的雪川。

周谧不敢多看，迅速回到工位上。

导出录音笔上的内容，她又取出手机看了看微信。

张敛还是没有回复她。

他这么忙吗？

周谧对着屏幕眨了会儿眼，又编辑了文字发给他：你是什么时候回公司的呀？

这次张敛终于有了反应：半个小时前。

周谧：我刚刚路过了你的办公室。

张敛没有接这句话，只是问道：刚回公司？

周谧：嗯。

他又问：中午在哪儿吃的饭？

周谧觉得他应该是知道了些什么，当然，她也不想隐瞒：在百元大厦那边吃的。

张敛问：跟同事吃的？

周谧：不是，跟K记给我们打分的那个媒介部的总监。

张敛问：养狗的那个人？

周谧：嗯。

张敛没再回消息。

周谧整理了半个钟头的会议纪要，发现张敛还是没有回她的微信，便有些坐立难安，于是又发了条信息过去：你是不是不高兴啦？

张敛回：你先忙，我们下班了再说。

周谧的眼睛瞬间有些发酸：你这样我都不知道我要怎么忙。

张敛问：怎么了？

周谧抽了张纸擤了两下发酸的鼻子，不敢在公司里流泪：我觉得你生气了，因为这件事。

张敛回得很快：是有一点。

这句话像开启了雨刮器，他们的沟通方式瞬间从迂回试探变为打开天窗说亮话。

周谧没想到他坦白得这么快，顿时"雨过天晴"了，却又得寸进尺地打算打破砂锅问到底：为什么啊？

张敛：你不知道我为什么因为这件事生气还来问我生没生气？

周谧咬着唇：可是你也会见客户啊，你也会跟他们吃饭啊。

张敛：所以只是一点生气。再说了，我司的方案差到要你这个小朋友来单独陪客户吃饭了吗？

周谧轻快地敲起了字：我不是小朋友了好吗？

张敛：你是个小捣蛋鬼。

周谧忙拿手捂住笑得挤在一起的五官，开始顺杆子往上爬：那小捣蛋鬼可以专心、安心、放心、潜心、尽心地为奥星工作了吗？

张敛：忙去吧。

晚上到了家，周谧像只跟屁虫一样时时刻刻跟在张敛身边。他去洗手，她就摊开双手要他帮自己挤洗手液；他去吃水果，她就张开嘴，要他喂给自己一块；他去书房里处理邮件，她就端了把椅子坐在他旁边，捧着脸欣赏他英俊的侧脸；他打电话，她就歪着头贴在他的手机上偷听讲话内容。

最后张敛忍无可忍，放下电话就把她拽过来，让她趴在自己的腿上。周谧刚想逃，就被他狠狠地拍了一下。

他完全没控制力道。

如果不是极快地捂住了嘴，周谧的叫声恐怕会惊动邻居。

被他的手拍过的部位火辣辣地疼起来。

"疼死了……"脸红得像颗大番茄，她闷声闷气地娇嗔，"你这人怎么这样，干吗打人啊？"

"你应该庆幸你今天穿的是包臀裙。"张敛淡淡地说着，放开了她。

周谧不爽地站起身，像刚被打过针那样皱着眉揉着痛处。她刚要老实地坐回自己的椅子上，就又被男人拉了回去。

她听见他的呼吸声变得粗重了一点。

而后，书房的门被她用后背彻底地关上了。

一起回卧室洗完澡后，周谧照常窝在张敛的怀里。

她喜欢他各种各样的拥抱，喜欢自己像他的某一根肋骨那样严密地嵌入他的臂弯深处，因为只有这样他们才能填补彼此。

张敛用手指随意地梳理着她鬓边的发丝："你今晚这么黏着我干吗？"

周谧戳戳他心口的位置，像拉糖丝一般拉长了声音嘟囔着："哄——你——啊——"

张敛嘴角一弯，没有说话。

周谧继续戳他的心口："那你有没有被我哄好啊？"

张敛说："我很好。"

周谧翻了个身，趴在他的胸口上："你真的好了吗？"

张敛："嗯。"

周谧咬牙切齿地道："我不好了，我爸妈都没这样打过我。"

张敛把她整个人拉到自己的身上："还痛吗？"

"左右都……"她忽然"啊"了一声，把身体绷成一张平衡板，"别乱碰无关的位置行吗？"

张敛抓住她的胳肢窝，把她向上拉到合适的高度，专心而温柔地给她揉起痛的地方来。

周谧靠在他的颈侧，翘了好几下唇，又抬起头亲了亲他线条清晰的下颌角，情不自禁地道："我好想一辈子这样贴在你身上啊。"

张敛懒散的表情有一刻的呆滞，像烛火在风中短暂地忽闪了一下，但未熄灭，又重新燃了起来。他勾起唇，低下头去，吻了吻她的额头。

提案过选的消息很快从客户那边传了过来，奥星拔得了头筹，成为 K 记今年端午项目的合作机构。

因为对方属于餐饮集团，在业内又是出了名的难搞，大家不敢轻慢，所以组成的正式团队共有十二人，安排下来的任务也是尽可能地细化了。大家加班加点，打算尽快给出让客户满意的线上线下营销方案。

在叶雁的指导下，周谧开始学着做需求简报，学着如何跟创意那边交流来自客户的修改意见。

大家都知道她跟季节的关系不简单，于是，在群里发文案或设计图时，大多数时候都会直接询问她某些海报的风格或 slogan（广告语）是不是 K 记那边想要的。

受宠若惊的同时，周谧也觉得压力如泰山一样大。

她并非项目的真正对接人，更不好意思贸然打搅季节，但这次时间紧急，直接打听的确是最有效、最及时的传达双方意思的方式了。

于是，她跟季节的聊天次数猛然增多了。

除去与工作相关的内容，狗跟游戏依然是两人之间一直不变的话题。

能在职业生涯的开端遇到季节这样好相处的甲方，是她莫大的幸运。

在这次与众人的配合中，周谧也有了"我已经是个客户主管"的真实感。

这个月，她看行业公众号的次数锐减，一个原因是她太忙了，还有一个原因是没必要看了。刚来奥星时，她非常依赖这些公众号，每晚都要将它们从头翻到尾，并死记里面的行业术语与重点。她这样做是为了让自己看起来更专业，更快地融入工作中。现在她真正地深入工作之中后，很多东西像自动输入的字符一般渗透进她的大脑里，她慢慢找到了感觉，虽然偶尔也会有操作得不那么纯熟的时候，但勉强可以独当一面了。

她猜这就是张敛口中的"奥星氛围"吧。

她觉得自己越来越像个广告人了。

不得不说，张敛是个完全尊重对方的伴侣，他会确切地表达自己吃醋了，但从未因此限制或干涉她的行动。

周谧也曾跟他说："你要是觉得不舒服，我可以给你看我们的微信聊天记录，我跟 Season 其实没有一点暧昧关系。"

张敛直接拒绝了，并罕见地使用了情感色彩很浓的形容词："我个人非常厌恶这种行为。"

厌恶？

周谧没忍住笑："是不是你的前女友总是查你的聊天记录啊？"

张敛不发一言。

她的工作与感情都在一种奇异的平静中稳步前进着，这点是周谧完全没想到的。白天的焦头烂额和夜晚的水乳交融穿插着，让她几乎快忘了载着她与张敛两个人的这艘漂浮不定的航行期限仅为三个月的船即将到港。

接到妈妈的电话时，周谧才忽然意识到，还有三天她就要告知双方父母他们的最终选择了。

长辈们在数着日子等他们。

而他们却忘掉了日子地生活。

有他俩上次回家的事打底，汤培丽的声音听起来高昂有力："怎么样了啊，谧谧？这段时间你跟张敛处得怎么样啊？工作是不是很忙啊？这阵子你们也不回家了。"

周谧不知如何作答。

因为他们当中的任何一个都没给出对方明确的态度。

一缕分辨不出情绪的气流从心头漫出来，随即弥漫在她整个胸腔中。

周谧勉力撑起笑脸，报喜不报忧："挺好的啊。工作是很忙，我最近开始自己联系客户了，厉害吧？"

妈妈夸了她几句，重点还放在小两口的打算上，还笑言他们已经在看领证的吉日了。

周谧绷紧了唇："你们先看着，等张敛回来了我再问问他哪天合适。"

应付完妈妈，周谧的心情像是从一开始就按照错误配方做出来的戚风蛋糕，就算在烤箱里是松软的，取出的瞬间也是塌陷下去的。

她胡思乱想了好一会儿，心情又变成了一条毫无起伏的白线。

周谧侧躺了下去。

张敛今晚有应酬，到家时已经快十二点了。

他开门时，周谧还没睡着，但她还是极快地闭紧了眼睛，并把脑袋藏在了毯子里。

她一直在留意张敛的动静，她的心脏如被浓度很低的硫酸腐蚀着，一阵接一阵地痛着。

她不知道自己为什么不敢问他。

张敛回到床上，先关了灯，而后像之前那样从背后抱住她。

男人身上有微微的酒气。

周谧拼命按捺着情绪，一动未动。

张敛似乎累极了，落在她耳后的气息很快变得很均匀，他已进入了深眠状态。

周谧屏住呼吸，开始无声地哭泣。

她这样偷偷哭了很久，也不知自己是什么时候睡着的。

翌日到公司后，周谧又变回平常那个始终上紧了发条、拥有高能量的客户主管，在 leader 的安排下展开一天的工作。

接近中午，行政人员忽然在大群里发了通知，下午两点老板要开大会。

部门上下顿时哀鸿一片。

叶雁在座位上打着哈欠揉着头，又交代周谧："你一会儿把订的会议室的使用时间推到四点之后。"

周谧好奇地问："这不会就是你上次说的那个反省大会吧？"

叶雁皮笑肉不笑地道："不然呢？"

周谧抓了抓额角："我们组要做汇报吗？"

叶雁欲哭无泪地道："要的，几个组排队来，别担心哦。"

周谧这才放心地点点头，给她打气："好的，您要加油！"

临近两点，公司里手头没事的人三五成群地往食品储藏室汇集，公司里的座位稀稀拉拉的，平时一眼望过去，没有多少人，但今天大家扎堆坐在一起，竟然是黑压压的一片。

周谧攥着手机跟相熟的组员坐在一起，心绪不定又好奇地看着要做汇报的人。这些人交头接耳，正在整理待会儿要汇报的项目内容和意见反馈。

两点整，张敛准时到场了。

他上午去客户那边了，所以早上周谧是自己乘地铁来公司的。

她本以为这种全员大会他会西装革履地出席，结果他依然穿着日常穿的白衬衣、黑长裤，没有一点仪式感。

虽然是"反省大会"，但会议室里的气氛一如既往地不那么严肃，给人一种随性感。

张敛靠在桌子的边缘，不时换个姿势听报告。

项目组的代表发言时也不用起立。

周谧双手捏拳，抵住双颊，默默地、眼睛一眨不眨地注视着他。

所有人都在看他，所以她能明目张胆、肆无忌惮地看着他。

忽然，身旁的陶子伊悄声呼唤着各位同事："哎，哎。"

叶雁低声问道："干吗？"

陶子伊说："Fabian 今天戴了戒指。"

叶雁的双目立刻炯炯有神起来，瞄到戒指后，她不由得惊呼了一声："哇，真的，我第一次见——"

周谧也错愕地睁大了眼，惊魂难定地将目光从张敛的脸上移下来，放到了他的手上。

周谧的心疯狂地跳了起来，男人随意搭在胳膊上的修长的左手上真的多了一枚戒指。戒指闪烁着微弱的光，好像是她送给他的那个三十块钱的戒指。

同事们仍在窃窃私语。

"什么牌子的呀？"

"有点远，看不出来，应该很贵。"

"他是不是要结婚了？"

"太突然了吧。"

"完了完了，他真的有对象啊！我的心彻底碎了！"

…………

周谧的脸像被撒上了加热过的红颜料，瞬间变得血红、滚烫，她只能在狂喜与羞涩中偷偷埋下脑袋，收起视线。

救命啊，她当初为什么不买个好一点的戒指给他啊？

我不能收

好不容易熬到会议结束了，周谧感觉自己为了控制过分突起的苹果肌，都快变成面瘫了。

回工位的路上，同行的几个同事还在兴致勃勃地讨论着张敛那枚猝不及防出现的戒指，唯独当事人咬紧上下牙不吭声，因为她怕自己快乐的心情会像失控的喜鹊那样破笼而出。

搞什么啊？

一坐到自己的位置上，周谧就开始啃手、喝水、玩笔、翻弄桌上的材料，无法自控、心神不宁地做着各种小动作。

她觉得那个戒指不是戴在了张敛的手上，而是戴在了她的心脏上。

那个戒指是一个银色的、妙不可言的信号，含义独特，它闪闪发光的样子像只属于她的一粒星。

过了会儿，周谧拿起手机，开始认真地浏览某些品牌的官网和旗舰店，并输入关键词"戒指"，然后精挑细选起来。

那只戒指真的好丢人，尤其是出现在张敛这样的人的手上，而且他居然在这种场合、在这个节骨眼戴上了它，那么不露声色，又那么坦然自若。

周谧脸颊的热度一直降不下来，同样降不下来的，还有她的心率。

这个下午难熬到了极点，因为她要假装不知情，要克制住揭露真相的欲念，要为自己即兴的浪漫做铺垫。

晚上六点，周谧借故提前离开了公司，奔到了附近的广场。

她裙摆浮动，脸上的笑容要多大有多大，此刻她就像个小长假前最后一节课结束后疯跑出教室的女学生。

周谧气喘吁吁地停在一个金碧辉煌的奢侈品店的门前。

这是她第一次光顾这种奢侈品店。

身穿制服面容姣好的女导购含笑迎上来，问她有什么需要的。

周谧咽了下口水，一本正经地找出手机相册里的图片给她看："请问有这款戒指吗？"

导购弯唇笑道："这属于我们的1895系列，是比较低调、内敛、有品位的一款戒指。"然后导购又问，"您是自己戴还是送给爱人？这款戒指可以现场刻字。"

周谧顿了下，不自然地抿唇笑道："不是我戴。"

周谧的小金库暂时只够买一枚戒指，她想着等以后自己的资金充裕了再把自己那只补上。

导购心领神会地道："您知道您爱人的指围吗？"

周谧愣了愣，摊开自己的手回想了一会儿，用食指和拇指比画了一个圈给导购看："大概……这么大吧。"

导购被女生迷迷糊糊的样子给逗笑了："好的，您跟我过来吧，我先确定下您需要的尺寸店里有没有现货。"

拎着红色手提袋出来时，周谧恰好接到了张敛的电话，他问她怎么不在公司里。

周谧极力控制着随时会决堤的笑意，说道："我今天头有点疼，就提前回家了。"

张敛有点怀疑地问："真的？"

周谧说："嗯，我现在要回家了，你什么时候回来？"

张敛说："我过会儿就回去了。"

笑眯眯地挂断电话，周谧打车回到华郡，一路上她都跟保护珍宝一般，将戒指护在怀里。

到家后，正在做清洁工作的陈姨意外地问她怎么回来得这么早。周谧插科打诨了两句，就夹着纸袋蹦跳着冲进了卧室。

她将戒指盒取出来，打开看了一眼刚刚买下来的戒指，笑了两声，合上盒子，将之放进床头柜的抽屉里。

半个钟头后，张敛到家了，他还带了甜品与花束。

陈姨边感叹着今天太阳是不是打西边出来了，边说："你们都回来得好早啊。"她注意到张敛手里的东西，问道，"今天是什么节日吗，还是什么纪念日？你怎么不提前说一声？你们还在家里吃饭吗？"

张敛笑了笑，将东西搁在餐桌上，只是问道："周谧呢？"

陈姨说："刚回来就去卧室了，到现在都没出来。"

张敛蹙了下眉，想着周谧是不是真的不舒服，就换了鞋去了卧室。

结果他前脚刚进去，就见女孩突然从门后蹿出来，张牙舞爪地对着他嗷呜了一声。

张敛被她惊得顿了一下，继而失笑。

周谧见他的表情没有大的起伏，有点惋惜地说："哎，你怎么就没被我吓到啊？"

张敛说："我真被你吓出问题了怎么办？你给我养老啊？"

周谧回过头，转动着眼珠，就是不吭声。

张敛跟在她后面，问："你不是头疼吗？"

"看到你我又不疼了。"她中气十足地说。

张敛笑了一声，大步走近她，手臂穿过她的胳膊，不由分说地把她抱在怀里。

她像一张被放入袋子里的符纸，即将参加一场祈福的开光仪式。

周谧弯起眼，抚了下耳边的头发，轻声说道："一回来就搂搂抱抱成何体统！"

张敛把下巴抵在她的脑后："还装呢？"

周谧垂下眼找到他的左手，那枚廉价的银戒还在他的手上。她既害羞又得意地笑起来，用食指轻戳了一下那里，问："你是怎么想到戴这个的？"

"不知道，突然想起来就戴了。"

"其实你一直精心收着它，对吧？"

"可能吧。"

"哼。"

周谧不受控制地想，如果她身上安了限制开心值的表，那么这会儿这个表应该已经跳闸了。

她决定不再藏着掖着了，于是拉起他的手臂，冲后方抬了一下下巴："我有东西要送给你。"

张敛问："什么东西？"

周谧说："你先坐下。"

张敛将一旁的胡桃木靠椅拖出来，坐定。

周谧轻巧地飞跑到自己的床头，拉开抽屉，将那只红色的戒指盒小心翼翼地取了出来。

她双手举高盒子，嘴里"锵锵——"地配着音，将它托至张敛的眼前。

张敛瞥见盒子上的LOGO，又看了一眼周谧，脸上的笑被疑惑覆盖掉了一些，但他还是伸手接过盒子，把它打开了。

一枚铂金戒指被嵌在黑色的戒托的中央，戒指上面的小钻熠熠闪光。

男人微低着头，周谧站在原地，不能及时地看到他的第一反应，只觉得有一秒钟他脸上的表情是呆滞的，她无法分辨那是惊喜还是惊吓。

周谧决定蹲下来看清他的表情。

而张敛也在同一时刻抬起了脸，他仍勾着唇，只是笑容比刚才的含蓄了许多。

他抬起左手："你不是已经送了我一个戒指吗？"

周谧坐到一旁，说："那个就是我当时闹着玩的，谁知你在大庭广众之下把它戴在了手上，我感觉好丢人。"

张敛面不改色地道："我是戴给你看的。"

周谧咬了咬唇："可公司里的人都在议论了啊。"

张敛说："那是我顺便达到的目的。"

周谧的唇角微微往上勾："什么目的？"

张敛答："告诉大家我现在并非单身。"

周谧扑哧一声笑了出来，露出了小白牙："那你赶紧试一下我给你买的新戒指好不好？我今天下午特地去买的。以后你别戴那个三十块钱的戒指了，我看见它好不舒服。"

张敛再度沉默了。

两秒后，他脸上的表情完全消失了。他耷拉着眼皮，啪的一下将戒指盒合上，交给了她："我不能收。"

周谧的大脑嗡地响了下，因为他毫不迟疑的拒绝。

她急促地眨动着眼皮，下意识地问道："为什么？"

张敛看着她，淡淡地道："这不是你能负担得起的礼物。"

周谧的眉心皱成了一坨："可我已经买了，而且这也不只是礼物。"

张敛的胸腔微微起伏："那我更不能收了。"

他态度坚决。

周谧感觉自己脸上的温度疯狂飙升，可大脑和身体却像掉进了极寒的冰湖里，寸寸都结了冰。

她僵坐着，问道："你是什么意思？"

张敛没有回答，见她半晌不接戒指盒，便将戒指盒搁到了桌子上，仿佛那戒指盒是病菌一般，在他手里多待一秒都会把病菌传染给他。

周谧被他这个动作给刺激到了，鼻头瞬间酸痛至极。

她强忍着泪水，听见自己的声音像没有搅拌到位的石灰水一样，慢而干涩地漫了出来："你是不是觉得我想用这个戒指强迫你和我结婚？可我买这个戒指的主要原因是我觉得三十块钱的那个戒指根本配不上你，它不应该出现在你的手上，你在我心里的地位和意义远不能用它来证明。"

张敛随意转了下左手中指上的银色戒指："你说过它是这三个月的契约

费，我收下了，也从未认为它配不上我。"

周谧深吸了一口气："所以你现在把它戴起来是什么意思？"

张敛说："我刚刚已经回答过你了。"

周谧的气息变重了："可现在要满三个月了啊，后天我们就要跟我们的父母交差了。"

张敛的语气始终很平和："选择权一直在你手里，你知道我的答案的。"

他平心静气的陈述深深地扎在她的心头，一个字就是一根针，细密的针眼将她的心脏扎得快要失去原本的形状了。

周谧的胸口剧烈地起伏着，她努力不让自己的双眼模糊起来，可是她的脸已经红得非常吓人了，因为愤怒，因为灰心。

她仿佛从高处狠狠地跌落在地上："你还是想让我配合着你，继续跟你维持这种不清不楚、见不得光的关系呗。"

张敛注视着她："我以为我们已经在谈恋爱了，这段时间一直在遮遮掩掩的人都是你，不是吗？"

周谧怔了好几秒："可我也是担心别人用有色眼镜看你啊。"

张敛给出了一个无可挑剔的回答："所以我尊重你的意愿。"

周谧愕然瞪大涨了几次潮的大眼睛："我们在谈恋爱？真的吗？恋爱中的男人会不敢接受女朋友的戒指？"

张敛很轻地叹息一声："周谧，你在钻牛角尖。"

周谧难以置信地哂了一声："你是怕我赖上你吧？"

"不要偏激，"张敛俯下上半身，想要握住她放在裙摆上的、早已变得惨白的手，"我们好好谈一下。"

周谧刹那间抬高胳膊，躲开了他的触碰，并控制不住自己像只坏掉的小提琴那样，发出尖锐难听的声音："谈什么？你还要用各种手段蛊惑我，让我继续跟你这么不清不楚的，直到你玩腻了或者我自动离开你？还是说你又要用什么话术把自己撇得干干净净、清清白白的？"

张敛微怔，将伸出去的手收了回去，整个上身也跟着靠回椅背上。

在这间卧室里，面对面共处时，他们之间从未拉开过如此大的距离。

男人面无表情，眼里没有温度，不管是寒冷或是温暖，都没有。

屋子里悄无声息了几秒。

周谧脸色灰败，质问道："你说啊，你为什么要戴我送你的戒指？"

重复回答同一个问题让张敛看起来有点疲惫，也有点无奈："我以为你会开心，结果适得其反。"

周谧扯了下唇，看起来哭不像哭，笑不像笑："我开心啊，所以想送你一枚配得上你的戒指。是你的想法有问题吧？你觉得糟糕了，玩脱了，这个女的要赖上我了。"

张敛的脸色微微有点暗淡："你为什么总这样想我？"

周谧用手背拭了下滑到脸上的泪水："因为你活该被这么想。"

她的泪水混着失望和痛苦往外涌动着："对你而言，我从来不是特殊的那一个人，只是我刚好在这个时间、这个节点出现在你的面前，其他任何一个女孩都可以是周谧，只要她能满足你不结婚但一直保持着男女关系的需求。你看你这副害怕的样子，太好笑了吧，你慌张到连戒指都不敢碰，而我——"

周谧彻底哽住了，面色转白。

"你还记得你上次问我为什么总把你往不好的那一面想吗？"女孩弯起嘴角，终于露出可以称之为"笑"的神情，但这笑却是让人感到陌生而冰冷的，"我现在知道答案了。因为你在我心里就没有好过，遇到你之后我就没碰到一件好事，我打心眼里没觉得你这个人好过。就因为喜欢你，我一直自欺欺人，自我麻痹，现在我清醒了。谢谢你的敲打。"

女孩深吸一口气，继续道："张敛，"他的名字在她的口中不再带着甜美之意，而是变成了彻底枯萎的玫瑰，"你就是个烂人。"

房间里完全沉寂下来，像间肃静的审判室。

有一瞬间，张敛认为自己应该辩驳两句，但后来他又不太想说了，也说不出话来，一种钝痛在他的心脏深处蔓延着，划出一道道裂痕。

最后，他看着周谧，轻描淡写地吐出两个字，似是承认了她的说法。

"是吗？"

"对！"周谧用力抹了下脸，红红的眼睛里满是决绝，"我不会在你这个烂人身上再浪费一丁点儿时间了。"

掷下这句话，她毫不犹豫地冲出卧室，冲出房子，冲出了这个华美、虚幻得如海市蜃楼一般的地方。

周谧哭着喘着向外面跑去，摔门前她听见陈姨高声叫了她一声，随即陈姨的声音被她抛在了后面。

泪像心里的血一样，不受控制地淌满她的脸，渍得她的皮肤又痛又紧。她只能不停地用双手擦拭着双眼，不然根本看不清路。

电梯如同一个没有水的银色大水箱，令人感到窒息。

周谧都快忘了自己一个钟头前上来时步伐是多么轻灵，心情是多么愉悦了，当时的她恨不得来一段独舞。

跑出大堂，微凉的夜风灌了个满怀，她脸上滚烫的感觉才得以缓解。

悲伤被风吹走了一部分，周谧深深吸口气，用手掌抹去下巴上的泪水。

她一边抽抽搭搭，一边迈动双腿，却不知道该去哪里，于是漫无目的地走着。华郡的楼组成了耸立的水晶迷宫，令人寸步难行。

树影摇动，不远处的喷泉流光溢彩，还传来阵阵音乐声。

有一家人在这边纳凉、闲逛，男的女的老的少的说说笑笑，一个脚踩黑色平衡车的小男孩"啊啊"地叫嚷着，一家人其乐融融。

周谧知道自己现在的样子有多吓人，就选择绕道而行。

喧嚣声渐渐低了下去。

她拐入了自己从未来过的一条小道。

地灯像一朵朵会发光的白蘑菇，照亮了周遭的植被。

周谧环顾四周，确认附近空无一人，眼睛再度模糊起来，泪雨又下了起来。

她一屁股坐到绿化带的边缘，放心地用双手掩着整张脸，哭着、喘着，释放出全部的崩溃。

忽然，她的脚踝一凉，有个毛茸茸的东西蹭了一下她的小腿。

周谧愣了一下，就听见有人语气略急地训斥道："娜可，回来！"

周谧猝然仰起了脸。

对方借着灯光看清了她的脸，惊讶地叫出了她的名字："周谧？"

周谧慌张地低下头，胡乱地抹着被泪水打湿的脸。

季节从裤兜里取出一小包纸巾，抽出两张，躬身递给了她。

周谧接过纸巾，一点点地擦着眼角的泪，鼻音浓重地说："没事。"她又瞥瞥他脚畔垂着耳朵的比格犬，抿抿嘴，问道，"露露没有下来吗？"

娜可吐着舌头无忧无虑的样子让她十分羡慕。

季节回："露露后肢被蜱虫咬了，在家养伤呢。"

周谧"嗯"了声，脑子里乱糟糟的，根本没法找话题救场，也不知道要做点什么才能遮掩当下的窘况。

四周寂静了一会儿。

季节什么都没有问，只是俯看着她说："要不要一起遛会儿狗？"

周谧红着眼望过去，点了点头。

她攥着纸巾站起来，举手投足间都透着一种无措感。季节伸出手："纸巾给我吧，我帮你扔掉。"

周谧把纸巾交给他。

季节见身边没垃圾桶，就拿着微湿的纸巾，取出之前那一整包纸巾给了周谧。

周谧把这包纸巾捏在手里，仍哽咽着，却顽强地说："我不哭了。"

季节几不可见地弯了下唇，没忙着往前走，只是缩短了牵引绳，让娜可来到自己跟前，站在两人之间："今天可以让你摸一下娜可了。"

周谧怔住了："啊……可以吗？"

季节："嗯。"

他低头说："娜可，坐下。"

大耳朵比格犬立马正襟危坐。

季节侧着头提醒周谧："摸吧。"

周谧说："可以吗？"

季节说："嗯，娜可比露露温和些。"

周谧蹲下身子，伸出手，慢吞吞地靠近娜可。娜可似有所感应，主动凑上前来蹭她的手心，狗柔软的毛发带来的治愈力十分惊人。

周谧笑了起来，抽了两下鼻子，不可思议地仰起头看着季节，等他微抬下巴示意她继续，她才放心地将整只手放到娜可身上，然后用了点力抚摸起娜可来。

在季节诚挚的邀请下，周谧成了牵引绳的新掌权者。

季节安静地走在她身侧，她偶尔问话了，他才会出声应答。

周谧把目光都放在了贴在地上四处乱嗅的娜可身上，情绪好了起来："娜可好听话，不会拽着绳子乱跑。"

季节说："嗯，露露有时候会疯跑，但娜可不会。"

两人经过那座喷泉时，方才在此处纳凉的那一家人已不见踪影了。

晶莹的水花遽然在空中绽开，绒毛般的小水滴四散开来，又往四面八方落了下去。

周谧摊开左手，感受着落下来的冰凉的水雾。

季节瞥了一眼她被喷泉映得闪闪发亮的双眼，跟她做起了一样的动作。

为气氛所感，周谧完全冷静下来了，或者说她现在整个人已经被冰封起来了，无喜无怒，也没有伤悲的情绪。

她后知后觉地向季节表达起谢意和歉意："谢谢你，没想到我这样都能碰到你，我今天真的太……"

她找不到恰当的形容词。

季节笑了笑，接住她的话："我也没想到我会碰到你。"

他又望望前方的高楼，说："你一个人跑出来多久了，要不要回去？"

这句话仿佛一句杀伤力极强的咒语，周谧忽然痛得撇起了嘴。

季节在她瞬息万变的神情前慌了神，匆忙道："我就是问问，你想在外面再待一会儿也没关系，反正我也没事。"

周谧连忙拿手擦了下眼角，压住涌上心头的酸意，怕自己在客户面前再度失态。

她把牵引绳还给了季节："要不你先回家吧，我再散会儿心就回去了。"

季节接了过来，问："你的手机带出来了吗？你的家人会不会找你？"

周谧反应过来了，从裙子的侧兜里取出刚刚在电梯里就被她调至静音状态的手机。

果不其然，上面有十来个未接来电，有张敛的，也有妈妈的，鼻子再次酸起来，她点开最新的那条未接来电，把电话打了过去。

"我妈给我打电话了，"她晃晃手机，向季节解释道，"我给她说一声。"

季节点点头。

跟季节打过招呼后，周谧走到一旁，给妈妈打电话。

那边很快接通了电话，她本以为妈妈会劈头盖脸地骂她一顿，她都提前缩起脖子做好准备了，却没想到妈妈平静得让人感到不可思议，即便她叫了自己的全名："在哪儿呢，周谧？"

周谧如实地说："还在这边的小区里。"

妈妈有一会儿没发出任何声响。

周谧的心隐隐作痛，她极轻地唤了一声："妈……"

妈妈的声音温柔得让她想要落泪："张敛在电话里都跟我说了，你先打个车回家吧。"

周谧不知道张敛是怎么跟妈妈描述这个闹剧的坏结局的。

但妈妈的声音听起来跟昨晚判若两人，她的声音里有明显的失望、低落、心灰意冷。

周谧无法忽略母亲情绪的转变，心痛欲裂。

空中楼阁终究破碎了。

一切都在往最糟糕、最差劲的方向发展，她却只能以逃避的方式处理问题，只能干站在夜幕下，眼睁睁地看着这一切，再也无力也无法去粉饰太平和伪装自己。

她难过地吸了一口气，走到季节身边："你先跟娜可回家吧，我一会儿打车回去。"

说完她就怔在原地，睁大了眼睛，因为自己不当心说漏嘴了。

季节却没有露出一丝异样的表情，只是抬起手臂，指了一个地方："你方便在那个路口等我一会儿吗？最多十分钟。"

周谧顺着他的手臂看了过去，却不解其意。

季节的眼睛清澈、明亮："我先把娜可送回去，然后取车送你。"

她心中困惑，因而睫毛轻微地颤动着。她终究没忍住，问道："你没发现……哪里不对吗？"

季节莞尔一笑："我发现了啊。"

周谧惊疑地盯着他。

季节依旧很温和，波澜不惊地说："你跟你们的老板住在一起吧？"

周谧喉咙发紧，心跳如擂鼓。

季节没有继续这个话题，说道："等我一下吧，挺晚了，我送你。"

周谧眼睛一眨不眨地看着他，右手不自觉地死攥住手机，没再说话。

接到周谧母亲报平安的电话后，张敛才掉转车头，回到小区里。

车熄火后，他没忙着下车上楼，而是坐在黢黑的车库里，取出手机，看了一眼通话记录。

周谧这两个字在他的通讯簿里的位置始终未变。

他打出去的电话她一个没接，当然她一个电话也不会回。

张敛退出电话界面，将手机屏幕按灭，下了车。

回到家，陈姨就急不可耐地迎上来询问周谧的情况。

张敛说："她回家了。"

说完他就去了盥洗室。

陈姨放下心来，在外面说："张先生，我先把晚餐热一下，有两样菜可以冷吃也可以热吃，两种吃法各有风味，你想怎么……"

张敛专注地洗着手。他搓了很久的手。开始他还倾听着陈姨的话，后来他只是盯着绵密的泡沫出神，似乎听不见周遭任何的动静。

见他不搭话，陈姨只能先行离开，去了厨房。

好一会儿，张敛才舒展开眉心，冲干净双手，他的视线扫过一旁插着一簇白瓣黄蕊的小雏菊的花瓶。

张敛回到厨房里喝了半杯水，又端坐在餐桌边用餐。

陈姨仍对小两口今晚的剧烈争执心有余悸，但又不便说什么，就在一旁拐弯抹角地说："张先生，你今天带回来的鲜花我先插在花瓶里加点保鲜剂养着，甜品我也收进冰箱里了，你明天要是需要的话我可以重新把甜品给你扎好，保证它跟今天买回来时一模一样。"

张敛看了她一眼，没有吭声。

他回到卧室里，里面维持着原貌。

女生的物品全都待在它们应该待的地方，床头毛茸茸的白色小羊，柜子上的粉色魔法阵充电板、兔脑袋袖珍加湿器，枕畔那个曾因套着"早日退休"的透明壳而被他讥笑的无线耳机，都纹丝未动。

可一切都不一样了。

张敛回过头来，单手拿起桌子上的红色戒指盒。

他把它打开，仔细地看着里面的铂金戒指。他用食指轻轻一勾，将其取了出来，戒指的样式非常简单，上面的小钻低调地闪耀着光泽。

他翻转着戒指，多看了几眼，突然注意到戒指内侧有一行微小的字，那行字是那种有艺术感的手写字。

张敛拿近戒指，仔细辨认上面的英文字。

突然，他的眼眸微眯起来。那是个自创的词组，来自女生一贯充满诗意的奇思妙想：Mi's Poet。

张敛的目光在上面停留了许久。最后他的胸腔剧烈地起伏了一下，随即，他将戒指放回戒托上，关上了戒指盒。

我可以成为那百分之四十的乘虚而入吗

那枚三十元的戒指只在张敛的手上待了一天。

第二天周谧照常来公司上班，同事们谈论的内容已变成其他的事情了。她看见陶子伊在群里非常虔诚地祈祷着：但愿那只是装饰品，不然我都没有继续为奥星工作的动力了，呜呜呜。

公司从不缺乏迷恋张敛的女孩。

一个神秘、英俊、无可挑剔的高层人员永远不缺乏吸引力，他拥有得天独厚的优势，最适合"慕强"的女孩们在心底顶礼膜拜了。

在以往的聚餐或者群聊中，周谧时不时会听到关于张敛的各种桃色传闻。但不会有人知道，她曾是这些传闻中的一个……无名小卒。

如果有一本关于张敛的个人传记，她想，他俩的事大概率会被概括成一句话：他曾与下属部门中的一个女孩隐秘地纠缠过一段时间。

他们的这段感情经历会被读者快速掠过，甚至都配不上"无疾而终"这样精确的形容词。

周谧今天戴了一副黑框眼镜，像个低调的学霸。

叶雁还有些意外，问她怎么了。

周谧指了下左眼，说："眼睛不舒服，不知道是要得睑腺炎了还是要得结膜炎了。"

叶雁一边看手里的合同，一边关心地说："实在难受你就先去看病，人民医院离这里也不远。"

周谧感激地弯了下嘴角，说不用了。

张敛送她的那盒巧克力还放在桌角上，没有吃完。她一直很珍惜这盒巧克力，一天只吃一粒，并把自己最喜欢的那颗白色爱心形状的巧克力留在了最后。

她珍视他送她的一切东西。

周谧打开微信，她已经取消了对张敛的置顶设置，现在他的微信已经被众多的工作群给冲下去了，他的名字也变回了一个无关紧要的，再不会和她产生交集的网名。

可是，即便看不到他的名字，登录这个软件的一瞬间，她的心脏还是会痛。

这种痛苦让她感到茫然。

这种痛苦无孔不入，却也落不到实处，只会在某个时刻让她突然想哭。

不是她的芳心破裂了，而是她的心脏被挖空了，风涌了进来。

昨晚她像快被冻死一样，一个人侧身蜷缩在家里的小床上，紧咬牙关，颤抖着流了快一夜的眼泪。

妈妈没有责备她一句，因为张敛揽下了所有的责任，而她是个完完全全的受害者。

周谧拐弯抹角地套妈妈的话，才知道张敛告诉妈妈他一直是个不婚主义者，这件事他父母都不知情，之前他因为喜欢周谧，害怕两人分开才欺骗了她和双方的父母，但事已至此，他觉得自己实在是不能再耽误她了。

妈妈说他又冷静又虚伪。

妈妈难以置信地嚷了一阵，抛出了她的结论："我才不信呢，好端端一个大小伙，怎么突然就不想结婚？真是说一套做一套，上次来时，他还好好的，怎么突然就变卦了？我看这只是他的借口，肯定是你俩在一起一阵子后他后悔了。门不当户不对就是不行，吃亏的不还是我们……"

她骂骂咧咧的，看到泪流满面的女儿后声音戛然而止。

周谧不愿再回忆兵荒马乱又糟糕至极的昨夜，深吸一口气，提上包，跟着叶雁离开了公司。

今天她们要去片场盯端午小食桶的拍摄工作。

快到张敛的办公室时，发现他办公室的门是开着的，周谧只往那个方向瞟了一眼，心头就又是一阵撕心裂肺般的痛。

她必须口鼻并用，调整好呼吸，才能目不斜视地走过去。

她们打车去了片场。

在摄影棚里，周谧见到了季节，对此她有些意外。

按照他的层级，许多事他不必亲力亲为，但他似乎对工作有着惊人的热情与耐心。

季节今天穿了件印着大朵粉色花卉的 T 恤，这件 T 恤应该是艺术家合作款，很惹眼，但套在他身上又显得格外合适他，把他的笑容衬得十分灿烂。

只能说他是颜高人胆大。

周谧跟在 leader 后面，友好地和他打了个招呼。

季节笑了下，说："我第一次看到你戴眼镜。"

周谧不太好意思地用手拨了下眼镜框。

叶雁恰到好处地调侃道："你们好像见过很多次啊。"

季节看向叶雁："也没几次。"

叶雁笑了，学着某位女主持的口气说道："真的吗？我不信。"

季节领着她们往里走，问她们要不要喝咖啡。

叶雁受宠若惊，难以置信地摇摇脑袋："怎么感觉我们像甲方一样？"

"所有人都有咖啡，你们怎么能没有？"季节仍在笑。

周谧很佩服叶雁的八面玲珑，叶雁面对季节这种性格和态度都很好的甲方会开启交友模式，但面对明显难以相处的客户时，她就会变得谨小慎微，说话都要斟酌字句。

季节将未拆封的咖啡递给周谧时，叶雁知趣地找了个借口去了摄影师的身旁。

　　周谧抿了一口咖啡，发现自己唇膏印在了白色的杯子上，就放下杯子，局促地用手指轻擦着那一小片红色的痕迹。

　　季节留意到她自认为不为人知的小动作，问道："你昨晚没睡好吧？"

　　周谧抬起头看着他，没有否认："嗯，谢谢你送我回家。"

　　季节说："你昨晚已经谢过了。"

　　周谧又"嗯"了一声，再一次陷入沉默中。

　　季节的眼睛跟张敛的眼睛很不一样，黑白分明的，其中流露的情绪也很明显。

　　"中午你有安排吗？"他忽然问。

　　周谧说："我要回家一趟。"

　　季节问："几点走？"

　　周谧瞄了一眼拍摄进度："十二点左右吧。"

　　季节说："我可以载你到你家小区，这样你能节省点时间，但是你不愿意也没关系。"

　　周谧斟酌了一下，说道："可以啊。"

　　季节抿唇笑了。

　　临近正午，季节先送周谧和叶雁回公司。回去的路上，周谧提前跟leader报备了一下，说中午回家有点事。叶雁惊奇地瞥了一眼驾驶座，没问具体的缘由。

　　叶雁在久力大厦前下了车。

　　等到车内只剩他们两个人时，周谧绞着棕色的牛皮包带，问出了自昨晚开始就一直困扰着她的那个问题："你为什么会知道……那件事？"

　　季节未做思考，很快给出答案："直觉吧。在那次碰到你的老板之后。"

　　周谧惊讶地微启双唇："这也能感觉到吗？"

　　季节像在开玩笑，但并不显得轻佻："大概？"

　　"好吧……"周谧放低声音。

　　季节又说："最开始我猜你是被……"他顿了一秒，"就是……那种关系。

抱歉，这个猜测可能会冒犯到你，其实你完全不像那种人，我很快就推翻了这个猜测。"

周谧缓缓舒了口气，感激地道："谢谢你替我保守这个秘密。"

季节说："这没什么。"

周谧不再说话了。

车子安静地行驶了一段时间。

季节又开口了，语气平和地问："你们是吵架了吗？"

"不是，"眼皮极快地翕动了两下，她没有隐瞒，"我今天中午就是去收拾东西搬家的。"

季节沉默了，他的眼里映出了外面的红绿灯，绿灯亮起来时，他忽地问道："你爸妈也一起去吗？"

周谧抬眸道："嗯？"

季节说："你爸之前去过华郡吗？外来车辆是不让入内的。"

周谧摇摇头："没有。"

季节看了她一眼："中午我陪你们一起去吧。"

周谧问："会不会太麻烦你了？"

季节微微一笑："不啊，我正好要回去遛遛家里的俩祖宗。"

坐进父亲的车里，周家三个人一时无话。

低气压从昨晚持续至现在。

快到小区门口时，周谧往前凑了凑，提高声音叮嘱道："在前面那辆黑色车旁边停一下。"

汤培丽跟着朝前面瞅了瞅，就被那辆车晃了下眼："你要干吗？"

周谧介绍季节的身份时语气有点迟疑："那是我……客户的车，他在等我们。"

汤培丽回头看了一眼自己的女儿，眼神高深莫测了几分。

周谧跟汤培丽对视了一眼，打算讲清楚："他正好也住在华郡，没他领着我爸的车进不去。"

汤培丽扭过头来，没再多说什么。

周父慢慢将车停在那辆黑色车的右侧。

周谧降下后窗，叫季节。

汤培丽跟着看了过去，一张年轻、俊秀的面孔从偏高的车窗内探了出来。"可以走了，是吗？"

周谧："嗯。"

季节的视线又移到周父周母的身上，唇角勾起一个弧度，他极礼貌地说："叔叔，阿姨，中午好。"

周父周母几乎同步向他颔首。

季节说："你们跟着我就好了。"

两辆车先后驶出小区，融入车流中，拉开了合适的间距。

汤培丽再度回头，狐疑地盯住女儿。

周谧皱着眉："你老用这种眼神看着我干吗？"

汤培丽说："你跟你的客户走得很近啊。"

周谧说："没有很近好吗？人家就是个热心肠，帮我个忙。"

汤培丽又问："张敛知道吗？"

"当然知道，"周谧的耳朵一下子红透了，语气也变冲了，"然后呢？跟他有关系吗？"

汤培丽抿了下嘴，换了一个话题："你跟他说了我们中午要过去收拾东西吗？"

周谧的声音平静得连她自己都觉得不可思议："我跟陈姨说过了，他中午不回来。就是不想看到他，我才选的这个时间。我一眼都不想看到他。"

汤培丽不再多言了。

有季节帮忙"刷脸"和登记，周父的白车畅行无阻。

在各自的车里简单告别后，季节开着车拐向了四座所在的方向。

汤培丽目送季节的车离开，面色温和了一些："你这个客户人不错啊。"

周谧说："是啊，他人很好。"

汤培丽好奇地问："他结婚了吗？"

周谧想了下："应该没有吧。"

上楼后，周谧没有像之前那样直接摁密码，而是叩起了门。

第一天她是这样进去的，最后一天也应当如此。

陈姨接待了他们，只有她一个人在家。

她热心地询问他们吃午饭了没有，神情中多少有些掩藏不住的不自在。

汤培丽正迁怒于人，所以没给陈姨一点好脸色。周谧只能赶快对陈姨说他们已经吃过了。

换好鞋，周谧轻吸一口气，开始往里走。

来到张敛的卧室，她发现自己的物品都原封不动地摆在原处，床铺也很整洁，仿佛从未有任何人在这躺过。

周谧用手背狠压了一下鼻头，逼退了眼泪，而后走到自己的床头，把东西往袋子里放。

留在主卧里的东西并不多，无外乎一些充电或助眠的小玩意，还有一些洗漱用品。

确认房内已没有任何属于自己的痕迹，她又走向了次卧。

汤培丽跟在她后边奇怪地问："你到底睡在哪个房间啊？"

周谧愣了下："都睡。"

汤培丽蹙着眉头，疑虑重重地问："你俩是不是总吵架，总分房睡？"

周谧没有回答。

事实上，昨天以前，他们都未有过真正的争执。她喜怒无常的小性子，他照单全收，还还以拥抱、亲吻、含情脉脉的眼神。

周谧麻木地把衣服从柜子里取出来，再一件件地将之从衣架上剥离。机械地重复了很多遍相同的动作后，她又一股脑地把衣服塞进行李箱。最后，她去收拾那堆摆得如山一样的书。

妈妈在她身后收拾着，又是惋惜又是窝火地说："我还以为你要在这儿长住呢，我还往这儿寄东西，真是搬石头砸自己……"

周谧恍若未闻，停在了次卧的书桌前。

上面摆放着男人出差回来给她带的精致音乐盒。

周谧盯着音乐盒里的匹诺曹看了很久很久。

一种无法言说、让人喘不过气的痛慢慢地将她淹没了、击毁了。她如同发条失灵的木偶一般，呆滞地立在那里，任泪水从眼眶里肆虐而出。

原来她才是真正的谎话精。

他在她的心里从未烂过，一直都美好如初、不可企及。

他像一张巨额的过期彩票，让她心花怒放，让她产生无限的幻想，但这张彩票永远兑换不了。

刺的一声，周谧拉上了拉杆箱的拉链，像合上了从高处跌落的宝箱，将所有的美丽与伤痕都彻底地封存起来。

晚上十点多，张敛回到了家。

照常输入"0、6、1、2、3、3"，打开门，张敛走了进去。

他的拖鞋被陈姨规整地摆放在地毯上。

起身打开鞋柜门时，手在半空中顿了一会儿，他才将自己的皮鞋放在鞋架上。

陈姨走过来问他要吃些什么。

张敛摇了摇头。

陈姨欲言又止，想了想觉得自己还是得向他交代一下："谧谧中午跟她的父母一起过来了……"

张敛说："我知道了。"

陈姨没再说下去。

往盥洗室走时，张敛顺势扫了一眼客厅与厨房，一切都恢复如初，再也不看见那些颜色鲜艳的点缀物了。

同样恢复原状的还有洗手池、卧室。

快凌晨三点时，张敛在半睡半醒的状态下无意识地伸了下胳膊，却捞了个空，瞬间，他完全清醒了，睁开了双眼。

他翻了个身，改变了一下姿势，从侧卧变成了平躺。

但他再难入眠。

他拿起枕边的手机，瞄了一眼时间，然后下了床，走出了房间。

走廊像条黢黑的隧道，他打开橘色的壁灯，让它照亮了从主卧到次卧的这一小段路。

次卧的门严密地关着，他从回来后就没进去过。

握了一会儿黄铜色的胡桃木门把儿，张敛才往下按压。

屋内空空的，好像从未有人入住过。

飓风过境，把花园里的花朵全都卷走了。

这明明是个整洁、安静、一丝不乱的房间，在张敛看来，这里却是一片狼藉。

她留下来的为数不多的痕迹是那些他送她的礼物，每个礼物都光洁如新，仿佛刚从包装盒里取出来似的。

那个墨蓝色的戒指盒被摆在匹诺曹音乐盒旁边，张敛拿起戒指盒打开看了一眼，又把它合起来，放回了原处。

接着他抓起音乐盒，找到背面的发条，一圈又一圈地把它拧紧，才重新把音乐盒摆到桌面上。

空寂的房间里终于有了声音——叮叮咚咚的音乐声。

张敛坐在床边，注视着音乐盒里的匹诺曹重复着相同的动作，直至一首曲子被演奏完，他才关灯离开这个房间。

之后的十天，周谧一直在协助 leader 搞 K 记端午小食的预热活动。她打电话、发邮件、整理纪要、做简报、参加电话会议、进行各种对接，忙到废寝忘食。她的手机二十四小时不敢开静音模式，以防漏接团队或者客户突如其来的电话。

忙碌的确是转移伤痛的良药。

高强度的工作让周谧几乎没什么闲暇去黯然伤神，只有在夜深人静时，她才会不由自主地打开张敛的社交软件。

然而她探知不到关于他的任何消息。

他的朋友圈几乎不更新，半年内发布的几条动态也都与工作相关，没有任何私生活和个人情绪的痕迹。

他的头像也没有更换。

每每看见他的头像，她都痛彻心扉。

可周谧跟有刻板行为一样，就是无法阻止自己每晚光顾他根本毫无变化的朋友圈。

她把自己朋友圈的背景从针垫花图案换成了之前那个粉色的"全靠一口仙气撑着"的图。

他俩在公司里的状态也回到了她初进奥星的那会儿——她基本上跟他碰不到面，她去倒水时，会装作若无其事的样子绕开他的办公室。

她好像真的与他再无干系了，两人隔着鸿沟般的层级。

有天，她远远地看到了张敛。

当时，他和创意总监路过客户部的片区，两人正在交谈，听他们的谈话内容，他大概是有事，要去创意部那边。

那会儿周谧正眉飞色舞地跟对面的陶子伊说话。

男人就这样猝不及防地闯入了她的视野里。天热了，他换上了短袖，宽松的针织短袖颜色很浅，那是有点发白、令人眼前一亮的淡蓝色，衣服上面还有一些罗纹。他看起来清爽又沉稳，像一片波光粼粼的海面。

幸好陶子伊回头后的注意力全在他的身上，周谧转变过快的神情才没有被她发现。

周谧靠在座椅上，失魂落魄地抠了会儿手指，才重新敲起键盘。

六月中旬，周谧请假回了趟学校，吃导师宴请的毕业散伙饭。

荀逢知一见到她就露出一脸的疚意，尽管不久前，她已经在电话里诚心诚意地向她、向她的父母表达了歉意。

荀逢知看周谧的眼神像在看自己的孩子："周谧，你是不是瘦了呀？"

周谧盯着荀逢知棕色的眼眸，笑了笑："哪有？可能是衣服穿少了吧。"

荀逢知不再多言了。

得意门生觥筹交错的场景被荀逢知录成了十秒钟的小视频，分享在自己的朋友圈里。

张敛反复把这个视频看了很多遍。

全桌人起身碰杯，齐声喊叫着祝贺彼此"前程似锦——山顶再见——"。画面里，周谧的身影一闪而过，脸上的笑容十分明媚，她看起来无忧无虑的。

第二天到公司后，张敛一早上都心神不宁。

这种后劲像是身体的一部分被人不知不觉地偷走了，而他直到现在才反应过来。

突然地，他迫切地想见到周谧，想靠近有血有肉的她，想看看她现在的样子。只要见一面就能缓解他心中这种突如其来的、几乎让他束手无策的焦虑与缺失感。

他找借口去了趟客户部，周谧的座位是空着的，而她桌上的杯子已经换成了一款全白的。

张敛深深吸了口气。

回到办公室后，他旁敲侧击地在微信里问了 K 记项目目前的进度和细节，才知道她们最近几天都要去线下的端午主题快闪店。

张敛当即离开公司，回了趟家，从保险箱里取出周谧送他的两枚戒指，又驾着车去了快闪店所在的那条街。

他从来没在市区里用这种码速开过车。

黑色的豪车没有明目张胆地停在快闪店的对面，而是停在了一张标牌的后面，标牌能遮掩一部分的车身。

靠着椅背，张敛低头点开周谧的微信，毫不犹豫地给她发了条消息：在哪儿，方便见一面吗？

他看了会儿节日气氛浓郁的店面，对方回复了一条消息：什么事？

关于措辞，张敛思考了很久，才发送过去：戒指还在我这边，是你来取，还是我送给你？

那边回得出乎意料地快：不要了，你扔了吧。

尽管早就料到会得到类似的答复，可还是有细密的疼痛开始蚕食他的心，让他觉得连呼吸都有一点费劲了。

张敛把手机丢到中控台上，侧过头重新看向窗外。

这一看，他的眼便再没有移开。

不知何时，周谧走出了快闪店。她穿着一条吊带裙，吊带裙的色彩浓烈、鲜艳，像莫奈笔下的花朵。季节走在她身边，两个人各拿着一支甜筒。男人侧过头来跟她说了些什么，她忽地露出灿烂的笑容，又匆忙掩住嘴。因为在憋笑，她小而圆润的肩膀都在微微地颤抖着。

两个人立在浓荫里，神采飞扬，整个场景像诗集里才会有的画面。

这画面固然让张敛觉得刺目，但确实十分美好。

张敛翻涌的思绪在一刻平静下来。

像看到书本末章的读者，像看了戏剧尾声的观众，像走到画廊尽头的游客，他不由得跟着她微微一笑。

片刻，他收回目光，驾车驶离这里。

包里的手机再无动静，周谧急着进店再偷看一眼微信，吃甜筒的速度不自觉地加快了。

她消灭掉一整根甜筒时，季节手里那支居然还有一大半。

她有些不好意思地看了他一眼："我是不是吃得太快了？"

季节说："是我吃得太慢了。"

"哪有？"周谧用纸巾擦擦嘴，又侧过头看了看门边的代言人立牌，"摄影那边可能有事找我，我先进去了。"

季节晃了下甜筒："谢谢你的甜筒啊，你帮我们 K 记'创收'了。"

周谧笑了笑："买一送一，我是沾了你的光。"

前脚刚迈入店门，周谧就迫不及待地取出手机，打开了微信。

果然，她跟张敛的聊天内容终结于她让他把戒指扔了那句话上，他没有再回任何内容。

其实这在她的意料之中，但她难免感觉空落落的。

明明知道自己与他再无瓜葛了，事情也已经过去这么多天了，但她还是没办法做到百分之百的不想念。

她拒绝他的原因无关厌倦，是她感到懊丧，是她不知道要怎么面对他。

所以她选择不见，选择不要这种可有可无的两讫仪式。

周谧自嘲地弯了下嘴角，也是奇了，别人交换戒指是为了定下长久的契约，而她跟张敛交换戒指却是为了分手。

她立在原处，重新看起了微信，并习惯性地往上滑动。

跟张敛的每一条聊天信息她都没有删，这些天，她无数次想痛下狠手，但总会在确认清空那一步觉得不舍，想要退却。

上一次两个人正常聊天还是在分开的前一夜，张敛说他在跟BZ那边的人吃饭，估计会回来得晚一些，让她早点睡。

她回：我就要等你。

张敛：你这样我容易心不在焉。

周谧发过去一个"躺倒"的表情并回道：哦，晚安（假装的）。

接着她就接到了妈妈的电话。然而不到二十四个小时，他们的关系发生了天翻地覆的变化，他俩也形同陌路。

周谧绷紧了唇，刚要把手机揣回包里，手机铃音忽然响起。她匆忙把手机拿出来，一看，心又凉了几分，原来是贺妙言打来的电话。

她接起电话："喂？"

贺妙言说："我到你们店这边了，你在哪儿呢？"

周谧说："我在店里呢，你直接进来吧。"

说着她就往外走，碰巧撞上吃完甜筒回来的季节。他对她笑了一下，往里走去。

贺妙言在店门外候着，眼睛却一直往门内瞟，嘴里小声地说："我刚看到一个帅哥进去了。"

周谧问："你说的帅哥不会是我的客户吧？"

贺妙言："嗯？穿黄衬衫的那个吗？"

周谧扭头看了一眼："那肯定是他了。"

贺妙言感叹道："我都想进你们这行了，这帅哥如云啊。"

周谧说："你还是别了吧，连失恋的时间都没有。"

贺妙言没再多说什么，拍拍周谧的后背，又指指一旁的立牌，把手机交给了她："先给我跟我的宝宝拍个照。"

周谧翻了个白眼："好的呢。"

贺妙言挪了过去，装出一副甜蜜小娇妻的样子，千叮咛万嘱咐："别忘了开美颜！"

周谧半蹲着，找好最显高、显瘦的角度，一脸认真地问："你家宝宝的脸不对劲了怎么办？"

贺妙言："我好看就行了！不管他！"

周谧："你也太真实了。"

拍好照，两个小姐妹一道进了门。

贺妙言见里头人山人海的，不由得惊叹道："人还挺多。"

周谧说："有些是跟你一样的粉丝，是来'打卡'的。"

她又问："你想吃什么？我帮你买。要不要尝尝我们这次力推的小食桶？"

贺妙言不挑剔："都行。"

周谧刚要掉头，贺妙言忽然拽住她的胳膊，轻声说道："那帅哥又过来了。"

周谧回了下头，看到季节正朝她们这边走来，便招手叫他："Season。"

不一会儿，季节手里拿着一个未拆封的粽子造型的玩偶停在她们跟前："你的朋友吗？"

周谧说："嗯，贺妙言。"

季节问了声好，把小玩偶递了出去："谢谢你来我们店里给我们撑场子。"

贺妙言把玩偶接过去，笑着挠挠头："我就是来看看，你别这么客气。"

季节说："接下来的两天这里都有活动，你多来玩。"

贺妙言说："一定。"

季节又去忙了。

贺妙言目送他离开，回头跟周谧说："我感觉你们的客户一点架子都没有啊……"

周谧点头叹息道："对啊，他人超好的，不过仅限于他。"

下午四点多，周谧回了公司，审核、整理今天的物料。明天她要跟媒介部一起接待到现场进行直播的 KOL（关键意见领袖），这场直播需要在各大社交平台上同步发布，估计明天又是脚不点地的一天。

事实上，跟张敛分开后的每一天她都是一样地忙碌。

时间在飞速流逝，速度快到她来不及看清自己。但时间消逝的速度又是缓慢的，她像在忍受慢性炎症的折磨一般地煎熬着。

快闪店结业的那天，周谧没有加班，因为她要提早回家，然后陪父母参加婚礼。

新娘是妈妈朋友的女儿，只比周谧大两岁。刚进入酒店，周谧就看到一对新人正站在堪比花海的门厅外迎客。

女生的妆很厚，似贴在皮肤上的、让人无法呼吸的白色面罩，她的假睫毛也沉重地压在眼上，但她的笑容格外灿烂。

及地的白纱像云朵一样裹在她的身上。

她的先生西装革履的，个头跟她差不多。

母亲拽着周谧上前与新人合影时，周谧看见新郎侧过头来轻声问新娘："穿高跟鞋累不累，要不要休息一下？"

新娘笑着说："晚上回去你帮我揉揉。"新娘的声音同样很低。

周谧觉得他们很幸福。

回来的路上，妈妈一遍又一遍地欣赏着自己拍下来的婚礼视频。司仪的陈词滥调和气势恢宏的交响乐溢满了车厢，惹得爸爸不爽地吐槽："你能不能设成静音啊？"

汤培丽直接关了视频，车里终于安静了会儿。汤培丽感叹道："我们谧谧要是结婚了，肯定比她好看。"接着又不甘心地小声埋怨道，"那谁母亲节还给我发消息送礼物了，怎么这么快就变了个人一样呢？我到现在都弄不明白……"

周兴难得地打断了她的话。

周谧立刻侧过头去看窗外。外面的灯仿佛被小雨淋湿了一样，慢慢长出一圈细毛，看起来朦朦胧胧的。

七月初。

公司楼下苗圃里的石榴花大朵大朵地盛放着，夏日的气息越发浓烈，偶尔出趟门，暑气会像保鲜膜一样裹在人身上。

从客户那边回来，周谧半垂着头，用纸巾抹着额角的汗，跟在同事后边往公司里走。

到十楼时，身边忽然响起此起彼伏的声音："老板""Fabian"。

有的人很礼貌，有的人则像在呼唤老友。

周谧抬起双眼，看到张敛迎面走了过来。他可能要出去，步伐略疾，扣角领白衬衣把他衬得格外清爽，这个颜色有点显嫩，使他看起来完全不像已过而立之年的人。

医学里有个针对痛感的描述叫"针刺样疼痛"。

这就是周谧每一次偶遇张敛的感受，这种痛密集而短促，所以周谧觉得这名字取得非常贴切。

她大部分时候都是不露声色地跟在大家后面淡淡地叫他："老板。"

男人微笑颔首，目光从他们一行人身上一晃而过，接着目不斜视地走了过去。

回到工位上后，打开微信没一会儿，周谧就收到了季节发来的消息。

季节说K记赞助的游戏战队礼拜天有线下比赛活动，问她想不想去看。

周谧翻了一下便笺，看了看日程安排，确定那天自己有空，便没怎么犹豫就答应了。

她想让其他事情把自己的时间占满，否则一到深夜或假期，她就会立刻沉入回忆的沼泽里。

活动当日，现场的气氛十分热烈，粉丝们脸上笑容洋溢，喊声震天。

季节帮周谧向同事要了一份应援物，那是印着K记和游戏战队LOGO的手幅和头箍。周谧开心地戴上头箍，摇头晃脑的，像只得意扬扬的小昆虫在抖动自己的触角。

季节抬起一只手弹了下她的头箍，立马笑着说："抱歉，我没忍住。"

周谧揪住头箍上的弹簧，不再那么放肆了："没关系。"

可能是因为她跟季节相貌相对出众，游戏开局前导播连续两次将镜头切到了他俩的身上，解说也跟着调侃道："SDG不愧是'颜值'战队，粉丝的'颜值'不低啊。"

观众席上的"队粉"们再次发出了海啸般的叫声。

周谧赶紧抿住咧得很大的嘴，目光乱闪，完全不敢看大屏里的自己。最后她害羞地举高手幅，遮住了自己的下半张脸。

回家的路上，季节问她："你今天感觉怎么样？"

周谧好久没这样全身心地亢奋、放松过了，说道："特别好。"

季节笑得眼睛弯弯的："特别好是多好？"

周谧想了会儿，说："就是很开心、很激动。原来来现场看游戏比赛这么爽，平时我们玩的游戏就是小儿科……"

她又火急火燎地改口："小儿科是用来形容我的，你还是大神国服娜可露露，每天晚上被你带飞的那一两个小时是我一天中最开心的时候。"

季节笑了一声："你开心就好。"

周谧侧头看着他："你呢？你今天开心吗？"

季节说："我每一天都很开心。"

周谧扬眉道："你从来都没有不开心的时候吗？"

季节说："有啊，但我还是会努力开心起来。"

周谧安静了会儿，忽然问道："你看过一部叫作《头脑特工队》的动画片吗？"

季节说："看过。"

周谧说："其实伤心也很重要，也是生活中不可或缺的一部分，它跟开心是相辅相成的。准确地说，所有的情绪都很重要，它们构成了绚丽多彩的世界。"

季节有一会儿没说话，过了几分钟，车驶进周谧家的小区了，他才启唇道："说到构成这个词语，我突然想起了一件事。"

周谧歪头问道："什么事？"

季节说："就上次我在你朋友圈的评论区里看到的那个男朋友含量百分

之六十。"

周谧顿了一下，会意一笑："那是我胡诌的，你别当回事。"

季节将车缓慢地停在楼道口，整张脸侧了过来，叫她："周谧。"

周谧正坐："嗯？"

季节认真地道："你要不要试着跟我处处看？"

周谧怔住了，眼睛瞪得圆溜溜的。

季节的笑容就像清新的夏天："我知道我不是那个百分之六十，但我可以成为那百分之四十的乘虚而入吗？"

清晨

当晚，周谧照常吃了两粒睡眠软糖，却还是翻来覆去的，怎么也睡不着。她一会儿把毛绒玩具搂在怀里发呆，一会儿取出手机漫无目的地、一遍遍地刷新着微博。

最后她滑动屏幕回到微信界面，浏览起许久没有关注的行业公众号。

她点开自己之前经常看的一个账号。

果然，远香近臭的道理在哪儿都成立。

周谧竟然觉得这个公众号里的文章的可读性增强了不少。她看完一篇又去看下一篇，从正文到评论，每一个字她都读得津津有味的。

倏地，她的食指停在屏幕上。五月初的一篇关于交流会的稿子里竟然有一张张敛的照片，照片不算大，拍摄距离也不近，但人物面部清晰易辨，那就是他，他正在台上发言。

男人鲜少穿这样的正装，看起来风姿俊逸，气宇轩昂。

同一天，她在他家阳台上的花槽里发现了一朵混色冰岛虞美人，就这么一朵，是粉橙色。她觉得这花很独特，所以在上班前把这朵虞美人送给了他。

那朵花被他插在了西服左边的口袋里。

周谧盯着照片里的虞美人，鼻息急促起来，她感觉自己的五脏六腑都被绞烂了。

泪止不住地往下掉，为了控制住自己随时会发出来的声音，她用力地捏紧毯子的边缘，咬紧了后槽牙，哪怕牙齿都已经疼了。

她很久没在睡前这样哭过了，她感觉自己好像被咸涩的海水包裹起来了，快要溺死了。

悲伤渐去，周谧用小臂抹去眼中的泪水，又去翻看张敛的朋友圈。

里面还是什么都没有。

她好想他啊。

可她也只能这样了，从此对他一无所知，见了面也要假装不认识，她的心里只剩无奈和绝望。

就在这时，客厅里忽地传来时钟播报时间的声音，现在十二点了。

魔法已经消失了。

周谧，结束了，放下他，也放过自己吧，你会好起来的，向前看吧，天会亮的，你又不是没经历过失恋，这只是你人生中的一小段，是时候翻页了。

如在诵经超度自己，她在心里一刻不停地念着这些无用但起码能给自己一点安抚的鸡汤短句，接着疲惫地合上了双眼。

K记的端午项目持续的时间很短，只有一个月出头，但项目结束后，周谧和季节并未因此失去联系，即便男人那天出其不意的告白确实让她有些手足无措。

季节对她的反应并不感到意外，当下就很快地补充了一句："我不是要你立刻回答我。"

周谧心中的错愕少了几分，但她还是怔怔的："嗯……"

季节的话语一如往常那般妥帖："我只是希望，我们能超出甲乙方和朋友的关系，试着相处一下。我很担心这个项目结束后，我就没有什么具有说服力的理由去打扰你了。"

他用的是"打扰"这个词，而非联系。

周谧有点受宠若惊："这怎么算打扰？我感觉我这才叫打扰你。"

"不会啊，"季节眉目清朗，"我每次进入游戏界面都会第一时间就看你在不在线。"

周谧沉默了。

过了会儿，她抬眸问道："我能问你一个问题吗？"

季节点点头："嗯。"

周谧小心地问："你是……喜欢我吗？"

季节直接地说："嗯，我对你有很强烈的好感。"

周谧蒙了，又问："为什么呢？"

她看着季节明亮的眼睛，思绪却飘远了。

因为她忽然想起自己曾问过张敛同样的问题，也收到了确切的答复，但她从来没有深究过原因，后来她连辨别张敛这句话的真假的时间都没有了。

季节的手从方向盘上移了下来，他沉吟片刻，说："一见钟情吧。"

周谧吃惊地盯着他。

"你的眼神让我有点心虚了。"季节笑了，回忆起之前的事，"那个晚上，大概是你蹲下来把快递全放到地上，然后双手握着手机一本正经地要加我的微信那会儿，我心里有个声音在说怎么会有这么可爱的女孩子啊，不知道成为她的男朋友会是什么样的感觉。"

他兀自往下说着："嗯，后来跟你认识了，我的这个想法就越来越强烈了。"

周谧垂下了眼："可真实的我大概跟你想象中的不太一样。"

季节说："谁完全是自己展现出来的那个样子呢？"

最后周谧给出的回答是她要再考虑一段时间。

季节欣然同意，也没追问她具体需要多长时间。

周谧与季节的联系就这么建立了起来。

他是个好看的人形导航仪，是张绘制得十分细致的藏宝图，他对宜市的每一处都了如指掌，常带着周谧造访一些她前所未闻的苍蝇馆子、古旧小巷，甚至是一株百年古树、一段蔷薇墙。

这个傲慢的城市在他的眼里是秋雨后水洼里的黄昏的倩影，有着充满诗意的另一面。

除了养狗和玩游戏，季节还有一个兴趣，那就是摄影。

他收藏了无数个相机镜头，甚至毫不吝啬地借给周谧一个崭新的某名牌相机。

周谧第一次试用这个相机时下意识地屏住了呼吸："我好怕弄坏它啊。"

季节却不以为意。

周谧第一次拍摄的内容是电线杆与天空，照片普普通通的，无功无过，这种相机在她手里就是暴殄天物。

她侧头向季节求助："季大师，公开一下你的拍摄参数吧。"

"没有固定的参数，"季节笑着接过相机，手速飞快地调节着相机，像在打游戏一样，而后让相机对准了同一片风景，"你别怕，大胆拍就好了。你拍得多了就知道感光度、光圈、快门配合的比例了。不要被固定的框架限制住，你需要一个熟悉的过程。"

周谧看了他拍的照片，确实比自己拍的照片更舒服、顺眼。但她的领悟能力很强，经过几个周末的磨炼，她拍起照来越发得心应手了。

八月底，周谧开始用她拍出来的这些照片运营自己搁置已久的公众号。这个公众号是她还没研究生毕业，来奥星应聘实习生岗位时注册的。拥有七千多粉丝的公众号曾是她简历中的浓墨重彩的一笔，还被面试官提起过。

作为教学反馈，她将这个公众号分享给了她的季姓摄影老师。

每周四，周谧都会往这个公众号上传一篇她精心排版过的文章，而季节也会一次不落地点赞、评论和打赏。

周谧被后台的金额给唬住了，冲到微信里问季节：你打赏的数额略显夸张了吧？

季节回：孺子可教，当老师的当然要赏罚分明啊。

周谧弯弯唇：可我也没被罚过啊。

她向他分享了好消息：对了，我粉丝数量过九千了，破万在即，是时候回报师门了。

季节问：你最近忙吗？

周谧回：我没有不忙的时候，不过下月初我们组会结束两个项目，到时候我应该没那么忙了。

季节：你能请个长点的假吗？

周谧回：大概可以？

季节：要不你请我出去玩一趟？

周谧愣住了，思考了一会儿，同意了：也可以。

季节：自驾游怎么样？我们可以去苏城或者杭城，这两个地方也不远，我把娜可、露露带上。

周谧：好啊，就用你打赏的钱。

最后他们把地点定在杭城的一个森林度假村，那里树木葱郁，山路如玉带，湖泊似宝石，还有星罗棋布的古朴木质别墅镶嵌其间。

度假村里东西配置得很齐全，那里还有水上乐园、梦幻花谷，食物也很丰盛，还能近距离地接触、饲喂一些无攻击性的动物。

周谧与季节各牵着一条狗入住一个树屋套房。

山里气温适宜，即便是正午，人也感受不到秋老虎的余威。周谧选择了二楼的房间，因为她极喜欢二楼的露台，早上入目皆是浓绿，夜晚仰头便是星河。

周谧跟路鸣谈恋爱的那一段时间疯狂地旅游过。自打开始实习后，她每天三点一线，在固定的区域内穿行，像动物园里的困兽。这次旅行让压抑已久的她得到了释放。

她拍了很多照片，多到相机内存都告罄了。

入镜的不只是诗情画意的好风光，还有季节与他的两个小伙伴。

季节很上相，他举手投足间都带着清新自然的帅气。

当然，他们俩也合过影。在临走前的那个傍晚，在林荫小道上遛狗、闲聊时，季节叫住了一对年迈的夫妇，询问他们可不可以给自己和周谧拍张照。

因为听了口音知道彼此都是宜市人，他们难免多聊了几句。

那位头发花白的老太太一直在夸他们生得好看，是一对金童玉女。

周谧看不出情绪地弯了弯嘴，季节笑容灿烂，也未多言。

回宾馆后，两人在露台上烤肉。大快朵颐后，他们坐到隔着一个小圆桌的藤椅里休憩。

即便一句话不讲，他们之间也有种相安无事的闲适和惬意。

周谧把选中的照片导入手机里，蜷起腿窝在藤椅里专心致志地修着图。

一只不知名的鸟一直在附近的树梢上鸣叫着，那叫声清脆、绵长，周谧不由自主地跟着哼起歌来。

季节听见了，笑着扫了她一眼。

听见他的笑声，周谧抿住嘴，有些羞赧地看了过去："献丑了。"

季节说："没有啊，你没跑调，而且你的声音很好听。"

周谧说："谢谢。"

季节又瞥她一眼，声音温和地说："刚刚的那张合影，我可以发到朋友圈里吗？"

周谧怔住了，一下子不知道该如何作答。

她把腿从椅子上放下去，正襟危坐。

看着高度紧张的周谧，季节扬起唇，跟着坐直了："你考虑得怎么样了？我现在有从四十分上升到及格线吗？"

周谧的心口莫名其妙地空了一块，漏掉了一只黑色的台球，它咚的一声坠入暗而深的洞里，再无踪迹。

她第一时间就想到了张敛。

其实她很久没有细数自己与张敛到底分开了多长时间了。

当夜晚被工作、聊天、打游戏占满后，她每天睡前不再窥探他的朋友圈，同时，她沮丧、伤神的时间减少了，心里的疼痛也得到了减缓。

至少，她现在不用借助睡眠软糖或睡眠喷雾入眠了。

他们分开有一百天了吗？周谧分神地想着。

但她的视线一直定格在季节清俊的面庞上，看起来是一副在专心思考的样子。

露台上的灯将年轻男人的双目映照得格外明亮，周谧在他的眼里看到了期待的情绪。

这种情绪不含欲望，不带攻击性，因此也没给她一种束缚感和逼迫感。

山风习习，林涛涌动，这一刻周谧觉得周围的环境有点干扰她对自己心意的判断了。

但她可以确定的一点是，她不排斥他。

她愿意一试。

宁静了几秒钟后，周谧歪了下头，眼睛似灵巧的弯月："我是可以的啦，但我们两个……不用避嫌吗？"

季节笑容灿烂地耸了耸肩："没事，反正我们暂时也没有合作项目。"

年假结束后，周谧跟季节谈恋爱的消息轰动了全公司。

季节官宣的方式是在朋友圈里发了"九宫格"照片，他与女生牵狗的照片居于正中，两人的姿势并不亲密，但两人间的气氛异常融洽，一个穿着白T，一个穿着白裙，两人的衣角纠缠着，他们的身后是颜色浓到发黑的绿野。

叶雁带头在公司群里大呼小叫：Minnie，原来你是去度蜜月了啊！

周谧硬着头皮回复道：不算吧。

其他人则意味深长地回：啧啧啧啧啧！

部门总监在"吃瓜"的同时也不忘自己的事业：过了中秋还有元旦，过了元旦还有春节，你懂的，mimi。

周谧只能苦笑。

张敛从公司的管理群里知道了这个消息，彼时他正在首都机场的贵宾室里坐着，等候着回宜市的航班。

原真将这张合影发在了他们的聊天群里，并引发了一阵热烈的讨论。

小图滑过去的瞬间，张敛的大脑空白了一下，他立马退出了群聊界面。

他坐在全白的沙发里，平静地阅读着区域经理发来的邮件。

几行英文被他反反复复地看了好多遍，他看到都能完整地背出来了。

他也不太清楚自己到底在做什么。

过了会儿，他重新打开微信，找出周谧的名字，然后点进了她的朋友圈。

她的状态栏里没有任何的合照。

于是他又翻阅起群里的聊天记录，看到他们说照片是从 Season 的朋友圈里保存下来的，众人对此褒贬不一，有称赞他们般配的，也有觉得周谧这个女孩子不简单的。

张敛点开了那张图，心脏像有裂缝的坚果，被轻轻地一撬，就从上到下整个地裂开了。

复杂的情绪即刻涌了出来，不只是痛苦，还有吃惊、压抑，甚至掺杂着几丝愤怒。

他的大脑几乎被这些情绪吞噬了，无法再思考了。

好一会儿，张敛才定下神来，判断出这些情绪中还有他成年后就几乎没再感受过的妒意。

他的拇指和食指在屏幕上滑动着，他放大了周谧的脸。女孩扎着垂得很低的麻花辫，麻花辫上面绑着鸡蛋花发圈，她的眉毛弯弯的，嘴角也是弯弯的，眼睛还是那么明亮、清澈。

张敛盯着这张笑脸看了很久，一动不动，仿佛变成了真空玻璃罩里的一件展览品，与人世完全隔绝了。

直到播报航班的声音响起，他才如惊醒一般收起视线，关掉了手机。

跟季节谈恋爱给周谧带来一种重返校园的错觉，季节真的很像升级版的路鸣，爱得明目张胆，爱得认真热烈。

在他的朋友圈里，周谧基本上每周都要以照片或文字的形式亮相两到三次。他很爱记录并分享女朋友或可爱或搞怪的样子，有时甚至会在朋友圈里发布以男友视角拍摄的 Vlog（视频记录）。

每天上下班他都会按时接送她，每个周末他也会安排丰富又有趣的活动，他们去动物园、植物园、博物馆、艺术展，他们玩剧本杀、密室逃脱，他们参加各色派对……他还给她办了迪士尼的年卡，隔三岔五就带她去迪士尼看焰火。

周谧也因此走出了原本比较固定的圈子，拓宽了人脉，认识了一些新朋友，认识了季节之前因兴趣结交的"狗友"和"摄影发烧友"。

这些人大多年轻有为，打扮得光鲜亮丽，对她的态度也很好。

最开始周谧会局促不安，有几分自卑，但慢慢地，她也能脸不红心不跳地跟在季节后面微笑着和其他人寒暄几句了。

季节给她的礼物源源不断，包括价格高昂的衣服、首饰、彩妆品、皮包等。开始周谧的内心是抗拒的，她曾婉转地提出过两次自己不是很需要这些东西，但男友真诚的笑颜和其中蕴含的温暖，总让她感觉自己产生这种念头是不应该的。

他只是想把最好的东西都给她罢了，周谧这样对自己说。

他俩周而复始的"虐狗"行为终于在两个月后的聚餐活动中遭到了叶雁的疯狂吐槽。

"Season 要不是甲方，我早就屏蔽他了。我生平最怕在朋友圈里看到两种人——秀孩子狂魔和秀恩爱狂魔，但我又能怎么办呢？他可是甲方！mimi，还好你长得够好看，能缓解我的这种不适。"

说完她一改前态，娇滴滴地道："mimi，你千万别跟你的男朋友讲哦。不过——"她攥了下拳，继续说道，"你讲了他也不敢拿我怎么样，毕竟他的小宝贝还在我的手里。"

周谧涮着牛肚，不好意思地抠了抠额角说："Season，他真的蛮'少男心'的。"

叶雁叹了口气："我看得出来。"

陶子伊吸着橙汁，一脸的羡慕："我觉得跟这种男生谈恋爱好好啊，他很会安排日程，除了工作满心满眼都是你，和他在一起特有安全感，而且他还这么帅。"

她又看着周谧说："mimi 跟 Season 在一起之后明显变得更漂亮了，衣品也好了好多，所以说好的恋爱能让人进步。"

叶雁不同意陶子伊的说法："抱歉，他长成吴彦祖那样我会觉得我透不过气来。"

周谧笑了笑，看向叶雁："你以前的男朋友是什么样的？"

"真要提这种伤心事吗？"叶雁装出抹泪的样子，叹口气笑了一下，"其实他不怎么样啦，跟 mimi 的男朋友肯定是没法比的，收入也没我高，但他很会收拾屋子。我们之所以能谈这么久可能是因为我真的很喜欢他吧。而且他健身，还有人鱼线，我很喜欢他抱着我。"

周谧蘸料的手忽然顿住了，她的思绪如火锅上方的水蒸气一般，往上飘荡起来。

陶子伊冷不防地"噎"了一下，搓着胳膊上的鸡皮疙瘩说："这是我们的女强人 Yan 该说的话吗？"

叶雁铮铮有声地说："怎么了？职场女强人，家中小姑娘。"

两人又互呛了好多句。

中途叶雁接了个语音电话，转而谈起工作："创意部有个文案要转部门……说是要进我的组，我手里还有两个实习生呢，能带得过来吗？"

陶子伊和周谧同时抬起了眼："谁啊？"

叶雁捏了片甜瓜："就是去年年末入职的康宋。"

陶子伊问："他怎么突然要转部门了？"

叶雁说："他本来就不适合干文案啊，写的都是些啥啊。岑矜明示、暗示他好多回了，他估计终于醒悟过来了吧，所以想来当客户主管。"

"HR 就想把他往我这儿塞，我真是带不动了。"叶雁狂按眉心。

她忽然想起了什么，央求对面的陶子伊道："Zoe，他归你了，好不好？"

陶子伊的头摇得像拨浪鼓："我最近忙得不行。别，求求你了。"

叶雁扭头去看周谧："mimi，你现在工作得挺得心应手的，要不你帮我带着点他吧？"

周谧惊讶地指着自己："我可以吗？"

叶雁说："你当然可以了。实习期间我是怎么教你的，你就怎么教他，先让他把最基础的学会再说。"

周谧想了想，点头同意了。

接下来的半个月，周谧深刻体会到了手把手带"熊娃"的苦。

康宋不是一个容易对付的角色。

他不是按部就班地过了实习期转正的职工，而是被直接塞到奥星的关系户，而且他还是后台比较硬的那种人。

周谧布置下去的工作任务，他基本上都是敷衍了事，连数据表格都做得不伦不类。

但他又不是那种性格暴烈不服管教的人，相反，他嬉皮笑脸的，滑头得让人无从下手。他还自顾自地给周谧起了个很独特的昵称——美mi。

周谧无言以对。

每晚睡前，周谧都会在微信里发长语音跟季节吐槽：我感觉我就是那种一对一地辅导差生的老师你知道吗？

季节的笑意顺着网络漫了过来：我好羡慕他啊，有这么可爱的老师。

周谧无奈地回：再带下去老师就不可爱了，会变得面目可憎。

季节立马发来一个他自制的女朋友鬼脸表情包：这样子的面目可憎吗？那不还是挺可爱的？

周谧拉长了脸：谢谢你的安慰，但我肯定比这个面目可憎得多。

季节：那就是可爱乘以十了。

周谧不再和他聊工作上的事了。

季节也略过这个话题，转而询问她感恩节有没有事，说当天晚上有个聚会，问她愿不愿意去。

周谧瞟了一眼手机上的日历：我不知道那天晚上我有没有事啊。

季节：没关系啊，看你的时间。主要是我国外的朋友回来了，他们都想见见你。

周谧难却盛情：行，那我尽量把时间空出来。

两人互发了亲吻的表情，互道了晚安。

周谧关了灯，随手把手机撂到枕畔。收回胳膊时，她的手链不小心勾到了头发。

周谧痛得轻轻地哼了一声，赶紧把手腕横到眼前，很小心地将缠在上面的发丝摘了下来。

这是季节前不久送给她的一条手链，上面嵌着白色的花朵和红黑相间的瓢虫，样子极为可爱。

周谧拉高衣袖，细致地擦拭着手链刚刚缠着头发的那一处。

做完这一连串的动作，她忽然愣住了。

这是因为她爱惜这手链吗，还是因为，她潜意识里从未把它当成自己的东西？

周谧静静凝视着手链上的那只小小的瓢虫。

过了会儿，她侧了下身，重新拿起手机，一点点地往下翻着。过了好久，她才看到那个深色的头像、那个英文名，然后点了进去。

她很久没看他的朋友圈了。

她也不知道这是怎么回事，也不知道自己怎么就鬼使神差、莫名其妙地进了他的朋友圈。她也完全不明白自己做出这个举动是出于什么心理，又有何种目的。

就像她面前的聊天界面，她感觉自己的大脑里白茫茫的一片，似乎被寒冬里的一场大雪给彻底覆盖住了，变得冰冷而干净。

跟季节确定了男女朋友关系的那一个晚上，她就清空了她和张敛之前所有的聊天记录。

由于工作的原因，她没有删掉他的微信号，但其实删与不删也没有什么区别。

张敛的朋友圈里增加了两条新动态，一如往常，这两条动态都是与工作有关的。

她在公司里也或近或远地见到过他好几次。男人状态如常，有时淡漠，有时温和，有时一言不发，有时与人相谈甚欢，总是一副很体面的样子。

周谧退出聊天界面，回到微信顶端。

季节在她手机里的备注是"乙方宝宝"，而她在季节手机里的备注是"甲方宝宝"，这备注与他们的职场身份完全对调过来了。

他们用的卡通情侣头像是周谧亲自挑选的。

她现在也不当面叫季节的英文名了，都是叫他的本名。

第二天，可能是生理期到了的关系，周谧的情绪不太稳定。

临下班前，康宋塞给她的周报让她的每根头发丝都快要烧起来了。

在工位上找不到康宋的人，周谧就跑到落地窗边给他打了个电话。

交流了一会儿，对方的脸皮厚得让她几度语塞。

最后她语气不快地数落起他来。

康宋似乎觉得靠油嘴滑舌没法蒙混过关了，不由得恼羞成怒，最后说："笑死人了，你以为你的能力很强吗？一个靠陪客户拿项目的客户主管还真把自己当回事了。"

周谧被惊住了，脸涨得通红。

她深深地吸了口气，将快要夺眶而出的热泪憋了回去，直接挂了电话。

当晚，周谧越想越受不了，鼓起勇气给叶雁发了条消息，说她不太想带康宋了，还不惜用上了"烂泥扶不上墙"这样的句子。

叶雁却告诉了周谧一个秘密，说她要离职了，等下个月的沐浴露项目收尾了她就走。

周谧意外地询问起原因。

叶雁回道：我妈妈是肝癌晚期，家里顾不过来了，我爸都累瘫了。我也去检查了一下，肝功能指标不太好，医生建议我不要再熬夜了，再加上我本来就有多囊卵巢综合征，综合考虑之下，我真的没办法再干这行了。

周谧一阵愕然，好一会儿都出不了声，因为她的 leader 一直以来都是无坚不摧的乐天模样。

叶雁却格外地平静：接下来珍妮会带你们。我寻思年后你大概率要升高级客户执行了，过不了多久也要带实习生，康宋正好可以让你拿来试手。在工作中你不可能一直遇到好人，也不可能一直顺风顺水，这就跟生活一样，有机遇肯定也会有挫折，你得学着接受和解决问题。

白天康宋的恶言恶语并未让周谧落泪，可此刻她的视线却模糊了，因为对上司的不舍，因为难以接受这个突如其来的消息。

叶雁：希望你好好待在奥星里，我也是拿到实习岗位就来了，结果来了就不想走了，而且在这一待就是三年，奥星是全宇宙最有人情味的公司。

她又说：你的事其实老板私下里跟我说了。

周谧愣了。

叶雁随即发来一张聊天内容截图。

周谧点开图片，一股浓烈的酸意迅速把她的鼻子裹住了。

那张图里是张敛六点多和叶雁私聊的一段话：

下午我看到 Minnie 在跟康宋打电话。她让康宋把 Excel 和 PPT 里的数据检查一遍，不要总出现数据不符合的情况。康宋似乎不太乐意。Minnie 说的没问题，不知道康宋是懒还是没空去弄，你去了解下情况。像 Minnie、Vera 这样的好苗子要多培养、扶持，别让她们对公司失望。

她站在从落地窗里射进来的余晖里跟人争执不下的那个时刻，他可能就站在离她不远的地方。

参加感恩节派对的那天，周谧玩得酣畅淋漓，也喝得酩酊大醉，于是在季节家住了一晚。第二天日上三竿，季节才把她送回了家。

暮秋的日光暖融融的，太阳低低地挂在橙黄的树梢上，云朵像一层被撕开的薄薄的羊绒，在天空中浮动着。

因为宿醉，周谧的脑袋晕乎乎的，于是她降下车窗吹起了风。

快到小区的正门时，她的视野中出现了一辆黑色的豪车。那车遥遥驶来，车牌上的数字很眼熟。

周谧的瞳孔微微放大了，她毫不犹豫地升起了车窗。

季节侧头看向她："怎么了？"

周谧说："有点冷。"

季节笑道："我把暖气打开？"

周谧笑着摇头："那倒不必。"说完她忍不住扭头看向窗外。

张敛的车一晃而过。

这只是一瞬间发生的事，却像影片里的慢镜头。

隔着车窗，周谧的大脑如胶片相机，清晰地拍下了驾驶座上的男人的所有细节。

他身穿黑色大衣，目不斜视，侧脸英俊，整个人看上去就像一幅线条简洁的素描肖像画。

到楼下时，季节和之前一样，靠过来跟周谧吻别。大概是昨晚玩得很开心，所以他并没有浅尝辄止。

周谧闭上双眼，专心感受着。

季节身上的香水味很淡，也很清新，一如外面的风景与天气，她感觉自己像被裹进了浅金色的柔软的吐司里。

跟季节的每一次亲吻都很美好，只是，这种美好并没让她沉浸其中，她只是在细细体会它，就像她从电影里的人变成了看电影的人。

等我

叶雁离职的那天，周谧参加了叶雁组织的聚餐活动。

她没想到，叶雁还邀请了张敛。

这个男人是最后一个到场的。

大家惊喜得欢呼起来，近乎发狂地敲击着碗筷，俨然一群失控的熊孩子。而张敛则像个好脾气的讲师一般，制止了大家，然后笑着将手里的礼品袋递给了叶雁。

叶雁接过去，陶醉地抱在怀里，嗲声嗲气地说："Fabian，你好好哦，不如你把自己也送给我，当作我的离职礼物吧——"

全桌人狂笑。

张敛脸上的笑意更浓了，驼色的高领毛衣衬得他的皮肤越发白皙了，在烧烤店这样油腻的环境里他的皮肤也呈现出羊脂玉那样的色泽。

他坐在周谧的斜对角，两人之间隔着四个人，距离不近也不远。

落座时，他环视了一圈，周谧就此跟他对上了视线。她一直在看他，准确地说一桌人都在看他。

她没有回避视线。

两人目光交汇的时间很短，稍纵即逝。

周谧不太记得那会儿自己是什么样的神色了，因为那一瞬间她的思绪好像突然被删掉了一样，她整个人仿佛被吸进了漆黑的外太空，产生了短暂的失重感。等男人的视线滑走后，她的大脑才重新转动起来，思维才变得清晰起来。

不过她猜自己当时在微笑，唇角应该勾起了很小的弧度。

连续几个月的高频社交让她逐渐变得得体、从容、波澜不惊，情绪不再轻易流露于言表。

什么样的场合该露出什么样的表情已经成为她下意识的反应，当下他肯定触动了她的本能，使她露出了微笑，一个虚假的微笑。

她换了发型，不再顶着每天都要煞费苦心地用粉色卷筒固定半小时的空气刘海，而是梳了个中分，微卷、柔顺的头发被她别在了耳后。

周谧以前不爱露出额头，因为她发际线附近有一颗棕色的小痣。

那颗痣一半陷在发丝里，其实根本不容易被人发现。即便是与她关系亲密的三任男友都对这颗痣一无所知，但她就是觉得它像白纸上的墨点一样，惹人讨厌。

她提出换发型时，发型师还大惊小怪的："啊，美女，我刚发现你这里有一颗痣，但不是很明显。"

周谧在镜子里瞟了他一眼："是啊，不明显，没关系。"

这顿饭大家吃得很热闹，也很随意。大家大谈特谈工作上的事，嬉笑怒骂，互相调侃着。

叶雁已经微醺，泪流满面的，跟陶子伊抱在一起痛哭。

周谧也跟着拭了下眼角。虽然变了许多，但她还是那个容易被各种气氛感染的人。

九点多她收到了季节发来的信息，他问她：宝宝，几点结束？我去接你。

周谧看了一眼时间，回复道：估计十点。

周谧慢慢抿完半杯啤酒，淡淡的麦芽发酵的味道带给她一种虚幻又真实的感觉，因为她在男朋友参与的各种聚会里，品过或痛饮过很多次几万甚至几十万的酒。

聚会临近尾声，众人的情绪也不再高昂了，大家聊天时都是有一搭没一搭的。

叶雁靠在一个女同事的怀里，两腮发红，含糊不清地宣布散伙。

周谧套上大衣，将头发捋好，与大家道别，又与叶雁拥抱了一下，就走出了餐厅。

来到外面，周谧深深地呼出一口气，看着白气像稀薄的奶，融化在冷空气里。

因为快过圣诞节了，附近商店的门口都竖起了缀满饰物的圣诞树，窗玻璃上也贴了元素丰富、可爱的贴纸，整个城市流光溢彩，如同被包裹进水晶球里的模型。

同事们依次出来了，经过周谧的身旁时，都向她道别。有人关心她怎么回去，她就含笑说道："Season 来接我。"

于是同事们打趣道："哎哟，还这么甜蜜呢！"

目送一位设计人员坐进计程车里，周谧忽然听到一阵耳熟的手机铃声，她诧异地回眸，看见张敛从店里走了出来。

他居然还在用他们同居期间，她建议他更换的那首英文歌——*Lot to learn*（《很多东西要学》）。

因为没有前奏，歌词的含义也很妙，所以她帮他选择了这首歌。

张敛停在离她不远的路边接电话。

他的外套应该是放在车里了，但即使只穿着一件毛衣，他看上去也并不单薄。

可能是她注视他的时间稍显长久了，男人漫不经心地往这边看了过来。

周谧迅速移开视线，目不转睛地看起了前方道路上如游鱼一般的车辆。

她听见他在很温和地跟电话那头的人说话，声音里带着纵容和笑意："好，知道了，我马上就去接你，你别这样子说话了行吗？"

周谧垂了下眼，从大衣兜里取出了手机，发现季节给她发了新的信息，他说清平路这边有点堵车。

周谧回：没事，我不着急，我可以先找个地方坐一会儿。

季节回了个"摸头"的表情。

周谧把手机重新放回衣袋里，然后小幅度地侧了一下身。

张敛已经不在原地了。

回家的路上，路边的霓虹灯将车子装点成一个彩色的盒子。车停在一个红灯前时，季节忽然侧过脸来，笑着向周谧宣布了一个消息："谧谧，我在久力大厦的隔壁给你租了间公寓。"

周谧微挑细眉，有些意外地"啊"了一声。

她现在很少会露出这种有些呆呆的有些少女气的表情了，季节被她逗乐了，从方向盘上抽回来一只手，捏了捏她左边的脸颊："你家离公司有点远，我又不能每天接送你，我希望你不要这么累。"

周谧眨了眨眼："累吗？我觉得还好啊。"

季节说："但我真的很舍不得我这么漂亮的女朋友隔三岔五地挤地铁上下班。你住过去吧，这样，我也能带着娜可、露露过去。"

他替她理了下耳边的碎发："我希望你每天都开开心心的，像个无忧无虑的小公主，琐碎的事就让我来操心。"

周谧没再吭声，只是莞尔一笑，带着感激之情。

季节说："我现在带你过去看看？你一定会喜欢的。"

周谧还是笑着："好啊。"

回家后，周谧就摘掉首饰，脱去大衣，如解脱了一样四仰八叉地倒在了床上。

汤培丽提高嗓门，招呼她出去喝乳鸽汤。

周谧嚷道："我吃过烧烤了——"

汤培丽走来门口，声音的分贝半点没降地对周谧说："你现在太瘦了。万一哪天小季跟你求婚了呢？你们要是结婚了，要小孩还不是分分钟的事？尤其你之前伤了身子，更要多补补。"

周谧悬在床边乱晃荡的腿停了下来，她轻声说道："他又不是不知道我以前跟张敛谈过。"

汤培丽压低声音道："那他也不知道小孩的事啊，你可千万别告诉他。"

周谧挺身坐起来，面色坚定地道："我会告诉他的。"

汤培丽啃了一声："你这孩子脑筋怎么转不过来呢？你不说谁会知道？"

周谧心烦意乱起来："你能不能出去啊？"

汤培丽不容置喙地道："你出来喝汤，我就出去。"

周谧坐到餐桌前，心不在焉地用白色汤匙舀着汤表层的油花。

汤培丽坐在一旁看着她，双手搭在桌上："我就说老天是公平的，什么事都看在了眼里，跑了个张敛又怎么样？他把我囡害成这样！小季哪点不比张敛好？"

她自豪地打量起自己的女儿："谧谧啊，你看看你现在，多精致，这气质，啧啧啧……以前你跟张敛谈恋爱时，哪有这种气质哦？那时你就是个学生，这说明张敛根本没把你放在心上，他根本不想在你身上用心思，难怪他最后说不结婚就不结婚！因为他根本就没付出过啊！"

咣的一声，周谧直接把汤匙丢进了瓷碗里，起身离开了餐厅。

周谧把自己锁进了卧室里。

大脑里有个白色的小人在没日没夜地疯狂奔跑着，它被无形的风暴推搡着，它在密密层层的丛林里和寸草不生的荒野上徘徊着，虽然前进的方向很模糊，但它不能停下脚步。

周谧换了个姿势躺着。

想了会儿，周谧下床从包里翻出无线耳机戴上，从歌单里找到 Lot to learn 这首歌。找歌消耗的时间，和上个月翻出微信好友列表里张敛账号的时间一样，短得超乎她的想象。

周谧按下了播放键。

一个男声瞬间涌了出来，这声音带着点并不显得突兀的沙哑感，很有个人特色。

If I was the question,would you be my answer?

如果我是问题，你会是我的答案吗？

If I was the music,would you be the dancer?

如果我是音乐，你会是舞者吗？

If I was the student,would you be the teacher?

如果我是学生，你会是老师吗？

If I was the sinner,would you be the preacher?

如果我是罪人，你会是牧师吗？

Would you be my...

你会是我的……

勒令张敛把这首歌设置成来电铃声的那一天，她曾别别扭扭地问他："换成这首歌会不会显得你很不成熟、稳重啊？"

张敛说："不会，我很喜欢这首歌，尤其喜欢这首歌的名字和歌词。"

周谧问："为什么？"

张敛说："我们确实有很多弄不明白需要学习的东西，不是吗？"

周谧有点入迷地让这首歌单曲循环了很多遍。

她越蜷越紧，像一朵被放在热饼铛上的玫瑰，皱巴巴的，枯萎了。

圣诞节当天，周谧搬进了季节给她租的那个公寓。惦记着下班后就在家等她的男朋友，所以公司晚会没有结束她就离开了。

季节穿得很鲜艳，他穿了一件印着雪花图案的大红色毛衣。一进门，她就像只娇气的黑天鹅，被他一把抱进怀里。

客厅里两米高的圣诞树像个挂满饰物、闪闪发光的绿色尖塔，两个人开了香槟大笑着互喷起来，然后一起窝在沙发里摸狗、接吻。

地暖让室内温暖如春。

洗完澡出来，她再一次钻入季节的怀里。

他正在目不转睛地打游戏，周谧看着看着，就起了玩心，用食指戳了一下他的手机屏幕。

季节笑道："哎，别闹。"

周谧换了两根手指去骚扰他。

季节无奈地笑着，把手机丢到了一边："不玩了。"

周谧以为他有情绪了，立马收起了笑容："对不起。"

"被举报就被举报吧。"说完这句话，季节靠过来吻住了她。

周谧靠到床上时，季节仍在客厅里跟朋友组队打游戏。

她取出床头柜里的书，全神贯注地看了会儿。

快十二点时，季节回到了卧室，坐进同一条温暖、柔软的被子里。

季节对睡眠的要求很高，他不喜欢抱着睡，所以周谧通常只会在睡前在他的怀里偎依一会儿，灭灯后，两人分开而卧。

有时周谧半夜里从噩梦中惊醒过来，会从背后抱住季节。她感觉自己抱住季节时像抱住了一根安静的树枝，或者说在这个瞬间，她成了一株青色的禾苗，在悄无声息地进行着光合作用。

周谧往季节那边挪了挪，靠着他的上臂，接着翻自己手里的书。

季节顺势揽住她，在微信里打着字。片刻后，他忽然开口问道："谧谧，你的 leader 离职是要跳槽吗？"

周谧将目光从书上收回来，瞟了他一眼："不是，她妈妈身体不太好。"

季节问："她在奥星待了多久？"

周谧不是很确定地道："大概三年吧。"

季节沉吟片刻，说道："你有没有想过换份工作？比如，说成为甲方的一员。"

周谧愣住了，安静了一秒，旋即坐直上身，回过头来，黑白分明的大眼睛里一片迷茫。

季节弯唇，抬手揉了揉她的脑袋："我认识的 4A 广告公司（4A 广告公司为规模较大的综合性跨国广告代理公司）的高层人员不少，如果你还想干客户主管，我可以找人内推。"

周谧最后给季节的回答是考虑一下，因为她心里也没有确切的答案。她感觉自己现在好像站在了雾里或者沉在了湖底，有点摸不准路况和航向。

　　这一晚她失眠了，听见鸟鸣时才昏昏入睡。

　　早上九点半，她在妆镜前用遮瑕膏细致地掩盖着黑眼圈。穿戴整齐的季节跑到她身旁，俯身在她头顶印下一个吻。

　　周谧在镜子里冲他微微一笑："你今天好帅。"

　　季节今天穿了件绣了花卉的黑夹克，很有摇滚乐队年轻男主唱或是鼓手的样子，既张扬又颓废。

　　季节直起身，修长的手还搭在她的左肩上："早餐想去哪里吃？"

　　周谧转过头看着他："在家？我可以下两碗阳春面，五分钟就好了。我昨天从家里带了我妈自己做的手擀面回来。"

　　季节凝视着她精致到近乎无可挑剔的脸蛋，问："油烟会不会影响你的妆容？"

　　"可是……"周谧看一眼门，有点可惜地道，"那么好的厨房就闲在那里落灰吗？"

　　季节思忖了几秒："我这周就请个煮饭阿姨怎么样？以后我们想在家开伙就在家开伙，你不用亲自动手。"

　　周谧抿抿唇，答应了："嗯，行吧。"

　　从圣诞节到元旦的这段时间，周谧忙到连喝水的时间都没有，各种产品的促销活动蜂拥而至，她已经连续一礼拜加班到凌晨一两点了。她恨不能吃穿住行都在公司里解决，因此只能一次次地拒绝男朋友接二连三的年末派对邀请。

　　季节的生活模式与他的家境完全相符，他是那种典型的受过欧美文化熏陶的富家子弟，用"含着金汤匙出生"来形容他都不确切，准确地说，从呱呱坠地的那一刻起，他就已经财富自由了。

　　华郡那套价值两千万的屋子，只是他的祖父送给他的十八周岁成人礼物之一。

对很多人来说至关重要的工作，也只是他人生中一个可有可无的点缀。

从某种意义上来说，他跟张敛是一类人。

处于金字塔顶端的人对个人体验的追求是远高于一般人的，只不过他们两人的外在表现形式不同。

恋爱之后，周谧才知道，那个端午项目，季节尽心尽力地参与每一次对接，只是为了跟她有更多的接触。

对此，周谧受宠若惊："我完全想象不出来，而且，你为什么会对我一见钟情呢？"

季节不以为然地道："就是眼前一亮啊，像看到了一只很可爱的小流浪猫，很心动。"

周谧笑了一下："那现在呢？"

季节很爱捏她的脸颊，但所用的力道不大："现在的你是完美无瑕的蓝双色布偶猫。"

周谧的新leader珍妮一直负责3C项目，她有很漂亮的蜜色皮肤、单眼皮，长相清冷又高级，一口京腔听起来分外顺耳。

来奥星后，周谧与她来往得并不多，但对她的印象十分深刻。

考虑到男朋友所待的公司和职务会带来利益冲突和不便，周谧便借叶雁离职一事，申请离开快消组，转去3C组。

周谧私底下曾跟叶雁谈过自己的这个决定，叶雁对此感到很惋惜："浪费资源啊！想到我曾经的快消王国少了一员干将，我就感到心痛！不过我尊重你的一切决定。"

虽说隔组如隔山，但周谧积极主动的工作态度让她很快度过了水土不服的尴尬期，新团队的事务她很快就上手了，所以她在这个当口忽然辞职，其实是有些不负责任的。

一月中旬的一个晚上，季节问她考虑得如何了，她跟他说了这个理由。

季节面露难色，感到不解，轻叹了一声："你怎么就这么喜欢待在奥星呢？换个轻松点的岗位不好吗？"

周谧如鲠在喉，最后说："年后再说吧，这一阵子我们真的很忙，我不想弄得跟临阵脱逃一样。"

季节把她揽进怀里："宝宝，你知道你转组后多久没跟我出去了吗？我感觉你全天二十四小时都扎在公司里了。"

周谧只能无奈地给他拍拍背，哄他道："抱歉啊，放假了我一定多陪你好吗？"

这夜，她收到了陶子伊发来的一个聊天记录截图，截图里，两个部门同事在小群里讨论她，说她"又当又立"，还说明眼人都看得出来她傍上大款后一下子从土鸡变成凤凰了，特意转组给谁看呢。

陶子伊义愤填膺：这些女人就是在嫉妒你！

周谧盯着这些话看了很久，眼里没有任何的波动，心里也是。

她回复了陶子伊：随她们说吧。

陶子伊：也就是你脾气好，要是我，我早就上去撕她们的脸了。

周谧觉得这事有点奇怪，但又不说出来是哪里奇怪。

这件事要放在几个月前，此时此刻，她应该已经面红耳赤、泪流不止了。

但她当下不光不恼怒、不委屈，还懒得争辩，甚至对她们的看法有几分认同，因为她们说的确实很接近事实。

她猜，可能是自己成熟了吧。

同月，周谧加入了她最初来奥星时想加入的项目组——BN 项目组。这是一个经典国漫 IP（作品的知识产权）的二次联名项目，内容是复刻之前的新年限量款全套数码产品。

周谧惊喜地给自己的 leader 发消息：BN！是 BN！！你知道我那时是因为什么来的奥星吗？就是因为 BN 前年那个三八节的耳机广告！

珍妮的反应很冷淡：你的感叹号吵到我了。

周谧立即收起情绪：抱歉。

珍妮：你的省略号也有点吵。

周谧：抱歉。

就像快要燃尽的焰火棒加了燃料，周谧感觉自己在快要熄灭时重新闪耀起来了。

　　她全身心地投入到 BN 的春节项目之中。有一天，她看见一个设计人员在群里问：这次的任务简要是谁下的？我好久没看过这么舒服、直观的任务表了，要干啥一目了然的。

　　珍妮"艾特"出周谧的群名——奥星 -Minnie。

　　设计人员回道：很不错啊。

　　珍妮：Minnie 是不错，她每天都会在小本子上列好待办事项，我问她什么她都能答上来，她还经常给我找参考图和视频。

　　周谧被称赞得怪不好意思的，偷笑了一会儿回道：嘿嘿，都是以前的团队带得好啦。

　　珍妮：我不喜欢别人说话时总是带语气助词和波浪号。你一直这样吗？怎么跟我想象中的不一样？

　　一个刚来公司两个月的小实习生怯怯地回：我还以为 Minnie 是那种"高冷女神"。

　　周谧清了下喉咙，一本正经地解释道：这中间可能有什么误会。

　　拍摄视频的前一晚出了意外。

　　临下班前，周谧对照脚本检查全套数码产品的外观和性能时，发现键盘上的一个功能似乎有问题。她蹙了下眉，叫来之前检查这些东西的同事："键盘上的这个灯一直不亮吗？"

　　对方一脸迷茫地问："什么灯？"

　　周谧的心遽然一沉。

　　珍妮不在公司，周谧赶紧联系上她："出大事儿了。"

　　珍妮的声音总是跟她的外表一样冷静："怎么了？"她又强调道，"你这发音不伦不类的，不要总学我的儿化音。"

　　周谧组织了一下语言："不知道是客户寄来的产品本身有问题还是运输途中产品受到损坏了，总之键盘灯不亮了，Cici 之前确认产品没毛病，但她没注意键盘还有这个功能，可是明天拍摄的脚本里有键盘 RGB 灯效展示细节。"

珍妮问："确认过了吗？"

周谧回："嗯，我在公司的几台电脑上都试过了，不亮。"

珍妮骂了句脏话。

"明早九点就要过去拍视频了，让客户寄也来不及了，出这种事太丢人了！先别打扰客户，我们自己先想想有什么解决办法。"珍妮也感到事情有点棘手，"这套产品之前是限量发售的，这大晚上的，找起来肯定费劲。"

周谧努力平复了一下心情，思考了一会儿，说："要不这样，我先问问我的男朋友，他认识的人多，应该有这方面的朋友，我也马上去电脑城看看。"

珍妮说："行，我也问问。"

挂断电话，周谧心跳如擂鼓，她瞄了一眼 Cici。女生自知犯了大错，急得直抹泪。

周谧深吸一口气，抓了下头发，抽了张自己桌上的纸巾给她："先别哭，你赶紧想想你的好友里有谁认识本地的极客（形容对计算机和网络技术有狂热兴趣并投入大量时间钻研的人）、数码发烧友，或是这方面的 KOL（主播），也许有人收藏了旧版产品或者提前拿到了新产品。"

说完，周谧一边套上羽绒服往外疾走，一边拨通了季节的电话。

手机响了好几下，季节才接通了电话，那边的背景音乐极具动感。

周谧说："能不能麻烦你——"

季节"啊"了一声，声音亢奋地道："宝宝，我听不清你的声音！你等我一下，我找个安静点的地方。"

周谧停在电梯口，摁了"下行"按钮，跟着提高了音量："我没事，就是公司出了点事，我今天会回去得比较晚，跟你说一声。"

季节说："好吧，我也回去得比较晚，你几点结束？我让司机去接你，太晚了打车不安全。"

周谧说："不用了，还不知道要忙到什么时候呢。"

挂断电话，周谧迅速编辑了消息，发给媒介组的好友，询问他们认不认识宜市本地的数码类的 KOL。

走出大厦，在车水马龙的路边干等了两分钟，周谧看了一眼毫无反应的打车软件，又瞄了瞄腕表，忍不住在心里骂了一句。这个时间点，这条路根本打不到车。

这时珍妮来电话了，问她有没有去电脑城。

周谧呼出一大团白气，焦头烂额地道："难搞啊，打不到车，我先往那边走着，坐地铁过去算了。"

珍妮说："你先待那儿别动，我问问谁能陪你过去。"

结束通话，周谧寻思珍妮说的不失为一个好法子，就打算去团队群里问问谁这会儿能抽空陪她跑一趟，结果发现珍妮效率超高，已经在公司的大群里发了消息了。

奥星－珍妮：谁现在在公司又不忙？帮我送个人，我们组明早要拍的产品出了点问题，得去电脑城找找同款产品。Minnie 在楼下打不到车，再晚电脑城那边就要关门了。

周谧跟着发了个"坐地大哭"的表情：救救孩子！十万火急！！

大群里安静了几秒，不一会儿，一个深色的头像跳了出来。

Fabian：@奥星 -Minnie 等我。

我的初心

张敛的头像跳出来的一刹那，周谧的心也跟着跳动了一下。

她快速眨动眼皮，尴尬得不知如何是好。她刚要回句"老板不用"之类的话，珍妮已经在群里回复张敛了：你有空？那麻烦你了。

张敛没再说话。

周谧的目光粘在了手机屏幕上，她只能跟着发了一句"谢谢老板"。

她退出群聊，发现刚刚在群里只出现了一次的深色头像已经跳至她微信列表的前面了。他发给她一句话：我下来了，你在哪儿？

周谧看看四周，找到了标志性建筑：公交站台的左边。

消息发送出去后，她急忙搓了下手心，把两只手连带着手机一起揣回兜里，一动不动地站着，像夜幕下凝结的牛奶。

少顷，黑色的豪车停在了她的跟前。

副驾驶位的车窗被降到了底，男人的脸侧了过来，目光淡淡的，他示意她上车。

周谧的视线跟弹珠似的，在后座车门和前座车门之间弹跳了两下，最后她还是轻吸一口气，坐上了副驾驶。

她这样坐只是出于礼仪。

车内的暖气刚开，所以里外的温差并不大。

扣好安全带，周谧瞥了一眼张敛，他已经目视前方了，她只看到了他高挺的鼻梁。他依旧没穿外套，上身只有一件小高领烟灰色毛衣，是粗针织的，这毛衣让他看起来很温和。

周谧抿抿唇，毕恭毕敬地叫了声"老板"。

"嗯。"他不咸不淡地应着。

然后他问："先去哪一家？百脑汇还是太平洋？"

周谧取出手机看起了地图："百脑汇吧。"

车上了路，张敛没有打开音乐或者广播，车厢内异常安静。周谧今天穿着贴身的牛仔裤，明显感到座椅在变热。

头皮略微发麻，她翻阅微信里的信息时都是小心翼翼的。

前排的空间其实很大，可她就是伸展不开，胳膊肘牢牢地贴在腰侧，四肢和关节跟冻僵了似的一动不动。

她有的不只是尴尬，还有其他的情绪，这些情绪很淡但不容忽视地杂糅在一起，令她难以抽丝剥茧地分辨它们具体是什么。

有相熟的PR（公关经理）推送了几张数码博主的名片，周谧忙仔细地在好友申请里编辑事情缘由。

有的申请通过得很快，有的则石沉大海。

周谧嗒嗒地打着字，逐渐心无旁骛地忙了起来，将从上车后就变得微妙起来的思绪抛在了脑后。

将限量款键盘的照片和恳切的诉求全都发过去后，周谧才缓了一口气。

握着手机的手搭在腿上，她人往后靠了点，不再束手束脚，挺直腰杆了。一个个光点从两人的身上悄无声息地滑了过去。

周谧抬起手臂，刚要看一眼新消息，忽然听到男人的声音："最近过得怎么样？"

周谧顿住了，一股汹涌的酸胀感从胸腔里蔓延开来，以致她的后背都开始冒汗了。

她吞咽了一下口水，淡淡地回答道："挺好的。"

张敛未再说话。

周谧迅速按亮手机，想把自己锁进这个发出亮光、全封闭的扁平小盒子里，不再跟外界有任何的接触。

回复她的 KOL 都说自己没有这种键盘。

周谧焦灼地叹了口气，又给珍妮发消息，汇报最新的进展。

做完这一切，她觉得自己有必要体面地问一下前任的近况，于是她侧过头看了他一眼："你呢？"

安静了片刻，张敛说："跟以前一样。"

周谧愣了下，"嗯"了一声，扭过头来，关注起了沿路的灯火。她就这样瞪着窗外看了近一分钟，才想起来还要看珍妮的消息，便将目光移回了手机上。

直到车停在电脑城门口，他们都没有再说一句话。

下车后，张敛拿上后座的大衣，利索地穿好，在周谧争分夺秒地往楼内冲的时候叫住她。

周谧回过头来，用眼神询问他干什么。

张敛走来她的身侧："发张照片给我，我们分头找，效率高一点。"

周谧点头照做，并告诉他："要键盘。"

张敛颔首，跟着她一道进了电梯。

楼里的店铺挨个跑下来花了半个小时，结果他们一无所获。

离开百脑汇，两人重新上车赶往下个目的地。路上张敛接上了蓝牙耳机，开始打电话联系朋友。

他讲话的腔调一如既往，即便事态紧急，他的语速仍不急不慢的。他用的还是那种有节奏感的，如在人的耳膜上来回摩擦的，力度不改的嗓音。

周谧亦专心致志、一声不响地打着字跟同事联系。

挂断电话后，张敛忽然叫她的名字："周谧。"

周谧抬眸看了过去："嗯？"

他双手握着方向盘："帮我从微信里找个人，陈旌，耳东陈，旌旗的旌，然后把键盘的照片发给他，他可能有。"

周谧愣了一下："你的手机里吗？"

张敛："嗯。"

周谧迟疑了一下，将他的手机从中控台的支架上小心地摘了下来。

张敛的锁屏壁纸上是黄色的海滩和黑蓝色的浪潮，二者中间有一道纯白色的泡沫，整个画面看起来很空旷，色彩对比强烈，上面还有一个黑色的小人在岸边行走。

周谧小声说："有密码。"

张敛平静地报出了密码："061233。"

周谧呆了两秒，输入了密码。

手机顺利打开了。

男人的微信列表很干净，没有置顶设置。

周谧点进他跟自己的聊天页面。她在他微信里的备注就是"周谧"。

她打算先保存一下图片以方便使用，却发现除了今晚言简意赅的两条消息，他们几个月前的聊天记录都还在。

张敛根本没删他俩的聊天记录。

周谧的呼吸变得有点不畅，她突然很害怕，不敢在这个页面多停留一秒。她心惊肉跳地按着图片，选择了转发。

她清晰地感觉到自己面颊上的皮肤在一点点地绷紧，太阳穴也开始突突直跳。

她极力让自己的声音听不出任何的异样："陈旌是吗？"

张敛回答："嗯。"

周谧找到这个人，匆匆把图片发送出去，就跟握了块烙铁似的，火急火燎地把手机放回原处。

张敛给陈旌打起了电话，依旧一副无波无澜的样子。

周谧认真地聆听着张敛跟陈旌的对话，祈祷着结果能如自己的意。

最后，她听见张敛说："有是吧？好，我们现在就去找你。"

周谧高悬着的心终于落了下来。

张敛的这位朋友住的地方比较远，在静康区，他们到他家时已是凌晨时分了。一进门周谧就诧异地瞪大了眼，以为自己踏入了科幻电影的某个场景里。

屋主的样子是典型的"技术宅"，人很瘦，皮肤苍白，脸上架着副细边黑框眼镜。

在客厅里跟张敛简单地聊了两句，他就领着他们去了隔壁，确认实物。

他们运气不错，找到的原版键盘是陈旌的藏品，一直被放在柜子里，是全新的，性能也未受损。在陈旌的几台电脑上分别测试了一下灯效，确认没问题后，两人没有久待，准备赶回公司。

临走前，张敛还让周谧跟陈旌互加了微信。

周谧微微抬高眼睛，一时间不解其意。

陈旌勾起唇戏谑地道："怎么，要介绍漂亮妹妹给我啊？"

张敛看都没看陈旌一眼，只是叮嘱周谧道："以后有什么数码产品方面的问题你直接联系他。"

周谧恍然大悟，点头道谢。

陈旌："合着我就是个工具人是吧？"

到公司后，周谧抱着键盘飞奔到工位上，组员们都安心了，纷纷感谢起周谧来，Cici 更是抱着周谧哽咽着连声道歉。

周谧瞟了一眼张敛的办公室，道："别谢我，谢老板吧，是他找的人。"

珍妮在群里说：快两点了，都回家吧，明天还要拍摄视频，今天辛苦各位了。

她又点名表扬了周谧：Minnie 今天很棒！

周谧不好意思揽功，强调自己只是跑了下腿，真正帮忙的人是 Fabian。

回到公寓里，室内一片漆黑，季节还没回来。周谧全身酸软，摘下身上的所有首饰，匆忙洗个澡就躺到了床上。

翻了会儿身，她看了一眼手机上的时间，都快三点了。

她打开微信，给被置顶的季节发消息：你今天还过来吗？

她等了会儿，聊天框里无任何的回复信息。

担心季节已经回华郡睡下了，贸然打电话会把他吵醒，她又发了句信息：

那我先休息了哦，明早还有拍摄任务，晚安。

周谧轻轻吐了口气，退出跟季节的对话框，忽地想起今天还没来得及好好地谢谢张敛。

一进公司的门他就不做停留地和她分道而行，直接回了自己的办公室。

他可能觉得跟自己待在一起既尴尬又难以舒畅地呼吸吧……

周谧目光在聊天列表里随意地往下移动着，而后定格在张敛两个字上。晚上车内的种种画面遽然涌现在她的心头，让她心里冒出了一股股苦水，可能不只是冒出了苦水。心里五味杂陈，她平躺着，静悄悄地消化了一会儿，最终深吸一口气，让自己的情绪变得稳定起来。

她点开他的头像，盯着闪动的光标，开始在心里组织足够正式、足够郑重、且不会让人产生一丝误会的语言。

此时，周谧感觉自己的视线无处安放，不得不停在他的头像上。

她很久没看张敛的朋友圈了。

周谧随手打开对话框，一个恍惚，不当心多点了一下。

屏幕的下方随即跳出一行灰色的小字——我拍了拍"Fabian"。

周谧呆了一下，随即蜷起手指，崩溃地搓起头发，恨不能立刻跳下床滚进床肚里，从此不再在世上露面。

她涨红了脸盯着屏幕，绞尽脑汁打的致谢腹稿一瞬间被清空了，取而代之的是黑色加粗的"天啊，要命啊，我要怎么解释这个意外啊"。

她正难受之际，对方忽然发来了消息，内容是很自然，很随意的三个字：到家了？

周谧的面部都"石化"了，她完全不知道下一步该怎么办，该如何组织语言。

她只能飞快、简单、不露情绪地回了一句：到家了。今天谢谢老板了。

消息发出去后，她毫不犹豫地按灭了手机。

幸好屏幕没再亮起来，不然她真不知道该怎么应对了。

周谧强行镇定下来，调整好呼吸和心率，将手机塞到枕头下方，合上眼皮，专心地数数催眠自己，并自我安慰道："一二三四五，明天还要拍摄，睡吧睡吧，别想了，遗忘吧，没事的，人生总有很多尴尬时刻的，六七八九十……"

与此同时，张敛靠坐在床头上，视线锁定在"'周谧'拍了拍你"这行灰色的小字上面。

他随手搓了下蓬松的头发，勾起唇，把手机搁到床头柜上。

熄灯躺下后，他又拿起手机，再次点进周谧的微信里，看了一眼那六个字的提示。

第二天起床后，他在自己不由自主的动作里暗暗发誓：这真的是最后一遍。

第二天的拍摄工作很顺利，临近正午，周谧接到了季节的电话，他说他昨天喝得不省人事，被朋友送到酒吧附近的家里了，直到现在才醒，又问她中午要不要一起吃饭。

他的声音里满是愧疚之意。

周谧没有任何负面情绪，只看了一眼棚内的情况，就回答道："我这边估计一点左右就结束了。"

季节问她地址。

周谧如实相告。

下午一点多，大家呼朋引伴地相约去吃午饭，还问周谧要不要一道去。

周谧摇摇头，说自己的男朋友一会儿就来接自己了。

年轻的男摄影师遗憾地耸了下肩膀，说："这个答案真是让我心碎。"

周谧莞尔一笑。

季节很准时。他今天竟然换了辆白色的跑车，这车的款式与他的气质和外形非常契合。

坐到副驾驶座后，周谧有些奇怪地问："你换车了？"

季节弯唇微笑道："不是，我的车还在酒吧的停车场里，这是我姐的车，我急着过来接你，就把她的车借走了。"

然后他打量起了自己的女朋友："你今天没化妆吗？"

周谧抬起手摸了下自己的脸："是啊，我昨天忙到很晚，太累了，想多睡会儿，所以擦了个防晒霜就过来了。"

"你素颜也很漂亮。"季节收回视线，开车上路，"昨晚你忙什么呢？"

周谧一五一十地跟他讲了下事情的经过，怕他多想，就简化了和张敛一起去找键盘的那部分内容，用"公司的一位男同事"代表了张敛。

季节侧过头看她一眼："你应该在电话里跟我说清楚的，BN 老板的二儿子我认识，以前留学时我们经常在一起玩，我帮你打个电话就行了。"

周谧努了下嘴："见你玩得那么开心，我就没说了，怕打扰你的兴致。"

季节叹了口气："你怎么这么乖呢？"

"对啊——"周谧说，"我一直都是这样的呀。"

周谧没想到，季节竟然直接将她带到了他亲姐家。

独栋洋楼像唐顿庄园里才会出现的黄色尖塔古堡，四面环绕着广袤的草坪和浓密的松林，路边的温室花房远远看去像只塞满五彩缤纷的丝缎的玻璃盒子。

被管家迎进屋子后，周谧开始后悔自己今早为什么偷懒不化妆。

这种懊恼在她见到季节的亲姐——季念后就变得更加强烈了。

季念留的是短发，她长得明艳，穿着酒红色的修身裙子，看上去很窈窕，皮肤紧致无瑕，三十五岁的年纪看起来绝对不超过二十五岁。而且她由内而外散发出来的气质也跟季节截然不同，她完全不介意别人发觉她的优秀之处与攻击性。

但她一开口，周谧就感觉自己凭直觉判断出来的内容是错误的。

季念很友好："你就是谧谧子？我们上次'三排'过。"

周谧回忆了一下："你是别打你……"看到本人后，周谧忽然不太好意思说出季念的游戏 ID 了，因为反差很大。

季念坦诚地接过话："是的，我是'别打你爹'。"

周谧："……"难怪声音那么耳熟。

一番寒暄后，三人在雕花木桌边坐定。

季念让人上了些极其精致的茶点。

季念拿起有野草莓图案的骨瓷杯，抿了口茶，笑眯眯地说道："下午一起'开黑'吧。"

季节捏了个浅绿色的糕点放在嘴里，含糊地道："下午我得走了。"

季念的脸立马由晴转阴，她拎起弟弟的耳朵说道："什么意思啊你？"

周谧说："我下午也要回拍摄场地。"

季念说："你怎么让你的女朋友这么辛苦呢？"

周谧无语了一秒，解释道："不辛苦，季节很照顾我。"

季节瞟了一眼周谧："我也想让她换工作啊。"

季念说："让她来我这吧。"

周谧眨巴眨巴眼睛。

季节双手交叠，姿态闲散地说："我正要跟你说这事。"

他歪了下头，微微一笑，对周谧说："我姐现在主理一个服装品牌，你可以去她那边的营销部门，这也符合你职业方面的爱好。"

周谧的面部僵了一下："啊？你已经在安排了吗？"

"对啊，"季节没有否认，"自从你说你打算年后离职后，我就在考虑哪里适合你。我想了想还是觉得我姐这边最好，所以今天带你来见见她，混个脸熟，以后也方便她照应你。"

他撑着脸，侧头看着周谧："还有不到一个月就要过春节了，你是不是应该考虑一下跟你的 leader 提辞职了？"

当晚，周谧以整理东西为由回了趟家，打算在家里住一晚。

她有些害怕回公寓后季节会再次催问她有没有打离职报告，所以选择了逃避。

身体里挤满了乱七八糟的复杂情绪，这些情绪正在把她的肢体往四面八方拉扯，这是一种力道甚微的刑罚，却足够让她逐渐土崩瓦解。

因为女儿好些天没回家了，所以汤培丽有些意外，便询问季节有没有跟着回来。

"他在公司呢。"周谧目不斜视，拎着手提包往卧室里走。

汤培丽看了她一眼，半信半疑地问："你是不是跟季节吵架了？"

周谧回眸道："没有好吗！"

汤培丽跟在她身后，絮絮叨叨地说："我现在看见你回来就害怕，你别又跟之前一样，谈不好感情，最后灰溜溜地跑了回来。你妈年纪虽然不大，但也经不起你这样折腾，也丢不起这个人。小季这个男孩子很不错，你要好好把握。"

周谧咬肌一紧，忽然失去了语言能力。

夜晚降临，周谧洗过澡，在客厅里跟季节通了个不到三分钟的视频电话，才赶跑了汤培丽摆在脸上一晚上的疑神疑鬼。

回到卧室，周谧双手托腮，茫然地在笔记本电脑前坐了很久。

醒过神来后，她打开微信，在跟珍妮的对话框中直叙来意：妮儿，我年后可能要离职。

珍妮几乎是"秒回"：？？？

她居然打脸地用了很多个问号。

周谧：你放心，这一个月的交接期我会竭尽全力把手里的两个项目做完，尤其是 BN 的项目，我一定会好好完成的。

珍妮很快平静下来，只是问道：原因？

周谧的目光偏离了屏幕几寸，失焦了一会儿，最后她选择坦诚：我男朋友不太想让我待在奥星。

珍妮回了个"憨笑"的表情，不知是被这个理由给逗笑了，还是在嘲讽她。

然后，她迅速而有条理地交代道：到企业微信后台"人事"那栏申请离职，HR 看到后会处理的。不过我猜你大概率会被 HR 叫去谈话，你记得坚持初心。

看到最后一句话，周谧确定，珍妮之前发的那个笑脸表情确实是在讥讽自己。

但周谧一个字都没反驳，只是轻吸一口气，道了声谢。

周谧打开企业微信，点开申请离职的界面，开始选择部门、组别、拟离职日期……

一栏接一栏地确认好内容，她往下拉页面，然后把双手放在键盘上，准备仔细地撰写自己离职的原因。

脑海中骤然出现了一片荒野，狂风肆虐其上，既迷花了她的眼，也让她难受到了极点。

周谧最小化了这个窗口，目光僵在电脑屏幕上，像一片毫无波澜的死海。

忽然她在电脑桌面上瞄到一个 PDF 文件，它的名字是"奥星求职简历"。

周谧思绪一滞，滑动鼠标将它打开了。

然后她整个人就僵住了。

她的一寸照被放在简历的最高处，里面的女孩正笑容灿烂地看着她。

她两边的头发被别在了耳后，眼睛明亮，看上去很有朝气，似乎对未来充满了希冀。

周谧身上的鸡皮疙瘩起来了，在奥星的这大半年时光中发生的事情历历在目，她的大脑仿佛被重新激活了。

她想起为了进奥星精心运营公众号，日日夜夜反复观看、学习各种广告案例的那个自己；想起通过面试后在楼下的树荫里转圈、恨不能手舞足蹈的那个自己；想起第一次做日报受到批评时微微脸红的那个自己；想起在会议室里提出创意，哪怕说得磕磕巴巴也走出了第一步的那个自己；想起与客户通电话后微微湿了手心的那个自己；想起翻看团队的每一个提案时情绪激动的那个自己；想起前 leader 叶雁失恋的那个早晨她转瞬即逝的眼泪，和被她的脆弱、勇敢打动的那个自己。

最后，周谧想起自以为处境最糟糕的那半个月，张敛把简历打开拿给躺在病床上的她看，还对她说："回忆一下做简历时的心情，做好了决定就别因为任何事轻易改变目标。"

不知何时，泪已布满了她的脸。

周谧用双手狠狠地抹了一下眼睛，霍然从椅子上站了起来。

她头也不回地跑出家门，也不管汤培丽在背后急吼吼地喊了些什么，就打车去了公司附近的高级公寓。夜风凛冽，她一路狂奔着冲上了楼。

打开门后，沙发上的年轻男人明显被她只穿着睡衣、面红耳赤的状态给吓了一跳，当即起身走过来，关切地问："宝宝，你怎么了？"

娜可与露露也一齐跑了过来。

周谧退后一步，上气不接下气地说："季节，我不想辞职。"

季节愣住了，眉心微微皱紧了："你白天不是答应我要辞职的吗？"

周谧吸了下鼻子，眼眶再度热了起来："是，但我还是想留在奥星。"

季节的目光暗了几度："我已经给你这么长的时间考虑了，我也以为你已经想清楚了，你怎么能突然反悔呢，还这副样子就冲了过来？"

这句话彻底击溃了周谧。

她站在那，唇瓣开始无法控制地颤抖起来："对不起，我真的坚持不下去了。"

季节没再说话，安静地看着她，似在等她说下去。

"我一直在瞒你，其实我就是这副样子，我不是你第一次见到的那种很可爱很听话的女孩子，我就是反复无常、敏感纠结、思虑重、满口谎言的人。"

她完全无法控制自己的情绪源源不断地从眼眶和嘴巴里滚烫地滚落出去："不知道是因为你是甲方，还是怕你对我失望，怕你在朋友面前丢面子，所以我不敢展现真实的自己，只好装出可爱、听话的样子。又或者这些都不是原因，我只是很害怕自己又因为之前的那种性格、那副鬼样子再一次失去一段感情。我已经经历过两段失败的感情了。"

周谧泣不成声，竭力让自己咬字比较清晰："我以为我能慢慢适应、慢慢接受这个崭新的、看起来似乎更好也更稳定的自己，可是不行，我做不到，我真的觉得很累，觉得很被动。周末我只想在家躺着，看书、看电影，但我不敢说，我怕让你失望。

"对不起。

"对不起，季节。"

她一遍又一遍地道歉："我欺骗了你，我不是你想象中的那种可爱的女孩子，我把生活和感情都弄得一团糟，我从来没好好地看清过自己，我永远在一条道上摔跤，永远不敢直面自己的内心，遇到事情就想着逃避，就想着得过且过，就想着挖一个坑去填另一个坑。

"我还想告诉你其实我一点都不乖。我怀过孕，我跟张敏的关系也不是你想象的那样，这事连我父母都不知道。我一直不敢说，我怕他们对我失望，怕你对我失望。"

周谧用腕关节胡乱地擦着湿漉漉的脸："我真的很感谢你，你对我那么好，那么温柔，教我拍照，带我游山玩水，带我打游戏，带我参加各种派对，在很大程度上还帮我克服了社交障碍，送我各种首饰、衣服、化妆品，让我比以前漂亮了好多倍，变成了那种会被人羡慕的女生。

"可不知道为什么，我就是不行，就是感觉不对劲，我试着融入你们，可我真的做不到。我觉得特别空虚，特别迷茫，觉得自己像菟丝花一样，只能依附着别人过日子，一点真实感都没有，但工作的时候我就很踏实，所以我这段时间一直赖在公司里。我承认，除了忙于工作，我很晚回去还有一小部分原因是为了躲开你，躲开这样的生活。"

她狠狠吞咽了一下口水，像要吞掉自己这么长时间以来的压抑感。

"真的很对不起，我想我大概还是更喜欢以前的生活，那样我能发出光和热，可以理直气壮地花自己赚的钱，买自己想买的东西，没有一点心理负担。别人介绍起我时也会说我的名字而不会说某某的女朋友。

"到处玩是很快乐、很无忧无虑，但是在奥星工作让我有安全感、有满足感，让我感觉有自尊、有价值，让我更加坚强、更加坚定，让我能更好地认识自己、成就自己。"

她止住泪，目光灼灼地说："我不知道我这么说你能不能懂我的意思，但我现在心里就一个念头，我不能再这样自欺欺人下去了。

"我一点都不想辞职。

"奥星是我的'初心'。

"我想留在奥星。"

「第二十八章」

FANZHUAN TONGHUA

还好吗

　　这一席话像灰白色的云烟，从身体里迅速地涌了出去，使得周谧的思绪平静了许多。

　　她整个人甚至有种豁然开朗的感觉。

　　胸口微微起伏着，她注视着季节。

　　男人也在看着她，这一秒钟，他脸上的情绪让她觉得有一些陌生，但不激烈。

　　他舒展开皱了好一会儿的眉，走向她："你先冷静冷静，你可以先不辞职，我不逼你。"

　　他的回答再一次让周谧的思绪沸腾了。

　　她的眼睛有一瞬间的黯然，声音里也充满了失望之情："我说的这些你能理解吗？我感觉你不懂我的意思。"

　　季节站在那里："你说的这些问题都是可以解决的。上个月我就说了，我给你换一家和奥星差不多的 4A 公司。"

　　他的神情依旧是平和的，像初春的湖水："如果你想跟我继续相处下去，我还是希望你能离开奥星，因为你在那里多待一天，你就可能多见到你的前男朋友一面，你还是会放不下他。"

周谧怔了一秒，随即皱紧了眉心："你到底有没有听进去我说的话？我不想离开奥星是因为它是我的理想，是我的'初心'，这和你说的其实没有多大的关系。"

周谧感觉自己从后颈到脊椎的这个位置像被冰水浇透了，整个人在发颤，也在变硬。

季节望着她："去别的 4A 公司同样可以实现你的个人价值，因为工作内容跟性质都是一样的。到底是奥星是你的初心，还是张敛是你的初心？几个月了，你自己弄明白了吗？"

周谧轻轻攥起了拳："我只想告诉你，我给奥星投简历的时候根本不知道他是奥星的老板。一开始打动我的作品就来自奥星，我是为此而来的，其他的 4A 公司不会有奥星的文化和风格。"

她深吸一口气："你总是帮我做决定，总是草率地给我的言行下定论，可你问过我的感受吗？"

季节说："那你又跟我说过你的感受吗？"

他徐徐叹了口气："说实话，我有点看不懂你了。"

周谧的眼眶慢慢有了一些存在感很弱的湿热感："现在你该懂了吧？我本来就是这样子的人。"

季节没再吭声，只是站在那里。

最后他走到沙发前拿起奶白色的针织毯，然后走到周谧面前，用针织毯将她完全包裹起来："冷吗？别感冒了，今天就在这边休息吧。"

周谧的身体僵硬了一下："我还是回家吧，你考虑一下我的话，好吗？"

季节摸了摸她冰冷的耳朵，然后帮她焐耳朵："好，我会考虑的，你待在家里吧，我回家住一晚。我也希望你能为我考虑一下，我不喜欢跟人起争执，更不想我们弄得很不开心。"

周谧安静地盯着他白净的面孔，不想再说话了。

这是他们谈恋爱后第一次吵架，平时两人之间很平静，像四月的天气，没有严寒，也并不滚烫。

季节又去焐她另一只跟冰块一样的耳朵，说："说真的，我有点被你吓到了。"

周谧心生愧疚："抱歉。"

季节很轻地把她搂到怀里："我们都冷静一下，我带娜可、露露去华郡休息一晚，外面太冷了，你别再出去了，就住在这边吧。"

周谧靠着他的肩膀，搂住了他的腰："算了吧，挺麻烦的。"

季节答应了。

但这个晚上，两个人都没再讲一句话。

直到眼皮打架、昏昏欲睡，周谧都是一个人躺在卧室里，而季节始终待在客厅里。

仿佛跨过了一个分水岭，这一天过去后，季节不再带周谧出去参加活动了，也不再约她游山玩水，或寻找各种有趣、漂亮的地方取景了。

周谧的生活不再是五光十色的了。

像墙面的涂鸦或身上的文身被人清理掉了，她的生活迅速恢复到一种单纯的状态。

她会在公司里工作到很晚，也不再隆重地化妆了，只会在脸上浅浅地涂一层隔离霜。

她渐渐地从季节的朋友圈里消失了，不再成为他展示的重点内容，可爱的娜可和露露重回主场。

他们的分享欲日渐衰退，因为彼此的生活不再有重叠的部分，因为无人甘愿配合和妥协。

周谧十分清楚，自己周遭的一切并不在季节的喜好范畴内，而季节自以为能带来快乐的相处模式其实她早已厌倦。

珍妮其实极少打听下属的私生活，这次她却有些好奇地问了："你不辞职了？"

周谧淡淡地"嗯"了一声。

珍妮没有询问下去。

慢性、干冷的互耗让这段关系变得十分脆弱，甚至不曾给两人带来饥饿感，两人始终处在三分饱的状态，开始不温不火地减重。

这一年的除夕，不出意外的，周谧收到了季节的分手短信。

那是很长的一条消息，文字占据了整个聊天界面，处于消息开头的称呼也不再是"宝宝"或者"谧谧"了：

周谧，我考虑了快一个月，还是决定跟你说清楚。

在你跟我挑明的那个夜晚之前，我一直没觉得你跟我在一起不开心。当然我也发现有时候你会不在状态，但我认为你只是放不下你的前男友。我也有过深刻的感情经历，所以也不是完全不能理解和接受这一点。

我坦白我最开始对你产生的感觉并没那么纯粹，有一见钟情的成分，但也有发现你跟你老板的关系后产生的兴趣和征服欲。我很好奇你这样的女孩真实的一面到底是什么样子的，为什么可以跟高层建立这样密切的关系，所以开始追求你。

同时，因为我们确立关系时态度也没有那么明确，所以我迫切地想把你领入我的世界里，我想把最好的一切都给你，想让这些快乐覆盖掉之前的那些茫然和伤痛，想帮助你转移视线，帮助你走出上一段恋情，想让我自己尽快成为你的百分之百。我以为我会成功，却让你陷入了另一种痛苦中。

这段时间我一直在思考怎么找到我们之间的平衡点，但我发现我没办法，我有自己的生活，有自己的兴趣，有自己的使命，自我懂事以来我就是这样生活的。当我们都为自己活着的时候，我们就会失去交集。

很多次我试着说服自己，但我依旧没办法接受你一直待在奥星，我不是一个完全大度的人，我也有正常男人该有的占有欲，但我想，你这段时间甚至今后都不会辞职吧，我也不愿再强迫你。

所以我们只能走到这里了。

明天就是新年了，希望你我都开心。

周谧把这条消息反反复复地看了无数遍，然后用手捂紧口鼻，任眼泪汹涌流出。

这眼泪无关释怀或者解脱，而是出于感动，出于一种发自肺腑的感动。她前两段感情都痛入骨髓，不清不楚，收场不美好，让她心有不甘，唯独和季节的这段感情真正做到了善始善终。

她跟他说：谢谢你。也祝你新年快乐，每一年都开开心心的。

回完这条消息，周谧蜷起腿坐着，一副若有所思的样子。

等泪痕慢慢风干后，她从椅子上跳下去，趿着拖鞋，大步流星地往客厅里赶。

父母正并排坐在沙发上看春节联欢晚会，见她出来，不约而同地瞪大了眼睛。

周谧站定，挡住了大半个电视机。

起初汤培丽直挥手，叫她挪开点位置，随后注意到她微红的眼圈。

"怎么了啊？"汤培丽关心地问道。

周谧握起拳头："趁着十二点到来前，我想宣布两件事。"

见她这般郑重其事的样子，汤培丽的太阳穴开始跳了："什么事？"

周谧字正腔圆地说："第一件事，我跟季节分手了。"

汤培丽吃惊地张了张嘴，刚要出声，就被女儿打断了。

"第二件事，过完年我就搬出去，我要自己租房子住。"

说完，她就雄赳赳气昂昂地扭头离开了。

汤培丽噌地站起身想跟过去说周谧两句，却被周兴拽住了。

他皱着眉把她按在原处："都倒计时了，你跑什么啊，今年还要不要跟我一起跨年了？"

汤培丽忍气吞声地坐了下来。

零点整，周谧将精心编辑的，加了不少表情的除夕祝福短信群发了出去，只给重要的长辈或朋友安排了与之对应的专属信息。

花里胡哨，这是张敛收到周谧群发的消息时产生的第一想法。

荀逢知正在一旁看春晚、舔雪糕，无意间瞟见儿子盯着手机旁若无人地勾着唇微笑的样子，不由得问道："你有新情况了？"

张敛抬眸，神情瞬间恢复了冷淡："没有。"

荀逢知嗤笑一声："你觉得我信吗？没有新情况就是老情况。"

她三下五除二地把雪糕吃完，举起了自己的手机，念叨着："让我来看一看——"

然后她啧了一声，故作惊讶地道："咦，我学生还单独给我发了条祝福短信呢。"接着她大声地把信息朗诵了出来，"荀老师，春节好，愿您新年胜旧年……"

她含笑问儿子："你收到你员工单独发给你的祝福短信了吗？"

张敛充耳不闻，侧头去看电视。

他的手肘挨着沙发扶手，样子散漫。

"周谧的朋友圈里怎么没她的男朋友了，两个人分手了？那小伙子生得很不错，我还蛮喜欢看他俩的合照的。"荀逢知面露担忧之色，"唉……估计小姑娘又要在家哭了，大过年的，我都跟着难受了，这么好的女孩子，情路怎么就这么坎坷呢？"

张父给荀逢知剥了一个橘子，笑道："你行了啊。"

荀逢知接过橘子，掰下一瓣放进嘴里："新年，新开始，有些人真是坐得住。"

张敛回头瞥她一眼，直接离开了客厅。

临睡前，周谧收到了张敛的信息。

她将自己反锁在房间里，以防妈妈后劲上来了，又冲进来唠唠叨叨地数落她。

正值新春佳节，好友列表里许多人都换上了大红色的、求财求福的喜庆头像，所以男人看起来一点也不吉利的头像跳出来时，周谧被惊得双眼都瞪圆了。

而且这会儿已经是凌晨一点多了，最热闹、喧嚣的时段已经过去了，正是万籁俱寂的时候。

他回了四个字：新年快乐。

周谧不知道说什么，又觉得这样冷着他不回复也不太好，最后选了个"可爱"的笑脸表情发了过去。

张敛：还没睡？

周谧慢悠悠地打着字：嗯，你也没睡吗？

消息发出去后，她才发现这个问题显得她十分弱智。

张敛很快回复了：嗯。

他又问：你还好吗？

周谧当即明白他问的是什么，咬了下手指，呆了片刻回道：还好吧。

聊天框里安静了一会儿，他的消息才跳出来：早点睡。

周谧瞄了一眼朦胧的夜色，忽然发现自己忘记拉窗帘了，窗户像个黑色的大眼睛，正在看着室内。

她下了床，哗啦一声将夜幕完全隔绝于外，才站在那里回复道：好，你也是。

春节假期过后，跟前 leader 叶雁预测的一样，周谧晋升为 SAE（高级客户执行），各种琐碎的杂活不再由她干，她开始与客户进行对接，开始了解客户们的各种需求，及时与他们沟通并严格执行方案。

也许是过了个春节的缘故，与季节分手的消息并没有像他们公开关系那样在公司里掀起轩然大波，偶有熟悉的同事偷偷问起来，周谧也只是笑着用一句话简略地概括了：不合适就分开了。

周谧一直在找可以长租的单人公寓。她不想跟人合住，因为不认识的室友带来风险的概率太大，她难保不会遇到什么难相处的奇葩，到时她又要受煎熬、换房子了。

离公司近的公寓一个月的租金得六七千块，快赶上她的月薪了。

太远的公寓租金便宜是便宜，但出行不便，她可不想每天都跟逃难似的去上班。

周末，贺妙言陪着她找房。

之前一到假期，周谧就跟季节黏在一起，根本无暇约见朋友，所以她和贺妙言都生分了一些，但贺妙言对此并无怨言。

周谧攥着贺妙言的双手连连撒娇。

贺妙言抽走手冷哼道："有什么好道歉的？你以前跟路鸣谈恋爱时不也是这个样子？见色忘友，见色忘义。"

周谧："……"

不过周谧的运气还不错，她最后找到了一间价格适中、家具俱全、南北通透的四十平方米的小公寓。这个公寓跟公司只隔了几站路，因为房东家里有事所以急着出租。

双方碰面后，周谧将平常跟客户商议报价的那套绝活用了在跟房东讨价还价上。

房东被她讲得一愣一愣的，最后选择将房屋租给她。房东还一遍遍地强调是觉得她合眼缘才让她租的，毕竟想要租这间房子的小年轻比比皆是。

周谧笑眯眯地道了谢。

三月初，周谧空出一个周末，谢绝了老妈帮自己收拾新居的好意，花了一个下午的时间和朋友收拾、布置新窝。完事后，两人累得瘫在床上直哼哼，有一搭没一搭地聊着天，既回顾往事，也展望将来。

躺了一会儿，周谧下床去冰箱里拿了两瓶橘子味苏打水，插上吸管后，递了一瓶给贺妙言。

两人并排坐在床边，喝苏打水。

房间里积满了像温水一样的阳光，而她们坐在一只淡粉色的小舟上，双双把地板当成了湖面，晃动着双腿，相谈甚欢。

汽水见底的时候，周谧叹息一声，说道："早知道租房要花这么多钱，当初我就不该买那个名牌戒指，那些钱够我交五个月的房租了。"

贺妙言嗤笑一声："你这都啥心态啊？"

周谧想了想说："大概是——当事人非常后悔的心态。"

她后悔归后悔，生活总是要步入正轨的。

接下来的大半个月，周谧切身体会到了独居的好处，自从她学会跟自己相处后，孤独就不再是孤独了，而是一种纯粹而有效的自愈与自足。

夜深人静的时候，周谧的心如同一个绿宝石色的无人岛屿，十分平和、宁静，不再有波涛汹涌的海潮拍打它，干扰她的思绪，岛屿四周的海滩干燥而平整，闪耀着银白色的光泽。

几日后，一场罕见的台风在温市沿海地区登陆了，也影响了宜市。

不到傍晚，窗外的世界如末日题材影片里的场景那般黑了下来，乌云恣意挤压着天空，狂风大作，有同事急匆匆地开了灯，也有人飞奔到窗口拍照。

周谧正专心地撰写着项目总结报告。她第二次侧头看向窗外时，雨点已经像发怒的乱拳一样砰砰地砸落在玻璃上。

"好吓人哦——"过来找周谧的设计师喊了一声。

她在周谧旁边俯下身来："哪里不对劲？"

周谧关掉文档，点开聊天记录里那个初版 KV（广告活动最主要最核心的视觉设计稿）："slogan 在正下方或者正上方，剪影里是产品原料，这些都是可以的，但配色看起来太'撞'了太'跳'了，消费者容易被色彩吸引从而不再注意原材料这个卖点。客户想要更统一、和谐的画面。"

设计师点点头："明白了，我去改。"

周谧笑着鼓励她一句，继续忙自己的工作。

临下班时，外面的风雨仍未停歇。

周谧刚巧又接到了收发室的取件短信，她在网上购买一箱生鲜时不当心选错了地址，现在这箱生鲜已经寄到了公司。

她欲哭无泪，收拾好东西，抓着伞，下了楼。

外面的天气远超她的预料，霓虹在风里颤抖着，流光溢彩的高楼大厦被雨水淋成了湿拓画。

周谧咬了下手腕上的黑色发圈，将头发随意绾起，扎了个低髻，而后顶着风去了收发室。

那是她趁着打折购入的一盒六斤重的攀枝花枇杷果，盒子比她预想的要大很多。

收发室的婶婶直接问：“你搬得动吗？等雨停了再走吧。”

周谧单手抱住盒子，瞄了一眼门外说：“这雨都下了几个小时了，还不知道什么时候停呢。”

她拿起放在地上的小黄伞。

婶婶忙替她掀开厚重的门帘，叮嘱道：“慢点啊。”

周谧道了声谢，把伞当成盾牌，挡在自己身前，一步步往公交站台走去。

将箱子暂时放到站台的长凳上后，周谧打开打车软件准备叫车。两分钟后，她退出并关闭打车软件，问自己为什么要抱有期待？平常这个时间都叫不到一辆车，更遑论现在天气这样恶劣了。

强风好几次将小伞掀翻，周谧只得不厌其烦地一遍一遍将它掰成原来的样子。

几番折腾，头发和衣服湿了将近大半，她整个人狼狈得很。

第五次恼火地重复了相同的动作后，周谧索性将伞收了起来。现在她连做这个动作都是费劲的。

刚要抬头，她突然听见有人叫自己的名字。

“周谧。”

这声音很耳熟。

周谧诧异地抬眸，一辆豪车不知何时停在站台前，车身被雨水冲刷得黑亮耀眼。

驾驶座上的人从车窗里看了过来，语气不容置喙地道：“上车，我送你回去。”

周谧怔怔地看着他，一时半刻不知做何反应，有一秒钟，她在思考要不要拒绝他。

随后这个念头脱口而出，她婉拒道：“公交车估计一会儿就来了。”

然而对方只是与她对视了一眼，就很快下了车，从那边绕了过来。

张敛停在周谧面前，目光未在她的脸上做过多的停留，就注意到她身后凳子上有水果图案的箱子：“这是你的东西？”

雨水很快让他漆黑的发梢缀满了剔透的水珠。

周谧盯着他湿漉漉的睫毛，"嗯"了一声。

张敛走过去搬起箱子，又回到了她跟前："你还想淋多久的雨？"

两人对峙了几秒，周谧注意到张敛灰色开衫上逐渐多起来的斑驳水渍，不好意思让他再淋雨，就点了点头。

杧果被张敛放置在后备厢里。

上车后，他抽了几张棉柔巾，让周谧擦拭一下。

周谧道了声谢，拿起纸巾仔细地抹了抹额头和发鬓。

张敛目不斜视地问："你现在住哪儿？"

周谧瞥了他一眼，报出小区的名字。

车里开了暖风，一路上两人都没说话。

到小区楼下时，雨渐渐大起来，似铺天盖地的瀑布。

张敛一言不发地下车去后备厢拿快递，周谧忙撑起伞跟了上去，明黄色的伞似一朵羸弱的小野花，被风撕来扯去的，根本盖不住刻意保持着距离的两个人，等他们并肩冲进楼道里时，才在车里干了几分的头发和衣物再度变得湿漉漉的。

走进电梯的两个人都有点狼狈。

周谧偷瞄了一下张敛，低头用伞尖在地面上画出一个又一个的小圈，有几分无所适从。

打开公寓门，张敛将快递箱子递给她，眼睛也没四处乱看，而是平视着她说："我先走了。"

屋里没有男式拖鞋，周谧把钥匙挂好，躬身将箱子放到地毯上，回头喊住了他："你……擦一下再走吧，别感冒了。"

张敛看了过来，眉目因雨水的浸透更显清晰。

周谧避开了他的视线，扭头去卫生间里找毛巾。她选了条比较大的纯棉的天蓝色毛巾，又忙不迭地走了出来。

风似闹情绪的小孩一般，把门板吹得摇摇晃晃的，并坏脾气地往室内跑去，带起一阵混乱。

张敛还立在门外，看起来像水粉画里那种坚固却孤单的灰色水塔一样。

周谧的心头没来由地泛起一股酸涩，她叫他先进来，随后将门带上，又垂下眼把毛巾递了出去。

张敛一声未吭，把毛巾接了过来。

周谧刚要转头给他倒点热水，就感觉胳膊被他轻拉了一下，心跳漏了一拍。她还没反应过来，就被他拉回了原处，松软的毛巾随即迎头罩了下来。

张敛很自然地给她搓起了头发，以一种不轻不重，很舒适的力度。

其间，垂下来的毛巾不时地擦过她的耳郭，她感觉痒痒的。

周谧的心脏开始剧烈地抽搐，她下意识地缩起下巴和脖子，想要躲开他，却被男人抓住下颌部位控制住了。他骨节分明的手指开始隔着毛巾轻轻擦拭她眼下的水痕。

他眼睛一眨不眨地注视着她。

周谧无法动弹，站在那里由他擦拭着自己。

她口干舌燥，感觉自己体内的水分快被他温柔的动作给泵光了。

周谧忍不住舔了舔唇。

女生的双唇立马变得更加艳丽，像一小瓣鲜红的玫瑰。

张敛喉咙微微收紧，稍微移动了一下目光。

周谧始终低着头，完全不敢看男人的双目。方才不当心地瞄了一眼，她觉得自己要被灼伤了。

刀刃般的高楼将呜呜的风割断了，外面传来怪兽嚎叫般的咆哮声。

可在这个狭小、昏暗的玄关里，他们却能清晰地听见彼此的呼吸声。

周谧穿着贴身的肉粉色毛衣，所以她胸脯起伏的幅度要比张敛的大。

她本就雪白的脸慢慢有了颜色，渐渐变得如同蜜桃一般。

张敛垂下手，将毛巾叠了两下，递给了她："好了。"

"谢谢……"周谧接过去，不知如何是好地用手梳理了几下额前乱蓬蓬的发丝，过了须臾才后知后觉地摸了一下毛巾，说，"毛巾有点潮了，我给你换一条。"

话音刚落她就匆忙转身，走进了卫生间。急不可耐地跨过门砖时，她脚底都有点打滑了。

张敛注意到了这一点，唇角微弯，说道："不用了，我先走了。"

周谧够毛巾的手一顿，她探出头来问："你要走了？不喝点热水吗？"

张敛应道："嗯。"

"你早点休息。"沉声说完这句话，他开门离去。

男人关门的动作很轻，几乎让人听不见响动。

周谧愣愣地看着，猛地想起了什么，忙抓起伞桶里的小黄伞追了出去。

"张……"生怕他已经进了电梯，她毫不犹豫地叫出了声，随即顿了一下，改口道，"老板——"

咣——

一声巨响。

立在走廊里等电梯的高大身影侧过头来。

周谧站住，面露惊恐之色，瞪大圆眼转头去看自己公寓的小门。

门扉紧闭，是走廊里的风在恶作剧。

出来得太急，周谧没带钥匙。她哈了一口气，懊恼地用手捶了一下脑门。

张敛似乎注意到了这一点，快步走回来，判断道："你没带钥匙是吗？"

周谧不答，只是将双手握着的伞交了出去："这个给你。"

张敛没忙着接伞，而是瞥了一眼周谧的房门，取出了手机："我帮你打电话叫开锁师傅。"

周谧也连摸了好几下自己的裤兜："没事的，你先回去吧，我可以自己打电话。"

说完，她怔住了，发现手机早被放进帆布包里了，她并未随身携带。

周谧不声不响地抿紧唇，轻拍两下身侧以缓解尴尬。

张敛看破不说破，稍微急促地呼吸了一下，便径自拨通了电话。

挂断电话后，他垂下眼看着她："天气不好，师傅说他最快也得一个小时才能到。"

周谧"哦"了一声，嘟囔着："让你操心了，我在这儿等他，你先回去吧。"

张敛恍若未闻："我陪你吧。你没手机，他到了怎么联系你？"

周谧无话可说，认命地扫了一眼空荡荡、昏暗的走廊："那你要跟着我站一个钟头了。"

张敛环视了一下四周，视线停在不远处的安全出口标志上："我们坐楼道里等他吧。"

周谧跟着看了过去，没再拒绝他："也行。"

楼道里的温度并不高，窗户半掩着，高高地嵌在墙内，雨水无孔不入地渗了进来。

这个高度，一般人还真不太能够得着，但张敛个子高，手臂稍抬，微用点力，便顺利地将两扇窗并拢了。他耐心地插好铁闩，才走回原处。

沿途他脱下开衫，将之披到了周谧的身上。

周谧一愣，回眸看他，男人上身只余一件干净的白衬衣。惊讶之余她没有拒绝他，除了不合时宜这个原因，她也是想着他可能不会同意。

张敛坐下来，三道阶梯才容纳下他无处安放的长腿。

周谧也抱膝而坐。

两人隔着一小段距离，只要彼此不做幅度偏大的动作，就不会碰到对方的身体。

周谧百无聊赖，用余光悄悄打量起张敛，男人依旧洁净、高贵得像是不该出现在这种污浊、简陋的环境里。过了会儿，她侧过头去："地上会不会太脏了？"

张敛瞟了她一眼："你不也坐着吗？"

周谧无法反驳："嗯。"

她盯着他冷白色的侧脸，又关心地问道："那你冷不冷啊？"

张敛回："还好。"

两人相安无事，亦无话可说，走廊里只有风雨声在回荡着。

张敛眼睛微斜："无聊吗？"

周谧看了回去，坦白道："有一点。"

张敛抽出手机，解开锁，打开一个视频软件，把手机递给了她："找部电影看。"

周谧努了下嘴："你想看什么？"

张敛说："都行，随你。"

周谧用手指滑动着屏幕，毫无头绪地说："可我也不知道要看什么啊，好多高分电影我都看过好几遍了，还是你选吧。"

张敛沉默了一会儿，提议道："上次我们在电影院没看完的那部电影，今天就把它看完吧。"

周谧浑身一僵，回忆悉数涌出来，她脸颊微烫，目光闪烁地搜索起那部电影的名字来。

开锁师傅到得比想象中的要快，他们仍没将这部电影看完。

中年男人套着深蓝色的雨衣，整张脸都湿透了，但依旧好脾气地替周谧打开了门锁。门一敞开，周谧就飞跑进去翻手机，又忙不迭地奔出来问中年男人要付多少钱。

张敛并没有抢着付钱，也没有留下来喝热水，跟周谧简单道别后，他跟开锁师傅一道下了楼。

窄小的房屋里重新安静下来，周谧如释重负地坐回书桌边。

今晚的一切像一场梦，男人的白衬衫自带柔光，伴随着春雨的涨潮，万物的湿润，令人一阵恍惚。

不知眯着眼怔了多久，门铃急促响起打断了她的浮想联翩。

周谧微惊一下，跑了过去，从猫眼里向外窥视，看到对方明黄色的头盔和外套后，她问："是谁啊？"

"外卖！"对方高声回道。

周谧疑惑万分，就让他把东西挂在门把上。

过了五分钟，她才打开门，小心地将那袋东西拿了进来。

塑料袋轻飘飘的，似乎怕里面的东西被淋湿，袋口打了很结实的死结。周谧解了好一会儿未果，只能找出剪刀将之绞开了。

里面是一个白色的纸袋，袋子上印着药房的名字，她撕开袋口，发现里面是几盒家中常备的预防感冒、发烧的药物。

周谧顿了一下，旋即猜到是谁下的订单。她取出手机给他发信息道谢，并说：其实这些药我这里都有。

对方回得很快：记得吃。

周谧挠了下额角，嘴唇扬起来又撇下去，说不上心里是什么滋味地回道：你应该买给自己，你头发没擦，热水没喝，还在楼道里挨了那么久的冻。

张敛：家里也有。

周谧：哦。

她又问：你应该到家了吧？

张敛回：被堵在路上了。

都过去四十分钟了，周谧看看疾雨掠过的窗外，忧心地问：那怎么办？

那边的人不以为意地回道：你再跟我聊会儿天。

「 第二十九章 」
FANZHUAN TONGHUA

晚安，周谧

最终，周谧没有回这条消息。

洗完澡出来时，外面的风雨小了很多，像终于被安抚住的婴儿，不再鬼哭狼嚎地拍打窗户了。

周谧对着镜子猛搓头发，她又湿又黑的长发如翻涌的墨汁，渐渐地，她的动作慢了下来，最后完全停了下来。

她望着镜子里的自己，眼睛逐步失焦了。

脑中闪过去年她还在华郡时的一幕场景，那晚她刚洗完澡，张敛也像今晚一样，立在背后用毛巾替她轻揉着头发。

灯光暖黄，两人的脸一高一低，他们一起注视着镜子中的彼此，然后心照不宣地弯着眼笑起来。

镜子里的他们像画里的人，或是一帧剧照，他们这样看了很久很久，久到她忍不住依偎在他的怀中。

后来，张敛把毛巾取下来，放到洗脸台上，沿着她的发梢一点点地往下吻去，她的鬓角、耳尖、耳郭、耳垂……最后他握着她的上臂，将脑袋埋在她肩颈衔接的位置，深深地呼吸着，投映在镜子里的他像在嗅一朵极为珍贵的白色花朵，有种致命而诱人的沉迷感。

这种沉迷感令人腿脚发软，酥痒难耐，她害羞得直笑，笑得浑身打战。

周谧移开眼，面色微黯地吹干头发，拎着脏衣篓往阳台走去，沿途又把椅背上的张敛的开衫拎了起来。她翻看了一下后领内侧的标签，看到上面黑字的英文字母时，顷刻间无语了。

周谧取来一个木质衣架，将开衫平整地撑好，挂进自己的衣柜里，而后拿起手机给张敛发消息：开衫你急着要吗？我明天把它送到干洗店里，估计得过两三天才能取回来。

过了几分钟，张敛回道：不急。

想了想，周谧不放心地问：你到家了吧？

张敛回：嗯。

周谧：哦，早点休息，晚安。

张敛：晚安。

晾好衣服，周谧躺回床上，认真翻看了最近手头上的新项目——RZ 耳机的几个竞品的官博，将他们最近发布的还算不错的海报和视频一一保存到相册里。

这场少见的台风来势汹汹，令人措手不及，第二天的天气仍不尽人意。

天公不作美，原本安排好的一个户外拍摄活动也不得不往后推迟了，周谧坐在工位上，仔细查询着未来一周的天气情况。

下午两点多，珍妮组织创意部那边开了个创意会，大家有说有笑的，一边"脑暴"一边"吹水"，时间不知不觉过去了一个多钟头。

中途，张敛的秘书从外面经过，珍妮忙冲到门边叫住她："Lilith ！"

Lilith 回头问："什么事？"

珍妮说："我上午给你的东西你拿给 Fabian 签字了吗？"

Lilith 说："Fabian 发烧了啊，吃药没压住，下午去输液了，今天应该不来公司了。"

珍妮"啊"了一声："好吧，祝他早日康复。"

周谧随意地晃着笔的手一顿，微微垂下了眼睑。

散会后，周谧回到工位上，接着做提案 PPT。确认自己心神难安后，她拿起手机，打开与张敛的微信对话框，编辑了一条消息。

纠结片刻，她还是选择将这条消息发了出去：听说你生病了，这会儿你怎么样了？还好吗？

好一会儿张敛才回复道：不烧了。

周谧心微微放下了：那就行。

看着重新安静下来的聊天界面，她突然心生烦躁，不知是因为负疚还是因为其他。她飞速地打着字，像在跟谁发脾气一样：你就不应该把开衫给我，我还要把它还给你，真够麻烦的！

张敛很快回道：那我该怎么做？

他又发来辨别不出情绪的一句话：到时候我去取吧。

周谧不再作声，抬起手撑了会儿鼻头。片刻后，她把手机放回原处，喝了一口水稀释了一下焦灼的情绪，才专心工作起来。

晚上八点多，周谧起身离开公司。外面，细雨不厌其烦地下了一整天，到处都朦朦胧胧的。

她手里撑的是家里另外一把轻便的遮阳伞，这伞也算勉强派上了用场。

搭上公交车后，她走到最后找了个位置坐定，车才行了一段路，她的手机忽然响了，屏幕上显示的是一行数字，应该是陌生来电，但一看末尾的四位数字，周谧立刻就知道对方是谁了。

她接起电话："喂。"

张敛的声音响起来，微微有点干涩，但不掺半分倦怠感："你下班了？"

周谧"嗯"了一声，侧头凝视起车窗上的水珠。

它们乱七八糟地蔓延着，将满城灯火暧昧地凝聚其中。

张敛问道："在家？"

周谧说："路上，我刚上车。"

张敛说："我在你住的这个小区这边，我把伞还给你。"

周谧微怔了一下，不自觉地提高了音量："你在医院待到了现在？"

张敛说："我刚从客户那边回来。"

周谧说："哦。"然后她看了一眼路标，道，"我估计还有二十分钟才到。"

张敛："好。"

周谧在小区附近的公交站下了车，踩着湿泞的路走着。她刚要撑开手里的折叠伞，动作倏然顿了一下。

她看到了广告灯牌前瘦高的身影。

张敛居然已经在站台上等她了，他握着一把黑色的大伞，英俊的脸一半藏在了阴影里，似晦暗不明的月。

嘭——

周谧撑开自己的伞，走了过去。

外面的雨从豆子变成了细丝，打在伞面上的声音微弱而绵密。

张敛也朝她走了过来，两人隔着不近不远的距离停了下来。对视片刻，张敛将手里的东西递了过去。

那是一把崭新的雨伞，折叠得很规整，伞布层层叠叠，一点不乱，伞柄是精致、高级的兔子头木雕，看起来颇有质感，卡其色的面料将男人的指头衬得越发苍白。

周谧没有接伞，只是问："我那把黄色的伞呢？"

张敛声音平淡地道："有根伞骨坏了，我给你买了一把新伞，这把伞挡风一些。"

周谧平静地看着他："我不要这个，我就要我那把黄色的伞。你不会把它扔了吧？"

张敛说："下次带给你。"

周谧沉默了，几秒后，她把他手里的伞抽了过来："不要了，就这个吧。"

张敛几不可见地勾了下唇。

她多看了他两眼，留意到他还挽着黑色针织衫的袖口，便问道："你还在发烧吗？"

张敛摇了摇头。

疾病让他的眉眼柔和了几分。

周谧有点不信："真的吗？"

张敛轻描淡写地道："不信你可以摸一下。"

周谧哑然了。

又是一片短暂的寂静，周围只剩微寒的雨落下的声音和路面上车轱辘碾过去的声音，周谧扭头看了一眼马路对面，回眸问道："你吃晚饭了吗？"

张敛说："还没有。"

"对面有家潮汕粥铺，"周谧掂掂手里的新伞，声音平淡地道，"我请你，就当谢谢你了。"

坐进店里，两个人的身体都逐渐暖和起来。

周谧把简单到不能再简单的手写餐单递给了张敛，然后仔细擦拭起木桌上的油污。

余光捕捉到男人的胳膊肘就要放在桌边，她忽然不能容忍地打断了他的动作，抽了张纸巾替他抹起桌子来。

张敛盯着她，眼里出现了笑意。

周谧坐回长凳上，神不知鬼不觉地移开了目光："看菜单，别看我。"

张敛的视线重新落到了餐单上："你想喝什么粥？"

周谧开始用开水烫碗筷，想了想，说："他家的海鲜砂锅粥比较好吃，"她看向他，"而且你之前发烧了，胃口肯定不好，东西鲜一点更开胃。"

张敛说："那就这个吧。"

周谧应了一声，抬手招呼老板娘。

搬来这边后，她只来这家店吃过四次，但因为出众的容貌容易给人留下深刻的印象，所以老板娘很快记住了她。见她大晚上的带了位帅哥过来，老板娘不由得打趣道："靓女，这是你男朋友啊？"

周谧连忙否认："不是，同事。"

张敛没有言语。

周谧没拿菜单，点了一锅粥，又点了三样小菜。

老板娘笑眯眯地记下来，刚要离位，张敛忽然叫住她，让她再拿一双筷子过来。

老板娘疑惑地眨了眨眼。

张敛指了指自己的咽喉："我有点感冒。"

老板娘恍然大悟地道："可以可以。"

周围再度安静下来，周谧无话可说，从卫衣兜里抽出手机，旁若无人地刷起了微博。

过了片刻，她从屏幕后分出一部分视线，偷瞄张敛。

男人正平静地抿着热水，似在润喉咙。

她觉得他的脸不如昨晚那么白净，好像还微微地泛着点红，不由得放下手机，皱眉问道："你真的不烧了？"

张敛斜眼看过来，没有作答。

下一刻，他忽然握住她的手腕，扯了过去，径直将她的手背贴在自己的额头上。

"还烧吗？"他目不转睛地看着她。

周谧根本感觉不出来，她浑身的血液全部往脑部奔涌，统领了她的所有思绪，她的心脏像失控的弹珠一般上下狂跳，让人抓握不住。

她咽了咽口水，使劲挣扎了一下，他就放开她了，只是视线仍落在她通红的脸上，然后淡淡地评价道："你才像发烧了。"

周谧低下头去，把手机举起来当挡箭牌。

想了想她又放下手机，呛了回去："谁突然被这样搞不吓到脸红？"

她环顾一下四周还算忙碌的人："别的桌上也有女生，你对她们做同样的动作，看她们的脸红不红。"

张敛微微一笑，看似不解地问："我为什么要对她们做同样的动作，关心我发烧不发烧的不是你吗？"

周谧一手拈起一根筷子，不再吭气。

老板娘端上来一大锅热气腾腾的海鲜粥，周谧放弃原本打算给张敛盛粥的想法："你自己来，我不知道你要吃多少。"

张敛把她的碗拿了过去，先帮她舀了半碗粥，又用公筷夹出一只虾、一只蟹，放入黏黏的米粥里。

周谧双手接过去，语气听起来完全不像在道谢，她吊儿郎当地说："谢谢哦。"

张敛给自己盛了一碗粥，舀了一勺放在嘴里。

周谧留意着他的神色："好吃吗？"

张敛不咸不淡地道："还行吧。"

周谧熟练地判断道："看来是不觉得好吃。"

张敛看向她："应该是生病了嘴里没味道的原因。"

周谧点点头，表示认同："我觉得她家的还是蛮正宗的呢。"

她将整碟的菜脯往他面前推了点："那你多吃点配菜，调节一下口味。"

张敛看她一眼，用公筷夹了两条菜放在碗里。

周谧满意地翘起唇，低头吃自己的。

两人慢慢悠悠地吃完大半份砂锅粥，基本上饱了。周谧去收银台跟老板娘结了账，再回头时，张敛已经背着身立在门外了。

她怔了一下。

不知为何，她的心脏总是会为他形影相吊的样子遽然一紧或者一沉，像在阅读一个哀伤的故事。

可在遇到她之前，他也一直是一个人啊。

周谧走到他身边，雨已经停了，路灯将地面映照成波光潋滟的湖。

张敛问："好了？"

周谧说："嗯。"

两人并排往小区正门走去，周谧往他那边看了一眼："你车停哪儿了？"

张敛说："我让你们门卫找了个临时停车位。"

周谧"哦"了一声，又问道："要交钱吗？"

张敛说："一个小时三十块。"

周谧下意识地惊呼一声："这么贵？早知道吃快点了。"

张敛哼笑一声。

周谧表情立收，换种语气吐槽道："以后别来了。生病就算了，还花了这么多钱，你那件倒霉的毛衣，放干洗店里进行护理店主还要收我二百五，我整个人都快成二百五了。"

"那你给我送过去？"张敛用上级的口吻叮嘱道，"对了，记得把发票一起带来，不然不给报销。"

周谧到家后，张敛的微信消息不期而至，仅隔了半个钟头，他告诉她：到家了。

周谧刚回完客户的邮件，她边笑边觉得这人挺莫名其妙的，抿了会儿唇道：我问你了吗？

张敛：没有。

周谧：那？

张敛：不知道，习惯吧。

周谧单手撑腮，脸和牙齿都被电脑屏幕上的光映得莹白、发亮：我不是很关心你怎么想的呢。

她又是一哂：你的习惯保持得够久的。

张敛回：我也觉得奇怪。

周谧抿了一下唇，情绪里是与酸涩风马牛不相及的欣喜：你明天还要输液吗？

张敛：看情况。

联想到今晚并未真正确认他退烧与否，周谧不由得想弄清楚这一点：看情况是什么意思？是还要去吗？

张敛回：明天多关注我的办公室不就知道了？

周谧从鼻腔里哼了一声：没空，我才不看呢。

张敛回：那你只能在工位上猜了。

周谧：你想太多了吧，我也没工夫猜好吗？你自己的公司有多忙你心里没数吗？

张敛：挺好，上班就该有上班的样子，我喜欢心无旁骛的员工。

周谧捏了下鼻子，阴阳怪气地敲着字：行吧，随便你。你年纪这么大了，还是要注意保暖的。

张敛：嗯。

张敛：谢谢年轻人的忠告。

周谧笑得两眼都挤到一起，变成月牙形态的黑巧克力了。

她拿着手机抵了会儿鼻头，继续阅读张敛发来的新消息。

他问：你洗澡了吗？

周谧：还没有，刚回完客户的邮件。

张敛问：谁家的？

周谧瞟了一眼屏幕：RZ 的耳机，这几天天气不好，拍摄活动都延后了。

那边没了动静。

过了会儿，张敛忽然发过来一张图片：这伞你还要吗？

周谧点开图片一看，是自己那把黄色的雨伞，果真有根银色的伞骨折得不成样子了，于是她回道：你扔了吧。

张敛：你真的很喜欢"扔了吧"。

周谧被噎了一下，忽然想起那个烂根的熊童子多肉，还有那枚他曾经试图归还的戒指，心脏像倏地豁开了一道裂隙，将密封已久的情愫释放出来，那里面没有怨恨，也没有怒火，只有一种隐隐约约、滴水穿石的伤痛：你不也给我换了一把新的吗？有问题吗？

张敛不再吭声。

片刻后，他说：修好了还你。

周谧"哦"了一声：我说了不要了。

张敛：好。晚安，周谧。

周谧：晚安，老板。

又是一个难眠的夜晚，辗转反侧间，周谧的鼻头和眼眶数次发酸，她感觉自己像是浮在了一望无垠的海面上，间歇性缺氧，最后她努力地调整呼吸，才精疲力竭地合眼睡去。

日子过得波澜不惊，风雨天也在放肆玩闹后悄然离境，天气恢复了春日应有的晴好，花朵像是彩色的字句，在路旁的苗圃格子里编织成诗。

结束了 RZ 耳机的户外拍摄工作，周谧也迎来忙碌后的周末。

在家睡到自然醒，周谧简单冲了碗麦片充饥，就去附近的干洗店取了张敛的针织开衫。

一万多块的衣服摆放在半透明的防尘罩里，带着一种距离感。

为了避免再次跟张敛碰面，周谧准备叫个快递，不过在这之前她得先给陈姨打一通电话。

陈姨的声音听起来惊喜又感慨。

周谧平铺直叙地道："张敛有件衣服撂我这儿了，我一会儿让快递人员送过去，你今天在华郡吗？在的话帮他接收一下。"

陈姨说："真不凑巧，我回老家了，你跟张先生说吧，他应该在家。"

周谧："……"

周谧只能打给张敛，那边接得很快，但没有立刻说话，似乎在等她先开口。

周谧坐回桌边，一股脑地把话说出来："你的衣服我拿到了，一会儿我叫个快递送到你家，发票在衣服口袋里，你记得给我报销一下。"

张敛说："好。"

电话两头又静悄悄的，但谁也没有就此挂断电话。

周谧轻轻呼出一口气："我挂了。"

张敛说："别叫人送了，我去你那边拿。"

周谧浮躁地在桌面上敲着手指："那正好把我的戒指还给我。"

张敛问："什么戒指？"

周谧的声音很含糊："那个品牌戒指。"

张敛说："你不是让我扔了吗？"

周谧的思绪如扬尘般四散开来，她抬杠般地嘲讽道："手机铃声都舍不得换的人真能把戒指扔了啊？"

张敛没争辩也没否认，只问道："你要戒指干什么？"

周谧咕哝着："挂在网上，换了钱交房租。"

张敛被逗笑了，用轻而低的鼻音问："你要戒指就是为了交房租？"

周谧提高声音："不然呢？"

张敛说："好，找个地方，我给你。"

结束了通话，周谧火速收拾了一下，还不知缘由且破天荒地化了个精致的妆，跟季节分开后她极少这样煞有介事地外出跟人碰面了。

确认镜子里的女生看起来毫无瑕疵，她才套上一条简单的小翻领白衬衫和藏青色大摆半裙出了门。

她没有把可爱元素往身上堆积，是为了让自己看起来是沉稳的、安然的、优雅的，担得起"人已亭亭，无忧亦无惧"这句话。

但碰上面后，周谧就头皮一紧后悔不已，她完全没想到她跟张敛穿的衣服都是黑白色系的，在外人眼中他们俨然是一对爱侣，差别只在他们没有牵手和挽手臂而已。

并排而行时，周谧有点尴尬地跟他隔开十几厘米的距离。

但这也无法阻止其他人将目光投向二人。

走进咖啡馆坐下，周谧将提了一路的纯色纸袋递出去："衣服在里面，你检查一下。"

张敛看都没看，只将它放到绿丝绒沙发内侧，又把餐单递了过来："看看要喝点什么？"

周谧信手翻阅起来："其实我还没吃午饭。"

张敛眉梢略扬，瞟了一眼腕表："两点了。"

周谧下意识地回道："如何？"

张敛的唇角微微有了弧度："那你先点吃的。"

周谧叫了份海鲜烩意面。

等餐的间隙，她见张敛不动声色，便直说来意："我的东西呢？"

张敛抬眸，把自己带来的黑色袋子交给她。

周谧接过去，搁到腿面上查看。揭开袋口的下一刻，她惊讶地张大嘴巴，下巴也如暂时性脱臼一般好一会儿都没回归原位。

日光正盛，餐厅里人来人往，有相对谈笑的，也有孑然独食的，一片尘嚣景象。

周谧不好质问他和发作，也不敢贸然将袋子里的贵重物品取出，只能仰头对上张敛的目光："我要的是这个戒指吗？"

张敛眉头轻蹙："这个不是更好吗，够你交更久的房租？"

他下巴一抬："证书也在里面，方便你走程序。"

周谧忍了会儿怒气，抿嘴一笑欣然接过来："好，我会尽快当掉它。"

张敛依旧很平静："嗯。"

回到出租屋，周谧才将纸袋里的深蓝戒盒取出来，她打开盒子看了一眼，卡在里边的大钻戒依旧闪花人眼，与先前无异。

注视良久，她将盒盖盖上，将戒盒放至桌面，又拿出折叠得分外规整的黄色小伞。

她把伞上面的按扣拉开，起身找了片空处，一下把伞撑开来，明黄的伞面如突然绽放的报春花，而当中的每一根茎都完好无损，仿佛从未受到过风雨的袭击。

周谧站在那里，拿着它转了一圈又一圈，感觉堆积在内心的积雪渐渐消融，心上长出了成片的松软的青草。

过了会儿，桌面上的手机一振。

周谧收好伞，坐回去打开手机。她收到了张敛的微信转账消息，整整二百五十块钱，她的洗衣报销费用。

周谧回了个很有商务性质的"OK"手势，毫无心理负担地收下了这笔钱。

她心无二用地做了几个小时的PPT，直至天色渐暗，窗外的霓虹在半蓝半红的暮色中温顺地闪烁着。

周谧忽然接到了贺妙言的求救电话，贺妙言说她跟老爸大吵了一架，问周谧今晚可不可以借宿在她这里。

周谧应允了，并一本正经地说："欢迎光临，本人诚心收留各种无家可归的儿童。"

贺妙言讯笑一声："你像犯罪分子一样。"

临近七点，贺妙言拎着一大堆刚从超市买来的食材跟零嘴来了。

周谧匆忙给她开门，又跑回窄小的厨房里接着择菜："我想着下两碗面条算了，谁知你带这么多东西来，你到底是来寄居的还是来给我增加生活负担的？"

贺妙言捋高袖子，跟着挤进厨房："别怕啊，我来帮你。"

最后这对小姐妹在家吃了顿热气腾腾的自助火锅，席间笑闹不停。

将一片狼藉的杯盘收拾妥当，清洗好归了位，贺妙言才累得靠坐到椅子上摸肚子。

落座没几秒，她眼尖地瞄见了桌上的戒盒，被上面的金色LOGO晃了一下眼，旋即掰开盒子进行确认："这个是不是你跟我说的，你们之前……他送你的那个值一辆车的戒指……"

周谧还在拖地，做收尾工作，她瞥了一眼，不准备隐瞒贺妙言："对啊。"

"哇，"贺妙言惊叹着回头，"我第一次见到实物——等等，不是，你又跟张敛……"

周谧架住拖把，直起身子在原地思索一会儿，得出了结论："不算吧。"

贺妙言眼睛一眨不眨地打量着里面的戒指："那这是怎么回事？怎么它又回到你手里了？"

周谧四平八稳地道："他说让我换了钱交房租。"

贺妙言嗤笑一声，不可置信地道："你们玩呢，三十多万的东西，用来交房租……这是什么情趣？我第一次见，我心服口服，我宇宙级无语。"

周谧不再出声，提着拖把去小阳台上沥水。

贺妙言捧着戒指盒蹦蹦跳跳地跟过去，探头探脑地贼笑道："我能戴一下吗？"

周谧回头，大方地点点头："当然可以，您尽管戴。"

贺妙言选了根粗细合适的手指套上戒指后，笑得像朵花，她故作飘飘然沉醉状："真闪啊……我给你当陪嫁吧，我负责当戒托，这也太好看太华贵了，我立马感觉自己珠光宝气、身价倍长。"

周谧愣了一下："别说晦气话行不？"

贺妙言兴奋地挥舞着右手："快快快！待会儿要摘掉了，给我拍张照以作留念。"

周谧瞅着她那熊样，也乐不可支，赶紧回室内找手机。

贺妙言伸直手指："原相机！不用管我手白不白！重点是把钻戒拍得足够清晰！"

周谧全方位多角度地拍了好几张照片，供她挑选。

贺妙言称心如意了，将钻戒放回原处，小心翼翼地收好。

十点多，洗漱完毕的两人挤到一张小床上，各自玩着手机。

贺妙言心不在焉地琢磨了会儿，突然用一种"烂泥扶不上墙"的语气下结论："兜兜转转还是张敛这个臭男人。"

周谧侧了下脸，一脸的莫名其妙："好端端的你干吗突然提到他？"

贺妙言眼风如刀："你们这次进展到什么程度了？"接着一脸的警惕，继而一脸的"恶寒"，"他来过这里没有？睡的这个床？睡的不会就是我这个位置吧？"

周谧翻个白眼，摊手道："没有好不好？"

贺妙言这才松了口气："那就行。"

"哎，"她忽地一脸的狡黠，"你想不想逗一下臭男人，外加考验他一下。"

周谧鬼祟地使了个眼色，悄声问："你想干吗？"

贺妙言狡黠地道："用我戴戒指的那张照片，发条只对他可见的动态，看他有什么反应，看他认不认得出来这不是你的手。"

周谧拿手掩唇，眼睛亮晶晶的："这也可以吗？"

贺妙言摊开手，跟周谧靠在一起："试试，我俩的手本来就有点像。"

周谧也伸出五指，像只淘气的小章鱼一般舒展、弯曲了手指好几下，颔首同意了这个鬼主意。

两个女生将脑袋靠在一块儿，精心比较和甄选一番，挑出一张和周谧的手指最为接近的戴着钻戒的照片，剪裁掉局部，去除易于分辨的指甲部位，加上滤镜，最后将之发布到朋友圈里。

周谧操作得相当小心，多次确认这张图片仅张敛可见，才给它配上字：突然不想卖掉了，戴在手上感觉蛮好看的。她又在句末加了两个"可爱"的表情。

这条状态一发出去，两人就大笑起来，前仰后合的，把床捶得惊天动地地响。

耐心等候片刻，微信朋友圈里有了反应。

周谧忙不迭点开朋友圈，拉扯着朋友的衣服："哎，来了来了。"

贺妙言激动地凑上前来，旋即觉得有点败兴："怎么就一个点赞？"

周谧双眼熠熠生辉："再等会儿，说不定他正在编辑消息。"

结果两人对着手机小屏幕干瞪眼了几分钟，手机却再无动静，连私聊消息也不见一条。

周谧的情绪有点低落，她退出朋友圈："算了。"

贺妙言大喝一声："去问他啊！"

周谧耷拉着眼皮，佯装不在意地把手机切到微博界面："不想问。"

贺妙言一针见血地道："不问你今晚绝对睡不着，然后，我肯定也别想睡好。"

周谧："……"

"问啊！"朋友催促着推搡着她。

周谧扭着身体半推半就地道："好吧好吧——"

她把手机界面切到跟张敛的微信对话框，思考了会儿，旁敲侧击地发送出去一条信息：点赞是什么意思？

张敛回得云淡风轻的：戴手上很好看。

周谧咬牙切齿起来：谁的手你不知道？

那边的人当即反问：谁的戒指你不知道？

周谧怔了几秒，不太自在地摸了摸眉毛，苹果肌因极力憋笑而轻微地抽搐着。

"啊——"全程都在围观的贺妙言表情痛苦地尖叫一声，当即掀起被子把自己捂得严严实实的，"臭情侣！我这是自作自受！"

我很想你

又跟张敛随意聊了几句，周谧放下手机，把抱枕抱到身前发了会儿呆。

贺妙言觑她两眼，啧啧有声地道："啧，你看你这个嘴角翘的，下不来了吧？"

周谧斜她一眼："你个牡丹花懂什么？"

贺妙言："还开始搞歧视了是吧？"

周谧把猫耳朵头箍摘掉，平躺着钻进被窝里，哀叹一声："哎呀。"

"哎什么呀？"贺妙言侧过头看着她，轻叹一声，"说真的啊，你到底是怎么想的？"

周谧问："什么怎么想的？"

贺妙言回："就你跟张敛啊，还没完没了了，也没个说法。"

白色的吸顶灯映在周谧的眼里，像两粒小珍珠。"我不知道，"她眼里的珍珠忽然因笑意颤动了两下，"但我还是好喜欢他哦，我觉得他也很喜欢我。"

贺妙言周身一激灵："噫……你是怎么看出来的？"

周谧一声不响地想了会儿："他还在用我给他下的手机铃声；手机锁屏密码还是以前家里的门锁密码，那个密码中有我的生日；聊天记录没删，头像也没换；不舍得把我送他的戒指还我；他这一年都没别的人，我说不要的坏掉的伞，他帮我修好了，他知道我不是真的不想要那把伞，就是随口说说。我能懂他，他也能懂我，我们还有那种默契。我以前以为读懂一个人是他的能力，但我现在发现他好像只愿意花心思读懂我。"

她的唇不知不觉地由直线变成了弧线："不知道是不是因为跟他开始得太深入，又或是因为我只在他面前多次展现过人生中最狼狈最糟糕的时刻，我这本书，在他那里不需要套上任何精致的封皮、书腰，或者绞尽脑汁给自己起什么动听的名字，也不需要配上什么漂亮的插图，我只需要谱写自己就行了，哪怕字迹潦草，像鬼画符一样都没关系，因为他会耐心地翻阅、解读和反馈——就是这种感受，你能明白吗？"

她笑着重复道："所以我觉得他是喜欢我的。"周谧的眼睛渐渐沉静如水，"你知道吗？每一次见到他，我心里都有一种感觉，我觉得他在无声地倾诉，可他缺少一个聆听的人，哪怕在我们在一起的那段时间里。"

她不由得哽咽起来："你看，一聊到他我就心里发酸，心口漏风，还想落泪，我也不知道这是为什么，他就像我身体内部的一个开关。"

贺妙言深吸一口气："可他不结婚啊。"

周谧拭掉两边眼尾的那点泪水："我有时也搞不懂我到底是不是很在乎这个，婚姻对我来说，好像可有可无，它只是展示给其他人看的。就像我刚刚跟你说的那样，关于一本书的装帧，大家会认为有红彤彤的末页才是圆满的，可我觉得保持本色一样美好……

"但婚姻好像又很重要，没有这个契约和符号，就没办法把相爱的两个人套在一起让他们过完这一生。可婚姻又能证明什么呢？证明你对一个人而言是独一无二的不可取代的吗？出轨离婚的人不也比比皆是吗……如果婚姻最后变成了对爱人的一种束缚，它不可怕吗？那不就是童话故事变成了'暗黑读物'吗？

"我今天把这个钻戒拿回来的时候，突发奇想查了下它到底属于什么系列，因为第一次拿回来时我直接把它塞保险箱里了，没有仔细研究。"

周谧笑了一声，道："你猜它所属的系列名是什么？"

贺妙言问："什么？"

"The one（唯一），"周谧的声音变得很轻盈，有种少女的娇憨和甜脆感，"嗐，什么不能选，非得选这个，我猜想他好早之前就在意我了。和季节分手后的这段时间，我一直在思考，我在爱情里想得到的到底是什么，是关于婚姻的承诺吗？以季节的身家和身份，他根本不可能给我这种承诺。后来我弄明白了，我应该是想成为这个戒指所属系列的名字，想要一个'the one'的态度，一场独特的爱情，一位让我当我、把我当我的爱人，我在这个故事里真实且唯一，而不是别的书的附赠小册子。"

房间里安静了一会儿，贺妙言说："你应该把这段话录下来做成压缩包发到你老板的邮箱里。"

周谧移了下眼神，撇嘴道："我才不呢。"

贺妙言问："为什么？"

周谧拿起枕边的小羊，捏了捏："我在等他主动说出来，我想让他亲口告诉我，我是那个 the one。"

贺妙言又问："你的把握大吗？"

周谧摇头："不知道啊，大于等于百分之八十吧。"

"那还可以，比之前好多了，"贺妙言告诫她，"你这次千万给我绷住。"

周谧把小羊举到面前，眼睛十分明亮："肯定啊，我还想多享受会儿他新一轮的爱意和殷勤呢。"

贺妙言指着她："哇，女人，你好阴险啊！"

周一来到公司，周谧刚打开微信，就看到原真在客户部大群里刷屏发的通知：下周末公司组织一年一度的团建活动，地点是豫州的一个滑雪场，坐飞机过去，在那儿待三天，周六早上出发，周一晚上回来，大家安排好时间。

北方妞珍妮难得一见地兴奋起来：滑雪？我可太爱它了。

原真擅长模仿各个同事的方言口头禅：可说呢。

珍妮：……

周谧之前游玩过的地方虽多，但因为路鸣畏寒，他们基本上选的都是中南部的城市，所以她从未滑过雪，因此她不由得新奇地和 leader 私聊起要做哪些必要的准备。

珍妮不痛不痒地说：把笔记本电脑带上，随时待命，以防客户突然打扰我们。

周谧：……

午休时分，周谧抽空搜索了一下首次滑雪的注意事项，又在购物平台上搜索起滑雪服来。

这个下午，她又在会议室里跟团队成员疯狂消耗脑细胞，集思广益。

七嘴八舌地讨论了一个多小时，大家都疲乏不已，话题转向了市面上有哪些不错的鱼油产品。

晚上九点多，周谧检查了一下 PPT，忽然收到张敛的微信：还在公司吗？

周谧立刻关掉电脑里的微信窗口，在手机上回复他：嗯。

张敛问：手里还有事吗？

周谧扫了一眼显示器：没事了。

张敛态度直接地回：我刚从外面回来，在楼下，我送你回去。

周谧回：你先回家吧，我待会儿坐公交车回去。

张敛没有接话。

跟同事在大厦门口分道扬镳后，周谧远远望见了站台上的男人，他立在那里，一动不动，身体挺拔，车水马龙的景象沦为他的陪衬。这一瞬间，他周遭的时间与气流仿佛静止了。

这让周谧想起了第一次在酒吧里见到他的场景。

她愣了一下，突然明白这人为什么能在工作中这么如鱼得水了，他的配合度和执行力的确惊人。

她走了过去。

张敛也看了过来。

两人面对面无声对视几秒，周谧问："你的车呢？"

张敛说："在地库里。"

周谧又问："你现在在干吗？"

张敛回道："坐公交车送你回去。"

一种古怪的甜蜜在体内蔓延开来，这种感觉像下课后意外看见站在门口接自己的外校早恋对象，还是长得特别帅气的那种对象。

周谧没忍住飞快地翘了一下嘴唇："你也不怕被你的员工看到啊？"

"你不是已经看到了吗？"张敛眉心微紧。

周谧眼中的笑意更甚："我是说其他人。"

张敛问："看到了又怎样？"

周谧顿了顿："我也不知道，反正对你我都不太好。"

张敛意有所指地问："你的避嫌只针对个别人吗？"

周谧心口有一种塌陷般的痛感，眼里的光亮也随之消散了。她直直地看回去："你什么意思？"

张敛也牢牢地看着她："就是你理解的意思。"

周谧面颊发紧："正常恋爱关系有什么见不得光的？"

张敛唇微抿，望向别处。巨大的公交车像一头蓝鲸似的慢慢地停在他们面前，折叠门打开的一瞬间，他看了回来，眼里的凛冽之气像没出现过一样："上车吧。"

周谧先上了车，张敛跟在她后面。

熟稔地用手机刷完卡，听到嘀的一声响，周谧回眸看向张敛，思考着要不要替他付钱，最后她再度扬起手机，跟司机示意了一下："还有他。"

司机大叔微微颔首。

张敛将自己的手机揣回裤兜里。

这个时间点，车内的乘客不算多，但也不少，他们基本聚集在前排靠门的座位上。

此刻，这些人都不约而同地望向他俩。

周谧一直走向倒数第二排的位置。她扶着椅背，没忙着入座，而是掉头问道："你想靠着窗吗？"

张敛说："你坐里面吧。"

周谧没有推让，往内侧挪了一下。

待她坐定，张敛跟着坐下来，狭小的空间让他有点舒展不开身体，可他又很从容自若，无论置身于什么环境，他都是淙淙流淌的明月光。

周谧取出手机，心不在焉地看了会儿微信消息，就把手机揣回包里，过了会儿，她无所适从地再次把它拿出来。

张敛亦一言不发。

坐在窄小的座椅里，他们像两个不当心跌进同一个陷阱里的陌生人，因为一时想不出要怎么另寻出路，只能这样静默相伴。

车程未过半，为了躲闯红灯的电瓶车，司机遽然猛地刹住车。

垂下眼盯着手机的周谧也因惯性猛地往前倾倒，同一刻，张敛把胳膊放在她身前帮忙挡了下，她的额头才不至于磕到前排椅背。

一时间，车厢内声音四起，有人破口大骂，有人心有余悸。

周谧反应过来，理了下头发，向他道谢。

张敛没有说话。

下一秒，周谧心口狠狠一颤。男人的胳膊并未收回来，他倏地握住了她的手。

她下意识地想挣脱他，却被他固执地扣住了。两人的手像一对白色的发狠的鸟，在棕色的皮革上搏斗了好一会儿，最后，张敛卸了力道，周谧却没有抽走自己的手，因为她的情绪已经被包围了，正在投降。男人手上传来久违的温暖，他的手宽厚，极具安抚性和溶解力。

太无解了。

只要是他，她就会有蜂拥而至的情绪。

痛苦，甜蜜；绝望，渴盼。

周谧眼里开始蓄水，泪水很快滴落下来，她忙用另一只手极快地抹掉眼泪，然后把手撑在车窗边缘。

她完全不愿去看张敛这会儿的样子，去判断他当下的状态，只是侧着头盯住投映在车窗玻璃里的那个自己，双目一直湿润着。

周谧的胸口快速地起伏着。

好像被他握着手会窒息，又好像终于找回了合宜的空气，她必须大口呼吸着，以补充氧气。

悄无声息了片刻，张敛的面孔在同一扇窗户里侧了过来，他正视着她，窗户里的倒影与她有部分的重叠。

他看着她，她也看着他。他们在夜幕灯火里的身影是半透明的，他们像在看彼此的灵魂。

须臾，张敛松开了她的手，好看的嘴唇轻启："无聊吗？要不要听歌？"

周谧一怔，同意了。她回头接过他的耳机盒，取出耳机，左右戴好。

没有前奏的乐曲顷刻间在耳畔响起：

If I was the question, would you be my answer.

If I was the music, would you be the dancer.

If I was the student, would you be the teacher.

If I was the sinner, would you be the preacher...

下车后，周谧把耳机盒还了回去，人却停在原处没动，说要帮张敛打辆车。

但男人岿然不动，执意要送她到楼下。

周谧最后妥协了，跟他并排走进小区。

周谧租房的小区并非新住宅区，虽然里面都是小高层，但小区的内部环境跟周谧家所在小区的环境差不太多，路很窄，地灯、路灯显而易见地缺少维护和保养，所以两人映在水泥地上的影子都稍显暗淡。

但一高一低的影子看起来依旧很般配。

张敛走在外侧，周谧有点失神地盯着地面上两个人的影子。夜风轻吹，海棠花枝摇曳，他们走得慢悠悠的。

到楼下时，周谧回过头，道："好了，你回去吧。"

说这话时，她并没有仰头看张敛，只望着他近在咫尺的衬衣。他今天穿的是偏修身的款式，结实的胸膛被白色的皱褶隐约勾出轮廓。

面前的身躯半晌未动，周谧忍不住抬眸看了一眼，却发现他正目不转睛地看着自己。

他眼里的情绪像滚烫、浓稠的柏油，周谧脑子一热，生怕自己陷进去，飞快地移开了眼。

她的手腕又被捉住了。

周谧往反方向拉扯了两下，没挣脱开，就抬起手臂去推他，带着发泄的架势，却被他死死抓住手按压在他的左胸口。

周谧一怔。

她清晰地感觉到了张敛的心率。

他心跳的力道是那么大，他的心与她的手之间像是没有任何阻碍，他好像把心脏交到了她手里，他的心脏又融进去，变成了她掌心的一道神经。

周谧的情绪和身体都在融化。

张敛胳膊一抬，把她按到怀里。

天啊……

周谧鼻头一酸，心头只闪过这个浮夸的词语。即便时隔已久，他的怀抱依旧可以用一切和"沉沦""踏实"类似的词语来形容，他的怀抱好像她的壳、她的茧、她的豆荚、她的巢窠和岸滩。

"我很想你，"他用下巴轻抵着她的额头，重复道，"周谧，我很想你。"

周谧完全不想在同一个晚上第二次热泪盈眶，可她就是控制不住自己。她深深地吸着气，吸进鼻腔里的都是他的气味。

张敛不爱喷香水，他身体上的味道多源于他的沐浴液，或者衣服洗涤剂。这味道她很熟悉，似阁楼里妥帖收藏着的旧大衣。闻到这味道，她似一只鸟疲倦地飞行很久，又掉头回了出生后就赖以生存的丛林，然后发现那里的树叶与花香从未被更替。

她能立刻在里面入睡。

她也好想他啊，她好想念他的怀抱。

哪怕这一刻，他就站在她眼前，他们近在咫尺，胸腔一致而紧密地起伏着，她心里依然都带着绞痛的想念，好像他远在天边，遥不可及，而她心有余悸。

她瓮声瓮气地道："你该回去了吧。"

张敛沉声道："再抱一会儿，好吗？"

周谧没有再吭声。

他们拥抱了很久，张敛终于放开了她，跟她说了再见和晚安。

周谧回到楼上，没有换鞋就奔到了卫生间的窗口前，因为从那里可以看到楼下。她小心而缓慢地拉开毛玻璃窗户，生怕动静太大为他所察觉。

张敛的确没有走，但他也没有抬头看楼上，而是安静地立在原处。

片刻后，他转身离去。周谧目送他一会儿，刚要收回目光，就见他忽然掉头，大步流星地折返了。

周谧手搭在窗上，微觉愕然地睁圆双眼。

张敛又回到了楼下，从裤兜里取出手机，低头操作着。周谧跟着拿出自己的手机，等了会儿，手机并无反应。她再次探头出去，男人已经按灭屏幕，再度离去了。

周谧轻咬住下唇，心头溢满了酸涩，好像有些感同身受。

她猜，他想给她打电话，但终究没有这么做。

洗过澡，周谧在床上躺了会儿，举起手机给张敛发消息：到家了吗？

张敛回得很及时：嗯。

她没有说更多的话：早点休息，晚安。

他也说：晚安。

之后几天，周谧每晚都会跟张敛聊天，或发微信，或打电话，偶尔两人一起回家，吃夜宵，说一些无关痛痒的日常琐碎之事，有分享、有埋怨，像所有之前并不了解、尚在发展期的男女一样。

团建活动的前一晚，周谧收拾好行李，躺在床上问张敛：你明天去吗？

张敛回：你想让我去吗？

周谧：不想。

张敛：那我就不去。

周谧笑了：你是老板啊，老板怎么能带头不参加团建活动？

张敛回：你还知道我是老板啊。

周谧：作为奥星的一分子，我怎么能不知道谁是老板呢？

张敛：但我希望你能忽视我这个身份。

周谧问：没了这个身份你是什么？

张敛：只是张敛。

周谧抿住唇：你知道吗？很多女生对你有好感，就是因为你老板这个身份。

张敛：是吗，你第一次见到我就知道我是老板？

周谧：虽然不知道，但我觉得你这人挺不俗的，不是一般人。

张敛：一般人也搞不定你。

周谧甩过去几个问号：你搞定我了？我怎么不知道。

张敛：我也不知道，但你确实搞定我了。

周谧在心里"啧"了一声，拿手机捂了会儿脸，回复道：我搞定你了？我怎么不知道。

张敛：你装傻的本事真是逐月见长。

她顺杆子往上爬：我真不知道啊，能具体说说我是怎么搞定你的吗？

张敛回：就这样。

周谧是真不明白了：哪样？

张敛：就现在这样。

周谧摸摸头：？

张敛的回复看不出他是生气还是高兴，抑或是生气、高兴皆有：要是这会儿在你身边，我哪还能让你说话？

周谧面颊微热，心里有个要匆匆逃回门内的穿粉裙子的怀春少女：睡觉了，明天还要早起。

张敛：嗯，明天见。

翌日一大早，大家就在公司楼下会合了，HR清点完人数，就安排大家登上去机场的大巴。

周谧跟陶子伊坐在一起。出发前张敛才上车，他鲜少在员工面前打扮得这么休闲，穿着纯灰色的卫衣，远远看过去就像个高挑、清爽的男大学生。

陶子伊伸长脖子大为震惊地道："第一次见 Fabian 坐大巴哎，之前周边游或者去机场他都是自己开车去的。"

一张张椅背如叠嶂，周谧坐在外侧，就歪头远远眺望了一下。

但等男人抬臂放置好旅行包，回过头不着痕迹地扫视全场时，她又垂下眼皮和脑袋，跟他玩起了捉迷藏。

去机场的路上，周谧收到了张敛的消息，估计是怕被邻座发觉，他没发微信，而是发来一条短信，问她坐在哪儿。

周谧掀一下唇：跟你在一个车上啊。

张敛：真能躲。

然后他又回：我带了些你喜欢吃的零食，找个时间给你。

周谧：我自己带了的，不劳你费心。

张敛罕见地回了个表情，这个表情好像是他之前从她这里保存下来的，那是个小胖猫生气捏瘪易拉罐又将之扔掉的表情。

周谧觉得这小猫好可爱，就去自己的表情包栏里确认下，他果真是从她这保存的。她用手托住两腮，才不至于让自己笑得过分明显。

出了豫州机场，他们又坐了一段时间的大巴。

景色在车到达滑雪场附近的度假酒店时，慢慢变得不一样了，这里仿佛极速过渡到了小寒时节，天上落着似扯碎的棉絮般的雪。

周谧跟陶子伊住同一个标间。

收拾好行李后，多数人去酒店的餐厅吃了顿自助午餐，同时商量好下午两点去滑雪场集合。

在女更衣间里，周谧人生头一回领略到滑雪护具到底有多沉重，全副武装的她像提前过了八十大寿，步履蹒跚。

这是国内少见的能一直开放到五月的露天滑雪场。

真正进入滑雪场后，周谧感觉自己仿佛在另一颗纯白的星球上着陆了。放眼望去，移动的人似白绒布上散落的彩色糖豆。

这里天寒地冻的，气温自然偏低。作为新手，周谧还在适应环境。她哈着气，脸不免被冻得通红。她在松软的雪里蹦跳时，动作多少有点缓慢和僵硬。

陶子伊举起一根雪杖笑她："周谧，你这样子好像一只粉企鹅哦。"

周谧扬了一把雪过去，哼哼道："要你多说。"

干站着只会越来越冷，不多久，周谧就兴致勃勃地跟另一个新手女同事坐在轮胎里玩起了"滑滑梯"。她们从高处一路溜下去，再扑通一声溅起一阵雪浪。

第三次大笑着玩这个时，周谧看到张敛出现在不远处。

他穿着一身黑色的滑雪服，全无臃肿之态，锋利、修长得似柄乌铁剑，他还夹着同样全黑的雪板，皑皑四野映得他肤色如雪，针织帽将他的刘海压了下来，令他看起来年轻俊朗，闪闪发光。

他微侧着头，在听身侧的 Teddy 讲话，眼睛却望向周谧。他们在雪野里视线交汇，像突然被放进了同一只盛着绵白糖的真空玻璃罐中一般，世界在一瞬间静止了。

忽地，原真的尖叫声破坏了他们之间的氛围："Fabian，你居然会玩单板。"

张敛莞尔一笑："会一点。"

原真双手捂嘴："我的天！我好想看！"

一群人紧跟着附和道："想看！"

周谧立在人群里，也大喊着差不多的内容，一副唯恐天下不乱的样子。

张敛不露声色地瞥她一眼，先做了简单的热身，而后躬下腰，熟练地穿好雪板，戴上护目镜。

一分钟后，周谧感觉自己在看来之前特意在网上搜索、搜到过的真人版单板滑雪视频。

伴随着跳跃的动作，雪沫在张敛身侧一次次被扬起来，化为细白的雾。他就像一只黑色的雨燕，在雪山上灵活而流畅地疾掠而去。

沿途有雪友为他尖声喝彩。

大家全在高坡上欢呼、振臂、摄像，跟应和首领叫声的狼群似的狂噪不止。

有男同事把手圈在嘴边，高喊着："老板——悠着点——！你可是咱们奥星的命根子啊——"

这话惹来其他人的一阵狂笑。

周谧看得两眼呆滞，心脏怦怦直跳，口干舌燥。她在心底不断诘问，他怎么可以这么帅啊？

　　她又为他一路遇到那些障碍物而心惊胆战，生怕他发生什么意外。

　　幸好张敛没有滑很久，过了会儿，他就夹着雪板往回走了，迎接他的是众员工们整齐划一的赞叹声。

　　他微喘着气，环视一周，面色正常地问："怎么样？"

　　"太帅了啦！"一个男同事嗲声嗲气地道，还故作捂心状，却被大家集体嘘走了。

　　HR 凑过去，把手机里的录像给张敛看："这段视频可以放在今年的招人简章里，保证邮箱被挤爆，谁不想在这样的'神仙老板'手下工作啊？"

　　张敛粗略看完视频，继而仰脸，忍不住向人群中的周谧投去一眼，眸中意味明显。

　　周谧摸了下冻得发红的鼻头，眼睛乱瞟，最后不自在地望着天，心里只一个念头：教练，我想学滑雪。

因为你是周谧

　　周谧跟在教练后面学了一下午的单板，开始她都在小坡上适应速度，后来就换到魔毯上学习前后刃推坡。

　　教练是个女生，人超好，教习、示范起来耐心又细致。周谧理解力强，身体协调性也不差，不多久就学会了后刃推坡。

　　不过，她在练习推后刃时，因为前刃一直卡雪，不当心向前扑倒跪在地上了。

　　好在膝盖只是微痛了一下，拍去腿上的雪粒后，她很快又投身到雪板与雪坡的磨合当中了。

　　笑着喘着坐下休息时，周谧又跟几个女同事打起了雪仗，无奈这种天气雪已经跟沙子一般松散，怎么都团不成雪球，大家打个雪仗跟在海滩上扬沙似的。

　　其间有男同事加入，一群人放声大笑，像在丘陵上角斗的羊群那样追逐打闹着。

　　张敛借势参与进来，他摘掉针织帽，甩了甩黑而蓬软的头发，眼睛明亮地看过来。

原本别有目的，想浑水摸鱼，结果一进来他就成为焦点，受到所有人的攻击。雪烟弥漫，有人咆哮着"我再也不想加班了"，一捧雪就被扔了过去。张敛双拳难敌四手，没多久就缴械投降了。他笑着掸掉满头亮晶晶的雪粒，跑到一旁继续当观众。

看了一会儿，他摘掉手套，取出手机敲击起屏幕来。

周谧用余光留意到他的动作，先摸着后颈问了同事一句几点了，得到对方不知道的回答后，才停下来，退后两步，装模作样地拿出手机。

张敛果不其然发来了微信消息，问她不久前摔跤的事。

周谧的唇角扬得老高：一点都不疼。

她回完，就抬头望向张敛，不出所料，男人也在看她，他总是这么矫矫不群，即便四周都是嬉戏的人影。

他对周谧淡淡一笑，周谧则皱皱鼻子，冲他做个鬼脸，灿烂地笑着回归人群。

当晚，归还完滑雪装备，大家就分头行动，一部分人大呼好累先回了酒店，还有一部分人就结伴去了附近的啤酒吧继续玩。

这个雪场有几个很出名的精酿啤酒吧，经常举办活动吸引顾客。

工作后难得旅游一次，秉持"玩到尽兴"准则的周谧当然选择加入"继续玩"小团体。

在卡座里坐下后，原真叫了几扎啤酒和小菜，等服务员把东西端上来，同部门的一位男 AM 给大家分别斟上啤酒。他故意给原真的那一杯倒得格外多，后者只能看着翻涌、满溢的白沫哇哇怪叫。

一圈黄澄澄的玻璃杯悬空聚拢，在清脆的撞击声里，众人齐喊"Cheers"，接着哄笑、举杯共饮。

张敛也在同一间酒吧里，不过他跟行政部的人坐一桌，在周谧的斜对角，两张桌子隔着不算宽阔的走道。

偶尔无人阻挡，他们便能看到彼此。酒吧里灯光暧昧不明，他们好像日落后的海船与灯塔，总能找到彼此。

大家你一言我一语，吃喝、吹牛了一个多钟头，周谧这桌的人基本喝得撑肠拄腹。原真去了趟厕所又去结了账，回来宣布散席，然后摸着肚子说要回酒店休息。

陶子伊收拾着腰包叫周谧："我们一起走吧。"

周谧点了点头。

刚起身，周谧的左膝盖遽然有一阵极强的刺痛感，让人难以忍受，她微弱地哼了一声，整个人便无法自控地栽到地面上。

全桌哗然。

原真惊愕地愣在原地。

陶子伊惊叫道："mimi，你怎么了啊？"

周谧倒抽一口气，眉心皱得紧紧的："没事，就是膝盖突然好痛。"

附近桌子上的酒客都起身观望起来，有服务生往这边赶来。

同事躬下身要去搀扶周谧。

"别碰她！"身后忽地传来一声大喝，张敛劈开人群大步走过来，他面色严肃，脸上满是黑云。

有人反应过来，应和道："对对，先别乱动，万一伤到膝盖骨了，随便搬动她容易造成二次伤害。"

陶子伊颔首："是啊，mimi下午学单板的时候摔了一跤。"

张敛在周谧身边蹲下，像个焦灼的医生："哪边疼？"

周谧看着他紧蹙的浓眉，又瞥了一眼围成一圈的同事们，小声说道："就……左边。"

张敛呵了口气，没有犹豫，小心地将她打横抱起来。

哇！

有男同事小声吸了口气。

张敛恍若未闻，也完全无视怀中女生惊悚的眼神。他径直往酒馆外面走去，其他人立马跟上去。

外面地面的雪被灯火映成金橘色，折射着点点微光。

"最近的诊所在哪儿？"张敛侧头问原真。

原真忙不迭地在手机地图里搜索起来："不远，大概两百米。"

原真精明、有眼力见儿，基本看出端倪，便借故驱走其他跟来的人，自己一个人跟了过去。

做完检查，确认只是膝盖有淤青，这只是虚惊一场，张敛才松了口气。医生给开了冰袋和药膏，叮嘱二十四小时内冷敷，然后热敷，未来几天多休息别做任何剧烈运动。

张敛取完药，走回白色的诊室床边，垂下眼问道："你下午受没受伤自己没感觉吗，还那么闹？"

他的语气并不温和，他像个严厉的长辈，像外面凛冽的夜风。

周谧悬腿坐着，抬起眼委屈巴巴地说："真的只疼了一下啊……我怎么知道膝盖肿成这样了……"

原真在一旁偷看，尽力控制住抽搐的嘴角，百分之百确认自己的上司跟自己的下属关系绝对非同寻常。

等了会儿，她识趣地走过去，打招呼："Fabian, Minnie, 这边还有什么需要我帮忙的吗？"

张敛看她一眼："没事了，我过会儿带她回去，谢谢你。"

原真跟他们道别，唯恐速度慢了似的离开诊所。

周谧又被张敛一路抱回酒店，抱回他宽大的单人客房里。

被放到柔软、洁白的被褥上时，周谧头脑有点发热。她挣扎着要下去，还振振有词地道："不就是冰敷和擦药吗？我自己回去弄。"

结果下一秒她就被张敛双手按回床头，他用带点命令意味的口吻冷声说道："老实坐着。"

周谧怔住，靠着床头，真就老实地坐着，虽然她也在心里骂了两句。

没一会儿，张敛用灰色的毛巾裹着冰袋走出来。

他坐到床边，开始一点点卷起她的裤腿。

男人温热的手指、手掌不时蹭到她的腿，他看起来很专注，又密又长的睫毛半盖着他的眼睛。

周谧心头却跟有几百条虫爬过似的，细细密密地麻痒着。

她一会儿看看腿，一会儿看看张敛的面庞，感觉自己的后颈和脑袋在难以抑制地升温。

最后，被触及痛处，她忍不住嘤咛一声，颤抖着将左腿往后缩。

张敛抬眸看她一眼，握住她的脚踝，把她半蜷着的腿拉回来，动作轻且慢。

兴许是过了一个冬天，女生小腿上的肌肤呈现出珠光一般的粉白色，也衬得膝盖上那块青肿格外刺眼。

张敛将冰袋放上去。

痛楚之后又是极寒，周谧倒抽一口气，嘀咕着："好冷啊。"

张敛说："忍会儿吧。"

周谧："哦。"

两人默不作声地待了会儿，周谧忽然扑哧一声笑起来，旋即拿手掩住唇，故作严肃。

张敛看过去，眼神温和了许多："伤成这样还笑？"

周谧努了下嘴，紧盯住他："你看你今天急得那个样子。"

张敛说："好端端的一个人忽然在平地上倒了，谁不着急？"

周谧反驳道："又不是晕厥。"

周谧回想了那个场面片刻，眉间堆起担忧的皱褶："公司里的人肯定觉得咱俩有问题，尤其是真真姐，她超能'八卦'。"

张敛说："那又怎么样？"

周谧撇撇嘴："对你影响不好，他们会觉得你这个人有问题吧？"

张敛不以为意地从鼻腔里溢出冷哼声："我司这几年招收的漂亮女孩子还少吗？怎么我专挑你这个 Minnie 下手？"

周谧笑意上涌，苹果肌高高隆起："不知道呀，可能你偏爱这种长相？"

张敛不假思索地道："不是，是偏爱你。"

"哪有？"周谧忽然想起什么，"Yan 离职时我们聚餐的那次，饭局结束后，在路边，我看到你特别……"

她强调了"宠溺"这个形容词："宠溺地在跟电话那头的人讲话。"

"哪次？"张敛愣了一下，似乎早已记不清了，片刻后，他才反应过来，"哦，电话那头是你导师，她刚看完话剧，在跟我撒娇，这谁受得了？"

他看着她："你那会儿正跟别人谈着恋爱，还要吃我这个醋？"

"没有好吗——我只是现在突然想起来了。"周谧的唇弯出浅浅的弧度，语气也很温和，"其实——那次去电脑城找键盘，你说你还跟以前一样，我就明白了，知道你这么久都没找其他人……"

周谧拿手托住腮帮，索性红着脸直接问起来："你是不是……一直都在想我？"

张敛安静地注视她几秒："我上次已经回答过你了。"

周谧心头涌出凄怆和温情，好似漂流了许久，终于摸到土壤熟悉的岛屿："偷偷告诉你，那天晚上我也在楼上看你，我看到你回来了，但你又走了，你是不是想跟我说什么？"

"那个晚上，我好久都没睡着，在想你到底要跟我说什么。"每每回忆起那一幕，她都会因他的克制和纠结而眼圈发红，"这段时间，每次你送我回来，我上楼后做的第一件事就是拉开卫生间的窗户看你，我就想多看看你。我想告诉你，我也好想你。"

说完话，她立刻咬紧牙关，生怕再次露出不堪一击的那一面。

张敛眼眸幽深，一眼看去会给人一种潜入海底的窒息感。

"我想跟你说对不起。"

周谧抽了下鼻子，目光闪烁着："什么？"

"周谧，对不起，"他郑重其事地说，"你买戒指那天之前，其实我自己也没考虑清楚，我甚至对你抱有期待，希望你同意我们的恋爱关系继续下去。只是，在你取出那枚戒指的时候，我认为你需要的是婚姻。我当时有些慌张，因为我知道自己无法满足你。"

周谧瘪瘪嘴："那现在呢？"

张敛拿开冰袋，替她整理好裤管，给她盖上被子，才起身坐近，用拇指替她抹了抹她不知何时留下的一道细细的泪痕。

他的手刚摸过冰袋，周谧被冻得猛缩脖子，张敛这才反应过来，却故意用手在她眼角摸了一下。

周谧不爽地拍开他的胳膊。

两个人相视一笑，凝重的气氛一下被打破了。

张敛收起笑意，正色道："你还记得我们同居前，你曾在医院里问我为什么不婚吗？"

周谧点了点头。

张敛说："那个在你楼下徘徊的晚上，我就想跟你说这个。"

周谧咕哝着："为什么？"

张敛不徐不疾地道："其实我也是两年前才产生这个想法并做出这个决定的，那会儿我刚跟我的前女友分手……"

就像所有美好故事的开头一样，张敛也曾有过属于自己的另一部爱情电影。

那会儿他在 NYU（纽约大学）读硕士，读的是 media and advertising（媒体和广告）方向。在一个中国学生的秋日集会上，张敛认识了林穗，两人坐同一张桌，隔得并不近，席间一句话未讲，但这位娇生惯养的富家小姐还是对他一见钟情了，当天就要到了他的联系方式。

大约两个月后，张敛在林穗的百般追求下缴械投降，二人发展为真正的男女朋友。

因为林穗还在念本科，毕业后张敛也没有立刻回国，而是留在了纽约，进入奥星全球总部，一边工作一边陪伴、照顾自己的女朋友。

几年的时光两人有浓情蜜意的时刻，也有话不投机的时刻，但张敛始终坚信他们的关系牢不可摧，他俩是命中注定的一对。

后来林穗毕业回国了，他也辞去美国的工作，跳槽去了甲方，打算从此定居在宜市。

也是在第二次拜访林穗父亲的那个下午，他自认为固若磐石的关系出现了一丝裂隙。

林穗的父亲将他叫到书房里单独谈话，询问他是否考虑过跟自己女儿结婚的事。

张敛说自己已经在考虑了。

接着林父不容置喙地列出两个非此即彼的选项：

一、入赘林家，考虑转行；

二、不入赘也行，因林家无男丁，两人婚后需要做试管生个男孩，孩子随母姓，并交由林家抚养。

那一刻，张敛瞠目结舌，但他还是极力控制住情绪，平静地问为什么要这样对待和处理他与林穗的婚姻。

林父态度强硬地说，我把女儿给了你，你不该还个孙子回来吗？

考虑了几天，张敛跟女朋友就这个问题沟通了一下。那天他们发生了前所未有的严重争执。

他一而再再而三地强调，他无法接受这样的婚姻。

而林穗始终在另一个角度看待这一问题，并声泪俱下地控诉道："你不就是觉得自己的男性尊严受损了吗，不然你为什么不愿意？孩子不用我们养，这难道不是好事吗？我们结我们的婚，两个人住在一起，开开心心的，这个孩子可有可无，你就当他是我弟弟。你以为我很愿意吗？可我姐姐身体不好，我爸就我们两个女儿，他辛苦把我们养大，给我们最好的生活，你就不能为我妥协一下吗？"

张敛反驳道："做试管受伤的难道不是你？婚姻在你眼里到底是什么？难道婚姻不是一辈子的互爱相容、独立共生？我们是人，不是传宗接代的工具。我希望你明白，结婚只是我跟你两个人的事，你父亲干涉得太多了。"

林穗看着他："你好天真啊张敛，结婚是两个人的事？我们假设一下，假如我爸不干涉，我们正常结婚，以后有了孩子，你让他跟谁姓？你直接告诉我，你是不是会让他姓张？"

张敛给出的回答是："孩子可以跟你姓，但他只是我和你的孩子，或者他只是他自己。他有自己的故事，他不是我们任何一个人的续集。"

林穗冷冷地勾了下唇："你大可以去问问你爸妈同不同意。"

张敛回道："我为什么要问他们？这是我们的事。而且我跟你不同，我不会让父母控制、主宰我的思想和人生。"

林穗说："对，我是没你厉害，我还要靠着我爸做我的千金大小姐，你是这个意思吗？既然孩子可以跟我姓，那这跟我一开始说的、跟我爸要求你的又有什么区别？"

张敛说："你根本没听懂我在说什么。"

林穗提高声音："是你在这钻牛角尖吧，说到底不就是不够爱吗？你如果真的爱我，这个你会不能接受吗？还找这么多冠冕堂皇的借口！"

张敛态度凛然："相爱就要丢失人格？"

林穗近乎歇斯底里地说："只要结婚，你总会碰上这些事，因为结婚本来就不是两个人的事，你就是要面对未知的家庭。我家已经很好了，说句实话，在外人眼里，你张敛就是在高攀，大家只会羡慕你，谁关心、在乎你丢没丢人格？你想要省心不复杂的关系，好啊，那就找个完全听你的话，完全依附于你的女人和家庭好了，这样的女人还会是你想要的那个独立共生、互爱相容的对象吗？这种毫无个性的女人，还会是你真正想与之共度一生的人吗？你有本事永远别结婚！永远做你自己！"

那一刻张敛的怒火彻底平息下来，他的双目俨如死水："也不是不可以。"

林穗僵住了，不可思议地道："你什么意思？你不想跟我结婚了？你要跟我分开？就因为这个？"

张敛深深地吸了口气："是的，我们分开。"

林穗不可置信地瞪了他半晌，摔门离去前，她将近乎诅咒的话语狠狠地掷在他面前："千万别让我抓到了，你最好一辈子不婚不育，不然你就是你自己最嗤之以鼻的那种丢失人格的人！"

与林穗分开的那段日子，可以称之为张敛人生当中第一段至暗时刻。女人前前后后找过他十多次，有时刁蛮逼迫他，有时悔恨央求他，有时甚至胡搅蛮缠，以死相挟，但张敛给出的始终是体面客气的回绝，偶有几次心软的时刻，他也是在好言劝退对方。

面对曾经心爱的女人的痛诉和哭泣，他慢慢意识到婚姻并非爱情的圆满归宿，反而是世人大肆鼓吹其优点，对其缺点三缄其口的一个圈套。进入那个圈套，就会受到来自多方的掣肘，哪怕他在一段关系里竭力做最好的自己，也难以拥有甚至是无法拥有真正理想的两性关系。

他无法苛求他人改变对生活的看法，因为每个人的家庭、境遇都不同，大家各有依存，各有苦衷。

他更不希望对方为自己屈膝，亦如他也不甘改变和示弱一样。

全靠失去自我、相互妥协换来的关系还能称得上健康吗？

这成为一道无解的证明题。

持续几年的探索与完善，他都拿到了零分，甚至会得到分数被扣成负数的结果。

结束这一道题，又要面对下一道题吗？

张敛也迷茫了。

后来的一段时间，他会细想回国前那些与林穗待在一起岁月静好的碎片和回国后那些疾风骤雨般的反转与颠覆，也会观察亲人朋友的婚姻状态，百分之九十的婚姻里无外乎鸡毛蒜皮，大家都是得过且过。

婚姻在他眼里不再是至高无上的爱的扉页，它变成了灰色的诅咒符纸，适合被密封在最底层的箱子里。

得知此事的荀逢知勃然大怒，百思不得其解："几年了，说不谈就不谈，是谁的原因？穗穗怎么说？"

张敛言简意赅地道："我的原因。我不想结婚了。"

荀逢知简直觉得他不可救药，瞪着他，半晌说不出话。

那天从家里出来后，天地一新，云淡风轻，张敛迎来了数月不曾感受到的难得的轻松。

"不婚主义"仿佛是一个足够冷硬的保护罩，将他包裹其中，令他获得了一份久违的安全与宁静、理性与掌控力，得到了某种意义上的绝对的自我与绝对的自由。

后来不知怎的，他奉行"不婚主义"就在社交圈子里传开了。

参加大学室友的婚礼时，对方提起来这一点也是勾肩搭背地打趣他："出去念过书的就是不一样，你现在好洋气哦，不婚主义，你可以一直给大家当伴郎。"

那场婚礼的布置是张敛二十岁出头时就曾想象过的，有草坪、白鸽、神圣的誓言与戒指，还有笑容洋溢的一对新人。

他微笑着看完婚礼全程，并意识到自己是个多少有些老套的人。

当天，参加完晚宴，张敛拿着伴手礼，穿过烛光与夜幕，独自一人离开现场。路过 F 大时，他无意扫到一家叫 Fate 的酒吧，它的灯牌是幽静的鸡尾酒蓝。

聊到这儿，张敛的神情并无太多的波动："你那天跟我说的第一句话，你还记得吗？"

周谧搓了搓热乎乎、湿漉漉的双眼，认真地想了一下，最后她举高双手投降："对不起……我不记得了，那天酒喝得太多了，我把开场白完全忘了。"

张敛笑了下。

周谧好奇地道："你还记得吗？"

张敛说："记得。"

周谧问："我干了什么？"

张敛说："你直愣愣地跑到我面前，截了下我的胳膊说，啊，是真的。"

周谧缩了下脑袋，有几分不信："真的假的？我有那么蠢吗？"

张敛说："我骗过你吗？"

周谧又绞尽脑汁地回忆着："好像有点印象，但我盯上你的那会儿，真的觉得你不太像真人。就跟我那次在我家里跟你说的一样，我觉得你就像博物馆典藏的那种白釉瓷器，外面有一层玻璃防尘罩，别人能看得见你，但不容易摸着你。"

张敛微哂："你还不是马上就上手了。"

周谧语塞。

安静了会儿，张敛握住她的手腕，把她的手拉过来，双手轻轻摩挲着她的手指。

他自然而然的动作叫人感受不到一丝狎昵或轻佻，相反只能让人感受到珍视和爱惜，周谧耳根微烫，没有抽回手来："干吗啦？"

"你不好奇我现在的想法了？"张敛问。

周谧黑圆的眼珠转了下："不是很好奇了。"

张敛不解："为什么？"

周谧说："因为我也想清楚了。"

张敛问："你想清楚什么了？"

周谧稍稍酝酿片刻，跟要上台演讲一样，哪怕对面只有一个听众，但她确认他是真的在耐心地听着，他在听她心灵深处的每一种响动："我也想跟你说对不起。"

张敛动作一顿："怎么了？"

"我从来没觉得你是个烂人，"周谧双眼急蓄起眼泪，"我觉得你特别好，就像我第一次见到你时那样好，我那天真的没想逼你结婚，我只是太着急了，我家里……"她哽咽了一下，"我妈一直问，我买戒指的原因，就是那天说的那样，我觉得那个三十块钱的戒指配不上你，我希望你收下这个贵的戒指，好以此证明自己对你而言是特别的、唯一的，因为我太喜欢你了，我希望你是周谧一个人的诗人。

"就跟那天在电影院给你发的短信里说的那样，而且不止那一刻，张敛，我真的好喜欢你，我一直都好喜欢你。"她陈述得太急切了，以至抽噎时不小心喷出了鼻涕泡。

她忙掩住口鼻，面红耳赤地盯住他。

张敛拿开她的手，俯身靠上去，双手握住她的脸颊。

男人的唇贴上来的一瞬，周谧心口一空，随即，她的心脏似被一大股温水灌满了、浸透了，这股温水渗入她所有的血管，她感觉自己的身体在复苏，仿佛春回大地，有无数洁白的翅膀在心脏和腹部扇动着，鸟儿的歌声又在她的颅内重新响起。

像等到了另一把钥匙、另一片拼图、另一颗齿轮，她的灵魂终于重启了，终于再次变得完好且转动起来。

眼泪越发汹涌了，似是因为慰藉，又似是因为虔诚。

她情不自禁地合上眼皮，试着去感受、去沉沦，可她的唇瓣因激动而疯狂战栗，没办法恰如其分地回应对方。

张敛感觉到这一点，脸往后移了几分，手还捧着她的面庞，用拇指温柔地擦着她湿透的脸颊。

他们的目光未移动半分，眼里只有对方。

张敛深深地、深深地注视着她，眼底的情绪浓得再难化开，带着很多很多的认真。

"周谧，我也很喜欢你，"他说，"我喜欢你，只是因为你是周谧。结婚对我而言并不那么重要，不管结不结婚，我都想当几十年后给你拎袋子的那个老头。"

周谧怔了一下，又哭又笑，不敢相信地道："什么啊——你怎么什么话都记得啊？"

"不知道，"张敛仍看着她，唇角弯起来，"可能是因为你让我心里的小男孩又活过来了吧。"

贴贴

他们再一次拥吻在一起，像曾经的每一次一样，彼此缠绕，相互汲取，沉浸在对方逐渐急促起来的呼吸里，得到了新生。

亲到缺氧的时候，他们终于放开了彼此，但也不舍得远离彼此，就维持着鼻尖相抵的姿势。

周谧肌肤酡红，那是被心底重燃的火映出来的颜色。

她微喘着气，笑着，用很小的声音说："你今天好帅，我是说，你滑雪的时候……我今天跟着大家夸了你，但我还是觉得，我有必要单独跟你说一次，你滑雪的样子真的好帅。"

张敛勾唇，没有说话，再次啄了她一下。

跟他接吻的感觉总是那么暖，他的力度总是那么恰当，总能激起她心底的涟漪。

"你好温暖啊。"她忍不住称赞道。

张敛笑了："继续夸，我喜欢听。"

"我是说实话啦，"周谧笑了两声，"你的亲吻、你的拥抱，真的总是让人感觉好温暖，而且从一开始就是这样，哪怕以前我总认为你是个冷血动物的时候也是这样认为的。"

这个形容让张敛的眸光一凛，他重新堵住了周谧的嘴巴，决定不再让她说话。

分开的时候，周谧多看了他几眼，突然笑着指着他道："你耳朵好红。"

张敛随意触碰了一下耳朵："是吗？"

周谧贼兮兮地道："对啊。"

张敛低笑一声："说别人之前先看看自己。"

周谧闻言，用手背贴了下自己的耳朵，果然是滚烫的。

她赧然一笑，匆忙抓起床头柜上的毛巾冰包给自己降温："我待会儿回自己房间了。"

张敛说："我送你。"

周谧拒绝道："不用了啦，我只是膝盖肿痛，又不是左腿截肢。"

张敛颔首："好。"

饶是这样，回去的时候，张敛还是陪着周谧一起。

一段不长的走道，他们却像在逛画廊一样走走停停，低声交流着，耗时颇久。他们把彼此当成名作，流连忘返，恋恋不舍。

轻手轻脚地取出衣兜里的房卡，周谧回了一下头，挤着眼用气声催促道："走了——回去啦——"

"嗯。"张敛应着，人却岿然不动。

"走啊。"她像土拨鼠那样龇起小门牙恐吓他。

张敛失笑，总算转身离去了。

解了门锁，房内的灯是开着的，周谧绝望地闭了闭眼，由小步潜行换成大步猛进，并摆出正义凛然的神色。

果不其然，一出玄关，周谧就见陶子伊坐在床上直勾勾地盯着自己，陶子伊半是揶揄半是拷问地道："哎呀，mimi，回来了啊，腿腿还好吗？"说着她又探头看向门，"老板呢？"

周谧立定，头皮发麻，只回答了前一个问题："没什么事，就是肿了。"

陶子伊眯着眼："哼哼。"

周谧忙去翻自己的行李箱："我先洗澡去了。"

陶子伊笑吟吟地道："出来慢慢聊啊。"

周谧脚底抹油，抱着睡衣麻利地开溜。

重回被窝的时候，周谧收到了张敛的微信，他让她睡前别忘了抹药膏。

周谧回：知道啦。

她立马下床取出外套口袋里的药膏，坐到床畔细致地擦起了药膏，再回眸，迎上的仍是陶子伊敏锐的审视的目光。

周谧拧紧小盖子，抱头投降："求求你了，别再这样看着我了。"

陶子伊边笑笑边掂着手机："大家都在群里'八卦'你，有知情人士称，你来公司没多久，Fabian 就开始追你了。"

周谧诧异地问："谁啊？"

陶子伊说："蒋时。他说 Fabian 因为你的一条微博请全公司的人吃雪糕，Fabian 这么做就是为了让你吃到雪糕。"

陶子伊捧着脸："天啊，这是什么偶像剧剧情！"

周谧提高声音否认道："没有好吗？这就是一个巧合！"

她不自在地用手蹭着额角："说实话我都不敢看群。"

陶子伊说："别担心，大家是在没有你和 Fabian 的群里聊的。"

周谧斜她一眼："你们也太真实了吧。"

陶子伊笑得前仰后合的，继续盘问道："所以你俩的事到底是真的还是假的？你别瞒我了，我今天第一次看到 Fabian 这么严肃、紧张。前年咱司出了一个重大的营销事故，得罪了一个国外的明星，导致客户被论坛上的粉丝狂骂，他都没这么着急，而是让网站清空了帖子，还联系上明星的团队，完美解决了那一次公关危机。"

周谧眨了眨眼："这么厉害啊，还有别的吗？"

"对啊，"陶子伊点点头，声调陡然提高了，"别企图转移话题！"

好吧……周谧在心里吐一下舌头，刚要说话，枕头一侧的手机振了下，她拿起手机一看，发现是张敛发来的微信：零食忘记给你了。

周谧回：自己吃吧。

然后她继续飞速打字，紧急向他求助：我被各种……

消息还没输完，陶子伊的问话又从房间的另一侧蹦了出来："你是不是在跟 Fabian 发消息？"

周谧立刻按灭手机屏幕。

模棱两可地应付完陶子伊，周谧终于能喘口气了，熄灯躺下后，她整个人钻进被窝里，蒙住头翻来覆去的。

过了会儿，她把自己捂严实，又在黑暗里偷偷摸摸地按亮手机，给张敛发微信消息：怎么办啊？应付完这一个还有下一个！接下来我肯定会一直被盘问！

张敛回得轻描淡写：她问什么了？

周谧：就我跟你啊。

张敛：我跟你怎么了？

张敛：说说。

周谧指节发紧，被他的话完完全全地调动起笑肌。

她的一根手指在屏幕上轻快地点着，像芭蕾八音盒上旋转的舞女，她回过去三个字：拉黑了。

张敛也回了三个字：置顶了。

周谧合不拢嘴：真的吗？

张敛发来一张聊天详情界面的截图，除了把她设置成"置顶"，提醒那栏也被他点绿了。

她关注起他给自己设的备注，又想起上次在他手机里看到的自己的备注，不禁好奇地问：我在你微信里的备注一直是周谧吗？

张敛回：对。

周谧话只说了一半：我还以为……

那边的人等了会儿，问：什么？

周谧：我会有什么昵称。

张敛：要什么昵称，你就是你。

周谧思绪蔓延：那以前呢？那会儿你又不知道我的名字是周谧，我们只打电话发短信，我在你手机里有什么代号？

张敛问：你给我存了个什么代号？

周谧：你先说，我再说。

张敛没有绕弯子：月半小夜曲。

周谧的脑袋莫名一热，因为这个含义丰富的代称：什么鬼？

张敛：怎么了？

周谧想了会儿：说不上来，好像有点浪漫，又有点那个。

张敛：哪个？

周谧直言不讳地道：色情。

张敛不知是有意的还是无意的，赞同道：好像是有点。

周谧的耳郭有了点烫意：你还承认了？

张敛不再跟她扯这个代称的内涵：我的呢？

周谧觉得羞耻，因为她感觉自己给他起的代称更那个，便当即表演了一下什么叫现场反悔：我不想说了。

张敛：？

张敛：小骗子。

周谧的笑容扩大了：你不高兴啦？

张敛：嗯。

周谧揪了揪发酸的脸皮，左边一下，右边一下，才回道：我说了你别笑我。

张敛：好。

周谧半掩着眼敲下那四个字，羞耻度"爆表"地将之发送出去，就快速把手机倒扣在身前，无声大笑起来。

片刻后，她胸口的一小片地方被手机屏幕照亮了，就好像她的心脏在发光一样。

被褥窸窣响着，周谧重新将手机举到眼前，看到了张敛意有所指的回复：下回当面这样叫一下。

周谧回了个"猫脸"表情包：我才不要呢。

张敛：我刚刚看了下日期。

周谧跟着锁屏瞄了一眼日期：二十号啊。

这一幕既视感超强，令她回想起自己在学校校舍里期盼每一次约会的旧日时光：离下个月十五号好遥远哦，我突然想起之前我数着日子过的蠢样子。

张敛：现在你不用这样了。

像打翻了果酱，周谧满脑子都弥漫着甜味，她又有点感慨：你还记得吗？上次也是在团建的时候。

生活好像转了一个圈，来到终点，但这终点也是起点。

张敛：那是我们最不浪漫的一次。

周谧：为什么？

张敛：太冲动了。

周谧因为他简单的话语而鼻腔发涩：我现在特想知道，假如我想留下孩子，想结婚，你会怎么做？

张敛：你不会这么选的。

周谧有点不爽，因为他的笃定：为什么？

张敛：因为你选择了奥星，你想当客户主管，还有你的简历上也写得很明白，你的方向很明确，你不是那种会被这些意外缚住的女孩子。

周谧：你这么确定？你甚至都没问过我。

张敛：我问过你，在那个早餐店里。

周谧：那天我大脑里一团糟，事实上那段时间我脑子里都是一团糟。

张敛：我很抱歉。但你心里早就有答案了，不是吗？

周谧重新设置题目：假如呢，我是说假如，我就要奉子成婚，我非要这样做，而且胡搅蛮缠的，你会怎么选？

张敛：我应该会结婚，接受一个妻子，因为一个孩子。

周谧的眼皮掀动两下：但不是因为周谧是吗？

张敛：嗯。你觉得在这样的选择下，你接受的是张敛吗？

周谧眼睛遽然发热，发过去一句脏话。

张敛：你怎么突然骂人？

周谧：不知道。

张敛：抽空去趟寺庙吧。

周谧愣住，随即理解了他的意思，应道：好。

张敛：我之前就有这个打算，但又不太想跟你提起这些。

周谧捏住鼻子：其实没什么，真的没关系，我早就想通了，人总要为自己的每一个选择负责不是吗？现在这样很好，真的！

张敛：我后悔放你回房间了。

张敛：这会儿好想抱着你。

周谧破涕为笑：我才不给你抱呢。

之后两天，周谧因为膝盖受伤没办法再去雪场玩耍，基本上待在酒店休息，而张敛也没有去雪场，就陪着她在酒店附近的街巷里转悠转悠，完全不避嫌。

同行的员工对二人的关系众说纷纭，各抒己见，并展开地毯式搜寻，希望找到各种蛛丝马迹，但因为事出突然，当事人又很低调，众人怎么也理不出个脉络，弄不清楚前因后果。

活动的最后一天，在候机区，憋了两天的原真忍无可忍，在高管群里对自己的老板进行灵魂拷问：Fabian，我忍不住了，你跟 Minnie 到底是什么情况？公司里好多人都在传你追她很久了。

张敛回复：是的，我追 Minnie 很久了。

原真：啊！

一句话"炸"出一群偷偷"吃瓜"的高管，大家纷纷吃惊地在群里发出惊叹。

既然已经问了，原真决定趁机打破砂锅问到底：那追到了吗？

张敛：不知道，你这么好奇就帮我传个话问问她。

真是搬起石头砸自己的脚，原真万分后悔，但不得不去当这个接线员，跟个帮班长向他暗恋的班花传话的学习委员似的，私下询问周谧答案：Minnie，偷偷告诉你真真姐，Fabian 有没有追到你？

收到消息的周谧坐在椅子上扭过头去，就看见坐在后排的原真皮笑肉不笑地冲她挥了挥手。

周谧又扭头去找另一边的张敛，不解地冲他眨眨眼睛，但不远处的男人面色平静，只对着她勾了下唇。

周谧重新低下头看手机，装作不明其意的样子回复自己的上司：突然问这个干什么？

原真发来一个友善的笑脸：就是好奇，另外关心一下下属的感情生活，毕竟你们都在一个公司里，早晚是要公开的，你就不要藏着掖着啦。

周谧偷偷翘起嘴角，如实相告：应该，已经追到了吧。

原真一秒内变了脸：你们做个人吧！

周谧回过去一排问号。

团建回来后没几天，张敛在公司召开了一次"反省大会"。

这一次，他戴上了一枚新戒指，就是周谧去年买给他的那枚很贵的戒指，戒指的款式相当低调，但他这样做却是一种高调的宣誓。

他跟平常一样，淡定从容，即便会议中途有团队发言人在汇报工作进度时，突然明赞叹暗、逗趣地来了一句："Fabian，戒指不错。"

他收回目光，瞥一眼无名指，弯了弯唇："是吗？我也这样觉得。"

他扫了一眼周谧，继续说道："Minnie 送的。"

全场欢笑起来，大家拍桌跺脚，好像炸开的喷花筒，会议室里如正在举行一场火热的音乐会一般，快要爆炸了。

周谧托着脸，笑得满脸通红，像朵鲜艳的木棉花。

"他怎么可以这么爱你啊？"团建回来后，陶子伊就从"唯粉"变成了"CP粉"，时刻扎根"嗑糖"第一线，此刻，她已热泪盈眶，"你们好好哦——"

就连周谧的前 leader 叶雁也闻讯而至，一副被惊到的样子在微信里向周谧打探：你跟 Fabian 在一起了？

周谧：嗯。

叶雁：我好后悔那么早离开奥星，不能第一时间见证你们的爱情！

周谧：那你赶紧回来，我好想你。

叶雁：等等我，我妈恢复得很好，也许今年下半年我就回去了。

周谧：我到时一定拉横幅捧花束欢迎你！

叶雁：但我的心情好复杂，我手把手带出来的小实习生竟然成了我的老板娘。

周谧笑了：没有啊，在公司我还是小客户主管。

叶雁：哪里，你已经是能独当一面的资深客户执行了。

当晚回去时，周谧就坐在副驾驶上跟张敛吐槽："你下次搞这些大动作的时候可不可以提前告诉我一声？"

张敛斜她一眼，道："我是这枚戒指的拥有者，决定什么时候戴它是我的权利。"

周谧侧头看他，翘起唇又抬起眼："那你明天还摘掉它吗？"

张敛说："不摘。"

周谧故意装出好奇宝宝的样子："为什么啊？上次你不是第二天就摘掉了吗？"

"吃一堑长一智，"张敛波澜不惊地道，"身份证还是尽量随身携带，不然容易出问题。"

周谧笑到面部扭曲，只能扭头看窗外的火树银花。这一整天她仿佛都在粉红色的泡泡里待着，人晕乎乎的，此时才注意到眼前并非回租房那个小区的路。

"要去哪儿？"她回过头问道。

张敛说："先不回家。"

周谧哼了一声："说一下嘛。"

张敛向来对她撒娇的语气无法免疫："去你买戒指的那个店里。"

周谧瞬间反应过来："你是不是要……"

不等她说完，张敛就应道："嗯。"

周谧忍不住发出一个清脆的笑声，也彻底憋不住话了。

毕竟一万个马卡龙色的、像气球那样胖鼓鼓的问号浮上心头，挤满了她的脑袋。

于是她提前发问："你会刻字吗？"

张敛回："当然。"

周谧又问："你要刻什么？"

张敛皱眉道："我能不能有点保留项目？"

周谧闭上嘴巴三秒，就宣布忍耐失败："我就是好奇，但我觉得我听见和看见的应该都是惊喜。"

张敛说："你猜猜。"

周谧沉吟片刻："Fabian's Poem？"

张敛否认道："不是。"

周谧眼底的好奇更浓了："那是什么？"

张敛选择制造悬念："到那再说吧。"

最后他在导购面前揭晓最终答案，就是简简单单的"Mi"。

等待刻字的那半个小时里，周谧努着嘴，嗤笑一声："我还以为是什么很高级的词组呢。"

张敛垂眸："Mi 还不高级？"

周谧："看起来跟你的不太相配。"

张敛说："很相配，我是你的诗人，而你是你自己。"

周谧寻思这也有道理。

取到戒指后，周谧一秒都不等，将它套在了无名指上，又微笑着凝视它好半天："还是这个好，上次那个太浮夸了，根本戴不出门。"

回去的路上，周谧好奇地问："我那个三十块的戒指呢？"

张敛说："在家里的保险箱里。"

周谧扑哧一声，难以置信地道："保险箱里？你不用这样吧。"

张敛说："我很喜欢那枚戒指。"

周谧问："跟你手上这个比呢？"

张敛沉声道："意义虽不同，但它们都代表了不同阶段的我们，所以都是无价的，没必要一较高下。"

周谧面色和缓下来，片刻后，她注视着无名指上的银色戒指道："以前是三十块和三十万，现在我们平等了。"

"真好。"她发自内心地感叹着。

闻言，张敛看了看盯着新戒指、满眼是笑的周谧，跟着轻勾嘴角。

回出租屋前，两人去了附近的大型超市，打算买些食材，自己在家起灶做晚饭。

超市是主题为人间烟火气的博物馆，不仅仅有柴米油盐、蔬果乳面，里面陈列的还远不只是商品，众生百态、男女老少亦是生活艺术展的关键组成部分。

周谧望着迎面而来的每一个人，又侧头看看在一旁专注挑选小番茄的张敛，不由得握着购物车上的横杆笑出了声。

张敛瞥她一眼："我发现你真的很会自娱自乐。"

周谧不咸不淡地"哦"了一声："你管我。"

"你不分享一下？"

周谧摇摇头，又点点头："好吧，我就是有种……过日子的感觉，觉得很踏实。你不觉得超市里的这些人，不管是一个人来的，还是两个人来的，又或者是一家子来的，都有一个属于自己的、不容分割的结界吗？我和你现在就在同一个结界里面。"

说着她又翘起唇，喜不自禁。

"你没有这种感觉吗？"她问。

张敛把袋子递过去："别在这写观后感了，去称重。"

周谧立马抱紧他的胳膊："没手了，"又瞟了一眼只有几个人在排队的称重处，信口雌黄，"人太多了，我害怕。"

张敛笑了，又无奈地呵了口气，拖着这个娇滴滴的大型挂件和购物车朝称重处走去。

等着称重时，前面一个婶婶模样的人一直回头看他俩。

周谧的眼珠滴溜溜地转，她极小声地从牙缝里挤一句话："她老看我们干吗……"

张敛面色不变，语气正常地道："因为你男朋友太帅了，她顺便看看什么样的女孩子能找到这样的对象。"

这人真"臭屁"。周谧佯装生气，捶了他一下。

回了出租屋，这对身高均高于男女平均水平的情侣非得挤在一间极为狭窄的厨房里做饭。

令周谧备感意外的是，张敛的刀工居然可圈可点，他像在砧板上奏轻巧、流畅、有节奏的打击乐，不一会儿就切出外形近乎相同的片状物，中途他还用圣女果做了个可爱的小红兔子给他。

她把兔子捏在指间，目瞪口呆地道："你什么时候学会这些的？"

张敛说："你当我在国外的那几年都在喝露水？"

"好帅啊你——"原来陷入爱河的时候，人是会失去文采的，大脑似被粉色颜料涂满了，喷不出任何精彩的"彩虹屁"，就只有帅气滤镜了。

周谧将兔子一口吞掉，含糊地道："好想跟你贴贴。"

"贴贴又是什么？"张敛蹙眉，她怎么总说出各种古怪的词句。

周谧的脸微微红了，她偷笑着解释道："就是——抱抱啊，亲亲啊，两人贴在一起。"

张敛侧过身来："来。"

周谧戳戳他的围裙："你还穿着这个。"

张敛立刻解掉围裙，把它放到一旁的台子上，接着他毫不犹豫地把她拉到怀里。

周谧马上搂紧他有劲的腰，把脸颊抵在他的身前，心满意足地轻呼一声，对着他的心脏"碎碎念"："贴啦贴啦，终于贴啦，可憋死我啦。"

张敛胸腔振动着，闷笑道："小样。"

"干吗？"

"嘴巴还要贴吗？"

周谧摆正面孔，仰头眨眼："要呢。"

张敛抽出一只手，扳起她的下巴，俯身吻住她。

一开始，吻只是吻，后来，就加上了更多的动作。

两人被计时器的提示音拉扯开来时，张敛的喉结很明显地滑动了一下，他拧灭灶火，又把周谧拽回来抱住。

但他只是抱着她。

男人滚烫的身体、沙哑的嗓音都令人心猿意马。

周谧的心悸动着，人羞答答的，心思却明明白白的："好想贴全套哦。"

张敛低头，鼻尖抵上她一侧红透了的耳朵尖："我也想。"

周谧贝齿亮闪闪的，懊悔地道："刚刚路过商场时就该进去看看的。"

张敛低笑道："我就说你刚才为什么突然在商场门口顿了一下。"

周谧抵赖道："屁哦，主要是我的卸妆水就剩一半了，我在想要不要再买一瓶。"

张敛说："我可以接受这个借口。"

周谧捏他的腰："怎样？就算我真想又怎么了？人就要坦坦荡荡地面对自己。"

张敛捉住她作恶的手，笑意更浓了："开始了，周谧的歪理。"

周谧眼露狡猾之色，故意换了称呼："那老板，你承不承认我的歪理有几分道理？"

张敛颔首，正色配合她道："是有几分道理，过会儿吃完饭我就出去，看看从哪里能找到帮你坦坦荡荡面对自己的工具。"

一顿饭在谈笑和互喂中吃了足足一个钟头，清理干净厨余垃圾，张敛利落地扎好灰色的垃圾袋，回头问收拾着零钱包的周谧："好了吗？"

周谧挎上吐司形状的小包："好了。"

春夜的空气里尽是花香，整个小区仿佛被裹进了一朵巨大而绵软的玉兰花里。

来到附近的一间便利店，周谧就提着小购物篮蹦跶着直奔主题。

张敛嘴角轻挑，跟在后面。

周谧左看看、右看看，陷入选择困难中："你喜欢哪一种？"

张敛说："都可以。"

周谧说："也不是都可以吧，"她指指其中一个盒子，眼中别有深意，"比如这个……"

两个人心照不宣地笑了。

片刻后，张敛正色，不温不火地道："你挑吧。"

周谧答应道："好。"

又选了些酸奶与零食，他们才回到收银台前，扫码的间隙，周谧跑到一旁的冰柜前探头探脑。

张敛见状，叫收银员等会儿再结账，转而问起了周谧："要吃冰吗？"

周谧看了过来："你想不想吃？"

张敛："都行。"

周谧说："我觉得吃一整个有点多了，本来就吃得好撑。"

张敛挑眉道："有棒棒冰吗？一人一半好了。"

售货员忙点头："有的有的。"他随即绕过来询问他们要哪一种。

周谧挑了支枇杷果味的棒棒冰出来，张敛这才买单。

停在门外，张敛把购物袋放在一边的台子上，拆掉棒棒冰的包装纸，利索地把它从中间掰断。

周谧刚要伸手去接，就被张敛拦住了："等会儿。"

他从裤兜里取出一小包纸巾，抽出两张包住其中半支棒棒冰的末端，随口说了句"直接拿太冻手了"，才把它递过来。

周谧直勾勾地看着他，没有接着往前走，反把自己送回他身前，眼睛泛光地抱住他。

她突然而来的投怀送抱让张敛有点莫名其妙，他的双手顿在半空中："怎么了？"

"我们不要再分开了，"她委屈巴巴地吸着鼻子，"我不会遇到比你更好的人了。"

张敛失笑，只能用腕部碰碰她，以回应这个小女朋友突如其来的深情。

周谧的手臂越勒越紧："你答应我。"

张敛说："我答应你。"

周谧闷闷地道："说三遍。重要的事情说三遍。"

"答应、答应、答应。"他温柔而耐心地哄着她，"好了吗？"

周谧的脸上喜气洋溢，她翘着唇，舍不得也不肯撒手，想粘在他身上。

忽然，后颈被冰了一下，周谧心头一惊，耸肩缩颈，旋即对上男人恶作剧得逞的笑脸。

情绪一瞬间"破防"了，她龇牙咧嘴，对着他就是一顿猛捶。

你在我心里一直是满分和第一

　　回到周谧的小窝，因为玄关过于狭窄，两人只能一前一后地换鞋。张敛趿上周谧前两天准备的情侣款男拖鞋，去卫生间洗手。他转身准备出来时，女生在门外伸开双臂，再次抱住他。

　　"你怎么这么缠人？"他索性微微后仰，靠到门板上，懒笑着承受她的爱意。

　　周谧做苦思冥想状："不知道，可能你身上有谧极磁铁。"

　　张敛被取悦了，也揽住她。

　　周谧用指腹感受着他紧绷的背肌："你好像都没什么变化。"

　　张敛摩挲着她的面颊："你想要什么变化？"

　　周谧"嗯"了一声，眼里有了泪光："呜……感觉好好。"

　　张敛在她直白的赞美声中勾起唇，低下头亲了亲她的眼皮，用很低的气声问道："有多好？"

　　周谧闭目体会着，却无法给出具体的描述："不知道，无法形容，就是很好。"

　　仿佛没有了任何缺口，她成为世间最富足、最完满的那一个人。她的泉眼因为他的开凿而春水泛滥，并重焕生机。

张敛吻住她微扬的唇，将很好变为更好。他们像一把正在快速演奏乐曲的小提琴，在弓与弦的摩擦间，重谱乐章中的和音。

等一切都平息了，两人像刚被人从热海里打捞出来似的。

周谧侧躺着拥着张敛，手臂横在他身前。她一动都不想动，脸上泛出红晕，像朵吸饱雨水的蔷薇。

残留的痕迹有如浪漫主义画作中的笔触与色彩，诉说着美妙的情意。

周谧回味了会儿，忍俊不禁地道："你虽然老了一岁，但我觉得你跟之前一样好。"

张敛笑了一下："没变得更好吗？"

周谧的眼珠俏皮地转动了两下："有吧？"

张敛对这种语气不大满意，眯着眼问："吧？"

"有——"她改口了，还把尾音拉得无限长，"当然有——"

周谧往他的臂弯里蹭了蹭："我刚刚分不了心，就没有认真回答你那个问题。"

张敛问："什么问题？"

周谧说："就是有多好那个问题。"

张敛惬意地"嗯"了一声："你说。"

"怎么说呢？"她把腿也搭到他身上，像个树袋熊一样从侧面缠住他，"不只是一种满足吧，还有一种……皈依感，一种生命力，跟这个人这样过后，对抗孤单的能力一下子就降低了。"

张敛因这个描述转向了她，再次跟她面对面地成为一体。

最后，他说："我也是。"

他们又懒洋洋地聊了会儿天，张敛低头，让嘴唇轻贴着周谧的额头："要不要去洗澡？"

周谧挤出又甜又细的声音："要张敛敛抱过去洗。"

"好。"他笑了起来，直接将她抱起来。

打水仗是他们喜欢的项目之一，在朦胧的雾气里一阵泼洒追逐嬉闹，张敛又把她扯回自己跟前，举高花洒给她彻底冲湿头发。

他很仔细地在周谧的脑袋上搓出泡沫，把她变成一只绵软香甜的奶白色小蘑菇。

"啊，进眼睛里啦——好难受。"一点泡沫滑入周谧的左眼，她的眼皮和山根被刺激到了，挤成了一团。

张敛拽来毛巾替她擦拭了几下："现在眼睛睁得开吗？"

周谧的表情略略舒展开来，她试着掀动眼皮。

张敛的吻随即落下来，这是他因她的可爱而给予的奖励。

周谧捶了下他湿漉漉的胸膛："你怎么想方设法地亲我啊？"

张敛淡淡地回："你不也处心积虑地抱我？"

周谧矢口抵赖："我才没有，我都是正大光明地抱你！"说着她又跟有肌肤饥渴症似的，一头扎进他的怀里。

每次她把自己的胸口填满的时候，张敛都会产生一股慵怠感和占有欲，会懒散地想着，千万别再放走她了，让她从此生长在自己身上好了。

一块儿洗完澡神清气爽地出来，张敛给周谧吹干头发，又跟陈姨通了个电话，让她找同城快递送两件换洗衣服过来。

周谧对着书桌上的圆镜敷好薄薄的面膜，刚一回头，就看到打着赤膊、盘腿坐在床上的男人。

他的身体不是那种看起来肌肉很大块的强壮类型的，但也有清晰可见的线条，干净而有力。

他此刻正看着手机，还分外淡定。

功亏一篑，她好不容易弄得很平整的面膜又起了褶皱。

这阵子她老是笑，停不下来，只要视线一触及张敛，她就本能地想笑。

她问："你冷不冷？"

张敛瞄她一眼："冷啊。"

周谧"哦"了一声："那怎么办？今天这么突然，我也没想过让你留宿。"

张敛的眼睛幽暗了几分，他低哼道："爽完就赶我走吗？"

周谧反驳道："哪有？"

她走过去，扯起床尾淡蓝色带木耳边的薄被，将之拖过去，又爬上床，从他的后颈处把他裹住。

张敛侧了下脸："干吗？"

周谧回到他身侧，答道："怕你着凉，把你包好。"

张敛随意耸了下肩，身上的被子便滑了下去。他把周谧扯过来，腾出空间，曲起双腿，将她卡在中间，下巴顺势搁到她的肩窝处，吐出温热的气息，道："这样吧。"

这个前后叠坐的姿势总是令人陶醉且内心充盈。

周谧耸耸一边的肩膀，极轻地撞击他一下："那你背后还是冷的啊。"

张敛说："心口不冷就行了。"

周谧顿时笑眯眯的，幸福到有点眩晕。

她双手食指交叉着点点他的手腕："你知道吗？"

张敛关掉手机上的邮件页面，专心地倾听着："嗯？"

周谧说："我特别喜欢坐在你怀里看书、看电影，感觉这样特别不容易分心。"

他就像她的小屋或腹地，能恰如其分地容纳她。

"我喜欢你的每一种抱法，站着抱、躺着抱、坐着抱，"她笑容灿烂地撒着娇，"没有你我真不知道自己该怎么过。"

张敛笑了下，意味不清地道："那这快一年的时间你是怎么过的？"

周谧收起喜滋滋的表情："就那样过啊。"

张敛问："你前男友不抱你吗？"

周谧没想到他会把另一颗雷直接搬到两人之间，便沉默下去。

她深呼吸了一下，轻声回道："抱啊。"又问道，"你这一年是怎么过的？"

张敛也安静了几秒，然后声音平淡地道："我屏蔽了三次你前男友的朋友圈。"

周谧的鼻头忽然酸得要命。

张敛在她耳侧说："最后一次打开他的朋友圈的时候，我觉得照片里的你并不开心。"

周谧心头有了烫意："也没什么好看的。"

张敛看似认同了她的说法："是没什么好看的，但我还能怎么看到你？"

她的胸口仿佛被堵住了，被堵死了，痛得她无法呼吸："我才是真的看不到你。"

她怄气地道："你也没真正地看过我不是吗？"

张敛说："我看过。"

周谧问："哪一次？"

张敛说："很多次。"

周谧回忆了一下："我想不出来。"

张敛说："有一次，我想给你戒指。那天我就在马路对面，坐在车里。后来我想了想，那个借口真是差劲。"

周谧怔住，回想着那一天。

张敛说："你跟季节在一起，很开心。你说过，走出失恋的方式就是尽快陷入下一段喜欢里，而且我那会儿在你眼里确实糟糕透顶了不是吗？"

"不是的……"周谧哽咽着，用双手狠刮着眼皮，可泪水还是往外涌着，"不是的，我只是想往前看，我不想勉强你。慢慢忘掉你也不是不行，但我就想躲避你，就想转移视线。我以为你不怎么喜欢我，我以为我这个人很差劲才不被你重视，我以为那样了自己就会好起来，但是并没有。那段时间我感觉自己像个被包装起来的礼品，我很怕拥有我的人对我失望。"

张敛丢开手机抱紧她，在她颈侧深深地嗅着："我也以为我能不在意。"

"但不行。"

"换过两天手机铃声，但怎么听都不对劲。"

"所以我听到了。"像听到了山谷另一端不再虚幻缥缈的回音，周谧把手指嵌入他手指的缝隙中，紧密地缠住他的手。

两个人的手用力地扣牢了。

"张敛，"周谧轻轻叫他的名字，看起来既懊恼又伤心，"我希望你能忘掉那句话。我无意中伤你，你真的很好，你是最好的人了。如果可以用其他的话清除或覆盖掉那句话，我愿意对你重复三千遍'I love you three thousand'，还可以在本子上抄写。"

张敛听懂了，低笑着把极热的气息极近地喷到她的耳郭上，用气声下令："好，现在就下床去写，不抄完别想睡觉。"

周谧破涕为笑，扑哧一声，掐他的手背泄愤。

张敛反握住她的手，再一次与她十指相扣。

两人安静地抱了会儿，张敛的手机突然响了，那是他们都熟悉的旋律，是那首 *Lot to learn*，周谧转头，看着他接起电话。

简短地通完话，张敛示意周谧："帮我去门口拿东西。"

周谧问："什么啊？"

张敛："我的衣服。我光着身子，不方便。"

周谧恍然大悟，挣脱他的怀抱。

张敛把她拉了回来："等会儿，过会儿再去拿，你一个人住，这点常识都不知道？"

周谧扭头，音调陡然升高了："我怎么可能不知道，我连外卖单子上的联系人一栏填的都是'周先生'好吗？我是怕你着凉了，上次你发烧才多久前的事啊，你忘啦？"

张敛果断地揭掉她的面膜，堵住她唠唠叨叨个不停的、饱满的小嘴巴。

亲了一会儿，周谧被放开了。

她红着脸，像可爱的小野兔一样扑通一声跳回地板上，趿上拖鞋，快步跑到门口。

片刻后，周谧嘿哟嘿哟地提了一个黑色大行李袋回来，那袋子鼓鼓囊囊的："你是要留宿还是要搬家呀？"

张敛有点意外地挑挑眉，忙下床将袋子接过来，搁到桌上。他扯开拉链瞟了一眼，回头笑道："陈姨可能想放半个月的假。"

在周谧这边住下后，二人真正实现了同进同出，每天一起上下班，一起遛弯，方方面面都跟所有同居的情侣无异。

偶尔在地库遇见同事，对方也会拿二人打趣，问什么时候才能喝上他俩的喜酒。

约莫是两人恋爱谈得不算高调，生活的细微处又全是真诚、甜蜜、接地气的细节，公司众人愣是在这对身份差距颇大的上下级身上瞧不出任何施予或攀附的味道。

周谧仍是那个周谧，能兢兢业业地干活，也能谦逊温和地与人沟通，订下午茶时还是会仔细研究积分和优惠券。

张敛也是那个张敛，有雷霆手腕，也有风趣言行，能气定神闲地在线上会议中拓展客户，为自己的公司争取更多的项目。

下班后他们走到一起，有着情投意合的恋人气场。

偶尔，张敛会直接来周谧的工位上接她，问她什么时候回家。

每当这时，周围就会响起一阵"啧啧"或"哎哟"声。

周谧红着脸收拾好挎包，就急匆匆地拉着张敛的胳膊出去了。

到电梯口，周谧佯怒嗔道："不就超过五分钟没回你的微信嘛，我那会儿正检查幻灯片呢。"

"十分钟，"张敛纠正道，"所以我过来当面通知你。"

周谧抿嘴笑着，有了新的思路："这么看，跟我谈恋爱好省心哦，接女朋友只用走这么点路，一点都不费劲。"

张敛唇角微挑，散漫地道："是啊，我运气不错。"

周谧笑得双眼弯成了细线，抿住嘴，像盖紧了瓶口，生怕心底的蜜浆漏了出去。

有回大家在开会，聊着聊着，话题转到他俩平日的相处上，珍妮一度感慨道："我以为你会像电影里面演的那样，坐直升机来上班。"

周谧笑出了声："你对Fabian的认知是错误的。"

另一个叫花花的同事指出："Minnie，你提到他的语气好那个哦。"

周谧不解："哪个？"

花花说："就有种拉家常的感觉。"

周谧愣是没弄明白这是什么感觉，回去的路上她就跟驾驶位上的张敛说：

"今天花花说我提起你时有种拉家常的感觉，是不是跟我谈恋爱你就被拉下神坛，变成凡人了？"

张敛侧头看她："当人不好吗？"

周谧转念一想说道："也是，从一群人的男神变成周谧一个人的男人，"旋即她挥舞起小拳头自鸣得意地道，"哼哼，爽到了爽到了。"

张敛哂笑一声。

周谧瞄他一眼，面色转淡："这个笑有几个意思？"

张敛："看你这副德行。"

周谧："如何？"

张敛举目留意着路标，手握方向盘，让车脱离车流。

周谧跟着望向窗外："要去哪儿？"

张敛把车停在了路边，升起车窗，解开安全带，毫不迟疑地侧身靠过去亲她。

周谧开始还故意侧头躲避了一下，却被他单手拉了回来，他吻得越发深入了。

周谧的耳朵在缠绵的吻中和他的摩挲下红到滴血。她脱力地钩住他的脖颈，心无旁骛地品着全宇宙最好看的嘴唇，再无暇顾及外面的车水马龙、人潮涌动。

分开时，周谧的气息好一会儿不连贯，而张敛则眼含笑意，重新启动车子上路。

周谧双手捧着脸给自己降温，得了便宜还卖乖地道："莫名其妙，突然停在路边亲亲。"

张敛没说话，唇角的弧度越发明显了。

周谧斜着眼看他："一边嫌弃我这副德行，一边一刻都等不了地下嘴，这就是男人吗？"

张敛说："这两者不是并列关系，而是因果关系。就是因为你这副德行，我才等不及回家的。"

周谧的心花怒放值立马飙升。

吃完晚餐，周谧就搬出笔记本，正襟危坐，继续修改、完善自己的PPT。

张敛没有打搅她，在一旁戴着耳机看书。

屋内很安静，唯有键盘敲击声与翻动书页时的沙沙响声，两人有种无须多言的默契。

一会儿，周谧举高手臂，双手互掰伸了个懒腰，接着回头叫道："张敛。"

为防女朋友有工作上的问题需要求助，怕自己不能及时回应，张敛耳机的音量通常调得比较低，所以他很快掀起眼皮："嗯？"

随即他摘掉耳机，静静地等她发话。

周谧莞尔一笑："我想告诉你一件事。"

张敛颔首："说。"

周谧又开始卖关子了："算了，还是不说了。"

张敛不解地笑道："想说就说。"

周谧嘟了会儿嘴，临时反悔了："暂时不说了，等有了好结果再告诉你。"

张敛没有逼问她，面无异色地看着她，一脸"本人早就习以为常"的表情。

刚要重新佩戴上耳机，周谧倏地从椅子上下来，三步并作两步奔了过去，跨坐到他的腿上，占领高地："你怎么不好奇？"

张敛淡淡一笑："我不像你，什么都要问清楚。"

周谧把小臂架在他的肩膀上，喃喃地道："如果结果不好你也不要对我失望。"

张敛装作没听清，微微侧耳："什么？"

周谧心领神会，开始捏他的肩膀。

"不错啊，周谧，"张敛赞许地点点头，"再捏会儿。"

怎么什么小脾气、小动作在他那都能被四两拨千斤地消磨掉，周谧哪肯从命，笑着把脸埋到他的肩窝处，又被他亲密地搂紧。

周谧保留的惊喜是周一的pitch（提案），这次他们竞争的项目是BN暑期要推出的最新款挂脖耳机。

参与此次比稿的有三家媒介公司，一家当地的，两家 4A 公司，其中一家就是奥星。

早在半个月前，周谧就在微信里甩出各种磕头作揖的表情包，恳请珍妮给她这次机会，就当成对她的一次越级的考验。

令周谧没想到的是，珍妮欣然应允，没有半分迟疑。

她回复道：你可以开始准备了，正好我也想偷个懒。

周谧再三确认道：你真的愿意啊？

珍妮：有哪里不行吗？再说了，BN 耳机不是你的"初心"吗？

周一当天，一坐上商务车，周谧立马剥了根香蕉，三下五除二地吃下去，借此缓解焦虑情绪。她又双手合十，抵着下巴不断祷告着，像个要去修道院的虔诚信徒。

过了会儿，她觉得自己的心跳舒缓了一些，才重新睁开眼睛。

环视一圈车厢，小组特派人员无一遗漏，车却迟迟没有发动。

周谧奇怪地抬起眼："怎么还不走？"

珍妮语气随意地道："等一下 Fabian。"

周谧一怔："啊？"

珍妮侧着头，模仿起她的神态和语气："啊？"

珍妮的眼睛忽而一斜，望向窗外："你男朋友来了。"

周谧跟着看过去，眼睁睁又直勾勾地看着张敛走上车来，行至她跟前，神色自若地垂下眼："往里挪一下，让个座。"

好不容易降下来的心率再度飙升，周谧失去表情控制，机械地挪到靠窗的位子上。

张敛在她一侧入座。

全车人都看着他们并露出"姨母笑"。

ACD 打趣道："请问这是家长送考吗？"

珍妮因他的戏言朗声大笑起来。

周谧脸微红，超小声地问："你怎么过来了？"

事实上，她真正想问的是：你怎么知道这事的，还这样从天而降了。她明明瞒着他准备了这么久。

张敛似能读心，严正地道："Minnie，我是奥星的老板，有什么是我不知道的？"

周谧哑口无言，但仍呛了回去："可是你来了我会更紧张，更容易发挥不好。"

张敛说："那我现在下去？"

周谧没吭声。

张敛故意做了个准备起身的姿势。

周谧立马扯住他的衣摆，嘟囔着："好了，去就去吧。"

男人的声音有了安抚的意味："你就不能往好的方面想吗？也许你会超常发挥。"

周谧望着天："但愿吧。"

他们先去 BN 大楼那边跟对接人会合，再一起去会议室。会议室里，对方负责打分的采购部总监和市场部总监都分外诧异，甚至有些受宠若惊，调侃道："Fabian 怎么也来了？你过于重视这个项目了吧，小项目至于这么兴师动众吗？"

珍妮指指周谧："陪家属呢。今天 Fabian 的女朋友第一次提案。"

周谧有点害羞，礼貌地颔首。

对方多打量了周谧两眼，吃惊地拍了拍张敛的胳膊："哇，看不出来。"

张敛笑而不语。

落座后，互做了简单的介绍，周谧就抿了口咖啡，上前去连接投影仪了。她是第一位主讲人，必须表现良好，为之后至关重要的创意部分开个好头，不能出现任何差错。

她在大脑里反复回顾了那些必须注意的提案窍门，而后很轻地清了下喉咙，咔嗒一声按下鼠标，让画面定格在比稿 PPT 的封面上。

周谧先瞟了一眼屏幕，而后正视全场。

张敛就坐在她对面，她的视线在他脸上一滑而过，男人神色平静，眼神却极为温和，他在不露声色地鼓励她。

周谧看向两位客户，展露笑颜，讲出自己反复演练了几百遍的开场白。

会议室里鸦雀无声，女生的长相与笑容都很夺目，声音极具感染力，在场的所有人都不由自主地被她吸引了。

所有人都在看周谧。

比起曾经以为的凌迟酷刑，如今的这些目光更像几束光，让她过往的努力看起来更加清晰，也使她本人更加光鲜亮丽。

她开始在舞台上展示属于自己的第一支单曲、第一段舞蹈，哪怕她的歌喉还不是那么高亢，哪怕她的肢体还不是百分之百的协调。

到底是头一遭，周谧的面颊和耳郭都在她的讲述过程中微微地红了起来，但她并未因此嗫声或卡壳。

她声音流畅地讲解着幻灯片上的内容。讲解的途中，她学习叶雁，适度地抛了几个有趣新鲜的哏，顺便"拉踩"了一下竞品。

客户全都笑出了声。

她借机跟张敛有了目光的接触，他看着她，在笑，眼里是赞许，是骄傲，是与有荣焉。

短短几分钟，周谧如参加了一次长跑，背脊上已渗出细密的汗。回到座位上时，珍妮在桌下轻拍了下她的胳膊，脸上带着明显的认可。

周谧深深呼了口气，偷偷翘起嘴角。

问答环节，周谧也答了一个问题，得到了对方市场总监的肯定。

半个多钟头的提案结束了，大家跟客户道别，不知是出于客套还是真心，对方对周谧赞赏有加，直夸张敛有眼光。

张敛欣然接受了这个说法。

去地库找车时，其他人走在前面，把空间留给他俩。

两人并排而行，走得不徐不疾。

在心里复盘了一下，周谧忽地一拍额角，后知后觉地道："好像有个小点没讲清楚……"

张敛旋即把她拍自己脑瓜的那只手握住了："已经很完美了。"

周谧笑着侧了下脸："真的吗？"一秒内她又变得十分懊丧，"其实我是想等方案过了再告诉你的，结果你直接跟着来了，我就很气。"

张敛说："我不来怎么看到这么优秀的你？"

周谧窃喜，抿抿嘴，还是不那么自信地道："万一最后比不过人家，那多尴尬啊。"

"周谧，"张敛拉起她那只手，吻吻她的手背，似在印下嘉奖的勋章，"你在我心里一直是满分和第一。"

这一年的中秋小长假，周谧回了趟家。

自打搬出来住以来，她就没回去过了。其间，汤培丽好几次提出去她的小公寓看看她，但都被她婉言拒绝了。

听闻女儿要回来，汤培丽置办了一桌子菜，从傍晚开始就不间断地跑到窗口眺望，又数次给周谧发消息、打电话，问她具体什么时候到家。

晚上六点多，汤家的门锁终于被拧了两下。

在客厅里等候的汤培丽忙不迭地跑去迎接女儿，周父也不紧不慢地紧跟其后。

一见周谧，汤培丽就怔住了，她觉得女儿有点不一样，但又像变回了以前的样子。

周谧唤了声"妈"，那熟悉到跟刻在耳朵里似的声音令中年女人立马红了眼眶。

只是她嘴上仍不服软，还趁着周谧蹲下身换鞋的时候，悲喜交加地拍打她的背部："死囡，你还知道回来啊？"

周谧拱着肩嗷嗷叫："干吗啊——怎么我一回来你就打人呢？"

周兴无奈地拦住自己的老婆。

趿上拖鞋，周谧直起上身，扫了几眼并排而立的父母，眼圈也有些发热。她深吸一口气，拥紧了他们俩。

肢体动作远胜过语言表达，这是最好的和解。

"我好想你们啊。"周谧抽抽鼻子。

一家三口静静地抱在一起。三人一分开，汤培丽就挽住周谧的胳膊，拉她去厨房："来来来，饿不饿？赶紧吃饭吧，妈妈买了你最喜欢的饮料。"

　　周谧驻足说："等一会儿。"

　　汤培丽不解其意。

　　周谧忽然举起右手，大方展示自己无名指上的戒指，并平心静气地说："张敛还在下面找车位。"

　　汤培丽惊愕地睁大双眼，仿佛撞邪了。

　　她刚要问个究竟，周兴就偷偷扯了下她的胳膊，对她使了个眼色，含笑看向女儿："谧谧，我还是下去看看吧，小区里不好停车。"

　　"不用了，"周谧拦住周兴，"就让张敛慢慢找吧。是他叫我先上来的，他怕你们急着见我。"

　　周兴愣了一下，躬身换了拖鞋："不行，我还是得下去，现在大家都放假了，下面全是车，张敛到底没来过几次，不知道该把车往哪边停。"

　　"啊？爸……"父亲已经不由分说地拐出楼道了，周谧都没来得及叫住他，只能呵一口气，回头去看面色青白的母亲。

　　汤培丽露出费解的神情："你……"

　　"先等会儿啊，"周谧抽出手机，"我先打个电话，跟张敛说下我爸下去找他了。"

　　汤培丽被女儿与过去截然不同的气势震住了，一时无语。

　　周谧看起来从容、淡定，不再是那个遇到事就躲藏、逃避，动辄痛哭流涕的小姑娘了。她站得直直的，自然而然地向父母公布了自己跟张敛破镜重圆的消息。

　　虽说这个消息是个埋藏在家庭内部的巨型炸弹，但在她坦然的陈述下并未引起半点的恐慌。

　　等周谧挂断电话，汤培丽开口问道："你们又在一起了？"

　　周谧说："嗯，"她加重了语气，"是的，我和张敛又在一起了。"

　　汤培丽翻了个白眼，冷嘲道："这就是你带给我们的佳节厚礼？"

　　周谧莞尔，趾高气扬地说："厚礼还在车里，张敛一会儿拿上来，他不舍得让我拎。"

"哈。"汤培丽觉得不可思议，笑了一声，一下子嘴里竟再蹦不出一句话来。

在楼下碰到周父时，张敛已经停好车往周谧家走了，双方一碰上面，均加快步伐朝对方走了过去。

周兴的情绪略显复杂，但他还是客气地接过张敛手里的礼盒："这么多东西也不让谧谧帮着提。"

张敛的态度不卑不亢："也不重，"他又关心地问，"您最近怎么样？"

周兴回："还是老样子，"他瞥一眼张敛，"谧谧这段时间怎么样？她这半年都没跟我们联系过几回，每次我们问她生活、工作上的事，她都不怎么说。"

张敛说："挺好的，这个月她刚升为客户经理，开始自己带项目了。"

周兴意外又欣喜："真的啊？"

张敛颔首："嗯，周谧工作能力很强，晋升速度自然快。"

女儿的进步令周兴微微攥紧了手，他继而关心起她的感情状况："你们两个……应该不是最近才……"

张敛坦诚地道："嗯，我和周谧四月份就复合了，她怕你们担心，就一直没说。"

"我就知道。"周兴叹了口气。

张敛看他一眼："您是怎么知道的？"

周兴说："看她朋友圈里发的那些东西啊，语气跟以前的不一样，状态跟你们同居那会儿特别像。她以为能瞒住我们呢，其实我和她妈妈早就猜到了，虽然我们不是很确认对方就是你，但多少有些心理准备。"

国庆节当天，张敛安排双方父母再次见面。

此番会晤，他和周谧都不再像上一回那样心怀鬼胎、别有用心，而是光明正大，开诚布公，以真心换真心。

席间，荀逢知开心得合不拢嘴，走之前拉着周谧不撒手，还直感叹："我就知道我跟我这个学生的缘分还深得很。"

见自己女朋友在导师身边赔笑到脸都僵了,张敛上前挪开老妈的胳膊:
"行了啊。"随即他把周谧牵到一旁。

荀逢知控诉道:"看这个人,连妈妈的醋都要吃。"

大家全都在笑,一片其乐融融的景象。

假期的最后一天,张敛一大早就叫醒周谧,说要带她去个地方。

被提到盥洗室后,周谧揉着满头乱毛,半睡半醒地刷着牙,瞪着死鱼眼
吐槽:"到底要去哪儿,非得起这么早?"

张敛在镜子里看着她笑:"去了你就知道了。"

目的地在一个周谧从未去过的住宅区,张敛提着个密封好的神秘大袋子,
领着她上了楼。面目和善的住户将门打开,面露惊讶之色,继而粲然一笑,
欢迎他们:"你们来了啊,我先带你们去看看猫。"

周谧全程都很迷茫,直至看到笼子里有些眼熟的三花八字脸猫咪,她才
恍然大悟。

"啊……"她笑了起来,难以置信地看着猫咪,心跳得飞快。

长假开始前她点赞并转发过一条本地流浪猫求领养的微博,因为那只猫
咪颇合眼缘,她还帮忙转发过几次领养信息,没想到张敛直接联系上人家并
带她过来领养猫咪了。

"不是……"周谧开始语无伦次,"这也……"

张敛垂眸:"怎么?"

周谧说:"好突然啊,"可她的狂喜完全遮掩不住,她笑得露出两排小
珍珠一样的牙齿,"我们是要养这只猫吗?"

"嘘,"张敛侧头贴近她,"我已经说过我们会养了。"

周谧赶忙掩紧嘴巴,用气音回道:"哦……知道知道。"

张敛这才从袋子里取出一早就准备好的猫包,展示给救助人看:"这样
子的可以吗?"

救助人回头看了一眼:"可以可以,这种最好,我看到那种太空舱猫包

就难受。"

周谧蹲在笼子前温柔地跟里面的猫咪说话,还在栏杆的缝隙里舞动手指逗猫咪。过了会儿,她回头说:"它好活泼啊。"

救助人回:"对啊,它性格很好,还很黏人。"

救助人将小猫抱出来,安置好。送他们离开时,救助人忍不住夸了句:"不是我说,你们俩也太好看、太般配了吧!"

周谧跟张敛一起笑着向她道谢。

当晚,周谧的朋友圈更新了一条带照片的新动态,她兴奋地向世界宣布她也跻身有猫一族了,文字内容则是她灵机一动给这只家庭新成员起的名字:就叫你 Mifaso 吧。

文字后还附了三个表情:一男,一猫,一女。

这是她与张敛恋爱后,头一回真正意义上地在自己的朋友圈里发布关乎他们的内容。

下面的评论果不其然叠成了高楼,同事们集体抨击她这种丧心病狂的"屠狗"行为,一致回复道:不懂就问,这是什么"秀恩爱"的新模式吗?

珍妮则在中间破坏队形:难以想象一身猫毛的 Fabian 是什么样子的。

周谧笑得仰躺在床上。

季节也给这条状态点了赞,如好友般发出真诚的祝福:恭喜啊,不用再望梅止渴了。

周谧回复道:谢谢!好开心!

洗完澡出来,两位新晋猫爸猫妈又靠在床头一起挑选罐头和玩具。看猫零食时,周谧不由得咂起嘴:"这些零食的包装和外形都好精致,看得我都想来一口了。"

张敛一脸平淡地往购物车里加东西:"我可以给你带一包。"

周谧恨恨地捶他的肩膀,却被男人拽住了胳膊。

被吻得面红耳赤四肢发软的时候,周谧扭动着身体,义正词严地道:"现在家里有别人了,还是个未成年,你能不能有点公德心?"

张敛把被子拉高,完全盖住他跟周谧,两个人如同滚进同一片柔软的夜晚的麦田，男人好闻的气息再度降落："这样行了吧？"

周谧弯起眼，噘高嘴："勉强可以吧。"

一番纠缠后，他们一块儿去洗了个澡，偎依着重新坐回床上。周谧注视着猫窝里酣睡的猫咪，思绪纷飞，不由得轻叹一口气。

张敛闻声侧脸看她一眼，略微贴近她："怎么了？"

周谧摸了摸唇，目光深远了几分："就是忽然有点感慨。"

张敛问："感慨什么？"

"我说出来你肯定会笑，"周谧自嘲地撇了下嘴，心底随之变得极其柔软，"就最开始的时候我总觉得你像个王子，像一段时效很短的童话，很可笑吧？"

张敛沉吟片刻，正色说道："可童话不会有头没尾。"

周谧看向他，眼眸因盛着情意而变得漆黑透亮："所以就只是童话的节选啊，那一段，有妙不可言的描述，文字带着香气，炙热、浓烈，让人恨不能为爱而死，但是到了十二点，童话就结束了。你每次跟我吻别的时候我都知道，可我不想醒来跟你道别，甚至会迷迷糊糊地心生期待，想着你是不是还会回来。我是不是超级傻？"

张敛沉静地注视了她好一会儿。

周谧的耳郭不由自主地升温了。

他忽然说等我一下，而后下了床，取来一样东西，毫不迟疑地将之打开，摊放至周谧的眼下。

"上个月我就准备好了。本来想更有仪式感一些，但我认为没有比现在更好的时刻了。"他说。

一枚巨大的闪耀的钻戒映入周谧的眼底，她一脸震惊，半晌不能言语。

她飞速掩唇，热泪难以控制地涌上眼眶，但笑声却从指缝中溢了出来。

她的脸红红的，她看起来像世界上最美丽、最幸福的公主："这是什么意思？你要给童话一个大结局了吗？"

张敛微微一笑："不，这是下一个篇章的开始。"

他们曾是残缺的纸页，曾为丢失的那部分字句茫然四顾，灰心、消极。

　　无关臣服，无关依附，亲自谱写的浪漫让他们折拢，拼接在一起，逐渐合为一体，重新组成优美绝伦的诗文。

　　或许庸俗，或许天真，只要那支鹅毛笔尚在自己手里，故事总能在属于他们的幸福结局后继续演绎。

‹正文完›

月半小夜曲

进酒吧时，张敛接到了一通电话，电话来自同席的另一位大学同学文良材，他问张敛怎么不打声招呼就从婚礼现场消失了。

为防酒吧里面的声音太大，张敛没再往前走，只停在门边道："我跟老彭说过了，那会儿你去旁边抽烟了。"

文良材惋惜地道："嗐，我还想结束后再赶个场聚一聚呢，结果你跑得那么快。"

张敛说："下次。"

文良材说："下次是哪次哦？你这个大忙人，我哪里约得上？"

张敛说："你想约，我肯定到场。"

文良材叹了几声："我只请了两天假，明早就得回京市。下次咱们人大四帅再聚首也不知道是什么时候的事了。"

张敛笑了一声："想见总能见到的。"

"难啊，上岁数了就容易身不由己，哪还有当学生时的那种自由？"文良材显然醉了，说话有些颠三倒四的，"唉，我真羡慕你，你不抽烟不喝酒的，一点坏习惯都没有，我现在都得脂肪肝了。"

张敛说："毕竟我老了也是一个人过，多惜命总没错。"

文良材笑了。

又听室友抱怨了几句人生与生活后，张敛结束了通话，他突然有点兴阑珊。

他立在原处，思考着是进去还是回家。

酒吧内冰蓝色的光像海水一样从门帘里渗出来，一齐渗出来的还有隐隐约约的音乐声。

张敛按亮手机看了一眼时间，没有掉头。

作为大学附近的一间不大的酒吧，Fate 的内部环境看起来远不如市中心那些人潮汹涌、消费高的大店，不过，它的内部设置虽然比较简单，但布置得颇具情调，每个卡座上都摆放着一枝白色的郁金香，环境也相对清静，没那么嘈杂。

顾客大都是学生，即便有人刻意化了偏欧美风格的浓妆，也是小孩装大人，掩饰不了身上那股子稚拙感。他们喝酒或跟唱时也沉醉其中，带着一种近乎朝圣般的虔诚。这些是在那些大酒吧里看不到的，那些大酒吧更像让人堕落的魔窟。

有个穿黑 T 恤的寸头男生抱着吉他在台上哼着歌，那旋律很熟悉。

张敛没有仔细辨认那是什么歌，在吧台前的一张高脚凳上坐下来。年轻的酒保瞥他几眼，走过来，递上酒单："帅哥，喝点什么？"

张敛接过酒单，由上而下粗略地扫了一眼，单子上面的无外乎酒吧通常会有的那些品类，于是他随意点了一款。

酒保应了一声，回身去后面五光十色的架子上选取酒品。

张敛侧了个身，略微失神地看着台上的人唱歌。

附近并排坐着的两个女生从他进来起就一直在窥视他，还蠢蠢欲动，想上前要联系方式或者请他喝一杯。男人虽然面色温和，但他突出的容貌和强大的气场令她们望而却步。

他很像大荧幕里那种有故事感的男主角，面孔极适合拍特写，各种运镜下、各种角度的他都是如此。可当人们真正上前去一探究竟时，却发现他终究是一个投映在幕布之上的虚幻的影子。

张敛没有动那杯酒。

进酒吧只是他心血来潮之举，他并不打算把车留在这边或者叫代驾。

慢慢地，台上的男生已经唱到第四首歌了，他现在唱的是一首相对轻快的英文歌：

I fell in love with a criminal.

我爱上一个坏蛋。

She stole my heart and I didn't know.

我未察觉她已将我的心偷走。

She got me hooked after just a touch.

她只是轻轻一碰，我便被她深深迷惑。

同一时刻，张敛右边的胳膊被戳了一下，对方的力气还有些大，他甚至感觉到了痛意。他微微蹙眉，侧过头来寻找对方。

光束刚好流过，一张非常亮眼的面孔出现在他眼前，那人是个穿粉色格子连衣裙的女生，因微醉而偏粉的面孔浸在光里，眼睛水灵灵的，脸上带着点不加掩饰的狡黠。

她梳着最简单的单马尾，头顶有些碎发，被光映着，看起来毛茸茸的。

她就像一颗蜜桃，极为饱满，有种甜美感。

一与他对上目光，她就露出一脸得逞的表情，笑了，还很开心地判断道："啊，是真的。"

女生的神态颇具魔力，抑或是带有极具传播性的病菌，令张敛不自觉地跟着勾唇笑起来。

"你真的是真的啊！"她忽然用更高也更兴奋的声音说道。

张敛看着她："我不是真的难道是假的吗？"

她说："可是你看起来像假的。"

"你好好看，"不等张敛说话，她开始赞美他，"你真的好帅哦，帅得特别不真实。"

她似乎很喜欢这样重复话语，运用各种语气助词。

张敛为她的直白而笑："谢谢。"

女生抿了几秒唇，软绵绵地央求道："我能跟你坐在一起吗？"

张敛回："可以。"

女生堆起笑，坐到他旁边的高脚凳上，眼睛一眨不眨地、牢牢地盯着他。

张敛跟她对视起来："你老看着我干什么？"

女生说："我怕我一眨眼你就消失了。"

张敛莞尔："你刚刚不是已经确认过我是真的了吗？"

女生噘了下嘴："可是离你超过二十厘米我又觉得你像假的了。"

张敛把长腿支到地面上，把高脚凳往她的方向移了几分："现在呢？"

他们近得不行。

女生双手握拳掩着唇，得意地弯起了双眼："你怎么又帅又好？我就知道跟你搭讪是正确的。"

张敛没有接话，仍看着她，女孩的笑容让他移不开目光。

她似无意瞥见他身边吧台上的那杯分毫未少的玛格丽特，问："这是你的酒吗？"

张敛颔首。

她又问："你怎么不喝？"

张敛说："我还要开车回去。"

女生立刻佯装生气，指责道："可你这样好浪费，我又不觉得你好了，给你减五分，你现在只有九十五分了。"

张敛闻言，端起酒杯抿了一口酒。

女生笑得眉眼微微挤在一起，开始放马后炮："可你这样还怎么开车回去？"

张敛说："不知道，你帮我打辆车？"

女生怔住，黑亮的眼珠转了好几圈，最后说："成交。不过你能多陪我待一会儿吗？"

张敛"嗯"了一声，同意了。

女生忽然收起开心的表情，黯然神伤地道："我想告诉你，今天我失恋满六十天。"

张敛并未搭腔。

女生问："你失恋过吗？"

张敛说："有过。"

女生叹气道："那我们一样一样的。

"我好想我男朋友啊，我到今天都觉得自己忘不了他，可他说分手就分手了，完全不联系我，我给他发好友申请，给他发复合短信，有一条信息我还写了一千字，写得比高考满分作文还好看，他都不搭理我。你知道吗？那时候还是他追我的，他还说会永远跟我在一起，然后他说变心就变心了，还指责我这里不好那里不好。今天我还看到他跟别的女生勾肩搭背地走在一起，"她的双眼变得朦胧，泪水旋即滑出，那泪滴像洁白的小苍兰上滴落的露珠，"好羡慕他啊，我也想快点走出去呢。"

她指着自己的脸蛋，呜咽着说："我是不是哭了？"

张敛："嗯。"

"很丑吧？"

他目光深沉地道："不，你很漂亮。"

她立马破涕为笑。

女孩时而热忱，时而哀愁，美得像一幅色彩浓烈的油画，即便没有亲手触及，也让他的心脏像一株起死回生的植物，随着她情绪的变化舒展开来或缩成一团。

回国至今，兴许是交际圈比较固定的原因，张敛极少在自己身边见到这样的异性，她完全打破、丢弃了自己美观的外壳，可她展示出来的每一面又是如此真挚、坦率，全无矫饰，动人心魄。

她就像水晶一样脆弱又透亮。

所以，当女孩提出拥抱的请求时，张敛不假思索地答应了她。

这个行为在他看来已经有些失控了，可当这颗柔软的水蜜桃真正被他揽入怀里时，他只想更用力地将她拥紧。

事实证明，一旦随性地撬下一角，再坚固的雪川都会滑坡甚至于坍塌。

女生开始有了更多的要求，她搂着他的腰，低喃着乞求道："你可不可以当我一天的男朋友？就今天一天，一个晚上，好不好？"

她的声音从他的胸口传了出来，像溶化开来的奶酪，致使他的神思变得黏糊起来。

张敛思考着是不是该放开她，然后婉言拒绝她。

此时，吧台后的酒保促狭地让余光扫了过来。张敛迅速买了单，把她带出酒吧，希望她能在清凉的夜风里冷静下来。

他们在门口待着，任门内的蓝光浸泡着他们，他们像站在了同一杯鸡尾酒里，在迷醉里挣扎着。

身边的女生没了动静。

张敛垂眸问道："你住哪儿？我帮你叫车。"

女生这才看向他，赌气道："我才不告诉你呢。"

张敛沉默下去，有些后悔刚才喝了那一小口酒，导致自己陷入两难局面，难做决断。

更让他意想不到的一幕发生了，一直垂头丧气地站在那的女生忽然低头狠命搓揉起双眼来，并絮絮叨叨地道："我在想我真的有那么差吗？就一个晚上的男朋友也不行吗？好不容易遇到这么好又这么帅的哥哥……"

张敛按兵不动，打量起她，开始研判她是在伪装还是在直率地表达自己的想法。

最后他猜她就是喝醉了。

在他注视她的这个间隙，女生又见缝插针地蹭到他的怀里，白皙的手臂跟绷带一样把他缚住了。这次张敛没有拉开她，因为她的泪渗入了他的衬衣中，在他心脏的位置化为了一股温热的水流。

有如夏日的风或溪流在推挤着阻塞之物，好让一切都顺流而下，最后他听见自己问道："去哪儿？"

女生闻言仰头，红红的眼里溢出了惊讶："你愿意了啊？"

张敛目光幽深，警告道："你现在也不是不能反悔。"

可她却像处于热恋中一般甜蜜地笑了，接着做了个让他感到不可思议的亲昵动作——用手指点了点他的鼻头，最后确认道："你是单身吧？"

张敛颔首给出回答。

"那你表示一下，就当盖章确定，不能反悔了。"她旋即嘟起绯红的双唇。

这个可爱的如同条件反射一般的索吻行为就像一道咒语，让所有的规则、禁忌都变得一无是处、不堪一击。

张敛俯身吻住她。

他们如同两只饿隼，相互啃啄，纠缠不休，却难以餍足。

他们很快打车去了最近的五星级酒店。

一切似乎都在脱离轨道，可又像正在进入正题。

拥抱她时，张敛认识到了今夜的价值与意义。他神思飞扬，疾驰过色彩斑斓的四时节气、山川河流、星海宇宙，他重新被唤醒爱的本能，重燃起温柔的火焰。他俩的相遇一如那个冷不防吸引他的酒吧的名字——Fate，是注定的。

女孩毫不羞怯，似在吟哦，声音是有韵律的诗歌，激得他近乎疯狂地落笔。

他们在这种坦诚的交流里，撕碎自己和对方，又重新组装起自己和结识对方。

后半夜，女生窝在他的怀里，像鸟巢之中的小鸟，仿佛露出一小片尾羽都会立刻被冻死。

张敛拥住她。一种诡异的保护欲，或者说占有欲侵扰了他几个钟头。他几乎一夜未眠。

他告诫自己，不能接触得更多了，不能再有牵扯了。

所以天刚亮，他就捡起地板上的衣裤，一边慢条斯理地穿上，一边俯视着床上的女生。

她大概睡得也不沉，即使他的动作已经尽量放轻了，她还是霍然张开了眼睛。

他们一个站一个躺，彼此都笑了笑。

女生用手指拉着被子的边缘问："我们还能再见面吗？"

张敛停下动作，正要启齿拒绝，她就紧跟着补充："就这样约会。"

张敛系袖扣的手放下来，他思考起其他回绝对方的借口。

结果女生一个弹坐，不顾被子滑落下去，又把自己完全展现在他面前，还用跟昨晚差不多的语气问道："愿不愿意嘛——"

她这些出其不意的反应总是很合他的胃口，她像是一本书，只要翻下页，你就能发现每一张纸上都有鲜活生动的内容。

张敛权衡了两秒，勾起唇："好。"他承认自己有几分贪念，其间还掺杂着少许的自私。

女生如获至宝般地笑起来，托起枕边的手机："你别担心，我们可以约法三章，我平时绝对不打扰你，我们可以先留个联系方式。"

她看起来自在而熟练，仿佛对此已习以为常。

那一瞬间，张敛忽然有点辨别不清自己复杂的情绪，他猜是那萦绕了几个钟头的占有欲在作祟，而且它很快带来了副作用、后遗症。这导致他不够大度，不够果断，自相矛盾，陡然失望，他开始因完全不认识或不存在的人吃味。

说到底，还是因为他人生头一遭经历这种事情。

他面无异色，屈身用被子将她裹好，坐到床边，耐心地跟她商量好一切。

走之前，他吻了她一下，跟她道别。有点意外地，他再次看到她眼里闪烁的泪光。

他眯着眼，笑了笑："这也要哭？"

女生吸着鼻子说："不知道是舍不得你还是喜欢这个吻。最近这一年我男朋友都不会这样亲我了，他好像对我完全没有爱意了。"

张敛安静了片刻，说："房间我会给你续到下午的，你多睡会儿。"

她很乖地应道："好。"

离开酒店，取车上路，张敛在公司附近的广场上停留了片刻，到奢侈品店里选了只款式可爱的钱夹，打算下次见面的时候送给她。

昨晚她嫌头发硌着后脑勺了，就把皮筋摘了下来，让柔软的发丝完全披散下来。

随后她将发绳捏起来，放在他俩之间，小声问道："你以前谈恋爱时会把你女朋友的头绳戴在手腕上吗？"

张敛瞥了一眼发绳上面的樱桃："从没有过。"

"哦。"她微努着嘴，看起来有点失望。

张敛问："戴这个干什么？"

女生言之凿凿地道："表明自己已有对象，生人勿近。"

张敛轻笑一声，满脸写着"极其幼稚，不予评价"。

女生看出来了，不爽地嘟囔着："难怪你'被前任'了呢。"

张敛立刻封住她的嘴。

也许是占有欲在作祟，抑或是还有其他原因，那个美好、浪漫的夜晚宛若烈酒，后劲确实很大。他每每回顾起来都如见到了长夜星辰、玻璃教堂，难以忘怀，而极度的充盈让他越发觉得自己养分匮乏，继而渴盼更多。

不是没有过破格联系她的冲动，但他归根究底是个恪守规则、不喜悖约的人。

对方似乎亦是如此。

第二次见面那天，张敛收到了女生提前发来的信息："我提早到啦，你快点过来，我好想你哦。"

下一条信息的内容就是详细的酒店地址。

光是看这些简单的字句，他都能"脑补"出她的神态与语气。

张敛微不可查地翘起唇，瞟了一眼时间，这才下午五点，他还在开会。

回了个"好"字，他放下手机，多少有点心不在焉地点评完方案之中的不足之处，环顾一圈，称自己有急事，就宣布散会了。

众人有些意外，但更加开心。

张敛离开公司，到门店里取了之前预订的甜品，又将手套箱里装着钱夹的礼盒一并捎上，以此试探她的态度。

这些都被女生变相拒绝了。

这倒不算在他的意料之外。

只是，这一次在回去的路上，不知是情绪使然，还是车厢内过于安静，张敛的心头有说不上来的烦躁感。

等红灯时，他根据记忆中的歌词在手机里搜到了上回在酒吧听到的那首歌，原来它叫 *Dangerous*（《危险》）。

I thought she was just so innocent.
我以为她是无辜的。

…………

She's such a wreck and I can't forget.
她就是个让我难以忘怀的意外。

…………

Bringing me down, but bringing me up.
让我沦落，又带来生机。

Not the type of girl that you would ever wanna trust.
她从来不是那种可以信赖的女孩。

…………

I know that I just met her, I know that I should know better.
我知道我们才刚认识，我知道一切还太早。

…………

She's gonna let you down but you'll take her back.
她会让你失望，而你还会收留她。

She's just a one way trip to a heart attack.
她就是不能回头的心痛之旅。

…………

Was just a shot in the dark.
只是黑夜里的一击。

Now, I don't know where it will land.

我便不知身将何去。

I let her tear me apart,yeah.

我被她任意宰割。

I wish it never began.

我多希望一切从未开始。

正如歌词所言，他的确已经后悔开启和参与这场游戏了，因为这让他稍许偏离了自己的生活轨迹。

他希望一切从未开始，希望这一切仅是南柯一梦。

他很高兴，公司电梯里的那场偶遇给予他彻底与她断绝来往的最好契机，然而，不知何故，同样的深夜，在湖水的另一端，目睹女生转身离去，目睹她近乎逃窜的身影，他毫不犹豫地拨打了她的电话。

他那一刻的行为脱离了思考的控制，他随心所欲又身不由己，灵魂统治了他的思想，他的潜意识认为这是命运，是种必然，是冥冥之中的旨意，是持久的忍耐之后的反馈。

天地间仿佛只有他们两人，月夜与湖水足够晦暗、足够隐秘，却也足够安全、静谧。

时机正好。

"你跑什么？"接通电话的那一刻，张敛就沉声抛下渔线，思索着要不要叫她的本名。

而她很快唤出那个横亘在他们之间却也重新将他们串联起来的新称呼，他听到后，忍不住笑了。

借着这个全新的筹码，他如深夜的猎手，用近乎诱捕的方法引她入瓮，说着："过来说话。"

戒断期

在回宜市的飞机上，张敛再一次按亮黑屏许久的手机。

手机解锁后映入他眼帘的便是周谧被放大的明媚的脸，他将她缩至原先那样小，让她回到与季节的合影里，接着退出微信界面。

出差于张敛而言是家常便饭，除了小时候第一次乘坐飞机，他许久没有过这种全程心脏失重的不安感了，即便舷窗外风平浪静，漫天的云有如松软的雪地，他整个人也仿佛已经脱离了大气层。

他觉得自己是延误的飞机，因为出了故障无法安全降落，所以只能一直在高空中徘徊。

他想立刻回到地面。

到达宜市已是深夜时分，张敛没有回家休息，直接驱车来到公司，目标明确地去了客户部。

看到周谧空掉的座椅，他才想到她的假期并未结束。

"有事吗？"在一旁加班的叶雁对他的忽然现身颇感意外。

张敛摇了摇头。

回到办公室，张敛坐在椅子上思考了很久，但他不是在反思自己刚刚冲动、鲁莽、一反常态的行为，而是在想倘若周谧真在那里，他准备做出怎样的举动。

自私的是，他第一时间想到的只有诘问，那种独占欲和剥离感轧了他一路，让他愤怒、心痛、浮躁、煎熬、大脑发热，而他就带着这种难以忍受的负面情绪杀到了公司。

还好她不在，不然他难保自己不会当面说什么言不由衷、刺耳的话语。

张敛给自己开了瓶冰水，一口气喝掉半瓶，重新坐回桌后。

逐渐冷静下来的半个钟头里，他慢慢意识到，其实他什么都不好做，也不好说。

这无关能力，而是因为三个月前，在那个他心血来潮却被误解的夜晚，他已经做出了抉择。为了退回安全地带，他下意识地开启了防御机制。

可他的"周全"意味着周谧的"危险"，他的防空洞是周谧的地震带。

他在周谧痛苦的泪水里再一次直面久违的无解之题。

这一刻，张敛更加认同婚姻即诅咒这种说法。

张敛进入了漫长的戒断期。

不是没有经历过失恋，准确地说，在张敛眼中，走出失恋的阴影等同于一个打破和重建习惯的过程。

摒弃分享，摒弃回馈，摒弃期许，摒弃依赖，摒弃所有热烈的接触和跌宕起伏的情绪。

为了不给自己留任何容易进行过度思虑的闲暇时间，他尽可能地让自己保持心无旁骛的工作状态，除此之外就是专心致志地运动、健身。

为防触景生情，他将主卧里的所有物品放回至他独居时期摆放的位置，也再没有打开、进入周谧住过的那个房间。

和林穗分手时不同的是，周谧依旧存在于他的生活中。

她存在于公司里、微信群里、朋友圈里。

每每看到她时，回忆中那些细枝末节的东西就会缠绕而上，隐秘的不适和落寞随之出现，像风，像幽灵，像很深的山谷。它们无一不在提醒着他，他从未真正从这段关系中抽离。

当生命中存在过的美丽色彩被粗暴拭去后，之后的日子就变不回简单的白色，而是一片阴霾般的铅灰色。

周谧现在的男朋友应该很喜欢她，她在他的镜头下是丰富多彩的，她不再东躲西藏，更不需要发仅一个人可见的朋友圈动态。

也许她还会发一个人可见的朋友圈，只是那个人不再是他而已。

他看到公司里的其他人在季节的朋友圈动态下面评价：好羡慕你有这么漂亮的女朋友。

季节回：我也很羡慕自己。

张敛点开那张照片，周谧看起来确实很漂亮，而且越来越漂亮了。

如果微信也会显示最常访问的人，张敛确信排在他的微信名单第一和第二位的一定是周谧和她的新男友。

入睡前，他会像入了魔一样间歇性地看这两人的朋友圈，以此了解周谧的近况。

第一次屏蔽季节的朋友圈是因为他看到了季节发布的一个短视频，视频里，季节夹了块烤鸭喂给对面的周谧，并配上文字：投喂小猪。

而他刚刚重温了自己之前与周谧的聊天内容，在他们履行同居契约的前期，收到那个恶作剧般的戒指后，他也曾戏称她为"小猪"。

他们的感情始于戒指，也终于戒指，真是说不出的讽刺。

那一瞬间，他遽然清醒，认识到自己早已彻底失去周谧。

遗憾的是，他们并未好聚好散，这段关系是被迫中断的，它的结束痛苦大于快乐，不是深思熟虑的结果。

一个工作上的来电打断了他的思绪，通完话后，张敛立刻取消了周谧之前给他设置的来电铃声，换回了最开始的系统自带的音乐。

但第二天他几乎忘了这回事。

吃午餐时，还是客户提醒了他："Fabian，是不是你的手机在响。"

改变习惯竟如此困难，难到远超预期。张敛开始厌倦这种刻意为之的、跟自己较劲的、需要重新适应的行为，这一切都显得他过分在乎她。

张敛又将铃声换了回去，并认为这部分经历也属于自己，无须畏惧和回避。

叶雁离职的那个夜晚，公私掺半，他同意了叶雁的邀请，因为他知道周谧一定会在。他很久没有近距离地看她了。

坐在同一张桌子上，女生姿容端丽，她淡淡的笑容让他觉得格外遥远和陌生。

忽然地，张敛想起了她对自己的一个描述——她说他是处于玻璃防尘罩里的人。

那一刻，他的胸腔如被抽空了，惋惜和悔意涌上大脑，让他完全无法集中注意力。

整场聚会，他都在警告自己别过多地注意周谧，因为每一眼，即便只是用余光瞟到她，对他而言都是一种折磨。自从跟她在一起后，他就失去了观察和审视她的能力，却依然能对她共情。

散场后，明明可以边通话边走路，然而，在看到她背影的下一刻，他还是下意识地选择停下说话，在不远处跟她并排而立。

他能感觉到周谧看过来的目光，那像来自无人岛的求助信号，像深海里失去方向的鲸发出的只有同类能听见的声音。

下一秒，他认为自己过于自负了。她明明过得很好，是他理当祝福的那种好。

可那个夜晚，张敛无法入眠。

圣诞节当天，公司的 HR 依照传统通知大家提前准备礼物，并将礼物放在两米高的圣诞树下，礼物可以指定收礼人，但不能署名。

张敛让 Lilith 把自己的那份礼物放了过去，那是一本书，名字叫《把自己作为方法》，他用深棕色的皮质书壳把书包好，并在外包装上贴了硬纸便笺，上面写着 To Minnie。

他把它包装得像一本中世纪的外文诗集，当然，这便笺也不是他亲笔写的，因为他不想被人看出自己的字迹。

可惜她很早就离场了，这本无人认领的书又被秘书取了回来。

秘书有点尴尬地替他解释："可能礼物太多了，这书被其他人的礼物压在下面，Minnie 没有注意到。"

张敛面无波澜地把书接了过来。

这一晚的周谧，一袭小黑裙，打扮得像状态最好时的奥黛丽·赫本。公司里所有男人的目光几乎都离不开她，他们手执酒杯，倚靠在长长的甜品台前谈论并赞叹着。

可即使是舞会上最美丽、最"吸睛"的公主，一旦坠入爱河，也是要提前去赴另一场私密约会的。

恋爱让一个甜美的节日不再是可以瓜分的巨型蛋糕，而浓缩为只够两个人分享的点心。

也是在同一个晚上，张敛重新打开了季节的朋友圈，因为疲惫，因为无力，因为他除此之外别无选择。

他跟自己对抗了几天，终究被自己打败了。

他再一次去窥探他人视角下的周谧，那个她美好得像个假人，没有瑕疵，无可挑剔，可以被陈列在蜡像馆里做门面。

张敛开始后悔，他应该让 Lilith 把那本书亲自交到她手里的。

就因为一本没送出去的书，之后的每一天，他从苏醒到入眠，都被这种遗憾刺激着。

时间并没有弥补他精神上的空缺，相反在一段时间的自我治疗后，他的病情还恶化了。

他彻底从麻木中醒来，面对着侵蚀自己已久的创伤。

他开始多方留意周谧的动静，在公司里追寻她的身影，企图接触她。他甚至产生了一些有悖道德的念头，同时忧虑到自责、寝食难安的地步。在这期间，张敛还去朋友的医院里做了一次全面检查，着重检查了心脏和胃部。

"没毛病啊，"成奚看了看各项单子，"我建议你去做一次心理咨询。"

春节前，张敛抽空去了成和的心理诊室，跟医生讲述了困扰他已久的事情，包括他与周谧的过往与现状。

但是，在整个倾诉的过程中，他都没有露出悲色或愤意，而是从容镇定，如在做答辩，如在条例清晰地陈述自己论文中的内容。

医生说："我想你不是不婚，而是恐婚，你对感情的期望值很高，高到近乎满分，或者说离谱，你容忍不了任何的瑕疵和牵绊，但人是不可能完全理性的，人的情感就是百密之中的一疏。但这种疏漏不是真正的疏漏，它让我们的人性更加完整。我很喜欢你这样的人，因为你的自我与本我高度重合，但现在的你抗拒婚姻的理念，已经让你的自我和本我开始分裂了，所以你时常会感到痛苦。

"你觉得你帮不上你心爱的女孩，你束手无策的本质原因是你无法自洽，你根本说服不了自己。解决问题的关键是寻找问题的根源，婚姻和爱情到底是不是对立的，其实在于你怎么去获得和维系它们。

"我建议你接受自己的变化，不要压抑自己，听从自己内心的安排，毕竟这种痛苦已经影响到你的生活了，不是吗？"

除夕当天，张敛破天荒地回了趟家。

荀逢知阴阳怪气的，还罕见地拽起了洋文："Wow! Amazing（太神了）！不孝子居然回来过年了！"

张敛意味深长地笑了一下，不作声地往别墅里走。

荀逢知说："你笑什么？"

张敛说："跟你没关系。"

荀逢知越发鄙夷他了。

他为什么笑？是因为周谧和她男朋友同时清空了有关彼此的动态吗，还是因为他在骄傲，骄傲于这个女孩的自我成长和救赎？他的心疾一夜之间好了，她果然是他的良药。

大年初六，张敛回到华郡，从保险箱里取出那个戒盒，打开。

盒子里封存已久的银色戒指终于重见天日了。

张敛凝视着戒指内侧刻的字良久，然后将它戴到无名指上。

戒指大小刚好。

仿佛它本就是属于他的信物和答案，它在他踯躅不前时，给他以点拨和指引。

张敛的胸口极大地起伏了一下，而后他摘下戒指将之放回原处。这一刻，围墙被推翻，一切问题迎刃而解，他释怀了，坦然了，下定了决心，也看清了前路。

　　它根本与婚姻无关，纵使它与婚姻有关，周谧的诗人就是他在爱情里最想成就的自己。

迷恋夫妇

戴上这枚新的求婚钻戒时，周谧有些不好意思，却又莫名的理直气壮。她笑嘻嘻地卖乖："我们两个的戒指加起来会不会太多了？多得都可以开家店了。"

张敛语气平淡地道："还好吧。"

周谧垂眸盯着戒指上面大为可观的一整颗大钻石，忍俊不禁地道："这下我不只是把一辆车套在手上了吧？"

张敛依旧轻描淡写地道："你是把我的那辆车给套在手上了。"

周谧吓得下巴往后缩："你好破费，还不如给我……"

张敛："嗯？说完。"

周谧目光移开了，愣是不看他，佯装气若游丝地道："买间小公寓，以后跟你吵架了我就搬出去住。"

张敛失笑："这还没合法地住在一起，你就想着吵架分居了？"

周谧哼哼着："反正我早就习惯跟你分居了，常态重现罢了。"

张敛不搭腔，转换了话题："这间房子你租了多久？"

周谧说："一年。"

张敛说："明年到期了就把房子给退了吧，你回华郡跟我住。"

周谧眯着眼道："你是不是嫌弃我的窝太小了？你已经跟我住腻了？"

张敛勾起唇："洗碗洗腻了。"

周谧挥舞着手臂对着他的胳膊好一顿敲打："这才几个碗啊大少爷？"

"下次你来洗？"张敛捉住她的两个手腕。

周谧啪嗒一声坐回去，任他攥着自己的手腕，好奇地道："你不在华郡的时候陈姨在那儿吗？"

张敛说："当然在。"

周谧问："工资呢？"

张敛说："照常发。"

周谧惊呼："这么多天都是这样吗？那好亏啊。"

她沉思片刻，喃喃地道："不然我还是住回去吧……"

张敛问："你想通了？"

周谧晃晃右手："还不是因为你买了这么贵的戒指，我见不得你再铺张浪费。"

张敛微挑浓眉："很有觉悟啊，周谧。"

周谧眨着眼睛："什么觉悟？"

张敛别有深意地道："开始管我的钱了。"

周谧长长地嘘了一声，顾左右而言他，但声音里已有了窃喜之意："我才不乐意管呢，自己的事自己做。"

张敛不再作声，只是看着她笑。

周谧又抿着唇拨了会儿戒指："其实我有点意外，我完全没想到你会这么快求婚。"

张敛问："你认为应该在什么时候求婚？"

周谧歪头想了想："再过个一两年？"

张敛说："说说原因。"

周谧"嗯"了一会儿才道："因为我们还处在热恋期，容易大脑一热做出不合常理的事情。"

张敛低哼一声："我们的热恋期前后加起来有点长吧？"

周谧问："很长吗？"

张敛说："两年多还不长？"

周谧反驳道："第一年根本不算，硬要算的话，那也只有十二天，不对，十二个夜晚，加起来勉强算六天。"

张敛被她的强词夺理给逗笑了："那也有一年多。"

周谧嚷嚷着："被迫同居期和暧昧期也不算。"

张敛微微叹息一声："你怎么这么爱做减法？"

周谧说："因为我暂时还不想结婚。"

张敛同意她的想法："可以，但手上的戒指要留着。"

周谧作势要摘掉戒指，一脸的"富贵不能淫威武不能屈"："你看看你，又开始进行物质形式的精神绑架了。"

张敛蹙眉："你刚刚戴戒指的时候可没有被绑架的人的神态和动作。"

"我是什么神态和动作？"

"口水快从眼睛里流出来了。"

"……"

周谧找了个周末，小心地将这枚戒指送回自家的保险箱里。

"两百万？真的假的？我说这个小张啊……"如收传家宝般收好戒指，汤培丽就合不拢嘴地跑到女儿房间，"之前那个三十多万的戒指就很可以了，这是干什么？有钱也不能这么花啊。唉，我这心情啊，真是复杂。"

周谧嚼着冰糖葫芦，说："行了吧，你的嘴都快咧上天了，心情哪里会复杂？"

汤培丽收起笑容，坐到她床边，思忖了一会儿，问道："我看张敛这次是动真格的了，你还要往后拖？"

周谧睨着她："我就是怕你这样子才往后拖的。"

汤培丽问："我怎么了？"

周谧气定神闲地道："等我真跟他结了婚，你肯定是催生第一人，得把我烦死。"

汤培丽颇觉周谧不可理喻："你怎么还给我强加罪行了呢？你看这一年我跟你说什么了，我打搅过你的小日子吗？那不都是给你的自由吗？再说人家张家也跟咱们家开诚布公了。要我说啊，你跟张敛就有这个缘分，就是天造地设的一对，不然世上哪有这么多赶巧的事？"

继而她一锤定音："老天就要他张敛做我的女婿，他逃都逃不掉。"

忽然，周谧面前的手机里传出一个声音，那声音冷静地道："阿姨，我也这么觉得。"

汤培丽吓得一下从床边弹了起来，质问道："你在干吗呢？刚……刚刚那是小张的声音？"

周谧顿时在椅子上捧腹大笑，笑得上气不接下气的："我在跟张敛通语音电话呢。"

她还恶劣地补充道："还是免提的哦——"

汤培丽气得骂她："你怎么不早说？"

周谧笑到肚子痛："你一进来就跟放炮仗一样说个不停，我哪里来得及提醒你？"

汤培丽哼了一声："还通着话？"

张敛替周谧回答了："对。"

汤培丽："……"

为了挽回颜面，汤培丽以最快的速度移到桌前，并进入数落人的状态，借此化解自己的尴尬："不是我想讲你啊小张，你怎么又买了个这么贵的戒指呢？你这不是乱来吗？这我们哪好意思收？"

张敛不以为意道："这没什么，周谧值得。"

周谧悄悄捧住微红的双颊，憋笑憋到脸发颤。

汤培丽剜一眼满面春光的女儿，慈和地跟张敛寒暄道："我听谧谧说你去深市出差了啊，不然我就叫你来家里吃饭了。"

张敛说："对。"

汤培丽又问："你明天回得来吗？回得来就来阿姨家里吃饭，阿姨最近又研究了两道新菜，正好也好长时间没见你了。"

周谧插话道："你上个礼拜国庆节不是才跟他见过面吗？"

汤培丽呛了回来："你少说几个字会掉肉？"

张敛的声音里带着笑意："我明天下午就回宜市了，正好给你们和周谧带了东西。"

汤培丽跟着笑道："唉，你这小孩，老跟我们这么客气干什么？"

她继续絮絮叨叨，嘘寒问暖。

周谧忍无可忍，无须再忍，大声地控诉道："妈！是我在跟张敛打语音电话！"

"好好好。"汤培丽立刻从小两口的世界里撤离了。

房内重新安静下来，周谧单手撑着头，把耳机接到手机上："我服了我妈了。"

张敛说："其实你跟她有点像。"

"哪有——"周谧对此相当不满。

张敛举出几个例子："对他人的示好容易感到别扭。"

周谧撇了会儿嘴，很难不认同他这一点："好像是有点。"

"那你像你爸还是像荀老师？"周谧将话题转移到他身上。

张敛说："我身上应该有他们俩的影子吧？毕竟孩子是父母的镜子。"

周谧靠着椅背："你明天下午真来我家啊？"

张敛"嗯"了一声。

周谧叮嘱道："来之前你记得回家喂一下 Mifaso，虽然我今天放了挺多的猫粮才回来，但 Mifaso 那个胃口……很难讲碗里还有没有猫粮。"

张敛说："放心，喂猫这事已经在我的日程表上了。"

周谧忽地心生好奇："你的日程表上有我吗？"

张敛说："有。"

周谧问："今天也有？"

"嗯。"

"是什么事？"

"我看一下，"几秒钟的光景，张敛就发来一张软件截图，图片内容的大意是，晚上八点跟周谧通二十分钟语音电话。

周谧笑出猪叫声，是的，她真的开心到放任自己的鼻腔里发出哼哧声。

张敛深深地叹了口气："有必要吗，笑成这样？"

周谧龇着牙恐吓他："怎么了，笑都不让笑了？恋爱中的女人就是这样子的！"

她乐滋滋地将这张图放大又缩小，最后退出微信界面看时间："怎么办？都八点半了，超时了。"

张敛说："中途被打岔了，所以现在重新开始计时。"

周谧故意用极细极柔的声音得寸进尺地道："那违规了，也是要接受惩罚的呀。"

张敛问："什么惩罚？"

周谧还保持着那个让她自己都起了一身鸡皮疙瘩的声音："就……跟人家聊到九点钟才可以，多罚你十分钟。"

张敛轻笑了一下，声音十分勾人。忽地，他正色问道："洗过澡了吗，周谧？"

角色扮演是恋爱中的男女的"被动技能"。

而张敛偏偏很擅长切换模式，他可以是骑士，可以是王子，也可以是国君，譬如现在，他就是国君，即使他不在周谧眼前，也能用嗓音下达敕令，这很迷人，也最为致命。

周谧用正常声音说道："还没，怎么了？"

张敛说："你先去洗澡，一会儿回来我们开视频，记得把房门锁好。"

周谧的脑袋里已经开始出现一些黄色的废料，但她佯装无知，问道："啊？什么意思？"

张敛说："不希望中途有人打岔的意思。"

重新回到卧室后，周谧轻而慢地将门锁好，爬上床，正襟危坐，而后发信息给张敛，一个字是一句话：

在。

吗。

视频立马弹了过来。

接通视频电话后，周谧就用双手将脸捂死，羞臊到完全不敢看手机。

张敛短促的笑声穿过她欲盖弥彰的动作渗了过来。

空气凝滞了一会儿，周谧悄悄地将十指分开一些，放出小部分视野。

视频里，张敛端坐着，看背景他应该坐在酒店客房的灰色布艺沙发上，他黑色衬衣上的纽扣系得一丝不苟的，唯独眼神中略带狎昵之意。

周谧唰的一下垂下手，失望之情溢于言表："我还以为……"

张敛问："你以为什么？"

周谧说："我以为你……"她欲言又止地改了口，"我还以为能看到腹肌呢。"

张敛笑道："痴人说梦。"

周谧："啊？"

周谧摆摆手："再见，拜拜，晚安。"

张敛叫住她："等会儿。"

周谧没好气地问："干吗？"

张敛略略皱着眉："什么天了，你还穿着吊带睡裙？"

周谧翻个白眼，振振有词地道："我就穿，怎么了？"

张敛弯起唇，笑意愈浓。

"你还笑？"周谧不快地嘟曩着，"我今天特意用了新的沐浴露……好香的。"

张敛问："有多香？我闻不到，你形容一下。"

周谧抬起手，在手腕内侧嗅了两下："我现在像雨林里最可爱的一颗小杜果。"

张敛又笑了一声："你知道小杜果怎么去皮才方便吗？"

周谧心潮微微涌动，立马用被子把自己藏好，硬邦邦地回："不知道。"

张敛面不改色地注视着她："很简单，适度地搓揉，表皮松动了，就能剥下来了。"

周谧瞬时面红耳赤，含混地道："哦，受教了。"

"会了？"

"这很难吗？"周谧答道。

"那好，"他降低声调，施压道，"现在证明给我看。"

…………

十二点多的时候，周谧蹑手蹑脚地溜出房间冲了个澡，回来时还倒了大半杯水。

前不久那段持续而急促的呼吸声，让她现在干渴得像在沙漠里待了几个钟头。

回到床边，周谧站定，好不容易褪了红的脸再次涌出了热浪。

她把杯子放到书桌上，迅速将凌乱的被褥整理好，这才喝掉杯子里剩下的冷白开。

重新躺到枕头上时，周谧再次取出手机，看了一眼微信界面的视频通话时长。

她给张敛发消息：睡了吗？

张敛回复道：刚洗完澡。

接着他又问：今天感觉怎么样？

周谧笑了下：还可以。

张敛：不止吧？

周谧耳根发烫，坦白道：是！没想到你光说话都这么性感！

张敛：以后我们可以多尝试。

周谧：但我还是更喜欢你。

张敛回：我明天就回去了。

周谧又做起了没营养的梨花体诗：我真的，好想，你。

张敛：我也是。

周谧一下子从怅然的哀鸿变成了亢奋的鹦鹉：尤其是睡在家里的小床上，我总会想起我们抱着睡的那个夜晚。

周谧继续说：可我们只有过那一个晚上。

张敛回：明晚我可以跟你爸喝酒。

周谧笑：还是不了吧，我不想钻木取火。

张敛发来一个大笑的表情——这表情依旧是从她这里保存下来的。

但他很快认真起来：我也很想念那个晚上。

周谧的心软软的：为什么？

张敛：因为坦诚。

周谧同意这一点并补充了一下：而且是不流于表面的坦诚。

张敛：嗯。

周谧回忆着往事：我还没跟你说呢。

她鼻子发酸，装作风轻云淡地回道：刚跟你分开的那段时间，我回到家里，每晚都会朝着你曾躺过的地方以侧卧的姿势哭很久，哭特别久，哭到昏昏入睡。

她发过去一个苦笑的表情：那时简直不堪回首。

张敛似乎有些不满：你非得在咱俩异地的时候跟我说这些吗？

周谧又鼓着嘴吹气：那我什么时候说？

张敛：明晚说，在我怀里说。我不喜欢无计可施的感觉。

周谧笑着答应：好。

周谧改口道：不对，也不是完全无计可施。

张敛：嗯，你说。

周谧偷笑：你现在跟我说"周谧，我爱你，我很爱你，我永远爱你"之类的话，就能抵消掉以前遗留下来的坏情绪。

下一刻，屏幕一暗，"狼人哥哥"这个联系人名字跳了出来。

周谧连忙接通电话："喂？干吗突……"

"周谧，"因为她插着耳机的关系，张敛的声音近在耳畔，他的语气让人不能忽视，也不能置喙，"我爱你。"

周谧一阵心悸。这是她第一次从张敛口中听到"爱"这个字。

"我很爱你。"

他有停顿，但没有刻意加重音量。

"我永远爱你。"

这非朗诵，也非念白，而是文艺作品里的男主角才会有的一种表达方式，而她是女主角，这个自然而然的片段很重要却也很寻常，只属于她。这仿佛并不源于她一时兴起的诉求，而是他自肺腑深处抒发出来的。

啊——

啊啊啊啊啊啊！

周谧内心一阵咆哮，像盛大的集会上有无数人在狂欢，她泪腺的开关也被轻易打开了。她不由得拿手揪了下微微发酸的鼻头："我还以为你……根本不屑于讲这种没营养的情话呢。"

"我不……"

"我还……"

他们同时出声，又同时顿住。

张敛说："你先说。"

周谧的笑容在放大："你先吧。"

张敛："我忽然忘了。"

周谧："我好像也忘了。"

"你真忘了？"

"真忘了，"周谧冥思苦想，突然灵光乍闪，"哦，我想起来了！"

张敛笑了一声："说吧。"

周谧补充完整刚刚那句中断的话语："我还以为你就算愿意说，也只会打字。"

张敛说："我认为最好的方式是当面说，但现在条件实在有限。"

周谧眼睛弯弯的："我也没勒令你现在就说啊。"

张敛沉声道："我担心你又为此失眠。"

周谧挠挠脖子："应该不至于吧？"

她又问："你呢，想起你刚刚要说什么了吗？"

张敛说："想起来了。"

周谧问："是什么？"

张敛说："我不认为情话没营养。丧失表达欲才是爱消失的开始。"

周谧翘起唇："真的吗？那我以后多跟你说话，每天都说。"

她也趁机乐不可支地示爱："张敛敛……我也好爱你哦，我一直爱你，永远爱你，比——心——"

张敛立刻笑出声来。

周谧问："你怎么一点都不严肃和感动？"

张敛说："第一次听，我可能有点不适应。"

周谧有些扭捏，声音像溶化的胶皮糖："那你听见之后开不开心啊？"

张敛反问道："你开心吗？"

周谧用力抿了一下唇："我坦白，我超开心，我都不敢站起来了，我怕我会忍不住跳起来，然后从床上直接蹦出地球。"

张敛听到她的形容，忍俊不禁："那你为什么还要多此一举地问我这个问题？"

周谧打了个滚，把脸埋进枕头里，害怕自己发出扰民的大笑声。

"爱"在她眼中，是"喜欢"的千万倍，可能还不止。

她之前一直不敢说，是因为怕这个字对彼此而言太沉重，太有束缚感，她怕爱会变成一种相互的驯化和服从。

可这一刻，她轻而易举地让它从心脏里、从嘴巴里滚落出去，因为他先说了，他的爱先停在那里，便可以承接住、托住她的爱。

他们的天平依旧稳定，即使他们不在一起，也抬眼即能见到彼此。

而她终将无所畏惧。

翌日傍晚，接到张敛已落地的电话，周谧就跑到小区正大门候着，边玩手机边跟一旁小卖部的老板娘闲聊。

临近七点，天彻底暗下来了，夜幕中的城市如嵌在蓝丝绒里的五彩斑斓的宝石。

张敛的车远远出现在视野里，周谧一个挺身从小马扎上起立，对老板娘说："我男朋友回来啦。"

继而她挥舞着双臂，像一棵无所顾忌的小海草。

张敛自然也瞧见她了，旋即将车停在不远处，降下车窗，招手让她上来。

从小卖部门口到车门的这一路，周谧脸上洋溢着笑容。

刚一坐定，她就听见身侧的男人问："你等多久了？"

周谧瞟瞟腕表，故意说："不久不久，还不到一个小时呢。"

张敛挂挡往小区里开："还好不是夏天。"

周谧侧头问道："夏天怎么了？"

张敛说："你坐那儿就是在喂蚊子。"

周谧仍是笑："我又不是傻子，我会先喷驱蚊水的。"

张敛说："傻等一个小时，也差不了多少。"

周谧中气十足地挤出一个"哼"，本想给他一拳头，想到他还在开车，便收起了蠢蠢欲动的手指头，说："我想让你早点见到我怎么了？我怕你太想我了。"

张敛弯唇道："是有点。"

周谧对着他抬高下巴，趾高气扬地说："那你还不谢谢我帮你减少被思念折磨的时间？"

张敛瞥她一眼，笑意加深了。而后他从方向盘上腾出一只手，在她挑衅的小下巴上弹了一下。

周谧立马往后缩，捂住下巴，怒目而视："你干什么？"

张敛不作声，在周谧家楼下减了车速，面不改色地倒车。

周谧恨得直搓下巴，狠磨牙根。

稳稳当当地停好车，张敛解掉安全带，瞟了一眼纹丝不动的周谧："下去了。"

周谧坐在那里，目视正前方，一言不发。

张敛哄她："礼物在后备厢里，还有你爸妈的。"

周谧还是爱搭不理的。

张敛的唇越发往上翘了，他侧身靠了过去。

周谧往车窗那边侧脸，还鼓起腮帮子，满脸写着"本宝宝有小情绪了"。

张敛故作不解地问："你怎么了啊？"

周谧嘀咕道："我等你这么久，你不感激我就算了，还弄疼我。"

张敛问："哪疼？"

周谧重新抬起下巴，指了指："这。"

张敛勾唇，直接吻了下她指的地方。

他的动作很快，她一时不防，觉得痒痒的，惊得倒吸一口气，诧异地看向他，先绷不住了，咯咯笑出声。

张敛的眼神微带研判之意："你应该不疼了吧？"

周谧细眉弯弯，不经意地咬了一下嘴唇，贼心立起，得寸进尺地道："现在觉得嘴巴有点疼了。"

他们在车上吻了好一会儿，才分别下了车。

周谧拿到了属于自己的礼物，跟在张敛身后上了楼。

这位板上钉钉的准女婿自然受到了来自周父周母的夹道欢迎，最后还是周谧吼了声："你们别挤在这儿了！我都不好换鞋了。"两位长辈才悻悻然走远了。

晚餐时分，周父含笑给张敛斟酒，周谧正嗫着自己那杯饮料的杯口，见状，控制不住地闷笑了一声。

父母都满脸疑问地朝她望过去。

周谧赶紧抿一口饮料，将双唇绷得紧紧的，摇头道："没事，我就是突然想起白天在微博上看的段子了。"

张敛瞥她一眼，温和地笑着，故意为难她："怎么不说出来让大家一起高兴一下？"

周谧被噎住了，把眼刀甩给了他。

见这对小年轻眉来眼去的，把对方当成下饭菜了，精心准备了一下午饭菜的汤培丽不由得挖苦道："你们多看桌子啊，你们脸上没菜吧？"

周父呵呵大笑。

周谧脸微红，低下头接着啃碗里的糖醋排骨。

汤培丽将煨好的汤端上来，问："你们是不是养了只猫啊？"

周谧点点头："嗯，领养的流浪猫，是不是超可爱？"

汤培丽看一眼女儿："你连自己都顾不上，怎么还拖家带口地养猫？"

周谧刚要反驳，张敛已笑道："是我带周谧去领养那只猫的。"

汤培丽失语："……"

周谧旋即雄赳赳气昂昂地道："再说，我怎么就顾不上了？就算我顾不上，还有张敛帮忙呢。"

汤培丽语塞了几秒，扯自己老公的胳膊："好好，我说不过你，你有男朋友了不起，但是我也有啊，谁还没老公啊？周兴，帮我说说你闺！"

满桌人哄笑。

洗完澡，周谧坐到桌前，开线上会议，跟组里各位成员合做幻灯片文稿，张敛开着手提电脑在床上回邮件，两人相安无事，互不打扰。

插不上话的时候，周谧就撑腮扭头，偷看自己专心致志工作的男朋友。

男人这次没再穿老爸长度不够的睡衣，而是穿着他自己的家居服，明明是很简单的黑色 T 恤和格子裤，穿在他修长的身体上，在他好看的五官的映衬下，却显得极有格调。

应该是感觉到了她的窥视，张敛遽然抬眸。

周谧赶紧回头，只是动作幅度有点大，耳机线又碰巧缠绕在小臂上，被她一拽，一下子从笔记本的插口处掉了。

她"啊"了一声，火急火燎地去找耳机接头。

"怎么了？"张敛稍稍挺直了身体。

线上会议中略显吵闹的讨论声立刻消失了，房间内陷入一片死寂。

"刚刚那是 Fabian 的声音吗？"有人问。

"好像是。"

"哈哈哈，"又一个人干笑道，"这么巧吗？"

"现在几点了？"

"十点了呢。"

"很正常，很正常啦，哈哈哈。"

"Fabian，晚上好啊——"有人迅速找回自己的角色，殷切地打着招呼。

张敛气定神闲，吐字随意地道："晚上好啊，各位。"

大家纷纷回应着。

紧随其后的是好一阵沉默，主持电话会议的客户经理提出建议："要不我们再开半个小时就结束？不要打扰……人家休息。"

大家不约而同地笑着附和："嗯。""好的。""可以。""是。"……

周谧听到这里，脸已红透了，用力将耳机接头塞入电脑接口中。

世界终于恢复了安静。

周谧重新坐好，关闭自己的麦克风，回眸看着张敛，咳嗽了两声，尴尬地笑道："不好意思哦。"

张敛目不转睛地看着她，片刻后，微蹙起眉，问："你们明天提案？"

周谧点头："嗯，明早九点半。"

张敛说："帮我传个话。"

周谧眨眨眼："什么话？"

他像个严格的教授，督促着做毕业设计的学生："别半个小时不半个小时的，给我开到完美为止。"

周谧乖巧地应着："好的。"

但她只敢敲字传递这一消息。

从聊天框里把这消息发出去后，耳机里的声音再度消失了。

好半天，一个美术人员才问道："耳机插上了吧？Minnie。"

周谧打了个字：嗯。

美术人员拳打脚踢般地摁出一段"乱码"。

周谧无声地笑倒在桌前。

十二点多，周谧才关上笔记本电脑，伸了个懒腰，从椅子上挪回床上。

而张敛已经在看书了。

她躺到他的身边："我来困觉觉了！"

张敛将书放下来。

周谧贴着他的臂弯。

张敛把书放到一旁，将她揽到怀里，与她面对面："忙完了？"

周谧动作幅度很大地点了两下头："嗯，嗯，看到你的员工这么勤勤恳恳、兢兢业业、不分昼夜地工作，你就没有什么奖励吗？"

张敛的眉心紧了紧："你想要什么奖励？"

明明在一本正经地沟通，可他的一只手已经在轻揉她的后腰了，且渐渐往下移去。周谧一下子像得了软骨症，在他怀里直不起腰。

躺平的时候，她哼哼唧唧地道："这次家里也没有那个。"

张敛说："没关系，我带了。"

周谧皱起鼻子："你有备而来，是吗？"

张敛淡笑着："回去喂猫的时候顺手拿的。"

周谧假装放心地缠住他，然后在他俯身过来亲吻她时，极小声地坦白道："我骗你了，其实我这儿也有。"

…………

两人重新拥住彼此时，周谧心满意足地在男人怀里蹭来蹭去，找寻着最舒适的姿势，她好像要在这里安营扎寨。

张敛忍无可忍地用胳膊将她夹紧。

周谧被闷着了，立刻用小拳头警告他。

"我要闷死了……"她咬牙抗议道。

张敛胸腔低频震动着，笑道："这不是如你所愿吗？"

等她挣了会儿，他才放开她："睡觉吧，你明天还得提案。"

周谧唇角往上翘，手指在他背后像弹琴一样轻轻地敲击着，心头是满满当当的暖："好，晚安。"

静静相拥时，周谧忽地想起了什么，全身一紧，接着轻声地道："我好像忘了一件事。"

张敛用下巴抵着她的额头："什么事？"

周谧清了下喉咙，郑重其事地道："我昨天答应你每天都要跟你说我爱你的，今天忘记说了。"

张敛说："哦，那说吧。"

周谧临时列起了条件："你先说，我再说。"

张敛平静地申诉着："我又没答应你每天都说这句话。"

周谧跟卡带了一样胡搅蛮缠："就要你说，就要你说，就要你说……"

张敛拿她没办法："好吧，周谧，我爱你。"

周谧嘴里立刻溢出一个含糖量很高的笑声，她又一秒内变得很无情，用机器人声般的冷漠声音说道："哦，我也爱你。"

张敛听出来了，在她腰上掐了一把。周谧痛得轻呼起来，又反手去拧他。

小床虽然面积有限，但也不影响战局的胶着。

最终的结果自然是周谧败了。

她被张敛禁锢在身下，张敛俯视着她："重说，认真说。"

"我不。"她侧着头，一脸的宁死不屈。

"不然别想睡觉。"他好整以暇地道。

这回轮到周谧没辙了，少顷，她摆正脸，眼里滑过一丝狡黠："你靠近点。"

张敛靠了过去。

她贴住他的耳朵，跟站在山那边无声嘶吼似的，把每个字都拉得老长，口音类似陕西的方言："张——敛——我——爱——你——"

张敛被逗笑了，无奈地吻吻她的脸颊，认真而正经地回应道："周谧，我也爱你。"

进入奥星的第三个夏天，周谧正式从资深客户执行晋升为客户经理，年初由她负责的 CNY 项目因一个出色的视频在多个网络平台上"出圈"了，从而为品牌取得了不俗的数据和销量。

从了解、整理客户需求，写稿提案报价，到后续的筹备物料、推广传播，再到最终的工作汇报，各个环节周谧都做得越发得心应手、游刃有余。

除此之外她还开始带实习生了，偶尔被他们生涩而感激地叫一句"mi姐"，周谧都会有几分时空交错的恍惚感，然后她会淡笑着回"小意思啦"。

但升职加薪后第一笔月收入到账的当天，她还是像个收到大礼的小女孩一样在张敛面前转着圈高呼"发财了，发财了，我发财了"。

张敛被她逗笑了："月薪不到两万，你却吼出了两百万的气势。"

周谧的鼻子出着气："哼，你们这种赚钱如流水的资本家才不懂我们的快乐。"

租期一满，她就退租搬回了华郡。此刻两个人外加一只猫，正坐在客厅的大阳台上吹夜风。

Mifaso 已经与之前判若两猫，好端端一个清瘦机灵的小可爱被养成了《猫的报恩》里面圆滚滚的胖胖猫，还黏黏糊糊的，总会找准机会窝在张敛或周谧的怀里。

周谧把猫拱起来的背脊当成了手机支架，欣赏了好一会儿自己网上银行里的存款，末了她抬眸，财大气粗地说："我明天请你吃饭，你想去哪儿吃都行。"

张敛斜她一眼："好啊。"

周谧问："去哪儿？"

张敛随口报了个西餐厅的名字。

周谧颇觉可疑地眯了下眼，在网上搜索了一番后，旋即炸毛了："人均两千八，我立刻反悔加翻脸。"

张敛看笑了："你不是说去哪儿都行吗？"

周谧："你就不能多体恤一下员工吗？挣钱不易啊！"

张敛说："我司财务发钱也挺不易的。"

周谧用拇指和食指比出一个小小的罅隙："那好歹有一点点肥水没流外人田不是？"

张敛勾起唇："也是。"

周谧挠了会儿 Mifaso 的下巴，咕哝着："敛敛哥哥。"

"嗯？"张敛再次看过来，眼中含笑。

自打恢复到同居状态，她开始给他起各式各样的昵称和外号。

当然，他也对此格外受用。

"吃就吃吧。"她不情不愿地道，"你想吃就吃，不就是一顿饭吃掉我快半个月的工资嘛。我也不是抠抠搜搜的人，毕竟都是一家人了，谁吃不是吃呢？我又不是不吃，一顿饭加起来也就五千多而已啦。我也想见识一下人均两千多的菜是什么样子的……"

张敛笑了一声，打断了她的话："你在念经呢。"

周谧立刻住嘴，大眼睛四处乱瞄。

"行了，我请你，你升职后光在家里吃了顿饭，明天那一顿就当正式为你庆祝了。"

周谧顿时喜笑颜开："老板，您太客气了啦，搞得人家都有点羞愧了。"

张敛偏就吃她这个讨巧加使坏的小样，抬了抬眼说："过来。"

周谧低下头："Mifaso 还在我身上呢。"

张敛说："放下它。"

周谧摸摸猫咪的尖耳朵，依依不舍地将它放到地上，这才溜到张敛跟前。

张敛拍拍腿："坐。"

周谧站着没动："你要哪种坐法？"

张敛："还分哪种坐法？"

周谧伸出手指："对啊，选项多多。第一种，侧坐；第二种，面对面跨坐；第三种，背对着你坐，你休想看到我。"

张敛想了会儿，最后说："你爱怎么坐就怎么坐吧。"

周谧马不停蹄地选择了第二种坐法，还顺势钩住他的脖颈，再不放手。

张敛的笑意直达眉梢："原来你最喜欢这种。"

周谧并不否认："对啊，这个坐姿我可以看到你，还可以亲到你。"

说完她就冷不防地偷袭他，将这句话飞速落实在实际行动中。

张敛轻哂，用双臂箍住她，猛地把她往前一带，两人之间严丝合缝。

"我也最喜欢这种。"

他加深了这个吻。

翌日，张敛带她来到那个空中琼宇一般的餐厅。到了地方，周谧才知道，这家餐厅两人一间的包房需提前预订，并且每晚只接待两桌客人。

头顶的灯如数个满月一般垂挂下来，落地窗外是堪比银河的长江，江上巨轮如梭，城市中心的标志性建筑矗立在岸边，如珠串宝塔一般，五光十色，熠熠生辉。

　　第三道菜上来后，周谧将小碟内的白松露送入口中，瞥了一眼穿着黑礼服进来拉小提琴的漂亮女生："这就是有钱人每天吃饭的地方吗？"

　　张敛勾唇笑道："不会真有人天天过来吃。"

　　周谧看他一眼，小声地问："那一般什么时候过来吃？"

　　张敛安静了两秒："求婚的时候。"

　　周谧咧开嘴，不可思议地问："啊？真的啊？"

　　张敛说："嗯。"

　　周谧抿了口酒，貌似可惜地道："可我们……已经走过这个流程了。"

　　张敛"嗯"了一声："当初我是准备把你约到这边来求婚的。"

　　周谧嘴上吐槽着，实则高高翘起了唇角："你好老套。"

　　张敛扫了一眼窗外的灯海："这里不好吗？"

　　"好是好，但我更喜欢之前的那一种，就是心血来潮做出决定，让人猝不及防……"她单手托腮，"就是那个时间点突然到了，机不可失……那比这一种更有'仪式感'你知道吗？我觉得爱和跟爱有关的所有事情都像灵感，是突然出现的，是随机应变的，似脱缰的野马。"

　　张敛颔首，认同她这个说法。

　　两人相视一笑。

　　下一刻，张敛突然开口："我们这个月十五号把证给领了？"

　　他的语气稀松平常，说的话却足够让周谧的下巴跟脱臼似的掉下来："啊？啊？"

　　张敛笑起来："啊什么？"

　　周谧摸了下额角，耳朵已经因惊喜而变红了："就感觉好突然。"

　　张敛看着她："是你说的，突然说比较有仪式感。"

　　拉小提琴的女生注意到这边的动静，识趣地停止演奏，暂时退出了包间。

　　"那……"周谧的脸跟着烫起来，她扭捏地道，"等一下哦……"

　　她放下银色的勺子，双手握着手机，正式地道："我先看看那个日子好不好，适不适宜结婚。"

张敛无奈："你真的迷信。"

周谧白他一眼："你懂什么？科学的尽头是玄学，才不是迷信。"

张敛靠回沙发上："行吧，你慢慢看。"

周谧开心地滑动着屏幕，倏地笑出了声："好像还不错。"

张敛的眼神里多了几分了然："是吗？"

周谧脸上的笑漾开了，像风里起伏的水波："看来我们当初也约了个好日子。"

张敛目不转睛地跟着她挑唇。

顺带着瞄了一眼前后几个日子，居然都没十五号好，周谧越发高兴了，将手机屏幕按灭，侧头看着他："真要领证啊？"

张敛点点头："是时候了。"

周谧突然如小巫婆一般，阴沉着脸，严肃地告诫他："领了证就很难反悔了，嚯嚯，曾经的不婚主义者。"

张敛说："我是无所谓，倒是你需要想一想，你不是说你还要再等一两年吗？"

周谧说："谁知道我这么优秀提前晋升了呢？我给自己定的目标是当上客户经理再跟你结婚，成为小 leader 才和大 MD 更配。"

张敛蹙眉："公司里会有人觉得我们不般配？"

周谧努嘴："谁知道呢？"

张敛的神色严肃了点："即使没之前那些事，我也会被你吸引的。"

"就吹牛吧你。"她立马摆出"你看我信吗"的表情。

张敛失笑："你爱信不信。"

周谧快速将面前的精致餐点一扫而光："那我们今晚就去拍证件照好不好？我不想去现场拍，到时候还修不了。"

"现在？"

"对啊。"

"你很好看了周谧，包袱不要这么重。"

"我就想嘛——毕竟是一辈子的事呢，肯定得修片啊，老了拿出来看的当然得是最完美的自己啊，"她开始撒娇，摇晃着他的胳膊，"就今天，就现在，就灵光一现，随机应变。"

张敛被她的说辞打动了，同意了这个听起来还算有理的想法。

月中，周谧请了一天假，而同一天，张敛也未来公司，两人同时失踪令奥星人众说纷纭。

说是众说纷纭，但猜测的内容无外乎两种：

一是他们去领证了；

二是他们去做孕检了。

等到晚上，总奔腾在吃瓜前线的勇士——原真，再次一马当先地在大群里@当事人：@Fabian @奥星-Minnie 今天你们干吗去了？老实交代，你们是不是那个去了？

众人纷纷附和，坐等喜讯。

张敛率先冒头，看起来心平气静的：哪个？

原真很合时宜地发来一个表情"真的希望他们结婚的人非常多"。

张敛轻描淡写地抛出了重磅消息：嗯。

大家开始"啊啊啊啊啊啊啊啊啊啊啊啊啊啊"，跟疯了似的不断"刷屏"，跟无限长的鞭炮一样叫个不停。

好在创意部总监在群里打了个岔，终结了这种集体尖叫的行为，他在群里@张敛：@Fabian 你怎么朋友圈里都不发呢？藏得太深了，也不怕老板娘不高兴！

张敛在群里回：警告你们，别叫她老板娘。

有人问：那喊什么？

另外的人在吆喝：喊老板！从此奥星易主！！

一手拿着大捧花束，一手拿着手机，在偷窥群聊信息的周谧直接因这句话停下来，大笑到走不动路。

从早上揣着户口本、身份证和证件照进民政局，到晚上吃过晚餐并肩漫步回家，她脸都要僵了，一直迈着六亲不认的步伐。

张敛也在笑，打着字：以前叫什么以后还叫什么。

他又补充道：我不想让 Minnie 看起来像我的附属品。

消息刚发出去，他的胳膊就被周谧用花束拍打了一下，张敛垂眸问她："怎么了？"

周谧哼了一声："就你会说。"

张敛道："开始不说清楚以后成风气了就不好了。"

周谧："什么风气？我以后在公司里狐假虎威，像螃蟹那样横行霸道的风气吗？"

张敛问："你想这样？"

周谧："我才不想呢，"她仰起脸，眼皮俏皮地翕动两下，"但我想要其他的特权。"

张敛注视着她："什么？"

"就是——"她嘟起嘴巴，微红着脸，嘟哝着，"每天都得盖私章。"

张敛低笑一声，如她所愿。

他们再去看微信群，不出意外的，里面又是一长串的"噫"，"饱了饱了，今天的夜宵不用叫了"，"还好我不识字"，"从此奥星改名为屠狗场"，"接下来的日子要怎么过"……

回家之后，张敛选择公开了自己领证的消息。

两人的红底证件照被他坦然地发布在朋友圈里，同时这也是周谧第一次以完全露面的形式正式亮相于他的朋友圈中。

一对璧人，笑容美好，佳偶天成。

即使没配一个字，这条动态也如深水炸弹，惊爆他人的眼球，引得张敛的社交圈一阵地动山摇。

他们或被审视，或被祝福，但这些都无关紧要。至于结婚证，有人视其如罪状，有人视之如归宿，有人却将它看作通行证和许可证，反而能步入和得到更深层次的爱。

文良材很快退出朋友圈，将这张结婚照发至室友群：今天不是四月一号对吧?

另一个室友也大感意外:看了看,不是。

文良材:@张敛 说好的不婚主义、游戏人间、孤独终老呢? 这才多久,你就向现实妥协了。

张敛否认道:这怎么会是向现实妥协呢?

文良材问:那这是什么?

张敛回以言简意赅的四个字:为爱从良。

同样的,周谧也将两人的结婚证发布在朋友圈里,并别有用心地写了两版文案对外公开。

同事跟家长看到的那个版本非常文艺,也格外正经,丝毫不损她对外的形象:不是童话的结局,是下个篇章的开始。

而她给密友看的配文则带有强烈的搞怪意味:从今往后,上班搞工作,下班搞……

贺妙言冲到首位留言:老板! 她还发了两个"鄙视"的表情。

另一个好友芮芮问:什么意思?

贺妙言回复道:隆重介绍一下,结婚证里的这位帅哥是谧子的老板。

芮芮:奥星的?

贺妙言:对。

芮芮发了一个大拇指表情并回道:牛。

闺密群里热闹了好一阵,大家纷纷挤对周谧,说她"闷声干大事",并勒令她发个红包让大家都沾沾喜气。

周谧问:你们要固定的还是随机的?

芮芮:随机的,就当扔捧花,谁拿到最大的谁就下一个结婚。

贺妙言:这也太刺激、太诅咒人了吧?

芮芮笑疯了:哈哈哈哈哈。

贺妙言提议:要不直接给芮芮吧? 她也快了,都谈了七年了。

芮芮推辞道:我还早呢,还在奋斗期,不急着结婚。

但周谧还是发了个红包给她,芮芮也不客气,欣然收下。

芮芮好奇地问：谧谧，你们老板多大？

周谧回：三十五。

芮芮很是吃惊：我还以为他顶多三十，看着好年轻。

周谧：是啊，此人的皮相极具欺骗性。

跟朋友们七嘴八舌地胡侃了好一会儿，周谧趴在床上笑得花枝乱颤的，小腿直晃。

张敛什么时候躬身凑到了她的旁边，她都完全没注意到。

"这么开心？"男人刚洗完澡，嗓音中似乎都带了点懒散、湿润的意味。

周谧翻了个身躺平，用两根食指推高嘴角："对啊，你看看，我的微笑唇都成半永久的了。"

张敛因为她的话而发笑，亲昵地揪了揪她的脸颊。

周谧重新拿起手机，翻出之前的聊天记录，向他耀武扬威："你看我多有先见之明，提前去相馆拍了照，还将照片修得无可挑剔，我朋友都夸你年轻帅气。"

张敛面不改色："跟修图有什么关系？我本来就年轻帅气。"

周谧干呕一声。

张敛对她的夸张反应不做评价，坐回自己那边，调出周谧的朋友圈查看起来。

过了会儿，他哼了一声："你还发了两条？"

周谧回："对啊，一条主内，一条主外。"

张敛接着问："我怎么两条都能看到？"

周谧说："你是唯一一个内外兼修的。"

张敛开始一本正经地念第二条内容，念到结尾处果不其然"破功"了："从今往后，上班搞工作，下班搞……呵，你怎么想到的？"

周谧怪笑着，又竖起脖颈，振振有词地道："那你承认了是不是嘛？"

张敛眉心微蹙："我看不懂这道题。"

周谧觑他一眼，目光锐利："装！接着装——"

张敛的眼神很微妙："那你过来啊。"

周谧躲远了点，戒备地盯着他："干吗？"

张敛说："把填空题做完。"

周谧不再扭捏，一头扎进他的怀抱里。

第二年的春日，两人的婚礼在新西兰一个如仙境般的小镇上举行，那里绿茵似毯，碧树成林，远方的雪峦如霭。婚礼现场以纯白色为基调，旁边是明镜一般的湖面，受邀的客人并不多，基本是亲友至交，整个婚礼简约亦清静。

一身白纱的周谧高坐在枣红色骏马上，仿佛中土大陆里拥有精灵血统的公主。

张敛牵着马来到现场后，众人齐齐欢呼、鼓掌、吹口哨，一阵沸腾。贺妙言更是扯着嗓门大吼"太美了吧谧谧，我好爱你"。

两位母亲都不约而同地抹着泪，又相视一笑。

在神父面前宣了誓，周谧与张敛交换了戒指。

他们从头至尾都在忍着笑意，因仪式过于庄严，也因内心巨大的喜悦。

当地的天气变化多端，婚礼临近尾声时，湖面忽地漾起无数涟漪，是天上落下了微雨。

年长者先行离场去餐厅避雨了，年轻人都选择留在室外，开香槟，抛捧花，音乐不停，舞蹈不休。

送完长辈回来，张敛捉住还在跟闺密提裙摆摇手花的周谧，偏头示意道："你要不要也去避个雨？"

"我才不要呢，"女孩一把摘掉湿透的头纱，兴奋大喊，"你知道吗？我觉得这会儿的自己就是《时空恋旅人》里面的女主角！这场雨绝了！我爱惨它了！"

张敛笑了笑，躬身捡起草坪上被她弄落的洁白的小苍兰，别到她的发间："那换个舞伴？"

"我就不打扰二位了——"贺妙言自觉撤离，去抓其他的舞伴了。

乐曲欢愉如颂歌，两人隔着丝雨对望着，长睫毛都湿漉漉的，像两只共同沉进海水里又相依着靠了岸的动物，从此这片岛屿只属于他们。

周谧伸出另一只手，那上面有个不容忽视的、闪亮的钻戒："我觉得有点冷了，要不动起来吧？"

张敛忙脱下黑色的西服，给他的新娘罩上："抱歉，我今天高兴得有点忘形了。"

周谧露出一口贝齿，完全不在意自己这会儿看起来有多"花痴"："我可能也是。你今天太帅了，"她轻声细语地道，"就像我情窦初开做梦时才会梦到的那种……不切实际的……"她遥想着，"男性形象。虽然我醒来时总记不住梦中人的脸，但我今天觉得梦中人有实体形象了，那就是你，就是你这个样子！我觉得自己美梦成真了。"

张敛勾着唇，眼睛一眨不眨："你在梦里都这么狼狈吗？像现在这样？"

周谧用力点点头："对啊，都这么狼狈，但又感到浪漫至极。"

他们在雨中起舞，默契地进退、旋转，一旁的交响乐团为这对新人演奏起更加柔缓的乐曲。这场意外之雨让天与地、山与水、繁花与绿野，都变得颜色更为鲜明和浓郁了。

婚礼结束后，两人直接留在当地度蜜月。

张敛租了辆房车，载着周谧把好玩的事物全都体验了个遍，跳伞、泡温泉、走滑索、走迷宫……白天四处畅游，他们宛若穿行在列维坦的油画之中；晚上他们则到宽阔之处扎起帐篷，再偎依着遥望星河，漫天星辰如亮而密的针脚，似能将他们缝入深紫蓝的永恒中。

返程的前夜，周谧恋恋不舍地道："我都不想上班了，我想把自己种在这里。"

张敛轻描淡写地计划起来："我们老了之后住过来好了。"

周谧斜他一眼，跟着描绘起蓝图："那我回去之后要怎么奋斗才能定居到这边？"

张敛想了下："为奥星奋斗到退休就可以了。"

周谧捶他一下："你什么人啊，不压榨我到最后一刻绝不罢休是吗？"

张敛握住她的手，理所当然地道："对啊，我不也要帮你拎一辈子的超市购物袋吗？"

周谧嗤笑一声："你怎么光记得这句话呢？"

张敛思忖了几秒："可能我那天被触动了吧。"

周谧不解地歪了下脑袋："随口一说的话，你也会被触动吗？"

张敛说："因为那句话举重若轻，让婚姻回到了两人之间，让婚姻变得就像那只购物袋。我第一次听到这种说法。你真的很可爱，周谧。"

周谧笑容灿烂，一字一顿地道："干吗啦……你怎么突然开始夸人家？"

她微微一笑，又说："其实我也记得。"

张敛问："你记得什么？"

"我记得你说过，有更多的东西可以把结了婚的人绑在一起，牵手就显得多此一举了，"周谧抬高两人握着的手，即兴提出要求，"但我还是想让你一只手拎购物袋，一只手牵着我。"

张敛问："要是将来袋子里的东西变多了，我一个人拎不动了怎么办？"

周谧说："我帮你分担啊。无论如何我们都要腾出一只手，牵着对方，好不好？"

张敛勾起嘴角："那是自然。"

同一年的除夕，周谧没有去张家进行拜访，张敛将双方父母接到了华郡这边吃年夜饭。

汤培丽本来还不理解，暗自琢磨着"这成何体统"，但到场后见亲家母亲家公都和颜悦色、一脸泰然，便将心头难解的疑问吞回了腹中。

挽高袖子在厨房里一道备菜时，汤培丽凑近荀逢知窃窃私语："我实在是搞不懂现在的年轻人，过个年弄出这么多新花样。"

"你就莫管了，他们都这么大了，有自己的思想了，我们当父母的糊涂一点没什么不好，"荀逢知淡笑着拍着黄瓜，"睁只眼闭只眼反而更自在、更开心。"

她侧过头看汤培丽："哦，对了，张敛有没有跟你们说，往后过年都这么办？"

当然，她省略了儿子在车里说的那句看似温和却不容反驳、单独"威胁"她的话："要是你们嫌来来去去的太麻烦，我明年跟周谧两个人单独在家过年也行。”

荀逢知对此轻蔑地哼了一声："我跟你爸才不嫌麻烦，就怕人家周谧的父母嫌麻烦。"

汤培丽眨了眨眼："他说过了，但他又说明天就陪谧谧回家看我们。"

提起这茬，汤培丽就又是新奇，又是惊喜地笑起来，说道："你们儿子也挺怪啊，大年初一的就要陪老婆回娘家拜年。"

荀逢知闻言，面无异色："随他了，他往年都不回来的。"

汤培丽诧异地道："真的？我看你们也不像感情不好有矛盾的样子。"

荀逢知说："没矛盾，就是这小孩独立惯了，还有就是怕催婚。"

汤培丽心领神会："今年倒是不用怕了。"

荀逢知应声叹息道："是啊，我这心也定了呀……"

一旁用厨房用纸擦拭高脚杯的张父跟着出声："两家人一块儿过年不更好吗？更热闹，也更和睦。"

与此同时，两位去超市购置饮料和零食的晚辈也回到了小区里。

停好车后，周谧率先下车，打开后备厢，将大袋的东西提出来，然后很自觉地把它们交到张敛手里。

张敛接过去，单手提着，另一只手则拉住她，两人十指相扣，动作自然。

周谧瞥他一眼："重吗？"

张敛摇了摇头："不重。"

周谧勾勾手："要不抽一瓶饮料出来给我抱着？"

张敛说："不用了，这才几斤？"

周谧吐出两个字："好吧，那您拎着，我会在心里为您加油的。"

张敛失笑。

走了一段路，要进一楼的大堂时，周谧忽地止步，声音甜丝丝地喊："敛哥哥，拜托你一件事。"

张敛跟着停下来："什么事？"

"我想——"周谧的眼睛水灵灵的，她掏出大衣兜里的手机道，"我能拍张你的背影吗？"

张敛问："做什么？"

周谧嘟囔着："就仪式感啊，今年是我们结婚的第一年，也算是人生的里程碑了，我想往后每年的除夕都在这个位置拍张照，看看这位拎袋子的大帅哥是怎么变成糟老头的。"

张敛纠正她道："老了也帅，谢谢。"

周谧有求于他，小嘴似抹了蜜般甜："那是肯定的啦，也不看看是谁的老公！周谧这个女孩子可挑剔了，所以就不必再强调这种显而易见的事实啦。"

张敛笑道："行了，拍吧。"

周谧指指前方："那你继续往前走，自然一点。"

张敛呵气，照做，除了满足她别无他法。

这个除夕夜，两家人其乐融融，家里气氛温暖如春，餐桌上大家互相祝福，而后觥筹交错。

吃完年夜饭，宴尔新婚的小夫妻很孩子气地去阳台上玩烟花棒，还试了试延时摄影，并成功摄下两张不错的照片。

零点整，周谧的公众号上更新了一条新动态。

那是两张上下紧挨着的照片：

一张上面是黑暗中的漂亮女孩用焰火棒挥舞出来的图案——两个"9"，灿烂而鲜明；

一张上面是身着驼色大衣的男人的背影，他高峻挺拔，右手拎着购物袋，让人安全感满满。

祝福语紧随其后：

我所以为的爱情，是易燃的，也是毅然的，更是无数个悸动串联而成的不朽；

新的一年，

愿你们都能走进真正的爱情。

三十岁

晋升为客户总监的那一天，是周谧三十岁的生日。

三十岁的周谧已经是奥星的顶梁柱之一了，她学会了不动声色，也不再冒失和生涩，能有条不紊、恰到好处地处理所有工作上的棘手问题，能将客户、创意、媒介多方安抚得妥妥帖帖，让人无可挑剔，是同部门小女生们争相学习、效仿的模板。

新来的实习生或下属通常都称她为"mi 姐"，而不是"老板娘"，即使她老总太太的身份尽人皆知。

这都是因为公司有一个约定俗成的规定——老板不允许大家这样称呼周谧。

总有实习生私底下感到好奇：是 mi 姐不喜欢被这么叫吗？

老员工回：是老板不喜欢。

实习生更加诧异了：为什么？上下级要避嫌？老板不想把夫妻关系带到工作中？

老员工否认道：不是哦，他们领证的时候 Fabian 就在公司群里半开玩笑半警告地说他不喜欢"老板娘"这个称呼，不想让 Minnie 成为他的附属品。

后来这就变成奇奇怪怪的要求流传下来，每次来新人时大家都要强调一遍，笑死人了。

实习生无言以对，本来想"吃瓜"，不料被狗粮噎到不行。

通过一段时间对两位上司的观察，实习生发现，这两人每回走在一起的样子跟各自独当一面时的样子截然不同。

两人都结婚几年了，每逢节假日或是纪念日，大家还是会看到周谧的工位上摆着烂漫的花束和精美的礼物。

而且这些都是老板亲自送来的。

每到这时，整个部门的人都会跟看热闹的小学生一样嘘声不断，唯恐天下不乱。

这一天，因为晋升的关系，周谧请全部门的人吃饭。

周谧素来低调，无人知晓今天是她的生日，大家都说要借着新官上任的由头狠宰她一顿。

一群人围坐在长长的日料矮桌旁，点了不少名菜，还东张西望，好奇老板怎么不来帮自家夫人撑场子。

周谧挨个斟酒："他出差了，估计是赶不上了。"

大家有些遗憾，但气氛在周谧的调动下很快热络起来。大家觥筹交错，有说有笑的。聚会临近尾声，身穿和服的侍应生忽然引进来一个男人，来人西装革履的，怀中抱着一大盒娇艳欲滴的红玫瑰。

张敛提早从外地回来了。

众人意外地振臂高呼，周谧也在长桌末端瞧着他直笑。

已近不惑之年的张敛挺立在门框内，瞧不出半分衰老之态，他的眼依旧澄明，面庞依旧英俊，他一笑，如红日破云。

大家忙腾出周谧身边的位子邀他入座。

周谧也起身迎接他："你怎么不说一声就回来了？"

张敛没回答，只是将手中的礼物递了出去："这种日子我敢缺席？"

周谧抱着花，嗔道："我没意见，"他又压低声音，看看身后，"反正他们也不知道今天是我三十岁的生日。"

张敛边慢条斯理地解西装的扣子边往里走："我知道。"

待他入席，周谧也在旁边坐下，给他倒了饮料。

一阵举杯庆贺后，趁着大家在谈笑，周谧又跟张敛交头接耳起来："我怎么记得你走的时候穿的不是西装啊？"

张敛说："我刚回去换了才来的。"

周谧笑得苹果肌都鼓得老高，她摸一摸自己的肩膀："我都穿得这么随意，你有必要这么正式吗？"

张敛道："有啊，别人不知道今天是你的生日，我能不知道？"说罢他端起自己的瓷杯，"我们单独喝一杯？"

周谧笑意更浓了，也举起杯子与他相碰："好啊。"

见他们夫妻两个不时地窃窃私语，眉来眼去，有位公司高层打趣道："你们两个啊，说悄悄话回去说就好了。"

一位美术指导提议："跟服务员要个麦克风放在他俩跟前好了！让大家也听听！"

众人哄堂大笑。

张敛一向随和，对员工的调侃自然不计较，只是笑道："也不是不可以，我们可以公开聊天的内容，但你们也不能白听，回头一起把单买了。"

一时间，哀鸿遍野。

那美术指导抱拳说道："你俩尽管咬耳朵，咬到天荒地老、海枯石烂，我们毫无异议。"

张敛气定神闲，下巴一抬："这一大桌菜，你们想怎么敲 Minnie 呢？"

周谧因他的护短而脸微红，挥挥手："没事啦。"

创意部副总附和道："就是！mimi 主动请客，还不是因为独乐乐不如众乐乐，我们当然要好好地捧场，何错之有？"

张敛但笑不语。

这时，一位服务生在外叩门，询问是否方便进来。周谧应了一声，盘着发的漂亮小姑娘才走到张敛身边，将一张薄薄的纸片递出："先生，这是您买单的发票。"

周谧诧异地瞪着眼："你干吗？"

张敛看向她，双肩微耸，很是无所谓："如你所见。"

天啊——

全场的人痛苦地捂心号叫。

酒足饭饱，辞别各位同事，周谧的脸被怀中的花映着，泛出显露薄醉的红晕。

重回二人世界，手自然而然地扣紧了，两人一起往车库里走。

周谧笑着侧过头，审问起身边的男人："你今天有点高调了吧。"

张敛看回去："我要是真的高调，就跟大家宣布今天是你的生日了。"

"不要嘛——"周谧很娇气地哼哼着，"你就给我一次奢靡铺张的机会嘛——"

张敛取出裤兜里叠了两下的发票，展开后，举起来看了一眼："六千三，一会儿你给我报销。"

顿时，周谧的眼睛瞪得圆圆的："这么贵？"

张敛把发票交出去，淡淡地道："嗯，反正你不觉得贵，回头微信转账给我。"

周谧立刻望着天："哇，今晚的月色真好。"

张敛跟着仰头看了一眼，满天的光污染哪里能看见半个月亮？他不由得低笑一声，一言未发地将发票折好放回原处。

周谧偷瞄他的动作，捏紧他骨节分明的手，与他打商量："要不然……我报销一半？剩下的一半就当你送我的三十岁生日礼物。"

张敛说："你只要这个礼物？"

周谧挥挥另一只拿着花束的手："不是还有花吗？"

张敛问："这就够了？"

"嗯，我不是很想过三十岁生日啦，总觉得进入压力乘以三的人生阶段了。"周谧低头摸起了玫瑰，结果不当心弄掉了几片花瓣。她吓了一跳，忙把玫瑰拢到怀里，爱惜地呼了口气。

张敛留心着她的反应，不由得弯起了唇角。

二人徐徐并行，只觉得气氛格外温馨。沿途，周谧倏地问："你还记得吗？"

　　张敛垂眸："什么？"

　　周谧双目晶亮，似湖泊："几年前我第一次请教你，你就嘲讽我，说我要篡位，第二天就想当客户总监。我现在真的当上客户总监了哦，是不是超厉害？"

　　"厉害。不过——"张敛纠正道，"那次是你第二次请教我。"

　　周谧摸了一下脑门，疑惑的样子还如当初那个纯真的少女："是吗？"

　　张敛颔首："嗯，第一次是出院回来的那次。"

　　"哦——对，我想起来了，"周谧顿时目光炯炯，"你记得好清楚。你那时候是不是就特别在意我，爱我爱得不得了了？我就知道，一切都是你处心积虑的安排。"

　　"你才反应过来？"

　　"可我还是不信，你那时候超坏的。"

　　"周谧，不要低估自己的魅力。"

　　"呵——"

　　…………

　　两人随意地聊着天，不知不觉竟走了几千米的路。

　　到了楼下，周谧正要进一楼大厅，张敛把她拉了回来："来。"

　　周谧眨眨眼："去哪儿？"

　　张敛不明说："跟我过来就行了。"

　　张敛将她领到了一间她从未去过的独立车库。两人方一站定，自动门帘便缓缓地往上升，一辆全新的银色名车逐渐显现出全貌，它悄然蛰伏在那里，在普通的白光下也光洁如珍宝。

　　周谧目瞪口呆，半晌不动。

　　张敛笑着看她一眼："今天喝酒了吧？"

　　周谧僵硬地点点头。

　　张敛说："那明早再试吧，正好去上牌。"

　　周谧还缓不过神来："这是什么意思？"

张敛说："这会儿还装傻可就没意思了，周总。"

周谧双手合拢，仍在确认："三十岁的礼物吗？有点浮夸了吧？"继而她后知后觉地抱着头嗷嗷直叫，"啊，我就说三十岁的人压力会变大！"

张敛弯起了眼："难道我不是在帮你减轻买车的压力？"

周谧垮着个小脸道："才不是呢，我要开始养这么贵的车车了！之前那个二手小破车我开得挺好的。"

张敛却是眉目舒展："有压力才有动力。"

周谧哼了一声："你就整天用物质绑架我吧。"

张敛一脸的坦然："你越来越优秀了，我当然有危机感，此时不绑更待何时？"

周谧情不自禁地勾起唇，斜他一眼："三十岁生日就送我这种重磅炸弹，等你四十岁了我要送你什么礼物我俩才算扯平？"

张敛说："我可以提前说吗？"

周谧一脸的警觉："说说看。"

张敛淡淡一笑："今后，每十年的今天，都给我一个用物质绑架你的机会，怎么样？"